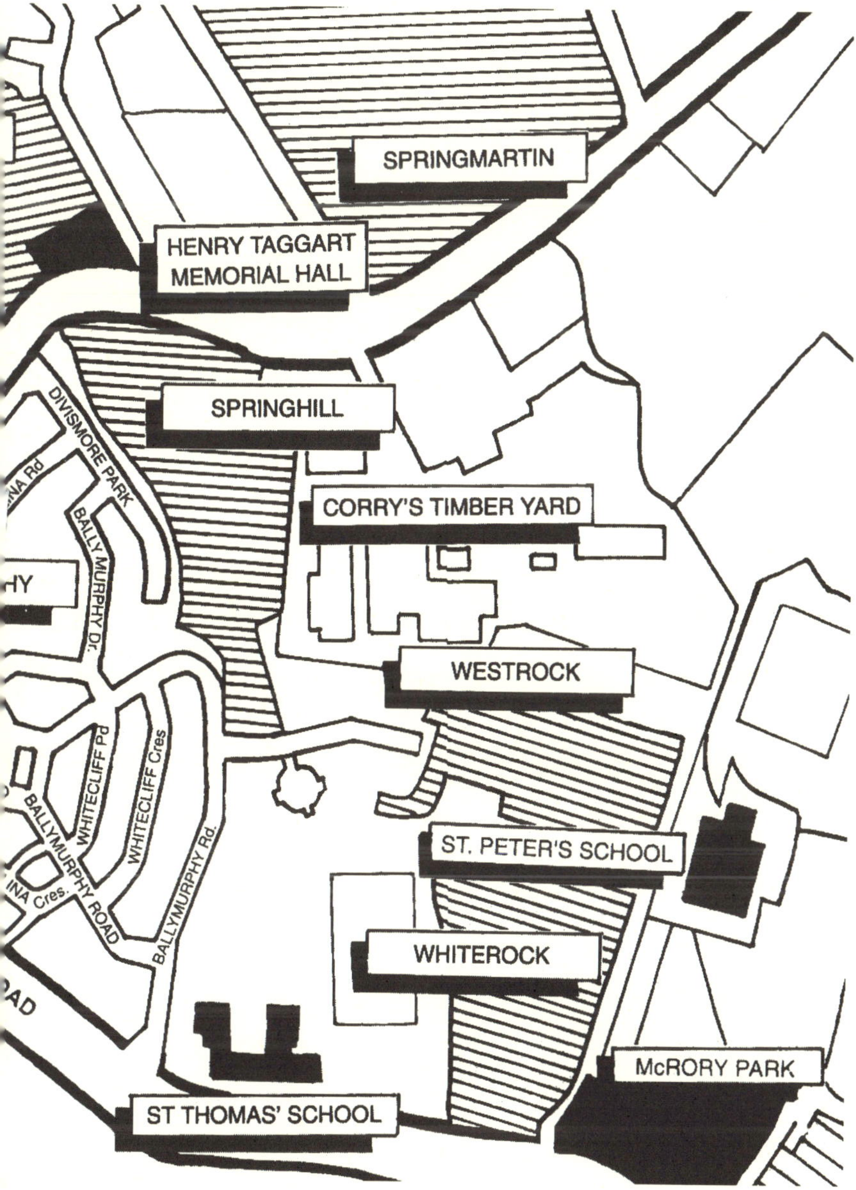
SPRINGMARTIN
HENRY TAGGART MEMORIAL HALL
SPRINGHILL
DIVISMORE PARK
CORRY'S TIMBER YARD
BALLY MURPHY Dr.
WESTROCK
WHITECLIFF Pd
WHITECLIFF Cres
BALLYMURPHY ROAD
BALLYMURPHY Rd.
ST. PETER'S SCHOOL
WHITEROCK
McRORY PARK
ST THOMAS' SCHOOL

Gerry Adams

Bevor es Tag wird

Autobiographie

Mit 24 Seiten Fotos

Aus dem Englischen
von Jürgen Schneider

Verlag Volk & Welt
Berlin

Titel der irischen und englischen Originalausgabe
BEFORE THE DAWN. AUTOBIOGRAPHY
Erschienen bei Brandon Books, Dingle (Irland) /
William Heinemann Publishers, London

Mit einer Zeittafel und Erläuterungen am Schluß des Bandes

Die Übersetzung erscheint mit Unterstützung durch den Übersetzungsfonds der ILE (Ireland Literature Exchange), Dublin, Ireland.

Für die Rauchwolken über dem edwardianischen
Belfast
Wo vor dem neuen Rathaus aus Portlandzement
Zwischen städtischen Geranien
Eine gewaltige Statue der Viktoria
Mit Hängebacken thront
Und viktorianische Geschäftsleute im steinernen
Gehrock
Auf neue technologische Fenier warten
Die mit einem Feuerwerk aus Plastiksprengstoff und
Benzinbomben
Die Lagerhäuser mit den tausend Fenstern
erschüttern – von denen Thackeray schrieb
Oder den Wald aus Fabrikschornsteinen lichten
Droben im roten Backsteindschungel von Shankill
und Falls
Wo unter Detonationen und MG-Geknatter
Das letzte Abendrot des Empires
Hinter dem Black Mountain erlischt.

Aus: *Scenery Since Bloomsday* von Denis Ireland

Vorwort

Seit mehreren Jahren räume ich meine absolute persönliche politische Priorität dem Versuch ein, die Friedensstrategie meiner Partei Sinn Féin zu verwirklichen, die zu repräsentieren ich stolz bin. Trotz der Hindernisse und Frustrationen werde ich mich weiterhin mit aller Kraft dem Friedensprozeß widmen. Die Menschen in Irland haben ein Recht auf eine Friedensregelung, die es uns allen erlaubt, auf der Basis gegenseitiger Toleranz und Gleichheit zusammenzuleben. Um eine solche Regelung zu erzielen, gilt es, das böse Erbe von Konflikt und Leid, von Haß und Mißtrauen zu überwinden. Das heißt nicht, daß alles Geschehene vergessen werden soll, denn wer kann schon erlittenen oder zugefügten Kummer und Schmerz vergessen? Kein Bevölkerungsteil hat ein Monopol auf das Leid. Uns allen sind Wunden geschlagen worden. Und wir alle haben Wunden verursacht. Wir müssen aus der Vergangenheit lernen und uns nicht in Schuldzuweisungen ergehen. William Butler Yeats hat einmal gesagt: »Wir brauchen die Bitterkeit der Vergangenheit nicht zu fühlen, um ihre Bedeutung für die Gegenwart und die Zukunft zu erkennen.« Wir müssen einander verzeihen, das ist ein Teil des notwendigen Heilungsprozesses; wir sollten übereinkommen, uns nicht länger gegenseitig das verursachte Leid vorzuhalten, weil es uns daran hindert, Schritte nach vorn zu tun und ein Fundament der Gerechtigkeit zu schaffen, das solche Schritte ermöglicht.

Wenn ich hier die Erfahrungen schildere, die ich während der letzten dreißig Jahre im Norden Irlands gemacht habe, die meisten in einer Zeit politischen Konflikts, ist mir wohl bewußt, daß die Ursachen und Bedingungen dieses Konflikts auf eine Zeit lange vor meiner Geburt zurückgehen. Das unter dem britischen »Government of Ireland Act« geschaffene Staatsgebilde wurde mit Waffengewalt für einen kleinen, privilegierten Teil unserer Bevölkerung gegen den Mehrheitswillen durchgesetzt, das Territorium auf Grund einer sektiererischen Volkszählung abgesteckt. Gewalt, Ausgrenzung und die Nichtgewährung demokratischer und Bürgerrechte waren die unauslöschlichen Merkmale dieses Staatsgebildes schon für die Generation, die vor mir kam. Frieden hat es nie gegeben. In jedem Jahrzehnt der Existenz dieses Staatsgebildes begegnete man politischer Opposition gegen diese sektiererischen Strukturen mit Mitteln der Unterdrückung.

Ich bin mir auch bewußt, daß die Konfliktmomente nach wie vor wirksam sind. Aus diesem Grund verbietet es sich, Dinge zu schreiben, die die Freiheit oder das Leben anderer in Gefahr bringen könnten, ich muß notwendigerweise Zurückhaltung üben. Es ist vermutlich eine unabänderliche Regel, daß an einem Konflikt Beteiligte eine vollständige Darstellung erst dann liefern können, wenn dieser gänzlich beigelegt ist. Zudem habe ich nicht die geringste Absicht, irgend etwas zu schreiben, was die Friedensbemühungen untergraben könnte. Die Aussicht auf eine friedliche Lösung ist einfach ein zu hoher Preis.

Jede derartige Schilderung ist zwangsläufig selektiv. Andere mögen geneigt sein, sich auf andere Ereignisse, Vorfälle, Personen oder Organisationen zu konzentrieren, einige meine Auswahl in Frage stellen. Das ist ihr gutes Recht. Ich biete hier nicht mehr und nicht minder eine Darstellung der außergewöhnlichen Ereignisse, die ich durchlebt habe, aus meiner Sicht.

Dieses Buch wäre ohne die Beharrlichkeit, den Rat und den Beitrag von Steve McDonogh nicht geschrieben worden. Ich danke ihm für seine Geduld und Hilfe. Allen Mitarbeitern des Verlages Brandon, besonders Peter Malone und Bríd Leahy, bin ich ebenso zu Dank verpflichtet. Ein Dankeschön auch an Colette, meinen Bruder Paddy, meinen Vater, all meine Brüder und Schwestern, besonders an Liam, an Onkel Alfie Hannaway, Gerry Begley, Pater Alex Reid, die meinem Gedächtnis aufhalfen. Ich danke weiterhin für ihre Unterstützung: Clann Mac Thomáis, Eamonn McCaughley, Richard McAuley, Rita O'Hare, Micheál Mac Donnacha sowie den Zeitungsmachern von *An Phoblacht*, John Gray und den Mitarbeitern der Linen Hall Library sowie Barra Mac Ruairí.

Gerry Adams
Belfast, Februar 1996

1

Ich wurde am 6. Oktober 1948 im Royal Victoria Hospital in Belfast geboren. Mein Vater Gerry Adams, zweiundzwanzig Jahre alt, Bauarbeiter, und meine Mutter Annie Hannaway, Abnehmerin in einer Leinenweberei, zwei Jahre älter als er, waren Anfang desselben Jahres getraut worden und lebten mit meiner Oma Adams in der Abercorn Street North 15 in dem Westbelfaster Viertel um die Falls Road. Obwohl es nur ein kleines Häuschen mit zwei Schlafzimmern im ersten Stock, zwei Räumen im Parterre und einer Abwaschküche hinter dem Haus war, wurde ich Mitglied einer ziemlich großen Familie: Neben meiner Oma, meiner Mutter und meinem Vater lebten zu jener Zeit auch meine Onkels Paddy, Seán und Frank in dem Haus. Die Wohnverhältnisse waren sehr beengt und wurden sogar noch beengter, als etwas mehr als ein Jahr nach mir meine Schwester Margaret zur Welt kam.

Beide Seiten meiner Familie waren stark in der republikanischen wie der Arbeiterbewegung verwurzelt. In dem Jahr vor meiner Geburt war mein Vater, republikanischer Aktivist wie schon sein Vater, nach fünf Jahren aus der Haft entlassen worden. Meine Mutter, eine große, sehr attraktive Frau mit schwarzen Haaren, war eine überzeugte Republikanerin, und ihr Vater war ein bekannter Gewerkschaftsaktivist gewesen.

In dem Jahr, in dem ich zur Welt kam, veränderten sich die Zeichen der Zeit, international wie auch in Irland. Die Machthaber in Belfast aber widersetzten sich dem Wechsel. Belfast war früher das Zentrum einer blühenden Leinenindustrie und Standort der Werft, auf der die *Titanic* gebaut worden war. Die Wirtschaft der Stadt hatte vom Zweiten

Weltkrieg profitiert: Harland and Wolff baute eifrig Kriegsschiffe, und 250 000 während des Krieges im Norden stationierte US-Soldaten hatten für einen Einkommenszuwachs gesorgt. Viele Menschen hatten jedoch ihre Häuser durch die Bombardierung Belfasts verloren, die zudem eine anhaltende Wohnungsknappheit verursachte, weswegen viele noch immer in Übergangsunterkünften untergebracht waren.

Das britisch kontrollierte Staatsgebilde in den sechs nordöstlichen Grafschaften Irlands war gekennzeichnet durch die Gewalt der Pogrome gegen Katholiken und all die Maßnahmen eines hochgerüsteten Polizeistaates. Die Familie und die Gemeinschaft, in die ich geboren wurde, widersetzten sich der bloßen Existenz des der britischen Krone unterstehenden Separatstaates »Nordirland«.

Südlich der Grenze verlor 1948 Eamon de Valera nach sechzehnjähriger Amtszeit als Taoiseach die Wahlen. In Indien starb Gandhi just zu dem Zeitpunkt, als die britische Herrschaft sich ihrem Ende zuneigte; auch aus Palästina zogen sich die Briten mit der Proklamierung des Staates Israel zurück. War die Nachkriegszeit durch etwas Besonderes gekennzeichnet, so war es zweifellos der Niedergang des Britischen Empire. Dieser Niedergang vollzog sich in Indien und Palästina, er war in Afrika offensichtlich und spiegelte sich weniger deutlich auch in dem »Republic of Ireland Act« wider, durch den die Sechsundzwanzig Grafschaften das britische Commonwealth verließen.

1950, als Margaret immer noch auf dem Arm getragen wurde, zogen wir aus dem Haus von Oma Adams in ein großes Einzelzimmer in einem düsteren, baufälligen Haus, Shore Road 726 in Greencastle, an der Bucht von Belfast. Das Haus gehörte einem Nonnenorden. Die Nonnen hatten es in die Obhut eines Hausverwalters gegeben, der die Miete kassieren sollte. Unser Zimmer im Parterre war in Bereiche unterteilt. Einen Stock höher befanden sich ein Wasserhahn und eine Toilette, die mit vielen anderen Familien gemeinschaftlich genutzt wurden. Hier führte meine Mutter, eine wortgewandte und sanfte Frau, ihren heroischen Kampf, um eine größer werdende Familie zu ernähren, obwohl wir fast mittellos waren. Viereinhalb Jahre wohnten wir dort, in dieser Zeit wurden meine Geschwister Paddy und Anne geboren. Mein Vater tat als Bauarbeiter sein Bestes, für den Unterhalt seiner jungen Familie zu sorgen, aber es waren harte Zeiten. Obwohl er ein Schwerarbeiter war, bestand für ihn kaum eine Möglichkeit, Arbeit zu bekommen, besonders als ehemaliger politischer Gefangener. Wann immer er vom Arbeitsamt zu einem Vorstellungsgespräch geschickt wurde, waren seine künftigen Dienstherren bereits über seine Vorstrafe und seinen Status informiert.

Eine Zeitlang fuhren er und sein alter Gefängnisfreund Jimmy Bannon mit einem Pferdekarren von Tür zu Tür und verkauften Obst und Gemüse. Es war das Pferd, Paddy Joe, das von dieser Partnerschaft am meisten profitierte. Denn sowohl mein Pa als auch Jimmy konnten Freunden und Nachbarn schwer das Anschreiben verwehren, und nach einiger Zeit ging das Geschäft pleite.

Meine Mutter war nie besonders robust, doch in ihrem Kampf, uns aufzuziehen und für uns zu sorgen, war sie die Stütze der Familie. Sie sorgte dafür, daß wir diesem elenden Slumzimmer entkommen konnten und in ein richtiges Haus einzogen. Nicht nur die Bedingungen, unter denen wir leben mußten, stellten ein fortwährendes Problem dar, sondern auch unsere soziale Isolation in Greencastle, war doch die Busfahrt zur Leeson Street und zur Abercorn Street, wo Verwandte und Freunde wohnten, teuer. Mein Onkel Seán und seine Freundin Rita kamen zwar per Fahrrad zu Besuch, aber da wir so abgelegen wohnten, waren sie und meine Oma Adams unsere einzigen regelmäßigen Besucher.

Der Wohnungsbedarf in Belfast war enorm: Die Wohnverhältnisse waren in der ganzen Stadt sehr beengt, besonders schlimm war es aber in der Gegend um die Falls Road, dem Hauptwohngebiet der katholischen Bevölkerung. Drei Viertel aller Häuser der Stadt bedurften irgendeiner Reparatur. Schätzungen zufolge mußten mindestens 200 000 neue Wohneinheiten gebaut werden, um wenigstens den Grundbedarf zu decken. Mit dem Bau der Siedlung Ballymurphy – 1948 geplant, um den Wohnungsnotstand zu beseitigen – war gerade begonnen worden, und meine Mutter versuchte ihr Bestes, damit wir dort ein Haus bekamen.

Ich habe fast keine Erinnerung an meine Kindheit in Greencastle, außer einer Ahnung von dem dunklen und düsteren Haus, und ich entsinne mich überhaupt nicht mehr an meine erste Schule, »Star of the Sea«. Eine meiner frühesten Erinnerungen ist die, wie ich mit meiner Mutter das Haus von Seamus McKearney aufsuchte, einem örtlichen Repräsentanten der Belfast Corporation, den meine Mutter bei ihrer Haussuche bearbeitete. Er wohnte in der Nähe der Inkerman Street, in der auch die Familie Hannaway lebte, und ich begleitete meine Mutter, wenn sie aus irgendeinem Anlaß von Oma Hannaway zu Mr. McKearney ging. Obwohl ich sehr jung war, habe ich noch den Tag vor Augen, an dem wir schließlich die Nachricht bekamen, daß es eine Möglichkeit gäbe, uns unterzubringen. Ich stand auf dem Bürgersteig vor McKearneys Haustür, während er und meine Mutter ins Gespräch vertieft waren, er im Flur, sie im Türeingang.

Kurze Zeit darauf fuhren sie und meine Oma Adams, meine Schwester Margaret und ich mit dem Bus bis zum Ende der Springfield Road hinauf, direkt bis zu den Hängen des Black und des Divis Mountain. Dort kamen wir auf einem Areal grüner Felder zu einer großen Baustelle. Wir bahnten uns mühsam unseren Weg durch den Dreck, vorbei an schweren Baufahrzeugen, Zementmischern und hin und her fahrenden Lastwagen.

Meine Mutter hielt einen Brief in der Hand, den sie einem der Arbeiter zeigte.

»Das ist Divismore Park«, erklärte er ihr, und ich sah, daß sie sich freute, obwohl er auf eine Reihe von Grundmauern deutete.

Meine Oma und meine Mama zählten die Reihe ab, bis sie zur Nummer 11 kamen, die kaum mehr als ein großer Sandhaufen war. Wir sahen aber, wo Rohre verliefen, und auch das Fundament war bereits gelegt.

»Das ist unser Haus«, sagte uns Mama mit erstaunter Stimme. »Dort werden wir wohnen.«

Den ganzen Sommer über ging sie nach Ballymurphy hinauf, um zu beobachten, wie die Nummer 11 langsam von den Grundmauern nach oben wuchs, bis schließlich der Tag kam, an dem wir Greencastle und das naßkalte Mietshaus hinter uns lassen konnten. Nahezu zwanzig Jahre später, unmittelbar nach Einführung der Internierung 1971, wurde meine Familie von der britischen Armee aus unserem Haus im »Murph«, wie wir das Wohnviertel nannten, vertrieben. Obwohl meine Mutter danach in guten – manchmal sogar besseren – Häusern wohnte, ist sie dort nie richtig heimisch geworden, bevor sie 1992 starb. Divismore Park Nummer 11 war ihr Zuhause.

Es war ein Giebelhaus, und dazu gehörte, was in meiner kindlichen Wahrnehmung ein großer Garten war. Es war das letzte Haus, das fertiggestellt wurde, weil die Giebelwand während der Bauarbeiten dreimal einstürzte. Es gab drei Schlafzimmer: Meine Eltern schliefen in dem kleinsten, das eigentlich die Abstellkammer war, Paddy und ich im hinteren und Margaret und Anne im vorderen Zimmer. Wir hatten ein Bettuch über jeder Matratze und darüber eine Decke. Im Winter zogen wir Mäntel über uns. Wir waren der Shore Road entflohen und genossen den unermeßlichen Luxus eines Badezimmers, aber das Leben in Divismore Park war schwer genug, zumal weitere Kinder geboren wurden und weitere hungrige Mäuler zu stopfen waren: Frances, Liam, Maura, Sean, Deirdre, Dominic. Bald schliefen Paddy, Liam, Sean und ich in einem Bett, zwei oben, zwei unten.

Ballymurphy war ein Viertel für sich, und es war etwas Einzigartiges, dort aufzuwachsen. Die Bewohner dieses neuen Wohnviertels waren natürlich nicht so verwurzelt, wie es charakteristisch für die Falls war, wo die Leute ihr Leben lang in der gleichen Straße lebten und jeder jeden kannte, wo es Familiennetzwerke gab, Verwandte in angrenzenden Straßen oder in der gleichen Straße wohnten. Zudem verfügte es nicht über die Sicherheit seiner eigenen Schule, Kirche, Bücherei und Läden. Es war schlecht gebaut, schlecht geplant und schlecht mit öffentlichen Einrichtungen versehen, aber es bot dennoch ein wunderbares Gefühl der Offenheit, wie es sich dort an den Berghängen hinzog.

Wir waren arm, aber das war egal, wenigstens uns Kindern. Wir kannten nichts anderes, und wir waren zu sehr beschäftigt, um es zu bemerken. Außerdem waren alle anderen, die wir kannten, ebenfalls arm. Die Straßen und die Felder der Umgebung, der Fluß, die Ziegelei und der Berg – besonders der Berg – waren unser Spielplatz. Alle in Divismore Park wohnenden Familien waren kinderreich. Wir schloßen schnell Freundschaften, Mädchen und Jungen in getrennten Altersgruppen, und unser Leben spielte sich besonders während der Sommermonate im Freien ab. Alle mochten Seilspringen und Himmel und Hölle, Fangen und mit Murmeln spielen. Paddy und ich waren Meister im Murmelspiel draußen am grünen Kasten, wie wir den Stromgenerator am Ende der Straße nannten. Wir erklärten ihn zu unserem grünen Kasten und versuchten, andere Kinder davon fernzuhalten.

Etwa zur gleichen Zeit wie wir zogen die Magees aus Glenavy vom Lande nach Ballymurphy. Sie wohnten zwei Türen weiter, und Joe Magee und ich wurden schnell Freunde. Joe und ich, unser Paddy, Jimmy Gillen, Frank und Harry Curran, die Geschwister MacManus, die Irelands, die McKees, Dominic Grogan und Desi Carabine, wir alle trieben uns zusammen herum. Mein Leben begann tatsächlich an den Hängen des Divis Mountain, wo ich mit meiner Bande umherstreifte. Aber zunächst mußten wir an unseren Müttern vorbeikommen …

»Wagt euch ja nicht mit dem Brot in der Hand auf die Straße.«

Meine Mutter hatte uns über den Küchentisch hinweg im

Auge. Paddy war bereits halb zur Tür hinaus, blieb aber stehen, drehte sich um und schaute mich an. Ich hatte meine Hand immer noch in der Brotverpackung.

»Trinkt euren Tee aus!« befahl sie uns.

»Ach, Mama!« stöhnten wir im Chor.

»Ich will deswegen kein ›Ach, Mama‹ hören. Eßt gefälligst im Haus und nicht auf der Straße.«

Unser Liam stopfte sich hinter uns voll, wischte sich mit dem Handrücken den Mund und schaute mit großen Augen zu mir hoch.

»Ich will den Kanten«, sagte er.

»Den hat Paddy«, erwiderte ich ihm. Paddy sagte nichts, sondern schob sich hastig das Margarinebrot in den Mund.

»Hört auf, euch zu zanken«, rief meine Mutter.

Im Nachbarzimmer beendeten Margaret und Anne ihr Abendessen. Margaret sagte etwas zu meiner Mutter, und als sie sich zu ihr umdrehte, schlüpften wir drei Jungs zur Hintertür hinaus und kletterten über den Zaun auf die Glenalina Road.

Paddy gab Liam ein Stückchen vom Brotkanten, den er fest in seiner Hand hielt.

»Ich will das glatte Ende«, forderte Liam.

»Du bekommst nichts«, sagte Paddy und warf Rory, der hinter uns herhüpfte, einen Brotbrocken zu.

»Los, wir gehen runter zu Joe Magee.«

»Er kommt rauf«, sagte ich. Und da war Joe auch schon, aß ebenfalls ein großes Marmeladenbrot.

»Laßt uns zum Fluß gehen.«

Wir überquerten Divismore Park, passierten einen Durchgang zwischen den Häusern und gingen jenseits der dahinter liegenden Gärten durch den Fluß. Es war kein großer Fluß. Seine Quelle war auf dem Berg, floß in Mäandern am Rande von Ballymurphy entlang hinunter zur Whitecross Road, unter dieser hindurch zum städtischen Friedhof und, wie wir erst sehr viel später herausfanden, durch den Falls Park und dann zu den Sumpfwiesen. Doch es war unser Fluß. Wir konnten von der einen auf die andere

Seite springen. Wir konnten eine Schaukel, ein Seil befestigen und uns wie Tarzan von Ufer zu Ufer schwingen. Wir konnten zu einer Brücke hinaufgehen, wo der Fluß unter der Springfield Road hindurchfloß, und in die Dunkelheit planschen. Unser Lärm hallte unter der Straße wider. Einmal folgten wir dem Fluß bis zu dem Felsdamm an den Ausläufern des Berghanges hinauf. Dort befanden sich zwei Staubecken, zurückgelassen von der einstigen Leinenindustrie. In dem kleineren Becken wurden vermutlich die Flachsstengel geweicht. Einige Leute sagten, das größere sei unendlich tief, was uns aber nicht davon abbringen konnte, einmal darin zu schwimmen. Die Becken und das gelbe Haus waren von einem Webereibesitzer aus Barnsley in Yorkshire gebaut worden, der sein Besitztum New Barnsley genannt hatte, und als dort oben Häuser gebaut wurden, blieb der Name erhalten.

Einmal schlug Frank Curran vor, oben an der Brücke Ratten zu fangen. Ich war nicht sonderlich begeistert von der Idee.

Frank und sein Bruder Harry warteten auf uns, und ebenso Packy McKee, der ein Beil hatte, mit dem er aus frischen grünen Zweigen eine Anzahl Speere von etwa einem Meter zwanzig Länge geschnitten hatte. Diese händigte er uns aus. Er postierte die Speerträger am Ufer und wies dann mich und unseren Paddy an, ihm unter die Brücke zu folgen, wo sich eine große Röhre befand.

»Wir werfen Steine gegen die Röhre«, sagte Packy. »Dann machen wir die Fliege, und wenn die Ratten herausgeflitzt kommen, spießt ihr sie auf.«

»Ich gehe nicht unter die Brücke, um Steine zu schmeißen«, widersprach ich. »Die Ratten können einen umbringen.«

»Die Ratten können einen umbringen?« zweifelte Packy. »Wie soll eine Ratte einen umbringen können?«

»Sie sind giftig«, erwiderte ich. »Ratten haben Gift in ihren Schwänzen.«

»Dann laß eben ihre Schwänze in Ruh«, sagte Packy.

»Ich gehe nicht«, wandte ich hartnäckig ein.

»Irgend jemand wird gehen müssen«, sagte Packy.

»Ich werde gehen«, sagte unser Liam.

»Du darfst nicht gehen.«

»Nun, ich weiß nicht«, sagte Packy. »Ihr wolltet Ratten fangen, und jetzt, wenn wir Gelegenheit dazu haben, wollt ihr kneifen. Ihr feigen Memmen.«

»Wer is 'ne feige Memme?« fragte unser Paddy.

»Ihr.«

»Ich habe nicht gesagt, daß ich nicht gehen würde«, sagte Paddy.

»Wer hat nicht gesagt, daß du nicht gehst?«

Es wurde ein bißchen konfus.

»Ich hab die Schnauze voll«, sagte Joe, warf seinen Speer in die Luft und fing ihn wieder auf.

»Warum gehst du nicht?« sagte ich. »Ich nehme den Speer.«

»Du wirst ja doch keine Ratte treffen«, sagte Joe.

»Ich und keine Ratte treffen? Ich knall dir gleich eine!«

»Ah, nun macht schon, Jungs!« rief Harry Curran. »Legen wir jetzt los oder nicht?«

»Gut, ich bin dabei«, sagte Packy McKee.

Packy trug wie die meisten anderen von uns Plastiksandalen, nur unser Paddy hatte Baseballstiefel an. Wir trugen alle kurze Hosen und Windjacken oder Schlabberpullover. Wir waren alle hager, von der Sonne gebräunt, hatten Sommersprossen und schmutzige Knie.

Packy McKee sprang in den Fluß. Der war lediglich fünfundzwanzig bis dreißig Zentimeter tief, und das Wasser schwappte über uns. Unser Paddy folgte ihm. Die übrigen Jungs schwärmten aus und warteten mit den Speeren in der Hand auf die Ratten, nur ich und Liam nicht. Wir standen mit leeren Händen da.

Die Brücke war nicht sonderlich breit, und wir hörten, wie sich die beiden Krieger Richtung Rattenröhre vorplanschten, ihre Stimmen widerhallten.

»Oooiih!« rief Packy. Wir vernahmen, wie die Steine von

der Drainageröhre abprallten und ins Wasser fielen. Sekunden später kamen Packy und Paddy Wasser um sich spritzend herausgeschossen.

»Auf sie! Auf sie! Auf sie!« riefen sie. Wir stimmten alle ein Kriegsgeschrei an, kreischten und johlten, aber von Ratten keine Spur.

»Ihr glaubt wohl, ihr könnt uns verarschen?« fragte Frank Curran. »Ihr habt euch doch gar nicht in die Nähe der Röhre getraut.«

»Ach, haben wir nicht? Wir haben uns näher rangetraut als ihr«, sagte Paddy. Er war von Kopf bis Fuß pitschnaß, sein linkes Knie aufgeschlagen, und an seinem Handrücken hatte er eine Schnittwunde.

»Ich hab gesehen, wie eine Ratte hinter mir herausgerannt kam.«

»Nichts hast du gesehen«, antwortete ich.

»Ich hab zwei gesehen«, tönte unser Liam.

»Es waren gar keine Ratten zu sehen«, sagte Frank Curran.

»Überhaupt keine«, ergänzten Joe und Harry Curran. »Nicht eine.«

Packy McKee blieb am Ufer stehen. »Ich habe eine Ratte gesehen. Sie kam raus und rannte dort den Hügel hinauf.«

»Da war keine Ratte! Ihr habt euch nicht in die Nähe der Röhre gewagt. Ihr seid ein kleines Stück nach oben gegangen, habt eure Steine geworfen und seid dann zurückgerannt. Ihr seid feige Memmen, Hasenfüße. Schisser seid ihr.«

»Wer ist ein Schisser?«

»Du bist ein Schisser.«

Just in dem Moment, als unsere Jagdgesellschaft sich aufzulösen drohte, kreischte Liam auf.

»Was is'n das?« schrie er. Wir machten alle kehrt. Er stand in etwas höherem Gras.

»Guckt mal!« Er deutete mit dem Finger.

Es war ein Frosch. Ein großer grüner Frosch. Ich schnappte ihn mir. Als ich ihn in den Händen hielt, spürte ich, wie kalt und klamm er war und wie sein Herz an meine Finger klopfte. Er krümmte die Schenkel und zappelte, um sich zu befreien.

»Gib ihn mir«, sagte Frank Curran.

»Wozu?« fragte ich.

»Man kann sie aufblasen.«

»Was meinst du denn mit aufblasen?« fragte ich.

»Man kann ihm einen Strohhalm in den Arsch schieben und ihn aufblasen«, sagte Frank.

»Das wirst du nicht tun«, sagte ich. »Es ist nicht dein Frosch, sondern meiner!«

»Es ist nicht dein Frosch«, unterbrach unser Liam. »Ich hab ihn zuerst gesehen.«

»Aber ich hab ihn gefangen!«

»Ich möchte ihn aufblasen«, sagte Frank. »Du traust dich nicht unter die Brücke und willst den Frosch haben? Das ist nicht fair. Gib ihn her!«

»Es ist Gerrys Frosch«, mischte sich Joe Magee ein. »Er hat ihn gefangen. Dem Finder gebührt der Lohn.«

»Ich hätte nichts dagegen, zu sehen, wie er aufgeblasen wird«, sagte Paddy.

»Manchmal werden sie so groß wie eine Fußballblase. Man bläst und bläst und bläst. Und dann platzt der Frosch mit einem Knall!«

Alle schauten mich und den Frosch an. Die Speerträger waren besonders interessiert.

»Guckt!« rief ich. »Dort ist eine Ratte!« Sie drehten sich eine Sekunde lang um, und ich nahm vor meinen Spielgefährten Reißaus.

An einem milden Sommertag kauerten wir unter dem Bergvorsprung des Black Mountain.

Unser Paddy befand sich weiter unten, versteckt in einer Bergfalte, windgeschützt und durch das dichte grüne Farnkraut unsichtbar. Wir waren zu fünft, unser Hund Rory mitgezählt. Er lag zwischen meinen Beinen, den Kopf zur Seite gewandt, wo sich ein verdammter Fliegenschwarm tummelte, ihm um die Ohren schwirrte. Dann und wann schnappte er nach ihnen, bevor er es sich resigniert wieder bequem machte und sein wedelnder Schwanz meinen Oberschenkel streifte.

Unter uns erstreckte sich die Stadt Belfast in der einen Richtung zur Bucht hin und in der anderen zu den entfernten Hügeln, die sich uns gegenüber erhoben. In der Stadt herrschte reges Treiben. Aus Fabrikschornsteinen ringelte sich schwerfällig Rauch, kleine und größere Boote schipperten in der Bucht hin und her.

Direkt unter uns, an den Bergausläufern, nahmen wie auf einem großen Ameisenhügel, auf dem es sehr geschäftig zuging, Straßenzüge mit Häusern Gestalt an. Die Baugeräusche, der Lärm und die lauten Rufe der Arbeiter drangen zu unserem Aussichtspunkt herauf, und wir sahen, wo sich die Baustelle in die grünen Felder fraß.

Über der ganzen Szenerie lag warmer Sonnenschein. Wir ruhten im Halbschatten, der Feuchtigkeit der torfigen Erde ausgesetzt. Hier war es kühl. Wir warteten auf Paddy, der schließlich aus seinem Versteck auftauchte. Seine Stimme drang leicht und freudig zu uns hinauf.

»In Zeiten, den früh'n,
Als Ritter warn kühn
Und Klos nicht erfunden,
Sie einfach saßen
Mitten auf den Straßen,
Und warn dann, erleichtert, verschwunden.«

Seine Hosen hingen ihm um die Knöchel. Er wischte sich das Hinterteil mit einem Büschel Gras und Farn.

»Igitt, du Dreckfink!« schrien wir im Chor. »Du stinkst.«

Er drehte sich um und versuchte davonzurennen, während wir uns mit Gebrüll und Gejohle auf ihn stürzten. Die Hosen behinderten seine Flucht, und als wir über ihn herfielen, stolperte er. Wir verschlangen uns ineinander, ein Knäuel dünner, grünfleckiger Beine und magerer Körper, rollten und wälzten uns in den kühlen Farnwedeln, zerdrückten sie unter uns.

»Aua!« schrie Paddy. »Ihr bringt mich um!« Er schlug blind um sich.

Unser Liam erhielt einen Faustschlag ins Gesicht. »Auuuu«, jammerte er. Liam war der Jüngste.

Paddy schlug und trat weiter wild um sich. Seine Hosen waren über unsere Köpfe gesegelt, als die Balgerei vor seinem Angriff aufgehört hatte. Er stand trotzig vor uns, ohne Hose und mit Tränen in den Augen. Liam lag zu unseren Füßen, heulte und schluchzte und hielt sich den Kopf. Rory tanzte um uns herum, bellte aufgeregt.

»Du bist zu grob«, schrie Liam.

»Und du bist wie'n olles Püppchen. Wir hätten dich gar nicht mitnehmen sollen.«

Irgend jemand warf Paddy seine Hosen zu. Er fing sie mit großer Würde. Unterdessen raffte sich Liam auf. Paddy ignorierte ihn. Er wandte sich an die übrigen von uns. »Ihr hättet euch nicht so auf mich stürzen sollen.« Joe warf mit einem Erdklumpen nach ihm. »Deine Hosen sind zerrissen«, sagte er. Dann sangen wir alle zusammen, während Paddy entsetzt nach unten starrte.

»Ich ließ dich gucken.
Ich ließ dich glotzen.
Ich ließ den Barbier
Die Haare dir stutzen.
Er schnitt sie mal kurz,
Mal lang bis zum Nabel,
Als Werkzeug nahm er
Messer und Gabel.«

Unser Paddy zog die Hosen hoch.

»Los, wir gehen«, sagte er.

»Aufgesessen und marsch!« brüllte Joe.

Wir stiegen auf imaginäre Schlachtrösser und kanterten dann in einer Reihe quer über den Bergrücken. Rory rannte vor uns her, während wir uns in Richtung Wasserfall, Bergpfad und nach Hause davonmachten.

Zu Hause kratzte mein Vater Dreck von seinen Stiefeln.

»Papa«, fragte ich, »kann ich morgen früh zur Bäckerei Kennedy runtergehen und einen Kissenbezug voll Gebackenes holen?«

Mein Papa konzentrierte sich auf seine Stiefel, die mit Erde beschmaddert waren. Dicke, rote Erde. Zwischen Absatz und Sohle klebten sogar kleine Steine fest. Er kratzte sie mit einem alten Brotmesser ab und streifte oder wischte das Messer an einem Stück Zeitung ab, das er vor dem Kamin ausgebreitet hatte.

»Was willst du?« fragte er schließlich.

»Ich und Joe Magee. Wir gehen am Morgen runter zur Bäckerei. Für ungefähr drei Pence bekommt man einen Kissenbezug Gemischtes.«

»Was heißt Gemischtes?«

»Diamanten und Schneebälle, Pariser Zuckerkuchen und Marmeladenrollen. All die Sachen, die am frühen Morgen gebacken werden.«

»Und was ist mit Brot?«

»Man kann auch Brot kriegen, aber das kostet mehr. Und genauso gibt's Brötchen, Hafermehlkuchen und Kartoffelbrot, geschnittenes Brot und normales Weißbrot.«

»Wieso weißt du das alles?« fragte mein Papa.

»Weil Packy McKee und die andern immer zum Bäcker runtergehen, und Jimmy Gillen hat auch gesagt, daß er gehen will.«

»Ich weiß nicht, Sohn. Um wieviel Uhr wollt ihr denn los?«

»So um sechs Uhr früh.«

»Frag deine Mutter«, sagte mein Papa.

»Aber Papi!«

»Rede ich gegen eine Wand?« sagte er. »Geh und frag deine Mama.«

»Du gehst unter keinen Umständen zur Bäckerei Kennedy runter«, erklärte meine Mutter. »Die ganze Straße wird über uns reden.«

»Aber Mama«, sagte ich, »alle gehen runter. Alle. Bloß ich nicht. Packy McKee ist erst sieben.«

»Du bist nicht Packy McKee. Du gehst nicht, und damit basta.«

»Du kämst doch sowieso nicht aus den Federn«, warf Margaret ein.

»Ach, halt die Klappe!« schnauzte ich sie an. »Wer hat dich denn gefragt, kleines Dummerchen.« Ich stapfte aus dem Haus.

Draußen wartete Joe Magee. Er zog eine finstere Miene.

»Glück gehabt?«

»Nein«, antwortete ich. »Ich arbeite daran.«

»Meine Mutter sagt, ich darf nicht«, berichtete er.

»Sagt meine auch«, erwiderte ich.

»Warum gehen wir nicht einfach trotzdem? Wir stehen schön früh auf. Und wenn wir dann zurückkommen, werden sie alle staunen.«

»Woher willst du das Geld nehmen?« fragte ich.

»Wir könnten Anmachholz hacken.«

»Was?«

»Wir könnten Anmachholz hacken und es verkaufen, das gibt ein bißchen Geld.«

»Was?«

»Bist du taub oder was?« fragte Joe verärgert. »Wir könnten Holz in dünne Scheite hacken, mit denen die Leute ihr Feuer anzünden, und es von Tür zu Tür verkaufen. Auf die Art könnten wir ein paar Kröten zusammenkriegen.«

»Ich glaube nicht, daß sie mir erlauben, Holz von Tür zu Tür zu verscheuern.«

»Erfährt doch keiner«, sagte Joe. »Wir könnten es ja in den anderen Straßen verkaufen.«

So verbrachten wir also unsere Zeit jenseits des Flusses in der Nähe des Grubeneingangs, indem wir Abfall- und Bauholz, alte Türen und Holzkisten heraufschleppten. Dann hackten wir stundenlang, zogen Nägel und bündelten das splittrige Kleinholz. Nach einer Woche hatten wir einen ansehnlichen Stapel zusammen.

»Wofür ist denn das ganze Holz?« fragte mein Papa eines Abends. Er hatte einen Fuß auf den Zaun gestellt, um sich die Stiefel aufzuschnüren.

»Wir wollen es verkaufen.«

»Gute Idee.« Er zog seine Stiefel aus. »Hier, mach die sauber, wenn du schon dabei bist. Nimm einen von diesen Holzscheiten, und wenn du damit fertig bist und die Stiefel mit Lederfett einschmierst, bekommst du was von mir.«

Am nächsten Tag wurden Joe und ich unseren ganzen Wald von Holz los. Es war ziemlich einfach. Wir gingen in die Seitenstraßen hinter der Ballymurphy Road. Wir hatten all unsere Bündel auf einen Karren geladen, einen selbstgebauten, vierrädrigen Buggy, und nach ungefähr zwei Stunden und vier oder fünf Touren hin und zurück waren wir um drei Shilling reicher.

»In der Bäckerei unten kostet es nur etwa sechs oder vielleicht auch nur drei Pence«, erklärte mir Joe. »Wir müssen uns ganz, ganz früh auf den Weg machen.«

Am nächsten Morgen stahl ich mich aus dem Bett, aus dem warmen Bündel von Körpern, die in dem Doppelbett im hinteren Zimmer eng zusammenlagen. Liam rührte sich nie. Paddy murmelte etwas, und Sean, der kleinste, öffnete einen kurzen Moment lang die Augen, bevor er wieder in tiefen Schlaf fiel. Es war kühl, und ich hatte ein bißchen Angst, als ich in Socken über den nackten Fußboden und die Treppe hinunter schlich. Mit zwei Kissenbezügen unter dem Arm trat ich durch die Vordertür hinaus und lief die Straße bis zur Ecke Ballymurphy Drive hinunter, wo Joe unterhalb seines Hauses auf mich wartete. Während wir uns auf den Weg machten, laut miteinander quasselten, den Fluß überquerten, um die Westrock Bungalows herum, über den Grubeneingang hinweg und durch die Ziegelei zur Beechmount Avenue, wich die Dunkelheit langsam der Morgendämmerung. Bei der Bäckerei Kennedy angekommen, war ich überrascht über die lange Schlange von Leuten, die in dem kopfsteingepflasterten Hof anstanden. Alle drängelten sich durch eine geöffnete Seitentür. Hinter dem Ladentisch stapelten sich Bleche mit frischem, noch warmem Brot, Brötchen und Hafermehlkuchen, dazu Kartoffelbrote, Mischbrot und Weißbrot und Massen an Rosinenbrötchen. Apfelkuchen, Diamanten, Törtchen, Schneebälle, Pariser Zuckerkuchen, Rosinenschnitten, Bienenstich, Kuchen mit und ohne Glasur, Obstkuchen. Langsam bahnte sich die Menge den Weg bis zu der freundlichen Bedienung, die kleine Brote oder Kuchen in die Kissenbezüge steckte. Bald waren auch wir an der Reihe. Joe und ich hatten jeder zwei Kissenbezüge – einen für Gebäck und einen für Brot. Wir kauften für vier Pence ein und hielten die Bezüge fest zu, damit sie uns nicht aus der Hand rutschten und die kostbare Fracht auf dem Boden ausstreute.

Stolz wie der Gockel auf dem Mist machten wir uns langsam auf den Rückweg, dabei ließen wir Beechmount seitlich liegen. Mittlerweile war es hell.

»Möchtest du einen Diamanten?« fragte ich.

»Vielleicht ein Puddingstückchen«, sagte Joe. »Aber nur das eine.«

Wir stoppten, um eine Probe zu nehmen. Die Puddingstückchen waren noch warm. Wir hatten jeder zwei. Und dann probierten wir einen Diamanten und dann Pariser Zuckerkuchen.

»Ah«, sagte Joe, »ich glaube, wir müssen uns beeilen.« Und das taten wir. Jenseits des Flusses schlich er sich in sein, ich mich in unser Haus. Ich versteckte zwei oder drei Brötchen für Paddy, Liam und Sean. Den Rest drapierte ich hübsch auf unserem Eßtisch. Eine Ladung Brot, fünf Kartoffelbrote, sechs Milchbrötchen und einige schön knusprige Brötchen. Und dann den ganzen Haufen an Gebäck. Ich schüttelte Krumen, Kokosflocken und Krümel für unseren Rory aus dem Kissenbezug, strich ihm über den Kopf und schlich mich dann wieder nach oben ins Bett.

Als die andern dann aufstanden, waren sie alle hocherfreut. Nur meine Mutter schimpfte ein bißchen mit mir.

»Ich hatte dir doch verboten, hinunterzugehen«, grollte sie. Aber das war alles.

Als mein Vater an jenem Abend nach Hause kam, sagte er, auf der Baustelle seien alle neidisch auf ihn gewesen. Er war der einzige, der Kuchen mithatte. Selbst unsere Margaret war beeindruckt. Sie sagte kein Wort, aber ich wußte es. Danach gingen Joe und ich immer wieder zu Kennedys Laden hinunter. Aber von jetzt an gab mir meine Mutter immer Geld mit.

2

Unsere Nachbarn in Divismore Park waren redliche Leute. Später, in den späten fünfziger und frühen sechziger Jahren, bekam »The Murph« den Ruf einer rauhen Gegend, was allerdings nicht gerechtfertigt war. Ballymurphy war nicht besser oder schlechter als jedes andere arme Arbeiterviertel in der Welt. In den siebziger Jahren erwiesen sich die Bewohner als standhafte, mutige und findige Gemeinschaft. In den fünfziger Jahren hatte es an diesen Eigenschaften gemangelt. Damals war Ballymurphy nur eine weitere, unsolide gebaute Wohndeponie für die vielen jungen Familien, die froh waren, aus Slumbehausungen oder überfüllten Elternhäusern herauszukommen und in ein eigenes Heim zu ziehen. Bei meinen späteren Reisen habe ich überall Ballymurphys gesehen. In England, auf dem europäischen Festland, in verschiedenen Städten Irlands, in den USA und in Südafrika. Sie alle haben eines gemein. Hart arbeitende Eltern, die – obwohl vielleicht sogar arbeitslos – alles tun, ihren Kindern die besten Möglichkeiten zu eröffnen. So war es auch bei uns zu Hause.

Ich weiß gar nicht, wie meine Mutter es bewerkstelligt hat, so viele Menschen zu ernähren, dreimal am Tag Mahlzeiten zuzubereiten und zehn Kinder einzukleiden. Der Druck wurde um so stärker, als nicht immer genug Kleidung für die Kinder und nicht genug Essen, das sie hätte auf den Tisch bringen können, vorhanden waren. Zudem bekam meine Mutter selbst vermutlich noch weniger zu essen als wir übrigen. Es war in der Tat zu jener Zeit keine Seltenheit, daß Frauen wegen Unterernährung zusammenbrachen, während sie ihre großen Familien versorgten. Mein Vater arbeitete schwer, wenn er Arbeit bekommen konnte, es war aber meine Mutter, die alles im Griff hatte und die Lage meisterte, meine Mutter, die, wie so viele andere Frauen, all ihre Kraft aufbot, um uns großzuziehen, wobei ihr Oma Adams und Oma Hannaway halfen und sie auch auf Laverys Pfandleihe zurückgriff.

Paddy Laverys Pfandleihe befand sich Ecke Panton Street und Falls Road. Das Schaufenster schien nahezu alles zu bieten, von Stiefeln über Uhren bis zu Angelruten. Wenn man die Pfandleihe betrat, stand man vor einem Ladentisch, der rundum von Trödel umgeben war, vor Reihen von Anzügen, die zwischen den Sonntagsmessen verpfändet wurden, um die Familie ernähren oder die Miete bezahlen zu können. Es war keine Schande, zum Pfandleiher zu gehen, sondern Alltagsrealität, eine Realität, der sich die Frauen stellten und die sie meisterten, meine Mutter, meine Schwester Margaret, Oma Hannaway – obwohl sie es vor ihren Ehemännern verheimlichen mußten. Manchmal kam es plötzlich zu Hektik und Aufruhr: Oma Hannaway mochte einen Anzug meines Großvaters Hannaway verpfändet haben; nun fand an einem Donnerstag oder Freitag eine Beerdigung statt, weswegen sie verzweifelt versuchte, den Anzug auszulösen, bevor Opa ihn vermißte. Bei dem endlosen Jonglieren mit dem knappen Haushaltsgeld brachten die Frauen häufig Schuhe oder andere ihren Männern gehörende Artikel ins Pfandleihhaus.

In einer Periode wechselhaften Wetters hörte ich einmal, wie sich zwei Frauen unterhielten.

»Das Wetter kann sich nicht entscheiden. Eine Minute gießt es in Strömen, in der nächsten kriegen die Bäume einen Sonnenstich.«

»Genau. Man weiß gar nicht, was man verpfänden soll, nicht wahr?«

Meine Mutter war nie besonders robust und litt jahrelang unter einem Kropf. Sie war zudem eine sehr sanfte Person, trank und rauchte nicht, muß aber auf ihre Weise sehr zäh gewesen sein. Beim Großziehen der Familie muß sie unter argem Druck gestanden haben, bekam sie doch ein Kind nach dem anderen. Irgendwie brachte sie aber immer für uns alle etwas zu essen auf den Tisch; sie hatte immer Kleidung für uns und konnte uns sogar mit Spielsachen versorgen. Wenn sie das Spielzeug endlich abbezahlt hatte, war es bereits wieder Weihnachten, und es mußte eine neue Garnitur Spielsachen gekauft werden. Vertreter von Weihnachtsclubs, Geldeintreiber, Versicherungsagenten, Hausierer gehörten in Divismore Park zu den regelmäßigen Besuchern. Als die Familie größer wurde, übernahmen die Mädchen schon in recht jungen Jahren eine Menge Hausarbeit und hüteten die Kleinen. Männer und Knaben wurden im Vergleich dazu relativ verhätschelt.

Meine Mutter sang sehr viel im Haus, Lieder wie »Die Tänze von Kerry«, »Das Spinnrad«, »Als der Ball vorüber war«, »Der stolze Fenier«, »Die einsamen Wälder von Upton« und »Die Jungs aus der Grafschaft Armagh«. Dies waren die Musikstücke, mit denen ich aufwuchs.

Als meine Mutter einmal ins Krankenhaus mußte, versuchte mein Vater zu kochen, gab Tomatensuppe in einen Topf, fügte Würstchen und schließlich auch noch Kartoffeln hinzu. Margarets Versuche fielen nicht sehr viel besser aus. Ich war der Meinung, Porridge zubereiten zu können, aber aus irgendeinem Grund wollte niemand sonst davon essen. Dann bekamen wir eine Haushaltshilfe und waren gerettet. Es war eine große, weißhaarige, freundliche Frau, die alles kochen konnte.

Mein Vater arbeitete nicht und ging jeden Tag ins Krankenhaus. Nach etwa vier Tagen kam er mit der Neuigkeit heim, daß wir ein kleines Schwesterchen hätten, und wir gingen alle hinunter ins Krankenhaus. Wir durften nicht auf die Station, so daß uns Vater mit auf das Krankenhausgelände nahm und dann im Gebäude verschwand, meine Geschwister in meiner und Margarets Obhut. Dann kehrte er zurück, ließ uns in einer Reihe antreten und zeigte mit dem Finger nach oben. An einem der großen Krankenhausfenster sahen wir unsere Mutter, die ein kleines Baby im Arm hielt. Wir konnten nicht sehen, was es war, aber wir winkten alle und stießen Begeisterungsrufe aus. Doch eigentlich waren wir traurig. Dann brachte uns Vater nach Hause.

1956 kam ich auf die St.-Finian-De-La-Salle-Schule. Es war Familientradition, die St.-Finian-Schule zu besuchen, die zusammen mit der Mädchenschule St. Vincent's für die Halbtagsarbeiter der Leinenweberei errichtet worden war. Sie arbeiteten einen halben Tag und besuchten während der anderen Tageshälfte die Schule. Als ich auf diese Schule kam, hatte diese Praxis glücklicherweise aufgehört, denn es war außerordentlich schwer, mich morgens aus dem Bett zu kriegen. St. Finian's war eine gute Schule. Es ging ziemlich streng zu, aber das einzige Mal, daß ein Lehrer meiner Erinnerung nach besonders hart mit mir umsprang, war an meinem ersten Schultag. Ich bekam eine Ohrfeige, ungerechterweise, wie ich fand.

Die Schule hatte ein kleines Einzugsgebiet, aber wegen der wachsenden Bevölkerungszahl gab es weitere Schulen in der Umgebung, und da alles dicht beieinanderlag, entstand ein Identitätsgefühl, das dem eines kleinen Dorfes glich. Die Christian Brothers unterrichteten uns in irischer Geschichte, einschließlich politischer Geschichte, und benutzten die gleichen Bücher wie in ihren Schulen südlich der Grenze, in Cork, Tipperary und anderswo in Irland. Sie bedienten sich auch vieler Bücher in irischer Sprache, und für das Schulethos waren die gälischen Sportarten Hurling, Football und Handball von großer Bedeutung. Die Familie Adams hat sich stets durch hervorragende Hurling- und Footballspieler ausgezeichnet. Ich spielte sowohl in der Hurling- wie in der Football- Schulmannschaft und empfand wie alle sportinteressierten Schuljungen die Zeit im Schultrikot als die erfreulichste meiner Schulzeit.

Als ich in die St.-Finian-Schule kam, zog ich zu meiner Oma Adams. Sie wohnte in der Abercorn Street nahe der Schule. Ich verbrachte allerdings weiterhin die Wochenenden und Sommerferien oben im Murph. Ich ging nicht zu meiner Oma, weil es mir an der Befähigung oder Zuneigung seitens meiner Mutter gemangelt hätte, im Gegenteil, sie schwärmte für mich, und ich erwiderte ihre Liebe, so gut ich nur konnte. Seit ich ein bißchen Geld hatte, sparte ich stets, um ihr Weihnachten eine große Schachtel *Roses*-Schokokonfekt zu kaufen. Das Haus von Oma Adams besaß eine gekachelte Küche und einen »modernen Devon-Kamin« mit einem kleinen Sims. Ich wohnte wieder in dem Haus, in dem ich meine ersten beiden Lebensjahre verbracht hatte. »Abercorn Street North, Leeson Street, die Falls Road, Irland, die Welt, das Universum«, schrieb ich in meine Schulbücher. Es gab zwei Schlafzimmer. Ich schlief mit meinen Onkeln Seán und Frank im hinteren Zimmer, bis Onkel Frank nach England und dann nach Kanada ging und Onkel Davy aus England zurückkam. Als Jüngster im Haus stand ich ganz im Mittelpunkt der Aufmerksamkeit. Der erste Cousin meines Vaters, Gerry Begley, der nur ein paar Schritte weiter wohnte und sechs oder sieben Jahre älter war als ich, brachte mich bereitwillig zur Schule und wurde mein Freund und Vorbild. Es dauerte nicht lange, bis ich mich mit anderen in der Straße anfreundete, wie etwa mit Joe MacAtamney, den O'Neills und Barbara Scott. Und es gab Darkie, den Hund.

Aber der Mittelpunkt meines Lebens in der Abercorn Street war Oma Adams oder Margaret (Maggie) Begley, wie ihr Mädchenname lautete, unter dem man sie kannte. Als verhalten frommer Mensch duldete sie zwar keine Flüche, rannte aber auch nicht bei jeder Gelegenheit in die Kirche. Sie war streng, aber auch sehr warmherzig; eine sehr kleine, robust gebaute und recht modern gekleidete Frau, Halbtagsarbeiterin. Sie übte einen einzigartigen Einfluß auf mich aus und schien einen ausgeprägten Sinn für Ausgeglichenheit und Mäßigung zu haben. Ich erinnere mich daran, wie sie sagte, man könne keinem Mann trauen, der nicht eine Flasche Stout trinkt, zugleich war sie aber absolut gegen das Trinken. Sie war sehr tolerant und hatte offensichtlich harte Zeiten durchlebt. Sie verwöhnte mich als einziges Kind unter lauter Erwachsenen. Sie hatte – wie man so schön sagt – an mir einen Narren gefressen.

Sie legte Wert auf eine gute Ausbildung; Respekt vor anderen Menschen und deren Würde waren ihr angeboren, und sie lehrte mich, nicht frech zu sein, niemandem feindselig zu begegnen und immer Zeit für andere zu haben. Da man bei mir im Alter zwischen acht und zwölf mangelndes Selbstvertrauen feststellte und ich leicht stotterte (weswegen meine Schwester mich nachäffte, wenn wir uns stritten), genoß ich Omas ungeteilte Aufmerksamkeit und die Ruhe im Haus, in dem es keine Mädchen gab. Ich kann mich nicht erinnern, daß sie jemals versucht hätte, mich zu politisieren. In ihrer Haltung mir und der Politik gegenüber war sie wohl von den Erfahrungen geprägt, die sie mit meinen Onkeln Dominic und Paddy Adams und meinem Vater hatte durchmachen müssen, die sehr aktive Republikaner waren. Und sie hat mich wohl auch aktiv davon abgehalten, mich für Politik zu interessieren.

Meine Großmutter war Zeugin zweier Generationen politischer Opposition und kannte die Mühsal des Kampfes. Ihr Mann war in der Irish Republican Brotherhood (IRB) gewesen und früh gestorben, wodurch sie sechs Söhne allein großzuziehen hatte: Paddy, Dominic, Seán, Frank, Davy und Gerry. Die meisten von ihnen wurden in der IRA aktiv. Sie hatte auch noch zwei Töchter, Margaret und Elizabeth, und einen Sohn, Peter, alle waren im Säuglingsalter gestorben. Mein Vater, Gerry, trug 1942, als er sechzehn war, in einer Auseinandersetzung mit der Royal Ulster Constabulary (RUC) eine Schußverletzung davon. Das passierte einen Tag, nachdem Tom Williams gehängt worden war, ein Republikaner, der im gleichen Jahr bei einem Zusammenstoß mit der RUC verletzt worden war, bei dem ein Konstabler den Tod gefunden hatte. Meinen Vater, der als Old Gerry bekannt wurde, verurteilte man wegen versuchten Mordes zu acht Jahren Haft. Er wurde allerdings nach fünf Jahren ohne Auflagen auf freien Fuß gesetzt.

Oma Adams las viel und suchte häufig die nur einen Steinwurf entfernte Bücherei in der Falls Road oder die Bibliothek im Kloster von Clonard auf. Ich begleitete sie immer, wenn sie sich Bücher auslieh. Sie las Maurice Walsh, und ich las Charles Kickhams *Knocknagow* in einem Alter, in dem der Inhalt des Buches weit über mein Fassungsvermögen gegangen sein muß. Ich trug zu jener Zeit keine Brille, machte es mir aber später in Ballymurphy zur festen Gewohnheit, abends im Bett stundenlang im Schein der durch mein Schlafzimmerfenster fallenden schwachen Straßenbeleuchtung zu lesen. Es dauerte nicht lange, und ich war das erste Mitglied unserer Familie, das eine Brille tragen mußte. Mir gefielen eine ganze Reihe der zu jener Zeit populären Bücher: Enid Blyton, *Just William*, Jennings und Derbyshire, Biggles, Billy Bunter wie auch eine Reihe englischer Comics, *Beano*, *Dandy* und *Topper*. Und ich wandte mich vor allem eifrig den Abenteuern von *Dennis, the Menace*, und *Desperate Dan* zu. Diese Kost an englischen Geschichten wurde ergänzt durch *Our Boys*, ein von den Christian Brothers herausgebrachtes irisches Magazin.

Abercorn Street North war eine sehr enge Straße. Drum herum erstreckte sich ein Netz belebter kleiner Sträßchen und ein zweites Netz von Wegen oder Gäßchen hinter den Häusern. In der Getty Street führten von einem Eisengeländer gesäumte Treppen von der Straße zu einem solchen Weg. Die Gehsteige waren hoch und mit großen braunen Bordsteinen eingefaßt. Das ganze Gebiet um die Falls Road, besonders rings um die Leeson Street, war übersät mit Hinterhöfen, Gäßchen und Schuppen.

Die Gaslaternen, welche die Straßen beleuchteten, waren nicht besonders hoch, so daß man leicht hinaufklettern konnte. Wir befestigten an der Querstange direkt unter der Lampe unsere Schaukelseile. Wir spielten Handball bei Harbinson an der Ecke und da, wo die Abercorn Street in die Sorella Street und Dunville Street überging, ein kleines, an die Biegung von Dunville Park angrenzendes Gebiet, in dem man niemanden störte. Dort war ein Altkleiderladen und der Hof eines kleinen Maurerbetriebes. Die Hoftore dienten uns als Tore für unsere Spiele. Wir veranstalteten nicht nur Wettrennen, sondern spielten Fußball, Hurling,

Cricket oder Schlagball mit Hurlingschlägern und leeren Dosen.

Zu dem normalen spärlichen Straßenverkehr gehörten die Karren des Kohlenmannes und der Lumpensammler. Wir sprangen auf die Pferde und die Karren, und einmal fiel ich runter und schlug mir den Kopf auf. Ein anderer häufiger Besucher in der Straße sammelte Küchenabfälle für die Schweine. Abends machte ein Mann die Runde und zündete die Gaslichter an. Am Haus meiner Oma Hannaway war eine Gaslampe an der Außenwand befestigt, und ich erinnere mich, daß mir meine Mutter erzählt hat, sie habe im Licht dieser Lampe abends gelesen.

Die Häuser der Abercorn Street und in deren Nachbarschaft waren alt, und in diesem Gebiet besaß niemand eine Innentoilette oder ein Badezimmer. Bis zum heutigen Tag fragen die Leute: »Gehst du auf den Hof?«, wenn sie »Gehst du zur Toilette?« meinen. Blechwannen hingen zur Aufbewahrung hinter dem Haus und wurden an den Badeabenden vor dem Kamin plaziert und aus Eimern mit Wasser gefüllt. Die Wände der kleinen Höfe waren mit wasserfester Farbe getüncht und mit einem etwa dreißig Zentimeter hohen Teersockel versehen. Einige Leute hatten Blumenkästen, Geranien waren besonders beliebt. Manche hielten Geflügel. Alle lagerten ihre Kohlen im Hof, neben einem großen Wäscheständer und der Wanne. Meine Oma hielt immer ein Huhn, das schließlich zu Weihnachten geschlachtet wurde. Als aber dieser besondere Weihnachtsbraten angeschnitten wurde, erwies sich das Innere des Tieres als schwarz, weil es sich sein Leben lang durch die Kohlen gepickt hatte. Jedenfalls wurde mir das so erzählt.

In vielen Höfen gab es eine Kühlvorrichtung, ein Netzgitter für Butter und andere verderbliche Speisen. Fleisch gehörte zu den seltenen Luxusgütern, bis auf Schinkenspeck, der als Suppenfleisch diente, und billigen Fleischstücken, die gelegentlich auf den Tisch kamen. Meine Oma konnte hervorragend backen. Sie buk Kuchen und Brote auf dem Blech, Sodabrote, Weizenbrote, Ofenbrot, und kochte aus den Resten Brotpudding. Das Leben in unserer Straße war sehr offen. Oft wurde ich mit Suppe zu einem Nachbarn geschickt und umgekehrt.

Wir hatten immer Hunde, ich erbte meinen ersten, als meine Onkel Sean und Frank nach Kanada gingen, obwohl ich vermute, daß es eigentlich der Hund meiner Oma war. Darkie war groß, schwarz-braun und sehr klug. Wenn ich mit ihm die Straße entlanglief und er einen Polizisten sah, blieb er hinter mir zurück. Das lag daran, daß wir keine Hundemarke besaßen. Als ich mich einmal ins Murph aufmachte, fuhr meine Oma mit mir im Bus. Darkie rannte nebenher und kam völlig erschöpft an, als wir bei Divismore Park aus dem Bus stiegen. Ich glaube nicht, daß er danach noch einmal nach Ballymurphy zurückgekehrt ist.

Und dann war da Rory. Er war eine Terrierkreuzung, ein kleiner, in Ballymurphy geborener und aufgezogener Hund. Wir verbrachten unsere ganze freie Zeit auf dem Berg: Paddy und Joe Magee, vielleicht noch ein paar von unseren Freunden, Rory und ich. Wir kannten mit der Zeit jeden Zentimeter des hügligen Terrains, vom Gully bis zum Hatchet Field und Riddley Rock, jagten Hasen und Kaninchen, pflückten wildwachsende Beeren und Wasserkresse, gruben Schlüsselblumen und blaue Glockenblumen aus, um sie in unseren Garten umzusetzen, und lauschten dem Vogelgesang. Als einmal ein paar Tunichtgute den Berg in Brand setzten, wurden wir vom Feuer überrascht. Wir versuchten, dem Feuer und dem beißenden Rauch auszuweichen, und hasteten panisch durch das brennende Gestrüpp. Überall flogen Funken und Rußpartikel. Wir haben Rory unser Leben zu verdanken, er hat uns nach Hause geführt. Ich weiß noch, wie mein Vater sagte, ein Hund finde immer wieder den Heimweg. Ich glaube nicht, daß ich seitdem jemals ohne Hund gewesen bin. Hunde auszuführen, mit ihnen über Felder und Hügel zu spazieren wurde ein Teil meines Lebens.

Während meiner Kindheit pendelte ich häufig zwischen Ballymurphy und der Abercorn Street. Große Ereignisse, wie die heilige Kommunion oder die Firmung, fanden um die Abercorn Street herum statt, denn dort kamen meine Paten her. Als ich acht war, reiste meine Oma nach Kanada, um meine Onkel zu besuchen. Ich zog daraufhin nach Divismore Park zurück. Als aber die Schule wieder anfing, ging ich weiterhin zum Mittagessen in die Abercorn Street. Mein frisch verheirateter Onkel Davy und Tante Sheila wohnten jetzt dort, nachdem sie eine Zeitlang in England gelebt hatten.

Ich hatte den Vorteil, mich in zwei Häusern heimisch zu fühlen. Darüber hinaus konnte ich die Häuser von Verwandten mehrerer Familienzweige besuchen. Ganz besonders die Inkerman Street Nummer 14, das Haus der Familie meiner Mutter, den Hannaways. Die Hannaways standen nicht zuletzt wegen der Herkunft meines Großvaters und seines Jobs, bei dem man Schlips und Kragen trug, auf der gesellschaftlichen Leiter etwas höher. Er war Gewerkschaftsfunktionär, allerdings wurde man auf einem solchen Posten keineswegs so gut entlohnt wie heute. Die gesamte Familie war in diesem sehr kleinen Haus groß geworden. Unten befanden sich Wohnküche sowie die Waschecke, oben zwei Schlafzimmer. Es sah wie eine kleine Version eines typischen Landhauses aus, mit einem großen Kamin alten Stils und einem unebenen Fußboden.

Mein Urgroßvater, Michael Hannaway, war ein Fenier gewesen, der aus Sligo nach Belfast gekommen war und sich in der Dunmore Street in Clonard niedergelassen hatte. Er war bei den *Irish News* Korrektor und Setzer.

William Hannaway, mein Großvater, war ein großgewachsener Mann. Ich soll ihm ähnlich sein. Als überzeugter Sozialist und Republikaner hatte er sowohl mit Jim Larkin als auch mit James Connolly gearbeitet. Larkin war 1907 als Organisator der National Union of Dock Labourers nach Belfast gekommen und hatte eine bemerkenswerte Rolle bei dem Streik gespielt, der eine Aussperrung zur Folge hatte. 2500 Docker und andere Hafenarbeiter waren betroffen. Der Streik weitete sich zeitweilig sogar bis in die unteren Ränge der Royal Irish Constabulary (RIC) aus. James Connolly war 1911 zum Organisator für Ulster und Sekretär der neugegründeten Irish Transport and General Workers Union berufen worden. Er lebte von da an bis zu Beginn des Jahres 1916 mit seiner Familie in Belfast. Sein Haus befand sich in Glenalina Terrace, Falls Road, gegenüber der Whiterock Road. Als Sekretär der Sektion der Barmänner hatte mein Großvater erheblichen Anteil am Aufbau der Gewerkschaft und reiste sehr viel, besonders in England. Billy, wie er genannt wurde, war kein großer Kirchgänger. Aber er hatte eine ruhige Art, man hat ihn nie fluchen hören, auch dann nicht, wenn er getrunken hatte. Als sich de Valera 1918 zur Wahl stellte, war Billy einer von »Devs« Helfern, obwohl er den Mann später verabscheute.

Billy hatte Alice Mulholland aus Castlewellan geheiratet, mit der er vier Kinder zeugte, bevor sie in jungen Jahren starb. Ihre Schwester, Georgina, hatte ebenfalls in der Inkerman Street gewohnt und sich um die Familie gekümmert. Sie war den Kindern zur Mutter geworden und wurde Williams zweite Frau. Ihre erste Tochter hieß Annie (meine Mutter), dann folgten Ena und Seamus. Georgina, meine Oma Hannaway, war eine ziemlich kleine, schlanke und sehr ruhige Frau. Sie hatte sehr langes graues Haar, einen riesigen Zopf, und trug eine Schürze. Meinen frühen Erinnerungen nach hüllte sie sich in einen Schal, später aber brachte sie es gar zu einem Mantel.

Meine bleibende Erinnerung an Oma Hannaway betrifft ihre Hilfe für meinen Onkel Seamus, wenn dieser sich anschickte auszugehen. Seamus war ein großgewachsener Mann, sie hingegen war winzig. Nachdem sie all seine Kleidungsstücke gewaschen und gebügelt sowie seine Schuhe poliert hatte, zupfte sie an ihm herum, während er sich fertig ankleidete. Wenn er sich schließlich den Mantel überzog, bürstete sie ihn ab, stellte sich auf die Zehenspitzen, um mit der Kleiderbürste seine Schultern zu erreichen.

Die Hannaways waren immer Republikaner, und da der Kampf gegen Ungerechtigkeit kein Ende zu nehmen schien, kreuzten sich die Wege der Generationen. Meine Großtante

Mary war aktives Mitglied von *Cumann na mBan*, der Frauenorganisation der IRA. Jahre später, als Alfie Hannaway – ihr Neffe und mein Onkel – Irischunterricht in Twinam's Hall in der Cromac Street gab, wies Mary darauf hin, daß zu ihrer Zeit in der gleichen Halle Treffen von *Cumann na mBan* stattgefunden hatten. Alfies Bruder Liam war ebenso in der Kompanie D der IRA wie auch Mitglieder der Familie Adams, und er blieb bis zu seinem Tod 1981 ein sehr aktiver Republikaner. Mein Opa Hannaway, sein Vater, starb im Dezember 1962.

Meine beiden Großeltern wohnten relativ dicht beieinander. Die Inkerman Street befindet sich zwischen der Falls Road und der Ross Street. Wir Kinder verbrachten viel Zeit mit unseren großen Familien. Meine Schwester entwickelte zu Oma Hannaway eine ähnlich herzliche Beziehung wie ich zu Oma Adams. Beide Großmütter halfen unseren Eltern fortwährend bei der Erziehung, und ich bin mir sicher, daß dies bei all meinen Cousinen und Cousins ebenso der Fall war.

Die Vernetzung der verschiedenen Familienhäuser fand ihre Entsprechung in der Struktur des Lebens in Westbelfast als Ganzem, das eher einen dörflichen Charakter hatte. Die Falls Road vermittelte mit ihren Pubs und Läden, der Bücherei und den Schulen einen besonderen Gemeinschaftssinn. Wir begaben uns eigentlich nie ins Stadtzentrum, außer zur Weihnachtszeit. Die Falls Road war zu beiden Seiten von zwei- oder dreistöckigen Häusern gesäumt, zwischen denen an der elektrischen Oberleitung langsam und fast lautlos Obusse entlang surrten. Es existierte ein Gefühl des Auf-sich- selbst-gestellt-Seins und einer Art Abgeschlossenheit; man konnte von beinahe jeder Straße die Berge sehen, was stets einen besonderen Reiz auf mich ausübte. Selbst mitten in einer engmaschigen, dichtgedrängten Nachbarschaft konnte man feststellen, wie grün der Ort war. Neben den Bergen gab es den Falls Park, der exakt eine Meile vom Tor zu St. Finian's entfernt lag und den wir ein- oder zweimal die Woche mit der Klasse besuchten.

Einmal kam eine Gruppe von Studenten der Queen's University nach Ballymurphy und lud eine Gruppe von uns an die Uni zu einer Party ein. Man sagte uns, dies geschehe, weil wir sozial benachteiligt seien. Als wir in einem holzgetäfelten Raum schälchenweise Trifle und tellerweise Rosinenbrötchen verschlangen, klopften wir uns auf die Schultern. Es war eine neue Erfahrung, sozial benachteiligt zu sein.

Eines Tages mußten wir uns in der Klinik in der Durham Street einfinden, um gegen Tuberkulose geimpft zu werden. Wir stiegen also am oberen Ende der Whiterock Road in den Obus der Linie 11, der langsam den Whiterock Hill hinabsurrte und über die Falls Road in die Divis Street fuhr. Wir stiegen oberhalb der Townsend Street aus und marschierten widerwillig zu siebt los: Margaret, Anne, Paddy, Liam, Seán, Frances und ich. Mit meiner Mutter und meinem Vater waren wir sogar zu neunt. Das Impfen tat mir weh, ich ließ mir aber nichts anmerken. Danach drängten wir uns alle in das Haus meiner Tante Ena. Mein Cousin Sammy lieh mir und Paddy sein Dreirad, und wir sausten die Durham Street rauf und runter und hatten die Prozedur des Impfens rasch vergessen.

Ein paar Wochen später erfuhren wir, daß Paddy an Tuberkulose litt und ins Krankenhaus mußte. In der Diskussion mit Joe Magee und Harry und Frank Curran kam uns das komisch vor, denn Paddy sah kerngesund aus und konnte ebenso schnell rennen wie wir anderen. Das Krankenhaus befand sich in Crawfordsburn, weit von unserem Wohnort entfernt an den Ufern der Bucht von Belfast. Wenn meine Mutter Paddy besuchte, war sie den ganzen Tag unterwegs. Unsere Margaret paßte dann auf uns auf oder dachte es zumindest. Ich vermißte unseren Paddy, obwohl nun im Bett mehr Platz war. Er war sehr lange im Krankenhaus. Unterdessen verlor mein Vater auch noch seinen Job.

»Möchtest du mitkommen, Paddy besuchen?« fragte er mich eines Tages.

»Ja, Pa.«

»Darf ich auch mit?« fragte unser Liam.

»Wir gehen zu Fuß«, sagte mein Pa.

»So weit kannst du nicht laufen, Gerry«, sagte meine Ma. »Es sind zehn Meilen.«

Ich weiß nicht, wie wir es überhaupt geschafft haben. Als wir schließlich dort ankamen, standen wir vor einem großen Haus mit einem riesigen Garten und Schaukeln. Paddy trug ein weites, langes Nachthemd und sah sehr blaß aus. Er freute sich, mich zu sehen. Ich berichtete ihm, was los war und was wir so trieben, wollte ihm allerdings nicht allzuviel erzählen, damit er nicht dachte, daß wir auch ohne ihn Spaß hatten. Ein Mann, der seinen Sohn im Krankenhaus besuchte, gab mir ein Halbkronenstück, so daß mein Pa und ich mit dem Bus nach Hause fahren konnten. Paddy wurde ungefähr zwei Wochen später aus dem Krankenhaus entlassen und mußte sich von da an Butter auf das Brot streichen sowie Lebertran, Orangensaft und Hefe zu sich nehmen. Obwohl – Lebertran bekamen wir alle. Ich holte ihn manchmal in der Klinik, die in dem großen Gebäude untergebracht war, das direkt gegenüber unserem Haus auf der anderen Flußseite stand.

Als ich das nächste Mal ein Krankenhaus betrat, geschah dies, um meine neugeborene Schwester zu betrachten.

Joe Magee kam mit der Neuigkeit zu mir.

»Deine Mama bekommt noch ein Baby.«

»Nein, tut sie nicht, wir haben doch überhaupt keinen Platz mehr«, erwiderte ich.

»Und doch bekommt sie eines.«

»Das glaub ich dir nicht«, sagte ich.

»Gut, wir werden's ja sehen. Ich habe gehört, wie meine Mama unserer Kathleen erzählt hat, daß Frau Adams ein weiteres kleines Mäulchen zu stopfen haben wird.«

Ich sagte es unserem Paddy. Aber auch er wollte es nicht glauben.

»Woher kommen die Babys?« fragte er.

»Oh, das verstehst du nicht, dafür bist du noch zu jung«, antwortete ich. »Das kriegste schon noch mit.«

»Wie alt muß man dafür sein?«

»Och, das weiß ich nicht, jetzt auf jeden Fall nicht. Du bist zu jung. Papa hat es mir letzte Woche erklärt. Erinnerst du dich noch an den letzten Samstagabend, als wir gebadet haben? Er hat mich abgetrocknet und gesagt, er will mich mit den Geheimnissen des Lebens vertraut machen. Weißt du, was er gesagt hat? Ich soll meinen kleinen Mann sauberhalten und unanständigen Frauen aus dem Weg gehen.«

»Was sind unanständige Frauen?« fragte unser Paddy.

»Ich weiß es nicht. Woher sollte ich es denn auch wissen?«

»Hältst du deinen kleinen Mann sauber?«

»Natürlich halte ich meinen kleinen Mann sauber.«

Wir badeten jeden Samstagabend. Wenn der letzte ins Wasser stieg, hatte sich bereits ein Dreckrand an der Wanne gebildet, Seifenschaum trieb auf dem Wasser und Dunst hüllte das Badezimmer ein. Ich war gerne der letzte, weil man am längsten in der Wanne bleiben konnte. Der Dreck, der einem zwischen den Zehen festsaß, wenn man den ganzen Tag draußen Fußball gespielt hatte, ging von alleine weg, indem man seine Füße gegeneinanderrieb. Die Finger wurden vom Wasser ganz aufgeweicht und runzelig. Ich haßte das Haarewaschen, weil mir immer Seife in die Augen geriet. Dann aber kam mein Papa herein, wickelte mich in das große Handtuch und hob mich aus dem Wasser. Dabei hatte er mich damals mit den Geheimnissen des Lebens vertraut gemacht. Er sagte: »Du wirst zu groß hierfür. Bald wirst du mir zu schwer sein, um dich herauszuheben.«

Manchmal badeten Paddy und ich gemeinsam. Paddy tat so, als ob er schwimmen könne. Ich konnte unter Wasser länger die Luft anhalten als er. Wir planschten gerne zusammen. Das brachte meinen Vater auf die Palme und bewog ihn, uns nicht mehr gemeinsam baden zu lassen. Das mit den Geheimnissen des Lebens ist lustig. Joe Magee erzählte, seine Mutter habe gesagt, wir sollten von den Geheimnissen des Lebens nichts wissen. Manchmal war es schwer, die Erwachsenen zu verstehen.

Es war jedenfalls eine merkwürdige Zeit für mich. Der

Sommer war nahezu vorüber. Wenn ich meine Füße ausstreckte, berührte ich mit den Zehenspitzen fast das Bettende. Wir schliefen im hinteren Zimmer. Wir sollten Doppelstockbetten bekommen, und der Fußboden wurde mit Linoleum ausgelegt. Meine kleinen Schwestern bekamen zuerst Linoleum. Ich mochte es nicht, es war zu kalt für die Füße.

Zwischen den Fußbodendielen waren Ritze. Wenn man dann und wann über einen Penny verfügte, konnte man ihn in die Ritze schieben, in der sich kleine Staubflocken sammelten. Manchmal, wenn ich nicht schlafen konnte, fuhr ich mit dem Finger an einer Ritze entlang und dachte über die Geheimnisse des Lebens nach.

Meine Mama und mein Papa schliefen in dem kleinen Raum, der sehr eng war und nur ihrem Bett und einem Einbauschrank Platz bot. Eines Tages kam mit der Haushaltshilfe eine Krankenschwester und schließlich noch eine Frau, die man Hebamme nannte. Sie gingen allesamt zu meiner Mutter in das Zimmer der Mädchen. Ich hörte Schreie und viel Lärm, danach das Plärren eines Babys. Unsere Maura und unsere Anne ängstigten sich ein wenig. Ich ging die Treppen hinauf, um nachzusehen, was los war. Ich wurde wieder hinuntergescheucht, aber nicht, bevor ich die weißen Laken über den Betten meiner kleinen Schwestern gesehen hatte, die voller Blut waren. Das flößte mir einen Schrecken ein. Später dann durften wir alle eintreten. Meine Mama lag im Bett: Sie sah sehr, sehr müde aus, lächelte aber hübsch. Sie hielt unser kleines Brüderchen im Arm.

»Mama«, sagte ich zu ihr, »woher kam das ganze Blut?« Sie errötete ein bißchen.

»Nun«, sagte die Haushaltshilfe, »das wirst du alles herausfinden, wenn du die Geheimnisse des Lebens kennst.«

Komisch, nicht wahr? Davon hatte mir mein Vater nie etwas erzählt.

Die übrigen Geschwister kamen im »Royal« zur Welt. Unser Sean war ein Zwillingskind, obwohl der schwächere des Zwillingspaares, überlebte er, während Brendan kurz nach der Geburt starb. Zwei weitere Brüder, Seamus und David, starben ebenfalls und liegen in anonymen Gräbern auf dem Armenacker des Milltown-Friedhofes begraben.

Zwar trug meine Mutter die größte Familienlast, mein Vater war aber ebenfalls auf seine Art ein arbeitsamer Mann. Er gehörte einer Generation irischer Männer an, die von ihren Familien total verhätschelt worden waren. Trotzdem fühlte er sich für seine Familie sehr verantwortlich. Eines Tages merkte ich, wie der Druck, eine große Familie zu ernähren, auch ihm zu schaffen machen konnte. Er arbeitete auf einer Baustelle der Queen's University, und ich wurde losgeschickt, ihm sein Mittagessen hinüberzubringen. Als ich auf der Baustelle anlangte, sah ich ihn über die Bohlen laufen. Zwei Männer in Anzügen und Krawatten kamen ihm entgegen. Um sie vorbeizulassen, trat er zur Seite in den Matsch. Als ich fragte, warum er denn ausgewichen sei, antwortete er: »Wenn du sechs oder acht Kinder zu ernähren hast, trittst du auch mal in die Scheiße, mein Sohn.«

Was die IRA betrifft, hatte mein Vater seine Strafe abgesessen. Er interessierte sich jedoch weiterhin für die politische Entwicklung, ganz besonders, als mit den neuen repressiven Maßnahmen im Norden Irlands die republikanische Opposition nicht zum Schweigen gebracht werden konnte. 1954 wurden bei einem IRA-Überfall auf eine Kaserne Waffen und Munition erbeutet. 1955 bekamen Republikaner bei Wahlen zum Parlament von Westminster für ihre klare Haltung gegen die Teilung Irlands die meisten Stimmen seit 1921. Als sich die Briten 1956 schmachvoll vom Suezkanal zurückzogen, sahen sie sich in Nordirland einer neuen Kampagne gegenüber, als die IRA Ziele in den Grenzregionen der Sechs Grafschaften angriff. Die Antwort der nordirischen Regierung bestand in der erneuten Einführung der Internierung. Grenzüberschreitende Straßen wurden unpassierbar gemacht. Obwohl die IRA während der Grenzkampagne in Belfast selbst nicht aktiv war, wurden viele der Belfaster Republikaner interniert. Mein Vater kannte die meisten, wenn nicht sogar alle der Internierten. Unser Haus wurde durchsucht, mein Vater aber nicht mitgenommen. Wenn Nachrichten gesendet wurden, lauschten meine Eltern besonders aufmerksam Berichten über IRA-Aktionen. Wir Kinder wurden mit »sch!« ermahnt, still zu sein. Ich erinnere mich noch an gelegentliche Berichte über in die Luft gesprengte Zollstationen. Ebenso erinnere ich mich an eine Gruppe junger Leute, die eine mit Patronen und vielleicht sogar Granaten gefüllte Munitionskiste entdeckt hatten. Die Kiste war oberhalb der Brücke im Ufer des Flusses vergraben worden.

Mir und meinen Freunden war all das ziemlich egal. 1960 fuhr ich nach Dublin zum großen Endspiel der nationalen Meisterschaft im Gaelic Football. Die Grafschaft Down gewann das Spiel. Seitdem liebe ich den Croke Park, das Stadion, in dem alljährlich die Endspiele ausgetragen werden, und fühle mich in Dublin sogar zu Hause. Diese erste Fahrt in den Süden war ein großes Abenteuer, sowohl für die Erwachsenen des Trupps als auch für mich. Ich fuhr mit meinem Onkel Paddy und anderen Männern im Auto – für sich schon ein denkwürdiges Ereignis. Ich erinnere mich gern an meinen Onkel Paddy, der ein kluger, bescheidener, belesener Mann mit einem scharfen, neugierigen Verstand war. Er hatte, wie viele aus der Arbeiterklasse, nie die Möglichkeit bekommen, sein Potential zu entfalten. Als Autodidakt brachte er sich auf einer alten gebrauchten Schreibmaschine das Tippen bei und lernte dann Stenographie. Ich hörte, daß er in jungen Jahren ein extrem zäher Typ war. Beim Faustkampf galt er als unbesiegbar. 1943 war er aus dem Gefängnis in Derry ausgebrochen, wo er als politischer Gefangener inhaftiert war. In seiner Jugend begeisterter Sportler, kümmerte er sich immer um die Belange junger Menschen. Er war ein liebenswerter und extrem toleranter Mann. Genau wie ich mochte er Hunde und Spaziergänge.

An das Spiel erinnere ich mich nur vage: Die stürmische Menge und die einzigartige Atmosphäre im Croke Park haben die Erinnerungen an ein hervorragendes sportliches Ereignis verdrängt. Nach dem Schlußpfiff zog es die Erwachsenen in den Pub, wo mir literweise braune Limonade und zahlreiche Dreipennystücke spendiert wurden. Dublin war voller Leute aus dem Norden. Auf dem ganzen Nachhauseweg brannten am Straßenrand Freudenfeuer. Der Pokal ging über die Grenze, und obwohl ich kaum begriff, was eine Grenze war, sang ich mit den anderen »Der Pokal geht über die Grenze«. Wir hatten das All-Ireland-Endspiel gewonnen, und obwohl meine Heimmannschaft natürlich die der Grafschaft Antrim war, schien es mir, als freuten sich alle Leute aus dem Norden über den Sieg der Grafschaft Down. Dem war natürlich nicht so. Die Unionisten ignorierten die Gälischen Spiele. Zu der Zeit waren mir die Unionisten oder die sektiererischen Kräfte in der nordirischen Gesellschaft noch kein Begriff. Mein größter Wunsch war, selbst einmal mit Antrim eine All-Ireland-Hurling- oder -Footballmedaille zu gewinnen.

Einen Abend in der Woche gingen wir ins Kloster von Clonard zum Religionsunterricht. Wenn wir uns frühzeitig auf den Weg machten, konnten wir das Fahrgeld für Süßigkeiten ausgeben. Wir nahmen den kürzeren Weg über die Springfield Road und versammelten uns in der Kapelle mit Hunderten von anderen Knaben. Für mich war Clonard mit den sehr hohen Deckengewölben und einem riesengroßen Hochaltar ein wunderbarer Ort. Die Meßdiener trugen lange, rote Soutanen und weiße Gewänder. Der Weihrauch der Priester stieg spiralförmig durch das Sonnenlicht empor, das von ganz oben durch die Buntglasfenster schräg nach unten hereinfiel.

Der Gottesdienst dauerte nicht lange. Pater McLaughlin, der die Bruderschaft leitete, stand auf, machte einen Witz oder hielt eine Predigt. Anschließend sangen wir ein paar Kirchenlieder. Mir machte das nichts aus, vielmehr fand ich es teilweise sogar spaßig. Der Pater dirigierte die ganze Kapelle voller junger Knaben, und wir sangen »Tanto Mergo, laß mein Haar wachsen froh«. Jede Knabengruppe hatte einen Aufsichtsschüler. Wir mußten aufpassen, daß wir dabei nicht erwischt wurden.

Es wurde Abend, bis wir die Kapelle verließen. Dann herrschte eine andere Stimmung draußen, die Schatten waren lang geworden, der Tag hatte sich abgekühlt. Wir spürten diese Veränderung, und alles wurde ruhiger, als wir uns auf unseren langen Heimweg durch das Gebiet machten, das wir als unseren eigenen, weit ausgedehnten Spielplatz ansahen.

Wir gingen die Straße hinauf und machten häufig am Flush River halt. Hier neben der Baumwollweberei befand sich eine steile Böschung, und oft rutschten wir deren steile Wände zum Fluß hinab. Obwohl wir nicht in den Fluß durften, gingen wir ständig hinein. Einer von uns wurde jedoch einmal ertappt, nachdem er sich abgetrocknet hatte und nach Hause gegangen war.

»Du warst im Fluß«, sagte seine Mutter, sobald sie ihn sah.

»Nein«, log er. »War ich nicht.«

»Du warst«, fuhr seine Mutter fort und deutete auf seinen Kopf und auf seine Klamotten, die hinten mit weißen Flecken dekoriert waren. An dem Tag war Bleichmittel in den Fluß geleitet worden, und man hatte ihn zu Recht ertappt.

Ein anderes Mal bewarfen uns ein paar kleine Lümmel am Fluß mit Steinen. Wir rannten wie die geölten Blitze davon. Jemand sagte, es habe sich um Protestanten gehandelt, aber ich wußte nicht, warum sie uns mit Steinen hätten bewerfen sollen. Oberhalb des Flusses stand abseits der Straße hinter einer hohen Mauer eine Schule, und daneben erstreckten sich zwei erhöht gelegene Häuserreihen und eine kleine Straße mit einem Laden. Die Bewohner dort waren mit Ausnahme eines Jungen alle Protestanten. Den Jungen besuchten wir manchmal, wenn sein Vater nicht zu Hause war.

Auf unserem weiteren Heimweg gingen wir nur über grüne Felder. Als wir das Springfield-Wehr passierten, machten wir halt, um die Schwäne, die Graureiher und zu anderen Jahreszeiten die Enten zu betrachten.

Gegenüber der Wäscherei Monarch befanden sich rechter Hand die Highfield-Siedlung und die West Circular Road, wo hauptsächlich Protestanten wohnten. Oberhalb davon stand eine Orange Hall. Nach oben erstreckten sich weitere Felder: das der Huskeys links, die von Farmer Brown und Beechie rechts von der Straße. Die gelben Häuser trugen ein Datum, das darauf verwies, daß sie bereits vor ungefähr hundert Jahren erbaut worden waren.

Dann kamen wir auf heimischem Boden an: The Murph. Den Abhang hinunter, die Stufen, Divismore Park und zu unserem Haus. Und wenn wir auf dem Nachhauseweg getrödelt, zu lange am Fluß gespielt hatten, konnten wir, sobald wir Divismore Park erreichten, schon die langen Rufe unserer Margaret hören: »Geeeerrrryyy, du wirst verlangt!« und »Paaaaddddyyy, du wirst erwartet!«. Die Rufe nach Joe oder Harry oder Frank waren ebenfalls zu hören. Dann ging die Straßenbeleuchtung an, während der Black Mountain langsam unsichtbar wurde und Sterne am Himmel erschienen.

Manchmal standen wir mit zurückgeworfenem Kopf da und schauten zu den Tausenden und Millionen von Sternen hinauf. Eines Abends führte uns Joe Magees Vater etwa eine halbe Meile über The Murph hinauf, wo wir den Wiesenrallen lauschten. Das war sehr schön. Von dort oben hatten wir einen guten Blick über die Stadt Belfast. Dann warfen wir wieder die Köpfe zurück und starrten in den Himmel, wobei wir die ganze Zeit die Rufe der Wiesenrallen hörten.

Der Priester ermahnte unsere Klasse, daß wir all unsere Sünden beichten müßten. Wie konnte man denn all seine Sünden beichten? Jede einzelne? Ich begann, mir jedesmal Notizen zu machen, wenn ich eine Sünde beging. Das schien mir ganz angebracht, war es doch gerade noch eine Woche bis zu meiner ersten Beichte; aber alle Sünden aus meinem ganzen Leben? Sean Murphy, der in der Schulbank neben mir saß, sagte, es ginge nur um Todsünden, läßliche Sünden seien nicht so wichtig. Sean sagte, Protestanten hätten es leichter: Sie müßten nicht zur Beichte gehen, sie müßten nicht ihre Sünden offenbaren. Aber dafür kämen Protestanten auch nicht in den Himmel, sagte er.

Die ganze Klasse ging zur Kirche St.-Peter hinunter. Wir marschierten in Zweierreihen hinab und nahmen auf den kalten, glänzenden Kirchenbänken Platz. Einer nach dem anderen knieten wir im Seitenchor nieder und setzten uns dann auf die Bänke zu beiden Seiten des Beichtstuhles. Die Wartereihe wurde kürzer, da einer nach dem anderen in den Beichtstuhl trat.

Der von der Beichte kommende Junge grinste mich an, während er mir die Tür aufhielt. Ich kniete in dem Halbdunkel nieder, und hinter mir knallte die Tür zu. Über mir befand sich ein kleiner Vorsprung. Von dessen anderer Seite drang das Murmeln einer männlichen Stimme an mein Ohr. Im nächsten Moment hörte ich, wie etwas zugezogen wurde. Dann öffnete sich über meinem Kopf eine Blende, und eine freundliche Erwachsenenstimme schallte entschlossen zu mir herab.

»Guten Morgen, mein Sohn.«

»Vergeben Sie mir, Pater, denn ich habe gesündigt. Dies ist meine erste Beichte.« Ich zögerte.

»Fahre fort, mein Sohn«, ermutigte mich die Stimme.

»Ich habe meiner Mutter fünfmal freche Antworten gegeben, Pater. Ich war zweimal frech zu meiner Oma, Pater. Ich wollte viermal meine Schwester Margaret umbringen, Pater.«

»Du wolltest deine Schwester Margaret umbringen?« fragte die Stimme.

»Ja, Pater.«

»Und wann war das?«

»Nun, einmal letztes Jahr, Pater, im Sommer, und dann am Weihnachtstag, als sie meinen Gabenstrumpf öffnete, und dann zu Ostern, als sie mein Ei aufbrach, und dann gestern, Pater.«

»Und ärgert dich deine Schwester?«

»Ja, Pater.«

»Nun, du weißt, daß du geduldiger sein solltest.«

»Ja, Pater. Oh, und ich habe ein Schimpfwort gebraucht, Pater, fünfzehnmal.«

»Was hast du gesagt?«

»Ich habe ›Wichser‹ gesagt, Pater. Pater, ich habe einmal in einem Obstgarten gestohlen. Und ich und meine Freunde haben der alten Oma Doran die Tür zugebunden, und wir haben den ganzen Abend an Türen geklopft und sind dann abgehauen ...«

»Ist das alles, mein Sohn.«

»Nein, Pater. Ich habe Terence McManus geschlagen. Er hat unseren Paddy gehauen, Pater. Unser Paddy macht mir immer Ärger. Er sagte, Terence McManus habe ihn getreten, und mein Pa hat mich rausgeschickt, um Terence zu schlagen, dabei ist Terence größer als ich, aber der hat von mir eins auf die Nase gekriegt. Das wollte ich eigentlich nicht, Pater ...«

»Ist schon in Ordnung«, betonte die Stimme nachsichtig. »Fahre fort.«

»Und ich habe mich mit Billy Dunne geprügelt. Er hatte sich das Kätzchen von unserem Paddy geschnappt, und mein Pa hatte mich rausgeschickt, es wieder zurückzuholen.«

»Und was geschah dann?«

»Billy hat mich mit einem Ziegelstein am Hinterkopf getroffen, und als ich hingefallen bin, habe ich mir auf dem Boden die Zähne eingeschlagen. Später hab ich ihm eins mit dem Hurlingschläger verpaßt.«

»Ist das alles?«

»Das Kätzchen von unserem Paddy ist mit dem Kopf in eine Schmorfleischdose geraten und gestorben. Ich hätte unseren Paddy zum Teufel jagen können. Ich hab mir wegen ihm die Zähne eingehauen, Pater. Für nichts.«

»Hast du noch mehr zu beichten?«

»Nun, Pater ... ich habe siebenundsechzigmal beim Murmelspiel geschummelt.«

»Wie denn das?«

»Das tut jeder, Pater. Ich bewege meine Murmel, wenn ich schnippe und ...«

»Siebenundsechzigmal?«

»Mindestens siebenundsechzigmal, Pater.«

»Könnte es auch öfter gewesen sein?«

»Das könnte es, Pater.«

»Fahre fort, mein Sohn.«

»Das ist alles, Pater.«

»Nun gut, ich möchte, daß du um Vergebung deiner Sünden bittest, und auferlege dir als Bußübung, geduldiger mit deiner Schwester umzugehen und ein Vaterunser und drei Ave-Marias zu beten.«

»Danke, Pater.«

Seine Stimme murmelte beruhigende Worte in der Dunkelheit über mir, während ich um Vergebung meiner Sünden bat. Es war einen Augenblick lang still, als ich zum Schluß kam. Dann …

»Gott segne dich, mein Sohn.«

»Gott segne Sie, Pater.« Die Blende rutschte mit einem kleinen Rums zu. Ich hörte, wie der Priester mit einem Ruck die Blende auf der anderen Seite des Beichtstuhles aufzog. Ich erhob mich langsam von meinen Knien und tastete nach der Tür hinter mir. Sogleich war ich mit dem Bild des gekreuzigten Christus konfrontiert, das auf der Seite der Wand hing, die mich von dem Priester trennte. Eine Sekunde lange taten mir all meine Sünden wirklich leid. Jede einzelne. Ich preßte meine Lippen gegen das Kruzifix, stieß dann die Beichtstuhltür auf und trat ehrfürchtig in den Seitenchor.

3

Joe Magee, unser Paddy und ich strolchten weiter auf dem Berg umher. Jetzt, da wir ins Teenageralter gekommen waren, wollten wir nicht länger zu Fuß gehen, sondern Fahrrad fahren. Joe und ich fuhren oft nach Glenavy. Wir erkundeten die ganze ländliche Gegend auf unserer Uferseite des Lough Neagh. Wir bastelten uns Fahrräder zusammen; die Rahmen bargen wir aus dem Grubeneingang und kauften uns gebrauchte Vorder- und Hinterräder, auf die wir vielleicht neue Mäntel zogen. Unsere Schuhsohlen wiesen tiefe Spuren auf, weil wir die Schuhe zum Bremsen gegen das Vorderrad schleifen ließen.

Unser Zelt, das wir im Garten hinter unserem Haus oder dem von Joe Magee aufgebaut hatten, dessen großem Bruder das Zelt gehörte, verlegten wir bald weiter weg. Wir wurden Mitglied von *An Óige*, dem Jugendherbergswerk, trieben uns auf der Halbinsel Ards herum, fuhren per Anhalter nach Portaferry. John Surtees war einer unserer Helden. Wir besuchten mit unserer Clique die Motorradrennen in Dundrod und genossen den Nervenkitzel des rasanten Tempos. Das Sammeln leerer Limonadenflaschen, für die Pfand erstattet wurde und die nach dem Ende der Wettbewerbe überall auf dem Rennplatz herumlagen, bot uns eine lukrative Nebenbeschäftigung. Einmal sind wir zur Kartoffellese gegangen. Aber das war harte Arbeit.

Als das Fernsehen in Ballymurphy Einzug hielt, konnte sich nur ein Haushalt in unserer Straße ein Gerät leisten. Wir durften uns dort einige Tage *Crackerjack* und andere Sendungen anschauen. Abends schielten wir durch das Fenster, um *Bronco Laine*, *Samstagnacht im Palladium* oder *Tausend Meilen Staub* zu sehen. Das Fernsehen war unser

Fenster zur weiten Welt. Als John F. Kennedy zum ersten katholischen Präsidenten der Vereinigten Staaten gewählt wurde, waren die irischen Katholiken stolz auf ihn. Im November 1963 betrauerten sie seinen Tod. Viele Nationalisten und Republikaner identifizierten sich auch mit dem Bürgerrechtskampf der Schwarzen in den USA. Als Folge dieses Kampfes konnte sich James Meredith 1962 als erster schwarzer Student an der University of Mississippi immatrikulieren lassen. 1963 demonstrierten 200 000 Menschen in Washington für Bürgerrechte, und Martin Luther King erklärte: »Ich habe einen Traum.«

Es waren Veränderungen in aller Welt im Gange, als 1963 meine Kindheit zu Ende ging: Ende des Jahres erlangte Kenia als vierunddreißigstes afrikanisches Land seine Unabhängigkeit; das Britische Empire hatte an Glanz und Farbe verloren; in der römisch-katholischen Kirche wurden Reformen vorbereitet; die Selbstverbrennung eines buddhistischen Mönches in Saigon bot ein deprimierendes Beispiel einer Einzelaktion, während die Massendemonstrationen für Bürgerrechte in den USA Herz und Seele ermutigten. In Irland wurde im Januar 1964 die Kampagne für soziale Gerechtigkeit ins Leben gerufen.

Unterdessen lernte ich eifrig an der St.-Mary-Schule. Französisch und Latein, Englisch und Irisch, Mathematik, Naturwissenschaften, Geschichte und Religion waren meine tägliche Kost. Ich lernte all das mechanisch und kann mir heute, Jahrzehnte danach, nur wenig davon ins Gedächtnis zurückrufen. Zu Hause lernten auch meine Brüder und Schwestern. Mittlerweile gingen die meisten von uns zur Schule, mit Ausnahme von Margaret, die bereits arbeitete.

Mal hatte mein Vater eine Arbeit, dann wieder nicht. Zu Hause war er relativ streng, während meine Mutter unbeschwerter war. Während seiner langen Phasen der Arbeitslosigkeit plante mein Pa Verbesserungen am Haus Nummer 11 und versuchte sie auch durchzuführen. Paddy und ich wurden abwechselnd herangezogen, ihm bei der Arbeit zu helfen. Manchmal schickte er uns bloß zur nächsten Baustelle, einen Eimer Sand oder Zement holen.

»Fragt irgendeinen der Arbeiter«, befahl er uns. »Sagt, es ist für euren Papa. Sie werden nichts dagegen haben.«

Anfangs rebellierten wir gegen solche Aufträge. Die Vorstellung, zurückgewiesen zu werden oder auch nur von gänzlich Unbekannten etwas erbitten zu müssen, schreckte uns ab, aber Rebellion war zwecklos. Mit einem Gefühl von Peinlichkeit gingen wir mit dem zwischen uns scheppernden Eimer den Divismore Park hoch, erklommen mit Mühe die Stufen und überquerten die Springfield Road zu der Stelle, wo die Henry Taggart Memorial Hall gebaut wurde. Minuten später kehrten wir triumphierend und mit schwerer Beute beladen zurück.

Einige der Verbesserungen am Haus waren nur Reparaturarbeiten, aber Pa nahm auch größere Projekte in Angriff. Die Einrichtung eines separaten Eßzimmers zum Beispiel, war eine wichtige Arbeit, auf die er zu Recht stolz war. Es mußte dafür eine Trennwand samt Tür zwischen dem Wohnzimmer und den übrigen Räumlichkeiten gezogen werden. Ein äußerst anstrengendes Unternehmen war auch das Setzen eines Holzzaunes um unseren ganzen Garten herum. Die Pfähle gewannen wir aus Dutzenden von Paletten, die unser Paddy und ich in stundenlanger Arbeit zerlegten. Bei derartigen Anstrengungen wurde nichts weggeworfen. Wir klopften krumme Nägel gerade, bewahrten Drahtenden sorgfältig auf, hüteten Schrauben wie einen Schatz. All dieser Krimskrams wurde in Blechdosen verwahrt. Sein bescheidenes Werkzeugsortiment verstaute mein Vater zusammen mit anderem Krempel in einer großen Metallkiste. Sein ganzer Stolz war ein Schusterleisten, den er bei seiner Entlassung aus dem Belfaster Gefängnis mitgebracht hatte. Die aufwendigste Arbeit war der Bau eines Schuppens und eines Kohlenbunkers sowie das Anlegen von Stufen hinter dem Haus.

Die Wäscherei Franklin in der Springfield Road befand sich unmittelbar oberhalb von Highfield in der Nähe von

Corrys Holzlager. Von dort fuhr eine Flotte von Lieferwagen in ganz Belfast frisch gewaschenes Leinen aus. Eines Tages stürzte die Rückwand der Wäscherei ein. Sie grenzte an Brachflächen, die sich bis zum Grubeneingang erstreckten. Das Mauerwerk war in kürzester Zeit nur noch ein Trümmerhaufen aus Backsteinen.

Mein Pa kam eines Tages nach Hause und verkündete meiner Mutter: »Genau das richtige für unsere Vorhaben hinter dem Haus. Die Jungs können die Steine hochtragen, während ich auf Arbeit bin.«

Wir protestierten. Wie sollten wir Backsteine so weit schleppen können? Es waren Meilen!

Aber wir taten es. Mein Pa zimmerte uns einen kleinen Handkarren. Der Karren lief vorne auf Kinderwagenrädern, hatte einen ansehnlichen kistenförmigen Korpus, hinten zwei kräftige Ständer und zwei lange Handgriffe. Nur einmal kam Pa uns aufgrund unserer Proteste ein wenig entgegen. Er begleitete uns auf unserem ersten Gang zur Wäscherei, um uns dem Mann vorzustellen, der ihm die Genehmigung erteilt hatte, die Steine abzutransportieren, wer immer es auch gewesen sein mochte. Wochenlang mühten wir uns dann die Springfield Road rauf und runter und zogen oder schoben unseren Karren.

Wir lernten alles über Backsteine: wie man sie aufschichtet und stapelt, daß man nur ganze Steine nimmt, selbst wenn noch Mörtel dranklebt, und unvollständige Exemplare liegenläßt. Dann mußten die Steine abgeschrubbt werden. Die Innenseite der Wand muß gestrichen gewesen sein, denn alle Backsteine waren auf einer Seite blau oder weiß. Unser Paddy und ich brachten den Sommer damit zu, sie zu säubern. Wir hatten dann schließlich fast fünfzehnhundert dieser Mistdinger zusammengetragen.

In der Zwischenzeit hatte mein Pa den Hang abgetragen, der unseren Garten hinter dem Haus fast bis zur Hintertür hatte reichen lassen. Nun sollten wir einen Hinterhof von vernünftiger Größe bekommen, flankiert von einem Schuppen und Kohlenbunkern auf der einen Seite und einem höherliegenden Blumenbeet auf der anderen. Über breite Stufen gelangte man zur nächsten Ebene, auf der sich ein Baldachin aus Wäscheleinen erhob. Und über dieser Ebene wiederum befand sich ein Stück Garten. Unser Liam half ebenso wie Joe Magee. Unser Paddy hat sich durchgemogelt. Als wir fertig waren, sagte mein Pa, wir hätten gute Arbeit geleistet.

Joe Magee, Paddy und wir anderen versammelten uns an jenem ersten Abend in dem Schuppen, und mein Pa brachte uns Kerzen.

»Es ist klasse, daß es einen kleinen Schuppen für unsere kleine Bande gibt«, sagte er.

Recht hatte er.

Unglücklicherweise war die Belfast Corporation anderer Meinung. Wir erhielten einen Brief, in dem es hieß, unsere Anbauten seien wegen der Verwendung von Backsteinen dauerhafter Natur. Holzbauten, wie etwa Taubenschläge, seien erlaubt, Backsteinbauten hingegen nicht. Jedes feste Gebäude müsse in einem bestimmten Abstand zur Straße errichtet werden.

»Der Schuppen bleibt stehen«, sagte mein Pa zu meiner Mutter. »Ich kümmere mich darum.« Und so entstand ein großes Kommen und Gehen. Ein Mann aus dem Rathaus besah sich unseren Hinterhof. Mein Pa ließ sich von einem Freund Pläne zeichnen und erklärte, er werde sich um eine Baugenehmigung bemühen.

Schließlich wurde uns bestätigt, daß unser Schuppen ganz knapp den erforderlichen Abstand zur Straße aufwies. Das bedeutete einen großen Sieg. Wir waren alle hocherfreut, niemand aber so sehr wie unser Paddy und ich. Was für ein Alptraum wäre das gewesen, die ganzen Backsteine wieder zur Wäscherei Franklin zurückbringen zu müssen.

Wie die meisten Männer ging mein Vater am Samstag mit seinen Freunden einen trinken. Meine Mutter kochte derweil die Suppe für das sonntägliche Abendessen. Mein Pa aß des öfteren schon am Samstagabend von der Sonntagssuppe. Wenn er einige seiner Freunde mitbrachte, bekamen sie von meiner Mutter ebenfalls etwas zu essen. Manche von ihnen waren alte Gefängniskumpane, und bei einer ihrer Zusammenkünfte wurde die Idee geboren, eine Vereinigung ehemaliger republikanischer Gefangener zu gründen. So entstand die Irish Republican Felons Association, mein Vater wurde ihr erster Vorsitzender.

Diese Entwicklung beeinflußte mich wenig, obwohl ich im ersten Anflug eines nationalen Bewußtseins bemerkt hatte, daß in meinem Teil Irlands nicht alles in Ordnung war. Ich interessierte mich nicht besonders für Tagespolitik, wußte aber, daß unser Land geteilt war, und ahnte irgendwie, daß ich in dem »unfreien« Teil lebte. Ich konnte ohne Zweifel aus der verschlüsselten Sprache der Älteren folgern, daß bestimmte Aspekte des Lebens im Norden als bedrohlich empfunden wurden.

Es gab stets nur stille Hinweise darauf, ob nun von meinen Eltern, Großeltern oder Lehrern. Manchmal bestanden sie lediglich aus aufgeschnappten Gesprächsfetzen oder aus Eindrücken, die im Kielwasser eines politischen Ereignisses haftenblieben. Ich wußte, daß viele meiner Onkel gezwungen waren, zur Arbeitssuche nach England und dann nach Kanada zu emigrieren. Mein Pa ist eines Tages nach England gegangen, um dort zu arbeiten, kehrte aber nach ein paar Wochen wieder zurück. Er sagte uns, er habe Heimweh gehabt. Eine Zeitlang hatten meine Eltern erwogen, nach Australien zu emigrieren, und verschiedene Möglichkeiten einer Reisebeihilfe erkundet, nur um zu erfahren, daß wegen seiner Gefängnisstrafe meinem Vater die Einreise verwehrt blieb. Ich besuchte ziemlich oft meinen Onkel Dominic in Dublin. Er und meine Tante Maggie lebten in Whitehall. Ich besuchte mit meinen Cousins den Phoenix Park, den Zoologischen Garten, die Nelsonsäule, die O'Connell Street und andere Orte von *Baile Átha Cliath*, und mir fiel die andere Ordnung in Dublin auf, die Trikolore über dem Hauptpostamt.

In St. Finian's wurde mir eine gute Grundschulausbildung zuteil. Ich stellte fest, daß Englisch mir besonders gut gefiel.

Die Prüfung für die höhere Schule bestand ich nicht, es gab aber die Einschätzung, daß ich sie beim zweitenmal bestehen würde. Also begaben wir uns auf die Suche nach einer Mittelschule. Meine Mutter brachte mich in die Antrim Road zur *Barr na Gaoithe*, einer Schule, die auch als St. Pat's bekannt war. Dort hatten wir aber kein Glück, entweder weil sie nicht genügend Plätze hatten oder meine Leistungen nicht ausreichten. Ich bekam jedoch einen Platz in der oberhalb von Ardoyne in der Crumlin Road gelegenen St.-Gabriel-Schule, die ich ein Jahr lang besuchte. In derselben Straße befand sich auch Everton, eine protestantische Schule, an der wir auf unserem Weg zur katholischen Schule vorbeimußten. Zwischen den beiden Schülergruppen gab es keinen Ärger, wir bewegten uns allerdings auch auf unterschiedlichen Straßenseiten. Während ich St. Gabriel's besuchte, lernte ich auch weitere Mitglieder unserer großen Familie kennen. Zum Mittagessen ging ich nach Ardoyne zu meiner Tante Kathleen, der Schwester meiner Mutter. Dort lernte ich weitere Cousins und Cousinen kennen, einschließlich Kevin Hannaway, dessen Familie zu der Zeit in Ardoyne lebte.

Ich war mit meiner Schulausbildung ganz zufrieden und äußerte gegenüber meinem Vater den Wunsch, selbst ein »Christian Brother« zu werden.

»Was bringt es dir, ›Christian Brother‹ zu werden«, fragte er, »und in der Versenkung zu verschwinden?«

Mein Vater war recht religiös, aber für die katholische Kirche ein Radikaler. Er wollte nicht, daß ich mich den Pfadfindern anschloß, da sie der Kirche angegliedert waren, und einmal hörte ich, wie er für eine irisch-katholische statt einer römisch-katholischen Kirche plädierte. Dennoch ging er fromm seinen heiligen Pflichten nach.

Von St. Gabriel's kam ich auf die St.-Mary-Schule, nachdem ich nun die Prüfung für das Gymnasium bestanden hatte. Meine Familie sah es als einen Erfolg an, daß ich nun das Gymnasium besuchte. Es war ein ziemliches Ereignis, als ich mit meiner Mutter und meiner Oma Adams, die 1960 aus Kanada zurückkehrte, eine Schuluniform kaufte. Ich war ein Jahr hinter den meisten meiner Mitschüler aus St. Finian's zurück, da die wenigen, die eine Ausbildungsbeihilfe bekommen hatten, schon weiter fortgeschritten waren. Andere hatten eine Lehrstelle auf dem Bau oder eine andere Ausbildungsstelle gefunden oder waren nach England gegangen.

Als Oma Adams nach Irland zurückkehrte, hatte sie großes Glück, ein Rentnerhäuschen in einer kleinen Sackgasse in Andersonstown zu bekommen. Mein Vater übernahm den größten Teil der Maler- und Renovierungsarbeiten in dem neuen Haus. Ich wohnte dort mit meiner Oma, genauso wie ich mit ihr in der Abercorn Street North gewohnt hatte. Mein Onkel Paddy legte vor und hinter dem Haus wirklich schöne Gärten an. Ich verbrachte viele Stunden damit, sie zu hegen und zu pflegen.

Die Jungs im Gymnasium St. Mary's unterschieden sich erheblich von denen, mit denen ich bis dahin zusammengewesen war. Einige kamen wie ich aus Arbeitervierteln, andere aus gehobeneren Kreisen, waren Söhne von Kneipenbesitzern, Ärzten und anderen Freiberuflern. Einige kamen aus der Umgebung Belfasts, aus Bangor oder Carrickfergus. Ihre Welt, aus der sie per Zug nach Belfast fuhren, war geheimnisvoll und anziehend. Viele von ihnen verreisten mit ihren Familien, ein paar verbrachten die Sommerferien sogar in Frankreich oder Italien. An so etwas war bei uns überhaupt nicht zu denken. Meine Familie machte hin und wieder einen Tagesausflug nach Greencastle ans Meer oder nach Bellevue in den Zoo. Doch ich empfand weder Neid noch Mißgunst gegenüber meinen Schulkameraden aus besseren Verhältnissen. Obwohl es mir zu jener Zeit nicht klar war, gab es eine Art kollektives katholisches Bewußtsein: Die Katholiken im Norden Irlands fühlten sich unabhängig von dem jeweiligen Status des einzelnen gettoisiert, an den Rand gedrängt und als Bürger zweiter Klasse behandelt. Wer das Glück hatte, etwas weiter gekommen zu sein, wußte, daß er lediglich ein Stufe über uns stand und trotz seiner Qualifikationen und Leistungen der gleichen Behandlung ausgesetzt war wie wir. Während die katholische Mittelschicht von wirtschaftlicher Verelendung verschont blieb, betraf die soziale, kulturelle und politische Ungleichheit uns alle.

In St. Mary's wurden wir mehr oder weniger gleich behandelt. Unsere gemeinsamen Schülerinteressen hinsichtlich der Hausaufgaben und Prüfungen ließen die Unterschiede der sozialen Herkunft in den Hintergrund treten oder gar verschwinden. Ohnehin waren viele andere Schüler in exakt der gleichen Lage wie ich: Daß wir eine höhere Schulbildung genossen, verdankten wir mindestens ebensosehr den Entbehrungen und der Selbstlosigkeit unserer Eltern wie unserer eigenen Anstrengung, wenn nicht sogar mehr.

St. Mary's förderte, ebenso wie St. Gabriel's und St. Finian's, eine Reihe sportlicher Aktivitäten, und ich wurde bald in die Hurling- und Footballmannschaften aufgenommen. Wir spielten auf dem Schulhof oder in den Straßen hinter der Schule Handball. Manchmal gingen ein paar von uns zum St. Malachy's College in der Antrim Road hinüber, das über sein eigenes Handballfeld verfügte. St. Mary's war eine alte, überfüllte, aber dennoch hervorragende Schule. Sie hatte es sich zu ihrem Ethos gemacht, unsere Generation von Katholiken so zu unterrichten, daß wir Bürger mit akademischen oder juristischen Berufen werden konnten. Dementsprechend hoch waren die Erwartungen an die Schüler aus der Mittelschicht. Der gesamte Lehrplan war auf dieses Ziel ausgerichtet, so daß der Unterricht strikt auf die Prüfungen vorbereitete und wenig Spielraum für anderes bot.

Der Irischunterricht bot allerdings etwas Manövrierraum, und unser Lehrer, Bruder Beausang, nahm uns mit zu Ausflügen in das Gaeltachtgebiet Donegals, wo wir in Gweedore ein paar Wochen lang viel Spaß hatten. Jeden Sommer fuhren Hunderte von Belfaster Schülern ebenso wie gleichaltrige Schüler aus anderen Teilen Irlands nach Donegal. Als unser Bus bei meinem ersten Besuch von Derry nach Donegal fuhr, reckten alle Schüler ihre Hälse, um die Grenze zu sehen. Zu unserer Enttäuschung und unserem Erstaunen war sie unsichtbar.

In jenem Sommer amüsierte sich ungefähr ein Dutzend von uns prächtig im Haus von Eoin Ellen Boyle in Derrybeg. Am Abend trafen wir uns auf der Brücke und beugten uns über den Rand, um auf das ruhige, tiefe Wasser des Flusses Clady hinabzusehen, das zu den Lachsleitern floß. Der Clady war ein wunderbarer Fluß, er strömte mal friedlich, klar und ruhig in tiefen Becken oder ausgedehnten Flächen dahin, mal stürzte er in Kaskaden über kleine Wasserfälle herab oder ergoß sich weißschäumend über die Lachsleitern. Wir bahnten uns den Weg von Ufer zu Ufer, liefen manchmal den Fluß selbst hinauf, sprangen von Fels zu Fels, wateten und fielen, spritzten und planschten. Als an diesem Abend die Sonne langsam vor uns unterging, warfen wir kleine Efeuzweige ins Wasser und verfolgten, wie sie schnell davontrieben. Wir hielten nach Lachsen Ausschau.

»*Ansin*«, sagte Ciaran. (Dort.)

»Nein.«

»*Tá ceann amháin ann*«, sagte Colum. (Dort ist einer.)

Von uns wurde erwartet, daß wir die ganze Zeit irisch sprachen. Wir taten es so gut wir konnten im Unterricht, der die meiste Zeit des Tages beanspruchte. Danach sprachen wir eine Art Pidgin-Irisch. Es gab stets Gerüchte, Jungen seien nach Hause geschickt worden, weil sie englisch gesprochen hätten. Wenn wir lärmend die Straße auf und ab, vom Laden zum Café und vom Fluß zum Strand liefen und einem Erwachsenen begegneten, rezitierten wir uns gegenseitig Gebete oder Lieder auf gaelisch.

»*Sé do bheatha a Mhuire, a Phaddy.*« (Ave Maria, Paddy.)

»*Atá lán do ghrásta, Mickey.*« (Voller Gnade, Mickey.)

»*Tá an Tiarna leat.*« (Der Herr ist mit dir!)

Wenn Leute uns hörten, lächelten sie nur. Am zwölften Juli, dem wichtigsten Festtag des Unionismus, organisierten wir unsere eigene Version eines Orangistenmarsches, obwohl wir keine rechte Vorstellung davon hatten, worum es dabei ging.

Oh, sie war alt, aber sie war schön,
Und die Farben, die warn fein.
Sie wurd' getragen in Derry, Aughrim,
In Enniskillen und am Boyne.
Oh, es trug sie mein Vater, als jung er war,
In längst schon vergangnen Tagen,
Und am Zwölften trag ich sie, o wunderbar,
Die Schärpe, die mein Vater getragen.

Ein Dutzend von uns sang aus voller Kehle, während wir auf dem heckengesäumten Weg in Richtung Freudenfeuer paradierten, das wir im Moor neben dem Strand von Magheragallen aufgeschichtet hatten. Als später Funken flogen und eine Handvoll Flammen in den sich verfinsternden Himmel loderten, hockten wir zusammengekauert an einem Torfstoß vor dem Feuer.

»Komisch, aber das ist das allererste Mal, daß mir ›Die Schärpe‹ gefällt. Ich weiß nicht, ob das in Ordnung ist oder nicht.« Es war John McAleavey, der gesprochen hatte. Er war in unserer Klasse. Ein ruhiger, fleißiger Typ mit blondem Haar und rundlichen Gesichtszügen, dessen braune, wißbegierige Augen fortwährend hinter in Metall gefaßten Brillengläsern hervorschauten.

»Ach, ist doch nur ein bißchen Spaß, McAleavey.«

»Es sind doch keine fanatischen Frömmler hier«, fiel ihm Seanie Drain ins Wort.

»Mein Opa war ein Orangist«, fuhr John fort.

»Er hat eine Katholikin geheiratet, woraufhin sie ihn ausgeschlossen haben.«

»Oh, du könntest also ein kleines Protestantenpimmelchen sein, mein Lieber, das ist dein Problem!«

»Das hat mein Opa auch immer gesagt«, lachte John. »Er hat ständig meine Oma aufgezogen, sie wär eine Papistin. Mein Opa ist auch Katholik geworden, gewissermaßen. Dann kamen die Orangisten und haben ihm und meiner Oma das Haus niedergebrannt. Das war an dem Abend, als sie ihn von der Werft gejagt hatten. Laut meinem Pa haben sie ihn fast umgebracht. Er mußte um sein Leben schwimmen. Anschließend haben sie Belfast verlassen.«

Wir übrigen hörten gespannt zu.

»Danach gab es jahrelang keinen Ärger. Dann kam es wieder zu Unruhen, und auf das Haus meines Opas wurden Schüsse abgefeuert. Einmal am Elften, abends. Mein Pa sagt, der Juli ist ein verrückter Monat.«

»Und wie ist es dort, wo du jetzt wohnst?« fragte ihn Seanie.

»Ach, ist voll in Ordnung. Nur wenn ich an Orangistenaufmärsche denke, fallen mir immer wieder die Anschläge gegen meine Oma und meinen Opa ein. Bei uns in der Straße finden Orangistenmärsche statt. Vor jedem zwölften Juli paradieren sie jeden Abend die Straße rauf und runter und üben. Nur drei von uns in der Straße sind Katholiken. Manchmal üben sie auch bei uns vor der Tür.«

John rauchte.

»Mir ist das wirklich egal«, fuhr er fort, »aber meine Mutter wird sehr wütend, und mein Vater geht zu dieser Zeit kaum aus dem Haus.«

Wir anderen hörten ruhig zu, was er uns zu erzählen hatte. John lebte in Carrickfergus, und im Gegensatz zu ihm hatten wir wenig Erfahrung mit Orangistenmärschen. Trotz unserer Prahlereien trübte seine Geschichte irgendwie unsere Festtagsstimmung.

Trotzdem blieb ich in puncto Sektierertum recht naiv. Teils weil ich ihm im Alltag nicht ausgesetzt war, teils weil ich es nicht immer erkannte, wenn es mir begegnete. Die Leute aus dem katholischen Westbelfast versuchten in der protestantischen Shankill Road günstig einzukaufen. Als ich schließlich eines Tages genug gespart hatte und mein Vater mir den Kauf eines Fahr- oder sogar eines Rennrades erlaubte, ging ich in ein Geschäft in der Shankill Road. Solange man bar bezahlen konnte, war es ihnen egal, welcher Religion man angehörte. Ich war außerdem schlau genug, in einem loyalistischen Viertel nicht zu verkünden, daß ich Katholik war. Wurde ich angehalten, gab ich meinen Namen mit John statt Gerry Adams an. Alle meine Altersgenossen vermieden es, katholisch klingende Namen anzugeben.

Noch während ich zur Schule ging, suchte ich eine Reihe von Pubs auf, um eventuell einen Job als Gläserspüler zu bekommen oder nach einem Teilzeitjob zu fragen. Es war kein Problem, in die Shankill Road hinaufzugehen, wo es jede Menge Pubs gab. Jedenfalls war mir nicht bewußt, daß es ein Problem sein könnte. Ich ging also in einen Pub, in dem mich der Kneipier nach meinem Namen und nach meiner Schule fragte. Ich antwortete: »St. Mary's.« Daraufhin sagte er, er habe keinen Job für mich. Ich versuchte es noch in einigen anderen Pubs in der Shankill Road, aber es war jedesmal das gleiche. Verwirrt ging ich nach Hause und dachte, mit St. Mary's als Schule müsse etwas nicht stimmen. Als ich es später jedoch zu Hause zufällig erwähnte, erwiderte mir jemand verächtlich: »Sei doch nicht so blöd, dort kriegst du nie einen Job.«

Ich verbrachte also meine Jahre in St. Mary's, genoß den Spaß und die Schülereskapaden, klemmte mich hinter die Hausaufgaben und büffelte, bis ich die Prüfungen zur mittleren Reife bestand und meine Oberschülerzeit begann.

Mittlerweile schrieben wir das Jahr 1964. Joe Magee und ich machten weiterhin unsere Ausflüge in die Belfaster Berge. Meine Sommerferien verbrachte ich, abgesehen von den Tagen in der Gaeltacht, in Ballymurphy. Zu dieser Zeit gab es ein neues Element in unserem Leben: Sex. Oder zumindest die Aussicht darauf. Mädchen, lange Zeit lediglich ein schwesterliches Ärgernis, gewannen nun eine größere Anziehungskraft. Auch sie zeigten ein gewisses Interesse an uns, wenn wir ihnen anfangs zufällig und dann zunehmend mit Absicht im Broadway- oder Clonard-Kino begegneten. Hin und wieder besuchten wir das Diamond in der Falls Road, dessen überaltertes Publikum unseren jugendlichen Bedürfnissen nicht recht entsprach. Wenn ein wirklich guter Film gezeigt wurde, wagten wir uns ins Windsor in der Donegall Road. Dort nahmen wir all unseren Mut zusammen, um das Kino zu verlassen, bevor zum Schluß »die Queen« gespielt wurde. Wollte man uns stellen, flitzten wir keck aus dem dunklen Kinosaal in das hell erleuchtete Foyer und stürzten von dort auf die Hauptstraße. Das Gebiet um die Donegall Road war traditionell unionistisch – daher das Abspielen der britischen Nationalhymne –, und nach solchen Mätzchen heizten wir uns auf bei dem Gedanken, wir würden von einem zornigen Mob loyalistischer Kinogänger verfolgt.

In St. Mary's hatte unser Religionslehrer, Bruder Heffernan, uns mit ganzen Wälzern über Theologie und Kirchengeschichte vertraut gemacht. Ich hegte eine ziemliche Bewunderung für Martin Luther und seine protestantische Lehre. Es gab für mich keinen Unterschied zwischen seinem Protestantismus und dem der Leute in der Donegall Road. Unsere offene Verachtung für »die Queen« war instinktiv, und daß wir anschließend ausrissen, war nichts anderes als damals, als wir Obstgärten plünderten oder bei den Nachbarn und beim Parkaufseher des Falls Parks oder des Dunville Parkes »Türklopfen« spielten. Unser Verlangen nach weiblicher Gesellschaft und unsere Versuche, die Geheimnisse des anderen Geschlechts zu ergründen, führten Joe, mich und die übrigen Jungen aus unserer Straße über die Springfield Road hinaus nach Moyard, einem neuerbauten Bezirk, wo bunt durcheinander Einfamilienhäuser und Wohnblocks emporsprossen. Hier, in den Hintereingängen und an den Straßenecken machten wir jungen Heißsporne aus Divismore Park täppisch und ungeschickt unsere ersten sexuellen Erfahrungen. Die jungen Frauen, an deren Lippen und Leiber wir uns preßten, waren ausnahmslos Protestantinnen. Wir hatten nichts dagegen. Sie auch nicht. Und ihre Mütter hatten sie ohnehin sehr eindringlich vor Jungen, egal welcher Konfession, gewarnt.

Wenn wir uns danach an der Ecke versammelten, um uns in übertriebenen Schilderungen unserer Abenteuer zu ergehen, waren Religion und Politik das allerletzte, über das wir uns unterhalten hätten. Diese unschuldigen Tage und Nächte vergingen jedoch rasch, und langsam bewegten uns andere Dinge.

Als ich einmal Ende September – da war ich sechzehn – verschlafen wie immer zur Schule schlenderte, fiel mir eine Fahne im Schaufenster eines Ladens in der Divis Street gegenüber der St.-Comgall-Schule auf. Sobald ich und meine Mitschüler im Klassenzimmer waren, diskutierten wir darüber mit dem gleichen atemlosen Enthusiasmus, der sonst nur aufkam, wenn wir etwa einen Sputnik gesichtet hatten. Es war die irische Flagge, die zu zeigen illegal war.

An jenem Abend des 27. September drohte während einer Versammlung in der Ulster Hall ein sektiererischer, antikatholischer Demagoge namens Ian Paisley, er selbst werde eine Demonstration anführen, um die Trikolore zu entfernen, sollte sie nicht binnen zwei Tagen verschwunden sein. Während meiner Kindheit hatte der Norden, obwohl mir dies zu jener Zeit wirklich nicht bewußt wurde, eine kleine, aber anhaltende Kampagne erlebt, in der unter Führung von Ian Paisley antikatholischer Haß geschürt wurde. Paisley hatte 1951 die »Freie Presbyterianische Kirche« gegründet. 1956 war er in die Entführung und Zwangsbekehrung eines fünfzehnjährigen katholischen Mädchens, Maura Lyons, verwickelt. Er attackierte lautstark Reverend Donald Soper und andere liberale protestantische Geistliche und predigte religiösen Haß. So etwa auch im Juni 1959, als nach Paisleys Tiraden ein protestantischer Mob den in katholischem Besitz befindlichen Fish-and-Chips-Laden in der Shankill Road angriff. Im Gefolge seiner Haßtiraden gewann Paisleys Ulster Protestant Association (UPA) die Kontrolle über die Shankill Unionist Association. Im Jahre 1961 wurde Desmond Boal als unionistischer Kandidat aufgestellt. Die UPA steckte sich das Ziel, »die protestantischen und loyalen Arbeiter in Zeiten der Depression bei der Erhaltung der Arbeitsplätze gegenüber ihren katholischen Kollegen zu bevorzugen«.

Unterdessen hatten unsere Lehrer uns ermahnt, wir sollten uns unter keinen Umständen auf der Divis Street herumtreiben. Das hatte uns natürlich derart neugierig gemacht, daß Dutzende von uns losrannten, so schnell uns die

Füße tragen konnten, um in das Fenster des Ladens zu schauen. Das Geschäft war, wie wir herausfanden, ein Wahlbüro von Sinn Féin.

Am folgenden Tag führte Distriktsinspektor Frank Lagan von der Royal Ulster Constabulary fünfzig Mann an, um mit Vorschlaghämmern die Tür zum Sinn-Féin-Büro einzuschlagen und die Flagge zu beschlagnahmen, die Mr. Paisley so aufgebracht hatte. Die Leute in der Falls Road ließen sich von diesem Akt politischer Gewalt ausgesprochen wenig beeindrucken. Es war ein Angriff auf eine Partei, die friedlich einen Wahlkampf führte. Mehrere tausend Menschen versammelten sich zu wütendem Protest. Am Ende des Tages qualmten die Trümmer mehrerer Busse, die von der aufgebrachten Menge in Brand gesetzt worden waren.

Am folgenden Tag, dem 1. Oktober, steigerten sich die Proteste zu Straßenschlachten. Es gärte im ganzen Viertel und blieb nicht mehr bei stiller Entrüstung. Vier Tage nach Paisleys Drohungen brachte Sinn Féin, den polizeistaatlichen Maßnahmen zum Trotz, erneut die Flagge an. Die RUC bot wieder ihre Kräfte auf und drang mit Spitzhacken in das Wahlbüro ein, um die Trikolore zu entfernen. In den daraus resultierenden Straßenkämpfen setzte die RUC Panzerwagen und Wasserwerfer ein. Die Demonstranten antworteten mit improvisierten Molotowcocktails. Am nächsten Tag rückten dann 350 RUC-Polizisten mit Militärhelmen und Panzerwagen in einem konzertierten Aufmarsch in die Falls Road vor, um den Widerstand zu zerschlagen. Die Folge: Fünfzig Zivilisten und einundzwanzig RUC-Polizisten mußten ins Krankenhaus eingeliefert werden.

Ich war an diesen Aktivitäten nicht beteiligt, konnte aber zu Hause und auf meinem Schulweg die angespannte Situation, die aufgeladene Atmosphäre spüren. Warum, so wunderte ich mich, war es denn illegal, eine Flagge zu zeigen? Ein Teil der Antwort war: Paisley hatte seine Drohungen während eines Wahlkampfes ausgestoßen, bei dem die Regierung – da der Wahlkreis Westbelfast nur von marginaler Bedeutung war – sich nicht ihrer loyalistischen Wähler entfremden wollte. Darum hatte sie der Provokation des parteilosen Predigers nachgegeben. Die tiefgreifendere Ursache aber war – Paisley hin, Paisley her – in der Tatsache zu finden, daß der Staat im Norden Irlands auf der gewaltsamen Unterdrückung politischer Opposition gründete. Deswegen wurde die Flagge verboten, und deswegen ging man mit Gewalt gegen die Bewohner der Falls Road vor.

Die Ereignisse erregten meine politische Neugier. Bald faltete ich nach der Schule im Felons Club Wahlprogramme für den republikanischen Kandidaten Liam McMillen. Dazu hatte mich mein Vater angespornt. Obwohl alle republikanischen Kandidaten ihr Wahlziel nicht erreichten, war meine politische Neugier geweckt. Alle möglichen Details paßten auf einmal zusammen.

So fand ich es zum Beispiel seltsam, daß wir für die Prüfungen nur in englischer Geschichte unterrichtet wurden. Nicht daß ich Probleme mit englischer Geschichte als solcher gehabt hätte, aber es war schwer zu verstehen, warum wir alles über die Rosenkriege und nichts über unsere eigene Geschichte wissen sollten. Meine Vorstellungskraft wurde jedoch beflügelt, als ein Sprecherzieher namens Dick Dynan uns in einer Freistunde mit der Geschichte Belfasts vertraut machte, einer Geschichte, die um uns herum ausgebreitet lag. Unsere Schule stand am Ufer des Farset River, was wir aber nicht gewußt hatten. Ebensowenig wußten wir, daß der Name Belfast auf den River Farset zurückgeht – *Béal Feirste*, die Mündung des Farset. Ich war gefesselt. Es war eine Offenbarung – sofort nach der Stunde ging ich zum Fluß hinunter und schaute, an welcher Stelle er unterirdisch verlief.

Als unser regulärer Geschichtslehrer zurückkehrte, fragte ich ihn, warum unsere Geschichte nicht behandelt werde. Ich begann viele weitere Dinge zu hinterfragen. Selbst bei der Sprecherziehung schien es mir, als würde der lokale Dialekt mißachtet. Das Gefühl für Belfaster oder irische Ausdrücke und Wörter der Umgangssprache wurde unterdrückt, und auf einmal ärgerte mich das.

Als ich anfing, Sinn-Féin-Versammlungen zu besuchen, steigerte sich mein Interesse zu einem Bewußtsein von nationaler Geschichte. Die Versammlungen fanden in einem schäbigen Raum im Gaelic Athletic Club (GAA) der Cyprus Street statt. Hier wurde ich mit Irlands eigener Geschichte vertraut gemacht. Hier wurde mir nicht aufgetischt, daß Irland ein gelegentliches Ärgernis im britischen Geschichtsverlauf sei, wie es in den Schulbüchern stand. Ich las nun eifrig viele Bücher, die nie auf dem schulischen Lehrplan standen. Nur wenige Wochen nach den Auseinandersetzungen in der Divis Street wurde ich Mitglied von Sinn Féin.

Bevor ich Sinn Féin beitrat, hatte ich mich nicht sonderlich für die Tagespolitik interessiert. Nun wurden mir die Ursachen für die Diskriminierung und deren Folgen, die unser Leben beeinträchtigten und einschränkten, immer mehr bewußt: die Armut, das Sektierertum und der Ausschluß von politischen Entscheidungen, der Mangel an anständigem Wohnraum und vor allem die strukturelle Arbeitslosigkeit. Aber trotz der starken republikanischen Bindungen in meiner Familie hatte ich mir noch keine bestimmte politische Meinung gebildet. Die meisten meiner Freunde und Altersgenossen hatten die Schule verlassen. Viele von ihnen waren ausgewandert oder im Begriff auszuwandern. Die Aussicht, entweder in elenden Jobs zu arbeiten oder arbeitslos rumzuhängen, brachte sie zur Verzweiflung.

Ich war ruhelos, blieb aber in St. Mary's. Eines Tages füllte ich ein Formular aus, das meine Mutter mir gegeben hatte und deshalb wahrscheinlich mit einer Ausbildungsbeihilfe oder ähnlichem zu tun hatte. Wir hielten uns in unserem Wohnzimmer in Divismore Park auf, meine Ma bügelte. Ich saß nahe beim Kamin, das Dokument auf den Knien, den Stift in der Hand. Ich glaube, ich hatte noch nie zuvor ein Formular ausgefüllt, und nahm es sehr genau und vergewisserte mich an jedem Punkt bei meiner Mutter.

Wir mühten uns durch Name, Nachname, Eltern, Paten und den ganzen Rest. Bis ich zu dem Punkt *Nationalität* kam.

»Was bedeutet das, Mama? Nationalität?«

Sie wurde ein wenig nervös.

»Warum fragen sie, welcher Nationalität ich bin? Ist doch klar. Ich bin Ire, oder nicht?«

»Nun«, sagte sie, »einige Leute würden britisch hinschreiben.«

»Warum würden sie denn britisch hinschreiben? Wir sind hier doch in Irland.«

»So ist das eben, Gerry. Füll einfach das Formular aus«, sagte sie etwas verdrießlich.

»Na gut, Mama, ich habe ja nur gefragt.«

»Nun, ich sag es dir bloß.«

Ich widmete mich wieder dem Fragebogen.

»Erwarten sie von mir, daß ich britisch hinschreibe?« fragte ich nach einer Weile erneut.

»Wer ist ›sie‹?«

»Die Leute, die dieses Formular entworfen haben«, antwortete ich mürrisch.

»Woher soll ich denn das wissen? Schreib hin, was du willst.«

»Ich möchte wissen, was meine Nationalität mit diesem blöden Formular zu tun hat!«

»Was du willst und was du bekommst, sind zweierlei Stiefel.« Ihr Tonfall klang endgültig. Sie legte die gebügelte Wäsche zusammen. »Nun, denkst du, daß du den Rest auch ohne mich ausfüllen kannst? Ich werde das Abendessen aufsetzen.«

»In Ordnung«, antwortete ich.

Langsam bekam ich ein Gefühl für den politischen Zustand meiner Welt. Die Unionisten übten die Kontrolle aus, und die britische Regierung schien mit dieser Situation recht zufrieden. Nordirland war ein Polizeistaat, der nach einem dem südafrikanischen Apartheidsystem ähnlichen Credo regiert wurde. Es war ein Einparteienstaat mit »einem protestantischen Parlament für eine protestantische Bevölkerung«.

Alle Versuche, dies zu ändern, sei es mit Gewalt, sei es

durch die Publikmachung der Ungerechtigkeiten oder die Entwicklung einer parteipolitischen Alternative, waren gescheitert. Die 1956 begonnene Grenzkampagne der IRA war einem nassen Knallfrosch ähnlich gewesen, der nicht richtig losging.

Die Aussichten für jemanden, der in der republikanischen Politik aktiv war, waren nicht sehr rosig. Obwohl das Britische Empire in anderen Teilen der Welt im Niedergang begriffen war, blieben die unionistischen Herrscher im Norden Irlands so entschlossen wie eh und je. Die Forderungen jeder neuen Kampagne nach Aufhebung der Teilung Irlands wurden stets zurückgewiesen. Als ich nur ein paar Monate alt war, hatte der unionistische Premierminister Brooke erklärt: »Unser Land ist in Gefahr, wir kämpfen heute, um unsere bloße Existenz und das Erbe unserer Kinder von Ulster zu verteidigen … ›Keine Kapitulation, wir sind Männer des Königs‹.« In London hatte das Parlament von Westminster die unionistische Botschaft des »Keine Veränderung« festgeklopft, indem es den Ireland Act verabschiedet hatte. Er schloß die Selbstbestimmung des irischen Volkes als Gesamtheit aus und verankerte das »loyalistische Veto« in der Gesetzgebung.

Der politische Wille des nationalistischen Bevölkerungsteils, der die Teilung Irlands und die Autorität britischer imperialer Präsenz nie akzeptiert hatte, wurde seit der Gründung des Staatsgebildes im Norden gnadenlos unterdrückt. Der Special Powers Act verlieh dem Innenminister außergewöhnliche Machtbefugnisse, zum Beispiel konnte er Festnahmen ohne Haftbefehl vornehmen, bei bestimmten Vergehen gegen das Waffengesetz die Todesstrafe verhängen, Gefängnisstrafen und Züchtigung anordnen. Menschen konnten ohne Anklage oder Verurteilung interniert, Organisationen verboten, gerichtliche Untersuchungen verhindert, Häuser geräumt und zerstört werden. Diese Machtbefugnisse, die alles in allem einer Leugnung der demokratischen Rechte gleichkamen, zeigten sich auch dadurch besonders effektiv und wirksam, daß sie sich in der

Hand der Unionisten befanden, die sie gegen den anderen Bevölkerungsteil, die Nationalisten, einsetzten. Lord Craigavon, der erste Premierminister des Staatengebildes, hatte deutlich gemacht: »Ich bin zuerst Orangist, dann erst Politiker und Mitglied dieses Parlaments ... Und ich bin allein darauf stolz, daß wir ein protestantisches Parlament und einen protestantischen Staat haben.« Als später Vorster, der Premierminister eines anderen Apartheidstaates, dem Parlament ein neues Zwangsgesetz vorlegte, bemerkte er, daß er »willens sei, diese gesamte Gesetzgebung gegen einen einzigen Paragraphen des Northern Ireland Special Powers Act einzutauschen«.

Die am St. Patrick's Day stattfindenden Umzüge wurden verboten oder durch die Polizei niedergeknüppelt. 1951 waren Republikaner anläßlich eines Besuchers des britischen Königshauses interniert worden. Im gleichen Jahr war die Unterdrückungspolitik durch die Verabschiedung des Public Order Act verschärft worden. Das Gesetz ermächtigt Regierung oder Polizei, Aufmärsche nach Belieben zu verbieten oder andere Routen vorzugeben.

Ganz anderes geschah in den übrigen Teilen des Britischen Empire: Nkrumah war der erste Vertreter einer Generation afrikanischer Antikolonialisten, der zum Premierminister eines zur Unabhängigkeit gelangten Staates gewählt worden war, während in Kenia britische Truppen mit ihrer terroristischen Kampagne zur Bekämpfung von Aufständen furchtbare Rache übten. Die Krönung von Elizabeth II. im Jahre 1953 hatte die Herzen der dem Britischen Empire loyal Ergebenen eine Zeitlang höher schlagen lassen. 1954 hatte die nordirische Stormont-Regierung mit dem Flags and Emblems Act ein weiteres Mittel zur Unterdrückung der Opposition geschafffen. Nach diesem Gesetz war es verboten, an dem Symbol des Unionismus, dem Union Jack, zu rütteln, während die Polizei ermächtigt wurde, jede andere Fahne, wie zum Beispiel die irische Trikolore, zu entfernen.

Angesichts des Mangels an Demokratie, des Special Powers Act, der Verweigerung des Wahlrechts für alle, des Gerrymandering, also der Wahlkreismanipulation, und des Verbots republikanischer Parteien war ich überzeugt, daß etwas gegen die Ungerechtigkeit des Systems getan werden müsse. Während sich meine Überzeugungen langsam herausbildeten, entspannte sich, ausgelöst von der rasanten wirtschaftlichen Modernisierung, das Verhältnis zwischen den Unionisten im Norden und der Regierung in Dublin. Die Notwendigkeit einer grenzüberschreitenden Wirtschaftskooperation war schon länger erkannt worden. Hinter den Kulissen hatten wirtschaftliche und politische Interessenvertreter auf praktische Schritte gedrängt. Als der Taoiseach Sean Lemass die einhundertsechzig Kilometer von Dublin nach Belfast gereist war, um sich mit Captain Terence O'Neill, dem Premierminister des nordirischen Staatsgebildes, zu treffen, war dies in fünfundvierzig Jahren das erste Mal, daß zwischen den beiden Regierungen auf der Insel Gespräche auf höchster Ebene stattfanden. Viele hatten den Eindruck, dies wäre der Beginn einer neuen Ära. Einer Zeit der Reformen, die die sektiererische Diskriminierung durch den Staat im Norden mildern könnte. Wir sahen aber auf unseren Schwarzweißbildschirmen nur Ian Paisley und eine Handvoll seiner Anhänger in Stormont protestieren. Paisley warf Schneebälle, was ich lustig fand. »Dieser Mann ist ein Unruhestifter«, sagten die älteren Leute.

In der Schule ahnte Bruder Heffernan vermutlich, daß meine Gedanken sich von Unterrichtsbelangen abwandten, hin zu politischen Dingen. In einer Theologiestunde führten wir eine Diskussion über den Satz: Gebt dem Kaiser, was des Kaisers ist, Gott das, was Gottes ist. Ich fragte, warum die katholische Kirche IRA-Leute exkommuniziere. Ich wollte wissen, wie es dazu kam, daß die Kirche diese Entscheidung traf und auf welcher theologischen Grundlage sie beruhte.

Zu dieser Zeit wurde eine Reihe von Leuten beim Cloonagh House festgenommen, das damals der Wohnsitz eines hohen britischen Armeeoffiziers war. Sie weigerten sich, auch nur ein Wort zu sprechen. Auch nicht mit dem Pfarrer während der Beichte. Sie wurden in Zeitungsüberschriften als die »Fünf Schweigenden« gepriesen. Joe McCann, ein Maurerlehrling, war ein enger Freund von mir, Sean Murphy ein Mitschüler in St. Mary's – ich kannte sie alle.

Ich war siebzehn und in der Schule unruhig. Die meisten Leute, mit denen ich Umgang hatte, arbeiteten, während ich mich nun politisch engagierte oder zumindest für Politik interessierte. Mein Vater war erneut ohne Arbeit. Ich war das älteste Kind der Familie. Mir war bewußt, daß ich kein Geld ins Haus brachte. Eines Tages las ich in den *Irish News*, daß die »Ark Bar« einen Barlehrling suchte, und ich faßte spontan den Entschluß, mich um diese Lehrstelle zu kümmern. Die »Ark Bar« lag nur etwa vierhundert Meter von der St.-Mary-Schule entfernt, es war also nur ein kurzer Weg bis dorthin. Ich ging hin, und der Verantwortliche sagte: »Ja, wir suchen einen Lehrling«. Der Lohn betrug so um die zehn Pfund, was damals sehr viel Geld war. Die Jungs, die Maurer oder dergleichen lernten, bekamen nur zwischen vier und sieben Pfund. Ich kehrte zu Bruder Heffernan zurück und eröffnete ihm, daß ich von der Schule abginge. Was immer er auch einwendete, konnte mich von meinem Entschluß nicht abbringen.

Meine Familie war sehr erfreut und stolz, daß ich es geschafft hatte, die höhere Schule zu besuchen. Es war ein Schock für sie, als ich nach Hause kam und sagte, ich ginge von der Schule ab und nähme einen Job an. Zumindest aber konnte ich nun meiner Mutter jeden Monat eine Lohntüte überreichen.

Beruflich gesehen war meine Entscheidung zweifellos ein Fehler, denn ich endete in der schlimmsten aller möglichen Welten. Hätte ich mich entschlossen, nicht St. Mary's zu besuchen, oder wäre ich nach der mittleren Reife abgegangen, hätte ich einen Beruf ergreifen können. Zwar gedachte ich, nach dem Abitur meine Ausbildung fortzusetzen, und hegte die vage Absicht, die Universität zu besuchen, doch solche Ambitionen wurden bald von der Politik eingeholt. Hätte ich mich auf die Schule konzentriert, hätte ich vernünftige

Berufsaussichten gehabt. Für die meisten Leute gab es jedoch wenig Berufsaussichten. Für Männer waren die Aussichten auf eine dauerhafte Arbeit sehr begrenzt. In den Nähereien und Bekleidungsfabriken und in den verbliebenen Leinenwebereien gab es sehr viel mehr Arbeit für Frauen. Andere arbeiteten als Haushaltshilfen. Kamen Männer aus der Arbeiterklasse, konnten sie – wenn sie Glück hatten – eine Lehre absolvieren, oder sie wurden Hilfsarbeiter. Die Arbeit, die sie dann auszuführen hatten, konnte selbst die stärksten von ihnen fertigmachen.

Der »Ark« war einer von vielen Pubs, die in protestantischen und gemischten Vierteln der Stadt gelegen waren, sich jedoch in katholischem Besitz befanden. Was die protestantische Klientel des »Ark« anging, gab es keine Probleme. An der Ecke Broadbent Street und Old Lodge Road gelegen, kamen die Gäste aus den benachbarten Straßen. Die Crumlin Road auf der einen Seite und die Old Lodge Road und die Shankill Road auf der anderen Seite bildeten die Grenze. Schon kurze Zeit nach meinem Arbeitsantritt durfte ich den Laden ganz alleine schmeißen. Ich ging von der Divis Street zu Fuß zur Arbeit, lief die Townsend Street hinauf und gelangte über die Shankill Road zum »Ark«, schloß auf und scheuerte den Boden. An einem schönen Morgen schritt ich im Pub auf und ab, ging raus und rein und bereitete die Schanköffnung vor. Hierbei traf ich auf der Straße Leute: ältere Menschen und Frauen jeden Alters, die einkaufen gingen, Männer, die ihre Hunde ausführten. Es war ein gutes Gefühl zu arbeiten: Ich trug gerne die mir übertragene Verantwortung, und die Entlohnung war gut. Damals tat es mir nicht leid, daß ich von der Schule abgegangen war. In der Mittagspause ging ich oft in das Schwimmbad von Peter's Hill. Bei gutem Wetter fuhr ich über die Shankill Road und die West Circular mit dem Fahrrad zur Arbeit und zurück.

Der »Ark« war ein sehr kleiner Pub alten Stils mit einem Fliesenboden, großen hohen Fenstern, einem einzigen Tresen, einem Hinterzimmer und einem *snug*, einem holzeingefaßten Séparée. In der ersten Etage fanden Dartsturniere statt. Außer zur Ferienzeit drängten sich die Gäste im Pub nur bei einem solchen Dartsturnier oder bei irgendeiner Versammlung. Porter erfreute sich großer Beliebtheit, und die Guinnessbrauerei, deren Niederlassung sich in der Grosvenor Road befand, lieferte Woche für Woche viele Viertelfässer. Der Verkauf von Spirituosen hingegen war minimal.

Ich mochte die Leute, die in der »Ark Bar« einkehrten, und ich glaube, das beruhte auf Gegenseitigkeit. Ein sehr unterhaltsamer alter Knabe hatte an der Schlacht an der Somme teilgenommen. Ich war noch ein Kind, er hingegen über sechzig oder siebzig, aber wir wohnten in derselben Stadt, und ich fühlte mich ihm sehr verwandt. Bei einer Gelegenheit sang ich einen Vers aus der loyalistischen Hymne, »Die Schärpe«, auf irisch. Danach sang er einen republikanischen Song, »Kevin Barry«. Wenn wir Barmänner abends die Gläser und leeren Flaschen wegräumten, standen die Gäste auf, um alle miteinander »God Save the Queen« zu singen. Doch es wäre falsch, so zu tun, als sei alles in bester Ordnung gewesen. Die sektiererische Polarisierung erreichte ihren Höhepunkt immer dann, wenn im Juli die Aufmärsche stattfanden und sich die Orangisten triumphalistisch gebärdeten. Ich stellte allerdings für niemanden eine Bedrohung dar, ich war bloß ein schmächtiger Teenager.

Während meiner Zeit im »Ark« nahm ich an Schulungsabenden von Sinn Féin sowie an Debatten und Diskussionen der Wolfe Tone Society teil. Ich wurde zum Aktivisten. Als die Stadtplaner anfingen, das Pound-Loney-Viertel zu planieren, schloß ich mich mit anderen Republikanern dem Protest der Bewohner des Viertels an. Pound Loney war ein Viertel mit dicht stehenden Häusern am Ende der Falls Road. Es sollte einem mehrgeschossigen Wohnkomplex namens Divis Flats weichen. 1962 war ein Entslumungsprogramm verabschiedet worden, unter dem 1966 das Pound-Loney-Gebiet zum Sanierungsgebiet erklärt worden war. Jetzt begannen sie mit den Abrißarbeiten. Wir waren zwar alle für die Ersetzung der alten, heruntergekommenen Häuser, aber gegen die Pläne der Regierung in London. Sie sah die Lösung des Wohnungsproblems in der Systembauweise von mehrgeschossigen Wohnblöcken. Den örtlichen Behörden wurden Zuschüsse gewährt, damit sie diese neuen Methoden befürworteten.

Die alten Wohnbedingungen waren miserabel, aber das Loney war ein gutes Viertel, in dem es ein ganz eigenes Zusammengehörigkeitsgefühl gab. Die gleichen Familien wohnten seit Generationen in der gleichen Straße. Wir waren davon überzeugt, daß Hochhauswohnungen keine angemessene Lösung waren. Wie sollte man so hoch oben leben können? Wie sollte man den Kinderwagen hinunterhieven? Wo würden die Kinder spielen? Auf einem fünfzehn Meter hoch gelegenen Balkon?

Wir organisierten Demonstrationen und Protestversammlungen und versuchten Einfluß auf die Bebauungspläne zu nehmen. Wir sprachen uns für traditionellen Häuserbau statt der Hochhausblöcke aus und beschrieben das geplante Bauprojekt als »einen als Parkhaus getarnten Wohnblock«. Jung, voller Energie und durch nichts von unseren Zielen abzubringen, verteilten wir Flugblätter und mobilisierten die Leute. Um unserem Vorhaben eine demokratische Basis zu geben, versuchten wir ein ordentliches Komitee auf die Beine zu stellen. Bei einem unserer Proteste rekrutierten wir sogar den Dackel von Joe McCanns Oma, dem wir ein Transparent mit der Aufschrift »Keine Hochhauswohnungen« anhefteten. Wir wurden von Kanonikus Padraig Murphy angegriffen und von Bischof Philbin als »Kommunisten« und »Männer mit bösen Absichten« denunziert, aber unsere Kampagne erfreute sich vor Ort großer Unterstützung.

Als auch in der protestantischen Old Lodge Road mit dem Abriß alter Häuser begonnen wurde, protestierte niemand. Ich stand mit Bewohnern des Viertels vor der Tür des »Ark« und sah zu, wie die Planierraupen ihr Werk vollbrachten. Alle waren traurig. Einige Frauen gaben ihrem Zorn Ausdruck, aber keiner der Männer hörte auf sie, waren es doch schließlich nur Frauen. Und niemand hörte auf mich. Ich war ja eh nur ein kleiner katholischer Barmann.

1966 erlebte ganz Irland anläßlich der Gedächtnisfeiern zum 50. Jahrestag des Osteraufstandes von 1916 ein Neuaufleben republikanischen und nationalistischen Denkens. In Belfast fand eine Demonstration mit prächtigen Bannern, Flaggen und Musikkapellen statt. Die Stormont-Regierung von Terence O'Neill, die nur achtzehn Monate zuvor die größten Anstrengungen unternommen hatte, jede einzelne Flagge zu entfernen, reagierte auf die Gedächtnisfeiern hysterisch. Die Eisenbahnstrecke zwischen Belfast und Dublin war für drei Tage per Regierungsdekret stillgelegt. Die B-Specials der RUC wurden in Alarmbereitschaft versetzt. Die Schlagzeilen des *Belfast Telegraph* lauteten »Oberste Alarmstufe« und »Bedrohung durch die IRA«. Die IRA stellte jedoch keinerlei Bedrohung dar, und trotz der Angstmacherei verlief die Demonstration, bei der Kevin Hannaway und ich als Ordner fungierten, ohne jeden Zwischenfall. Die Fernsehnachrichten berichteten darüber. Als mich die Leute aus der »Ark Bar« am Ende des Demonstrationszuges unter den Ordnern erkannten, machten sie eine lockere Bemerkung darüber.

Einem Mythos jener Zeit zufolge unterstützte die Regierung in Dublin die republikanische Position im Norden auf besondere Weise. Zwar war de Valera, der am Osteraufstand teilgenommen hatte, noch immer Präsident, aber der Antirepublikanismus war im Establishment tief verwurzelt. Der Taoiseach, Sean Lemass, war ein Pragmatiker, der den Staat der Sechsundzwanzig Grafschaften zu einem modernen kapitalistischen Irland entwickeln wollte. Obwohl sich anläßlich des 50. Jahrestages des Aufstandes von 1916 die Schriften der damaligen Anführer großer Popularität erfreuten und die nationalistische Gesinnung zunahm, zeigten sich in intellektuellen Kreisen Ansätze zu einem antinationalistischen Geschichtsrevisionismus.

Zur Zeit der Osterparade schürte die unionistische Regierung die Aufregung. Fünfzig Jahre zuvor bildeten die

Unionisten lediglich einen Bevölkerungsteil Gesamtirlands, das unter britischer Obhut stand. Mit Hängen und Würgen hatten sie sich einen Staat der Sechs Grafschaften geschaffen, den sie kontrollieren konnten. Bei der blutigen Geburt des neuen Staatsgebildes hatte es Pogrome gegeben: in Belfast waren mehr als 10 000 Katholiken von ihren Arbeitgebern gefeuert, 23 000 aus ihren Häusern vertrieben und mehr als 500 Geschäfte in katholischem Besitz zerstört worden. Führend bei diesen Pogromen waren die Spezialeinheiten der Polizei des neuen Staates. Der *Manchester Guardian* schrieb: »Diese Menschen haben sich keines Vergehens schuldig gemacht, es sei denn, es ist ein Vergehen, von Geburt Katholik zu sein ... Aufgrund des bloßen Vorwurfs, katholischen Glaubens zu sein, werden Hunderte von Familien fortwährend aus ihren Häusern vertrieben ... Bei diesen Operationen stellen die Specials das Benzin, Feuerwaffen und gewähren Straffreiheit.«

Im Norden herrschte weiterhin permanenter Ausnahmezustand. Jahrzehnt um Jahrzehnt verschwanden Republikaner im Gefängnis. Die Unionisten reagierten auf den leisesten Hinweis einer Bedrohung und verboten katholische Demonstrationen. Getrieben waren sie zum Teil von einem psychologischen Gebot: Sie wollten die Reinheit der Stadt, der Wagenburg, gewährleisten und die Einheimischen vor die Stadtmauern verbannen. Vielleicht betrieb die unionistische Regierung das Niederhalten der katholischen »*croppies*« aber auch als Ablenkungsmanöver, das notwendig war, damit das System in ihrem Interesse funktionierte. Sie erlebte zudem eine geographische und konstitutionelle Unsicherheit, fürchtete, von einem nationalistischen Irland verschlungen zu werden.

Für die Katholiken in Belfast war es eine unmittelbare Erfahrung, ausgeschlossen zu sein. Wir lebten zumeist in relativ kleinen Enklaven. In Ostbelfast waren die Sirocco-Werke einer der Hauptarbeitgeber innerhalb jener Enklave, doch nicht ein einziger Katholik war dort beschäftigt. Die Goliathkräne von Harland & Wolff warfen einen Riesenschatten über katholische Häuser, doch arbeitete kaum ein Katholik auf der Werft. In Westbelfast war die Gießerei Mackies einer der Hauptarbeitgeber, doch bekamen dort nur wenige Katholiken einen Job. Während der Zeit, da die Orangisten ihre Aufmärsche abhielten – das war von Juni bis September –, lebten die Nationalisten in Furcht, da über ganze Viertel eine regelrechte Ausgangssperre verhängt wurde, damit die Sektierer ihren als historisch empfundenen Triumph der Protestanten über die Katholiken im siebzehnten Jahrhundert feiern konnten.

Als die Katholiken begannen, sich für ihre Bürgerrechte einzusetzen, erhielt die Campaign for Social Justice nicht nur die Unterstützung der konservativen katholischen Nationalist Party, sondern auch der Northern Ireland Labour Party, die 1965 für die Abschaffung des Special Powers Act stimmte und für die Forderung »Ein Bürger, eine Stimme« eintrat. Im loyalistischen Lager formierte sich aber eine kraftvolle Bewegung gegen diese Demokratisierungsbestrebungen – die, wenn nicht von Ian Paisley angeführt, doch sicher von ihm initiiert worden war.

Im Februar 1966 begann Paisley mit der Herausgabe des *Protestant Telegraph*, einer Wochenzeitung, die sich in antikatholischen Tiraden erging. Im Februar, März und April wurden von der Ulster Volunteer Force (UVF), einer kleinen Gruppe von Paisley-Anhängern, eine Reihe katholischer Häuser, Schulen und Geschäfte mit Benzinbomben niedergebrannt. Angeführt wurde die Gruppe von Gusty Spence, einem ehemaligen Aktivisten der Ulster Protestant Action. Im April gründete Paisley das Ulster Constitution Defence Committee und dessen militante Speerspitze, die Ulster Protestant Volunteers (UPV). Am 7. Mai 1966 wurde eine ältere Protestantin bei einem UVF-Angriff auf einen katholischen Pub getötet. Am 22. Mai erklärte die UVF »der IRA« den Krieg, und am 27. Mai schoß die UVF auf John Scullion, einen Katholiken, der keinerlei Verbindungen zur IRA hatte. Er starb am 11. Juni. In ihrer Ideologie, besser ihrer Theologie, machte sie kaum einen Unterschied zwischen einem IRA-Aktivisten und einem gewöhnlichen, unbeteiligten Katholiken. Am 6. Juni führte Paisley eine gegen die Presbyterianische Generalversammlung gerichtete Demonstration über den Cromac Square. Er lenkte den Zug durch das Markets-Viertel. Die Bewohner protestierten gegen dieses Eindringen in ihr Wohngebiet. Die RUC ging brutal gegen die Bewohner vor, knüppelte sich einen Weg durch dieses nationalistische Viertel. So schuf die RUC einerseits ein Klima der Angst und förderte andererseits eine Haltung des Triumphalismus und der Einschüchterung durch Gewalt.

Als ich am 27. Juni die Messe im Kloster von Clonard verließ, traf ich Liam McMillen. Er berichtete mir, ein Barmann namens Peter Ward sei am Abend zuvor im »Malvern Arms«, einem Pub in der Shankill Road, erschossen worden. Vier katholische Barmänner hätten dort zusammengesessen. Als sie den Pub verließen, hätten Mitglieder der UVF drei von ihnen angeschossen und dabei Ward getötet. Nach dem Paisleyschen Evangelium des Hasses waren alle Katholiken als »illoyal« und als Feinde anzusehen. Am 23. Juli randalierte eine große Horde von Paisley-Anhängern in der Belfaster Innenstadt. Sie warfen Steine gegen das »International Hotel«, in dem Peter Ward gearbeitet hatte, schmissen Schaufensterscheiben ein und zogen in Richtung Sandy Row. Dort versuchten sie, ein Wettbüro niederzubrennen, in dem Katholiken beschäftigt waren.

Ich kann mich nicht erinnern, daß die Gäste des »Ark« die Ereignisse gutgeheißen oder unterstützt hätten. Doch die friedliche Polarisierung zwischen Loyalisten und Nationalisten bröckelte von den Rändern her. Als der zwölfte Juli nahte, fragte ich meinen Boß nach dem gewerkschaftlich gesicherten Lohnzuschlag für die Arbeit an einem Feiertag. Daraufhin feuerte er mich. So wurde ich also von meinem katholischen Arbeitgeber vertrieben, nicht von den protestantischen Gästen, denen ich traurig Lebewohl sagte.

Ich bekam umgehend einen Job in einem Pub in der Innenstadt, dem »Duke of York«, wo ich nicht nur die Arbeit mochte, sondern auch noch eine Ausbildung erhielt. Hier wurden die Tagesereignisse von den Gästen endlos und kenntnisreich diskutiert. Zum breiten Spektrum der Gäste gehörten auch Mitglieder der Northern Ireland Labour Party, deren Parteizentrale sich um die Ecke befand. Eine Reihe von Gewerkschaftsbüros waren ebenfalls in unmittelbarer Nähe. Kommunistische Parteifunktionäre wie Betty Sinclair besuchten »The Duke« ebenso wie Liam McMillen und Proinsias MacAirt, die zur republikanischen Führung zählten. Hier konnte man die *Irish Times* lesen, eine Zeitung, die in jenen Tagen in Arbeiterkreisen Belfasts nicht leicht zu bekommen war. Ins »Duke« kamen auch Journalisten auf einen Drink. Viele Gäste unterstützten die irische Rugbymannschaft und fuhren recht häufig nach Dublin. Diese Stadt zu besuchen wäre den Gästen des »Ark« nicht im Traum eingefallen. Es gab dort Leute, die ihren Urlaub in Donegal verbrachten, Leute, die Moskau und das Schwarze Meer besucht hatten. Ich hörte zum erstenmal eine Busuki, als ein Gast des »Duke of York« irgendwo Straßenmusik gemacht und das Instrument mitgebracht hatte.

Es war ein kleiner, malerischer Pub mit einer niedrigen Decke und ohne Belüftung. Er hatte eine lange Bar, Schwingtüren und Eichenholztäfelung. An den Wänden hingen gute Karikaturen. Neben der Public Bar befand sich die Lounge Bar, deren Besucher wir durch eine Luke bedienten. Jimmy Keaveney, der Eigentümer, war ein netter Mann und der perfekte Kneipier. Klein, dickbäuchig, bebrillt, mit schütterem Haar, trug er gewöhnlich Weste, Wolljacke, Hemd und Krawatte. Der »Duke of York« war ein Familienbetrieb und hatte eines der besten Porter der Stadt im Ausschank, das aus altmodischen Viertelfässern gezapft wurde. Whiskey aus Holzfässern wurde ebenfalls ausgeschenkt. Er war aber so stark, daß wir immer nur ein gewisses Quantum servieren durften. Jimmys Mutter und Schwester wohnten über der Bar, und ich habe die besten Erinnerungen an ihre Hilfsbereitschaft. Als ich vom Fahrrad auf ein Moped umsteigen wollte, bekam ich einen Vorschuß, der auf meinen Lohn angerechnet wurde. Ich kaufte mir eine Honda 50 auf Raten.

Während der Mittagszeit kamen aus umliegenden Geschäftsgebäuden sehr viele Gäste in den Pub, eine Mischung aus Bankangestellten, Richtern, Journalisten, Sekretärinnen und Inhabern von Hemdenfabriken, Webereien und Reisebüros. Am Wochenende sangen abends etwa zehn Leute im *snug* Lieder von Percy French. Zu ihrem Repertoire gehörten aber meist auch witzige irische Lieder, zwischen die abwechslungshalber ein wenig Bing Crosby eingestreut wurde. »Joe Hill« war beliebt bei einem anderen Schlag von Gästen. Sie bevorzugten die Public Bar und politisch progressive Musik. Zu ihnen gehörten Jimmy und Edwina Stewart von der Kommunistischen Partei und einige der Bosse der größeren Gewerkschaften, in denen die Arbeiter der Belfaster Werften organisiert waren. Es war dies die Zeit, in der das Interesse an traditioneller Musik ein Revival erlebte. Es fand seinen Ausdruck in spontanen Sessions in der Lounge Bar. Balladen gehörten zum Grundrepertoire. Unter denen, die gelegentlich hier spielten, waren Bandmitglieder der »Dubliners« sowie Ted Furey, der Vater der Fureys. Manche Leute sangen recht republikanische Songs wie »Henry Joy«, aber im allgemeinen vermieden die Balladensänger Songs mit politischem Einschlag und bevorzugten statt dessen gute Songs aus dem Norden wie »Slieve Gullion Brae«. Einige, wie etwa Proinsias MacAirt, sangen auf irisch und forderten absolute Ruhe von ihrer Zuhörerschaft, die dann auch gespannt lauschte.

Ein brillanter und äußerst populärer Kolumnist des *Newsletter* war Stammgast. Ralph (Bud) Bossence, eine Gestalt wie aus den »Pickwickern«, hatte seine Kindheit in Detroit verbracht und gab gern Damon-Runyon-Weisheiten zum besten. Er war ein bemerkenswertes Original – sehr klein, aber unglaublich fett, sehr kleine Hände und ein erstaunlicher Körperumfang – wie ein Osterei. Sein Lachen schallte oft durch die Bar. Er und seine Freunde amüsierten sich immer prächtig. Mal planten sie eine Wanderung in den Hollywood Hills, mal einen Tagesausflug nach Donaghadee. An dem Tag, an dem Wolfe Tones gedacht wurde, wollten sie zum Cave Hill hinauflaufen, schafften es aber lediglich bis zum »Bellevue Arms Pub«. Wir genossen Bossences Berichte über ihre lustigen Erfahrungen. In seinen Kolumnen pries er das Leben, gutes Essen und Trinken und widmete sich enthusiastisch Filmen, Jazz und dem Fußballclub Glentoran, wobei er nie die sogenannten »kleinen« Leute vergaß. In einer Kolumne schrieb er: »An dem Tag, an dem in meinen Artikeln häufiger von der feinen Gesellschaft als vom Proletariat die Rede ist, werde ich meinen Hut nehmen.« Das war Bud Bossence, und es war das Ereignis der Woche, wenn etwas, das sich im »Duke of York« zugetragen hatte, in Buds Kolumne vorkam, sei es auch nur in einem Satz. Ein lustiges Charakteristikum seiner Kolumne war die manchmal auftauchende Formel: »... wie der Kurat neulich morgens zu mir sagte«. »Der Kurat« war einer der Barmänner, vielleicht ich oder einer der anderen. Ich interessierte mich instinktiv für das Schreiben und bekam durch Bud ein Gefühl dafür, wie selbst eine nebensächliche Bemerkung zu etwas geformt werden konnte, das die Leser unterhielt.

Der »Duke of York« war politisch gesehen ein sehr liberales Lokal, in dem das ganze Tagesgeschehen diskutiert wurde und wo zu jener Zeit eine ganze Reihe progressiver Einflüsse auf mich wirkten. Die erste Ausgabe der Schriften von James Connolly, die ich las, bekam ich von einem Gast namens William Mullan, einem Gewerkschaftler, der 1932 an den Auseinandersetzungen um die Armenhilfe beteiligt war. Einige Leute trugen CND-Anstecker. Es gab kleine Anti-Vietnam- Demonstrationen. An einer dieser Demonstrationen habe ich teilgenommen. Die Niederschlagung der Bewegung in der Tschechoslowakei 1968 war eine Katastrophe, die uns alle berührte. In unseren Unterhaltungen spielte stets auch Südafrika eine große Rolle.

Jimmy Keaveney schloß am Morgen des zwölften Juli die Türen des »Duke«. Nur Stammgäste wurden eingelassen.

An jenem Morgen konnten wir hören, wie die Musikkapellen der Orangisten sich in der Donegal Street oder wo auch immer versammelten. Gelegentlich begehrten ein paar laute Musiker Einlaß im »Duke« und donnerten heftig gegen die Türen, wenn sie ignoriert wurden. Ein paarmal habe ich mir die Orangistenmärsche in der Royal Avenue angesehen, ohne mich bedroht zu fühlen. Einmal geriet ich, weil ich zu spät dran war, in einen Zug hinein, was ziemlich selbstmörderisch war. Eines Abends besuchte der führende unionistische Politiker Robert Porter (Stormont-Innenminister 1969–1970) den »Duke«. Während er und sein Gefolge sich drinnen amüsierten, schlüpfte ich nach draußen und rammte mit Hilfe eines Staubsaugerrohres eine Kartoffel in den Auspuff seiner Limousine. Ich vermutete, daß das Fahrzeug dadurch eine Panne haben würde, und frohlockte ob meines gewagten Streichs. Später kam ich mir albern vor, als ich mir vorstellte, was passiert wäre, wenn sie mich erwischt hätten. Wie hätte ich mich rechtfertigen sollen? Wäre ich wegen des Besitzes einer Kartoffel festgenommen worden?

Mein Vater drängte mich, für unseren Paddy ein paar Stunden Arbeit zu beschaffen. Ich fragte sehr ungern, aber während eines Abends mit sehr viel Betrieb im Lokal schlug ich meinem Boß vor, Paddy könne doch helfen, die Gläser zu spülen. Und das tat er denn auch und fuhr mit mir abends auf der Honda zur Arbeit.

Die Arbeitstage im lizenzierten Schankgewerbe sahen eine dreistündige Pause für die Angestellten vor. An manchen Tagen ging ich zum Mittagessen nach Hause, als ich aber besser verdiente, schlenderte ich lieber durch die Innenstadt und genoß meine Unabhängigkeit und mein Erwachsenendasein. Die Kleinigkeiten des Alltags nach eigenem Gusto zu erledigen wurde mir recht schnell vertraut, so etwa, wenn ich am Zeitungsstand bei der Post in der Royal Avenue ein Magazin kaufte oder nach einem Buch am Smithfield Market stöberte, bevor ich in einem kleinen Café Schinken, Eier und Pommes aß oder genüßlich in »Kelly's Cellar« oder im »Crow's Nest« ein hervorragendes Glas

Stout trank. Es waren die ruhigen Stunden des Tages, nur wenige Leute waren unterwegs, jedenfalls in den gepflasterten Hintergassen oder kleinen Schenken. Sie waren ebenso Teil meines Alltags geworden wie ich des ihren.

Ich trieb mich weiterhin mit unserem Paddy, Frank Curran, seinem Bruder Harry, Joe McGee und ein oder zwei anderen herum. Es gab mehrere Orte in der Stadt, wo man tanzen gehen konnte, darunter ein paar größere, wo auch mal jemand wie Joe Dolan oder Dicky Rock auftrat. Joe McGee und ich gingen oft am Freitag- oder Samstagabend nach der Arbeit tanzen oder zu einem *céilí*.

Joe und ich setzten unsere Campingexpeditionen fort. Einmal unternahmen wir eine besonders unvergeßliche Tour per Anhalter. Um die Ecke vom »Duke of York« befand sich Easons, der Zeitungsgroßhändler. Einer der Fahrer hatte mir gesagt, er nähme uns nach Derry mit, wenn wir um fünf Uhr früh zur Stelle wären. So fanden wir uns eines Morgens in dem Lieferwagen wieder, fuhren auf dem Weg durch dichten Nebel und waren in Abenteuerlaune, als wir in Derry abgesetzt wurden. Es war erst sieben Uhr, es fuhren keine Züge, und alle Läden waren noch geschlossen.

Als wir die Straße nach Donegal entlangmarschierten, wurden wir von einem Wagen mit offener Pritsche mitgenommen. Wir fläzten uns auf der Pritsche hin, schauten uns die Berge an und starrten in den blauen Himmel, bis wir schließlich Donegal erreichten. Wir zelteten drei Tage und Nächte neben einem Friedhof in Gweedore und brachen dann gen Sligo und weiter nach Galway auf. Dort trafen wir am Strand zwei Frauen in schwarzen Bikinis und schworen uns, allerdings vergeblich, mit ihnen leidenschaftlich Liebe zu machen. Wir blieben eine Weile in der »City of the Tribes«, die – wie immer – von jungen Leuten, traditioneller Musik und dem ihr eigenen hektischen *craic* pulsierte. Auf der Hauptstraße trafen wir dort zufällig drei Belfaster Republikaner, Proinsias MacAirt, Liam McMillen und Jim Hargey, die gerade von den Aran-Inseln zurückgekehrt waren.

Liam McMillen und seine Kumpane waren zu der Zeit alle

Mitte Dreißig. Billy (Liam) war als »Billdoe« oder »der kleine Mann« bekannt, kräftig gebaut, untersetzt, hatte rosige Backen und dichtes schwarzes Haar. Er war ein Gaeilgoir, sprach fließend Irisch und schwärmte für irische Musik. Er war in den fünfziger Jahren bei Saor Éire aktiv gewesen, einer kleinen, aber tatkräftigen republikanischen Gruppe, und deswegen zu jener Zeit auch interniert. Später engagierte er sich mehr im Mainstream des Republikanismus. Er war Junggeselle und lebte mit seiner Mutter in der Ton Street in den Falls. Er, MacAirt und Jim Hargey verbrachten wie Joe Magee und ich ihren Urlaub im Westen Irlands.

Joe und ich reisten nach Kerry weiter, legten einen Aufenthalt in Banna Strand ein und begaben uns dann nach Killarney, wo wir eine Bootsfahrt auf den Seen unternahmen und mit geliehenen Fahrrädern durch das Gap of Dunloe radelten. An einem düsteren Abend hatten wir eine Begegnung mit einem Bullen, nachdem wir die Wegangabe eines Bauern mißverstanden hatten und auf ein falsches Feld geraten waren. Der nächste Abend sah uns in hügeligem Land in der Grenzregion von Kerry und Cork. Wir wurden schließlich von einem Auto nach Macroom und dann bis nach Cork mitgenommen. Wir kamen an, als es stockfinster war, bauten unsere Zelte in der Dunkelheit auf und schliefen bei den Geräuschen vorfahrender Autos ein. Neben uns befand sich offenbar ein Weg, auf dem sich Liebespaare vergnügten. Am nächsten Morgen standen wir auf und stellten fest, daß die ganze Bevölkerung von Cork genau an der Stelle vorbeifuhr, wo wir gezeltet hatten – am Rande einer Hauptverkehrsstraße.

Wir blieben ein paar Tage in Cork, gingen zum Blarney Stone und küßten ihn. Von da hatten wir große Mühe, nach Tipperary zu gelangen, wurden schließlich aber doch mitgenommen und kamen letztendlich in Dublin bei meinem Onkel Dominic in Whitehall an. Wir hatten ungefähr zehn Tage auf der Straße verbracht, kreuz und quer das Land erkundet, und nun machten wir noch ein paar Tage Dublin unsicher, besuchten »O'Donohue's« und andere Pubs, in denen

Musiksessions geboten wurden, bevor wir uns wieder auf den Rückweg nach Belfast begaben. Wir waren pro Mann mit zwanzig Pfund in der Tasche aufgebrochen und kehrten mit ungefähr vier Pfund zurück, begeistert von uns und unserem großen Abenteuer.

Bei einem anderen Ausflug zelteten wir am Bray Head südlich von Dublin. Dort hatten wir das ganze Seebad mit all seinen Vergnügungsmöglichkeiten vor uns, den Bray Head und die Berge im Rücken, und wanderten über den Klippenpfad nach Greystones. Als ich von meinem zuverlässigen Rennrad auf die Honda umstieg, unternahmen Joe und ich häufig Kurzausflüge, besonders zu Mrs. Kearney bei Glenavy.

Bei einem Besuch parkten wir das Motorrad in ihrem Hof und saßen auf der Straße vor ihrem langen, niedrigen, schiefergedeckten Cottage, in dem sie allein lebte. Mrs. Kearney war eine Verwandte von Joe, und jahrelang haben wir beide sie besucht. Einmal sind wir sogar zu ihr gewandert, aber solange wir noch keine Fahrräder hatten, trampten wir meistens. Wir hatten viele Abende damit verbracht, vom Murph die Glen Road hinaufzuradeln. Nun gelangten wir mit der Honda in Null Komma nichts dorthin. Manchmal, wenn wir über Landstraßen, auf denen der Teer schmolz, die Hügel hinauf- und hinabknatterten, uns zwischen Weißdornhecken hindurchquetschten, sangen Joe und ich so laut und überschwenglich, wie wir nur konnten.

Mrs. Kearney servierte uns Gerstenmehlbrot, auf Blech gebackenen Kuchen und starken Tee. Sie bewohnte zwei Zimmer des Cottage, in dessen unbenutztem Teil sich zwei weitere Räume befanden, vollgestopft mit Antiquitäten: Butterfässer und -löffel, alte Schränke, altes Pferdegeschirr und Zügel – alles Relikte vergangener Tage.

Als wir die ersten Male bei Mrs. Kearney ankamen, waren wir müde und hatten schwere Beine, nachdem wir einen Tag mit dem Rad gefahren oder getrampt waren, so daß wir nicht mehr viel unternahmen, sondern nur noch dankbar für ihre herzliche Gastfreundschaft und froh über die Erholung und die Erfrischungen waren. Mit der Honda kamen wir nun am selben Tag frisch an, bereit, noch einen Spaziergang zu unternehmen und jagen zu gehen.

Das Gewehr gehörte Joe oder seinem Bruder, aber Joe hatte die Erlaubnis, es zu benutzen. Wir besaßen die schriftliche Genehmigung von zwei Bauern, deren Land an Mrs. Kearneys angrenzte, so daß wir über all dieses Land bis zum Ufer des Lough streifen konnten. Wir liefen bis zu der Stelle des Lough, an der ein kleiner Fluß in eine winzige Bucht floß. In dieser Bucht war ein Kahn festgemacht. Das Lough Neagh ist ein riesiges Gewässer, Wellen kräuselten am grasbewachsenen Ufer auf und ab wie bei Ebbe und Flut. Oft saßen wir auf dem Kahn und aßen Sandwiches, Weiß- oder Braunbrot mit Butter und tranken flaschenweise Milch, während uns die Mücken auffraßen.

An jenem Tag wanderten wir um die ganze Bucht herum. Wir schlugen uns durch bis zu einer anderen Stelle, einer leichten Erhebung, von Hecken gesäumt und von zahlreichen Kaninchenbauen durchlöchert. Mrs. Kearney hatte uns gebeten, einen Umweg zu machen.

»Nehmt nicht die Abkürzung über Trimbles Land«, sagte sie. »Er ist mein Nachbar, und ich will ihm nichts Schlechtes nachsagen, aber er ist sehr verbiestert. Ich möchte nicht, daß er irgendeinen Grund zur Beschwerde hat.«

Trimble war natürlich ein lokaler Unionist, und wir nahmen uns Mrs. Kearneys Rat zu Herzen. Das Gewehr unterm Arm, ging Joe voran, und wir machten uns langsam auf den Weg zu unserem Ziel, einem Steinbruch.

»Es ist wichtig, daß wir den Kaninchen keine Witterung geben«, flüsterte Joe mir zu. »Bleib auf dieser Seite.« Unser Brian jagt mehr Tauben als Kaninchen, aber er sagt immer: »Gib ihnen keine Witterung, oder es wird dir nie ein anständiger Schuß gelingen.«

Schließlich erreichten wir nach einigen heiklen Manövern einen von Joe als günstig erachteten Aussichtspunkt.

»Guck«, sagte er, »von hier aus können wir das ganze Tummelfeld überblicken.«

Und so war es denn auch, aber die Kaninchen hatten uns vielleicht ebenfalls gesehen, denn wir hockten eineinhalb Stunden da und warteten und warteten und warteten.

»Los, wir schießen einfach, Joe«, sagte ich.

»Nein«, erwiderte er.

Ich hatte ihn schon gefragt, sobald wir bei Mrs. Kearney angekommen waren. Und ich hatte ihn sogar schon gefragt, als er das erstemal die Erlaubnis erhalten hatte, das Gewehr mitzunehmen. Sowie wir auf dem Lande waren, hatte ich gedrängt: »Können wir nicht ein paar Schüsse abfeuern?«

»Nein«, sagte er, und dann: »Mal sehen.« Aber sobald wir bei Mrs. Kearney angekommen waren, war er unnachgiebig. »Die Kaninchen sind nicht blöd. Sobald sie einen Schuß hören, kriegst du meilenweit kein einziges mehr zu sehen.« Er hätte sich keine Sorgen zu machen brauchen. Denn trotz all seiner Vorkehrungen erlaubten uns die Kaninchen ohnehin nicht, daß wir zum Schuß kamen.

Die Schatten wurden länger, und der Abend dämmerte, als sich Joe in unserem Versteck zögernd aufrichtete und mir winkte.

»Das war's. Laß uns zurückgehen.«

»Aber können wir nicht erst schießen?« fragte ich.

»Laß uns warten, bis wir näher am Haus sind«, antwortete er.

»Gut, kann ich das Gewehr tragen?« fragte ich. »Du hast es die ganze Zeit getragen.«

»Das ist sehr gefährlich«, sagte er.

»Ich bin doch nicht doof«, erwiderte ich.

»Ach nein? Na gut, warte einen Moment«, sagte er.

Er entsicherte das Gewehr und drückte es mir in die Hand.

»Laß es entsichert, und wenn du ein Kaninchen siehst, spannst du es wieder, aber bleib vor mir und richte das Gewehr nicht auf mich. Und laß den Finger vom Abzug.«

»In Ordnung«, sagte ich, von seinem ernsten Tonfall eingeschüchtert.

Das Gewehr war nicht schwer, im Gegenteil, es war ziemlich leicht, aber es war zu sperrig, um damit über Hecken und Zäune zu steigen. Mittlerweile war das Gras taufeucht. Wir überquerten ein Feld. Vor mir konnte ich die Lichter in Mrs. Kearneys Haus sehen.

»Schau«, sagte Joe, »da sind Kaninchen!« Nahezu instinktiv spannte ich das Gewehr, hob es an die Schulter, schmiegte seinen glatten Holzkolben ans Kinn.

»Wo?«

»Dort«, sagte er.

Ungefähr fünfzehn bis zwanzig Meter vor mir sah ich die beiden Umrisse. Sie zeichneten sich dunkel gegen die Erde ab. Ich drückte ab.

Joe schrie aufgeregt: »Getroffen!«

Und dann hörte ich es quieksen.

»Jesus, Maria und Josef!« entfuhr es mir. Das Quieksen wurde zu einem jämmerlichen Winseln.

Joe rannte vorneweg. Er gelangte zu dem Kaninchen, das hysterisch winselnd im Kreis herumhoppelte. Er schnappte es an der Hinterpfote und schlug ihm ins Genick. Es hing eine Sekunde leblos da, zuckte, verkrampfte und zuckte erneut. Joe warf es auf den Boden.

»Nun«, sagte er, »das ist unser Abendessen.«

»Hast du gehört, wie es gewinselt hat?« fragte ich.

»Schon«, sagte er. »Du hast es nicht richtig getroffen. Aber jetzt ist alles in Ordnung. Ich habe es von seinem Leid erlöst.«

4

An einem milden Samstagmorgen ging ich zu Burtons, um Maß für einen Anzug nehmen zu lassen. Nachdem ich vor dem Geschäft auf und ab gelaufen war und mir die in Anzüge und Sportjacketts gekleideten Schaufensterpuppen angeschaut hatte, wagte ich mich hinein. Ein extrem freundlicher Verkäufer erläuterte mir gewandt die Bedingungen des Ratenkaufs. Ich leistete meine Anzahlung, und er vertraute mich einem älteren Herrn an, der Maß nahm. Dann kehrte der erste Verkäufer mit einem Berg von Stoffmustern zurück, aus denen ich auswählen konnte. Es waren ganze Bücher voll mit jeder Menge Farben, Mustern und Stoffqualitäten. Das verwirrte mich, und ich entschied mich für Schwarz, das mir am besten gefiel. Während ich später zum »Duke« zurücklief, ärgerte ich mich, daß ich mir nicht mehr Zeit genommen hatte. Eine hellere Farbe wäre vielleicht besser gewesen. Oder ein anderer Stil, in Richtung Teddyboy? Oder eher den Beatles ähnlich?

Eine Woche später holte ich den Anzug ab und zahlte gleich auch meine erste Rate. Dann ging ich in die North Street hinauf, um mir ein neues Hemd und eine neue Krawatte zu kaufen. Jetzt war ich wer.

»Du bist wohl auf Brautschau«, sagte mein Pa, als ich an jenem Abend ausging.

»Nerv mich nicht«, brummte ich ihn an, während ich zum x-ten Male meine Krawatte richtete.

»Dreh dich doch mal um«, fuhr er fort. »Laß doch mal sehen, wie der neue Anzug hinten aussieht.«

»Laß ihn in Ruh«, warf meine Mutter ein. »Kommst du spät nach Hause?« fragte sie mich.

»Ich werde überhaupt nicht nach Hause kommen«, motzte ich, »wenn er nicht Ruhe gibt.«

Ich warf meinem Vater einen finsteren Blick zu. Und er mir.

»Was hast du gesagt? Das hat man davon, Annie. Ich weiß nicht, was für Kinder wir da großziehen! Sie sind alle gleich. Kennen keinen Respekt. Ich weiß nicht, warum wir uns so abmühen.«

Meine Ma drängte mich aus dem Zimmer.

»Du solltest mit Pa nicht in diesem Ton reden«, ermahnte sie mich.

»Ma!« protestierte ich.

»Spar dir dein ›Ma‹. Und jetzt raus mit dir, amüsier dich gut. Dein neuer Anzug sieht schick aus. Sag deinem Vater gute Nacht.«

»Ma ...«

Wir standen im Flur. Ich hörte, wie mein Vater im Wohnzimmer rumorte. Ich war neu eingekleidet und herausgeputzt. Jede Minute würde unten in der Springfield Road der Bus abfahren. Meine Ma schaute mich flehentlich an.

»Gute Nacht, Pa«, rief ich und beugte mich vor, um meine Ma auf die Wange zu küssen, und stürzte zur Tür hinaus. Ich ließ meinem Vater keine Chance, mir zu antworten.

Später, während ich mein Spiegelbild im Busfenster betrachtete und mein Gesicht nach Pickeln und Mitessern absuchte, dachte ich an den Tanz, zu dem ich am Abend nach der Arbeit gehen wollte. Der Ärger darüber, daß mein Vater mich nicht wie einen Erwachsenen behandeln wollte, verflog bald, während der Bus stadteinwärts brauste und ich überlegte, ob es mir wohl gelingen könnte, ein Mädchen anzubaggern. Ich dachte an jenes, das in der Woche zuvor ein Coke von mir angenommen hatte. Ich wollte am Abend wieder ins »Marquee« gehen. Das war ein beliebter Veranstaltungsort, besonders seitdem das »Marquee« vom »Astor Ballroom« in ein altes Lagerhaus in der Skipper Street umgezogen war, das in der Nähe des »Duke of York« lag. Zu den Gruppen, die dort spielten, gehörten unter anderem Rory

Gallagher und Taste, Sam Mahood and the Soul Foundation, The Group, High Wall und The Tigers.

Andere Abende verbrachte ich nicht bei Musik und Tanz im »Marquee«, sondern studierte und diskutierte über politische Geschichte, für die ich mich seit kurzem sehr interessierte. Ich ging völlig in ihr auf. Ich hatte in jungen Jahren ein gewisses republikanisches Ethos verinnerlicht, obwohl ich mich nicht sonderlich für Politik interessierte. Nun aber war ich versessen darauf, ihre Grundlagen und Prinzipien zu verstehen und zu erfassen.

Republikanismus als Ideologie basierte auf dem Recht der Selbstbestimmung, das dem irischen Volk durch die jahrhundertelange britische Herrschaft verweigert worden war. Stark beeinflußt von der Französischen Revolution, waren seine Prinzipien erstmals im späten achtzehnten Jahrhundert von Wolfe Tone und den United Irishmen artikuliert worden. Sie hatten versucht, die Verbindung mit England zu lösen, die Bezeichnungen Protestant, Katholik und Dissenter durch die allen gemeinsame Bezeichnung Bürgerin oder Bürger Irlands zu ersetzen und eine säkulare Gesellschaft zu schaffen. Später weckte Fintan Lalor von der Bewegung Young Ireland ein neues Nationalbewußtsein, stiftete eine neue nationale Identität und erweiterte die Definition von Republikanismus.

Lalor schrieb: *Das gesamte Eigentum Irlands, moralisch und materiell, aufwärts bis zur Sonne und nieder bis zur Erdmitte, unterliegt dem Recht des irischen Volkes. Keine anderen als die Iren sind die Landeigentümer und Gesetzgeber dieser Insel, alle Gesetze null und nichtig, die nicht von ihnen verabschiedet wurden, und alle Landtitel ungültig, die nicht von ihnen übertragen wurden.*

Die Bewegung der Fenier oder Irish Republican Brotherhood (IRB) des späten neunzehnten und frühen zwanzigsten Jahrhunderts war für einen fortschrittlichen Nationalismus eingetreten. Er artikulierte den Glauben an Kultur und Identität wie an politische Unabhängigkeit. Sein Einfluß ließ den nationalen Gedanken in Irland wiederaufleben und führte zur Gründung nationaler Sport- und Kulturorganisationen wie der Gaelic Athletic Association (GAA) und der Gaelic League/*Conradh na Gaeilge*.

Der Republikanismus ist stets eine lebendige und sich entwickelnde Ideologie gewesen. Zu Anfang dieses Jahrhunderts hatten die radikalen, revolutionären Schriften von James Connolly einen besonders starken Einfluß auf die Bewegung. Alle Elemente und Einflüsse, die in den Republikanismus eingegangen waren, kristallisierten sich zur Zeit des Osteraufstandes von 1916 in der gelungensten Erklärung seiner prinzipiellen Elemente, der »Proklamation der Republik«, in der es unter anderem hieß:

> Wir erklären, daß das Recht des irischen Volkes auf die Verfügungsgewalt über Irland und auf ungehinderte Herrschaft über seine eigene Geschicke unumschränkt und unveräußerlich ist. Mit seiner langen Usurpation durch ein fremdes Volk und eine fremde Regierung ist dieses Recht nicht erloschen, noch kann es jemals erlöschen, es sei denn durch die Vernichtung des irischen Volkes. In jeder Generation hat das irische Volk sein Recht auf nationale Freiheit und Souveränität geltend gemacht: sechsmal während der vergangenen drei Jahrhunderte mit Waffengewalt. Unter Berufung auf dieses Grundrecht und zu seiner Verteidigung mit Waffengewalt rufen wir hiermit vor den Augen der Welt die Irische Republik aus und geloben, mit unserem Leben und dem Leben unserer Waffenbrüder für die Sache ihrer Freiheit, ihrer Wohlfahrt und ihrer Erhebung unter die Nationen einzutreten.
>
> Die Irische Republik hat Anspruch auf die Treue jedes Iren und jeder Irin, den sie hiermit geltend macht. Die Republik garantiert religiöse und bürgerliche Freiheit, gleiche Rechte und gleiche Möglichkeiten für alle ihre Bürger und gelobt ihre Entschlossenheit, für das Glück und den Wohlstand der ganzen Nation und all ihrer Teile einzutreten, alle Kinder der Nation gleich zu behandeln

und die Unterschiede aufzuheben, die eine fremde Regierung gefördert hat und die in der Vergangenheit die Minderheit von der Mehrheit getrennt haben.

Bei den allgemeinen Wahlen von 1918 war Sinn Féin für eine unabhängige Republik eingetreten und hatte versprochen, ihre Sitze im britischen Parlament von Westminster nicht einzunehmen, sondern statt dessen ein unabhängiges Parlament in Irland zu schaffen. Von den einhundertfünf irischen Westminster-Sitzen gewann Sinn Féin dreiundsiebzig, eine überwältigende Bestätigung ihrer Politik. Im Januar 1919 trat erstmals das Dáil Éireann, ein unabhängiges Parlament, im Mansion House in Dublin zusammen und verabschiedete eine Unabhängigkeitserklärung. Die Inhalte der Proklamation wurden 1919 in dem Demokratischen Programm des ersten Dáil weiterentwickelt. Sinn Féin wurde zum wesentlichen Sprachrohr des Republikanismus, unterstützte die bewaffnete Kampagne der IRA und hielt an der Nichteinnahme der Sitze im britischen Westminsterparlament fest (Abstentionismus).

Die Philosophen und Denker des Aufstandes von 1916 hatten diesen nicht überlebt, was den Boden für Konterrevolution und Bürgerkrieg bereitete. In diesen traumatischen Auseinandersetzungen geschlagen, zogen sich viele Republikaner ganz aus der Politik zurück. Die Politik war zum Monopol des Establishments geworden. Als der auf der Teilung basierende Staat zu den Sechsundzwanzig Grafschaften wurde, schien ein bloßes Beharren auf der Proklamation als Ausdruck des Republikanismus immer weniger adäquat zu sein. Gerade zu der Zeit, als ich mich bemühte, mit all dieser Geschichte klarzukommen, versuchte die republikanische Führung eine neue Richtung zu finden und Sinn Féin neues Gewicht zu verleihen.

Während ich zunehmend in der republikanischen Politik aktiv war, kam ich auch immer häufiger in die Gesellschaft von Leuten, die mit der Bewegung zu tun hatten. Joe Magee hatte – wie so viele meiner Altersgenossen – Belfast bald weit hinter sich gelassen. Zuerst war ein Freund in den Dienst von Marconi getreten, und Joe hatte vorgeschlagen, daß wir beide uns ebenfalls bewerben sollten. Ich kümmerte mich nicht darum, aber er schickte ein Formular ab. Zur gleichen Zeit beschlossen wir beide aber, aus Belfast wegzugehen und für Menschen in unterentwickelten Ländern Gräben auszuheben und Straßen zu bauen. Wir bewarben uns beim Voluntary Service Overseas. Marconi antwortete zuerst, und Joe ging fort und besuchte Kurse. Lange zuvor schon hatte er sich als Funker qualifiziert. Er war oft monatelang weg und kehrte mit Zigaretten der Marke »Senior« beladen zurück. Die rauchten wir, während wir die Straßen entlangschlenderten. Dann verschwand er für immer, reiste durch die Welt und kehrte nur kurz zum Heiraten zurück. Ich war sein Trauzeuge. Später ließ er sich in Australien nieder.

Das gesellschaftliche Leben, das wir in den späten sechziger Jahren genossen, unterschied sich nicht von dem unserer Altersgenossen in Dublin, Limerick oder Cork – mit zwei Ausnahmen. Die eine bestand in dem latenten, aber immer offensichtlicher werdenden Sektierertum, der immer offenkundigeren Apartheid, die andere in der Arbeitslosenquote. Für uns Republikaner politisierte sich das gesellschaftliche Leben immer mehr, da immer häufiger Veranstaltungen zum Zwecke des Geldsammelns stattfanden und die politischen Aktivitäten insgesamt intensiviert wurden. Ich ging oft zu Liederabenden, die organisiert wurden, damit Geld hereinkam. Ich ging mit einer Reihe Mädchen aus und befreundete mich eng mit einem anderen Republikaner, Joe McCann, und dessen zukünftiger Frau, Anne. Joe war nur ein paar Jahre älter als ich. Er war groß, fit und stark und trug Jeanskleidung. Von Beruf Maurer, war er der geborene Radikale. Anne kam aus einer Familie mit starker republikanischer Tradition, den McKnights. Sie lebte im Haus der Familie in den Markets. Später, als Joe inhaftiert war, besuchte eine Gruppe von uns Anne häufig, damit sie sich als »Strohwitwe« nicht zu einsam fühlte.

Als sie und Joe heirateten und ein Kind bekamen, baten sie mich, Taufpate zu sein. In der Kapelle gab es eine Auseinandersetzung, als der Priester sich weigerte, das Mädchen auf seinen irischen Namen zu taufen. Dieser Streit bewirkte, daß Joe Interesse an einer kritischen Betrachtung der Kirche entwickelte. Er interessierte sich besonders für eine Organisation namens »Grill«, eine linke religiöse Gruppe, die aus dem Umfeld des englischen Studentenmagazins *Slant* hervorgegangen war und die christliche Botschaft radikalisieren wollte. Zu »Grill« gehörten unter anderem John Feeney, ein studentischer Radikaler am University College Dublin, Pater Austin Flannery und Reverend Terence McCaughey, ein Presbyterianer. Ich war zwar katholischer Herkunft, aber keineswegs orthodox, und interessierte mich gemeinsam mit Joe für »Grill«. Rückblickend gesehen, habe ich das Wechselspiel von Interesse und Skeptizismus weitgehend meinem Vater zu verdanken.

Seit meinem siebzehnten Lebensjahr habe ich mit ungefähr zwanzig Gleichaltrigen eine ziemlich zentrale Rolle bei den einschlägigen republikanischen Aktivitäten gespielt. Es gab, was die republikanische Bewegung betraf, kaum eine Struktur. Neben den Aktivisten und der Führung existierte eine umfassendere republikanische Familie. Eine Gruppe führender Aktivisten versuchte den republikanischen Kampf auf nationaler Ebene zu reorganisieren. In Belfast mußte der republikanische Kampf illegal geführt werden. Es gab verschiedene Fraktionen, aber kaum Vollzeitaktivisten.

Sinn Féin war sehr mit sich selbst beschäftigt. Die Organisation gruppierte sich um ein paar Familien, die das Rückgrat bildeten. Einige, so auch beide Zweige meiner Familie, konnten ihr Engagement bis zu den Feniern und der Irish Republican Brotherhood im letzten Jahrhundert zurückverfolgen. In Belfast wie in anderen Teilen der nordöstlichen Sechs Grafschaften waren die Republikaner durch die Teilung isoliert und durch die Pogrome traumatisiert worden, welche sich mit dem neuen »protestantischen Parlament für protestantische Bürger« ankündigten. Trotz der nicht zu leugnenden Schwäche von Sinn Féin und der IRA in den dreißiger, vierziger und fünfziger Jahren wurde in jedem Jahrzehnt eine große Zahl von Republikanern von der unionistischen Regierung interniert.

Nach dem Scheitern der Grenzkampagne der IRA in den fünfziger Jahren befand sich die republikanische Bewegung in einem stark demoralisierten Zustand. 1961 betrug die Gesamtstärke in Belfast vierundzwanzig Mitglieder, bewaffnet mit sage und schreibe zwei Pistolen. Der Republikanismus war nicht tot, hatte aber einen entscheidenden Rückschlag erlitten. Unter denen, die aktiv blieben, setzte ein Prozeß der politischen Neueinschätzung ein.

Die sechziger Jahre waren durch heftige Debatten gekennzeichnet, die von der nationalen Führung in Dublin ausgingen. Der Schwerpunkt hatte sich bereits wesentlich vom Primat des bewaffneten Kampfes als Mittel, sich dem britischen Imperialismus zu widersetzen, entfernt und zum Nachdenken über Reformmöglichkeiten durch politische Aktion verlagert. Zur gleichen Zeit fand außerhalb der internen Parteidiskussion eine umfassendere Debatte statt. In Gestalt der Wolfe-Tone-Gesellschaften, die 1963 gegründet worden waren und Seminare in Dublin, Cork und Belfast durchführten, war ein Sammelbecken für Republikaner und Sozialisten, für Enthusiasten der irischen Sprache, Kommunisten und andere geschaffen worden.

In den Jahrzehnten davor hatten Republikaner, statt den Boden für politische Repräsentanz zu bereiten, auf konspirative und militärische Aktivitäten gesetzt. Die nationalistische Position im Norden wurde durch die konservative und ineffektive Nationalist Party repräsentiert. Diese Partei war nicht in der Lage, die Bedürfnisse der sich entwickelnden, gebildeteren katholischen Mittelschicht zu befriedigen, von der ein Teil soziale und wirtschaftliche Reformen innerhalb des Staates der Sechs Grafschaften erreichen wollte. Mit der National Democratic Party entstand eine Konkurrenzpartei, die stärker von Reformgedanken geprägt war. Die Nationalist Party verabschiedete sich von ihrer abstentionistischen Politik, zog ins Stormont-Parlament ein und wurde zur offiziellen Opposition.

Die Befürworter von Reformen in den Sechs Grafschaften vertrauten auf die offensichtliche Bereitschaft von Premierminister O'Neill, dem Staat einen demokratischen Anstrich zu geben und sich mit dem Dubliner Taoiseach, Sean Lemass, zu treffen. Ein breites Spektrum von Anti-Unionisten suchte nach einer radikaleren Methode und begann mit der Agitation für Bürgerrechte.

In den Wolfe-Tone-Gesellschaften stand die Frage der Bürgerrechte immer wieder auf der Tagesordnung. Das drängendste Problem bestand darin, daß durch die Manipulation der Wahlkreise und die Einschränkung der Wahlberechtigung, die zur Garantie der unionistischen Einparteienherrschaft vorgenommen wurden, zahlreichen Nationalisten das Wahlrecht entzogen wurde. Die Beschränkung des Kommunalwahlrechts auf Steuerzahler und deren Ehefrauen sowie die Gewährung des Mehrfachwahlrechts von bis zu sechs Stimmen an Geschäftsleute führten dazu, daß die Unionisten das gesamte politische System kontrollierten. In Derry zum Beispiel wählten 20 000 Nationalisten acht Abgeordnete in den Stadtrat, während 10 000 Unionisten zwölf Abgeordnete wählten. Die Katholiken wurden bei der Wohnungsvergabe nicht gleich behandelt. Sie wurden bei der Arbeitsplatzvergabe diskriminiert – all das war Teil eines Systems, durch das die katholische Bevölkerung – und damit die Wählerstimmen – unter Kontrolle gehalten werden sollten. Als das britische Westminster-Parlament 1945 das allgemeine Wahlrecht eingeführt und das restriktive Stimmrecht bei Kommunalwahlen abgeschafft hatte, setzte die Stormont-Regierung durch, daß das Staatsgebilde aus Sechs Grafschaften von dieser Gesetzgebung ausgenommen wurde. Sie ging 1946 gar noch darüber hinaus und verabschiedete ihre eigene Repräsentation of the People Bill (Gesetz über die Volksvertretung), wonach das Stimmrecht noch mehr eingeschränkt wurde. Stimmberechtigt war nur, wer Steuerzahler war und über Hausbesitz verfügte oder registrierter Pächter war. Welches Denken dieser Gesetzgebung zugrunde lag, brachte Major L. E. Curran, der Scharfmacher der Regierung, mit beredten Worten zum Ausdruck: »Der beste Weg, den Sturz der Regierung durch Leute zu verhindern, die keinen Anteil an dem Land nehmen und denen nicht das Wohlergehen der Menschen in Ulster am Herzen liegt, lag eben darin, ihnen das Wahlrecht zu entziehen.«

1965 versuchten Republikaner, Komitees mit dem Ziel »Ein Mann, eine Stimme« ins Leben zu rufen. Zu jener Zeit berücksichtigten wir in unseren Forderungen noch nicht die Geschlechterfrage. In Belfast gab es einen Versuch, das Verbot von Sinn Féin zu durchbrechen und der Organisation eine vollkommen legale politische Tätigkeit zu ermöglichen: Der erste »Republican Club« wurde ins Leben gerufen. Während einer sehr erfolgreichen öffentlichen Versammlung wurde der altgediente Republikaner Liam Mulholland zum Vorsitzenden des neugegründeten Republican Clubs gewählt. Der Staat reagierte darauf, indem er das Treffen nachträglich für illegal erklärte und einen oder zwei Tage später ein Verbot des Republican Club aussprach.

Verboten war auch unsere Parteizeitung, der *United Irishman*. Ich wurde in einen drolligen, an die Keystone Kops erinnernden Zwischenfall verwickelt: Es wurde beschlossen, daß wir die Zeitung verkaufen und uns dabei festnehmen lassen sollten. Vor Gericht hätten wir einen politischen Fall daraus gemacht. Ein paar Leute sollten die Zeitung offen auf der Straße verkaufen. Sobald einer festgenommen wurde, sollte der nächste den Verkauf fortsetzen. Der Festnahme sollte sich keiner widersetzen. Ich gehörte zu den auserwählten Zeitungsverkäufern; Ersatzpersonen, die an unsere Stelle treten sollten, falls wir festgenommen wurden, warteten auf der Straße oder in einem nahegelegenen Pub. Es dauerte nicht lange, bis eine Passantin protestierte. Die RUC traf ein, und die Polizisten belehrten uns, indem sie die entsprechenden Paragraphen zitierten. Als ich festgenommen werden sollte, setzte ich mich hin und wurde weggekarrt. Leute schrien und protestierten, während die RUC-Polizisten mich gewaltsam hinten in ihren Jeep beförderten. Unterdessen aber kam Malachy, einer der vorgesehenen Ersatzleute, aus dem Pub, ließ den Plan einen Plan sein, platzte wutentbrannt mitten in diese ordnungsgemäße Festnahmesituation und ging auf einen Polizisten los. Natürlich stürzten sich alle auf ihn. Er landete, nur mit seiner Weste bekleidet, auf dem Hintern, nachdem ihm bei der Rangelei Mantel und Hemd abhanden gekommen waren. Die RUC-Polizisten versuchten, ihn zu schlagen, sie hockten auf ihm und sprangen auf ihn. Ich war drauf und dran, ihm sicherheitshalber ebenfalls eine zu kleben!

Sie schleppten uns auf das Polizeirevier in der Queen Street. Einige aus unserem Trupp, die gewartet hatten, verkauften nun erneut die Zeitung, während andere sich vor dem Revier versammelten, »spontan« ihre Plakate hervorholten und vor dem Gebäude protestierten. Als nach einer Weile die RUC-Polizisten offenbar das Interesse an mir verloren hatten, spazierte ich einfach aus dem Revier und beteiligte mich draußen an der Protestaktion. Malachy wurde wegen tätlichen Übergriffs angeklagt, und noch Monate danach organisierten wir diverse Benefizveranstaltungen, um die Geldstrafe für ihn aufzubringen. Unser Ziel hatten wir allerdings verfehlt, denn niemand wurde wegen des Verkaufs der Zeitung belangt.

Sinn Féin war eigentlich keine wirkliche Organisation, jedenfalls nicht in Belfast. Malachy McGurran war der einzige republikanische Berufsfunktionär in den Sechs Grafschaften, vielleicht sogar in Ulster überhaupt. Alle anderen waren nebenberuflich tätig. Viele Republikaner, die als IRA-Kämpfer (Volunteers) lange im Gefängnis gesessen hatten, konnten nur mit Mühe ihren Lebensunterhalt bestreiten. Sie hatten ihre Zeit als Soldaten im Kampf gedient, blieben zwar Republikaner, zogen sich aber aus dem aktiven Engagement zurück.

Auch das Interesse an irischer Musik lebte wieder auf,

und so kam es zu einer Vermischung von Politik und geselligem Treiben. In Belfast erfreute sich die traditionelle Musik bei jung und alt wachsender Beliebtheit. Neben eher informellen Sessions wurden hin und wieder im »International Hotel« oder an anderen Orten *céilís* organisiert. In der »Ulster Hall« spielten regelmäßig die Clancy Brothers und die Dubliners. Wenn sich Luke Kelly von den Dubliners in Belfast aufhielt, tauchte er immer nach seinem Auftritt auf, egal was für eine Veranstaltung noch stattfand, und gab gerne ein Benefizkonzert für Belfaster Republikaner. Billy McBurney betrieb eine Plattenfirma am Smithfield Market. Er leistete Pionierarbeit und nahm die McPeakes, Eugene McIldowney, Sean Maguire und andere ebenso auf wie einige Orangisten-Bands. Ferner brachte er einige interessante kleine Sammlerstücke mit traditionellen Songs heraus.

Bei uns in Westbelfast sicherte sich der »Felons Club« gegenüber vom Falls Park das Obergeschoß eines dreigeschossigen, weißgetünchten Gebäudes, das neben einem kleinen Flüßchen und durch einen dichten Grüngürtel von Bäumen und Sträuchern von der Straße versteckt lag. Der »Felons Club« erwies sich als idealer Ort für *céilís* und *scóraíocht*, Sessions mit traditioneller Musik und gesellige Abende. Mein Vater spielte dort eine zentrale Rolle, und auch meine Mutter hatte großen Anteil am Aufbau des Clubs, so daß dieser im Leben unserer Familie einen besonderen Platz einnahm. Neben den »üblichen Verdächtigen« zog der »Felons« auch jüngere Leute an. Ich ging damals mit einem Mädchen aus Turf Lodge, Theresa Smith. Ich hatte Theresa im »Felons« kennengelernt. Ich war zudem an einem Filmprojekt beteiligt, schrieb und verfilmte mit anderen das Skript zu einem kurzen Drama, das im »Felons« und seiner Umgebung sowie im nahegelegenen Milltown-Friedhof spielte. Der makabre Film über ein verrücktes Monster von Professor wurde bei der Premiere während einer »Felons«-Veranstaltung kritisch, aber mit großer Begeisterung aufgenommen!

Gelegentlich fuhren wir mit dem Bus zum Tyrella Beach

in der Grafschaft Down: eine nächtliche Spritztour betrunkener und angeheiterter junger Republikaner, die zum Grillen aufbrachen. Eines Nachts warteten einige von uns in Belfast, um am frühen Morgen mit dem Bus nach Bodenstown zu fahren. Wir plauderten und gaben Anekdoten zum besten, freuten uns auf den vor uns liegenden Trip. »Flitzer« machten zu jener Zeit Schlagzeilen. Um uns die Zeit zu vertreiben, machten wir uns um sieben Uhr morgens auf den Weg zur Falls Road, ließen unsere Klamotten auf einem Haufen neben der Straße liegen und flitzten nackt über einen Fußgängerüberweg bis zur Bushaltestelle hinunter. Beim »Flitzen« begegnete uns eine Krankenschwester, die auf dem Weg zur Frühschicht war. Sie lächelte und ging ihres Weges.

Die jährlichen Gedächtnisfeiern in Bodenstown und Edentubber waren politische Ausflüge mit starkem sozialen Gehalt. Edentubber fand gewöhnlich mit einem Konzert in der Stadthalle von Dundalk seinen krönenden Abschluß. Diese Ereignisse spiegelten auch die republikanische Haltung gegenüber dem Staat der Sechsundzwanzig Grafschaften, besonders aber gegenüber der Regierung in Dublin. Dies wurde nicht nur in den Grundsatzreden – die jährliche Ansprache von Bodenstown war im republikanischen Kalender besonders wichtig –, sondern auch durch die Songs deutlich, die wir anschließend sangen.

»Holt die Fahne vom Mast, irische Verräter,
Weil wir Republikaner sie als die unsre ansehen,
Sie gebührt den Freistaatlern nicht jetzt, nicht später,
Denn nur zur Schande lassen die sie wehen.«

Dieser Antagonismus war nicht auf Leute aus dem Norden beschränkt, sondern bei vielen Republikanern im Süden sehr viel ausgeprägter. Wir aus dem Norden hatten ein romantisches Dublinbild gehegt, die anderen nicht.

Dies war 1966 bei einer unvergeßlichen republikanischen Demonstration in Dublin deutlich geworden, die am St. Stephen's Green begann und zum Friedhof von Glasnevin führte. Die Fahnenträger wurden von den *Gárdaí* attackiert, die offensichtlich darum gegen das Mitführen einer Fahne einschritten, weil sie als Symbol der Dubliner Brigade der IRA galt. Während des gesamten Marsches kam es zu heftigen Auseinandersetzungen. Die Demonstranten bildeten an der Spitze eine Kette um die Fahnenträger und wurden in bestimmten Abständen von anderen aus der Menge abgelöst. Sowohl die *Gárdaí* als auch der Schutztrupp kamen angeschlagen, aber ungebrochen am Friedhof an. An jenem Abend wurden wir während einer Protestkundgebung vor dem Hauptpostamt wüst beschimpft und von der Polizei niedergeknüppelt. Polizeiautos wurden umgestürzt. Im gleichen Jahr jagten Republikaner mit einer spektakulären symbolischen Geste Dublins zentrales Wahrzeichen, die Nelsonsäule, in die Luft. So konnte der britische Seeheld nicht länger starren Blicks die irische Hauptstadt beobachten.

Es entwickelte sich allmählich ein ganz neues Verhältnis zwischen dem militärischen und dem politischen Aspekt des Republikanismus. Ich hatte gemischte Gefühle, als Cathal Goulding, der Stabschef der IRA, im Juni 1967 in Bodenstown eine Grundsatzrede hielt, in der er die Gewalttradition angriff und sich für eine sozialistische Politik aussprach. Ich diskutierte mit Joe McCann über Gouldings Ausführungen, und es zeigte sich, daß Joe sehr davon angetan war. Mir war bewußt, daß Goulding die Situation in Bewegung bringen wollte, und ich erkannte durchaus, daß dies die Aufgabe der Führung war. Er trat offen als Stabschef auf. Er war zwar nicht unser Held, aber wir sahen zu ihm auf, als dem Anführer des republikanischen Kampfes.

Im März 1967 organisierten Studenten der Queen's University eine Demonstration zur Belfaster City Hall, um gegen das Verbot der Republican Clubs zu protestieren. Ich machte mit Jimmy McFaul, der mit mir im »Duke of York« arbeitete und ebenfalls ein republikanischer Aktivist war, gerade Mittagspause. Wir wollten eine Tin Whistle kaufen, als wir auf die Demonstration stießen. Die Demonstranten machten eine Sitzblockade, und wir schlossen uns ihnen an. Unglücklicherweise erspähten die Zivilpolizisten den republikanischen Rädelsführer und nahmen Jimmy fest. Protestierende Studenten gehörten wahrscheinlich nicht unbedingt zu den Lieblingen der RUC, aber gegenüber Republikanern hegten sie eine tiefe und intensive Feindschaft. Während sie Jimmy wegzerrten, machte ich mich so schnell wie möglich aus dem Staub.

Sinn-Féin-Mitglieder waren auf vielfältige Weise aktiv. Zunächst gab es die Republican Clubs. Ich wurde Pressesprecher des Andersonstown Republican Club, der für ein großes Gebiet einschließlich Ballymurphy zuständig war. Die Mitglieder kamen recht häufig zusammen und diskutierten über die Punkte, die die Belfaster Führung vorsah. Ich veröffentlichte eine Reihe von Pressemitteilungen über politische Tagesthemen und startete eine kleine Leserbriefkampagne, hauptsächlich in den Spalten der *Irish News*, wofür ich mich fünf oder sechs verschiedener Namen bediente. Manchmal kritisierte ich sogar den Inhalt meines letzten Leserbriefes, nur um zu versuchen, Interesse an den Problemen zu wecken.

Ein Kern von Sinn-Féin-Aktivisten – Joe McCann, Sean und Francie McGuigan, Jimmy McFaul, Anthony Doran, ein paar andere und ich – gründeten eine »Unemployment Action Group« in Westbelfast und ein »Housing Action Committee«. Diese beiden Kampagnen wurden spontan organisiert und besaßen eine gewisse Eigendynamik. Unser Aktivismus war ein Beitrag zu dem, was wir unterschwellig von einer politischen Bewegung überhaupt erwarteten. Wir waren zahlenmäßig schwach, aber auf der Höhe der Zeit, ihrer Notwendigkeiten und Forderungen. Unser Republican Club agierte völlig getrennt von diesen Kampagnen und arbeitete vor Ort weitaus besser organisiert. Die Mitglieder trafen sich einmal die Woche oder alle vierzehn Tage abwechselnd bei einem anderen Mitglied zu Hause.

Die Leute wurden durch unsere Kampagnen und Aktivitäten aus zwei Gründen mobilisiert – erstens, wenn sie erkannten, daß es in ihrem eigenen Interesse war, und zweitens, wenn sie eine Idee überzeugte. Die Republikaner bildeten eine kleine Gruppe, die einer Idee anhing, die sich aber nicht auf sehr viele andere Leute übertrug, jedenfalls nicht in einer Weise, die Einfluß auf ihre Lebensumstände nahm. Als sich aber Republikaner in das Lokalgeschehen einmischten, um für bessere Wohnbedingungen einzutreten oder innerhalb der Nachbarschaft eine gewisse Struktur zu schaffen, fielen ihnen nahezu automatisch Führungspositionen zu. Während diese bescheidenen Aktionen von Einzelpersonen ausgingen, wurde der Ideenstreit auf den Fernsehschirmen ausgetragen und erfaßte dadurch mehr Leute. Den alten Männern des unionistischen Establishments traten agile, redegewandte Sprecher von People's Democracy und der Civil Rights Association entgegen.

Die Familie Sherlock wandte sich an mich, und wir gingen zur Wohnungsgesellschaft, um für sie ein neues Haus zu bekommen. Die Sherlocks wohnten in der Mary Street, einer kleinen Straße mit Reihenhäuschen in sehr schlechtem Zustand, die mit je zwei Schlafzimmern ausgestattet waren. Da die Vorsprache nichts bewirkte, beschlossen wir, eine direkte Aktion zu starten. Wir besetzten eine Wohnung im Divis-Flats-Komplex, der gerade bezogen wurde. In Derry und in Caledon hatten ähnliche Besetzungen bereits stattgefunden, aber der Fall Sherlock war der erste in Belfast. Wir holten Pressefotografen und zeigten ihnen, daß Menschen in den letzten Löchern wohnen mußte. In keinem der Häuser gab es warmes Wasser, keines verfügte über eine Innentoilette, in vielen existierte keine anständige Küche. Es gab nur Wasserhähne draußen im Hinterhof oder in einem dorthin führenden kleinen Flur. Die Häuser waren feucht, von Ratten und Mäusen verseucht, mit mangelhafter Kanalisation. Wir hatten alle Möglichkeiten erörtert, wie diese Leute in neue, anständige Häuser umziehen könnten. Als aber nichts geschah, besetzten wir welche. Bridget Bond, eine bemerkenswerte Frau, die in Derry die Mieterproteste anführte, war mit dieser Taktik sehr erfolgreich gewesen. Am zweiten Tag der Sherlock- Besetzung gründeten wir das »West Belfast Housing Action Committee«, das für Unterstützung und weitere Agitation sorgte. Unsere Erfahrung und unser Erfolg, der Familie durch die Besetzung schließlich zu einer anständigen Wohnung verholfen zu haben, gaben uns einen ziemlichen Auftrieb – hatte sich doch gezeigt, daß direkte Aktion zum Erfolg führen und vor Ort breite Unterstützung finden konnte. Wir starteten nun eine Kampagne von Blokkaden und Besetzungen, und schon kurz darauf kamen andere Leute zu uns und baten um unsere Hilfe. Wir begannen, uns straffer zu organisieren, erhielten nun auch mehr Unterstützung. Die Bewohner des Loney-Viertels demonstrierten gegen die Hochhauswohnblocks und für die Wiedererrichtung ihrer eigenen traditionellen Häuschen.

Auf der Kreuzung Whiterock Road und Springfield Road wurde ein Kind aus New Barnsley, einem benachbarten protestantischen Wohnviertel, angefahren. Ich ging zu Frank Cahill von der Mieterinitiative, der Ballymurphy Tenants Association, der mich mit einem Zwinkern im Auge anschaute, da er seit Jahren mit derlei Problemen befaßt war. Hier stand ich nun, ein politischer Aktivist, noch ganz grün hinter den Ohren, der dachte, er könne sich dieses Falles annehmen. Doch wir setzten uns rasch ins Benehmen. Ich suchte die Eltern des Kindes in New Barnsley auf. Das Ergebnis war, daß wir vom Republican Club uns mit den Leuten aus New Barnsley zusammentaten. Wir organisierten gemeinsam eine ganze Reihe Proteste mit der Forderung nach einem Sicherheitsgeländer für die Straßenecke und nach einem Fußgängerüberweg. Unsere Proteste waren erfolgreich. Wir waren hocherfreut. Nicht nur hatten wir ein – wenn auch kleines – Ziel erreicht, sondern auch ein Beispiel für das gemeinsame Handeln von Katholiken und Protestanten geschaffen. Als aber die Nachricht von dieser gemeinsamen Kampagne zum unionistischen Establishment durchdrang, trat einer von Paisleys Leuten auf den Plan. Zum erstenmal in meinem Leben hörte ich ernsthaft von

»Papisten« und »Papstköpfen«, »Feniern« und »Taigs« reden. Die Protestanten aus New Barnsley brachen auf der Stelle die Zusammenarbeit mit uns ab.

Im Januar 1967 nahm ich an einem Treffen teil, bei dem beschlossen wurde, die »Northern Ireland Civil Rights Association« (NICRA) zu gründen. Einen Monat später wurde bei einem Treffen im »International Hotel« das erste Leitungsgremium der NICRA gewählt. Wir jungen Republikaner waren offen gesagt gelangweilt von den umständlichen Prozeduren, schließlich war aber eine repräsentative Führungsriege für die Dachorganisation gewählt. Nach Jahren geduldiger, unermüdlicher Arbeit von ein paar engagierten Einzelpersonen wie den McCloskeys von der Campaign for Social Justice brach eine neue Ära an. Ich glaube aber, niemand von uns hatte eine Vorstellung von der Tragweite dessen, was wir an diesem Abend ins Leben riefen.

Ich war noch nicht lange politisch aktiv, als ich meine erste Begegnung mit der Special Branch der RUC hatte. Ende 1966 hatte sich eine Gruppe von IRA-Volunteers in die St.-Gabriel-Schule begeben und mittels Hurlingschlägern eine Anwerbungsveranstaltung der britischen Armee aufgelöst. Ein paar Monate später schrieb jemand »Tritt der IRA bei« auf ein Rekrutierungsschild der britischen Armee. Es gab Aktionen gegen die britischen Rekrutierungsbüros, bei denen geringfügiger Sachschaden entstand. Die politische Polizei tauchte nach einer jener Aktionen im »Duke of York« auf und fragte mich, wo ich in jener Nacht gewesen sei. Ich protestierte dagegen, daß sie während meiner Arbeitszeit aufgetaucht waren.

Nach diesem Besuch der politischen Polizei ging ich mit Jimmy McFaul die Royal Avenue entlang. Wir trugen zwei Papiertüten, aus denen das Bratenfett des Rindfleisches tropfte, das wir aus dem Pub mitgenommen hatten, als wir von Harry Taylor angehalten wurden, dem zu jener Zeit berüchtigsten Polizisten der Special Branch in Belfast. Er griff sich eine unserer Tüten und langte hinein. Es gab eine äußere Schicht harten Fetts, das noch nicht ganz durch war, innendrin war alles schmierig. Wir gingen fröhlich unseres Weges und ließen ihn hilflos das Bratenfett von den Händen schütteln.

1967 war ich an der Organisierung eines Sommercamps für etwa zwanzig republikanische Jungen beteiligt, das südlich der Grenze in Drumshanbo, Grafschaft Leitrim, stattfand. Es war ein offenes Camp in bester Pfadfindermanier und ein außergewöhnlicher Erfolg, ein großes gesellschaftliches Ereignis für die Gemeinde, die sich an die Gegenwart all dieser jungen Leute aus dem Norden gewöhnte. Unser Zeltlager an den Ufern des Lough Allen hatte ein großes Gruppenzelt und mehrere Kleinzelte aufzuweisen. Wir hatten gutes Wetter und gingen jeden Tag nach all den im Zeltlager zu verrichtenden Arbeiten wandern, lernten, uns im Gelände zu orientieren und zu bewegen. Auch an der Messe in Tostal nahmen unsere Jungs teil. Einer war ein erstklassiger irischer Steptänzer, er ging auf die Bühne und tanzte, danach kam ein Paar und sang. Für den Sonntag lud uns der Priester als Ehrengarde in die Kapelle ein. Wir waren stolz, daß wir gebeten wurden, bei einer solchen Zeremonie mitzuwirken. An unserem letzten Abend in Drumshanbo kamen etwa sechzig oder siebzig Dorfbewohner zu unserem offenen Abend. Wir veranstalteten Wettrennen und sangen gemeinsam am Lagerfeuer Lieder und rösteten in der Glut Kartoffeln. Ich war enttäuscht, als ich im Jahr darauf nicht wieder nach Drumshanbo fahren konnte.

Für mich sind diese Tage in Leitrim auch mit traurigen Gefühlen verknüpft. Einer der Campteilnehmer, Jimmy Quigley, wurde später, achtzehnjährig, in den Lower Falls von einem Scharfschützen der britischen Armee erschossen. Jimmy überquerte gerade bewaffnet ein Dach, als die Briten auf ihn feuerten. Dee Delaney starb im Januar 1980, im Alter von sechsundzwanzig Jahren, bei der verfrühten Explosion einer Bombe, durch die auch zwei Zivilisten getötet wurden. Geraldo McAuley, Teilnehmer des Camps im darauffolgenden Jahr, wurde im August 1969, fünfzehnjährig, in Belfast getötet, als er versuchte, Leute gegen loyalistische Angriffe zu verteidigen. Nach dem Sommercamp fuhr ich ein paarmal erneut nach Leitrim, da ich feste Freundschaft mit John Joe McGirl geschlossen hatte, der im Rat der Grafschaft saß, doppelt so alt wie ich oder noch älter war und in Ballinamore lebte. Ich fuhr mit dem Bus stets bis Newry oder Enniskillen, dann war ich frei, dem Arbeitsalltag entkommen. Auf diese Ausflüge nahm ich einen Mantel mit, den ein ehemaliger Polizist, der im »Duke of York« verkehrte, dort vergessen hatte. Ich rollte meinen Schlafsack in dem Mantel zu einem leichten Rucksack, und wenn ich dann draußen übernachten mußte, diente mir der Mantel sowohl als Unterlage wie als Zudecke.

Bei einem meiner Besuche in Leitrim brachte mich John Joe zu einer Streikversammlung bei den Arigna-Gruben. Das war für mich der Stoff zu politischer Romantik: Ich war Zeuge eines Streikes und mit John Joe mitten unter all diesen Kohlekumpels, die in einem rauchverhangenen Raum saßen und beratschlagten, was sie weiter tun sollten.

Er begleitete mich auch auf den Slieve Anierin, einen Berg außerhalb von Drumshanbo an den Ufern des Lough Allen. Wir fuhren mit dem Auto so hoch wie möglich auf den Berg und wanderten dann zu Fuß weiter, bis wir einen Mann trafen, der ganz allein auf diesem Berg lebte. Besonders bemerkenswert erschien mir, daß er etwa dreißig Jahre seines Lebens in New York verbracht hatte. Das verstand ich nicht, der Kontrast schien mir so gewaltig. Ich fragte ihn danach.

»Ich wollte nie von hier weggehen«, sagte er, »die ganze Zeit, die ich fort war, nicht.«

Ich lernte Leitrim sehr gut kennen, erschloß mir fast das ganze Gebiet um Ballinamore zu Fuß und fand, daß es ein wunderschöner Teil von Irland ist. Ich begann ein wenig zu verstehen, was der Mann auf dem Berg gemeint hatte. John Joe liebte seine Heimatgegend, und da er ihr Potential entwickelt sehen wollte, setzte er sich für den Ausbau der Kanalverbindung Ballinamore–Ballyconnel ein (ein Wasserweg, der den Norden mit dem Süden verbindet und schließlich 1995 wiedereröffnet wurde). Bei dieser wie bei vielen anderen Fragen war er seiner Zeit weit voraus.

Ich fuhr nun häufiger nach Dublin, wo in Pubs wie »Donoghue's« und »Slattery's« eine lebendige Musikszene existierte. Ich besuchte auch die *fleadhanna cheoil*, die jährlichen regionalen und nationalen Festivals traditioneller Musik. Bei der gesamtirischen *Fleadh* in Clones traf ich 1968 Ted Furey wieder. Um acht Uhr morgens erschien er in unserem Zelt. Sean Maguire führte mit »The Mason's Apron« die Hitparade an. Auf einmal kroch Ted mit einer Flasche Stout neben mich und sagte: »Es ist leicht, die schnellen Stücke zu spielen, die langsamen erfordern allerdings Können!« Er tauchte ein paarmal in Belfast auf, und sein Dufflecoat, den er vergessen hatte, hing noch ewig in unserem Kohlenschuppen im Murph.

Manchmal spielte er auf einem schwarzen Holzinstrument, das an der Stelle, an der eine Fiddle rund ist, rechteckig war. Weißes Perlmutt war eingelegt, aus einer Vorrichtung konnte ein Horn herausragen. Normalerweise spielte er Fiddle, eine Zeitlang zeigte er sich aber mit diesem seltsamen Ding.

Als er gefragte wurde, woher er es habe, antwortete er: »Dieses Instrument gehörte einem Freund. Er lebte mit seiner Mutter, arbeitete auf der Farm und war dabei guter Dinge, bis er eine große Liebe zur Musik entwickelte und anfing, Fiddle zu spielen. Je mehr er auf seinem Saiteninstrument spielte, desto weniger arbeitete er auf der Farm. Dann kamen die Frauen, und schließlich begann er zu trinken. Seine Mutter wurde krank und schickte nach ihrem Sohn, der irgendwo zechte. Im Sterben nahm sie ihm das Versprechen ab, nie wieder Fiddle zu spielen. Er kehrte tatsächlich auf die Farm und zu seiner alten, fleißigen Art zurück. Aber er war besessen, er kam nicht zur Ruhe. Erfuhr er von einer Session, brachte ihn der Wunsch, daran teilzunehmen, fast um. Also ging er in den Wald, und da er der Fiddle abgeschworen hatte, baute er dieses Instrument. Ich habe es von ihm bekommen.«

In Belfast fanden die meisten Aktivitäten, an denen ich beteiligt war, nahe den Divis Flats statt, die im Mai 1968 eingeweiht worden waren. In einer während der Messen in St. Peter's verlesenen Erklärung von Bischof Philbin hieß es, die Katholiken sollten die neuen Wohnungen als »Herztransplantation« akzeptieren. »Andere Menschen werden uns und unser Ansehen – auch das Ansehen unserer Religion – danach beurteilen, wie wir diese neuen Gebäude aufnehmen.« Bischof Philbin mußte freilich ebensowenig in einer der Wohnungen leben wie die Architekten und Planer, die diese Hochhäuser als eine neue Möglichkeit ansahen, »einen natürlichen Treffpunkt für Erwachsene wie für Kinder« zu entwickeln. Die neuen Strukturen böten »Abwechslungsreichtum und Pragmatismus, eine freiere Organisation und Bauform«. Sie förderten eine Umgestaltung der Gesellschaft, indem sie den Bewohnern einen Blick aus der »Vogelperspektive« ermöglichten, wodurch »eine neue und sinnvollere soziale Beziehung zwischen den Bevölkerungsgruppen« begünstigt werde.

Die Realität war gänzlich anders. Bald machten sich Desillusionierung und Verzweiflung unter jenen breit, die neu eingezogen waren. Die Wohnungen verursachten physische Probleme, und außerdem glichen die Slumbeseitigungs- und Neugestaltungsprogramme nicht im geringsten einer »Herztransplantation«, wie sich Bischof Philbin ausgedrückt hatte. Vielmehr war die Gemeinschaft ihres Herzens beraubt, denn die Neugestaltung, die in sich schon entfremdend genug war, geschah während eines massiven wirtschaftlichen Niedergangs in diesem Gebiet. Die Menschen, die in den verfallenden und vernachlässigten Häusern aus dem 19. Jahrhundert ihr Zuhause sahen, hatten in den nahegelegenen Webereien und Fabriken gearbeitet. Die waren entweder bereits stillgelegt oder würden in wenigen Jahren stillgelegt werden. Industriebrachen entstanden, Arbeitsplätze wurden vernichtet. Kleine Unternehmen und Werkstätten, die von den großen Webereien und Fabriken abhängig waren, konnten ebenfalls nicht überleben.

Die Wohnbedingungen waren erschreckend, und überdies kommunizierten die Verantwortlichen niemals mit den Bewohnern des Viertels. Unsere Kampagne sorgte für etwas Dampf, und wir konnten ein paar hundert Leute zu den Demonstrationen mobilisieren, die wir regelmäßig, manchmal sogar täglich, durchführten. Ich war an Besetzungen und Demonstrationen beteiligt sowie in weitere Aktivitäten verwickelt, so daß ich an den meisten Abenden gar nicht nach Hause kam. Gemeinsam mußten vielerlei Dinge erledigt werden: Küchendienst, Plakate herstellen, Rundschreiben unter die Leute bringen, einer Gestetner habhaft werden …

Während wir auf die besonderen Umstände in Belfast reagierten, wurden ähnliche Agitationen auch in Derry und in Dublin, in London wie auch anderswo betrieben. Regierungen und Stadtverwaltungen versuchten Bau- und Entwicklungspläne undemokratisch und mit dem Ziel durchzusetzen, möglichst viele Wohneinheiten bei minimalen Kosten zu errichten. Die Menschen, die in solchen Hochhäusern leben sollten, wurden von den Regierungen als Untertanen behandelt, über deren Köpfe hinweg Beschlüsse gefaßt wurden, statt als Bürger, die das Recht besaßen, an Entscheidungen beteiligt zu sein, die ihre Lebensqualität so fundamental betreffen würden.

Hausbesetzungen und andere Wohnungskampagnen waren sowohl in Britannien und Irland wie im übrigen Europa verbreitet. In den Sechs Grafschaften, in denen das Sektierertum institutionalisiert und mit Sondervollmachten ausgestattet war, hatte die staatliche Reaktion jedoch einen besonderen Charakter. War der Staat ein protestantischer Staat für eine protestantische Bevölkerung, so war die RUC auch eine protestantische Polizei für einen protestantischen Staat. Und diese Polizei reagierte hysterisch auf unsere Agitation. Die wenigen Hauptaktivisten wurden mit insgesamt etwa sechzig Strafverfügungen bedacht. Wir lachten zunächst darüber, aber ich fing an, mich nach den Gründen zu fragen, die solch einer massiven Überreaktion zugrunde liegen mochten. Die RUC begann mit Landrovern im Loney-Viertel zu patrouillieren, aus dem die Divis Flats aufragten.

Die Bürgerrechtsbewegung wurde stärker. In den Debatten, an denen ich mich beteiligte, hörte ich von gut dokumentierten Fällen der Diskriminierung und begann, eine klarere Einschätzung der politischen Situation zu entwickeln. Uns Katholiken wurden Häuser verweigert, um uns das Stimmrecht vorzuenthalten; in Derry wurde das *gerrymandering* auf extremste Weise praktiziert, um die Einparteienherrschaft zu sichern. Ich begann zu verstehen, daß Sektierertum nicht so sehr eine Sache des blinden Katholikenhasses, sondern vielmehr für die unionistische Herrschaft taktisch notwendig war.

Die Northern Ireland Civil Rights Association (NICRA) hatte 1967 in bescheidenem Maße begonnen, eine Bürgerberatung anzubieten. Während eines Treffens in der St. Mary's Hall, bei dem eine West Belfast Civil Rights Association gegründet werden sollte, sprach ich das erste Mal vor einer größeren Zuhörerschaft. Meine Knie zitterten, so nervös war ich, und die Rede, die ich hielt, war schrecklich. Trotz meines jugendlichen Versuchs wurde ich in den Vorstand gewählt, der allerdings nicht sehr viel zuwege brachte. Vorschläge für einen Bürgerrechtsmarsch in Belfast wurden von der Leitung der NICRA abgelehnt.

Die Anforderungen meiner politischen Arbeit und meine Lohnarbeit wurden immer unvereinbarer. Zwar waren die langen Mittagspausen und der freie Tag in der Mitte der Woche sehr angenehm, die Verpflichtung, abends und an Samstagen im »Duke's« zu arbeiten, frustrierte mich. In meiner Freizeit suchte ich Vergnügen, und solange ich bei »Duke's« arbeitete, machte ich nicht ein einziges Mal Überstunden. Als das politische Tempo zunahm, ging ich nur noch zur Arbeit, um so schnell wie möglich wieder wegzukommen. Ich trug mich mit dem Gedanken, mir eine Arbeit zu suchen, bei der ich unabhängiger sein würde, war aber vorsichtig genug, nicht bei »Duke's« zu kündigen, bevor ich an ein paar freien Tagen etwas anderes ausprobiert hatte. Ich schloß mich also einem Fensterputztrio ähnlich gesinnter Revolutionäre an und schleppte – Eimer und Fensterleder in der Hand – eine Leiter durch das Gebiet um die Falls Road. Wir fanden jedoch schnell heraus, daß alles im Griff der etablierten Fensterreiniger war, die ihre festen Kunden hatten. Unser Unternehmen scheiterte. Vor die Wahl gestellt, Fenster zu putzen, um unseren Lebensunterhalt zu bestreiten, oder die Welt zu verändern, entschieden wir uns für das Einfachere.

Unsere politischen Kampagnen in Westbelfast waren Teil eines umfassenderen Vorgehens. Im Frühjahr 1968 rief die NICRA zu Protestmärschen in Newry und Armagh auf, nachdem eine Demonstration zur Erinnerung an den Osteraufstand von 1916 verboten worden war. Der erste NICRA-Marsch fand im August 1968 statt und führte von Coalisland nach Dungannon. Der Bürgerrechtskampf hatte begonnen. Ein Bündnis auf breiter, wenn auch nicht ganz einfacher und nur sporadischer Basis aller antiunionistischen Kräfte in den Sechs Grafschaften war entstanden.

Die Organisatoren des für den 5. Oktober geplanten Marsches, der nach Derry führen sollte, suchten die Unterstützung der NICRA. Sie verweigerte diese zunächst, bis sie zögerlich und spät beschloß, sie doch zu gewähren. Als die Stormont-Regierung den Marsch verbot, war eine Konfrontation vorprogrammiert.

Da die Republikaner Auseinandersetzungen voraussahen, beschlossen sie bei einem Treffen in Süd-Derry, daß führende nationalistische Politiker, Parlamentsabgeordnete oder andere Würdenträger an der Spitze des Marsches gehen sollten. Im Falle von Polizeiübergriffen würden deren eingeschlagene Schädel für Schlagzeilen sorgen. Der erste Kopf, auf den eingedroschen wurde, war tatsächlich der eines Parlamentsabgeordneten. In der anschließenden Auseinandersetzung verschonte die RUC allerdings niemanden.

Da ich keinen weiteren Tag freibekommen hatte, um an dem Marsch teilzunehmen, sah ich im Fernsehen das Einprügeln der RUC auf die Demonstranten. Die Bilder deckten die faschistische Natur der unionistischen Herrschaft auf und lenkten weltweit die Aufmerksamkeit auf die Weigerung der Unionisten, elementare demokratische Rechte zu gewähren. Hatten am ersten Marsch nur ein paar hundert Menschen teilgenommen, demonstrierten in der Woche darauf 15 000 Menschen gegen die Brutalität der RUC. Die NICRA präzisierte nun ihre Forderungen: allgemeines Wahlrecht bei Lokalwahlen, Beendigung der manipulativen Wahlkreiseinteilung, Abschaffung des Special Powers Act, gerechte Vergabe von kommunalen Wohnungen und Häusern, Auflösung der B-Specials und Rücknahme der Public Order Bill, die die Unionisten durch das Stormont-Parlament gepeitscht hatten, um Bürgerrechtsdemonstrationen für ungesetzlich erklären zu können.

Die NICRA-Führung war immer sehr vorsichtig, die Initiative ging von der Straße aus. In Derry, Tyrone und Belfast waren weitgehend autonome lokale Bürgerrechtskomitees die Schrittmacher, und sie wurden durch die Reaktion der unionistischen Scharfmacher, einschließlich der RUC, erheblich angestachelt. Nach dem 5. Oktober 1968 bildeten sich zwei Strömungen. Die gemäßigte Fraktion setzte sich aus dem alten Eisen der NICRA- und Republikaner-Führung sowie Nationalisten aus der Mittelschicht zusammen. Aus der republikanischen Basis, der aktiven studentischen People's Democracy (PD) und der Mehrheit der Bürgerrechtler formierte sich eine kämpferische Fraktion. Sie hatte sich zum Ziel gemacht, die Widersprüche des Staates aufzudecken.

Im November verkündete Terence O'Neill ein Fünfpunktereformprogramm, das aber zu wenig bot und zu spät kam. Anfang Dezember hielt er eine Fernsehansprache, in der er erklärte, daß »Ulster am Scheideweg« stünde, eine Beendigung des zivilen Ungehorsams und der Agitation verlangte und um Unterstützung seines Reformpaketes bat. NICRA trat daraufhin für eine Periode des »Waffenstillstandes« ohne Märsche oder Demonstrationen ein. People's Democracy hingegen propagierte die Fortsetzung der Bürgerrechtskampagne und rief zu einem Marsch von Belfast nach Derry auf, der am Neujahrstag 1969 begann. Ich war am Ausgangspunkt an der Belfaster City Hall dabei, marschierte aber nur ein kurzes Stück mit, weil ich im »Duke's« arbeiten mußte. Am 4. Januar erreichte der Marsch nach mehreren Umleitungen durch die RUC schließlich die ungefähr zwölf Kilometer von Derry entfernte Brücke von Burntollet. Dort gerieten die Bürgerrechtler in einen Hinterhalt der RUC und wurden von den B-Specials mit Steinen, Schlagstöcken und Stiefeltritten traktiert.

Die Bürgerrechtsbewegung trat für elementare Rechte ein, die in Britannien und Westeuropa als selbstverständlich galten, sie hatte weder die Abschaffung des Staates noch ein vereinigtes Irland gefordert. Die britische Intervention unterstützte die Reaktion des Unionismus und ließ die konstitutionelle Frage in den Vordergrund treten und die Existenz des Staates der Sechs Grafschaften in Frage stellen. Der Staat hätte jederzeit der Bürgerrechtsagitation durch die Gewährung dieser normalen demokratischen Rechte den Stachel nehmen können, aber die Reaktion kam zu spät. Jede Bürgerrechtsreform wurde erst dann verabschiedet, wenn die Situation bereits explodiert war.

Als wir unsere Häuserkampagne begonnen hatten, richteten wir unsere Forderungen direkt an den Housing Trust, und zwar fast immer, indem wir Familien unterstützten, die durch die Politik des Housing Trust benachteiligt wurden. Dies hatte aber nur eine geringe Wirkung, so daß wir uns gezwungen sahen, Flugblätter im gesamten Wohngebiet zu verbreiten, in denen um Unterstüzung von Menschen geworben wurde, die in einer ähnlichen Notlage waren. Dies wurde bald zur normalen Praxis. Wir protestierten vor dem Sitz des Housing Trust und verteilten Flugblätter. Manchmal hatten wir Glück und jemand lieh uns sein Auto. Dann fuhren wir durch die Straßen der Falls, und einer schrie sich an einem Megaphon heiser. Die Öffentlichkeitsarbeit beschränkte sich im allgemeinen auf die *Irish News*. Nur gelegentlich nahm sich die lokale Sonntagszeitung unserer Kampagne an, während die Fernsehstationen uns zumeist ignorierten. Unsere Besetzungsaktionen änderten daran einiges.

Während unsere Kampagne bis in das Frühjahr und den Sommer des Jahres 1969 fortgeführt wurde, nahmen die Ereignisse einen neuen Charakter an. Ich spürte, daß wir uns auf außergewöhnlich gefährliches Territorium begaben. Unsere ersten Demonstrationen wegen der Divis Flats und anderer Wohnungsprobleme verliefen ruhig, friedlich und in guter Stimmung, als aber die Zahl der Demonstranten wuchs, ging die RUC aggressiver vor. Sie hatte es auf uns abgesehen. Wir fanden es ziemlich aufregend, dem Löwen auf den Schwanz zu treten. Es entwickelte sich ein wiederkehrendes Muster von gewaltsamen Auseinandersetzungen, und die Scharmützel mit der RUC, die sich durch ihre Brutalität selbst entlarvte, fanden immer häufiger statt. Wir wenigen republikanischen Aktivisten waren längst als die führenden lokalen Agitatoren identifiziert. Wir liefen höllisch schnell vor den Knüppelschlägen davon, sahen aber, wenn wir uns umdrehten, wie die Angreifer an anderen Protestlern vorbei direkt auf uns zusteuerten.

Während des ganzen Sommers führten die Divis-Street-Proteste zu nächtlichen Auseinandersetzungen, bei denen wir von der RUC niedergeknüppelt wurden. Ich war überzeugt, daß wir uns rasch auf eine Katastrophe zubewegten, und zutiefst frustriert, weil die Führung der republikanischen Bewegung nicht zu verstehen schien, was vor sich ging. Ich führte zahlreiche heftige Diskussionen mit Liam McMillen. Auch in Ardoyne und bei den Unity Flats entwickelten sich Auseinandersetzungen, aber weder die Führung in Belfast noch die Führung in Dublin war in der Lage, die Entwicklung zu verstehen, geschweige denn richtungweisend einzugreifen. In allen Teilen der Sechs Grafschaften nahmen die Spannungen zu. Die Zusammenstöße zwischen der RUC, den B-Specials und loyalistischen Gegendemonstranten mit katholischen Zivilisten wurden immer häufiger. Während die Loyalisten mobil machten, um

Bürgerrechtsmärsche anzugreifen, Pogrome starteten und Katholiken durch das Niederbrennen ihrer Häuser vertrieben, blühte die Veröffentlichung von alten wie neuen sektiererischen Songs und Geschichten. Mit Zeilen wie diesen:

Wurden Gewehre zum Schießen gemacht,
Dann Schädel, damit es kracht.
Ganz groß ist das Verzücken,
Hat der Taig eine Kugel im Rücken.

Anfang des Jahres hatten Kandidaten der Bürgerrechtsbewegung und von People's Democracy bei den Wahlen zum Stormont-Parlament beeindruckende Stimmenanteile erzielt. Bei einer Nachwahl im April sorgte Bernadette Devlin für eine Sensation. Sie wurde ins britische Parlament von Westminster gewählt. Im gleichen Monat griff die RUC die Bogside in Derry an. Ein Mann, der in seinem Haus verprügelt wurde, erlag einem Herzanfall. Mit einer Serie von loyalistischen Bombenanschlägen, die von der Ulster Volunteer Force (UVF) ausgeführt, aber der IRA angelastet wurden, zwang die UVF den Premierminister Terence O'Neill zum Rücktritt. Im Mai gründeten Loyalisten die Shankill Defence Association.

Ruairí Ó Bradaigh von Sinn Féin warnte, es sei der »Gipfel der Unverantwortlichkeit und Torheit, den fortgesetzten Druck der Bürgerrechtsbewegung zu gewärtigen, zu wissen, worauf sie abziele, aber unfähig zu sein, die logischen Folgen zu tragen«. Cathal Goulding erwiderte, es sei Aufgabe der RUC und der britischen Armee, die Bürger zu verteidigen. Liam McMillen erklärte, daß die IRA lediglich über Waffen für eine einzelne militärische Operation verfüge, was nicht im geringsten ausreiche, die nationalistischen Viertel zu verteidigen. Führende Mitglieder der Belfaster IRA fuhren nach Dublin, um beim Armeerat der IRA eine große Waffenlieferung zu erbitten, wurden aber abgewiesen. Aus Solidarität mit einem Verteidigungskomitee, das in Ardoyne gegründet worden war, hielten ich und andere ortsfremde

Aktivisten uns oft in diesem Viertel auf. Im Juni fragte Frank Gogarty, der Vorsitzende der NICRA, Cathal Goulding, ob die IRA für Schutz sorgen könne. Obwohl die republikanischen Führungskreise vornehmlich mit programmatischen Dokumenten und nicht mit Fragen der Verteidigung befaßt waren, trafen sich Goulding und MacStiofáin mit Fianna-Fáil-Abgeordneten in Dublin, um die Situation im Norden zu diskutieren.

Im Juli kam es in Derry zu einer Auseinandersetzung zwischen Teilnehmern an einem Orangistenmarsch und Nationalisten. Während dreier Tage griff die RUC immer wieder die Bogside an. Zwei Zivilisten wurden angeschossen und verwundet. Bei zweitägigen Auseinandersetzungen in Dungiven wurde ein Katholik bei einem Knüppeleinsatz der RUC getötet, die Orange Hall niedergebrannt, und B-Specials schossen über die Köpfe der Katholiken, die von einer Tanzveranstaltung kamen. Am 26. Juli wurde ein Marsch von People's Democracy (PD) in Fermanagh verboten, siebenunddreißig PD-Anhänger wurden festgenommen.

Ich war in Widersprüchen gefangen. Der Drang nach Freiheit verband sich mit der voreiligen jugendlichen Überzeugung, daß sich um uns herum die Revolution ereigne und die Welt sich darauf einzustellen beginne. Es war zunächst eine gewisse Naivität, ja beinahe Unschuld, sowie ein Gefühl, unsere Forderungen seien so vernünftig, daß wir lediglich noch ein bißchen Krach schlagen müßten, um das Establishment zum Nachgeben zu zwingen. Diese Erwartung und die folgende Wut waren, anfangs jedenfalls, fast ausschließlich auf Leute aus meiner Generation beschränkt. Die Erwartungen der Älteren waren nicht so hoch gesteckt. Rückblickend kann ich das verstehen. Das britische Staatsgebilde konnte weder der Forderung »Ein Mann, eine Stimme« nachgeben noch irgendein Gleichheitsprinzip verwirklichen. Es konnte nur auf der Basis der Ungleichheit aufrechterhalten werden. Dadurch blieben die Unionisten in ihren Führungspositionen. Sie wußten, daß es für sie keinen Grund mehr gäbe, Unionisten zu sein, wenn es zu einer

Veränderung käme und die Ungleichheit beendet würde. Die Schlagworte des Regimes, »Nicht einen Zoll« und »Keine Kapitulation«, mußten um jeden Preis in die Tat umgesetzt werden. Die älteren Leute in den nationalistischen Vierteln hatten all dies schon einmal erlebt und wußten, was durch unser Vorgehen auf uns und auf sie zukommen würde. Als sich die Situation erneut zuspitzte, müssen viele von ihnen gedacht haben, wir strebten die Neuauflage eines tödlichen Kampfes an, den sie stets verloren hatten. Selbst wenn jemand derartige Bedenken formuliert hätte, wäre ich vermutlich von meiner Haltung nicht abzubringen gewesen. Aber niemand tat es, nur ein alter Barmann sagte zu mir: »Vergiß es, sie nach Bürgerrechten zu fragen. Nimm dir lieber ihr Geld.«

Voller Fatalismus, der mich bestürzte, sagte etwa ein Jahr später ein Mann zu mir: »Hör auf damit, etwas ändern zu wollen, in tausend Jahren wird alles noch genauso sein wie jetzt.« Unsere Unwissenheit, unsere hochgesteckten Erwartungen und unser Mangel an Erfahrung ließen, gepaart mit jugendlichem Überschwang, alles möglich erscheinen. In jugendlicher Arroganz glaubte ich, die Dinge seien ins Rollen gekommen und die alten Bedingungen, die unser Leben eingeschränkt hatten, würden beseitigt. Es war nicht nur eine Frage dessen, was in Belfast oder im Norden oder in Irland geschah. Die Songs, die mich ergriffen, waren Hymnen der Freiheit, deutliche Signale einer neuen Generation. Als Dylan »The Times They Are A-Changin'« sang, war dies nicht bloß ein Song, sondern die Bestätigung einer Realitätswahrnehmung, eines Gefühls, das quer durch alle Länder, Kontinente und Religionen ging.

Der »Duke of York« befand sich ziemlich nahe bei den Unity Flats, wo ich während der Mittagspause häufig die dortige kleine Aktivistengruppe unterstützte. Im »Duke of York« verbrachte ich immer weniger Zeit, dafür aber mehr in den Divis Flats oder anderen Zentren der Aktivität. Der Kern der Aktivisten, zu dem ich gehörte, arbeitete Tag und Nacht. Während der Sommer schnell vorüberging, wuchs unsere Besorgnis über die sich entwickelnde Situation, die uns andererseits aber auch beflügelte. Eines wurde klar: Da die Nationalisten sich von den Knien erhoben, müßten sie bald vor den immer gewalttätiger werdenden Angriffen der Loyalisten und der RUC geschützt werden. Im Juli versuchten wir die Bewohner von Ardoyne und den Unity Flats zusammenzutrommeln, damit sie sich während der Orangistenmärsche selbst verteidigen konnten. Irgend jemand mußte es tun, denn die republikanische Führung war in keiner Weise auf die militärische Verteidigung vorbereitet, geschweige denn auf eine Offensive. Statt dessen erging sie sich in politischer Semantik.

Es war eine aufregende und verwirrende Zeit. Als ich einmal bei einer Demonstration in der Divis Street sprach, gab mir ein Mitaktivist aus Derry, der erfahrener war, deutlich zu verstehen, daß ich wegen Aufwiegelung festgenommen würde, wenn ich nicht einen anderen Ton anschlüge. Und – um ein Gegenbeispiel anzuführen – einige Zeit später waren sehr viele zu einer unserer Demonstrationen gekommen. Ein Mitglied von People's Democracy versuchte mich zu überzeugen, daß wir die Menge ins Stadtzentrum führen und alle Geschäfte zerstören sollten. Wir kletterten auf eine Mauer, um zu den Demonstranten zu sprechen. Und als dieser Sprecher seine Vorschläge zu unterbreiten begann, sah ich die RUC auf der gegenüberliegenden Seite des Parkplatzes aufmarschieren und stieß ihn sanft von der Mauer. Einige von unseren Leuten hockten über ihm, bis die Demonstration beendet war und die Menge sich zerstreut hatte.

Als wir ebenfalls zu jener Zeit in der Hastings-Street-Kaserne einen Protestbrief abgeben wollten, ließen uns die RUC-Polizisten nicht hinein. Nachdem aber einige Leute einen Telegraphenmast gegen das Kasernentor gerammt hatten, wurde unsere Delegation empfangen. Eigentlich nur ein kleiner, für uns aber großer Sieg. Die RUC hat uns damals ziemlich heftig mit Knüppeln traktiert, aber diese Vorfälle wurden nicht berichtet.

Anfang August kam es in Ardoyne und bei den Unity

Flats zu schweren Ausschreitungen. Am 2. August griff die Shankill Defence Association, von der RUC unterstützt und ermutigt, die Unity Flats nach einem Orangistenmarsch an. Patrick Corry, ein Katholik, wurde in einer RUC-Kaserne zu Tode geprügelt. Katholische Familien wurden von loyalistischen Banden gewaltsam aus dem Gebiet um die Crumlin Road vertrieben. Loyalisten randalierten mehrere Abende lang in der Shankill Road. Aus dem Stormont-Parlament verlautete, daß die Verhängung des Kriegsrechts in Belfast »eine der in Erwägung gezogenen Möglichkeiten« sei. An drei aufeinanderfolgenden Tagen wurden Familien durch loyalistische Branddrohungen aus ihren Häusern gejagt. Unser Housing Action Committee hatte alle Hände voll zu tun, die Flüchtlinge in eigens besetztem Wohnraum des Housing Trust unterzubringen.

Es herrschte eine äußerst explosive Stimmung. In Derry gründeten Republikaner Ende Juli eine Citizens' Defence Association, um auf die während des jährlichen Loyalistenaufmarsches am 12. August erwarteten Angriffe durch die RUC und Loyalisten vorbereitet zu sein. Die Nachrichten über den Angriff auf die Unity Flats ließ sie ihre Anstrengungen verdoppeln. Sie horteten Material, um jederzeit Barrikaden errichten zu können. Am 8. August trafen sich Premierminister Chichester-Clark, sein Innenminister und James Callaghan, der britische Premierminister, in London, um die Situation zu erörtern. In Derry und Belfast wurden britische Truppen zur Unterstützung des unionistischen Regimes in Einsatzbereitschaft versetzt. In Derry fand der äußerst provokative Loyalistenmarsch statt. Eine Konfrontation war unausweichlich.

Am Vorabend des Marsches gab ich zum erstenmal ein Fernsehinterview über die Besetzungen der Divis Flats. Dann ging ich in den »Duke of York«. Ich wußte nicht, was die nächsten Tage bringen würden, war allerdings überzeugt, daß wir auf eine Katastrophe zusteuerten und wahrscheinlich keiner von denen, die über die Macht verfügten, sie abzuwenden, dies zu tun bereit wäre.

5

Am 12. August fand in Derry der Orangistenmarsch statt. Am Rande der Bogside gerieten junge Nationalisten mit Loyalisten aneinander. Die RUC ging mit Schlagstöcken vor, doch sie traf auf wohlvorbereitete Bewohner des Bogside-Viertels, die Barrikaden errichteten und Molotowcocktails einsetzten. Seite an Seite mit den Loyalisten kämpfend, setzte die RUC gepanzerte Fahrzeuge und – zum erstenmal in Irland – CS-Gas ein. Achtundvierzig Stunden lang wehrten sich die hauptsächlich jugendlichen Verteidiger mit Steinen, Flaschen und Molotowcocktails gegen den permanenten Schlagstockeinsatz Hunderter RUC-Polizisten und Loyalisten. Die Verteidiger nutzten geschickt die Hochhäuser und warfen Molotowcocktails auf die Angreifer, um sie in Schach zu halten. Gegen die schlimmsten Folgen des CS-Gases stellten Bewohner Schüsseln mit Wasser und Essig auf die Türschwellen. Ärzte aus der Nachbarschaft, Krankenschwestern und die Malteser richteten Erste-Hilfe-Stationen ein, einige Leute machten Sandwiches und Tee, andere stellen Molotowcocktails her. Bernadette Devlin, offensichtlich immun gegen CS-Gas, war, mitten im dicksten Kampfgeschehen, eine Ermutigung für die jungen Leute des Viertels.

Während des gesamten zweiten Tages versuchten siebenhundert RUC-Polizisten, unterstützt vom loyalistischen Mob, die Bogside zu erstürmen, und schossen weiter CS-Gas in das Straßennetz dieses Viertels, zwischen die dicht aneinanderstehenden viktorianischen Häuser. Die Belagerung wurde Tag und Nacht fortgesetzt. Eine NICRA-Delegation traf sich mit John Taylor, dem stellvertretenden Innenminister, und bat ihn, die Belagerung aufzuheben. Dic Regierung lehnte ab.

Als die Schlacht um die Bogside ihren Höhepunkt erreichte, nahm ich an einem Krisentreffen der NICRA im Belfaster »Wellington Hotel« teil, bei dem der NICRA-Vorsitzende, Frank Gogarty, einen leidenschaftlichen Appell von Sean Keenan vom Tonband abspielte. Keenan rief im Namen der Derry Citizens' Defence Association zu Demonstrationen überall in den Sechs Grafschaften auf, um die Kräfte der RUC zu zerstreuen und den Druck von Derry zu nehmen. Zuvor hatten die NICRA-Führung und People's Democracy zu Demonstrationen aufgerufen. In den Städten des Nordens war es bereits zu Protesten gekommen, so in Strabane, Coalisland und Newry. Bei dem Treffen im »Wellington Hotel« wurden Vorschläge für weitere Aktionen im gesamten Norden diskutiert. Nach einer kurzen und schnellen Besprechung der anwesenden Belfaster Aktivisten schlug ich vor, eine Demonstration in Belfast durch das West Belfast Housing Action Committee zu organisieren, und betonte, unser Komitee existiere, um Wohnraum für die Einwohner dieser Stadt zu beschaffen und die Obdachlosen zu unterstützen. Wir sähen einen direkten Zusammenhang zwischen unserem eigenen Aktionsfeld und dem der Menschen in Derry, die durch das Vorgehen der RUC und der B-Specials obdachlos geworden waren. Bei dem Treffen herrschte eine höchst angespannte Stimmung. Wir trennten uns mit dem sicheren Gefühl, daß die nationalistische Bevölkerung Derrys unsere Unterstützung brauchte und bekommen würde. Eine Gruppe von uns ging vom Hotel direkt in die Falls, um für unsere Demonstrationen zu mobilisieren. Dort herrschte bereits eine angespannte Atmosphäre, während wir uns auf die abendliche Veranstaltung vorbereiteten. Es war uns bewußt, daß durch eine effektive Organisierung in Belfast eine Situation geschaffen werden konnte, die die RUC überfordern und zwingen würde, die Belagerung der Bogside zu beenden.

Die Regierung in Dublin tagte von morgens bis abends, um die Entwicklungen zu bewerten, besonders die im grenznahen Derry. Im Süden gab es eine breite Unterstützung für die Bürgerrechtsbewegung. Die Entscheidung, den Marsch der Apprentice Boys zuzulassen, hatte dort Bestürzung und Wut hervorgerufen. Jetzt, da die Bogside von den Ordnungskräften des Staates im Norden angegriffen wurde, fragten sich die Südiren, was ihre Regierung wohl unternehmen würde, um die Bewohner des Bogside-Viertels zu verteidigen. Drei Kabinettsmitglieder schlugen vor, die irische Armee solle die Grenze überschreiten und Derry, Newry und andere Gebiete mit einer katholischen Bevölkerungsmehrheit einnehmen.

An jenem Abend verkündete der Taoiseach Jack Lynch im Fernsehen, daß die »irische Regierung nicht länger tatenlos zusehen kann, wie unschuldige Menschen verletzt werden oder wenn ihnen gar noch Schlimmeres widerfährt«. Die irische Armee werde an der Grenze Feldlazarette errichten. Lynch sprach sich für die Entsendung von UN-Friedenstruppen und für Gespräche aus, »davon ausgehend, daß nur die Wiedervereinigung des nationalen Territoriums zu einer dauerhaften Lösung des Problems führen kann«.

Es ist schwer, genau zu rekapitulieren, was wir von der Dubliner Regierung erwarteten. Die Republikaner waren ziemlich skeptisch, doch war man sich sehr wohl bewußt, daß eine Explosion bevorstand und sich alles ändern würde. Der 5. Oktober markierte einen Wendepunkt. In den seitdem vergangenen Monaten war der Widerstand der Katholiken im Norden entschlossener geworden. Wir traten nun für unsere Rechte ein, auch Dublin gegenüber.

Etwa zur gleichen Zeit, als Lynch seine Fernsehansprache hielt, leitete ich eine Protestversammlung in den Divis Flats. Mittlerweile hatten diese Proteste eine gewisse Durchschlagskraft, die während der mehr als einjährigen Kampagne entstanden war. Die größeren Ereignisse der allgemeinen Bürgerrechtskampagne hatten die Leute mobilisiert, und unsere Organisation war so effizient geworden, daß wir binnen kürzester Zeit eine Demonstration zur Unterstützung der Bogside-Bewohner auf die Beine stellen konnten.

Entschlossen versammelten wir uns vor den Divis Flats. Das Maß war voll. Den Kern der Demonstration bildeten junge Leute, die bei Auseinandersetzungen der RUC Paroli boten. Es demonstrierten aber Menschen jeden Alters. Parolen wie »SS/RUC« wurden gerufen und Lieder wie »We're on Our Way to Freedom« und »We shall Overcome« gesungen. Auf selbstgefertigten Plakaten standen Parolen wie »RUC raus!« und »Die Bewohner der Falls unterstützen die Menschen in Derry«.

Die Demonstranten marschierten zu den Polizeistationen in der Springfield und Hastings Road. Die RUC griff an, und um die Divis Street herum kam es zu heftigen Auseinandersetzungen. Nach ein paar Schlagstockeinsätzen zog sich die RUC in ihre Polizeistation in der Hastings Street zurück. Die Demonstranten errichteten bei ihrem Rückzug in die Falls Barrikaden und kontrollierten fast zwei Quadratkilometer des Viertels um die Polizeistation in der Hastings Street.

Ähnliche Konfrontationen ereigneten sich überall im Norden. In Dungiven griffen mehrere hundert Menschen mit Molotowcocktails und Steinen die Polizeistation an, und die RUC schoß in die Menge. In Coalisland wurde das Gerichtsgebäude in Brand zu stecken versucht, die Polizeistation angegriffen. Ein Mann wurde angeschossen. In Belfast attackierten in der Crumlin Road und bei den Unity Flats die RUC und ein loyalistischer Mob die Katholiken.

Der Versuch, die RUC aus der Polizeistation in der Hastings Street in das enge Straßennetz zu locken, mißlang. Junge Leute entzündeten Barrikaden in der Falls Road und der Divis Street. Berge von Holz, Kartons und Holzkisten, Müll und alten Möbeln, für die traditionellen Freudenfeuer des 15. August aufgeschichtet, wurden jetzt benutzt, um die Barrikaden weiterbrennen zu lassen. Flammen und Rauchwolken stiegen in den Himmel. Viele, zumeist junge Leute lauerten an den Straßenecken, aber die RUC zeigte sich auch jetzt nicht. Sie war offenbar unter Druck.

Wir protestierten also am frühen Morgen ein zweites Mal

vor der Springfield-Road-Polizeistation, die sich in einer Seitenstraße befand und der man sich von mehreren Seiten nähern konnte. Wenn die RUC nicht zu uns käme, würden eben wir ihr einen Besuch abstatten. Der ganze Straßenkampf wurde von jungen Leuten mit Steinen, Flaschen und Molotowcocktails geführt. Zu Beginn hatte die IRA ein paar bewaffnete Volunteers auf die Straße geschickt, vermutlich vier oder fünf. Ich hielt das für verrückt, und sagte es dem Verantwortlichen.

»Wenn irgend jemand die Menge angreifen sollte«, antwortete er, »müssen wir sie verteidigen.«

»Das wird nur dazu führen, daß Leute getötet werden«, erwiderte ich. »Wie könnt ihr wissen, was los ist? Ich meine, wo haltet ihr euch auf? Wie wollt ihr wissen, ob jemand von euch schießt oder jemand anderes?«

»Du solltest das mit einem besprechen, der für das Bataillon verantwortlich ist«, sagte er. »Ich darf mich ohne ausdrückliche Erlaubnis nicht zurückziehen.«

»Tust du mir einen Gefallen?« fragte ich. »Ich gehe und regele das, wenn du deine Leute zurückziehst.«

Er stimmte zu, und ich erklärte Jimmy Sullivan, es sei verrückt, Waffen einsetzen zu wollen. Woher sollten die Volunteers Erfahrung haben? Niemand hatte sie und schon gar nicht für solche Situationen.

Die RUC schoß schließlich zuerst, mindestens aber einer ihrer Offiziere, vom Dach der Polizeistation in der Springfield Road. Die Menge stob nach allen Richtungen auseinander. Unser Paddy war einer von denen, die auf dem Gelände des Royal Hospital Zuflucht suchten. Mittlerweile knackte ein Trupp junger Leute eine Autowerkstatt in der Panton Street, nahm sich ein paar Gallonen Benzin, verschloß die Werkstatt wieder und setzte zu einem erneuten Angriff auf die Springfield-Road-Polizeistation an.

Am frühen Morgen brannten die Barrikaden und einige Gebäude auf der Falls Road noch immer. Dichter Rauch quoll empor. Wir waren alle erschöpft. Nachrichten über die Auseinandersetzungen an anderen Orten und über die andauernde Schlacht in der Bogside drangen zu uns durch. Als es dämmerte, erschien die RUC mit gepanzerten Fahrzeugen. Wir waren des Schutzes der Dunkelheit beraubt, sie kamen in der Sicherheit des Tageslichtes immer näher, so daß wir uns schließlich verdrückten. Ich mußte ein wenig schlafen.

Am Morgen des Vierzehnten ging ich zur Arbeit, aber um elf Uhr dreißig suchte mich jemand in der Bar auf und sagte: »Dein Typ wird verlangt. Vergiß die Arbeit. Der kleine Mann will dich sprechen.« Der »kleine Mann« war Billy McMillen.

Ich packte so viele leere Guinness-Flaschen wie möglich in ein paar braune Papiertüten und ging zu Jimmy Keaveney hinein. Ich mußte mich verabschieden.

»Hier wartet ein Job auf dich, wenn du deinen erledigt hast«, sagte er. Und ich wünschte ihm und dem »Duke of York« Lebewohl.

Ich ging direkt in die Leeson Street. Billy McMillen und Jimmy Sullivan mobilisierten Republikaner aus ganz Belfast und versuchten, Verteidigungsvorkehrungen für die nationalistischen Viertel zu treffen. Mitglieder von Sinn Féin, IRA Volunteers, ältere Republikaner »im Ruhestand«, ehemalige Gefangene und örtliche Community-Aktivisten boten ihre Dienste an und unterbreiteten Vorschläge. Die Schlacht in der Bogside tobte noch immer. Überall wurde für direkte Aktionen der IRA plädiert, die doch in den Jahrzehnten davor die nationalistischen Viertel gegen Angriffe verteidigt hatte. Ich war dagegen, die Situation zu militarisieren und die IRA hineinzuziehen. Die RUC mit ihren eigenen Mitteln zu bekämpfen hätte unseren Leuten jeden Handlungsspielraum genommen und die gesamte Situation auf ein Feuergefecht reduziert, das die RUC sicher gewinnen würde. Wie dem auch sei, die Diskussion war nahezu akademisch, da die IRA in Belfast kaum über Waffen verfügte. Ich erfuhr, daß in den Tagen davor versucht worden war, die vorhandenen Waffen zusammenzutragen. Einige Leute hatten sogar vergebens versucht, eine altbewährte explosive Mischung namens Paxo herzustellen, die in der Kampagne der fünfziger Jahre verwendet worden war.

Laut örtlichen Nachrichtensendungen und Lokalzeitungen stand die RUC vor der Grenze ihrer Belastbarkeit. Die Situation in den Falls war zweifellos sehr angespannt. Nahe bei Derry in der Grafschaft Donegal wurden Feldlazarette errichtet. Jack Lynchs Fernseh- und Rundfunkansprache hatte enorme Publizität erlangt und der unionistische Premierminister Chichester Clarke erbost reagiert. Die Dubliner Regierung beauftragte auch ihren Botschafter bei den Vereinten Nationen, Generalsekretär U Thant von ihrer Meinung in Kenntnis zu setzen, daß eine internationale Schutztruppe in den Norden entsandt werden sollte, um die Ordnung aufrechtzuerhalten. Die Regierung konnte sich jedoch zu einem entsprechenden Antrag im Sicherheitsrat nicht durchringen. All diese Ereignisse und die andauernden Berichte über Kämpfe in Derry trugen zu einer schweren Krisensituation bei, die alle spüren konnten.

Im Verlauf jenes Tages wurde über zunehmende Spannungen in verschiedenen Stadtteilen berichtet, die an loyalistische Gebiete angrenzten, besonders in Ardoyne. Der Rundfunk informierte über die Schlacht in der Bogside, und als sich der Abend bedrückend über die Falls legte, hieß es, die RUC würde aus der Bogside abgezogen. Es gingen Gerüchte um, wonach mit einem Eindringen in die Falls selber zu rechnen sei. Am späten Nachmittag war die allgemeine Mobilmachung der Belfaster Republikaner abgeschlossen. Mittlerweile wurde davon gesprochen, daß die irische Armee eiligst über die Grenze nach Derry und Newry entsandt würde, und nach anderen Berichten versammelte sich eine uns feindlich gesonnene Menge in dem Viertel um die Shankill Road und in der Crumlin Road.

Das dürftige Häuflein republikanischer Aktivisten wurde über verschiedene Stadtviertel verteilt. Trotz des Mangels an Waffen hoffte man, eine gewisse Verteidigung organisieren zu können. Einige wurden in die Hooker Street und nach Ardoyne delegiert, einige zu den Unity Flats, andere nach Springhill, das an Ballymurphy und das große loyalistische Gebiet von Highfield, Springmartin und West Circular grenzte. Ich gehörte zu denen, die nach Springhill geschickt wurden. Zu unserem Paddy, mir und ein paar anderen stießen noch einige Leute aus dem Viertel, darunter ein Priester, Pater Des Wilson. Es war die ganze Zeit sehr friedlich, bis auf einen einzigen Zwischenfall. Der Nachthimmel über Divismore Park wurde plötzlich erhellt, als auf der Springfield Road ein Molotowcocktail geworfen wurde.

»Das ist die Henry Taggart«, rief jemand aus.

Von Springhill aus konnten wir ein paar Sekunden lang das brennende Dach der Henry Taggart Memorial Hall sehen. Ich stürmte Richtung Fluß und zum Ort des Angriffs. Auf der kleinen Brücke stürzte mir ein junger Mann, etwa so alt wie ich, entgegen. Wir prallten zusammen und schwankten einen Sekundenbruchteil benommen mitten auf der Brücke hin und her, bevor wir uns voneinander lösten.

»Wo warst du?« stellte ich ihn zur Rede.

»Hau ab, oder ich werf den hier!« Er hielt einen Molotowcocktail hoch. Benzingeruch machte sich breit.

»Weg damit«, befahl ich ihm.

»O. K.«, sagte er, warf ihn in meine Richtung und lief weg. Ich habe nie erfahren, wer es war. Mittlerweile konnte man deutlich Schüsse von der Straße hören. Ich kehrte zu meinen Mitstreitern zurück. Als wir nervös in der Springfield Avenue patrouillierten, hörten wir den Lärm der Auseinandersetzungen, und über den Falls stiegen Flammen auf. Schließlich wurde es zuviel. Ich überließ Springhill der Gruppe der Bewohner, die zu unserer Unterstützung erschienen waren, und machte mich auf den Weg in die Falls.

Dort herrschte totales Chaos. Ein loyalistischer Mob und B-Specials, mit Gewehren, Revolvern und Maschinenpistolen bewaffnet, hatten sich auf der Shankill Road versammelt und bewegten sich in Richtung Falls. Sie warfen Molotowcocktails in Häuser von Katholiken, prügelten auf die Bewohner ein und eröffneten das Feuer. Die Loyalisten drangen in die Falls vor. Als sie die Falls Road erreicht hatten, griffen sie die St.-Comgall-Schule an. Ein IRA Volunteer eröffnete das Feuer, und ein bewaffneter Loyalist wurde getötet.

Die RUC, die hinter den loyalistischen Zivilisten und den B-Specials vorgerückt war, eröffnete nun aus Shorland-Panzerwagen mit großkalibrigen Browning-Maschinengewehren das Feuer. Die RUC-Polizisten schossen in das nationalistische Viertel, in enge Straßen und auch auf die Divis Flats, dabei starben ein neunjähriger Junge und ein junger Mann aus dem Viertel, der auf Urlaub von seinem Dienst bei der britischen Armee war. Von den Dächern der Webereien feuerten Scharfschützen in das Viertel.

Binnen bemerkenswert kurzer Zeit waren die Seitenstraßen und die Falls Road selbst in eine Kriegszone verwandelt worden. Und in diesem Krieg waren die katholischen Bewohner des Viertels fast gänzlich der Mittel zur Selbstverteidigung beraubt. Die ganze Nacht hindurch donnerte die RUC in ihren Shorlands hin und her. Sie hatte auch in der Conway Street das Feuer eröffnet und zunächst Handfeuerwaffen und später Browning-Maschinengewehre eingesetzt. Es kursierte ein Gerücht, wonach es in der Hooker Street in Ardoyne zu Übergriffen käme und katholische Familien von einem loyalistischen Mob aus ihren Häusern vertrieben würden.

Das bewaffnete Eingreifen der IRA war in ganz Belfast äußerst begrenzt. Die wirkliche Verteidigung der Viertel lag in den Händen junger Leute, die über Molotowcocktails, Steine und Ziegelsteine verfügten. Die IRA-Aktionen in den Falls trugen jedoch wesentlich dazu bei, die loyalistischen Angreifer in entscheidenden Momenten aufzuhalten. Diese sehr mutige bewaffnete Verteidigung und die umfassendere, ebenso tapfere durch die jungen Leute verhinderte das Eindringen in die Falls. Allerdings wurden die Dover und die Percy Street niedergebrannt, und in der Conway Street dauerten die Kämpfe die ganze Nacht hindurch.

Der Morgen des 15. August bot ein Bild absoluter Verwüstung. Fünf Katholiken und ein Protestant waren umgekommen, etwa hundertfünfzig Menschen durch Schüsse verletzt worden und hundertfünfzig katholische Häuser völlig ausgebrannt. Über den Falls hing eine Rauchwolke. Das alte vertraute Straßenbild war zerstört, die Umgebung, in der ich aufgewachsen war, verschwunden. Für immer. Die familiäre, eher dörfliche Atmosphäre des Viertels und das Gefühl friedlicher Sicherheit waren brutal zerrissen, und der enge Zusammenhalt unserer Gemeinschaft, Verstand, Gefühl und Seele waren auf eine verheerende Probe gestellt worden. Die Alltagswelt unserer Kindheit war für immer dahin. Ein Gefühl der Verwüstung bemächtigte sich unser. Immer noch schlugen Flammen aus den Gebäuden, provisorische Barrikaden blockierten die Straßen. Der Verkehr war zum Erliegen gekommen. An den Straßenecken, hinter ihren Barrikaden oder an anderen geschützten Plätzen oder Aussichtspunkten versammelten sich viele Leute. Man wußte nicht, was in der Luft lag, hörte hin und wieder Schüsse und gelegentlich Gewehrsalven.

Die Radionachrichten bestätigten am frühen Morgen die Gerüchte, die am Abend zuvor die Runde gemacht hatten: Die britische Armee war nach Derry entsandt, zwei Menschen durch Schüsse der RUC verwundet worden. Dichte Schwaden von CS-Gas hingen in Derrys Straßen. Als am Tag zuvor die B-Specials zum Waterloo Place vorgedrungen waren, war man davon ausgegangen, daß sie mit Gewehren angreifen würden. Das nationalistische Derry hatte ein Massaker befürchtet, denn niemand zweifelte am Wesen der B-Specials.

Die einrückende britische Armee empfingen die Bewohner der Bogside mit gemischten Gefühlen: Zwar waren die Truppen zur Entlastung der zermürbten, erschöpften und diskreditierten RUC entsandt worden, sie bildeten aber auch einen Keil zwischen Nationalisten und den B-Specials.

Die Internierung war eingeführt worden, und man hatte vierundzwanzig Männer in den Sechs Grafschaften festgesetzt, darunter Billy McMillen und fast die gesamte republikanische Führung von Belfast. Dort kam es zu heftigen Schießereien, in Armagh wurde ein Mann getötet, Newry, Dungannon und viele andere Orte des Nordens blieben ebenfalls nicht verschont. Besonders ernst war die Situation in Ardoyne. Gepanzerte Fahrzeuge der RUC hatten in der Hooker Street die zur Verteidigung errichteten Barrikaden durchbrochen und waren bis zur Butler Street in das Viertel vorgedrungen, das durch die IRA nur unzureichend verteidigt werden konnte. Zur Unterstützung der Bewohner, die sehr tapfer kämpften, waren ein paar Leute nach Ardoyne abgestellt worden, allerdings nur mit Handfeuerwaffen und sehr wenig Munition ausgerüstet. Bei den Schießereien wurden an jenem Abend zwei Männer aus dem Viertel durch die RUC getötet.

Als der Morgen dämmerte, kehrten viele Katholiken, die man aus den von der Falls Road zur Shankill Road führenden Straßen vertrieben hatte, zu ihren Häusern zurück, um die Schäden festzustellen. Viele wurden von Freunden oder Verwandten begleitet, und wer dazu in der Lage war, brachte mit Handkarren, Autos oder Kleinlastern Möbel und Haushaltsgegenstände in Sicherheit. Mehr und mehr Leute gingen wieder auf die Straßen, Lastwagen und andere Fahrzeuge wurden requiriert und überall Barrikaden errichtet.

Als in den frühen Morgenstunden während einer kurzen Ruhepause die Nachrichten über Festnahmen durchsickerten, ließ uns Jimmy Sullivan mitteilen, wir sollten das Viertel verlassen. Einige wurden in die Grosvenor Road beordert. Von dort verließen wir die verwüsteten Straßenzüge, und ich machte mich mit ein paar anderen von den Falls auf den Weg nach Andersonstown zu einem Haus in der Finaghy Road North. Dort stießen andere Republikaner zu uns. Wir waren alle erschöpft, tauschten an diesem frühen Freitagmorgen aber unsere Erlebnisse aus und rekapitulierten die nächtlichen Ereignisse. Nachdem wir die verschiedenen Berichte erörtert und alle Nachrichtensendungen gehört hatten, legten wir uns schlafen.

Am späten Nachmittag erwachten wir in einer unwirklichen Situation. Strikt instruiert, das Haus nicht zu verlassen, mußten wir uns mit Rundfunkberichten zufriedengeben, um zu erfahren, was los war, und zu beratschlagen, was zu tun sei. An jenem Abend erfuhren wir, daß britische Truppen in den Falls auf Position gegangen waren. Wir waren wütend und fühlten uns in unserer Isolation völlig machtlos. Ich wollte wissen, was vor sich ging.

»Du kannst doch nicht die Straße runterlaufen! Da sind doch britische Truppen, verdammte britische Truppen!«

»Hast du die Stellungnahme von Callaghan gehört?«

»Hast du die letzten Nachrichten gehört?«

»Kann man jemanden anrufen?«

»Es wird nicht telefoniert!«

Abermals wurde über Schießereien im Clonard-Viertel berichtet. Wir hockten die ganze Zeit in diesem Haus, fern dem Geschehen. Wozu waren wir nütze? Ich beschloß, in den Falls die tatsächliche Lage zu erkunden.

Ich saß auf dem Beifahrersitz eines geliehenen Autos. Wir fuhren durch ein surreales Straßenbild. Nur sehr wenige andere Fahrzeuge waren unterwegs. Mittlerweile gab es an jeder Straßenecke zu beiden Seiten Barrikaden. Wir wurden die ganze Zeit beobachtet, während wir vorsichtig die Strecke hinter uns brachten, und fühlten uns in unserer einst vertrauten Umgebung plötzlich fremd und angreifbar. Erstmals im Leben sah ich britische Soldaten, in der Grosvenor Street am Fuße der Leeson Street. Sie waren lediglich Schatten in der Dämmerung, ihr Anblick aber erzürnte mich in einer Weise, die ich nicht ganz verstehen konnte. Als ich schließlich mit Jimmy Sullivan zusammentraf, war ich außer mir: »Was werden wir wegen der Soldaten unternehmen?«

Wir werden uns ruhig verhalten, erklärte er mir und fragte, ob ich in den verschiedenen Stadtteilen die Situation sondieren könne. Ich fuhr zunächst nach Ardoyne und war vermutlich einer der ersten, die von außen kamen, um herauszufinden, was in dem Viertel los war. Einige ältere Republikaner kritisierten, manche schimpfend, daß die Republikaner nicht für die Verteidigung zu sorgen vermochten.

Die Bewohner des Viertels, die ich in den Schulen oder auf der Straße traf, kümmerten sich um die Zufluchtsuchenden oder um ihre Selbstverteidigung. Besorgt wollten sie wissen, was drüben in der Falls Road geschah, ebenso begierig nach genauen Berichten, wie wir es gewesen waren. Gerüchte machten die Runde. Ich besuchte ein paar republikanische Häuser in Ardoyne und im Bone-Viertel, um mit Leuten zu reden und ein möglichst exaktes Bild zu bekommen. Ich konnte mich relativ sicher bewegen, obwohl noch ein paar Stunden zuvor ständig geschossen worden war.

Ich ging in das Clonard-Viertel, um Kevin Hannaway zu suchen. Jemand sagte mir, wo ich ihn finden würde. Ich klopfte an die Tür des genannten Hauses in einer Seitenstraße der Kashmir Road. Ich wurde nach innen gezerrt, während man mir eine Pistole an den Kopf hielt. Drinnen waren einige der mutigen Verteidiger des Clonard-Viertels versammelt. Äußerst aufgebracht berichteten sie mir aus erster Hand von den Ereignissen der letzten Stunden. Das gesamte Viertel, vor allem aber die Clonard-Kirche und die katholische St.-Gall-Schule hinter dem Kloster waren in einer abgestimmten Aktion beschossen, Geraldo McAuley, ein fünfzehnjähriges Mitglied der Fianna, der republikanischen Jugendorganisation, bei der Verteidigung der Bombay Street getötet worden. Die Straße hatte in Flammen gestanden. Der Kampf hatte hier in der unmittelbaren Nachbarschaft stattgefunden, den Verteidigern war es trotz schlechter Bewaffnung gelungen, die ihnen zahlenmäßig überlegenen und besser bewaffneten Angreifer zurückzudrängen. Uns erzürnte besonders, daß die Bombay Street niedergebrannt wurde, obwohl britische Truppen zuvor in das Viertel eingerückt waren. Sie machten keinerlei Anstalten einzugreifen, um das Pogrom zu verhindern oder zu vereiteln.

Über die Präsenz britischer Truppen waren wir aufs äußerste empört. Unserer Einschätzung nach hatte die britische Regierung die RUC und die Unionisten benutzt, um das Wesen ihrer Herrschaft in diesem Teil unseres Landes zu verschleiern und sie aufrechtzuerhalten. Wir empfanden es als eine Art Sieg, die vorderste Verteidigungslinie, die RUC, geschwächt und zurückgedrängt zu haben. Obwohl die Unionisten noch immer am Ruder waren, mußten nun britische Soldaten die Stellung für ihre Regierung verteidigen, die sich nicht mehr so leicht von der Verantwortung für die Vorgänge in den Sechs Grafschaften freisprechen konnte. Trotz dieses Gefühls, etwas bewegt zu haben, bestürzte uns die tatsächliche Präsenz der britischen Truppen auf unseren Straßen sehr. Als nach der Schlacht in der Bombay Street britische Soldaten erschienen waren, hatte mindestens ein Verteidiger des Clonard-Viertels das Feuer eröffnet und einen Soldaten verwundet.

Ich verabschiedete mich von Kevin Hannaway und dem Clonard-Viertel, suchte noch ein oder zwei andere Orte auf und erstattete schließlich Jimmy Sullivan Bericht. In den folgenden Tagen half ich einige der vielen auftauchenden Probleme zu bewältigen. Mir wurde eine genau umrissene Funktion übertragen: die Organisation in einem bestimmten Viertel voranzutreiben, Bulletins zu veröffentlichen, Koordinierungs- oder Hilfskomitees auf die Beine zu stellen.

In jenen Augusttagen reagierten die Leute sehr mutig und beweglich und zeigten eine bemerkenswerte Fähigkeit, sich kollektiv zu organisieren. So war die Moral trotz allem gut. Junge Leute, die noch nie für irgend etwas verantwortlich gewesen waren, hüteten das Eigentum der aus ihren Häusern vertriebenen Familien, kümmerten sich um den Bau und die Versorgung der Barrikaden, um Lebensmittel und anderes. Es war eine bewegte Zeit, die große Ansprüche an uns stellte, in der wir aber zugleich eine außerordentliche und unvergeßliche Erfüllung fanden. Leute, die lange Zeit als die niedrigsten der Niedrigen behandelt worden waren, zeigten nun ihre Fähigkeiten, ihre Erfindungskraft und Stärke. Durch die loyalistischen Pogrome war die größte Zwangsmigration in Europa seit dem Zweiten Weltkrieg ausgelöst worden. Die Leute reagierten darauf, indem sie ihre hinter den Barrikaden gelegenen Häuser den Vertriebenen öffneten. Arbeiter nahmen ihr Leben in die eigenen Hände und organisierten sich in ihren Vierteln so, daß später ein tiefer Widerspruch und ein Trauma für die katholischen Mittelschichten entstand, besonders zur Hierarchie der katholischen Kirche. Die Gemeinschaft machte die Erfahrung der Einigkeit und Selbstlosigkeit aller Beteiligten.

Ich sah meine Eltern die meiste Zeit nicht, hörte aber, daß mein Dad während einer Diskussion über die Verteidigung des Viertels zum Komiteevorsitzenden gewählt worden war. In Ballymurphy waren für alle Straßen Patrouillen aufgestellt worden, und mein Dad und andere hatten einen Lastwagen voll Brot aus Barney Hughes' Bäckerei requiriert.

Da es im nationalistischen Belfast kaum Waffen und keine Information gab, ob die IRA-Führung in Dublin Gewehre liefern würde, waren ganze Viertel schutzlos weiteren loyalistischen Angriffen ausgesetzt. Unterdessen flohen immer noch katholische Familien aus der Grosvenor Road, der Donegal Road, aus Tiger's Bay, der York Street, aus Sandy Row, Highfield und Greencastle. Einige flüchteten gen Süden, die meisten aber in sicherere Gegenden von Westbelfast, besonders nach Andersonstown und Ballymurphy. In den meisten dieser Viertel wurden Hilfskomitees ins Leben gerufen, die manchmal unabhängig, wenn auch in Abstimmung mit den Verteidigungskomitees arbeiteten. In Ardoyne und den Unity Flats, die vom loyalistischen Mob bedroht wurden, waren bereits im Frühsommer Verteidigungskomitees gegründet worden.

In Andersonstown, wo ich mich nach den Augusttagen kurz aufhielt, öffneten die Bewohner ihre Häuser für die aus anderen Vierteln vertriebenen Familien. Und im oberen Teil von Andersonstown, in Rosnareen und Tullymore, gaben die Leute all ihre Decken und Bettücher her und überließen ihre Betten den Flüchtlingen. Anfang August hatten wir einige Vertriebene in einem noch nicht ganz fertigen Neubau untergebracht und mit Hilfe örtlicher Handwerker provisorisch Strom-, Wasser- und andere Versorgungsleitungen installiert. In der St.-Teresa-Schule wurden die Hilfsanstrengungen des Viertels koordiniert, während andere Schulen zeitweilig der Unterbringung von Vertriebenen oder als Sammel- und Verteilungspunkt für Hilfsgüter dienten. Kindernahrung war besonders schwer zu beschaffen, weil der öffentliche Verkehr in die siebenundzwanzig mit Barrikaden gesicherten Viertel des nationalistischen Belfast eingestellt worden war. Für Westbelfast, wo ich mich die ganze Zeit aufhalten sollte, mußten Notvorräte an Trockenmilch und anderen lebensnotwendigen Dingen angelegt werden: Sie waren nach Westbelfast zu bringen und dann in den einzelnen Vierteln zu verteilen, und zwar nach dem jeweiligen Bedarf. Es war viel an Organisation unter schwierigsten Bedingungen zu leisten, aber die Menschen in all den Stadtteilen, in die Vertriebene geflüchtet waren, meisterten die Herausforderung großartig.

Während dieser Zeit lebten wir zu fünft oder sechst in einer Souterrainwohnung, die uns der Eigentümer zur Verfügung gestellt hatte. Eine Frau von gegenüber, Republikanerin, versorgte uns mit Essen. Wir führten ein verrücktes Leben: Nie ausgeschlafen, äußerlich ziemlich verlottert, rannten wir von Pontius zu Pilatus, waren immer auf Achse.

Die republikanischen Aktivisten bildeten eine andere Aktionsebene als die Verteidigungs- und Hilfkomitees, obwohl sie in all deren Aktivitäten einbezogen waren. Das Ansehen, das sie in den Vierteln genossen, und ihre Erfahrungen aus den Kampagnen für die Probleme der Arbeitslosen und Wohnungssuchenden sowie in der Bürgerrechtsbewegung brachte sie naturgemäß in Führungspositionen. Es bestand auch eine Organisation früherer republikanischer Aktivisten: Sie waren Anfang 1969 zusammengekommen und hatten sich mit Genehmigung der republikanischen Führung in Belfast unter dem Namen Auxiliaries organisiert. Diese älteren Männer sahen ihre Funktion in der Unterstützung der örtlichen IRA und boten ihre Dienste für die Organisierung der Verteidigung an. In manchen

Stadtteilen, in denen die IRA nicht präsent war oder nur wenige Aktivisten zählte, wurden sie zu einer halbautonomen Kraft. Sie bildeten das Rückgrat der breiteren Verteidigungskomitees. Diese bestanden anfangs hauptsächlich aus Ortsansässigen, vorwiegend Männern, die abwechselnd die Barrikaden bewachten.

In sämtlichen Vierteln Westbelfasts waren Barrikaden errichtet worden. Zu beiden Seiten der Falls Road hatte jede Querstraße ihre eigene Barrikade. In geschlossenen Wohnbezirken, wo die Straßen anders angeordnet waren, unterbrochen von Grünflächen und breiten Zufahrtsstraßen, konnten Barrikaden nicht das gesamte Viertel schützen. So wurden sie hier an den Hauptzufahrten, an besonders gefährdeten sowie an günstigen Stellen errichtet, manchmal mit einem Anbau oder einer Hütte, in denen Wachposten stationiert wurden.

Die Organisierung der Verteidigungskomitees entwickelte sich ganz von selbst. Wenn ein Punkt als besonders gefährdet galt, erklärten sich auch Männer aus anderen Wohngegenden bereit, hier auf Wache zu ziehen. Aus der selbstverständlichen, spontanen Reaktion der Leute entwickelte sich eine bestimmte Struktur, und es hing von der Fähigkeit und der Zahl der Beteiligten ab, wie weit sie ausgefeilt werden konnte. Die Verteidigungskomitees bewaffneten sich mit Molotowcocktails und Steinen. Wer früher einmal als Rekrut in der britischen Armee gedient hatte, brachte seine Erfahrungen ein, und es wurde sogar ein Verband der Catholic Ex-Servicemen (katholischer ehemaliger Soldaten) gegründet.

In Andersonstown zum Beispiel, wo sehr viele Vertriebene untergebracht waren und die Gefahr eines loyalistischen Angriffs nicht sehr groß war, bestand die Arbeit hauptsächlich darin, die Hilfsmaßnahmen zu koordinieren. Zudem gab es verzweifelte Bemühungen, Waffen zu besorgen. Bald wurde ein erstaunliches Arsenal an alten Sportgewehren und Pistolen, 22er Kaliber, sowie ein Kunterbunt aus alten IRA-Waffen nach Belfast gebracht und verteilt.

Alle möglichen Experimente wurden angestellt, um die Verteidigung zu organisieren: Kisten mit Molotowcocktails und Steinen, gewöhnlich zerkleinerte Gehwegplatten, wurden in der Nähe der Barrikaden gelagert, Eisenspitzen in den Straßenbelag getrieben und Gräben ausgehoben. Einmal stieß ich während eines Alarms auf eine Gruppe, die einen Graben mit Benzin füllte. Das war nicht nur eine äußerst lebensgefährliche Methode, sondern bescherte später den Gruppenmitgliedern selbst eine ziemliche Überraschung, als sie ihren Graben leer vorfanden, da sich das Benzin verflüchtigt hatte.

Regelmäßig wurde Alarm ausgelöst, manchmal war das ernst zu nehmen, ein andermal hingegen war es nur auf Gerüchte zurückzuführen, die weit verbreitet waren und ständig umgingen. Bei der Organisierung der Komitees wurden für bestimmte Barrikaden auch sorgfältig geplante Verteidigungsvorkehrungen getroffen, gewöhnlich unter Anleitung eines Republikaners vor Ort. Ehemalige britische Soldaten halfen dabei, und Molotowcocktails oder Steine waren die Hauptwaffen. Das von einem Witzbold in Derry geschaffene Graffito »*Throw well, throw Shell*« (Wirf gut, wirf Shell) galt auch für Belfast. Die Molotowcocktails wurden in allen Formen und Größen hergestellt und große Anstrengungen unternommen, das Produkt zu verbessern. Eines Abends brachten ein paar Männer einen – wie sie es nannten – Selbstzünder an die Barrikaden. Die Jungs an den Barrikaden beäugten sie äußerst skeptisch, als sie einen Probewurf ankündigten.

»Ich habe mit dem Natrium-Zeug experimentiert«, sagte der ältere der beiden Männer. Er hielt einen großen Umschlag in der Hand. Er öffnete ihn, und es kamen rosa Löschpapierstreifen zum Vorschein.

»Man tränkt die Streifen mit dem Natrium. Löschpapier eignet sich am besten. Zeitungspapier ist zu dünn. Wenn es naß wird, zerfällt es gleich. Ich habe die Blätter im Ofen getrocknet. Keine Angst, er war nicht an. Ich hatte ihn bei kleiner Flamme vorgeheizt und dann abgeschaltet und die nassen Papierstreifen hineingelegt. Es dauert sonst Jahre, bis sie trocken werden.«

Sein Begleiter führte ein Taschenbuch mit sich. Es handelte vom Guerillakampf in Kuba und schlug sich wie von selbst bei einer schon recht angeschmuddelten Seite auf. Auf das Buch sei er ein paar Wochen zuvor in einem Buchladen am Smithfield Market gestoßen. Es enthielt die Schriften von Che Guevara und eine Beschreibung, wie man Molotowcocktails herstellt. Einige Abbildungen zeigten Abschußvorrichtungen für Benzinbomben, sie sahen den bei Halloween verwendeten Feuerwerksraketen bemerkenswert ähnlich. Die Benzinbomben konnte man mittels eines Gewehrs abfeuern. Unsere zwei Amateurwissenschaftler hatten diese aber ignoriert, da sie über kein Gewehr verfügten. Das einzige Problem war, daß in dem Buch die zu verwendende Säure nicht näher spezifiziert war.

»Wir haben uns also ein bißchen Schwefelsäure besorgt und wollen jetzt los und unseren Test durchführen. Wir wollten euch nur Bescheid geben. Wenn es funktioniert, könnt ihr das Zeug nämlich haben. Wir können genug für das ganze Viertel produzieren.«

Es wurde beschlossen, den Testwurf gegen eine kahle Mauer am Ende eines Trümmergrundstücks auszuführen. Etwa vierzig Leute, zumeist Männer, einige Kinder und zwei streunende Hunde folgten in sicherer Distanz.

»Ches Vorfahren kamen aus Cork«, bemerkte jemand.

»Nun, wir werden gleich sehen, ob er geflunkert hat oder nicht.«

Der junge Mann holte weit aus und schleuderte die Flasche gegen die Mauer. Sie überschlug und drehte sich in der Luft, bevor sie in der abendlichen Dunkelheit verschwand. Man hörte einen dumpfen Aufprall.

»Du hast die verdammte Wand verfehlt«, höhnte jemand.

»Nein, hab ich nicht.«

»Klar, verdammt, hast du.«

Die beiden näherten sich vorsichtig der Stelle, wo die Flasche, nur ein paar Zentimeter von der Wand entfernt, zwischen Gras und Brennesseln gelandet war.

»Du blindes Huhn«, frotzelte der Ältere, während er sein Geschoß untersuchte. Es handelte sich um eine Limonadenflasche mit Schraubverschluß, in Löschpapier eingewickelt, das mit Gummiringen befestigt war. Sie war unversehrt geblieben.

»Willst du es noch mal versuchen?« fragte er.

»Klar«, sagte sein Freund.

»Keine Chance. Aufgepaßt!«

Er warf die Flasche aus dem Handgelenk heraus. Sie flog in leichtem Bogen davon.

»Siehst du ...« Die Worte wurden vom Splittern des Glases und einem gleichzeitigen Puffen übertönt. Ein paar Sekunden war die ganze Szenerie durch einen hellen Feuerball und die kleinen Flammen erleuchtet, die kaskadenförmig von der Wand fielen. Dann stieg eine kleine Rauchwolke auf, und es roch nach verbranntem Gras.

Die Kinder jubelten. Die zwei Hunde rannten davon.

»Aha«, rief jemand aus, »der olle Che Guevara hatte recht!«

Nach dem 15. August feuerten Heckenschützen noch fast eine Woche lang in die katholischen Viertel hinein. Als sich die Situation aber allgemein ein wenig beruhigte und die Nationalisten ihren eigenen Ministaat hinter den Barrikaden räumten, setzten wilde politische Manöver zwischen der britischen Regierung und dem Stormont-Regime ein, sie traten in den Vordergrund, und die Rolle der B-Specials und der RUC bei den Unruhen und den Todesfällen wurde mehr und mehr hinterfragt. Die Forderungen der Bürgerrechtsbewegung wurden immer wieder von ihren Sprechern sowie von nationalistischen Stormont-Abgeordneten bekräftigt. Premierminister James Chichester Clarke und Mitglieder seines Kabinetts wurden zu dringenden Gesprächen mit dem britischen Premierminister Harold Wilson, dem Innenminister James Callaghan und anderen Kabinettsmitgliedern nach London berufen.

Nach diesen Gesprächen kündigte Harold Wilson eine Reihe von wesentlichen Änderungen hinsichtlich der Rolle der Stormont-Regierung an. Zum einen wurden zwei ranghohe britische Beamte ernannt, um die britische Regierung in den Sechs Grafschaften direkt zu repräsentieren. Zum zweiten wurde dem britischen Militär die Verantwortung für alle Sicherheitsfragen und die Kontrolle über die stufenweise Demobilisierung der B-Specials übertragen. Des weiteren wurde eine Erklärung zu den Bürgerrechten abgegeben, und für Ende desselben Monats war ein Besuch des britischen Innenministers James Callaghan angekündigt.

Die Unionisten waren natürlich erbost. Harry West und der frühere Innenminister William Craig erklärten, das Stormont-Parlament habe keine Befugnis, derartigen Bedingungen zuzustimmen. »Ich für meinen Teil, und ich bin mir sicher, viele andere werden mir zustimmen, fordere ihren sofortigen Rücktritt. Das Vorgehen der britischen Regierung erscheint als eine ungerechtfertigte Einmischung in die Angelegenheiten der Regierung von Nordirland und verletzt das Abkommen, das bei der Gründung dieses Staates getroffen wurde.«

Die nationalistische Seite reagierte zwar mit allgemeiner Genugtuung auf die beabsichtigte Auflösung der B-Specials, aber auch mit beträchtlicher Skepsis, dem deutlichen Gefühl, daß die versprochenen Reformen nicht weit genug gingen. Was London versprach, war zu wenig und kam zu spät. Hinter den Barrikaden war Radio Free Belfast entstanden. Eine Siebdruckerei produzierte wie wild Plakate. Die örtlichen Citizens' Defence Committees fingen an, sich untereinander zu vernetzen, und bald wurde in der Leeson Street ein Central Citizens' Defence Committee (CCDC) gegründet, das alle die durch Barrikaden geschützten Viertel des nationalistischen Belfast repräsentierte. Das Central Citizens' Defence Committee war der Zusammenschluß eines breiten Spektrums der katholischen Bevölkerung der Stadt Belfast, wozu Republikaner, örtliche IRA-Leute, die

Stormont-Abgeordneten Paddy Devlin und Paddy Kennedy ebenso gehörten wie Repräsentanten des katholischen Mittelstands, örtliche Kirchenführer und einfache Leute, die kein Zurück in alte Zeiten wollten. Als James Callaghan zu einem Informationsbesuch in den Norden einflog und die Internierten freigelassen wurden, spielte in der Leeson Street eine *céilí*-Band auf der Ladefläche eines Kohlenlasters vor Tausenden von Männern, Frauen und Kindern. Es herrschte das Gefühl und die Realität eines Volksaufstandes.

Hinter den Barrikaden lernte ich in den Wochen nach dem 15. August, einen alten Volkswagen zu fahren, und beteiligte mich an der Herstellung von Nachrichtenbulletins von nur einer Seite mit dem Titel *The Barricade*. In Andersonstown besaßen wir eine recht gut entwickelte Unterstützerbasis, besonders in höhergelegenen Wohnsiedlungen, wo ein paar von uns aktiv waren. Als die letzten Internierten freigelassen wurden und die Belfaster republikanische Führung sich erneut um Liam McMillen gruppierte, der aus dem verbarrikadierten Gebiet um die Leeson Street heraus operierte, wurde ich als Organisator nach Ballymurphy zurückgeschickt.

Mittlerweile hatten die Verteidigungskomitees die Rolle der Verteidigung der nationalistischen Stadtviertel übernommen, und während die IRA ihnen dabei behilflich sein und für Ausbildung und Anleitung sorgen sollte, war das Leben hinter den Barrikaden in Ballymurphy wie anderswo gewissermaßen zur Routine geworden. Die Barrikadenbesatzungen wechselten sich in Schichten ab. Die Geschäfte des Viertels versorgten die Wachhabenden mit Zigaretten, und Tee wurde reihum, von Haus zu Haus, von Straße zu Straße, gebrüht. Einige Häuser dienten allen als Treffpunkt und Informationsstelle, und verschiedene Bewohner hielten ihre Häuser einfach offen, gaben Tag und Nacht Essen aus, meist Eintopf oder Suppe.

Ende September griffen Loyalisten die Unity Flats an, wurden aber von einem einzelnen bewaffneten IRA-Kämpfer zurückgedrängt. Sie richteten ihr Augenmerk dann auf die Coates Street, eine kleine, zwischen Falls und Shankill Road gelegene, von Katholiken bewohnte Straße, und brannten die Häuser nieder. Die aktuellen Geschehnisse und die andauernde Drohung weiterer loyalistischer Pogrome, die Gerüchte über politische Veränderungen, die Haltung der unionistischen Regierung, die Einsetzung von Untersuchungskommissionen und die Berichte der Cameron Commission zermürbten die Leute. Von Ballymurphy aus konnte man in manchen Fenstern und an den Barrikaden des jenseits der Springfield Road gelegenen Viertels New Barnsley Gewehrläufe erkennen. Viele der in den Verteidigungskomitees Aktiven wechselten zur IRA über. Der Zulauf stand alsbald in keinem Verhältnis mehr zur vorherigen Mitgliederzahl.

Das Leben hinter den Barrikaden machte die Menschen gleich. Wie in Notzeiten überall lernten die Leute einander kennen und fingen an zu begreifen, daß sie als Gemeinschaft eine sehr fähige Gruppe darstellten. Natürlich wirkten Männer wie mein Vater oder Frank Cahill, der schon seit einiger Zeit in der Community eine Führungsrolle innehatte und wie mein Vater in die Leitung des Komitees von Ballymurphy gewählt worden war, und auch andere Leute mit politischer Erfahrung anfänglich als Katalysatoren, die gewisse Dinge ins Rollen brachten. Sobald aber die Bewohner erkannt hatten, worum es ging, kam eine ganz eigenständige Kraft zum Tragen.

In den kurzen Wochen jenes Sommers von 1969 hatte sich die Situation in Ballymurphy wie in den meisten nationalistischen Vierteln Belfasts und auch in vielen anderen nationalistischen Gebieten der Sechs Grafschaften für immer geändert. Selbst dort, wo sich die Änderung erst noch organisatorisch oder überhaupt irgendwie sichtbar niederschlagen mußte, war ein deutlicher Stimmungswechsel bemerkbar.

Ballymurphy war von Vertriebenen überschwemmt worden. Sie hatten durch das Niederbrennen ihrer Häuser einen tiefen Schock erlitten und reagierten in einigen Fällen hysterisch. Eine Gruppe von Frauen aus dem Viertel sorgte für ihre Verpflegung, für Kleidung, Bettzeug, Medizin, half ihnen, Nachrichten zu übermitteln und besorgte Transportmittel. Von Tür zu Tür wurden Lebensmittel gesammelt. Die Frauen vor Ort hatten die Organisation der Hilfsmaßnahmen übernommen und auch den protestantischen Familien des Viertels versichert, daß sie geschützt würden. Zu jener Zeit gab es bereits ein wohlorganisiertes Koordinations- sowie ein Verteidigungskomitee. Ballymurphy bildete das Zentrum des größeren Springfield-Gebietes, zu dem Dermot Hill, New Barnsley, Moyard, Springfield, Westrock und Whiterock gehörten. Eine beträchtliche Zahl von Vertriebenen lebte zudem in Behelfsunterkünften oder Hütten am oberen Ende der Whiterock Road. Von New Barnsley und Springmartin aus konnte man auf Ballymurphy herabsehen, und innerhalb des nationalistischen Gebietes war jedes einzelne Viertel ziemlich gut organisiert, obwohl es wenig formale Koordination oder Kommunikation zwischen ihnen gab.

Die britische Armee hatte die Vere-Forster-Schule und die direkt oberhalb von Divismore Park gelegene Henry Taggart Memorial Hall okkupiert. Die Truppen betraten aber die durch Barrikaden geschützten Gebiete nicht und patrouillierten lediglich auf der Springfield Road. Der verantwortliche Offizier stand häufig mit den führenden Mitgliedern der örtlichen Hilfs- und Verteidigungskomitees in Verbindung und führte Verhandlungen mit ihnen, aber wie alle anderen Viertel des nationalistischen Belfast weigerten auch wir uns, die Barrikaden zu entfernen. Neben dem Verteidigungszweck – und die Leute in Ballymurphy waren sich sehr wohl bewußt, daß das loyalistische Wohngebiet Springmartin eine perfekte Stellung war, um von oben herab auf sie zu schießen – sah man in den durch Barrikaden geschützten Vierteln auch einen gewissen politischen Machtfaktor. In der Falls Raod hatte es zuvor infolge einer Intervention von Bischof Philbin einen Versuch gegeben, die

Barrikaden zu entfernen, und ich gehörte zu denjenigen, die beim Bischof Protest einlegten und halfen, sie wieder zu errichten. Weitere Barrikaden sollten nach einem Treffen in London zwischen dem CCDC und Jim Callaghan entfernt werden. Jimmy Sullivan, der zu unserer Delegation gehört hatte, berichtete nach seiner Rückkehr, es würde eine Amnestie für alle erlassen werden, die sich den August über an den Verteidigungsanstrengungen beteiligt hatten.

Ebenso rasch, wie die IRA Zulauf bekam, wurde Sinn Féin als Organisation wiederaufgebaut, obwohl dies in manchen Stadtteilen als zweitrangig erachtet wurde. Im Murph konnte Sinn Féin einen beträchtlichen Mitgliederzuwachs verzeichnen. Ich wurde zum örtlichen Vorsitzenden gewählt, und wir riefen in jedem der mehr oder weniger selbständigen Viertel des umfassenderen Gebietes von Ballymurphy *cumainn* (Ortsgruppen) von Sinn Féin ins Leben. Liam Hannaway gründete in seinem Viertel ebenfalls eine *cumann*, und in Ardoyne geschah das gleiche. In Ballymurphy wurde ein Koordinationskomitee geschaffen, in dem ich zumeist den Vorsitz hatte. Es nahm den Charakter eines Volksausschusses an, in dem bis zu fünfzig Leute zusammenkamen. Jede Straße war repräsentiert, wir sprachen über die neusten Ereignisse, trafen Entscheidungen über unmittelbar anstehende Fragen. Wir organisierten darüber hinaus auch öffentliche Versammlungen. Zumeist kamen sechzig bis hundert Personen, es gab keine festen Tagesordnungspunkte. Diese Veranstaltungen wurden nicht von Podiumsrednern dominiert, sondern es war allen Teilnehmern freigestellt, die sie bewegenden Probleme zur Diskussion zu stellen. Wir brachten ein örtliches Mitteilungsblatt heraus, *The Tatler*, und setzten all unsere Energie dafür ein, die republikanische Basis im Viertel zu erweitern. Ich ging ganz in dieser Organisationsarbeit auf, und wir hatten schnell gute Kontakte im ganzen Gebiet rings um Ballymurphy aufgebaut. Das Viertel war wirklich nicht sonderlich gefährdet, außer an der von der Springfield Road gebildeten Flanke, an der es von Corry's Holzlager bis nach Springhill oder von Divismore Park bis zur Springfield Road selber von New Barnsley aus einsehbar war. Springfield Park auf der anderen Seite der Springfield Road war jedoch ein besonders gefährdetes Gebiet, und es wurde daher mit Unterstützung aus dem Murph ein Verteidigungskomitee gebildet. Wegen all dieser Aktivitäten war ich selten für längere Zeit zu Hause. Nach jenem Sommer habe ich kaum jemals wieder in Divismore Park übernachtet. Ich kehrte regelmäßig in das Haus zurück und hatte häufig Kontakt zu meinen Eltern, aber fast immer nur für ein paar Minuten.

Während wir uns hinter den Barrikaden zu schaffen machten, waren auch andere nicht untätig. Im Oktober wurde der Hunt Report veröffentlicht. Die darin enthaltenen Empfehlungen – Auflösung der B-Specials und Entwaffnung der RUC – führten zu loyalistischen Ausschreitungen in der Shankill Road, wobei drei Menschen zu Tode kamen, darunter ein Polizist der RUC. Nach diesen Unruhen startete die britische Armee in der Shankill Road umfangreiche Hausdurchsuchungen, beschlagnahmte Waffen und Munition. Eine Woche später starb ein Mitglied von Paisleys Freier Presbyterianischer Kirche bei dem Versuch, am Kraftwerk in Ballyshannon, Grafschaft Donegal, eine Bombe zu legen.

Die Aufstandsbewegung des August 1969 hatte politische Auswirkungen innerhalb der republikanischen Führung zur Folge. Die Situation hatte sich rasch entwickelt, und die Bürgerrechtsbewegung hatte Rechte eingefordert, die in Westeuropa als selbstverständlich galten und auch im übrigen sogenannten Vereinigten Königreich existierten. Die Forderungen waren eigentlich bescheiden, schlicht, gemäßigt, hatten jedoch eine überaus harte Reaktion des Staates und der ihn tragenden Kräfte hervorgerufen. Wenn die Folgen dieser Reaktion die Autorität und Stabilität des Staates restlos untergruben, so rüttelten sie zugleich auch an der Autorität und Stabilität der republikanischen Führung. Die Gruppe um Goulding und MacGiolla in Dublin hatte versagt. Es war schlimm genug, daß sie weder für angemessene Verteidigung gesorgt noch die nahezu einmalige Gelegenheit genutzt hatte, die gesamte Situation voranzutreiben. Als aber die Umstände die Notwendigkeit einer Führung diktierten, die ein Höchstmaß von Einheit zwischen Fortschrittlichen, Antiimperialisten, Sozialisten, Republikanern und Nationalisten zu stiften oder zumindest zu fördern vermochte, zeigte sich die republikanische Führung unschlüssig.

Die republikanische Bewegung der sechziger Jahre hatte sich als unfähig erwiesen, angemessen auf die Entwicklung der Ereignisse in den Sechs Grafschaften zu reagieren. Bei dem spontanen Volksaufstand vom August 1969, der sich unkoordiniert, lokal organisiert und ohne umfassenderen Plan ereignete, und in bezug auf seine Auswirkungen auf die Sechsundzwanzig Grafschaften zeigten sich die Republikaner schlecht vorbereitet und unfähig, den Anforderungen und Möglichkeiten dieser Zeit gerecht zu werden. Scheitern und Unzulänglichkeit waren nicht nur bei der Verteidigung der belagerten nationalistischen Viertel zu beobachten. Das Fehlen von Waffen war eigentlich nicht das primäre Problem. Als die Pogrome vorüber waren, wurde diese Schwäche recht schnell beseitigt. Das Hauptproblem war der Mangel an politischem Bewußtsein und Scharfsinn. Auch ich litt darunter, und das Defizit wurde auch nicht so rasch behoben, als bereits jede Menge Waffen zur Verfügung standen. Die politische Schwäche aller Strömungen innerhalb der damals nicht einheitlichen republikanischen Bewegung ergab sich aus dem Unvermögen, zu verstehen, was sich an der Basis ereignete und was die Ursachen, Auswirkungen und möglichen Konsequenzen waren. Die politischen Anforderungen der Zeit wurden von vielen verkannt; sowohl von jenen, die mit gutem Recht auf die Notwendigkeit bewaffneter Kontingente verwiesen, als auch von denen, die lautstark der republikanischen Führung vorwarfen, daß sie eben diesen Erfordernissen nicht gerecht werde. Der Führung mangelte es ebenfalls deutlich an politischem Verständnis, was eine ordentliche Vorbereitung an allen Fronten verhinderte.

Als sich die Krise innerhalb des nördlichen Staatsgebildes verschärfte, verschärften sich auch die Differenzen innerhalb der republikanischen Reihen, sowohl aufgrund der Ereignisse selbst als auch durch die Rückkehr einiger zuvor ausgeschiedener Mitglieder, die mit der allgemeinen Richtung der Bewegung nicht übereingestimmt hatten. Unter diesem Druck kam es zwischen den nur lose verbundenen Strömungen, aus denen sich die republikanische Bewegung zusammensetzte, zu einem scharfen Konflikt. Dieser wäre vielleicht ohnehin wegen der unterschwelligen strategischen und ideologischen Spannungen ausgebrochen, aber der Kampf um Bürgerrechte und die gewaltsame Reaktion in Gestalt der Belfaster Pogrome vom August 1969 hatten den Zeitpunkt und auch die Schärfe der Gegensätze wesentlich diktiert. Latente persönliche Konflikte bekamen durch die Emotionen aufrührenden Ereignisse jener Zeit einen neuen Auftrieb.

Vieles davon ging an mir vorüber. Meine politische Welt war weitgehend Ballymurphy. Dort hatte ich genug zu tun, ohne mir über den übrigen Kampf den Kopf zerbrechen zu müssen. Innerhalb der aktiven Republikaner in Belfast gab es drei größere Gruppierungen: erstens die Führung; zweitens die älteren Leute, die sich als Antwort auf die Krisensituation wieder der Bewegung anschlossen, sowie die neuen Mitglieder und drittens die jüngeren Leute an der Basis, wie ich. Meinem Gefühl nach hatte die Führung die Situation ebensowenig begriffen wie die älteren Republikaner.

Einen entscheidenden, verhängnisvollen Fehler beging die Führung in Dublin, als sie an der Kommission festhielt, deren Bildung von einem früheren Parteitag (*Àrd Fheis*) von Sinn Féin beauftragt worden war. Die Kommission sollte mit Basisaktivisten eine Reihe von Fragen diskutieren, darunter die Bildung einer Nationalen Befreiungsfront, die Beendigung des Abstentionismus und die Ausarbeitung einer Wahlstrategie.

Ich hatte an mehreren von der Kommission organisierten Anhörungen in Belfast teilgenommen, darunter an einer im

Felons Club, bei der Seamus Costello gesprochen und auch Kevin Hannaway teilgenommen hatte. Roy Johnson war ein weiterer Besucher aus Dublin, der bei einer Reihe von Treffen in Belfast sprach. Dies waren auch für Republikaner überall in Irland lebenswichtige Fragen, und sie berührten die in der Satzung von Sinn Féin verankerten Grundsätze. Die aus dem Abstentionismus folgende Weigerung, das Recht des britischen Parlamentes anzuerkennen, in den nordöstlichen Sechs Grafschaften die Herrschaft auszuüben, und auch die Weigerung, dem Leinster-House-Parlament in Dublin Legitimität zuzusprechen, waren Ecksteine des republikanischen Denkens. Ich jedenfalls befürwortete die Bildung einer Nationalen Befreiungsfront, in der sich die Republikaner mit allen Organisationen und Personen, die gegen die imperiale britische Intervention in unserem Land waren, zusammenschließen sollten. Obwohl ich gegen eine Aufgabe des traditionellen Abstentionismus war, hatte ich grundsätzlich nichts dagegen einzuwenden, daß eine Debatte über eine Wahlstrategie oder das Prinzip des Abstentionismus entfacht wurde. Allerdings barg dies die große Gefahr in sich, daß es zu einer Spaltung zwischen den Anhängern zutiefst gegensätzlicher Überzeugungen kam.

Diese ganze Diskussion und die Kommission waren jedoch bereits vor den Augustpogromen ins Leben gerufen worden. Mit den Pogromen änderte sich alles, nun war eine Vereinheitlichung der Ziele und eine Klarheit und Entschlossenheit der Aktion geboten. Die Führung hätte zumindest die dringliche Notwendigkeit erkennen müssen, neue Prioritäten zu setzen und ihr Streben nach einem Neuansatz in der republikanischen Strategie auf eine ruhigere Zeit zu verschieben. Statt dessen konfrontierte sie die Mitglieder im Herbst 1969 mit den Ergebnissen ihrer Überlegungen. Sie empfahl ein Ende des Abstentionismus und die Entwicklung einer breiteren und entmilitarisierten antiimperialistischen Bewegung. Das hätte nicht nur einen Bann über einige der Rückkehrer in die republikanische Bewegung oder auch über die neu hinzugekommenen Aktivisten verhängt, sondern es hätte – was sehr viel wichtiger war – auch eine Fixierung auf diese Vorstellungen und eine Blindheit gegenüber den tatsächlichen Erfordernissen jenes Zeitpunktes bedeutet. Auf nationaler Ebene wurde bereits erheblicher Widerspruch gegen das Aufgeben des Abstentionismus laut, und einige Leute auf nationaler Führungsebene, darunter Seán MacStiofáin, Ruairí Ó Bradaigh und Dáithí Ó Conaill, traten offensichtlich organisiert gegen diesen Vorschlag auf.

Ich kannte niemanden aus der Führungsriege. Ich unterhielt aber schon ein paar Jahre lang eine sehr enge persönliche Beziehung zu dem prominenten Belfaster Republikaner Jimmy Steele. Jimmy war ein meist frohgestimmter, kleiner Mann mit munteren und klar geschnittenen Gesichtszügen. Er war mehrfach über längere Zeit inhaftiert gewesen und hatte 1943 an einem legendären Gefängnisausbruch teilgenommen. Während einer seiner Auftritte vor Gericht hatte ihn ein Richter einprägsam als »moralisch aufrecht, politisch suspekt« beschrieben. Er war ein sehr gläubiger Katholik und ein produktiver Schriftsteller, dessen Gedichte sich unter den Republikanern seiner Generation großer Beliebtheit erfreuten. Im Alltag fuhr er Brot aus, stand aber kurz vor der Rente. Jimmy opponierte gegen die Dubliner Führung und hatte sich im Jahr zuvor in Mullingar mit Nachdruck gegen sie ausgesprochen. Vor dem August 1969 hatte er sich weitgehend in einer Minderheitsposition befunden, jedenfalls unter den Aktivisten. Nun jedoch waren die getreuen Goulding-Anhänger in Belfast eine kleine Minderheit, die sich auf die Belfaster Führungsriege und Teile der Organisation in der Leeson Street und den Markets beschränkte. In nur wenigen Wochen hatte sich in Belfast um die republikanische Position eine Gruppe aus neu hinzugestoßenen, aktiven Kräften gebildet. Die meisten Republikaner, die nun lokale oder auch zentrale Führungspositionen innehatten, standen in Opposition zur Dubliner Führung, und einige opponierten auch aktiv gegen die Belfaster Führung um Billy McMillen.

Ich befand mich in einer seltsamen Position: Ich gehörte zu einer kleinen Gruppe mit Kontakten zu beiden Fraktionen. Neben meiner Arbeit vor Ort im Murph unterhielt ich soziale Kontakte zu Kevin Hannaway, Francie McGuigan, Joe McCann, Anthony Doran und anderen. Kevin Hannaway stand ich besonders nahe, und wir waren regelmäßig in Proinsias MacAirts Haus zu Gast. Kevin war klein, untersetzt, dunkelhäutig und Autofanatiker. Schon 1966 hatte er einen Wagen, und während ich mit Zweirädern herumkutschierte, war er besessen von Autos und verfügte bereits über die besondere Gabe, einen Motor wieder funktionstüchtig zu machen, egal wie klapprig er war. Er war gelernter Zimmermann und ein guter Autofahrer mit gründlichen Kenntnissen in mechanischen und praktischen Dingen und großem handwerklichen Geschick. Wenn er aufgebracht war, konnte er störrisch sein, war ansonsten aber sehr freundlich und umgänglich. Außerdem hatte er bei uns den Ruf, jederzeit und überall fest schlafen zu können. Auch Billy McKee war wieder auf der Bildfläche erschienen, nachdem er bei der Verteidigung des Clonard-Viertels eine äußerst wichtige Rolle gespielt hatte. Er war ebenfalls häufig in MacAirts Haus anzutreffen. Unter dem Druck der Ereignisse war es fast so, als existierten zwei Führungsriegen: die offizielle Führung von McMillen und die inoffizielle Führung von McKee, Joe Cahill und anderen.

Billy McKee hatte ich vor 1969 nicht gekannt, Joe Cahill aber bei *céilís* und anderen Zusammenkünften gesehen. Die beiden waren wie viele der älteren Aktivisten Freunde meiner Eltern, sie und mein Pa waren zur gleichen Zeit inhaftiert gewesen. Joe war ein besonders bekannter Mann unter den Belfaster Republikanern: 1942 war er zusammen mit Tom Williams und anderen nach einer Schießerei in einem Haus im Clonard-Viertel, bei der ein RUC-Polizist getötet wurde, festgenommen worden. Man hatte sie alle zum Tod durch den Strang verurteilt, aber außer bei Tom Williams, dem Anführer der IRA-Gruppe, wurden nach einer breiten Protestkampagne die Todesurteile aufgehoben. Das Hängen von Tom Williams im Alter von achtzehn Jahren hatte das republikanische Belfast besonders tief getroffen. In den Straßen hingen schwarze Flaggen, und seither ist eine Kampagne für die Überführung seiner sterblichen Überreste von einem Grab im Crumlin-Road-Gefängnis zum republikanischen Teil des Milltown-Friedhofes im Gange.

Joe Cahill neigte zur Glatze, war munter und sehr humorvoll. Er war verheiratet, hatte Kinder und verdiente sein Geld als Vorarbeiter bei einer erfolgreichen örtlichen Baufirma. Er war ein langjähriger Bundesgenosse von Jimmy Steele und hatte viele Jahre im Gefängnis gesessen, Mitte der sechziger Jahre aber dem Republikanismus wegen der zu jener Zeit vorherrschenden politischen Ausrichtung den Rücken gekehrt. Später erzählte er mir, daß er diesen Schritt als Fehler ansah. Joe war hocherfreut über das Wiederaufleben des Republikanismus nach 1969, was die Haltung aller Republikaner seiner Generation widerspiegelte, die fast ihr ganzes Leben lang einen weitgehend isolierten Kampf geführt hatten. Nun erlebten sie, daß sich die Situation so entwickelt hatte, daß ein Volksaufstand losbrach.

Billy McKee galt als sehr religiös, und er war sicher sehr gewissenhaft, nie aber erlebte ich ihn in irgendeiner Weise scheinheilig. Er war Junggeselle und ein Kind seiner Zeit, konservativ in seinen politischen Ansichten, mit Liebe zu ein wenig *craic* und einem gelegentlichen Umtrunk mit engen Freunden. Und all diese Älteren vertrugen sich gut mit uns Jüngeren.

Die Auxiliaries, die damals unter der Führung von Seamus Twomey standen, der später eine entscheidende Rolle in der republikanischen Bewegung spielen sollte, arbeiteten ebenfalls eher mit der McKee- als mit der McMillen-Fraktion zusammen, so daß sich die Spaltung in Belfast auf zwei Ebenen vollzog. Zum einen waren die Vorbehalte gegen eine Führung, die nicht in der Lage gewesen war, die Verteidigung der nationalistischen Viertel zu organisieren, weit verbreitet. Zum zweiten galt die Opposition der politischen Zielrichtung der Dubliner Führung. Während letztere sich erst im Laufe des Jahres bemerkbar machte, gab es in der Frage der Verteidigung bereits jetzt ernsthafte Konflikte. Zu einem kritischen Problem wurde sie, als die Belfaster Führung anordnete, alle in der Stadt Belfast befindlichen Waffen zu einem zentralen Punkt zu bringen, wo sie gekennzeichnet und für rechtmäßig erklärt würden. In den Reihen der Republikaner wurden nicht nur verständliche Vorbehalte und ein gewisses Mißtrauen gegenüber diesem Schritt laut, sondern da war auch noch das Problem der Auxiliaries, die mit ihrem eigenen Netzwerk in allen nationalistischen Vierteln sehr gut verankert waren.

Ich war verwirrt und perplex darüber, daß die heftigste Kritik an der Belfaster Führung von Republikanern geäußert wurde, die ich nicht kannte oder erst kurze Zeit davor kennengelernt hatte. Kritik zu äußern, so dachte ich, kam vielleicht mir und meinesgleichen zu, die bereits vor dem August 69 aktiv gewesen waren, wo aber hatten denn all diese Leute damals gesteckt? Während eines großen Treffens von Republikanern aus ganz Belfast wurde gegen McMillen und die Dubliner Führung ein Mißtrauensvotum angenommen. Ich hegte gemischte Gefühle ob dieser Entwicklung: Obwohl ich wenig Vertrauen in die McMillen-Führung hatte, empfand ich ihr gegenüber doch eine gewisse Loyalität. Es mußte entscheidende Veränderungen in Belfast geben, aber ich hatte weder die Gelegenheit noch war ich geneigt, sie auf den Weg zu bringen.

Nun überbrachte jedoch eine Delegation McMillan die Nachricht vom Mißtrauensvotum. Bei einem angespannten Treffen nahm er die Mitteilung ruhig auf und erklärte sich bereit, es an die Dubliner Führung weiterzuleiten. Man erklärte ihm rundheraus und schroff, daß die Belfaster Republikaner mit der Dubliner Führung nichts zu tun haben wollten. Die sich anschließende Auseinandersetzung dauerte eine ganze Weile, da unterschiedliche Positionen zu einer ganzen Reihe von Fragen vorgetragen wurden: die nationale Führung und ihr Umgang mit der Gesamtsituation; die Rolle der Belfaster Führung dabei; die Frage des Abstentionismus und die eines bevorstehenden IRA-Kongresses. Andere eher lokale, aber nicht minder wichtige Punkte in der Diskussion betrafen den 15. August und die anschließenden Entwicklungen sowie die Folgerungen daraus. Dabei ging es vor allem darum, daß einige, die als Dissidenten galten, aus dem normalen demokratischen Prozeß ausgeschlossen und nur selten von McMillen konsultiert worden waren.

Bei dem Treffen wurde über alle Fragen hin und her diskutiert, bis schließlich ein Kompromiß gefunden und eine entsprechende Resolution verabschiedet wurde. Belfast brach den Kontakt mit Dublin bis auf weiteres ab. Aus Belfast würde niemand an dem bevorstehenden Kongreß der IRA teilnehmen. Es würde eine umfassendere Konsultation und Repräsentation geben, und einige der Älteren, die gegen die Führung waren, sollten nun an der Entscheidungsfindung beteiligt sein, zu der fortan auch ein Rat lokaler Führer hinzugezogen werden sollte.

Auch die wichtige Frage des bereits etablierten Kontaktes zur Dubliner Regierung wurde breit diskutiert. Diese hatte eine Zeitlang den belagerten Nationalisten Material und Ausbildung zur Verteidigung angeboten, doch ohne konkrete Ergebnisse. Ich und ein paar andere kamen zu dem Schluß, daß wir hingehalten werden sollten, bis sich eine von Dublin aus kontrollierbare Situation herausbildete. Wir verlangten, daß keine Vereinbarung getroffen werden dürfe, bei der irgendwelche Auflagen gemacht würden. Der Kontakt mit Dublin war auf nationaler Ebene von der Führung um Goulding und in Belfast direkt unter der Führung von Liam McMillen hergestellt worden. Hilfsgelder wurden auf ein von McMillens Finanzverwalter kontrolliertes Konto eingezahlt. Die Diskussionen über die Waffenlieferung und finanzielle Unterstützung wurden zwischen Unterhändlern der Dubliner Regierung und Leuten aus dem Norden geführt, die zur Goulding-Führung der IRA gehörten. Später dann, als die Situation sich weiterentwickelt hatte, schloß dieser Kontakt auch Vertreter des Citizens' Defence Committee aus dem gesamten Norden ein. An diesem Punkt wurde auch John Kelly einbezogen (der später auch im Dubliner Waffenprozeß vor Gericht stand). Es sickerte durch, daß in einem Lager der FCA einen begrenzte militärische Ausbildung durchgeführt wurde.

Nach der Spaltung der republikanischen Bewegung versuchten einige Mitglieder der Goulding-Führung diese Frage der Kontakte zwischen der Dubliner Regierung und den Republikanern, besonders denen im Norden, zu benutzen, um ihre eigene Haltung zu rechtfertigen. In ihrer Propaganda machten sie denn auch die Regierung für den Aufbau der »Provisorischen IRA« (Provisionals) verantwortlich. Derartige propagandistische Behauptungen entbehrten jeglicher Grundlage: Der erste Kontakt war bereits vor der Spaltung mit der Goulding-Führung zustande gekommen, nicht mit den Dissidenten, die später als Provisionals bekannt wurden.

Als landesweit die Sturmwolken der Spaltung über dem republikanischen Irland aufzogen, setzten wir bei uns in Ballymurphy die Organisations-, Restrukturierungs- und Aufbauarbeit fort. Dann passierte ein Unglück. Als ich im November mit Liam McParland, Mickey O'Neill und einem weiteren Freund aus der Grafschaft Leitrim zurückfuhr, hatten wir auf der Autobahn M 1 einen Autounfall. Liam erlag später seinen Verletzungen. Ich war verständlicherweise arg mitgenommen und wurde noch mehr schockiert, als mich danach die Belfaster Führung, die eifrig bemüht war, in Ballymurphy ihre Autorität durchzusetzen, meiner örtlichen Führungsrolle in Sinn Féin enthob. Die Aktivisten des Viertels stellten sich gegen diesen Schachzug, und es folgte einiger Ärger, bei dem mir nicht wohl war: Obwohl ich aktiv blieb, hatte ich keinen Status.

Mir bot sich die Gelegenheit, vorübergehend für die Ulster Brewery zu arbeiten, und ich lieferte vor Weihnachten zwei Wochen lang Wein und Spirituosen an Pubs, vor allem auf dem Land. Während dieser Zeit drängte ich Jimmy Sullivan, eine Überprüfung meiner Absetzung einzuleiten, und eines Abends beorderte er mich in einen Pub in der Leeson

Street und eröffnete mir, meine Absetzung sei aufgehoben worden. Die umfassendere Debatte über die Perspektiven des republikanischen Kampfes wurde nun intensiv geführt, und ich fragte Jimmy Steele, wie die Auseinandersetzung sich seiner Meinung nach entwickeln würde. Er meinte, alles werde bald entschieden sein. Er wollte nichts Genaues dazu sagen, und das war nicht gerade eine Beruhigung für mich und brachte mich ein wenig aus der Fassung. Kurze Zeit später wurde das Geheimnis gelüftet, als Berichte über einen IRA-Kongreß und das Ergebnis bekannt wurden.

Unterdessen kam Seán MacStiofáin nach Belfast, um sich mit Aktivisten zu treffen und ihre Unterstützung zu gewinnen. An diesem Punkt suchte ich Jimmy Sullivan auf und schlug vor, daß er nach Ballymurphy kommen und uns seine Position und die der Goulding-Führung vortragen solle. Er sagte zu, und wir hielten ein Aktivistentreffen in den an der Whiterock Road gelegenen Hütten ab. Im Ergebnis beschlossen wir, die Goulding-Führung nicht zu unterstützen. Am nächsten Tag besuchte ich Billy McMillen. Auf dem Weg zu seinem Haus traf ich Billy McKee und berichtete ihm, daß wir in Ballymurphy beschlossen hatten, uns abseits zu halten, bis sich der weitere Weg abzeichnete. Ich erklärte ihm, daß uns nicht so sehr die internen Auseinandersetzungen Sorge machten, sondern die weitere Entwicklung des Kampfes überhaupt. Dann ging ich zu McMillen und diskutierte lange mit ihm und einigen ihm sehr nahestehenden anderen Leuten und erläuterte ihnen ausführlich meine Ansichten. Das Treffen verlief keineswegs feindselig, und wir trennten uns im guten.

Für die älteren Leute, die zur Bewegung zurückgefunden hatten, und für die neu Hinzugestoßenen lagen die Gründe für die Spaltung auf der Hand. Dem Kern der Aktivisten jedoch, die schon vor 1969 mit der Bewegung verbunden gewesen waren und die Entwicklung vorangetrieben hatten, waren die Ursachen des Zwists weniger klar.

Wie ich waren viele Gleichaltrige besonders wegen der Präsenz britischer Truppen stark frustriert. 7500 Soldaten waren mittlerweile im Norden stationiert, die meisten in Belfast. Soweit ich weiß, war Ballymurphy das einzige Viertel, in dem eine ordentliche Debatte über das weitere Vorgehen stattfand und darüber demokratisch entschieden wurde. In den meisten anderen Stadtteilen folgte man der örtlichen Führung.

Die eigentliche Spaltung der IRA ereignete sich während des IRA-Kongresses im Dezember, als die Goulding-Führung ihren Vorschlag durchzusetzen versuchte, das Prinzip des Abstentionismus aufzugeben, und die Dissidenten, in der Minderheit, die Versammlung verließen. Für viele Dissidenten ging es nicht so sehr um den Abstentionismus, sondern um das, wofür er stand: eine Führung, die falsche Prioritäten setzte und die IRA im August in die Schande geführt hatte. Nun war die Spaltung öffentlich. Es wurde ein provisorischer Armeerat der IRA mit Seán Mac Stiofáin als Stabschef ins Leben gerufen, und in der Armee folgte eine Periode intensiver Umstrukturierung.

In Sinn Féin geschah dies jedoch noch nicht. Wir bereiteten uns auf die *Àrd Fheis* vor, die im Januar stattfinden sollte. Ich stellte fest, daß die Mehrheit der Belfaster Mitglieder von Sinn Féin in Opposition zur Goulding-Führung stand, und schlug Proinsias MacAirt vor, wir sollten diese Mehrheit zum Vorbereitungstreffen der Belfaster *Chomhairle Ceanntair* von Sinn Féin für die *Àrd Fheis* mobilisieren. Dort sollte entschieden werden, wie die Belfaster Delegierten abstimmen würden. Ich war enttäuscht, weil dies kaum jemand für notwendig erachtete. Das rührte zum Teil daher, daß viele in Sinn Féin nur ein Anhängsel der IRA sahen. Nachdem es mir nicht gelungen war, viele Anhänger für meine Auffassung zu gewinnen, ging ich selbst zu dem Treffen in der Cyprus Street, sehr zur Überraschung einiger Anwesender. Malachy McGurran, der für Organisationsfragen von Sinn Féin im Norden zuständige Mann, leitete das Treffen, und keines der Stadtviertel, die sich für die Unterstützung des provisorischen Armeerates ausgesprochen hatten, war vertreten. Ich sprach mich gegen den Antrag der

Führung aus, wie wir beim Parteitag abstimmen sollten, und war ziemlich überrascht, daß ich beträchtliche Unterstützung fand, so etwa von meinen Freunden und Genossen aus der Zeit der Kampagnen zur Beseitigung von Wohnungsnot und Arbeitslosigkeit. Viele hörten mir aufmerksam zu, darunter Joe McCann. Der Antrag der Führung wurde jedoch nur mit einer Stimme Mehrheit angenommen, wobei die Stimme von Malachy McGurran den Ausschlag gab. Ich sah, daß eine wichtige Chance dadurch vertan worden war, daß einige meiner Genossen es versäumt hatten, an dem Sinn-Féin-Treffen teilzunehmen.

Als ich versuchte, den Saal des »Intercontinental Hotels« (heute »Jury's«) in Dublin zu betreten, wo der Parteitag stattfand, wurde ich von Malachy McGurran daran gehindert. Er erklärte mir, ich hätte keinen Zutritt, weil ich über kein ordentliches Mandat verfügte. Ich war nach Dublin gefahren, um sowohl am Parteitag teilzunehmen als auch an einer Anti-Apartheid-Demonstration am gleichen Tag. Anlaß dazu war ein Rugbymatch der südafrikanischen Springboks im Stadion an der Landsdowne Road. Ich verließ also das »Intercontinental« und schloß mich der Demo an.

Beim Parteitag konnte die Führung ihre Position nicht durchsetzen. Für die Streichung eines Passus aus dem Sinn-Féin-Statut erhielt sie nicht die erforderliche Zweidrittelmehrheit. Dennoch brachte die Goulding-Führung dann dummdreist den Antrag ein, der Armeeführung das Vertrauen auszusprechen. Dabei war die Armeeführung gespalten.

Da ging Seán Mac Stiofáin ans Mikrofon. Er bekundete seine Loyalität zu dem eine Weile zuvor gewählten provisorischen Armeerat. Er sei die einzige Führung, die das Recht habe, sich IRA zu nennen. Er beendete seinen Redebeitrag mit den Worten: »Nun ist es für uns an der Zeit zu gehen.« Die Spaltung war vollzogen.

6

Die Delegierten, die den Parteitag verlassen hatten, trafen sich anschließend und verkündeten noch am selben Abend die Bildung eines Übergangsvorstands von Sinn Féin mit Ruairí Ó Bradaigh als amtierendem Präsidenten. Im Murph bildeten wir einen erweiterten *cumann* für das gesamte Gebiet von Ballymurphy und benannten ihn nach Liam McParland. Die Republikaner standen nicht mehr unter so starkem Druck, Verteidigungsvorkehrungen treffen zu müssen. Dafür sorgten im wesentlichen die Auxiliaries oder die Verteidigungskomitees, die inzwischen fest etabliert waren. Zwar war es nun schwieriger geworden, regelmäßige Patrouillen aufzustellen, wie sie in den Monaten August und September Alltag geworden waren, aber sie waren auch nicht mehr so nötig. In Gebieten, die gefährdet erschienen, standen jedoch Leute in Bereitschaft. Das galt besonders für Springfield Park, diese sich lang hinziehende, hauptsächlich von Katholiken bewohnte Straße, die Ballymurphy gegenüber von der Springfield Road abzweigt.

Die Spaltung hatte auch in meiner Familie Konflikte und Spannungen verursacht. Meine Schwester Margaret hatte sich den Officials (der Offiziellen Sinn Féin) angeschlossen; ihr Verlobter, Michael McCorry, war dort ein bekannter Aktivist.

Die meiste Zeit widmete ich meiner Arbeit als Organisator in Ballymurphy. Trotzdem hielt ich nach wie vor Kontakt mit Kevin Hannaway und anderen Genossen außerhalb meines Viertels. Das Haus von Proinsias MacAirt war für uns alle ein beliebter Treffpunkt. MacAirt war Junggeselle, ein *Gaeilgóir*, also einer, der Gälisch sprach. Er sang gern *sean nós* und war überhaupt ein sehr geselliger Mann, ein sozialistischer Republikaner, dessen kleines Haus mit zwei Schlafzimmern Gästen immer offenstand. Hier wurden die *Republican News* hergestellt. Der kleine Kern der Berufsfunktionäre ging gern zu MacAirt, wegen des sozialen Kontaktes und des *craic* und überhaupt. Ich suchte ihn meist am frühen Morgen auf. Wenn Kevin Hannaway und ich zusammen waren, kauften wir Brötchen für das Frühstück und kochten Tee, während uns MacAirt mit Geschichten über die Abenteuer vom Abend zuvor erfreute. MacAirt hatte sich besonders gut mit Liam McMillen verstanden. Nun aber gingen sie getrennter Wege, was beide – wie ich glaube – recht traurig stimmte.

Im Rahmen meiner Organisationsarbeit im Murph begegnete ich Tom Cahill, dem jüngeren Bruder von Joe Cahill, und wir wurden gute Freunde. Tom betrieb seine eigene Milchauslieferung und besorgte mir bei Kennedy's Dairy in der Tates Avenue für ein paar Wochen einen Aushilfsjob, Schichtarbeit. Für unser republikanisches Engagement, das unsere gesamte Zeit in Anspruch nahm, erhielt keiner von uns eine Bezahlung. Das erwarteten wir auch gar nicht, es bedeutete aber, daß wir von unseren Familien und Freunden abhängig waren. Da ich über keinerlei Einkommen verfügte, kam Toms gute Tat genau richtig.

Die meiste Arbeit bei Kennedy's wurde in einem großen kalten, feuchten Raum mit klappernden Fließbändern, klirrenden Flaschen und zischenden Schläuchen verrichtet. Die Wärme, Nähe und Geselligkeit des »Duke« existierten hier überhaupt nicht. Es war eine neue Erfahrung und eine überaus langweilige dazu. Meine erste Tätigkeit bestand darin, ein Fließband zu überwachen, das geschlossene Reihen schmutziger Milchflaschen durch die ersten Stadien eines Reinigungs- und Desinfizierungsprozesses beförderte, und die Flaschen auszusortieren, die einen Sprung hatten, kaputt oder nicht ausgespült waren. Manchmal stockte das Fließband und ließ das Glas splittern und zu Bruch gehen. Der Lärm und die Arbeitsbedingungen erschwerten ein kollegiales Verhältnis unter den Arbeitern, und es herrschte ein heftiger Kampf, um Überstunden zu ergattern. Das erinnerte mich an die ärgerlichen Worte meines Vaters, als ich ihn belächelt hatte, weil er auf der Baustelle in den Matsch treten mußte.

Mittlerweile war in Belfast wieder eine gewisse Normalität eingekehrt, zumindest an der Oberfläche. Die RUC wurde aus den nationalistischen Vierteln ferngehalten, aber die britische Armee begann mit ersten, zögerlichen Vorstößen, tastete sich behutsam in die widerspenstigeren Stadtteile vor. Es herrschte immer noch viel Nervosität, und obwohl man nun wieder ins Stadtzentrum fahren konnte und die jungen Leute wieder in die Kinos, Pubs und Tanzhallen strömten, kehrten die meisten nach Einbruch der Dunkelheit doch schnell in ihre eigenen Viertel zurück. Jeder lauschte den Mitteilungen der britischen Armee und den Funksprüchen der RUC, die mit jedem gewöhnlichen Radio oder sogar Transistorgerät zu empfangen waren. Einige Leute gingen weiter, indem sie sich Rundfunkscanner besorgten. Oft waren Gerüchte in Umlauf.

Das Haus Divismore Park Nummer 11 lag im unmittelbaren Blickfeld des britischen Armeepostens in der Henry Taggart Memorial Hall. Da es aber am Ende der Straße stand, konnten wir nach Belieben und unbeobachtet in die Glenalina Road gehen. Die Briten organisierten in ihrem Stützpunkt eine Disco und luden Mädchen aus dem Viertel ein. Wir organisierten eine Protestaktion vor dem Tor, an der sich hauptsächlich Frauen aus unserem Sinn-Féin-*cumann* beteiligten. Bei der Vorbereitung zu solch einer Aktion lernte ich eine Gruppe von Aktivistinnen kennen, darunter Colette McArdle, Dorothy Maguire und Marie Vallely. Die jungen Frauen waren in meinem Alter, und wir freundeten uns bald an. Wir arbeiteten ganz bewußt darauf hin, eine Kollaboration mit den britischen Truppen zu verhindern, und hatten größeren Erfolg als erwartet. Was als eine friedliche Protestdemo vor dem Kasernentor begann, artete bald in ein heftiges Geschrei aus: auf der einen Seite die britischen Soldaten, die über den Protest erbost waren, auf der anderen die Frauen aus dem Viertel, die sich über die Haltung der britischen Soldaten aufregten. Die Idee mit der Disco wurde bald fallengelassen, hatte uns aber die erste Möglichkeit geboten, öffentlich gegen die britischen Truppen aufzutreten. Wir setzten diese wenig auffällige Art von Agitation während des ganzen Frühjahrs 1970 fort.

Im März informierte der örtliche Kommandeur des Royal Scots-Regiments der britischen Armee den ganz ungläubigen Frank Cahill, daß die Loyalisten für Ende März eine Orangistenparade planten, die von New Barnsley die Springfield Road hinunterführen werde. In all den Jahren war nicht ein solcher Umzug über diese Strecke verlaufen, und nun, nach achtzehn Monaten voller Pogrome und Spannungen, war erst recht nicht der Zeitpunkt für eine neue Übung in sektiererischem Triumphalismus. Als Sekretär der Mietervereinigung von Ballymurphy und Koordinator der Hilfsmaßnahmen hatte Frank Cahill sich unentwegt darum bemüht, die katholischen Jugendlichen, die die Pogrome miterlebt hatten, von Konfrontationen mit den gleichaltrigen Orangisten in New Barnsley abzuhalten. Nun sollten all seine Bemühungen zunichte gemacht werden.

Der Umzug sollte von Divismore Park aus zu sehen sein. Durch Verhandlungen zwischen den Einwohnern von Ballymurphy und den Orangisten wurde die Übereinkunft erzielt, daß keine Musik gespielt werden sollte, während die Parade an Ballymurphy vorbeizog. Der Marschzug setzte sich pünktlich in Bewegung, als er aber die Springfield Road erreichte, schlug die Kapelle die Übereinkunft in den Wind und spielte ein Lied der Sektierer. Proteste wurden laut, und die eingesetzten britischen Soldaten gingen gegen die Leute aus Ballymurphy vor und gewährten dem Orangistenmarsch Geleitschutz. Nun brach Chaos aus. Bewohner von Divismore Park prügelten sich mit britischen Soldaten, die daraufhin zunächst ihre Schlagstöcke und dann CS-Gas einsetzten. Die britische Armee übernahm die frühere Rolle der RUC als Beschützer triumphalistischer Aufmärsche und geriet in die erste größere Auseinandersetzung mit den

Nationalisten. Viele Menschen, die bis dahin in ihrer Haltung zu den britischen Truppen ein Für und Wider abwogen, waren ihnen nun eindeutig feindlich gesonnen. Die folgenden heftigen Straßenkämpfe hielten vier Tage an, die britische Armee nebelte das Viertel mit Tränengas ein und ging mit brutaler Gewalt vor, um die vollständige militärische Okkupation des Wohnbezirks zu erreichen.

Das Vorgehen der britischen Armee war ganz töricht. Die Soldaten führten sich auf wie eine zur Unterdrückung eingesetzte Besatzungsarmee. Aber sie waren ja schließlich auch in der Kriegskunst ausgebildet und nicht für die Ausübung polizeilicher Funktionen. Das ganze Viertel mit CS-Gas einzunebeln war der erste große Fehler. Alle Bewohner waren davon betroffen, und das führte zum Zusammenschluß der Leute, die bereits im Umgang mit den Vertriebenen und der Verteidigung des Viertels gut zusammengearbeitet hatten. In dem Wohngebiet gab es an sich keine gemeinsame Basis, außer daß die Bewohner zumeist katholische Proletarier mit großen Familien waren. Einige der Männer hatten beim Militär gedient. Wenn die britischen Soldaten aus der Henry-Taggart-Kaserne kamen, schauten sie auf Divismore Park herab, da die Straße niedriger lag. Ein Soldat machte sich besonders verhaßt: Wenn er zu einem Greiftrupp gehörte, der Straßenkämpfer abführen sollte, baute er sich gern mitten auf der Straße auf und hielt den gerade Geschnappten wie eine Beute hoch. Die anderen Soldaten prügelten die Straßenkämpfer windelweich und schleiften sie dann in die Kaserne. Wenn die Soldaten als Greiftrupps auftauchten, waren sie leicht in eine Sackgasse zu locken. Schließlich kannten sie das Viertel nicht, wir aber waren dort aufgewachsen, kannten alle Schleichwege und Hinterausgänge.

Wenn wir die britischen Soldaten in die Glenalina Road gelockt hatten, bauten mein Vater und Frank Cahill eine Absperrung aus Stacheldraht, so daß sie nicht mehr herauskonnten. Oft verliefen sich einzelne Soldaten im Viertel und versuchten wieder herauszufinden, da aber stießen sie auf die größten Schwierigkeiten. Mit Hurlingschlägern bewaffnete Anwohner gingen in wütenden Kämpfen von Mann zu Mann gegen die Soldaten vor, oder es hagelten Steine und Flaschen von den Dächern auf sie herab. Mehrfach traten Soldaten die Haustür ein und bahnten sich so den Weg ins Haus. Dort schlugen sie dann auf die Bewohner ein, doch sie bekamen mit alledem das Viertel niemals klein.

Das Vorgehen der britischen Armee weckte bei den Bewohnern von Ballymurphy die Bereitschaft und das Verlangen, der Gewalt der Soldaten direkt zu begegnen, die nun mit Schutzschilden, Schlagstöcken, Helmen und Gewehren durch die Straßen stolzierten. Sie konnten es nicht mit ansehen und passiv hinnehmen, daß ihnen die Türen eingetreten, die Häuser demoliert, Familienmitglieder zusammengeschlagen wurden. Da das Militär immer häufiger und heftiger in dem Wohnbezirk einschritt, brachten Selbstwertgefühl, Zorn und Widerstandsgeist die Bewohner dazu, ihr eigenes Vorgehen dagegen zu organisieren. Die Haltung und Anwesenheit der britischen Truppen erinnerte uns auch daran, daß wir Iren waren: Unser Nationalbewußtsein erstarkte wieder, und die Bevölkerung politisierte sich fast im Handumdrehen.

Die Menschen, die in Westbelfast geboren und aufgewachsen waren, konnten den Anblick der bewaffneten und uniformierten jungen Männer auf ihren Straßen und den Spielplätzen ihrer Kinder nicht ertragen, zumal wenn diese sie im Akzent von London, Glasgow oder Birmingham verhöhnten und verspotteten. Der Einsatz von schottischen Regimentern, bei denen viel Sympathie für die Bigotterie der Orangisten zu finden war, sorgte für weitere Provokation und beleidigte die Bewohner. Die nationalistische Bevölkerung von Westbelfast war nicht sanfter oder friedfertiger als Menschen anderswo, und im Frühjahr 1970 griffen selbst die Friedfertigsten zu Stöcken, Steinen, Molotowcocktails und Flaschen, um sich gegen das britische Militär auf den eigenen Straßen zu wehren.

Während dieser Zeit, im April 1970, gab General Freeland, der verantwortliche britische Offizier in den Sechs Grafschaften, die provokative Fernseherklärung ab, die Flitterwochen seien nun vorüber, zukünftig müßten die Werfer von Molotowcocktails damit rechnen, erschossen zu werden.

Die recht ausgefeilte Organisationsstruktur in Ballymurphy schweißte die Bewohner des Viertels zu einer ungeheuer starken Truppe von Insurgenten zusammen. Zum Netzwerk der Organisation gehörten Straßen- und Frauenkomitees, eine restrukturierte Sinn Féin, Jugendgruppen, das Hilfskomitee, die Mietervereinigung und das Koordinierungskomitee. Wir verfügten in der Tat über ein vollständiges, organisches System lokaler Demokratie. Wir veröffentlichten ein Mitteilungsblatt und entwickelten das System der »Hennenpatrouillen«: Das waren Gruppen von Frauen, die sich beim Auftauchen britischer Patrouillen an deren Fersen hefteten. Wir stellten auch Mülltonnendeckel-Brigaden auf: Sie schlugen Alarm, sobald britische Soldaten in das Viertel einfielen.

Ich spielte nur eine zweitrangige Rolle, aber die Briten hatten mich bereits als ein subversives Element im Viertel ausgemacht und widmeten unserem Haus in Divismore Park viel Aufmerksamkeit, obwohl ich dort gar nicht wohnte. Wenn sie aus der Henry Taggart Hall den Hügel heruntermarschierten, riefen die britischen Soldaten laut meinen Namen, und routinemäßig tauchten sie immer zur Abendessenszeit vor unserem Haus auf, fuhren manchmal mit ihren Saracen-Panzern durch den Vorgarten direkt bis vor unsere Haustür.

Das Haus wurde ständig angegriffen. Es wurde CS-Gas hineingefeuert, und Nachbarn mußten die Kinder retten, indem sie sie in Decken wickelten. Mein jüngster Bruder Dominic leidet aufgrund jener traumatischen Erlebnisse an einem Sprachfehler. Das Haus konnte wegen des starken Gasgeruchs tagelang nicht betreten werden. Jedesmal, wenn eine Decke oder ein Kissen angehoben wurde, entwich mehr von diesem beißenden Gas, das einem den Atem nahm.

Eines Tages erschienen Detektive von Scotland Yard mit Stahlhelmen auf dem Kopf, in lange Mäntel gehüllt, und fragten nach mir. Ich war nicht da, und sie prügelten auf die Männer ein, die sich im Haus aufhielten. Die Hochzeit meiner Schwester stand bevor, und als sie die an der Wand aufgereihten Geschenke sahen, erklärten sie sie für Diebesgut. Ein Detektiv akzeptierte schließlich, daß es sich um Hochzeitsgeschenke handelte, denn das war nur allzu offensichtlich.

Ein anderes Mal wurde von einem Saracen-Panzer aus ein Brandsatz gegen das Haus geschleudert. Er prallte am Türpfosten des überdachten Eingangs ab. Wenn er durch das Fenster geflogen wäre, hätten alle Menschen im Haus in den Flammen den Tod gefunden. Einmal kehrte meine Schwester Deirdre mit Eiern vom Einkauf zurück und stellte fest, daß sie das Haus nicht betreten konnte, weil alle Bewohner festgenommen worden waren.

Bischof Philbin besuchte gelegentlich Ballymurphy, um die Einwohner wegen ihrer Beteiligung an den Auseinandersetzungen zur Rede zu stellen. Ich suchte Tess Cahill auf und fragte sie, ob nicht ein mit Frauen besetzter Bus zum Haus des Bischofs fahren könne, um ihm ihre Sicht der Lage zu schildern. Es stellte sich heraus, daß wir einen ganzen Buspark hätten einsetzen können. Dabei waren die Frauen weder antiklerikal eingestellt, noch handelte es sich ausschließlich um Republikanerinnen, aber in Null Komma nichts fand sich vor dem Palast des Bischofs eine protestierende Menge zusammen.

Am 27. Juni kam es zu einer ähnlichen Situation wie bei den Osterunruhen: Die Loyalisten bestanden erneut darauf, die Springfield Road entlangzuparadieren, und dieses Mal steigerte sich der Konflikt zu einer regelrechten Straßenschlacht. Den Bewohnern des Viertels gelang es, die RUC zur endgültigen Aufgabe ihres Stützpunktes in der Springfield Road zu zwingen. Selbst die britische Armee mußte vorübergehend ihre Basis in der Henry Taggart Memorial Hall verlassen. Erbeutete Armeejeeps wurden aus dem Fort geholt und dann fahrerlos durch die Armeelinien gejagt. Die Auseinandersetzungen hielten Tag und Nacht an.

Die zum Töten ausgebildeten Berufssoldaten merkten, daß sie Frauen und Männern gegenüberstanden, die ihren eigenen Müttern, Schwestern, Vätern und Brüdern glichen. Sie wurden von den Frauen heftig beschimpft. Die Frauen schrien sie an und verpaßten ihnen manchmal auch eine. Einmal ging ich nach besonders heftigen Auseinandersetzungen die Springfield Road bis zum »Alvarno Hotel« hinauf. Dort sah ich, wie Leute Blumen in die Gewehrläufe junger britischer Soldaten steckten, die heulend und völlig aufgelöst dasaßen. In jener Nacht erschoß sich der verantwortliche Offizier, und am nächsten Tag mußte das Regiment zurückgezogen und durch ein anderes, härteres ersetzt werden. Der Mann, der Selbstmord beging, hat mir immer leid getan.

Ende Juni 1970 wurde mein Vater von britischen Soldaten festgenommen und grausam verprügelt, als er von der Beerdigung des republikanischen Veteranen Hugh McAteer nach Hause kam. Ich traf gerade ein, als er in einen Krankenwagen verfrachtet wurde, der an dem grünen Häuschen parkte. Sein Gesicht war von Blut überströmt, und bei der Untersuchung im Krankenhaus wurde in der Schädeldecke ein haarfeiner Riß entdeckt. Er wurde danach noch mehrmals übel zugerichtet. Einmal schlugen ihn Fallschirmjäger mit aller Brutalität, als er von der Messe in der Corpus-Christi-Kirche in Springhill kam. Er war einst ein robuster, stämmiger kleiner Kämpfer gewesen, und nun setzten sie ihm hart zu. Unser Paddy wurde ebenfalls wegen Randalierens festgenommen, und Liam entging mehrfach knapp den Greiftrupps.

In sehr kurzer Zeit passierte unheimlich viel. Als am 27. Juni die Orangisten über die Springfield Road marschierten, kam es, kurz nachdem eine weitere Parade vorübergezogen war, zu Auseinandersetzungen in Ardoyne. In diesem Fall war die IRA jedoch vorgewarnt und auf der Hut.

Bei der sich anschließenden Schießerei wurden drei Loyalisten getötet. Auch im Clonard-Viertel leitete die IRA anläßlich der Orangistenparade Verteidigungsmaßnahmen ein. Es war zu Spannungen gekommen. Eine Gruppe von Arbeitern bei Mackie's hatte auf dem Weg zur und von der Arbeit sektiererische Schmähungen gerufen, weil die Bombay Street niedergebrannt und Einwohner ums Leben gekommen wären.

Auf der anderen Seite der Stadt attackierte eine Horde von Unionisten die katholische St.-Matthew-Kirche mit Gewehrfeuer und Molotowcocktails. Die Kirche stand an der Zufahrt zu der kleinen und isolierten katholischen Enklave Ballymacarret. Als ein Parlamentsabgeordneter der Opposition die britische Armee aufforderte, zum Schutz des Viertels einzugreifen, wurde dieser Schutz verweigert.

Der »Provisional« IRA gelang es, mit ihrer größten Aktion seit der Spaltung die loyalistischen Angreifer zu binden, die einen neuen Pogrom gegen offensichtlich schutzlose Katholiken entfesseln wollten. Daß sie sie zu vertreiben vermochte, verlieh ihr neue Glaubwürdigkeit. Ein Volunteer, Henry McIlhone, wurde getötet und Billy McKee bei einem erbitterten Feuergefecht verwundet; auch zwei Loyalisten wurden dabei erschossen.

Ich führte zu jener Zeit ein verrücktes Leben, war jeden Tag bis zum Morgengrauen auf den Beinen und schlief bis Mittag, weil es jede Nacht einen Alarm gab oder ich irgendwohin mußte. Am Freitag, dem 3. Juli, hielt ich mich gerade im Clonard-Viertel auf, als die Nachricht kam, daß die britische Armee großflächig das Falls-Viertel durchkämmte; der Truppeneinsatz bei dieser ersten größeren Offensive in diesem Stadtteil war gewaltig. Um 16.30 Uhr begann die Suche nach Waffen in der Balkan Street, in dem Gebiet war die Goulding/McMillen-Fraktion aktiv. Sie fanden ein paar wenige Waffen, sahen sich aber mit dem Widerstand der Bewohner konfrontiert, die fürchteten, sie könnten schutzlos weiteren loyalistischen Pogromen ausgesetzt sein. Bei den folgenden Ausschreitungen fand sich eine Gruppe Soldaten von einer aufgebrachten Menschenmenge umzingelt, große Mengen CS-Gas wurden abgefeuert. Dann drängten 3000 Soldaten mit Jeeps und Landrovern in das Viertel, von Hubschraubern aus der Luft unterstützt.

General Freeland ließ ein Gebiet der unteren Falls Road abriegeln, etwa fünfzig kleine Straßen mit dichten Häuserreihen. Aus den Lautsprechern der über den Häuserdächern kreisenden Hubschrauber ertönten kriegerische Erklärungen. Eine Ausgangssperre wurde verkündet, während der die Bewohner ihre Häuser auf unbestimmte Zeit nicht verlassen durften. Gleichzeitig wüteten überall die Soldaten.

Die Truppen des Generals rückten vor, gaben in den engen Straßen 1500 Gewehrsalven ab. Sie erschossen einen etwa fünfzig Jahre alten Zivilisten, der an der Tür seines Hauses in der Falls Road stand. Ein anderer, über sechzig Jahre alter Mann wurde in der Nähe seines Hauses in der Marchioness Street angeschossen; er starb sieben Tage später. Sie feuerten tödliche Schüsse auf einen jungen englisch-polnischen Fotografen ab, der aus London zu Besuch war, und ein Mann in den Dreißigern wurde absichtlich mit einem Panzerfahrzeug überrollt und zermalmt. Dutzende wurden bei dem Angriff der britischen Armee auf das Gebiet der unteren Falls Road verletzt.

Sechsunddreißig Stunden lang hielten die Truppen das Gebiet vollständig militärisch besetzt und durchsuchten während der Ausgangssperre Haus für Haus. Sie schlugen mit Spitzhacken und Gewehrkolben Türen ein, rissen Kaminverkleidungen und Fußbodendielen heraus, zerschlugen Kücheneinrichtungen, Wände, Decken und religiöse Statuen. Sie nahmen dreihundert Personen fest. Es wurden insgesamt zweiundfünfzig Pistolen, fünfunddreißig Gewehre, sechs automatische Gewehre und zweihundertfünfzig Schuß Munition gefunden – eine in diesem Zusammenhang bescheidene Beute. Denn zur gleichen Zeit waren 107 000 waffenscheinpflichtige Schußwaffen in den Sechs Grafschaften gemeldet, achtzig Prozent davon in den Händen von Unionisten.

Der militärischen Belagerung setzte eine Demonstration von Frauen ein Ende. Sie wurde von Republikanern organisiert, an der Spitze stand Maire Drumm von Sinn Féin. Die Frauen schoben die Soldaten beiseite und durchbrachen die militärische Absperrung, um den Belagerten mit Lebensmitteln und Milch zu Hilfe zu kommen. Als die Frauen die Nachricht von der Gewalt, die den Bewohnern der unteren Falls Road angetan worden war, in die anderen Viertel wie Ballymurphy, Andersonstown und Turf Lodge zurücktrugen, kam spontan eine zweite Demonstration zustande. Ein gewaltiger Zug von über 3000 Frauen strömte an diesem Abend in das Gebiet um die Leeson Street und zwang die britische Armee schließlich, die Ausgangssperre aufzuheben, bevor sie ihre Razzia nach Waffen beendet hatte. Viele der Demonstrantinnen schoben zudem Kinderwagen vor sich her, in denen sie eine große Zahl von Waffen aus dem Viertel schaffen konnten. Die Goulding-Fraktion hatte ihre größten Waffenlager in diesem Viertel angelegt, und die meisten dieser Waffen gerieten so in die Hand der »Provos«.

Die Ausgangssperre war vollkommen illegal, doch wurde kein einziger britischer Soldat je wegen irgendeiner dabei begangenen strafbaren Handlung angeklagt. Es wurde nicht einmal der Versuch unternommen, auch nur einen einzigen jener Soldaten vor Gericht zu stellen, die Menschen ermordet hatten.

In jener Nacht kam es in Andersonstown zu einem ziemlich heftigen Feuergefecht, mit dem das untere Falls-Gebiet entlastet werden sollte. Es war keine sonderlich gut vorbereitete Operation, aber immerhin die erste Kampfhandlung, bei der die britische Armee von der IRA angegriffen wurde. Auch in Ballymurphy wurde ein Versuch unternommen, britische Soldaten in Schießereien zu verwickeln, aber die Briten zogen ihre Patrouillen ab, um eine Zersplitterung der Kräfte zu vermeiden, und der Versuch mißlang.

Für viele Katholiken markierte die Ausgangssperre in

den Falls einen weiteren Wendepunkt in ihrer Haltung zur britischen Regierung und Armee. Und als die britische Armee nach dieser »Vergewaltigung der Falls« gar zwei unionistische Politiker mit einem Landrover zur Triumphfahrt durch das verwüstete Viertel chauffierte, wurde dies als schwere Kränkung und Provokation empfunden.

Knapp ein Jahr nachdem die August-Pogrome die gesamte nationalistische Bevölkerung in einen Schock versetzt hatten, war die von einigen gehegte Hoffnung zunichte, die britische Armee könne sich als eine weniger brutale Streitmacht als die RUC erweisen. Das Ausgangsverbot war zum Teil verhängt worden, um nach Waffen zu suchen, prinzipiell aber war es ein Manöver zur militärischen Einschüchterung einer ganzen Bevölkerungsgruppe. Zwar hatte die Regierung sie auch vorher nie respektiert, trotzdem war es eine Gemeinschaft mit ausgeprägtem Selbstwertgefühl, nicht bereit, sich zu unterwerfen. Die Menschen, gleich welcher politischen Anschauung, waren erzürnt, weil ihr Sinn für Gerechtigkeit und Fair play mit Füßen getreten worden war. Tausende, die nie Republikaner gewesen waren, unterstützten nun aktiv die IRA. Andere, denen Gewalt vollkommen fremd war, sahen in ihr nun eine praktische Notwendigkeit.

Etwa zu dieser Zeit wurde ein obligatorisches Strafmaß von sechs Monaten Gefängnis für »aufrührerisches Verhalten« festgesetzt, das auch dann schon galt, wenn man sich gar nicht an einer Auseinandersetzung beteiligt hatte, sondern lediglich anwesend gewesen war. Frank Gogarty von der NICRA wurde am 1. August eines der ersten Opfer dieses neuen Gesetzes.

Im Juli 1970 brachten sich 1500 Flüchtlinge über die Grenze in Sicherheit, sie flohen wegen der von Loyalisten angezettelten Pogrome. Die Katholiken waren in bezug auf Bosheiten gegenüber Protestanten keineswegs lauter Unschuldslämmer, aber die protestantische Bevölkerung war niemals real bedroht, es fanden keine Pogrome gegen sie statt. In Ballymurphy lebten während der ganzen Zeit der

Unruhen protestantische Familien, geschätzte und willkommene Mitglieder des örtlichen Gemeinwesens. Einigen loyalistischen Politikern lag jedoch daran, zu suggerieren, daß die Protestanten unmittelbar vom Niederbrennen ihrer Häuser und von Vertreibung bedroht seien, wie es den katholischen Bewohnern der Bombay Street und anderer Straßenzüge widerfahren war.

In New Barnsley intervenierten Paisley-Anhänger, dieselben Leute, die zuvor schon eingeschritten waren, um eine gemeinsame Initiative von Katholiken und Protestanten zur Anbringung eines Straßengeländers abzuwürgen. Nun versuchten sie die Protestanten von New Barnsley davon zu überzeugen, daß die Katholiken einen Pogrom gegen sie planten; sie fuhren mit Lastkraftwagen vor, und bald war eine fast vollständige Evakuierung im Gange.

So wurden wir unwillentlich zu Erben von fast einer ganzen Wohnsiedlung. Mir wurde unheimlich, als ich an einem äußerst stillen Morgen durch die Siedlung lief. Die leeren Straßen waren rot, weiß und blau getüncht. Einige Fenster standen offen, Gardinen wehten. Ein paar verängstigte Katzen streunten umher.

Dann entdeckten wir, daß einige der Häuser in Fallen verwandelt waren. In manchen strömte Gas aus, in anderen brannten Kerzen auf dem Speicher, oder die Schornsteine waren mit einer brennbaren Flüssigkeit präpariert. Ein paar Häuser standen unter Wasser, da die Wasserhähne nicht zugedreht waren. Wir mußten uns jedes Haus genau ansehen, und es war seltsam, diese Häuser zu durchstreifen, weil sich in vielen noch persönliche Habe befand, die davon kündete, daß hier noch ein paar Stunden zuvor Menschen gelebt hatten.

Wir beschlossen, in dieser Siedlung Vertriebene unterzubringen, die immer noch bei fremden Leuten oder in den Behelfsquartieren an der Whiterock Road wohnten. Mittlerweile waren auch einige derjenigen zurückgekehrt, die zu Anfang in die Sechsundzwanzig Grafschaften geflohen waren. Wir beriefen eine Versammlung in der St.-Thomas-

Schule ein, und diese Häuser wurden auf sehr demokratische Weise je nach Bedürftigkeit vergeben.

Ich sprach auf dieser Versammlung und bat alle, behilflich zu sein, die Häuser in fairer Weise zu vergeben. Ich sagte: »Wir wollen nicht die Arbeit des Housing Trust übernehmen. Wenn ihr es unter euch ausmachen könnt, soll uns das recht sein, dann überlassen wir es euch. Fangen wir an, und wenn es zu irgendwelchen Meinungsverschiedenheiten kommen sollte, werden wir versuchen, sie zu beseitigen. Aber es wäre das beste, wenn ihr es alleine erledigen könntet. Alle hier sitzen im selben Boot.«

Es spricht sehr für die Beteiligten, daß mit dieser Rede die Aufgabe von Sinn Féin tatsächlich beendet war. Sie brauchten uns nicht, konnten ihr eigenes Problem selbst lösen.

Da die Kämpfe zwischen den Bewohnern von Ballymurphy und der britischen Armee heftiger wurden, versuchten wir vorauszuberechnen, wie sie agieren würde. Ein Mann aus dem Viertel, der in der britischen Armee in Aden gedient hatte, warnte uns, daß die Soldaten jederzeit zum Schießen bereit wären. Zunächst würde ein Trupp Soldaten in geschlossener Formation mit Gewehrschützen, Fahne und Megaphon auftauchen. Ein Offizier würde zunächst in englisch, dann in der Landessprache verkünden, die Krawalle seien beendet, und sie würden das Feuer eröffnen, wenn sich die Menge nicht zerstreue. Dann würde der Offizier sich einzelne Leute herauspicken und den Schützen befehlen, auf den Kerl im roten Hemd zu schießen und so weiter. Und schließlich kam auch alles so, wie es unser altgedienter Soldat vorhergesagt hatte. Als aber der britische Offizier vortrat, um uns zu eröffnen, daß jetzt Schluß sei mit den Krawallen, erhob sich ein Typ namens Herbo Gibson mit einem Megaphon der britischen Armee und erwiderte, den Akzent eines britischen Offiziers genau nachahmend: »Zerstreut euch, oder wir werfen Steine!« Schallendes Gelächter brach los.

Herbo tummelte sich mit seinem Hund Bo immer mitten im Gewühl. Bo war ein echter Rebell, eine stolze Promenadenmischung aus Ballymurphy, er ging auf die britischen Soldaten los, sobald er nur einen wahrnahm. Er ließ nicht von ihnen ab, egal wie viele Tritte sie ihm versetzten. Manchmal jagte er auch Steinen hinterher, die auf die Briten geworfen wurden, und apportierte sie.

Eines Tages war in Divismore Park eine Straßenschlacht in vollem Gange, als jemand eine Nagelbombe warf, die in der Nähe eines britischen Eingreifkommandos landete. Bo, eifrig im Getümmel, sah die Nagelbombe, schnappte sie sich mit der Schnauze und rannte, freudig mit dem Schwanz wedelnd, zu Herbo zurück.

Die Menge zerstreute sich in Windeseile, die Leute sprangen über Zäune und Hecken, während Herbo, dicht gefolgt von seinem Hund, die Glenalina Road entlangsprintete und schrie: »Laß los, Bo! Laß los!«

Der arme Bo ließ sie nicht los und wurde an jenem Abend im Garten hinter Herbos Haus begraben, wobei Kinder aus dem Viertel eine Ehrengarde für den gefallenen Helden bildeten und Herbo selber »Last Post« anstimmte.

Man kann es kaum glauben, aber die Briten haben den Hund später tatsächlich exhumiert und gerichtsmedizinisch untersucht.

Bisweilen nahm Ballymurphy ziemlich surreale Züge an. Eines Nachts leuchteten die Briten mit ihrem Suchscheinwerfer in die Nähe unseres Hauses in Divismore Park hinunter, da tanzten zwei Typen mit geschwärzten Gesichtern ins Scheinwerferlicht und sangen: »Are you from Dixie?«.

Bei mehreren unvergeßlichen Gelegenheiten griffen Demonstranten zur Freude der Massen britische Eingreifkommandos mit CS-Gas-Patronen an. Zwar waren die Straßenkämpfe alles in allem todernst, doch sie hatten auch etwas von einem spielerischen Wettstreit, und wenn die Demonstranten punkteten, applaudierten die Bewohner. Bei jedem Krawall gab es Zuschauer, besonders in Divismore Park.

Ein neuer Wendepunkt wurde erreicht, als die britische Armee am 31. Juli während einer kleinen Randale in der New Lodge Road den neunzehnjährigen Danny O'Hagan erschoß. Als sich an jenem Abend das Eingreifkommando vor der Taggart Hall formierte, marschierten wir mit einer großen Menschenmenge aus Protest gegen die Erschießung von O'Hagan direkt auf den Scharfschützen zu. Der verantwortliche Offizier war ziemlich nervös und befahl allen Schützen mit lauter Stimme, die Gewehre zu entsichern. Barney McLoughlin, einer unserer altgedienten Aktivisten, riß sein Hemd auf, so daß alle Knöpfe davonflogen, und preßte seine entblößte Brust direkt gegen die Gewehrmündung des Scharfschützen.

»Na los!« schrie er. »Macht es wie in Sharpeville, ihr verdammten Hunde!«

Es lag auf der Hand, daß die Soldaten schießen würden, schließlich waren sie dazu ausgebildet. Die meisten dieser jungen Soldaten müssen Frustration, Verwirrung, Wut und Langeweile empfunden haben. Denn sie mochten sich zwar aus den verschiedensten Gründen bei der britischen Armee verpflichtet haben, wohl kaum aber aus dem Wunsch heraus, in einer befestigten Kaserne in Belfast zu landen, umgeben von einer ihnen feindlich gesonnenen Bevölkerung.

Für die Menschen meiner Generation bestätigte sich in Westbelfast auf schreckliche Weise, daß die ursprünglich friedliche Kampagne für Bürgerrechte sich nun zu einer gewaltsamen Konfrontation zwischen den Streitkräften und dem einfachen Volk auswuchs. Die Erfahrung der Pogrome war an sich traumatisch genug, nun aber führte sich die britische Armee als eine eroberungslüsterne Kolonialmacht auf. Bei den Unruhen war eine vehemente gewaltsame Opposition gegen das arrogante Verhalten der Soldaten zum Ausdruck gekommen, vor einer vollen militärischen Konfrontation jedoch haltgemacht worden. Nun jedoch sah es so aus, als trieben wir geradewegs in den Krieg. Die Verbitterung über die Gewalt, mit der unseren Forderungen nach Gerechtigkeit begegnet worden war, kristallisierte sich für viele im Tod unseres jungen Mitstreiters. Eine eiserne Entschlossenheit machte sich breit, das Gefühl, wenn sie Krieg haben wollten, dann sollten sie ihn auch bekommen.

Viele Republikaner aus Ballymurphy nahmen an den Auseinandersetzungen vor Ort teil. Wir setzten sie monatelang in der bewußten Absicht fort, eine Situation des Konfliktes zwischen der Bevölkerung und den britischen Besatzern zu schaffen. Die republikanische Führung war jedoch gegen ein solches Vorgehen und schickte eine Abordnung zu uns herauf, um ihm Einhalt zu gebieten. Aber diese IRA-Leute von außerhalb wurden von den jungen Leuten, die gegen eine solche Intervention waren, mit Steinen aus Springhill vertrieben. Als die Unruhen jedoch weitergingen, mußten wir Aktivisten vor Ort feststellen, daß die Briten vor Ärger rasend wurden, weil sie sie nicht zu unterdrücken vermochten. Statt Zurückhaltung zu üben und die Gewalt abebben zu lassen, schritten sie aggressiv ein und suchten die Auseinandersetzung, wollten in klassischer militärischer Macho-Manier Flagge zeigen. Da sie schwer bewaffnet waren, die Straßenkämpfer jedoch nicht, fürchteten wir die Folgen und wußten, daß wir die Straßenkämpfer von der Straße kriegen mußten, ehe weitere Tote zu beklagen waren.

Die Führung der »Provisional« IRA war gegen diese Straßenkämpfe, weil sie nicht in einen bewaffneten Konflikt hineingezogen werden wollte. Bis Mitte 1970 hatte sie bereits eine ansehnliche Zahl von ausgebildeten und schlagkräftigen Kämpfern aufgestellt. Nach der im Juli 1970 über die Falls Road verhängten Ausgangssperre hatte eine massive Rekrutierung stattgefunden. Aber noch immer mangelte es den Republikanern an Waffen. Zunächst wurden alte und billige Gewehre der Marken Springfield und Lee Enfield angeschafft, die in den USA leicht zu bekommen waren. Damit konnte die IRA für eine bessere Verteidigung sorgen, doch es reichte nicht aus, um der britischen Armee gegenüberzutreten.

Das Tempo der Ereignisse wurde auf der Straße vorgegeben. Die Straßenkämpfe gingen weiter, obwohl viele junge Nationalisten für die obligatorischen sechs Monate hinter Gittern verschwanden. Den Oppositionspolitikern war bewußt, daß sie wenig Einfluß auf das Geschehen hatten und ihnen in der Öffentlichkeit nur geringe Geltung zugesprochen wurde. Führende Geschäftsleute und Politiker aus dem Süden sowie die Dubliner Regierung zeigten sich besorgt, da die Situation jederzeit außer Kontrolle geraten konnte. Ende August halfen sie eine neue Partei zu gründen, die Social Democratic Labour Party (SDLP). In der SDLP kam ein breites Spektrum von Personen zusammen, drei waren als Unabhängige gewählt, einer Mitglied der Northern Ireland Labour Party, einer Nationalist und ein weiterer gehörte Republican Labour an. Mit John Hume, Paddy Devlin und Austin Currie in ihren Reihen wurde Gerry Fitt zum Parteivorsitzenden ernannt, und ein paar Monate später ging die National Democratic Party in der SDLP auf.

Paradoxerweise paßten die Straßenkämpfe in Ballymurphy weder der Führung der IRA noch der britischen Armee, und die oberen Ränge beider Kräfte wollten sie beenden. Ende Januar bat ein hochrangiger britischer Armeeoffizier Liam Hannaway zu einem Treffen, um die Angelegenheit zu diskutieren. Die britische Armee und einige von der nationalen Führung beauftragte leitende Republikaner führten vertrauliche Gespräche und kamen überein, daß die Republikaner die Straßenkämpfe unterbinden würden, wenn die Briten sich aus Ballymurphy fernhielten. Und so nahmen wir nach sieben Monaten fortwährender Unruhen Einfluß auf ein paar Anführer des Straßenkampfes und vermochten die Situation zu beruhigen.

Mit den Briten wurde zugleich vereinbart, daß die britische Armee oder die RUC in Clonard, wo die Gespräche stattfanden, nicht militärisch in Erscheinung treten sollte. Ian Paisley machte jedoch die Existenz dieser Vereinbarung publik, und am 3. Februar brach die britische Armee aus Gründen politischer Opportunität die Vereinbarung, und die Second Royal Anglians drangen in das Clonard-Viertel ein. Nachdem sie mit Gewalt Haus für Haus durchsucht hatten, blieben die Soldaten in dem Viertel und provozierten durch ihr schonungsloses und repressives Vorgehen Straßenschlachten. Zur Mittagszeit kamen ihnen loyalistische Arbeiter aus der Maschinenbaufirma Mackie zu Hilfe: Sie mischten sich unter die Soldaten und gingen mit Muttern, Kugellagern und anderen Wurfgeschossen gegen die Bewohner des Viertels vor. Am späteren Nachmittag vertrieben britische Soldaten die Bewohner von den Straßen, indem sie in Jeeps hin und her rasten und mit voller Absicht auf Leute zufuhren.

Als Antwort auf diese fortgesetzte Intervention hielten die Straßenschlachten volle zwei Tage und Nächte an. Obwohl das ganze Unternehmen der Beschwichtigung von Paisley und den Unionisten diente, trugen die Unionisten weitere Beschwerden vor und behaupteten, die britische Armee habe keine Ahnung, wer die »Provisionals« seien. Ein Militärsprecher nannte daraufhin im Fernsehen die Namen von fünf Republikanern, darunter Liam Hannaway und sein Sohn, mein Cousin Kevin, ohne zu erwähnen, daß mit einigen dieser Leute die Beendigung der Straßenkämpfe in Ballymurphy ausgehandelt worden war.

Die Hoffnung, daß die Situation in Belfast durch eine Übereinkunft zwischen den Republikanern und den britischen Militärs beruhigt werden könnte, wurde von britischer Seite auf dem Altar politischer Opportunität in Form einer Besänftigung der Unionisten geopfert. Einen Tag nach der Fernsehmitteilung tötete die IRA einen britischen Soldaten. Es war das erste Todesopfer aus den Reihen der britischen Armee, und einen Tag später erklärte Premierminister Chichester Clarke: »Nordirland befindet sich im Krieg mit der Provisorischen IRA.«

Im November starb meine Oma Adams. Ich hielt mich in Whiterock auf, als mich die Nachricht erreichte. Ich hatte meine Oma in den letzten Monaten recht selten gesehen. Selbst wenn ich sie besuchte, was ich seit August 1969 ein paarmal getan hatte, war dies stets nur für ein paar Minuten. Sie war immer in guter körperlicher Verfassung, und vielleicht dachte ich, daß dies ewig so bleiben würde; vielleicht habe ich mir darüber auch keine Gedanken gemacht. Sie war immer für mich dagewesen.

Nun strömten aus Dublin, aus Kanada und aus ganz Belfast Mitglieder der großen Familie Adams zu ihrer Beerdigung zusammen. Nachbarn aus der Abercorn Street kamen zur Totenwache. Noch am Tag der Beerdigung wurde die Beisetzung verschoben, so daß meine Onkels Sean und Francis, die mit Tante Rita und meinen Cousins aus Toronto einflogen, daran teilnehmen konnten. Das Begräbnis auf dem Milltown-Friedhof war sehr ergreifend, mein Onkel Sean war zutiefst erschüttert. Ich für meinen Teil empfand ein wenig Distanz zu der allgemeinen Trauerstimmung. Meine Oma Adams ging mir im Kopf herum – frohe Gedanken, liebe Erinnerungen an eine wundervolle Frau.

Nach ihrer Beerdigung blieb unser kanadischer *clann* noch eine Weile, teilte seine Zeit auf zwischen Divismore Park und der übrigen Familie.

Der Provisorische Armeerat hatte mittlerweile für eine klare Position der IRA gesorgt. Im November hieß es in einer Erklärung, die Mitglieder der Provisorischen Armeeführung wie des Armeerates hätten ihre Ämter niedergelegt, und eine – laut IRA-Statut notwendige – Armeeversammlung habe eine reguläre Führung und einen Armeerat gewählt. Obwohl damit die »provisorische« Phase formal vorüber war, blieb die Bezeichnung haften und wurde besonders von den Medien benutzt, um die IRA von der Goulding-Fraktion, den »Officials« (»Offiziellen«), zu unterscheiden. Zu jener Zeit führten beide Fraktionen militärische Aktionen durch, wobei die »Provisionals« sehr viel aktiver waren. (Ich selbst habe übrigens die Bezeichnung »Provisionals« oder »Provos« für die IRA oder Sinn Féin nie gemocht.)

Nach der Spaltung kam es wegen der bloßen Existenz rivalisierender bewaffneter republikanischer Gruppen zu einer Reihe von Fehden. Mit dem am 8. März 1971 erschossenen Charlie Hughes war das erste Todesopfer zu beklagen. Zwischen den beiden Gruppen war es in den Falls, den Markets und in Ballymurphy zu Reibereien gekommen. Meistens entstanden sie, wenn die rivalisierenden Gruppen oder einzelne Angehörige aufeinandertrafen und ein Wort das andere gab. In den Falls war es zu einem Streit gekommen, bei dem Anhänger der »Officials« Leute vertreiben wollten, deren Familienangehörige es mit den »Provos« hielten. Dabei wurden Waffen gezückt, und es kam zu einem Schußwechsel. Charlie wurde erschossen und dabei noch eine weitere Person verletzt, die gerade ein Haus in der Cyprus Street verließ. Wenige Stunden nach meinem Besuch bei Tom Cahill wurde er während der Milchauslieferung schwer verwundet. Es folgte eine Serie von Schießereien; bei einer kam es zu einem Handgemenge zwischen zwei lokalen Aktivisten und einem jungen Mann namens McGuinness. Dieser wurde mit seiner eigenen Waffe angeschossen, er lag lange Zeit im Krankenhaus, bis er schließlich seiner schweren Verletzung erlag. Viele Leute gerieten während dieser Fehden in einen emotionalen Zwiespalt. Proinsias MacAirt zum Beispiel stand sowohl Billy McMillen, der führenden Figur bei den Officials, wie auch Charlie Hughes von den Provos sozial und persönlich sehr nahe. Ich war mit Tom Cahill eng befreundet und war sehr wütend darüber, daß man ihn vorsätzlich niedergeschossen hatte. Meine Schwester jedoch war bei den Officials. MacAirt war der Meinung, ich könne helfen, die Fehde beizulegen, und ich war schließlich Zeuge eines Treffens zwischen Billy McMillen und Billy McKee, bei dem eine Art Übereinkommen geschlossen wurde.

Die Officials waren immer noch auf dem Plan, die Provisional IRA jedoch ging bald von grundsätzlich defensiven Maßnahmen zu einer substantiellen Offensive gegen die britische Präsenz und das Stormont-Regime in all seinen Formen über. Denn die Schlagkraft der IRA nahm so dramatisch zu, daß sie Mitte 1971 in der Lage war, nicht weniger als 125 Bombenanschläge in nur zwei Monaten zu verüben. Ende März wurde Brian Faulkner Premierminister, und im Mai erteilte er der britischen Armee die unbeschränkte Vollmacht, »wirkungsvoll« auf jeden zu schießen, der sich »verdächtig« benahm. Dazu schuf er jedoch ein Gegengewicht. Im Juni bot er der SDLP Plätze in mehreren Stormont-Ausschüssen an. Die begeisterte Zustimmung der SDLP ließ ahnen, daß es Faulkner gelingen könnte, den katholischen Mittelstand ins Boot zu holen.

Die britische Armee konnte nun laut eigenem Jargon »nach Ermessen auf männliche Personen militärfähigen Alters« das Feuer eröffnen. So zumindest lautete der Befehl an die Soldaten, welch beschönigende Auslegung auch immer im bürgerlichen Recht oder in den Armeevorschriften zu finden war. Die Absicht war klar: Es ging darum, die örtliche Bevölkerung durch die Tötung beliebiger sich »verdächtig benehmender« Personen zu terrorisieren, die sich in der Nähe des Schauplatzes einer IRA-Operation oder im Anschluß an eine solche, besonders gegen die britische Armee gerichtete Operation dort angetroffen wurden. Die Botschaft an die republikanischen Wohnbezirke lautete – nachdem die Briten ganz offensichtlich unschuldige Menschen getötet hatten –: »Sagt der IRA, sie soll aufhören, und wir werden aufhören.«

Am 8. Juli 1971 erschoß die britische Armee in Derry Seamus Cusack und Desmond Beattie. Beide waren Katholiken und unbewaffnet. Der Tod dieser ersten Opfer des »wirkungsvollen« Waffeneinsatzes markierte einen entscheidenden Wendepunkt. Sinn Féin organisierte eine große Kundgebung in Derry, auf der sowohl der Präsident, Ruairí Ó Bradaigh, als auch die Vizepräsidentin, Maire Drumm, sprachen. Das nationalistische Derry war erfüllt von tiefempfundener Empörung, reihenweise wollten Leute der IRA beitreten. Die SDLP wurde durch ihre Beteiligung am Ausschußsystem mit dem Regime identifiziert, und die Stimmung unter ihrer Wählerschaft ließ befürchten, daß sie jegliche Glaubwürdigkeit einbüßte. Am 15. Juli zog sich die SDLP aus Stormont zurück. Was bislang vorrangig eine Schlacht zwischen belagerten Nationalisten und der Stormont-Regierung um Gleichberechtigung war, wurde nun zur Schlacht zwischen den belagerten Nationalisten und dem britischen Establishment.

7

Die Briten und Unionisten verstärkten ihr Bemühen, einen militärischen Sieg herbeizuführen. Am 23. Juli 1971 führten zweitausend Soldaten im Morgengrauen Hausdurchsuchungen bei mutmaßlichen Republikanern durch. Es war eine Generalprobe für die Einführung der Internierung.

Kevin Hannaway und ich hielten uns in einem Haus in der Panton Street des Falls-Gebietes auf. Wir wollten uns um vier Uhr morgens zu einem anderen Haus durchschlagen und wurden in der Merrion Street von einer Patrouille, vier Briten, angehalten. Sie riefen weitere Soldaten herzu, und ein höherer Offizier erschien, fuchtelte mit einer Browning-Pistole herum und drückte sie mir an den Kopf.

Kevin Hannaway wurde von einem Soldaten mit Gewehr in Schach gehalten, er schien zu einem Handgemenge bereit.

»Wenn du mir das Gewehr nicht aus dem Gesicht nimmst, ramme ich es dir in den Arsch!« brüllte er.

Mittlerweile waren überall auf der Straße Soldaten, und ich wollte mich nicht auf eine Rauferei einlassen.

»Du hast ja gehört, was er gesagt hat. Wie du siehst, haben wir euch umzingelt«, sagte ich zu dem Briten, damit Kevin den Mund hielt.

Die Soldaten beschimpften und bedrohten uns weiter. In den Fenstern der Häuser ringsum ging das Licht an, Leute schauten heraus, um zu sehen, was los war.

Wir vermuteten, daß uns die Soldaten festnehmen würden, aber zu unserer Überraschung ließen sie uns laufen. Wir bogen um die Ecke und rannten wie wild davon.

»Es kommt bestimmt keine Internierung«, sagte Kevin, als wir uns in einem Haus in Sicherheit gebracht hatten.

»Kevin«, erwiderte ich, »die Internierung kommt ganz bestimmt.«

Am 6. August wurde die Zahl der britischen Soldaten (das Ulster Defence Regiment nicht eingeschlossen) auf 11 900 erhöht. Wir erhielten die definitive Nachricht, daß ein paar Tage später das Gesetz über die Internierung in Kraft gesetzt würde. Am späten Abend des 8. August machten Kevin und ich die Runde und empfahlen den Leuten, sich von allen Orten fernzuhalten, an denen sie bekannt waren. In den frühen Morgenstunden des 9. August trennten wir uns, und ich begab mich in ein Haus in Springhill.

Um vier Uhr morgens wachte ich auf und hörte Leute umherrennen und rufen: »Internierung!« Es klang seltsam, als wäre die Internierung eine Person, die zu Besuch gekommen war. Bevor ich richtig angezogen war, tauchten ein paar Aktivistinnen des Viertels auf, darunter Colette McArdle. Ich trug Unterhosen mit Paisleymuster, worüber selbst unter diesen Umständen gewitzelt wurde. Ich trat vor die Haustür und sah am oberen Ende der Springhill Avenue Soldaten. Jenseits des Flusses konnte ich unser Haus erkennen, aus dem sie in dieser Nacht meinen Vater gezerrt hatten. Liam war ebenfalls abgeholt worden. In der Girdwood-Kaserne stellten sie fest, daß er zu jung war, schnappten ihn sich und warfen ihn, weit vom nationalistischen Belfast entfernt, aus dem Landrover.

Unterdessen war das ganze Gebiet vom Aufstand erfaßt. Die Briten waren in die Randzonen, hauptsächlich in die Springfield Road und in ihren Stützpunkt in der Taggart Memorial Hall zurückgedrängt worden. In der Whiterock Road kam es, um den McRory Park herum, ebenfalls zu Kämpfen. Am oberen Ende der Springhill Avenue tobte eine wilde Schlacht, und vom Murph waren Leute bis zur Henry-Taggart-Kaserne vorgedrungen, wohin viele der während der morgendlichen Razzia Verhafteten zunächst gebracht und brutal zusammengeschlagen worden waren. Was die Leute nur in die Hand bekamen, wurde als Wurfgeschoß gegen die Kaserne geschleudert. Die britische Armee beantwortete den Hagel zunächst mit Gummigeschossen und schoß dann scharf.

Zur gleichen Zeit rottete sich in Springmartin eine loyalistische Meute zusammen und fing an, die Bewohner von Ballymurphy und Springhill zu verhöhnen. In Anlehnung an einen Popsong jener Zeit sangen sie »Where's your daddy gone?« Dann begannen sie damit, auf die unterhalb gelegenen Häuser von Springfield Park Steine zu werfen. Pater Hugh Mullan, der siebenunddreißigjährige Ortsgeistliche, schaltete sich ein, um die nationalistischen Jugendlichen von einer Entgegnung abzuhalten. Er telefonierte mit der RUC und britischen Offizieren. Nachdem mehrere Stunden lang Steine und Flaschen auf die Häuser herabgeregnet waren, begab sich Pater Mullan bis an die Grenze zu Springmartin hinauf und bat die Loyalisten, doch ein wenig Rücksicht auf die kleinen Kinder in Springfield Park zu nehmen. Sie erwiderten: »Verpiß dich, dreckiger Fenier!«

Da weiterhin Wurfgeschosse niederregneten, versammelten sich Bewohner anderer Teile von Ballymurphy in Springfield Park, um ihren Nachbarn zur Seite zu stehen, und ein paar Stunden später tobte eine wilde Steinschlacht.

Als von Springmartin aus geschossen wurde, erwiderte die IRA das Feuer von Wohnungen in Moyard aus. Britische Soldaten eröffneten von der Henry-Taggart-Kaserne aus sofort das Feuer auf Ballymurphy und rückten dann nach Springmartin vor, um gemeinsam mit loyalistischen Schützen auf Moyard und Ballymurphy zu feuern. Manche Bewohner von Springfield Park verließen ihre Häuser durch die dahinter liegenden Gärten und flüchteten ins Gemeindezentrum von Moyard. Die Kinder wurden unter dem Schutz einiger Erwachsener über ein Stück offenes Gelände vor Pater Mullans Haus geleitet.

Auf dem Höhepunkt des Kampfgeschehens bahnten sich Colette und Maureen McGuinness ihren Weg zu Divismore Park Nummer 11, um nach meiner Mutter zu sehen. Soldaten des Fallschirmjäger-Regiments hatten das Haus verwüstet, und wegen der heftigen Schießerei draußen und des

Chaos drinnen wollte meine Mutter gerade die kleineren Kinder in Sicherheit bringen. Nach der brutalen Razzia und der Festnahme meines Vaters und Liams standen alle unter Schock und waren mit den Nerven am Ende. Mutter machte sich zudem natürlich Sorgen um mich, um Paddy und unsere Freunde. Sie, Colette und Maureen schnappten sich die Kleinen und verließen das Haus. In diesem Moment setzte erneut mit langem und lautem Stakkato schweres Gewehrfeuer ein.

»Jesus, Maria und Joseph!« rief meine Mutter. Dies war ihr letzter Tag im Haus Divismore Park.

Als meine Familie später in das Haus zurückkehren wollte, hielten die Paras es noch besetzt, und als sie schließlich abzogen, war es unbewohnbar. Die Soldaten hatten das Haus wiederholt mit einem Panzerfahrzeug gerammt. Drinnen hatten sie nicht nur die Möbel und Waschbecken zerstört, sondern auch die private Habe, Erinnerungsstücke, Familienpapiere und Fotografien. Zimmerdecken waren heruntergerissen worden. Die von meinem Vater so geliebte Trennwand niedergerissen, Türen eingetreten. Die Betten waren ebenso uringetränkt und kotbeschmiert wie die Kleider in den Schränken.

Seit Jahren hatte meine Mutter auf dem Kaminsims und auf dem Fernsehapparat allerlei Zimmerschmuck zu stehen: zumeist kleine Geschenke von uns, ihren Kindern. Natürlich passierte es, in einem so großen, lebhaften Haushalt, daß die Sächelchen mal herunterfielen und zerbrachen. Mein Vater bekam die kaputten, rissigen Nippsachen zur Reparatur. Dabei kam ihm einmal die Idee, all die Figuren einfach auf dem Kaminsims und dem Fernsehgerät festzukleben.

»Die kriegen sie nicht mehr kaputt, Annie«, hatte er meiner Mutter erklärt.

Kurz darauf war es ihr sehr peinlich, als sie den Fernseher mitsamt den Nippsachen zur Reparatur in die Ratenkauffirma bringen mußte. Nun, Jahre später, prägte sich Colette dieses Bild ein, während sie die Verwüstung im Haus begutachtete: Auf dem Kaminsims waren nur noch die Stümpfe der Figuren zu sehen, während die auf dem Fernseher noch heil waren, obwohl das Gerät umgestürzt in all den Trümmern auf dem Fußboden lag.

Auch in anderen Vierteln kam es zu Ausschreitungen. Loyalisten nutzten den durch die Razzien hervorgerufenen Wirrwarr und beschossen Ardoyne, stießen aber auf starkes Gegenfeuer der IRA. Die Kämpfe waren in Belfast am heftigsten, brachen aber auch in Derry, Newry, Armagh, Lurgan und Strabane aus. Mehr Einwohner denn je arbeiteten mit IRA-Einheiten zusammen. Da die Briten gepanzerte Fahrzeuge und Bulldozer einsetzten, um Barrikaden zu beseitigen, stürzten die Leute Autos um und zündeten sie an, um neue Hindernisse zu errichten.

Wir organisierten ein Treffen von Aktivisten aus Westbelfast. Unmittelbar davor inspizierte ich die Gegend. Ich lief ins Murph hinauf, durch Whiterock wieder hinunter, über die Falls Road nach Beechmount und über die untere Wack, wie wir das untere Ende der Falls Road nannten, ins Clonard-Viertel und dann zurück nach Andersonstown. Ich kam mir wie ein Zuschauer bei einem Stück vor, in dem ich zugleich selbst mitspielte. In Whiterock sah ich, wie die Briten versucht hatten, mit einem Bulldozer eine Barrikade wegzuräumen, und dabei einen Mann töteten.

In Beechmount traf ich Republikaner aus dem Viertel, die mir rieten, besser nicht zu Fuß umherzustreifen. Sie besorgten mir einen Fahrer und einen Morris Minor, den wir am Straßenrand parkten, als wir ein Haus betraten. Als wir herauskamen, sahen wir, daß die Bewohner an beiden Enden der Straße Barrikaden errichtet hatten, so daß unser Auto nutzlos war. Ich machte mich also wieder zu Fuß auf, in die Leeson Street. Dort wohnten etliche Officials, ich unterhielt mich kurz mit einigen, machte mich dann auf den Weg zum Haus von Kevin Hannaway. Dort erfuhr ich zu meiner Bestürzung, daß er festgenommen worden war. Das Haus selber war ein Trümmerhaufen.

Die Internierung wurde gemäß Abschnitt 12 des Special Powers Act vorgenommen. Danach konnten Personen auf unbestimmte Zeit festgehalten werden, ohne daß Anklage erhoben werden mußte. Dies erlaubten die neuen Machtbefugnisse, mit denen Brian Faulkner, der Premierminister des Staatsgebildes, ausgestattet war. Faulkner verkündete: »Die gegenwärtigen Operationen zielen in erster Linie gegen die Irisch-Republikanische Armee.« Er bezog aber ausdrücklich auch anti-unionistische politische Aktivisten ein, die mit ausschließlich friedlichen Mitteln arbeiteten, Leute, wie er formulierte, »die Treffen organisieren, um gegen die Internierung zu protestieren.«

Faulkner, der Urheber der Internierung, war von dem früheren unionistischen Premierminister Terence O'Neill als »unaufrichtig«, »hinterlistig«, »intrigant« und »absolut nicht vertrauenswürdig« bezeichnet worden. Vielleicht traf all das auf ihn zu, aber daß er unter den Unionisten so beliebt war, hing mit seiner Neigung zusammen, den Mantel nach dem Wind zu hängen. Die Maßnahme der Internierung, die er eingeführt und ausschließlich gegen Anti-Unionisten benutzt hatte, war in seiner Partei zweifellos äußerst populär.

Die Internierung war ein Akt massiver politischer Gewalt des Staates gegen die Opposition aus Nationalisten und Bürgerrechtlern. Daß sie ein politisches Manöver darstellte, wurde durch die Tatsache deutlich, daß General Sir Harry Tuzo, der Befehlshaber der britischen Armee in Nordirland, gegen ihre Einführung plädiert und nachdrücklich darauf hingewiesen hatte, daß die britische Armee nicht über genügend Informationen verfüge, um die »richtigen« Leute internieren zu können. Die Situation werde sich nur verschlimmern, denn wenn ausschließlich Katholiken interniert würden, könnte dies deren Zusammenschluß gegen den Staat bewirken.

Bei der Generalprobe am 23. Juli hatten sich die von der RUC assistierten britischen Truppen auf Angaben in Adreßbüchern und Dokumenten gestützt. Dann waren Pläne erstellt worden, mit den Internierungsrazzien am 10. August zu beginnen. Als jedoch ein Mann auf dem Weg zur Arbeit vor der Armeekaserne in der Springfield Road von einem Soldaten erschossen und sein Beifahrer aus dem Kleinbus gezerrt und brutal zusammengeschlagen wurde, hatte sich eine Straßenschlacht entwickelt, und die Einführung der Internierung wurde um einen Tag vorgezogen.

Die Operation Demetrius, wie sie genannt wurde, verlief unter großem Lärm und deutlichen Vorzeichen. Die Verteidigungskomitees und Bewohner beobachteten die vorrückenden Panzer und die zum Abtransport der Gefangenen bereitgehaltenen Möbelwagen und schlugen mit Mülltonnendeckeln und Trillerpfeifen Alarm. Die Soldaten schlugen Türen ein, schossen scharf und feuerten Gummigeschosse ab. In Derry drängte die Bevölkerung die Briten zurück, noch bevor alle vorgesehenen Personen festgenommen waren. Die Art und Weise, wie die Operation durchgeführt wurde, der plumpe Versuch, die gesamte nationalistische Bevölkerung einzuschüchtern, verfestigte die Opposition der Bevölkerungsgruppe gegen die britische Herrschaft nur noch mehr.

Unter den Festgenommenen waren einige der wichtigsten Vorkämpfer vor Ort, die aus den Wohnbezirken stammten und lange dort gewirkt hatten. Sie gehörten unterschiedlichen Generationen an. Liam Mulholland war siebenundachtzig Jahre alt, einer von etwa fünfzig älteren Männern, die nur festgenommen wurden, weil sie früher schon interniert gewesen waren. Zu den Internierten gehörten auch mehrere Studenten, Mitglieder von People's Democracy sowie einige Mitglieder der NICRA. Manche Personen wurden vermutlich nur verhaftet, weil sie mit politischen Aktivisten verwandt waren, andere, gänzlich unbeteiligte Leute befanden sich einfach zur falschen Zeit am falschen Ort. Es wurden auch Leute interniert, die in ihrer Wohngemeinde oder in der Mietervereinigung aktiv waren, durchaus nicht nur Republikaner. Doch obwohl der erste Tote auf das Konto der Loyalisten ging, die in der Malvern Street Peter Wardin umgebracht hatten, obwohl die ersten Bombenanschläge das Werk der UVF waren und obwohl der erste

RUC-Polizist von Unionisten getötet worden war – es wurden keine Unionisten interniert.

Durch die Internierung verloren die Nationalisten zeitweilig einige ihrer wortgewandtesten, tatkräftigsten und gesellschaftlich engagiertesten Mitglieder. Da die ganze Operation sich auf längst veraltete nachrichtendienstliche Daten stützte, wurden vorwiegend ältere Bürgerrechtler sowie politische Aktivisten interniert, hingegen aber nur wenige jüngere. Daher fiel die Führungsfunktion nun jüngeren zu. Rückblickend kann man wohl sagen, daß meine Altersgenossen und ich damals etwas verfrüht in die Fußstapfen älterer und klügerer Genossen traten. Wir wußten lediglich, daß wir uns, ohne zu zögern, den dringenden Herausforderungen stellen mußten. Die zahlreichen Festnahmen an jenem Internierungsmorgen waren übrigens illegal, da die Soldaten selbst nach dem drakonischen Special Powers Act von Mitgliedern der RUC hätten begleitet werden müssen. Die Verbrechen der Mächtigen bleiben unbestraft, oft sogar unbemerkt.

Nach unserem Westbelfaster Treffen und nach der Erörterung aller Eventualitäten und der Einigung über das weitere Vorgehen kehrte ich ins Murph zurück. Hier gingen die Kämpfe weiter, die britische Armee war zu jener Zeit weder willens noch in der Lage, ein erneutes Vordringen in das Viertel zu wagen. Die ganze Nacht hindurch wurde geschossen. Dazu kamen am folgenden Tag noch Flüchtlinge, die durch die Attacken aus anderen Stadtteilen vertrieben worden waren, nach Ballymurphy. Hier wurden bereits Anstrengungen unternommen, die Evakuierung der verängstigten Kinder zu organisieren. Am späten Abend jenes Tages wurde es dann ganz ruhig. Wir wußten, daß wir das Schlimmste zu befürchten hatten.

Am 11. August fielen die Fallschirmjäger in Ballymurphy ein. Sie kamen den Bergpfad herunter, einige hinter einer Herde Kühe, die sie von den umliegenden Feldern zusammentrieben. Sobald sie bei den Häusern angelangt waren, eröffneten sie wahllos das Feuer. Sie durchkämmten das

Viertel, traten in jeder Straße Türen ein, nahmen Männer fest, schlugen brutal auf sie ein und fesselten sie mit Handschellen an Geländer und Zäune. Einige der Festgenommenen ketteten sie als menschliche Schilde an ihre Saracens. Gegen acht Uhr morgens hatten sie das ganze Viertel vollständig militärisch besetzt. Die IRA wußte, daß sie mit einer überwältigenden Übermacht konfrontiert war und mit einem umfassenden Angriff zu rechnen hatte. Darum zog sie sich zurück, nur ein paar Volunteers blieben an sicheren Positionen versteckt, um eher symbolischen Widerstand zu leisten, Ablenkungsmanöver zu starten und bei den Angreifern Verwirrung zu stiften.

In einem Haus am oberen Ende der Glenalina Road blieb ich mit ein paar Leuten aus der Gegend die ganze Nacht wach. Wir waren entsetzt, als wir das Vorgehen der Paras beobachteten: Im ersten Haus an der Straße traten sie die Tür ein und machten sich im vorderen Schlafzimmer breit. Das nächste Haus ließen sie aus und drangen ins übernächste ein. Weiter die Straße hinunter erschien eine Frau am Schlafzimmerfenster. Ein britischer Soldat schrie sie an, ein anderer entsicherte sein Gewehr. Dann knatterten Schüsse. Im Vorgarten des Hauses, in dem wir uns aufhielten, warf sich eine Gruppe Soldaten in Deckung. Wir lagen auf dem Fußboden.

Bei uns war auch Colette McArdle. »Wenn wir hier heil rauskommen, heirate ich dich«, flüsterte ich ihr zu.

Die Frau im ersten Stock zischte ihren Kindern ängstlich zu, sie sollten sich ja nicht rühren.

Draußen waren die hastigen Schritte der Soldaten zu vernehmen. Wir hörten, wie sie Türen eintraten, Krachen und Bersten von Holz, Geschrei, wieder fielen Schüsse. Jetzt waren sie in dem Haus neben uns. Wir hielten den Atem an, als wir durch die Mauern dumpfe Schläge und Schreie hörten. Wie durch ein Wunder rückten sie uns nicht näher auf den Pelz, machten im Vorgarten, vor dem überdachten Eingang, kehrt.

Nach einiger Zeit wurde es im Viertel totenstill. Ich bat

Colette, hinauszugehen und die Lage zu erkunden. Sie schlich nach draußen.

Es blieb weiterhin still. Dann hörten wir Frauenstimmen und Schritte auf dem Pfad. Es waren Colette und die anderen Frauen. Sie klopfte ans Fenster. Ängstlich und angespannt öffneten wir ihr die Tür.

»Alles in Ordnung, sie sind weg«, sagte sie.

Ich ließ sie die Lage ein zweites Mal prüfen, bevor ich mich selbst auf den Weg machte. Unterdessen kamen andere und berichteten, was sich im Chaos der letzten Tage ereignet hatte. Und als Colette zurückkehrte, wußte auch sie einiges zu berichten. Wir verglichen die Nachrichten, um uns ein etwas klareres Bild von den Ereignissen zu machen.

In der Nacht des 9. August hatten offenbar Pater Mullan und andere versucht, Kinder aus Springfield Park wegzubringen, und waren dabei von britischen Soldaten beschossen worden. Der neunzehnjährige Bobby Clarke hatte mit einem Kind das offene Gelände überquert und bekam von der Taggart Memorial Hall her einen Schuß in den Rücken. Pater Mullan hatte ein weißes Taschentuch geschwenkt und war zu dem Verletzten geeilt, um ihm die Sterbesakramente zu erteilen. Er stellte fest, daß der Gestürzte nicht im Sterben lag, und machte kehrt, um von zu Hause einen Notarztwagen herbeizurufen. Da feuerten sie erneut aus der Taggart Memorial Hall, zwei Kugeln trafen ihn, eine davon ins Herz.

Auch der zwanzigjährige Frank Quinn aus Moyard war auf das freie Feld gelaufen, um Bobby Clarke zu helfen, und war ebenfalls von britischen Soldaten erschossen worden.

Jedesmal, wenn in den Stunden danach Versuche unternommen wurden, die Leichen zu bergen, hatten die Schützen erneut das Feuer eröffnet. Schließlich war es einem jordanischen Medizinstudenten mit weißem Helm gelungen, alle drei Leichen zu bergen.

Als die Schießerei anfing, hatte Joan Connolly, 50, in der Ballymurphy Road gerade ihr Haus verlassen. Angesichts der Straßenkämpfe in Springfield Park war sie besorgt um die Sicherheit ihrer Kinder und machte sich auf die Suche nach ihnen. Als sie in der Springfield Road gegenüber von der Taggart Memorial Hall ankam, hatte sie eine Gruppe von etwa sieben Männern begrüßt, darunter Daniel Taggart, Joseph Murphy und Davie Callaghan, die am Eingang zu einem alten Haus namens Manse standen. Da eröffneten die Briten vom Taggart- Stützpunkt aus das Feuer. Die fünfzigjährige Frau wurde von einem Schuß getroffen, stand noch einmal auf, um davonzulaufen, da traf sie ein weiterer Schuß am Kopf, mit einer solchen Wucht, daß ihr Körper in ein Feld geschleudert wurde. Die Leiche hatte man dort erst am nächsten Tag entdeckt.

Der zwanzig Jahre alte Noel Phillips wurde ebenfalls in der Nacht des 9. August erschossen. Seine Leiche fand man gleichfalls am nächsten Tag, in dem Flüßchen zwischen Ballymurphy und Springhill.

Davie Callaghan und Joseph Murphy wurden von Schützen verletzt. Joseph Murphy wollte mit Danny Taggart und zwei weiteren Männern über die Felder flüchten, aber die Soldaten verfolgten sie. Der einundvierzigjährige Vater von neun Kindern wurde ins Bein getroffen, dann feuerten die Soldaten aus nächster Nähe Gummigeschosse auf ihn ab, die brachten ihm schwere Leber- und Nierenverletzungen bei. In einem gepanzerten Fahrzeug wurde er in die Taggart Memorial Hall gebracht und neben die Toten auf den nackten Boden gelegt. Jedesmal, wenn Soldaten vorbeikamen, versetzten sie sowohl dem Lebenden wie den Toten Stiefeltritte. Tage später erfuhren wir, daß er ins Hospital gebracht und an ein Nierengerät angeschlossen worden war. Die Ärzte konnten aber wegen der durch die Tritte verursachten Verletzungen die notwendige Amputation nicht durchführen. Die Wunde wurde brandig, und knapp zwei Wochen später starb er.

Danny Taggart, vierundvierzig Jahre alt und Vater von zehn Kindern, schaffte es in der Internierungsnacht ebenfalls nicht, den Soldaten zu entkommen: Als man seine Leiche fand, war sie von dreizehn Kugeln durchsiebt.

Davie Callaghan, neunundfünfzig Jahre alt, ein pensionierter Postingenieur mit chronischem Asthma, wurde von einem Stück Mauerwerk getroffen, nachdem Kugeln von der Taggart Memorial Hall in die Torpfosten des Manse einschlugen. Er war von den Soldaten zu einem gepanzerten Fahrzeug geschleift, mit Gewehren traktiert und hineingeworfen worden. Im Taggart-Stützpunkt hatten ihm die Soldaten die Beine gespreizt und ihm immer wieder in die Hoden getreten.

Eddie Butler, elf Jahre alt, war vom Taggart-Stützpunkt aus beschossen worden, als er versucht hatte, durch eine zwischen Springhill und Ballymurphy verlaufende Hecke zu kriechen. Als er schreiend auf dem Boden lag, feuerten die Soldaten weiter auf ihn. Ein Mann mit einem künstlichen Bein bewies großen Mut: Er hob die Tür von einem Schuppen aus den Angeln, legte den Jungen darauf und brachte ihn in Sicherheit. IRA-Kämpfer gaben ihm dabei Feuerschutz. Ich wurde Augenzeuge dieses Zwischenfalls, und als ich das Kind schreien hörte, mußte ich unvermeidlich an das Kaninchen denken, das ich Jahre zuvor oben in Glenavy erschossen hatte.

An einer Barrikade in der Nähe des McRory-Parks wurde der achtundzwanzigjährige Eddie Doherty erschossen. Auf dem Gelände der Stadtverwaltung in der Whiterock Road erschossen sie John Lavery, zwanzig; sie fesselten seinen Bruder an ein Geländer und schlitzten seine Kleidung und Schuhe mit Messern auf, die sie aus einer Metzgerei gestohlen hatten.

Viele der Mordtaten in der Nacht des 9. August geschahen in der Nähe der Taggart-Kaserne, auch in Divismore Park, in unmittelbarer Nähe unseres Hauses. Das Gebiet um die Kaserne war offensichtlich als Feuerzone ausersehen. Aus den eingehenden Informationen schlossen wir, daß es keinen anderen Grund für all die Todesfälle geben konnte, als daß den Soldaten der Befehl erteilt worden war: »Schießt auf jeden, der diese Zone betritt.«

Während der kurzen Besetzung Ballymurphys durch die

Briten am Morgen des 11. August hatten Soldaten Joseph Core vom Divismore Crescent angeschossen, mitgenommen und zusammengeschlagen, obwohl er bereits schwer verletzt war (er starb fünfzehn Tage später im Musgrave-Park-Militärhospital).

Nun ging ich die verlassene Ballymurphy Road in Richtung Springhill entlang. Es war gespenstisch. Ich begab mich in die Corpus-Christi-Kirche und betete still. Als ich die Kirche verließ, waren schon ein paar Leute unterwegs. Ein Frau mittleren Alters grüßte mich.

»Die Bastarde! Bevor es zum Kampf kam, sind sie schon wieder ausgerückt. Aber Frauen und Kinder umbringen, das können sie.« Unmittelbar nach der Einführung der Internierung kam es im gesamten Norden zu Straßenschlachten und Feuergefechten. Menschen starben, aber die Welt schaute nicht hin, und die Medien berichteten von dem angeblich großen Erfolg der Operation. Militärbasen und RUC-Stationen wurden von erzürnten Bürgern angegriffen, die Zeuge der Internierungsrazzien geworden waren. In den nationalistischen Vierteln feuerten die britischen Truppen wild drauflos, ob mit scharfer Munition, mit Gummigeschossen oder CS-Gas; sie traten Türen ein, zertrümmerten viele Häuser und attackierten unzählige Menschen in ihren Wohnungen und auf der Straße. Neben den ungehemmt wütenden britischen Soldaten zog ein loyalistischer Mob durch die Straßen: Er fiel über Randgebiete der katholischen Viertel her und brannte die Häuser nationalistischer Familien nieder. Unmittelbar nach Einführung der Internierung gab es etwa 2500 Zwangsvertreibungen. Tausende von Flüchtlingen strömten über die Grenze. Sie drängten in die fünf von der Dubliner Regierung errichteten Flüchtlingslager, zwei davon nahmen innerhalb von nur zwei Tagen sechstausend Vertriebene auf.

In den vier Tagen zwischen dem 9. und 13. August wurden zweiundzwanzig Menschen getötet, darunter neunzehn Zivilisten. Dazu gab es zahlreiche Verwundete, einige erlagen später ihren Verletzungen.

Die ersten Berichte trafen ein, welche Behandlung den während der Razzien Verhafteten zuteil wurde. Von den Internierten der ersten Stunde wurden zwölf, darunter Kevin Hannaway, einer Sonderbehandlung unterworfen. Die Briten erprobten bei dieser Gelegenheit neue und alte Foltertechniken – ein grotesker Vorgang.

Kevin hatte im Bett gelegen, als die Briten am Morgen um 4.30 Uhr in das Haus eindrangen. Sie schlugen die Eingangstür ein und stürmten die Treppen zum Schlafzimmer hinauf. Sein größeres Kind, wenig mehr als eineinhalb Jahre alt, schrie völlig verängstigt. Als Kevins Frau mit der Nuckelflasche nach einem der Soldaten ausholte, schoß er auf sie. Die Kugel bohrte sich in die Zimmerdecke.

Die Soldaten eröffneten Kevin, daß er unter dem Special Powers Act festgenommen sei, dann wurde er mit vorgehaltener Waffe in den Armeestützpunkt in der Mulhouse Street gebracht, auf einen Lastwagen verfrachtet und, die Hände vor dem Bauch gefesselt, zur Girdwood-Kaserne gefahren. Dort wurde er erkennungsdienstlich behandelt und mußte dann mit über hundert Festgenommenen mehrere Stunden lang auf dem Boden der Turnhalle sitzen. Ein Zivilpolizist der RUC Special Branch rief die Internierten einzeln zum Verhör auf. Kevin erzählte mir später, daß mein Vater besonders übel behandelt wurde. Die Soldaten und die RUC-Polizisten erklärten den Festgenommenen, daß in Belfast Hunderte, vielleicht Tausende von Menschen getötet würden.

Nach einiger Zeit wurden alle nach draußen gebracht und zum Spießrutenlauf zwischen zwei Reihen von Militärpolizisten gezwungen. Man traktierte sie mit Faustschlägen, Fußtritten und Schlagstöcken. Kevin wurde in einen Hubschrauber geworfen, dessen Rotorblätter sich bereits drehten. Nun werde er getötet, drohte man ihm und stieß ihn rückwärts aus dem Hubschrauber. Doch der Hubschrauber schwebte nur einen Meter über dem Boden. Diese Prozedur wurde mehrfach wiederholt. Er mußte erneut Spießruten laufen und wurde dabei mit dem Schlagstock geprügelt und getreten. Man führte ihn und einige andere barfuß nach draußen und zwang sie, über einen mit Stacheldraht und Glasscherben bedeckten Platz zu laufen, wobei sie ständig geschlagen wurden. Mit blutender, zerquetschter Nase und Zähnen, die sich durch die Lippen bohrten, wurde er unter weiteren Schlägen durch einen Hinterausgang der Girdwood-Kaserne in das angrenzende Gefängnis an der Crumlin Road getrieben und dort in eine Zelle geworfen. Ein Mitgefangener pflegte so gut es ging seine Wunden.

Vierundzwanzig Stunden nachdem britische Soldaten die Tür seines Hauses zertrümmert hatten, wurde Kevin aus der Zelle geholt und von RUC- und Militärpolizisten wieder in die Girdwood-Kaserne geprügelt. Hier zwang man ihn erneut, den »Hindernislauf« zu absolvieren. Die Soldaten versetzten ihm Schläge, Fausthiebe und Tritte, ein Wachhund biß ihm ins Bein. Dann sperrte man ihn in einen Raum und befahl ihm, sich auf die Pritsche zu legen. Doch schon bald wurde er wieder hinausgeführt und bekam einen schwarzen Jutesack über den Kopf gestülpt und Handschellen angelegt. Der quadratische Sack bestand aus doppellagiger Jute, die keinerlei Licht durchließ. Er reichte über die Schultern bis zur Brust. Man fesselte Kevin mit Handschellen an die ebenfalls mit einer solchen Kapuze versehenen Gefangenen Joe Clarke, Francie McGuigan und Archie Auld. Die vier wurden gezwungen, aus dem Gebäude zu laufen, wobei man sie weiter mit Schlagstöcken traktierte. Dann wurden sie in einen Hubschrauber gestoßen. Dort entfernten die Soldaten die Handschellen, mit denen die Häftlinge aneinandergekettet waren, jeder einzelne blieb aber nach wie vor um das Handgelenk straff gefesselt.

Während des einstündigen Fluges zurrten die Bewacher die Kapuze so fest zu, daß Kevin kaum atmen konnte. Sie zerrten an den Handschellen, so daß sie in seine Handgelenke einschnitten. Als der Hubschrauber gelandet war, wurde Kevin auf einen Lastwagen gehievt und abermals mit Fausthieben, Stiefeltritten und Schlagstöcken mißhandelt.

Die Bewacher schleiften ihn in einen Raum, in dem er so lange mit gespreizten Beinen vor der Wand stehen mußte, bis er in einen anderen Raum gebracht, bis auf die Kapuze entkleidet und medizinisch untersucht wurde. Die Waage zeigte 85 Kilogramm an. Vom Arzt nach seinem körperlichen Befinden gefragt, gab er einen Herzfehler an, den er seit seiner Kindheit hat. Er nannte den Namen des Spezialisten, der ihn behandelte. Er wurde in einen übergroßen Overall gesteckt und mußte wieder mit gespreizten Beinen an der Wand stehen. Nun hämmerte ein Dauerton in seinem Kopf, ähnlich dem Brummen eines Ventilators oder dem Surren eines Bohrers, durch einen Verstärker auf hohe Lautstärke gebracht. Er verlor jegliches Zeitgefühl. Jedesmal, wenn er versuchte, durch Strecken die Schmerzen in den Gliedern zu lindern, wurde er getreten, mit Knien gestoßen und geschlagen.

Nach einer langen Zeit wurde er hinausgebracht, in einen Lastwagen gestoßen und zum Hubschrauber transportiert. Nach einstündigem Flug fuhr man ihn in einem Landrover zu einem Gebäude, in dem er auf einen Stuhl gesetzt und von der Kapuze befreit wurde. Links und rechts von ihm standen Bewacher, ein Mann trat vor ihn und reichte ihm ein Schriftstück, das sollte er sich durchlesen. Dazu war er aber nicht in der Lage, denn nachdem er so viele Stunden unter der Kapuze gesteckt hatte, konnte er nur verschwommen sehen. Erneut wurde ihm die Kapuze übergestülpt, und er mußte wieder an der Wand stehen. Sie donnerten seinen Kopf gegen die Wand, bevor sie ihn zu einem weiteren einstündigen Flug zum Hubschrauber zerrten. Danach wurde er abermals im Lastwagen bis zu dem Raum mit dem quälenden, zermürbenden Geräusch befördert, in dem er wieder mit gespreizten Beinen an der Wand stehen mußte. Wenn er nicht mehr stehen konnte, wurde er geschlagen und zum Verhör geschleppt. Man setzte ihn auf einen Stuhl, nahm ihm die Kapuze ab und leuchtete ihm mit einer hellen Lampe in die Augen, während ihn drei Inquisitoren mit

Fragen bombardierten. Dann mußte er wieder an der Wand stehen, wieder das Dauergeräusch in hoher Tonlage und die Schläge über sich ergehen lassen. Dann erneutes Verhör, zurück in den Raum, Schläge, Verhör …

Er wußte nicht, wie viele Tage und Nächte vergangen waren. Er hatte in diesem Zustand keinerlei Zeitgefühl mehr. Er war total durcheinander und empfand nur noch seinen gequälten, schmerzenden Körper. Schließlich spürte er seinen Körper überhaupt nicht mehr und hatte das Gefühl, verrückt zu werden. Er wurde von Visionen und Gedanken heimgesucht, an seine Frau und die kleinen Kinder, die Freunde und all die Toten zuvor. Er betete zu Gott, daß er ihn erlösen möge.

Am 16. August schließlich, eine Woche nachdem sein Leidensweg begonnen hatte, saß er einem Beamten einer Spezialeinheit gegenüber, durfte die Kapuze abnehmen, bekam Tee und eine Zigarette angeboten. Er wusch sich und wurde gründlich medizinisch untersucht. Er wog nur noch siebenundsiebzig Kilo. Er wurde nackt fotografiert, dann führte man ihn in einen kleinen Raum und händigte ihm seine Kleidung aus. Noch einmal stülpte man ihm die Kapuze über. Er wurde zu einem Lastwagen und dann zum Hubschrauber gebracht. Nun war er fest davon überzeugt, daß er aus dem Hubschrauber geworfen werden sollte, und zitterte während des Fluges vor Angst. Nach der Landung wurde er per Landrover zum Haupttor des Crumlin-Road-Gefängnisses transportiert und dort nach den üblichen Regeln eingeliefert.

Er war unmenschlicher Folter unterworfen gewesen, hatte schwerste physische und seelische Verletzungen davongetragen. Er bedurfte dringend der Hilfe durch Spezialisten und langfristiger Betreuung. Statt ihn jedoch in ein Krankenhaus einzuliefern, hielt man ihn drei Monate im Crumlin-Road-Gefängnis in Haft und überführte ihn dann in das Internierungslager Long Kesh.

Die Briten vermochten mit ihrem Experiment eine ganze Reihe von Foltermethoden zu verfeinern und zu entwickeln.

In den folgenden Jahren wurden sie in Irland gegen Republikaner und andere angewandt. Zu diesen Methoden gehörten:

– die »Durchsuchungsposition«, angewandt über einen längeren Zeitraum: lediglich ein Finger jeder Hand darf die Wand berühren. Die Beine sind zu spreizen, der Internierte muß mit angewinkelten Beinen auf den Zehenspitzen stehen;

– heftige Fausthiebe in die Magengrube der in »Durchsuchungsposition« stehenden Häftlinge;

– dem in »Durchsuchungsposition« Stehenden werden die Beine weggetreten, damit er stürzt und mit dem Kopf gegen die Wand, den Heizkörper oder auf den Fußboden schlägt;

– Schläge mit dem Schlagstock in die Hoden oder die Nierenpartie, während der »Durchsuchungsposition«;

– Tritte zwischen die Beine;

– ein starker Heizkörper oder ein Elektroheizgerät wird vor den in »Durchsuchungsposition« stehenden Häftling gestellt, oder der Mann wird zwischen zwei Bänken langgestreckt, darunter stehen zwei Heizlüfter, dazu gibt es Tritte in den Magen;

– Schläge in den Nacken, gewaltsames Stoßen des Kopfes gegen die Wand, heftige Knüppelschläge gegen den Kopf, Schläge ins Gesicht und auf die Ohren;

– Verdrehen von Armen und Fingern hinter dem Rücken, Schläge von hinten in die Rippen bei gleichzeitigen Hieben in den Magen;

– Quetschen der Hoden und Einführen von Gegenständen in den After, Tritte gegen die Knie und Schienbeine;

– der Einsatz von elektrischen Viehtriebstöcken, Injektionen und Elektroschocks;

– Verbrennungen an der Haut, verursacht durch Streichhölzer und Kerzen, Schlafentzug, Urinieren auf Gefangene;

– russisches Roulett, Abfeuern von Platzpatronen, Schläge in der Dunkelheit bei verbundenen Augen und übergestülpter Kapuze, weiße perforierte Wände in würfelförmigen Räumen, verbale Drohungen gegenüber den Gefangenen betreffs des Schicksals ihrer Angehörigen …

Diese Internierungspraktiken hatten in vielen Fällen gravierende und langwierige Schäden zur Folge. Am brutalsten fiel die Behandlung aus, wenn den Opfern Kapuzen übergestülpt wurden. Doch auch wenn eine weniger intensive Folter (oder »unfreundliche Behandlung«, wie der von den verantwortlichen Regierungsstellen bevorzugte Terminus lautet) angewandt wurde, wiesen die Opfer anschließend eine ganze Reihe von Krankheitssymptomen auf: dauerhafte Gedächtnisstörung, Depressionen, ständige Kopfschmerzen und häufige Übelkeit, Geschwüre, Angstzustände und Schlaflosigkeit. Unter vielen dieser Folgen litten nicht nur die Internierten, sondern auch diejenigen, die Verhören unterzogen wurden, ohne aber interniert zu sein.

Die nationalistische Bevölkerung des Nordens wurde von den Auswirkungen der Internierung tief und anhaltend getroffen. Aufgrund des engmaschigen Netzes der Gemeinschaft kannte fast jeder jemanden, der Einschüchterung oder Internierung kennengelernt hatte. Die gesamte Operation war von den Briten gegen die nationalistische Bevölkerung in ihrer Ganzheit gerichtet worden. Sie hatte aber keineswegs Einschüchterung bewirkt, sondern nur die Entschlossenheit verstärkt, sich der Repression zu widersetzen.

Am 13. August, vier Tage nach den Razzien, gab Joe Cahill, vorgestellt als Belfaster Kommandeur der IRA, unter den Augen der britischen Armee in der St.-Peter-Schule in Whiterock eine Pressekonferenz. Er berichtete, die Organisation sei intakt, sei nicht ernsthaft getroffen worden, und nur zwei ihrer Mitglieder seien während der Operation Demetrius getötet worden.

Nach der Pressekonferenz brachte ich Joe durch einen Hintereingang der St.-Peter-Schule nach draußen und begleitete ihn nach Beechmount. Als es dunkel wurde, holten ein Freund und ich ihn ab und brachten ihn auf dem gleichen Weg zurück. Joe sollte in Whiterock den Journalisten Vincent Browne zu einem Interview treffen. Statt das Schulgelände zu durchqueren, wollten wir über den Sportplatz laufen. Uns war klar, daß unsere Wachposten, die auf der Anhöhe über uns nahe der Mauer von Corry's Holzlager und hinter Westrock standen, uns deutlich sehen konnten. Wir mußten auf der Hut vor neuen Attacken der Loyalisten und Briten sein. Den Wachposten war unsere Route mitgeteilt worden. Wir überquerten den Sportplatz und plauderten leise miteinander. Plötzlich fiel ein Schuß, offenbar ein leichtes Gewehr. Dann noch einer. Der zweite riß ein Loch in den grauen Boden des Sportplatzes. Wir warfen uns alle drei zu Boden. Dann folgte ein weiterer Schuß, diesmal schlug er ganz in unserer Nähe ein. Unser Trio bot eine gute Zielscheibe. Wir konnten aber nicht einmal sehen, woher die Schüsse kamen. Dann ertönte ein Ruf.

»Wer da?«

Wir sprangen auf. Ein weiterer Schuß krachte.

»Wir sind's! Wir, verdammt!«

Unser Begleiter rannte tapfer schnurstracks auf die Feuerstellung zu, rief und gestikulierte dem versteckten Schützen zu. Joe und ich schlichen mit größerer Vorsicht hinter ihm her.

Später machte im Viertel ein Gerücht die Runde, drei Loyalisten hätten versucht, Westrock zu überfallen, und wären dabei erschossen worden. Der tapfere Verteidiger des Sportplatzes von St. Peter's ärgerte sich sehr, wir aber waren heilfroh, daß er ein so miserabler Schütze war. Als später die Wahrheit bekannt wurde, bekam er nach einer populären Fernsehserie jener Jahre den Spitznamen »Rifleman«.

Die Internierung war eingeführt worden, um die IRA zu zerschlagen. Dieses Ziel wurde nicht erreicht, statt dessen ging die IRA mit breiter Unterstützung daraus hervor. Zwei Jahre vor der Internierung war die IRA noch wenig organisiert, fast ohne Waffen und nicht imstande gewesen, die gleiche Rolle wie bei den Pogromen der zwanziger und dreißiger Jahre zu spielen. Damals hatte sie die Verteidigung der angegriffenen Viertel übernommen. Zwar hatten einzelne Republikaner in der Folgezeit in ein, zwei Fällen versucht,

Angriffe abzuwehren, aber insgesamt vermochte die IRA keinen organisierten Widerstand zu leisten. In den Monaten nach den Pogromen des August 1969 hatten die Republikaner fieberhaft daran gearbeitet, Waffen zu beschaffen, Geld aufzubringen und die IRA so zu organisieren, daß sie einer bewaffneten Belagerung gewachsen war. Straßen, Menschen und sogar Kirchen waren überfallen worden, und die IRA-Volunteers hatten ihr Leben eingesetzt, um sie zu schützen. Zu Anfang waren Stöcke und Steine, Molotowcocktails und einfache Schußwaffen gegen die mit modernsten Waffen ausgerüstete Streitmacht des Staates eingesetzt worden. Unterdes hatte die IRA während der Straßenkämpfe und Scharmützel eine sorgfältige Auslese unter den Neubewerbern getroffen, für eine Ausbildung gesorgt und ihnen die nötige Disziplin beigebracht.

In bemerkenswert kurzer Zeit hatte eine Volksarmee Gestalt angenommen. Sie wurzelte in der nationalistischen Gemeinschaft, setzte sich aus den Söhnen und Töchtern einfacher Leute zusammen. Ihre Mitglieder waren für einen Außenstehenden von der übrigen Bevölkerung nicht zu unterscheiden. Als daher die Regierung zur Waffe der Internierung griff, fühlten sich alle Nationalisten getroffen. Denn ob die Menschen in den nationalistischen Vierteln nun mit der IRA und all ihren Aktionen einverstanden waren oder nicht – viele sahen in der IRA ihre eigene Armee. Sie wußten zumeist, wer von ihren Nachbarn Volunteer war und nannten sie einfach die »RA«.

Einige Jahre später habe ich versucht, in einer Kurzgeschichte ein wenig von der bitteren Realität jener Zeit einzufangen, als britische Soldaten durch die Straßen meiner Heimatstadt patrouillierten und die IRA gegen die ganze Streitmacht zu Felde zog.

Seán hielt es in seiner kauernden Haltung nicht länger aus. Er verlagerte sein Gewicht vorsichtig auf ein Knie und massierte sich die verspannten Glieder.

Von hier oben konnte er auf die Gärten hinunterschauen,

die zwischen den Häusern lagen. Von Wand zu Wand waren Wäscheleinen gezogen, sie durchschnitten die Gärten kreuz und quer. Hemden und Windeln flatterten im Wind. Seán überblickte die Wäscheleinen, Hecken, Kohlenbunker und Hintertüren. Er hatte eine gute Sicht auf die Straße.

In seinem Blickfeld lagen zehn, nein, zwölf Häuser auf der einen Seite und vierzehn auf der anderen. Auch von Nummer 36 konnte er deutlich die Fenster erkennen. Im Fenster des vorderen Schlafzimmers war das Rollo heruntergezogen. Er befahl sich, die Position dieses Rollos alle paar Sekunden zu überprüfen. Bloß nicht abschlaffen.

Die Kinder von Nummer 40 gingen spät zur Schule – wahrscheinlich hatten sie verschlafen. Er sah den drei Kindern zu, wie sie die Straße hinunterflitzten und verschwanden. Wenn sie am Laternenpfahl sind, grübelte er, sind sie einhundertdreißig Meter von mir entfernt. Er ließ den Blick wandern und entdeckte am Laternenpfahl den weißen Stofffetzen, auf Hüfthöhe festgebunden. Dann schweifte sein Blick zurück zu Nummer 36. Das Rollo war immer noch heruntergelassen. Ihm war, als ob ihn die dunklen Fenster daneben anstarrten.

Nummer 36 schien irgendwie anders zu sein: Das heruntergezogene Rollo war wie ein geschlossenes Augenlid im Antlitz des Hauses. Es zwinkerte ihm zu – ein langes verschwörerisches Zwinkern, das eine Ewigkeit dauern konnte.

Von dem scharrenden Geräusch einer Kohlenschaufel wurde seine Aufmerksamkeit wieder zurück zu den Gärten hinter den Häusern gelenkt. Seán ärgerte sich, das Geräusch nicht schon früher geortet, ja nicht gleich die Ursache erkannt zu haben, bevor es in sein Bewußtsein vorgedrungen war. Mrs. O'Brien, er mußte lächeln. Der Rauch wand sich träge aus dem Schornstein ihres Hauses und verlor sich im Dunst des Black Mountain.

Mit dem Kohleneimer in der Hand blieb die Frau stehen und schaute über die Hecke in den benachbarten Garten. Sie erhob die Stimme, rief laut, und der Ruf drang zu der Stelle

Ma, Gerry und Margaret in Greencastle

Der junge Gerry

Gerry und Paddy, Divismore Park

Gerry, Margaret, Kathleen Murphy (Cousine)

Vordere Reihe: Francis, Liam, Maura
Mittlere Reihe: Paddy, Margaret, Anne, Gerry, Seán (in Gerrys Armen)
Hintere Reihe: Pa, Oma Adams, Deirdre und Ma

Vordere Reihe: Deirdre, Gerry, Ma, Dominic, Pa, Maura, Seán
Hintere Reihe: Liam, Anne, Paddy, Margaret, Frances

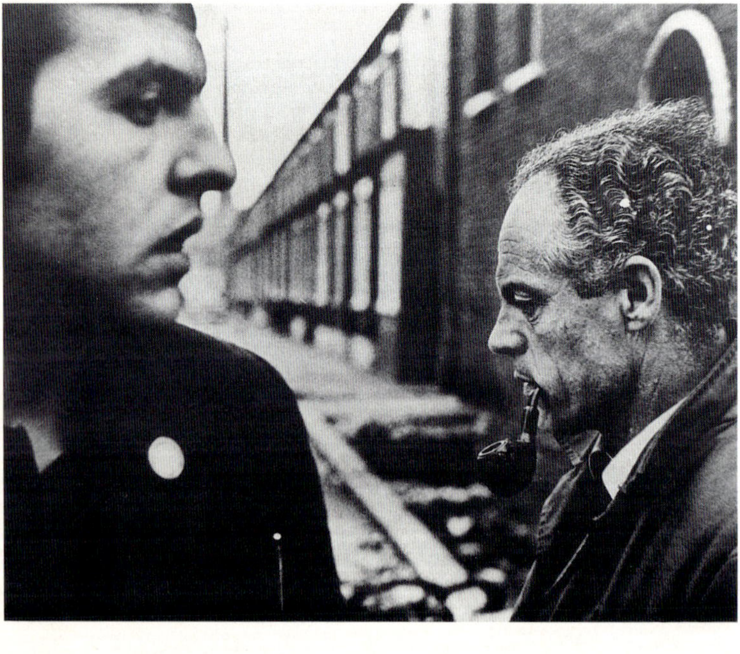

Kevin und Liam Hannaway, August 1969

Auf den Straßen von Belfast

Pressekonferenz, 13. August 1971: Eugene McKenna, Stadtrat für Belfast; Joe Cahill; Patrick Kennedy, Stormont-Abgeordneter; John Kelly; John Flanagan, Stadtrat für Belfast und Mitglied des Polizeikomitees

Ein IRA-Volunteer auf Wachposten in Ballymurphy, 1971

Frances und Patrick Mulvenna

Im Lager Long Kesh: Dickie Glenholmes, Ivor Bell, Kevin Hannaway, Gerry

Im Lager Long Kesh:
Vordere Reihe: Tom Cahill, Tommy ›Toddler‹ Toland, Gerry
Hintere Reihe: Jimmy Gibney, Tomboy London, Brendan Hughes, Terence ›Cleeky‹ Clarke, Bobby Sands

In Long Kesh: ›Cleeky‹ Clarke, Gerry

In Long Kesh: Gerry und Brendan Hughes (der Dunkle)

Nach dem Brand von Long Kesh

Gearóid und Gerry in der Nähe von Ughtyneill, Grafschaft Meath, 1977

Marcella und Gerard auf der Beerdigung von Bobby Sands

Tom Hartley, Gerry und Colette

Im Sinn-Féin-Büro, 21. Mai 1983

An Phoblacht
REPUBLICAN NEWS
REMEMBER 1916
THE PROVISIONAL GOVERN
IRISH REP
TO THE PEOPLE OF IR LAND
Beechmount
Sinn Féin Yout

Nach der Wahl zum Mitglied des britischen Parlaments am 10. Juni 1983 bei einer Ansprache vom Büro der Sinn Féin in der Falls Road in Belfast

Gerry Adams in seinem Wahlkreis in Westbelfast, Mai 1983

In Westbelfast auf dem Sportplatz Casement Park der Gaelic Athletic Association (GAA), Mai 1987

Auf dem Sinn-Féin-Parteitag im November 1981

Auf dem Sinn-Féin-Kongreß am 31. Oktober 1987 in Dublin
Von links nach rechts: Sean McManus (Vorsitzender von Sinn Féin); Gerry Adams; Mary McGing; Tom Hartley; Joe Cahill

Nach dem zweiten Wahlsieg der Sinn Féin in Westbelfast
am 12. Juni 1987

Auf dem Sinn-Féin-Kongreß in Dublin, 1989

Vor den Regierungsgebäuden in Dublin mit Taoiseach Albert Reynolds und John Hume am 6. September1994

Forum für Frieden und Versöhnung in Dublin am 28. Oktober 1994
Von links nach rechts: Bertie Ahern TD, Finanzminister; Albert Reynolds TD, Taoiseach; Gerry Adams; Richterin Catherine McGuinness, Vorsitzende des Forum; Dick Spring TD, Tánaiste (stellv. Premierminister) und Außenminister; Ruairí Quinn, Minister für Arbeit und Entwicklung

Mit John Bruton und Dick Spring im Regierungsgebäude in Dublin am 27. Januar 1995

Demonstration zum Jahrestag der Einführung der Internierung, 13. August 1995

In Westbelfast nach dem Erfolg von Sinn Féin bei den Wahlen zu den Allparteiengesprächen, 31. Mai 1996

Die Sinn-Féin-Delegation zu den Allparteiengesprächen vor Stormont in Belfast, 10. Juni 1996

Die nicht zugelassene Sinn-Féin-Delegation vor Stormont in Belfast, 10. Juni 1996 (links: Martin McGuinness)

hinauf, wo Seán lauerte. »Maggie, bist du daheim?« Mrs. O'Brien mußte zweimal rufen, bevor sich die Tür öffnete und Maggie hinauskam. Da standen sie nun, Maggie und Mrs. O'Brien mit dem Kohleneimer in der Hand, jede auf einer Seite der Hecke, und plauderten. Seáns Blick löste sich von dem Paar und wanderte wieder in Richtung Nummer 36. Dort war alles beim alten, das Rollo war unverändert.

Alle diese Häuser hätten einen neuen Anstrich gebrauchen können, dachte er. Ganz besonders das rote dort mit dem kaputten Fenster. Genauso wie das braune daneben hätte es Farbe und Pinsel wirklich gut vertragen können. Sein Blick fiel kurz auf ein gepflegtes Gemüsebeet. Jimmy Grahams Salatköpfe schienen ebenso prächtig zu gedeihen wie Da Grogans Kartoffeln. Er mußte wieder schmunzeln und sah gebannt zu, wie sich eine schwarz-weiße Katze langsam an eine offene Mülltonne heranpirschte, auf der sich zwei dürre Stare um Brotpapier und Blechdosen zankten.

Das Motorengeräusch eines Autos erinnerte ihn wieder an die Straße und die Nummer 36. Das Rollo war hochgezogen worden. Helle Gardinen waren hinter dem Fenster zu sehen, das nun gläsern auf ihn zurückstarrte. Seán vergaß den Krampf in seinem Bein, als er den Holzkeil überprüfte, der zwischen zwei Dachziegeln steckte und so einen Spalt freigab. Dann schob er rasch eine Patrone in den Verschluß des schweren Gewehrs, das er zwischen die Beine geklemmt hielt. Er hob die Waffe an, um den Lauf durch das schieferne Guckloch zu führen. Mit dem Zielfernrohr richtete er das Fadenkreuz auf den weißen Lappen am Laternenpfahl aus und entsicherte die Waffe. – Einhundertdreißig Meter plus oder minus ein paar Zentimeter. Er hatte es selbst überprüft, war über Hecken und Zäune geklettert, um die Entfernung abzuschreiten. Unter ihm, im Innern des Hauses, schellte es. Sekunden später erschien ein Kopf in der Luke zum Dachboden. »Is dunkel hier«, beklagte sich die Stimme. »Wo steckst du, Seán?« Seán drehte sich nicht um. Bei dem abrupten Wechsel vom Tageslicht zur Düsternis des Speichers hätte er nichts sehen können. »Hier«, brummelte er. »Der Wagen ist startklar«, sagte die Stimme etwas erleichtert, als sie den Umriß von Seán gegen einen schweren Dachbalken ausmachen konnte. »Okay«, antwortete Seán, »ich bin gleich soweit.« »Ich warte dann unten«, sagte die Stimme. Aber jetzt, da der Fluchtweg sicher war, galt Seáns Aufmerksamkeit nur noch der Straße, die sich unter ihm dehnte. Sein Herz raste. Die Beine verkrampften sich wieder, doch er versuchte, solche Ablenkungen zu verdrängen. Über der menschenverlassenen Straße breitete sich Stille aus.

Es war ein Gefühl, an das er sich nie gewöhnen würde. Die ganze Gegend, die Häuser – einmütig still. Die Gärten und selbst die Straßen schienen die Luft anzuhalten. Jedesmal stieg dieses Gefühl in ihm auf. Wie viele Male schon?

Ein grimmiges Lächeln überkam ihn. Konzentration. Nur nicht mit den Gedanken abschweifen. So kann man sich den Tod holen. Vielleicht wäre es besser, als selbst zu töten. Dieser plötzliche Gedanke überraschte ihn.

Er ließ den Blick den Gewehrlauf entlangwandern, während ihm diese Frage und eine mögliche Antwort durch den Kopf gingen. Es war eine Frage, die ihm in den letzten Wochen immer wieder in den Sinn gekommen war. Nie hatte er daran gedacht, einmal selbst getötet zu werden, nein, niemals, er nicht. Wenn es passieren würde, dann nicht freiwillig. Er schaute nach, was vor und unter ihm auf der Straße zu sehen war. Alles war unverändert. Hatte man das Recht, zu töten?

Nein, sagte er sich, es war nicht richtig zu töten. Aber es gab keine Wahl.

Natürlich gab es eine Wahl. Es zwang ihn niemand, zu tun, was er tat. Er hätte jetzt einfach gehen können. Weggehen? Wer hat was davon, wenn ich hierbleibe? Niemand würde was mitbekommen oder sich beschweren. Er hätte eh stets sein Bestes getan.

Seán richtete sein Augenmerk wieder auf die Sache, die vor ihm lag. Zu töten mochte richtig oder falsch sein. Manchmal war es eben notwendig. Über diesen Satz dachte er lange nach. Die Menschen, die er töten wollte, waren besser bewaffnet, besser ausgestattet und ausgebildet als er. Außerdem waren sie in der Überzahl.

Sie hätten keinerlei Gewissensbisse, ihn zu töten. Er lehnte sich zurück und versuchte, alle Zweifel und Hemmungen aus seinem Gewissen zu vertreiben. Sie hatten hier nichts zu suchen, versicherte er sich. Es war sein Land, nicht ihres. Sie waren hier nicht zu Hause. Sie waren der Feind. Sie ließen ihm keine andere Wahl als den Kampf. Und im Kampf mußte man töten.

Er ging jetzt in die Hocke und versuchte an nichts anderes mehr zu denken als an das, was er tun mußte. Obwohl ihm klar war, daß diese Gedanken zurückkehren würden. Vielleicht war es sogar gut so. Man konnte die Spannung riechen, zumindest bildete er sich ein, daß es so wäre. Sie würden seine Angst spüren können. Es werden bestimmt Scharen von britischen Soldaten sein. Er versuchte nicht daran zu denken. Er hatte eine gute Deckung. Besser sich jetzt keine Sorgen machen, dafür ist es sowieso zu spät. Es ist gleich soweit.

Dann tauchte der erste einer Patrouille Grünuniformierter auf. Die Soldaten näherten sich vorsichtig auf beiden Straßenseiten, gaben einander Deckung und richteten, in ihre kugelsicheren Westen gezwängt, ihre Gewehre auf die grauen maroden Häuser, die sich ihnen stumm und mürrisch entgegenzustellen schienen. Der an der Spitze gehende Soldat war bei Nummer 36 angekommen. Seán beobachtete ihn mit vagem Desinteresse und wartete. Ein zweiter Soldat tauchte auf, ein Offizier. Seán schmiegte sanft den Gewehrkolben an seine Wange. Der Offizier schritt zaghaft vorwärts und blieb plötzlich vor Nummer 36 stehen.

Weiter, fauchte Seán, geh weiter. Eine leichte Panik stieg in ihm auf, ihm wurde flau im Magen. Er atmete ein, als der Offizier den Laternenpfahl erreichte, und hielt den Atem an, als sein Finger den Abzug fest umschloß. Erster Druckpunkt. Er ließ seinen Atem fast wie einen Seufzer entweichen und flüsterte: »Zweiter Druckpunkt.« Das dumpfe, flache Geräusch des Schusses sprengte seine Worte, verjagte die schwarz-

weiße Katze aus dem Garten und verscheuchte die Stare von der Mülltonne.

Seán zog den Holzkeil, der zwischen die Dachziegel geklemmt war, heraus und schloß die Augen, als der Ziegel hinunterrutschte und das Tageslicht aus dem Dachboden verbannte. Es war wieder duster. Seán krabbelte hastig aus seinem Versteck herab. Das Auto huschte mit ihm fort. Hinter ihm verschwanden die Gärten, die Wäscheleinen, die sie, von Haus zu Haus gespannt, durchkreuzten, auf denen Windeln und Hemden im Wind wehten und flatterten.

Die zwölf Häuser auf der einen und die vierzehn auf der anderen Seite der Straße blieben ruhig und schienen ungestört. Das aschfahle, merkwürdig starrende Gesicht des Offiziers lehnte an dem weißen Lappen, der um den einsam aufragenden Laternenpfahl gebunden war. Seine Truppe hatte sich in die Vorgärten verstreut. Die Soldaten schmiegten sich ängstlich an den Boden. Die Stare kehrten zu der offenen Mülltonne zurück, und die Katze pirschte sich, genau wie zuvor, an sie heran.

Mrs. O'Brien, die von alldem nichts wahrgenommen hatte, wünschte ihrer Nachbarin einen guten Morgen, hievte den Kohleneimer auf die andere Hüfte und schlurfte nach drinnen.

Die Augen des britischen Offiziers starrten leer in den klaren irischen Himmel, der Ausdruck seines Gesichts zeugte von Überraschung und Verwunderung.

Für viele Leute ist die Anwendung von Gewalt eine akademische Frage, da sie kaum je in Situationen geraten, in denen sie derart schwerwiegende Entscheidungen treffen müssen. Falls das eintritt, dann zumeist in einer Situation, in der sie selbst oder ihre Angehörigen bedroht werden und sich verteidigen müssen, oder aber in Kriegszeiten, wenn sie Infanteristen bei einem größer angelegten Feldzug sind. Die großen Entscheidungen werden im allgemeinen von anderen getroffen, und die meisten Leute akzeptieren, wenn auch widerstrebend, daß sich Gewalt unter solchen Umständen rechtfertigen läßt. Es gibt Menschen, die aus grundsätzlichen und praktischen Erwägungen gegen Gewalt sind, aber für die Mehrheit ist sie das letzte Mittel.

Was immer sich über Gewalt im allgemeinen auch sagen läßt, es kann keinen Zweifel darüber geben, daß in Irland die Bedingungen und Ursachen für einen Konflikt existieren, seit sich die Briten in die irischen Angelegenheiten einmischen. Aus diesen Konfliktumständen ergeben sich dann die Fragen nach Legitimität, Taktik und Strategie. Die dringlichste Frage, die sich stellt, betrifft jedoch die Notwendigkeit und Verantwortung, die Ursachen des Konfliktes zu beseitigen, den Teufelskreis aus Unterdrückung und Widerstand und erneuter Reaktion darauf zu durchbrechen und alternative Kampfformen zu entwickeln. Keiner, der eine Machtposition innehat oder über Autorität verfügt, darf sich hinter einem Schutzschild aus selektiver Verurteilung und Anprangerung verstecken und dann erwarten, so zu einer Lösung einer Konfliktsituation beitragen zu können.

In Irland hat die Anwendung physischer Gewalt eine lange und starke Tradition, und wer sich ihrer bedient, besonders auf republikanischer Seite, trägt eine enorme Verantwortung, die Gewalt zu beenden, sich anderer Kampfformen zu bedienen und zu versuchen, diese – wenn möglich – an die Stelle des bewaffneten Kampfes zu setzen. Niemand sollte dogmatisch am bewaffneten Kampf als Taktik festhalten und niemand ihn romantisieren. Ich habe viele gute Freunde verloren, und der Verlust, der ihre Familienangehörigen wie auch mich traf, hat – darüber bin ich mir im klaren – sein Spiegelbild in jenem Verlust, den Menschen aufgrund von bewaffneten Aktionen der IRA erlitten haben.

In den Tagen und Wochen nach der Einführung der Internierung, im Status der militärischen Okkupation, dem die nationalistischen Gebiete im ganzen Norden unterlagen, wurde der bewaffnete Widerstand von den meisten Nationalisten als legitim erachtet. Die Flitterwochen, die es unmittelbar nach der Entsendung der britischen Truppen gegeben hatte, waren längst vorbei. Zum erstenmal verband sich in den Sechs Grafschaften der bewaffnete Kampf mit Massenaktionen. Hinter den Barrikaden machte sich ein Gefühl der Euphorie breit, was vielleicht naiv, aber dennoch echt war. Die Bürgerrechtskampagne wurde fortgesetzt, wenn auch nicht so intensiv wie zuvor. Die meisten Katholiken hatten sich aus den staatlichen Institutionen zurückgezogen, und als die Internierung eingeführt wurde, zogen sich auch noch die letzten zurück. Am 15. August verkündete die SDLP eine Kampagne zivilen Ungehorsams, einschließlich eines Miet- und Steuerstreiks, der in den nationalistischen Arbeitervierteln bereits begonnen hatte. Am 22. August legten 130 anti-unionistische Stadtverordnete ihr Mandat nieder.

Mitten in all dem Trubel beschlossen Colette und ich zu heiraten. Überall um uns herum tobte ein Krieg, die nationalistische Gemeinschaft befand sich im Volksaufstand. Junge Leute wie wir, die sich an dem Kampf aktiv beteiligten, lebten mit dem Gefühl, daß sie im Gefängnis landen oder zu Tode kommen konnten. Wir wurden von den Briten gejagt und konnten kaum wissen, was uns die Zukunft bringen würde.

Ich kannte Colette seit Anfang 1970, als sie und ihre Freundinnen zu einer Versammlung in Whiterock gekommen waren, und ich war ihr in den Wochen und Monaten danach noch mehrmals bei Koordinationstreffen für das Gesamtgebiet Ballymurphy begegnet. In der ersten Hälfte des Jahres 1971 sahen wir uns häufiger, aber immer aus politischem Anlaß. Ich ging zu dieser Zeit mit mehreren Mädchen aus, getrennt natürlich! Im Juli 1971 jedoch lud ich Colette zum Ausgehen ein, und in den folgenden sechs Wochen sahen wir uns jeden Abend. Gewöhnlich trafen wir uns am späten Abend, wenn ich meine Arbeit beendet hatte. Wir machten einen Spaziergang durch das Viertel, saßen oder standen vor ihrer Haustür oder auf den Treppenstufen. Einmal gingen wir ins Kino. Und ein einziges Mal in diesen sechs Wochen verabredeten wir, uns nicht zu treffen. Sie ging mit einer Freundin aus, aber als sie zurückkehrte, war ich selbstverständlich da, hatte auf sie gewartet.

Nach diesen stürmischen sechs Wochen, in denen ich ihr den Hof gemacht hatte, sprach ich, wie es damals Tradition war, innerlich höchst aufgeregt mit Colettes Vater und hielt um ihre Hand an. Jimmy McArdle, Gott hab ihn selig, war ein humorvoller, manchmal extrem lustiger kleiner Mann. Er zögerte sehr, Colette gehen zu lassen, obwohl er es sich nicht anmerken ließ. Statt dessen gab er uns seinen Segen. Mein Vater war noch immer interniert, und ich glaube, er war ziemlich verärgert, daß wir nicht gewartet haben, bis er bei uns sein konnte: Doch es entsprach dem Geist jener Tage, eine Chance auf der Stelle zu ergreifen. Meine Mutter trug es mit Fassung, als sie merkte, daß es mir mit meiner Absicht zu heiraten ernst war.

Unsere Freunde legten zusammen und schenkten uns ein bißchen Geld, und am Tag vor unserer Hochzeit ging Colette mit einem Freund von mir Hemden, Unterhosen und Socken für mich kaufen. Ich war immer der Meinung, daß Tony ein Glückskind war: Er fuhr zwar eigentlich nur das Auto, aber er brachte zu jedem für mich gekauften Kleidungsstück ein Pendant für sich selber zurück. Ich bekam ein neues Hemd, Tony bekam ein neues Hemd. Ich bekam neue Socken, Tony bekam neue Socken. Ich bekam neue Unterhosen, Tony bekam neue Unterhosen. Ich hatte Tony an dem Abend kennengelernt, als ich Colette zum erstenmal nach Hause brachte. Wir waren uns zufällig in einem Haus begegnet, in dem sich ein Trupp von uns zu einer *scoraíocht* versammelt hatte: ein fröhliches Beisammensein, Schwatz, *craic*, Spaß. Es war der 11. Juli, und überall im nationalistischen Belfast waren Leute in Alarmbereitschaft für den Fall, daß die Orangisten Ärger stiften würden. Danach, in den ganz frühen Morgenstunden, hatten Colette, ich und Tony uns auf den langen Nachhauseweg gemacht, über die Divis Street, die Falls Road nach Whiterock hinauf. Tony wohnte in Beechmount, wollte uns aber bis

Whiterock begleiten, aber unter irgendeinem Vorwand brachten wir ihn dazu, sich in Beechmount zu verabschieden. Dann waren Colette und ich zusammen den Rest des Weges zu ihrem Haus hinaufgewandert. In dieser Nacht, während wir den Whiterock Hill hinaufstiegen, küßten wir uns das erste Mal.

Nur wenige enge Freunde und Genossen nahmen an unserer Hochzeit teil. Im letzten Moment zogen wir aus Sicherheitsgründen den geplanten Trautermin in der Kapelle von St. John's einen Tag vor. Ein paar Jungs aus Ballymurphy, darunter unser Paddy, bewachten die Kirche, einige saßen auf dem Kirchturm von St. James, um bei einer möglichen Razzia der britischen Armee frühzeitig Alarm schlagen zu können. Ich war bis kurz vor Beginn der Messe bei einer Besprechung in Andersonstown, stürzte verspätet in die Kapelle und bahnte mir mitten in der Zeremonie meinen Weg an die Seite von Colette. Als sich nach der Messe die Kirche geleert hatte, begaben wir uns in den hinteren Teil der Kapelle und wurden, mit Colettes Bruder Paddy und unserer Freundin Annemarie als Zeugen, von Pater Des Wilson getraut. Colettes Mutter war zusammen mit zwei von Colettes Schwestern, Maire und Leah, sowie Leahs Tochter Geraldine in der Kirche. Meine Mutter und zwei ihrer Freundinnen, Annie und Mary Shannon, waren ebenfalls in der Kapelle. Jimmy McArdle hingegen war zu aufgeregt, um an der Trauung teilzunehmen. Es wurden keine Fotos gemacht, nur eines von Colette, als sie aus der Kirche trat und von Geraldine ein Hufeisen überreicht bekam.

Die McArdles waren eine sehr große Familie mit acht Töchtern und vier Söhnen, allesamt schon erwachsen, als ich zur Familie stieß, einige auch verheiratet. Wie die meisten Eltern jener Zeit hatten auch die McArdles Mühe gehabt, für eine so zahlreiche Nachkommenschaft zu sorgen, doch sie hatten es tapfer und gutgelaunt zuwege gebracht. Maggie McArdle, Colettes Mutter, war vom Charakter her eine Rebellin. Sie war eine Altersgenossin von Joe Cahill, eine stille, aber unbeugsame Republikanerin. Sie war eine fröhliche

Frau, hatte immer ein lustiges Lied auf den Lippen und erzählte gerne Geschichten. Ich wurde von Maggie und Jimmy und all den übrigen McArdles – als sich schließlich herumgesprochen hatte, daß Colette und ich verheiratet waren – mit offenen Armen in die Familie aufgenommen.

Nach der Hochzeit gab es für uns keine Feier, nur der Trauzeuge, die Brautjungfer und alle übrigen begaben sich in die »Rock Bar« und vertranken das Geld, das wir ihnen für den Priester und die Meßdiener gegeben hatten. Zur Ehre von Pater Des muß gesagt werden, daß er auf seine Traugebühr verzichtet hatte.

»Gut, Pater«, hatte Paddy McArdle erwidert, »darauf trinke ich einen.« Was er dann auch tat.

Unterdessen fuhren Colette und ich nach Whiterock, um Tony und Alex, einen weiteren guten Freund von uns, abzuholen, die uns im Auto nach Dublin mitnehmen wollten. Wir kehrten in Dundalk hinter der Grenze in einem Pub ein, um auf unsere Hochzeit anzustoßen, und Alex ließ aus der Jukebox »Blueberry Hill« von Fats Domino ertönen. Dann setzten wir gutgelaunt, aufgekratzt und zu Späßen aufgelegt unsere Fahrt fort – eine Reise, an die ich mich gern erinnere. Es war schon nach Mitternacht, als wir im »Belvedere Hotel« in der Gardiner Street unsere Zimmer belegten. Ich bestellte Tee und Sandwiches für uns vier. Wir kamen schier um vor Hunger, und als serviert wurde, flachsten die beiden Jungs herum wegen der Rechnung, die uns exorbitant hoch erschien. Und um dem Ganzen die Krone aufzusetzen, verdrückten die beiden auch noch die meisten Sandwiches. Erst in den frühen Morgenstunden wurden wir Tony und Alex schließlich los – es hatte so ausgesehen, als ob sie die gesamten Flitterwochen mit uns zusammen verbringen wollten.

Wir übernachteten diese und die folgende Nacht im »Belvedere«, kehrten dann nach Belfast zurück. Am Tag unserer Abreise sahen wir uns vor dem Dubliner Hauptpostamt in der O'Connell Street noch eine große Protestveranstaltung gegen die Internierung an. Unser bißchen Geld war total alle, während wir auf unser Auto warteten, teilten wir uns ein Glas Coke, und ich bat den Kellner um zwei Strohhalme.

Am selben Abend tauchte ich in Belfast wieder ab, und Colette ging zu ihrer Mutter. Als ich Colette kennenlernte, hatten mich vor allem ihre großen grünen Augen und ihr gewinnendes Lächeln fasziniert. Im verrückten Wirbel jener Zeit machte sie einen sehr ausgeglichenen, unerschütterlichen Eindruck. Wenn wir allein waren, sprachen wir über alles und jedes, außer über Politik, und ich genoß ihre Gesellschaft. Die Zeit der jungen Liebe verbrachten wir weitgehend auf der Vortreppe am Haus ihrer Mutter. Und dort habe ich mich nach unserer Rückkehr aus Dublin auch von ihr verabschiedet. Nur drei Tage zuvor, am Vorabend unserer Hochzeit, hatte ich ihr, auf den gleichen Stufen sitzend, klargemacht, daß wir keine ganz normale Ehe führen könnten.

»Wir kriegen das schon hin«, hatte sie geantwortet.

Abtauchen ist eine seltsame Erfahrung. In der Zeit nach Einführung der Internierung und während der Tage, als unsere Viertel mit Barrikaden gesichert waren, konnte man sich im Gebiet des Freien Belfast relativ ungezwungen bewegen. Später wurde es für das Überleben notwendig, die Bewegung auf ein Minimum zu reduzieren. Ich hielt mich, wie alle Untergetauchten mal in diesem, mal in jenem Haus auf, aber nur eine ganz kleine Gruppe engster Mitstreiter wußte, wo ich gerade zu finden war. Ende 1971 und Anfang 1972 aber war meine Bewegungsfreiheit nicht ganz so eingeschränkt, und ich verbrachte die meiste Zeit in dem Gebiet von Whiterock, Springhill und Ballymurphy.

Während dieser Zeit wurden wir fast immer von Bewohnern des Viertels über die Bewegung der britischen Truppen informiert. Gelegentlich wurden ich und andere Abgetauchte von britischen Patrouillen angehalten, obwohl wir ihnen natürlich möglichst aus dem Weg gingen. Es war lebensnotwendig und doch relativ einfach – wenn auch stets nervenaufreibend –, rasch herauszufinden, ob solche Kontrollen zufällig oder geplant erfolgten. Ich hatte stets Glück und konnte bei zufälligen Kontrollen die Soldaten immer bluffen, so daß sie mich laufenließen. Geplanten Überprüfungen konnte man jedoch nur durch Wachsamkeit oder Vorwarnung ausweichen, oder man mußte sich, wenn alle sonstigen Mittel versagten, blitzschnell aus dem Staub machen. Viele, die abgetaucht waren, entkamen manchmal nur knapp und wie durch ein Wunder.

In den späten siebziger Jahren trugen die Gesuchten falsche Papiere bei sich. In den frühen siebziger Jahren war dies kaum je notwendig, es sei denn, man verließ das eigene Gebiet oder fuhr mit dem Auto nach Dublin oder Derry. In jedem Fall mußte der Kontakt mit britischen Soldaten vermieden werden. Die Briten setzten ausgiebig Patrouillendienste ein und führten ständig Razzien durch. Diese Razzien, die aufgrund von eingegangenen Informationen oder im Ergebnis gezielter Überwachungsmaßnahmen gestartet wurden, konnten große Gebiete umfassen und manchmal Tage dauern. Dabei wurden ganze Regimenter eingesetzt und Hunderte von Häusern durchsucht. Es konnte sich aber auch um plötzliche Operationen einer kleinen Gruppe von Soldaten und Undercoveragenten handeln. Bisweilen, und zeitweise recht häufig, wurden Häuser von bekannten Republikanern oder deren Verwandten aufs Geratewohl zur Essenszeit oder in den frühen Morgenstunden durchsucht. Die Patrouillen verliefen stets nach dem gleichen Muster: Manchmal wurde lediglich für kurze Zeit ein dichtes Netz von Straßensperren eingerichtet, oder Fußstreifen machten stichprobenweise Personenkontrollen. Dann wieder wurden peinlich genaue nachrichtendienstliche Operationen angesetzt und ganze Wohngebiete rasterförmig abgegrast.

Mit der Zeit wurden die verdeckte Überwachung, der Einsatz von Hubschraubern und High-Tech-Gerätschaften sowie die Computerisierung immer wichtiger. Die Briten speicherten Informationen und Daten über die nationalistische Bevölkerung in nie dagewesenen Mengen. Die Bewohner der betroffenen Viertel begegneten den neuen Herausforderungen unerschrocken. Straßenschilder wurden entfernt, und schon beim leisesten Anzeichen für das Auftauchen eines britischen Soldaten wurde mit Mülltonnendeckeln Alarm geschlagen. Wenn diese Patrouillen Leute aus dem Viertel, meistens junge Männer, anhielten, traten ihnen oft Frauen entgegen und protestierten. Wegen dieser und anderer Bedrängnisse, denen die Patrouillen ausgesetzt waren, konnte man ihnen häufig entgehen, wenn man vorsichtig genug war. Natürlich kam es auch auf die Befähigung des jeweiligen Soldaten oder Regiments an.

Ich erinnere mich an eine Gelegenheit, bei der Tony, Colette und ich keine Vorsicht walten ließen. Wir drei fuhren in den frühen Morgenstunden mit dem Moped durch Ballymurphy: ich als Fahrer, Colette auf dem Sozius und Tony auf unseren Schultern. Als wir um eine Ecke bogen, fuhren wir geradewegs einer Patrouille des Fallschirmjägerregiments in die Arme. Noch bevor sie uns zu Gesicht bekamen, müssen sie unser Lachen und Johlen gehört haben, und angesichts des seltsamen Schauspiels, das wir boten, brach die gesamte Patrouille in schallendes Gelächter aus. Tony kletterte würdevoll von seiner erhöhten Position herab und wurde überprüft. Als die Paras Colette und mich befragten, kletterte er wieder auf unsere Schultern. Einen Moment lang sah es so aus, als wolle der Streifenführer losschnauzen, da aber gluckste einer der Soldaten los: »Diese verrückten Iren!«

Und alle platzten vor Lachen. Tony wahrte seine Würde und starrte von seinem Hochsitz auf sie herab.

»Zischt ab«, schmunzelte der Offizier.

Und unser Trio knatterte auf der Honda 50 gemütlich und froh die Straße entlang.

Die Internierung zeigte eindeutig an, daß der Weg für Reformen versperrt war. Sie trug wesentlich dazu bei, daß sich viel mehr Leute bewußt dem Kampf anschlossen. Einige britische Politiker erkannten sogar, daß die Ereignisse eine entscheidende Schwelle überschritten hatten. Nach einem Besuch im November 1971 setzte sich Harold Wilson, der Führer der oppositionellen Labour Party, für eine Konferenz aller wichtigen Parteien Irlands und Englands ein und erklärte: »Die Situation ist nun so weit gediehen, daß es unmöglich ist, sich einen wirksamen langfristigen Lösungsversuch vorzustellen, ohne daß die Verwirklichung des schon ein halbes Jahrhundert alten Strebens und Fortschreitens zu einem vereinten Irland auf die Tagesordnung gesetzt wird.«

Am 4. Dezember verübten Loyalisten einen Bombenanschlag auf »McGurk's Bar« in der North Queen Street, bei dem fünfzehn Menschen ums Leben kamen. Seamus Twomey, der zu dieser Zeit mit Nachdruck gesucht wurde, kam mit dieser Nachricht in mein Quartier. Seamus, ein bemerkenswerter Mensch und Vater von beinahe erwachsenen Kindern, war etwas älter als mein Vater, vermutlich so alt wie Joe Cahill, und ebenfalls schon in den vierziger Jahren aktiv gewesen. Dreißig Jahre später wurde er nun in seiner eigenen Stadt gejagt. Einmal versteckten Seamus und ich uns eine Stunde lang auf der Mauer eines Hinterhofes in der Leeson Street, während die Briten in unserer Nähe Häuser durchsuchten. Als wir hinunterkletterten, sagte er: »Ich bin zu alt für dieses Theater!« Das war er aber nicht. Seamus genoß den legendären Ruf, leicht in Rage zu geraten und manchmal auch völlig die Fassung zu verlieren. Wenn es um die Fehler anderer ging, nahm er kein Blatt vor den Mund, wenn er aber etwas falsch gemacht hatte, sah er es auch ein. Er war sich bewußt, daß er schnell ausrastete, und bemühte sich, etwas dagegen zu unternehmen. Seamus war ein begeisterter Sportfan, liebte Gaelic Football, Hurling und Pferderennen. Während der vielen Jahre, die er abgetaucht war, hatte er nicht nur immer Sehnsucht nach seiner Frau Rosaleen und den Kindern, sondern nach einem Sonntagabend im Stadion am Casement Park und einem Bierchen danach.

Nun trug er die Verantwortung, in einer extrem gefährlichen und riskanten Zeit junge Menschen anzuführen.

Im selben Monat, in dem der loyalistische Anschlag auf »McGurk's Bar« erfolgte, wurde mein Bruder Paddy festgenommen und interniert. Das Weihnachtsfest verbrachten Colette und ich im Haus meiner Tante Kathleen, die verreist war. Am Weihnachtstag sagte mir jedoch mein sechster

Sinn, daß es an der Zeit war, von dort zu verschwinden. Colette und ich gingen ins Murph zurück und hörten später, daß Kathleens Haus durchsucht worden war.

Dem neuen Jahr sahen wir guter Dinge entgegen, aber die brutale Bestätigung, daß an Reformen nicht zu denken war, kam am 30. Januar 1972 – dem »Blutsonntag von Derry«: unbewaffnete Demonstranten wurden vom Militär niedergeschossen.

Ich befand mich mit Colette auf der Rückfahrt von Dublin, als wir das erstemal hörten, daß in Derry Leute erschossen worden waren. Auf unserer Fahrt gen Norden hörten wir im Autoradio die Nachrichten. Die Zahl der Toten stieg laufend an. Ich machte in Dundalk halt, um zu sehen, ob wir detaillierte Informationen bekommen könnten. Die Leute waren erzürnt und wußten nicht genau, wie es zu dem Massaker gekommen war. Völlig verstört fuhr ich nach Belfast weiter.

Die Paras waren gegen einen von Creggan durch die Bogside zum Guildhall Square führenden Bürgerrechtsmarsch eingesetzt worden. Ich habe keinen Zweifel daran, daß die tödlichen Schüsse Teil einer gezielten militärischen Operation waren, um alle unter britischer Herrschaft lebenden irischen Nationalisten durch die Anwendung mörderischer Gewalt gegen unbewaffnete Zivilisten in Angst und Schrecken zu versetzen. Die Paras sind die Stoßtruppen der britischen Armee, sie werden für militärische Gefechte ausgebildet, die äußerste Aggressivität erfordern. Hier wurden sie gegen eine Demonstration eingesetzt, an der etwa 20 000 Bürgerrechtler, vorwiegend Arbeiter, teilnahmen. Einige vertraten die Auffassung, die Paras seien Amok gelaufen, außer Kontrolle geraten, aber die schockierendste Wahrheit ist wohl, daß dies eine kontrollierte, gezielte Operation war, die vorab auf höchster politischer und militärischer Ebene beschlossen und geplant worden war. Es war ein kaltblütiges, vorausberechnetes, gewolltes Massaker an Zivilisten, ein mit aller Disziplin verübter Angriff auf eine gewaltfrei verlaufende Demonstration. Nachdem der Marsch von Soldaten gestoppt worden war, kam es zu einer kleinen Ausschreitung, ein paar junge Burschen warfen Steine. Die überwiegende Mehrheit der riesigen Menschenmenge lauschte den Reden, als die Paras plötzlich das Feuer eröffneten. Sie zielten kaltblütig, wiederholt und mit voller Absicht auf »Männer im militärfähigen Alter«. Während die Menge flüchtete, schossen die Paras weiter, auch auf Leute, die den Verwundeten zu Hilfe eilen wollten. Dreizehn unschuldige Zivilisten wurden an diesem Tag von den Paras getötet, neunundzwanzig verletzt, einer erlag später seinen Verletzungen.

Es war kein Zufall, daß die Ereignisse, die den Beginn der Unruhen markierten, in Derry eingetreten waren: Wenn der Norden insgesamt eine Zeitbombe war, dann war Derry deren Detonator. Denn trotz seiner katholischen Bevölkerungsmehrheit nahm Derry in der Mythologie der Unionisten einen besonderen Platz ein und sollte ihrer Kontrolle nicht entgleiten. Man griff selbst zu den offenkundigsten Mißbräuchen von Amtsgewalt, um die Katholiken niederzuhalten. Doch hatte in Derry der Republikanismus historisch kaum eine Rolle gespielt. Nur wenige Familien oder Persönlichkeiten verfochten hier die republikanische Position, im wesentlichen war die Politik des nationalistischen Derry von Werten des katholischen Mittelstands dominiert. Derry war im Vergleich zu Belfast ein eher ländlicher Ort mit einem wichtigen Hafen; für viele, die in der Stadt nicht überleben konnten, der natürliche Ort zur Ausreise. Derry, durch die Grenze von seinem Hinterland in Donegal abgeschnitten, war ein Ort mit ganz spezifischen Eigenheiten. Hier gab es nicht nur keine Tradition des radikalen Kampfes, sondern auch keine Tradition von extremen Ausbrüchen sektiererischer Gewalt, die sich mit Belfast verbindet.

Die Schlacht um die Bogside, bei der die Bewohner Derrys der RUC und den B-Specials eine Niederlage bereiteten, änderte alles. Das ganze Westufer der Stadt wurde befreit. Es war ein Volksaufstand, an dem sich Frauen und

Männer, junge und nicht mehr ganz junge, beteiligten. Sie fochten ihn durch, obwohl alle Chancen gegen sie standen. Sie hatten zudem das Gefühl, daß sie ihn fair durchfochten. Die Inszenierung des Blutsonntags hingegen war eine Schweinerei: der brutale Versuch, sie in ihre Schranken zu weisen, ihnen zu zeigen, wer das Sagen hatte, und den übrigen von uns Angst einzuflößen. Es war die alte Geschichte: Aus unbewaffneten Bürgerrechtsdemonstranten wurden »bewaffnete Terroristen«. Das an diesem Tag angerichtete Unheil ist bis zum heutigen Tag eine offene Wunde.

Der Blutsonntag erschütterte Irland. Anders als die Morde in Ballymurphy hatte er sich am hellichten Tag, vor den Augen der Medien, ereignet. Die Fernsehbilder, über denen eine furchtbare Stille der Trauer lag, konnte niemand wegwischen. Nun griff die Auffassung um sich, daß die britische Regierung den Bogen wirklich überspannt habe. Überall in den Sechsundzwanzig Grafschaften verließen Zehntausende ihren Arbeitsplatz, um ihrem Protest Ausdruck zu verleihen. Selbst Kirchenführer und die Dubliner Regierung reagierten. Der Begräbnistag in Derry war ein nationaler Trauertag. In Dublin gipfelten die dreitägigen Demonstrationen und Unruhen darin, daß die britische Botschaft vor den Augen von 30 000 Menschen in Flammen aufging. Im Norden folgten dem Blutsonntag Straßenschlachten und Streiks, es wurden wieder Barrikaden errichtet. 50 000 Menschen nahmen an einer NICRA-Demonstration in Newry teil. Im britischen Unterhaus zu Westminster griff Bernadette Devlin Innenminister Maudling an, sie ohrfeigte ihn.

Die IRA bekam Geld und Gewehre und verzeichnete einen Andrang von neuen Kämpfern. In den sechs oder sieben Monaten nach den Internierungsrazzien wurde der bewaffnete Kampf intensiver denn je und mit starker Unterstützung und Duldung der nationalistischen Bevölkerung geführt. Wieder bildeten intensive Feuergefechte einen Bestandteil des Lebens im Murph und anderen nationalistischen Vierteln, doch weder kamen dabei viele Menschen ums Leben, noch waren es notwendigerweise Gefechte zwischen zwei Seiten. In vielen Fällen kämpften britische Truppen gegen britische Truppen. Manchmal verwickelte die IRA die Armee kurz in ein Scharmützel, zog sich dann zurück und mußte zu ihrer völligen Überraschung feststellen, daß die Schießerei weiterging und heftiger wurde. Die älteren Nationalisten hatten zuvor nur kleinere und weitgehend defensive Aktionen der IRA erlebt. In die ausnehmend erfolglose Grenzkampagne der fünfziger Jahre waren sie zumeist nicht verwickelt gewesen. Deshalb waren sie erstaunt, verwundert und stolz, mitzuerleben, wie die jüngere Generation in ihren Vierteln eine IRA-Kampagne von solcher Dimension aufzog, daß sie einer großen Zahl professioneller und bestausgerüsteter britischer Berufssoldaten Beine machen konnte. Einige dieser Gefechte zogen sogar Zuschauer an: Sie hielten sich zumeist der Feuerzone fern und beobachteten das Geschehen von der nächsten Straßenecke aus. Manchmal versammelten sich bis zu einhundert Zuschauer.

Die IRA-Kampagne wurde von Belfast dominiert. Hier wurde eine Reihe von Angriffen auf alle in Westbelfast gelegenen Basen der britischen Armee und der RUC geführt, der berühmteste war der Angriff auf die Kaserne in der Hastings Street. Sie war schon einmal ohne Erfolg angegriffen worden, doch nach kurzer Zeit trat die IRA erneut auf den Plan und jagte sie in die Luft. Als die Kampagne an Schlagkraft und Wirkung gewann, versuchte Faulkner seine Wählerschaft immer wieder zu beschwichtigen, indem er erklärte: »Wir haben die Situation unter Kontrolle.« Die IRA beantwortete jede dieser Behauptungen eilends mit einem Gegenbeweis, und immer mehr Menschen identifizierten sich mit der IRA. Die Kaserne in der Hastings Street wurde zu einer Art populärem Symbol, denn in der Falls Road wußte jeder, daß nur noch die Außenmauern standen. Die IRA hatte die Bombe so plaziert, daß die Sandsäcke den ganzen Explosionsdruck nach innen richteten und das ganze Gebäude in Schutt und Asche gelegt wurde.

Die Briten wußten mittlerweile, daß Colette und ich verheiratet waren. Eines Tages kreuzten sie im Haus von Colettes Eltern auf.

»Wissen Sie, mit wem Ihre Tochter da verheiratet ist?« fragten sie ihren Vater.

»Nein«, log er.

»Gerry Adams«, sagten sie.

»Schön, möge Gott ihm beistehen!« sagte Jimmy.

Was sie nicht wußten: Colette und ich beobachteten das ganze Geschehen aus einem Nachbarhaus. Sie kamen regelmäßig wieder, und wir haben sie jedesmal dabei beobachtet.

Zu jener Zeit liefen die Paras oft durch das Viertel und riefen laut meinen Namen. »Wir suchen Gerry Adams. Komm raus, Gerry Adams, du Bastard!« Manchmal wurde ich wach von dem Geschrei. Alle meine Genossen fanden die Brüllerei spaßig, nur ich nicht.

Die Briten hatten 1971 bereits Mickey erschossen, unsere rothaarige, collieähnliche Promenadenmischung, und mein kleiner Bruder Dominic hatte deswegen eine Woche lang geweint. Nun schnappten sie sich meinen Hund Shane, aber kurz darauf sah ich ihn mit einer Patrouille die Straße entlanglaufen. Sie führten ihn an der Leine. Ich wartete, bis sie sich ein gutes Stück von mir entfernt hatten, dann pfiff ich nach ihm, das vertraute Signal: einmal lang, dreimal kurz, einmal lang, alles in einem Atemzug. Der Hund wurde ganz wild, riß sich los und kam zu mir gerannt.

Ich hatte Shane besonders ins Herz geschlossen, nachdem er einst, mit neun Monaten, sehr krank gewesen war und der Tierarzt erklärt hatte, er müsse ihn wahrscheinlich einschläfern. Eine Woche lang stand ich jede Nacht auf, um ihm mit einem Löffel Rührei, Milch, Zwieback und Wasser einzuflößen. Ich verabreichte ihm Penizillin-Tabletten, flößte ihm zwangsweise Honig ein, damit der Schleim sich löste, und wusch ihm den Sabber von der Schnauze. Er überlebte sowohl die Verarztung als auch die Krankheit und wurde mein ständiger Begleiter. Als ich untergetaucht war, konnte ich ihm natürlich nicht viel Zeit widmen. Doch meine Brüder

Liam und Sean brachten ihn mir oft an den Ort, wo ich mich gerade aufhielt, so daß ich eine Stunde oder so mit ihm spielen konnte.

Colette und ich konnten in ein Haus in Springfield einziehen, und Shane kam mit. Doch 1973 verschwand er, die Briten hatten ihn sich geschnappt. Kurz darauf traf ich ihn aber wieder. Unser neues Heim hatte wie die meisten Häuser in Springhill aus jener Bauzeit drei Stockwerke. Außer den paar Möbelstücken, die wir von Freunden bekommen hatten, besaßen wir keinerlei Einrichtung, aber das Haus war unser. Für kurze Zeit lebten wir in einer Art von Normalität, wir beide und Shane in einem riesigen, fast leeren Wohnhaus. Doch als ich eines Tages nach Hause kam, erfuhr ich, daß Colette das Haus weggegeben hatte. Sie war Leuten begegnet, die es offensichtlich dringender brauchten als wir. Ich habe sie dafür immer bewundert.

Wir fanden in Whiterock eine neue Bleibe, und im September wurde Colette schwanger. Wir freuten uns beide riesig. In den ersten Wochen ihrer Schwangerschaft bekam Colette einen Heißhunger auf Bananen und Vanilleeis der Marke Walls. Mit den Bananen war es einfach, aber mehr als einmal klapperte ich die Läden in der Falls Road nach diesem speziellen Vanilleeis ab – eine andere Sorte kam nicht in Frage. Und ich wußte, daß nur Väter oder werdende Väter unter meinen Genossen es verstanden hätten, wenn ich bei einer solchen Mission festgenommen worden wäre. Mutter Irland mußte schon manchmal zurückstehen. In der Nacht des 23. Oktober 1971 lagen wir im Bett, als wir draußen einen Tumult hörten. An der Haustür erfuhren wir, daß unsere Freundinnen Dorothy Maguire und ihre Schwester Maura Meehan von den Briten erschossen worden waren. Sie waren losgegangen, um die Leute im unteren Wack-Viertel vor bevorstehenden Razzien zu warnen. Beide waren langjährige Freundinnen von Colette, waren mit ihr aufgewachsen, und als ich abgetaucht war, hatte ich in Dorothys Haus oft zu Abend gegessen, oder sie hatte mir für die Nacht eine Unterkunft besorgt. Wir standen uns alle sehr nahe.

Kurz darauf erlitt Colette in Dublin eine Fehlgeburt. Wir übernachteten bei meiner Tante Maggie. Colette hatte furchtbare Schmerzen. Tante Maggie wußte besser als ich, was los war, und auf ihre Veranlassung begab sich Colette in den frühen Morgenstunden ins Rotunda Hospital. Es war eine niederschmetternde Erfahrung für uns beide, und verzweifelt kehrten wir nach Hause zurück.

Die britischen Soldaten drohten nun öffentlich, daß sie mich, Brendan Hughes, Jim Bryson, »Toddler« Tolan und ein paar andere auf der Stelle erschießen würden. Und sie tauchten tatsächlich einmal bei Colettes Mutter auf und sagten, ich sei gerade in der Falls Road von einer Patrouille erschossen worden. Ich blieb eine Weile oben in Beechmount. Ich war stets auf der Hut. Nur sehr selten ging ich direkt eine Straße entlang, sondern überquerte sie zunächst und schaute, ob die Luft rein war. Ich mied Straßen, in denen es auf einem längeren Abschnitt keine Türen gab. In der Clonard Street zum Beispiel waren lauter nackte Wände, die Beechmount Avenue war zu lang. Eines Abends lief ich in Beechmount den Marine Commandos in die Arme. Ich konnte ihnen nicht ausweichen, da ich mich mitten auf der Straße befand. Ansonsten war keine Menschenseele zu sehen. Sie riefen mich zu sich. Ich überlegte, ob ich losrennen sollte, aber das war aussichtslos. Ich zeigte ihnen rasch meine gefälschten Papiere, band ihnen einen Bären auf, und sie ließen mich laufen. Ich ging ein Stück die Straße entlang, bog in den nächsten Seitenweg und flitzte dann im Höllentempo davon. Sekunden später rannten sie mir nach. Ich kam bis zu dem Haus, wo ich hinwollte, aber ich konnte sie den ganzen Abend den Weg hinter dem Haus und auf der Straße hin und her laufen und suchen hören.

Ein anderes Mal saß ich in einem Auto, das auf dem Grundstück der Kirche von Clonard geparkt war. Als ich ausstieg, waren die Briten zur Stelle. Ich hatte außer einer Arbeitslosenkarte keine Ausweispapiere dabei, und der Soldat fragte mich, wieso ich denn ein solch gutes Auto besäße, schließlich sei ich doch arbeitslos. Ich antwortete, das Auto gehöre meinem Vater. Dann kam der Hausmeister der Kirche heraus und legte sich mit den Briten an: Es sei eine Vereinbarung mit dem Pfarrer getroffen, wonach auf dem Kirchengelände niemand angehalten und überprüft werden dürfe. Darüber entwickelte sich ein Streit. Unterdessen tauchten ein paar Kinder auf, und ich konnte mich aus dieser kreuzgefährlichen Situation herauswinden, indem ich anfing, mit den Kindern zu plaudern. Ich sagte, ich ginge in die Kirche, bis die Briten und der Hausmeister sich geeinigt hätten. Die Briten genehmigten es, und ich trat in die Kirche. Nach einer Weile kam der Hausmeister herein und redete mir zu, ich sollte eine Beschwerde einlegen.

»Nein«, sagte ich. »Nein, ist schon okay.«

Er bestand aber darauf und sagte mir seine Unterstützung zu. In solchen Fällen müsse man sich wehren, und ich bräuchte keine Angst haben. Es käme darauf an, ihnen die Stirn zu bieten.

Ich flüsterte ihm zu: »Ich bin abgetaucht.«

Plötzlich wurde er ganz anders, nickte verständnisvoll und führte mich schnell zum Hinterausgang.

Als den Briten klar wurde, was gerade passiert war, wurden sie fuchsteufelswild. Später beschlossen ein paar Jungen aus dem unteren Wack zu versuchen, das Auto zurückzuholen. Sie fuhren es von da weg, als sie es aber in einer anderen Straße parkten, lösten die Briten eine weit greifende Razzia aus und durchkämmten diese und die Nachbarstraßen.

Ich hielt mich dann eine Weile in einem sehr guten Haus auf, in dem Colette bei mir sein konnte. Die Bewohner des Hauses, Kathleen und Eamonn, waren sehr nett zu uns, und ihr Haus wurde auch zu unserem. Ihren Nachbarn erzählten sie, ich sei Lehrer an einer Schule und wäre nur darum abgetaucht, weil mein Vater ein fanatischer Republikaner sei und die Briten mich auf dem Kieker hätten, um über mich an ihn ranzukommen. Und die Nachbarin holte Nachrichten für mich ab, kaufte mir Zigaretten oder Milch. Als die Briten dann einmal jedes Haus in der Straße durchsuchten und aus ihrem Haus in mein Haus kamen, verschwand ich durch die Hintertür nach nebenan, zu ihr. Als ich schließlich unter entsprechendem Medienrummel festgenommen wurde, war sie ziemlich verblüfft.

Der Nachbar war ein Original. Die schlimmste Nacht in der Woche war die, in der die Mülltonnen geleert wurden. Denn wenn er etwas getrunken hatte, bestand er darauf, schon mal die Mülltonnen rauszustellen. Sein Hund, ein Yorkshire-Terrier, begleitete ihn dabei. Froh über die plötzliche Freiheit, riß er manchmal aus. Das Haus stand in einer Linie mit der Militärkaserne, und die Briten patrouillierten hier sehr oft lang. Der Mann ging also um zwei oder drei Uhr morgens los, pfiff nach seinem Hund und rief seinen Namen: »Sweep, Sweep!« Danach hörte man einen der Soldaten fragen: »Alles in Ordnung, Kumpel?« Dem folgte eine irrwitzige Unterhaltung, die von dem Kläffen eines Terriers unterbrochen wurde. Er war der Ansicht, daß die Briten uns von der Kaserne aus ins Fenster gucken könnten, und eines Nachts wurde ich durch Klopfgeräusche am Fenster geweckt. Er stand davor und sagte: »Nein, sie können doch nicht reingucken.«

Zu dieser Zeit wurde die Situation zunehmend militarisiert, zu einem Konflikt zwischen der IRA und der britischen Armee. Es fanden nun weniger öffentliche Kundgebungen statt. Die Militarisierung hatte die IRA zum Teil selbst herbeigeführt, sie war aber auch eine natürliche Konsequenz der Tatsache, daß viele Republikaner durch Gesetze in den Untergrund gezwungen wurden, unter denen selbst unsere friedlichen politischen Aktivitäten und Organisationen illegal und unsere Zeitungen verboten waren. Alles trug dazu bei: Demonstrationsverbote, Schlagstockeinsätze, Internierung, der Einsatz von Kampftruppen, um Menschen in den Straßen zu erschießen.

Die IRA hatte sich mit modernen Waffen ausgerüstet. 1972 erhielt sie eine große Zahl von Armalites. Dies waren leichte Schnellfeuergewehre mit klappbarem Kolben, wodurch sie leicht zu verbergen waren. »Gott erschuf die Katholiken«, verkündete ein Graffito jener Zeit, »und das Armalite ihre Gleichheit.«

Auf den Wegen hinter dem Häusergewirr im Falls-Viertel war so viel los, daß einmal eine Gruppe von IRA-Leuten über eine Mauer sprang und sich einer britischen Patrouille gegenübersah. Die entsicherten Gewehre aufeinander gerichtet, standen sich die beiden Gruppen gegenüber und schauten einander längere Zeit stumm an, doch dann traten beide Gruppen den Rückzug an.

In einer relativ kurzen Zeit hatte sich die IRA nicht nur zu einer Defensivkraft von nie dagewesener Effektivität entwickelt. Sie hatte auch mit überwältigender Unterstützung der nationalistischen Bevölkerung eine massive Offensive gestartet und damit eine für die Regierung in London unhaltbare Situation geschaffen.

Es war offensichtlich, daß das Staatsgebilde die heftigen Angriffe nicht würde überleben können. Am 22. März fand ein Treffen von Stormont-Premier Brian Faulkner mit dem britischen Premierminister Edward Heath, Verteidigungsminister Lord Carrington und dem Unterhauschef William Whitelaw statt. Faulkner drohte mit seinem Rücktritt, nachdem ihm eröffnet worden war, daß Stormont nicht mehr für die innere Sicherheit zuständig sein würde. Nach zweitägigen Diskussionen in Belfast zwischen Faulkner und seinen Kollegen gab Heath den Rücktritt Faulkners und seines Kabinetts, die Auflösung des Stormont-Parlamentes und der Stormont-Regierung und die Ernennung von Whitelaw zum Nordirlandminister bekannt.

Für die Nationalisten war dies eine Zeit größten Jubels. An diesem entscheidenden Wendepunkt machte sich unter der nationalistischen Bevölkerung das Gefühl breit, sie werde sich nie wieder einer unionistischen Herrschaft unterwerfen müssen.

8

Am 9. März 1972, kurz vor der Auflösung der Stormont-Verwaltung, kamen vier junge IRA-Volunteers bei der vorzeitigen Explosion ihrer eigenen Bombe in der Clonard Street ums Leben: Tom McCann war zwanzig, Tony Lewis sechzehn, Gerry Crossen und Sean Johnston waren neunzehn Jahre alt. Die Explosion hatte das ganze Haus zerstört. Die Leute hatten verzweifelt die Trümmer durchwühlt, weil zunächst nicht klar war, wie viele Menschen getötet worden waren. Das Gerücht ging um, Tom McCann sei nicht im Haus gewesen. Wir suchten ihn an den Orten, an denen er sich gewöhnlich aufhielt, als er aber nach mehreren Stunden immer noch nicht auftauchte, fürchtete ich, daß das Gerücht auf Wunschdenken beruhte und Tom tot war. Dennoch war es ein furchtbarer Schock, als jemand nach langem Suchen Toms Haarschopf fand. Er hatte dunkles Haar mit einem charakteristischen weißen Fleck am Hinterkopf, an dem er nun identifiziert werden konnte.

In den zwei Jahren zuvor hatte eine ganze Anzahl meiner Freunde und Bekannten den Tod gefunden. Die Liste wurde länger. Die Belfaster Republikaner befanden sich im Zentrum des Sturms und hatten einen hohen Preis zu zahlen, sei es bei bewaffneten Aktionen oder Unfällen oder auch als Opfer britischer oder loyalistischer Mordtaten. Viele britische Soldaten und RUC-Polizisten waren ebenfalls ums Leben gekommen. Und auch Zivilisten – unschuldige Nicht-Kombattanten, die Opfer von Bombenanschlägen geworden oder ins Kreuzfeuer von Aktionen der Briten, der IRA oder der Loyalisten geraten waren. Die IRA hatte auch Spitzel getötet. Die Zahl der Toten stieg, manchmal von Tag zu Tag.

Mittlerweile war Colette in ein Haus in der Harrogate

Street in Beechmount gezogen, ein kleines, nettes Haus, das uns empfohlen worden war, weil der Eigentümer in Dublin lebte. Ich setzte mich mit ihm in Verbindung, und er war froh, daß Colette Zwischenmieterin des Hauses sein würde, bis der Grundstücksverwalter alles geklärt hatte. Die Instabilität und Unsicherheit der Lebensumstände war eines der größten Probleme des Lebens im Untergrund, zumal für Ehepaare, die wie wir keine eigene Bleibe hatten. Das Haus hatte einen Großputz nötig, und wir besaßen weder Geld noch Möbel. Aber jemand gab mir einen Zehner, und ich ging in Hectors Laden und kaufte davon zwei Messer, zwei Gabeln und zwei Teller. Jemand anderes hatte uns ein riesiges Bett zur Hochzeit geschenkt, das wir nun in aufgekratzter Stimmung aufschlugen. Ich hatte wenig Hoffnung, daß es uns gelingen konnte, ein wenig Pseudonormalität zu schaffen. Ich wußte, ich würde nicht lange in diesem Haus bleiben können, und hoffte, ich könnte wenigstens während dieser Zeit mit Colette ein wenig häusliche Geborgenheit finden. Kaum waren wir eingezogen, als das Haus im Morgengrauen des 14. März durchsucht und ich festgenommen wurde. Ich litt noch unter dem Schock des Todes der vier jungen Männer und hatte nicht die übliche Vorsicht walten lassen, mich zu lange an einem Ort aufgehalten.

Bei meiner Festnahme gab ich einen falschen Namen an. Sie brachten mich zur Kaserne in der Springfield Road. Offenbar waren sie aufgrund von Informationen tätig geworden. Sie waren sich nicht sicher, ob sie den Richtigen gefaßt hatten: Ich hatte sie fast davon überzeugen können, daß ich Joe McGuigan war. Meine beiden britischen Begleitsoldaten hatte ich mit Sicherheit davon überzeugt. Dann jedoch holten sie Harry Taylor hinzu, einen der wenigen RUC-Polizisten, die mich tatsächlich kannten. In der Polizeikaserne war ich nicht mißhandelt worden, doch sobald Taylor mich identifiziert hatte, schlug die Stimmung um. Ich leugnete weiter meine Identität, aber vergeblich. In einem gepanzerten Fahrzeug wurde ich in die Palace-Kaserne gebracht. Mittlerweile war es hell geworden.

Der britische Offizier, der mich festgenommen hatte, sagte, ich solle besser gleich mit der Wahrheit herausrücken. Das war offensichtlich taktische Absicht, aber er sagte es mit einem solchen Ernst, daß ich trübe Vorahnungen bekam, welches Schicksal mich erwartete. Gegen Ende des Verhörs sagte einer meiner Peiniger: »Die republikanische Propaganda funktioniert so prächtig, daß ihr Kerle schon zu reden anfangt, bevor ihr überhaupt hier drinnen seid.« Mir wurde klar, daß der britische Offizier genau darauf hingearbeitet hatte.

Um das Verhör zu sabotieren, hatte ich mir vorgenommen, meine Identität zu leugnen. Indem ich beharrlich behauptete, ich sei Joe McGuigan, hatte ich gehofft, das Verhör auf diesen einen Punkt zu reduzieren und es damit im Kern zu vereiteln.

In dem Verhörzentrum brachten sie mich in einen sehr großen Raum in einer Holzbaracke, der Raum war in offene Verschläge unterteilt, in denen die Männer mit dem Gesicht zur Wand sitzen mußten. Auch ich mußte das tun. In der Bretterwand waren Löcher, die bewirkten, daß ich anfing, Bilder, Formen, Schatten zu sehen. Soldaten oder Zivilpolizisten tauchten wiederholt hinter mir auf und traten mir den Stuhl weg, brüllten mich an, schlugen mir auf den Hinterkopf. Es gab Essenstabletts aus Metall, ziemliche Kästen mit Deckel und Griffen. Sie ließen sie neben mir auf den Boden krachen. Zunächst war ich mächtig erschrocken, nach einer Weile aber merkte ich, daß mir das ohrenbetäubende Scheppern nicht sonderlich viel ausmachte. Auch sah ich ihre Schatten, bevor jemand hinter mich trat. Ich fürchtete mich zwar, konnte mich aber auf das Gebrüll, die Hiebe und Tritte einstellen, und das machte die Sache etwas leichter. Andere jedoch, die in den benachbarten Kabinen die gleiche Behandlung erlitten, hatten panische Angst und schrien laut auf.

Im Verhörraum gingen sie nach der Methode vor: erst ein »böser«, dann ein »guter« Polizist – oder umgekehrt. Ich wurde ziemlich geprügelt, dann kam ein Berserker von einem Kerl herein, der mich angeblich erschießen wollte. Er brüllte herum und fuchtelte mit seiner Pistole, während die anderen sich auf ihn stürzten. Dann verhörte mich Harry Taylor, dabei versuchten sie mir ein Mittel zu verabreichen, das sie »Wahrheitsdroge« nannten. Große Angst hatte ich, als sie mich wegführten, um meine Fingerabdrücke zu nehmen. Sie ließen sich sehr viel Zeit, um ganz sicherzugehen, daß ich niemanden sehen und von niemandem gesehen werden würde. Unterwegs donnerten sie mich, falls jemand vorbeikam, gegen eine Hütte oder gegen einen Türeingang. Es war klar, daß sie mir die Orientierung rauben wollten. Schließlich erreichten wir den Raum, in dem die Fingerabdrücke genommen werden sollten. Ich verweigerte mich der Prozedur und verlangte, eine entsprechende Anweisung zu sehen. Sie streckten meine Arme mit Gewalt über einen Tisch, und plötzlich tauchte ein fürchterlich brüllender, offenbar geistesgestörter Mann auf und trat in einer blutgetränkten Schürze und mit erhobenem Hackbeil auf mich zu. Da verlor ich, sehr zur Freude meiner Peiniger, einen Moment die Nerven.

Sie führten mich in einen anderen Verhörraum zurück, ich mußte mich mit gespreizten Armen und Beinen auf Zehenspitzen an die Wand stellen, dann schlugen sie mir stundenlang heftig in die Nierengegend, zwischen die Beine, auf den Rücken und von hinten auf die Beine. Die Prügel wiederholten sich die ganze Zeit, während der ich in der Palace-Kaserne war. Sie wurden sehr systematisch, mit beinahe klinischer Strenge verabreicht, ohne jede Leidenschaft. Es war, als müßten sie und ich jedesmal Atem schöpfen, als wüßten wir beide, daß wir jeweils noch eine Menge vor uns hatten. Wir hatten die Kräfte aneinander gemessen, nun kam es nur noch auf Ausdauer und Hartnäckigkeit an. Ich hatte Prellungen und Schmerzen, doch mir war bewußt, daß ich nicht den gleichen Folterungen unterworfen war, wie sie Kevin Hannaway und einige andere erduldet hatten. Mir kam schon zugute, daß die kurz nach Beginn der Internierung praktizierten Folterpraktiken und brutalen Mißhandlungen an die Öffentlichkeit gedrungen waren: Man war nun vorsichtiger.

Ich war gegen Ende der unionistischen Herrschaft in die Palace-Kaserne gekommen, als die wirklich brutale Behandlung eingestellt wurde. Ich gehörte zu den letzten, die auf Befehl von Faulkner festgenommen, zu den ersten, die auf Befehl von Whitelaw interniert wurden.

Kurz vor Ende des Verhörs ließ ich die Behauptung fallen, ich sei Joe McGuigan, denn die Polizisten der Special Branch deuteten an, ich würde dann unter diesem Namen inhaftiert und Colette bekäme keine Besuchserlaubnis. Das bezweifelte ich zwar, aber diese Drohung machte klar, daß meine Zeit in der Palace-Kaserne bald vorbei sein würde. So nannte ich ihnen meinen richtigen Namen. Meine Strategie war zu diesem Zeitpunkt natürlich längst zu einer Farce geworden, sie hatte mir aber geholfen, die Verhöre durchzustehen. Am besten schwieg man ganz. Obwohl sie wußten, wer ich war, spielte dies keine Rolle. Da ich nicht der war, der zu sein sie behaupteten, konnte ich auch ihre Fragen nicht beantworten.

Einmal führten sie meinen Schwager Eamonn McCaughley zu mir. Er war zur gleichen Zeit festgenommen worden wie ich und sollte meine Identität bestätigen. Der standhafte Eamonn jedoch schwieg.

Bevor ich von der Palace-Kaserne weggebracht wurde, legte ich formell Beschwerde über die mir zuteil gewordene Behandlung ein. Die Vernehmungsoffiziere bemühten sich angestrengt, meine wiederholte Forderung nach Beschwerde zu ignorieren, und auch die uniformierten RUC-Polizisten aus der Verwaltung, denen ich übergeben wurde, wollten die Beschwerde nicht entgegennehmen. Schließlich wurde ich jedoch in einen Raum geführt, um formell meine Beschwerde einzulegen. Dort versuchten mich mehrere kräftig gebaute Militärpolizisten einzuschüchtern, indem sie ihre Schlagstöcke in der Luft schwangen.

Von der Palace-Kaserne wurde ich auf das Gefängnisschiff *Maidstone* überführt – ein schrecklicher, düsterer Ort.

Es war zunächst eine Erleichterung, unter Freunden zu sein, besonders aber, von Colette Besuch zu empfangen. Aber die Erleichterung hielt wegen der grauenhaften Bedingungen auf dem Schiff nicht lange an. Wir wurden unter Deck im Vorderschiff gefangengehalten. Die ausklappbaren Schlafpritschen waren in drei Reihen übereinander angebracht, man hatte kaum Platz. Der Aufenthaltsraum war ebenfalls eng. Durch kleine Bullaugen drang mühsam ein wenig Licht. Ich kam dort an, nachdem gerade ein erfolgreicher, inzwischen legendärer Ausbruch stattgefunden hatte. Die Sicherheitsmaßnahmen waren nun sehr streng, beinahe irrwitzig. Ich wußte, daß sich unter den Gefangenen auch mein Onkel Liam Hannaway befand. Sein Bruder Alfie war 1940 als Siebzehnjähriger auf der *Al Rawdah* interniert gewesen, einem Truppentransporter der India Line, der im Strangford Lough vor Anker gelegen hatte. Jetzt waren Liam und ich mit etwa einhundertfünfzig weiteren Gefangenen wieder auf einem britischen Gefängnisschiff.

Das Essen war eine Katastrophe. Und das Schiff dümpelte im eigenen Kloakenwasser. Auf dem Schiff waren auch britische Soldaten einquartiert, dazu unsere Schließer, und wir hockten auf ihren und unseren Ausscheidungen. Die Toiletten waren ständig verstopft und überflutet. Kurz nach meiner Einlieferung traf ich zum erstenmal mit dem Gefängnisarzt zusammen. Ich hatte in der Palace-Kaserne schwere Prellungen davongetragen, vor allem in der Rippengegend.

»Haben Sie Schmerzen?« fragte er.

»Ich habe Schmerzen, wenn ich atme«, antwortete ich.

»Dann hören Sie auf zu atmen«, erklärte er, ohne mit der Wimper zu zucken.

Später erfuhr ich, daß die britischen Soldaten in dem Haus, in dem ich festgenommen worden war, das Unterste zuoberst gekehrt hatten. Hilda Hartley, eine unserer Nachbarinnen, und die Frau, die uns zuerst auf das Haus hingewiesen hatte, waren während der Razzia bei Colette geblieben. Einige Stunden später traf ein Nachrichtenoffizier ein und berichtete einem der Soldaten, ein Detektiv der RUC hätte mich als Gerry Adams identifiziert. Der Soldat teilte dies Colette und Hilda mit. »Tut mir leid«, sagte er zu Colette. Dann erzählte er den beiden Frauen von seiner Familie und erklärte, wie sehr er seinen Dienst verabscheue.

Als Colette ein paar Tage später das Wohnzimmerfenster putzte, lief er gerade Streife und klopfte ans Fenster. Sie kümmerte sich nicht um ihn. Am folgenden Tag ging sie mit meiner Mutter spazieren, dabei hörte sie zu ihrem Ärger aus einem Garten ein Zischen. Es war der britische Soldat.

»Mein Name ist Paddy Burns«, sagte er. Wieder schenkte Colette ihm keine Aufmerksamkeit.

Ein anderes Mal hatte Hilda einen Topf mit kochenden Kartoffeln auf dem Herd stehenlassen, als wegen einer Bombenwarnung in der Harrogate Street alle Häuser geräumt wurden. Sie erblickte Paddy Burns und schickte ihn hinauf, das Gas abdrehen.

Einige Zeit später wurde sein Regiment von hier abgezogen, und Hilda erhielt eine Postkarte von Paddy Burns. »Teilen Sie Colette mit, daß ich meinen Armeedienst quittiert habe«, schrieb er.

Wenn man aus den Bullaugen der *Maidstone* zum Kai hinüberschaute, sah man die Besucherzone. In der Umgebung des Schiffes war Stacheldraht gezogen, und Unterstände waren errichtet. Ein paar Baracken dienten als Besuchsräume. Dann folgte eine Lücke. Wenn die Internierten hörten, daß jemand festgenommen worden war, hielten sie Ausschau nach dem Besucherbus und nach dem Konvoi, mit dem ein weiterer Häftling eingeliefert wurde. So vertrieben wir uns die Zeit, so gut es ging.

Eines Abends hieß es, ein neuer Konvoi käme. Wer einen Ausblick aus einem Bullauge hatte, sah, wie ein Mann mit übergezogener Kapuze hinten aus einem Jeep gezerrt wurde. Wir beobachteten, wie die Soldaten ein paar Minuten mit ihm sprachen und ihm dann die Kapuze abnahmen. Er rannte sofort wie ein Wahnsinniger los, sah den Stacheldrahtzaun, rannte dann in die entgegengesetzte Richtung.

Er verhielt sich wie in panischer Angst, und unweigerlich mußte ich wieder an das Kaninchen von Glenavy denken. Später erfuhren war, die Briten hätten ihm, bevor sie ihm die Kapuze abnahmen, angekündigt, sie würden ihn jetzt erschießen. Wie sich herausstellte, gehörte er keinerlei Organisation an, und das machte es für ihn um so schlimmer, da er psychologisch nicht präpariert war.

Ein Freund von mir, John, wurde kurz nach mir festgenommen und ebenfalls auf die *Maidstone* verschleppt. In der Palace- Kaserne hatten sie ihn mit den Daumen an Kleiderhaken aufgehängt, ihn stundenlang in dieser Streckposition belassen und ihm dabei mit einem kleinen Stöckchen auf den Nabel geschlagen. Die Blutgefäße um den Nabel waren geplatzt, alles war blaurot unterlaufen. Sonst wies er kaum Verletzungen auf, doch er war körperlich total erschöpft.

Das waren neuartige Foltermethoden im Vergleich zu jenen, denen die während der ersten Razzien Festgenommenen ausgesetzt waren. John in dieser miserablen körperlichen Verfassung sehen zu müssen und mir dabei Männer vorzustellen, die mit Berechnung immer wieder auf seinen nackten Körper einschlugen, bis er schrie – es jagte mir eiskalte Schauer über den Rücken.

Uns erreichte die Nachricht, Big Joe McCann sei in Belfast erschossen worden. Big Joe war in den sechziger Jahren mein Genosse der ersten Stunde gewesen. Soldaten des Fallschirmjägerregiments erschossen ihn, als er vor einer Patrouille davonlief. Vermutlich wollte er sich der Festnahme entziehen. Trotz der bitteren internen Fehde, bei der Charlie Hughes erschossen und Tom Cahill verwundet worden war, und der Nervenbelastung durch die Spaltung überkam mich tiefe Traurigkeit. Welche Differenzen wir auch immer gehabt haben mochten, ich konnte und wollte die guten Zeiten und den gemeinsamen Kampf nicht vergessen. Wir waren noch vor den Pogromen von 1969 hinzugestoßen, und erst ihre Folgen ließen uns getrennte Wege gehen.

Die Bedingungen auf der *Maidstone* wurden immer unerträglicher. Wir durften uns tagelang nicht an der frischen Luft bewegen. Einige protestierten, und britische Soldaten in Kampfanzügen erschienen unter Deck. Bei dem Handgemenge wurde einem Internierten der Arm gebrochen. Wir wollten Widerstand gegen eine solche Behandlung leisten und kamen auf die Idee eines Hungerstreiks. Wir mußten Aufsehen erregen, damit die Öffentlichkeit draußen in Bewegung kam. Ich hatte kurz nach meiner Einlieferung begonnen, Berichte von Mitgefangenen zu protokollieren, die übel zugerichtet vom Verhör zurückkamen, hatte ein paar Briefe geschrieben und gelegentlich einen Bericht nach draußen geschmuggelt. Der Streik fand eine gewisse Unterstützung: Verwandte von Häftlingen setzten Anzeigen in die *Irish News*, Artikel erschienen, es entstand ein wenig Druck. Die Zuständigen für das Gefängnisschiff reagierten auf unseren Streik, indem sie uns auf einmal wunderbares Essen reichten: etwa einen ganzen Schinken, mit Honig bestrichen. Völlig überzogen bekamen wir exzellente Speisen samt köstlichen Desserts offeriert.

Außerhalb unseres schwimmenden Knasts rotteten sich unterdes bei immer häufigeren Aufmärschen im faschistischen Stil Zehntausende von Loyalisten zusammen. Viele trugen paramilitärische Uniformen, was Armee und RUC geflissentlich übersahen. Im Februar hatte William Craig, einst Innenminister der Stormont-Regierung, eine neue Bewegung namens Vanguard ins Leben gerufen. Nun rief er zu großen Kundgebungen auf, bei denen er mit Motorradeskorte aufkreuzte und die militärisch formierten Reihen seiner Männer abschritt. Er verlas einen Schwur und forderte sie dann auf, ihn durch das dreimalige Recken des Arms und den Ruf »*I do*« zu bekräftigen: ein deutliches Echo von Nürnberg hallte herüber. Während eines Aufmarschs im März verkündete Craig: »Wir müssen Dossiers über die Männer und Frauen in diesem Land anlegen, die eine Bedrohung für unser Land darstellen, denn wenn die Politiker uns eines Tages im Stich lassen, könnte es unsere Aufgabe sein, den Feind zu liquidieren.« Und Ende April führte er weiter aus: »Wenn wir Gewalt sagen, meinen wir Gewalt. Die Tötung unserer Feinde wird unser letzter verzweifelter Ausweg sein, wenn uns unsere demokratischen Rechte verweigert werden.« Bereits im Februar hatten Loyalisten begonnen, Katholiken zu ermorden. Die UDA gab sich wenig oder gar keine Mühe, die Tatsache zu verbergen, daß sie sich bewaffnete. Schon im Mai drillte sie ganze Scharen offen in militärischen Übungen, mit stillschweigender Duldung der britischen Armee.

Wir befürchteten, daß jederzeit ein Überfall auf die *Maidstone* erfolgen könnte. Stormont war gefallen, die Vanguard marschierte, und wir lagen mitten im loyalistischen Ostbelfast in diesem Dock. Wir hörten jeden Abend Nachrichten, wie William Craig das neue Reich ausrief. Wir waren daher sehr erleichtert, als uns der Kommandant des Schiffes mitteilte, daß die *Maidstone* als Gefängnisschiff ausgedient hätte. Wir freuten uns über den Erfolg unseres Protests und beendeten ihn, nachdem eine Stormont-Erklärung die Mitteilung bestätigte. Kurz darauf erfuhren wir, daß wir nach Long Kesh verlegt würden, jenes Gefangenenlager aus Nissen-Hütten und Stacheldraht, Wachtürmen und Flutlicht, das etwa acht Meilen außerhalb von Belfast eigens für die Unterbringung der Internierten errichtet worden war.

Ich wurde als letzter vom Schiff geführt. Sie stellten mich neben einen Burschen, der mir eröffnete, er habe gezittert und gebetet, daß er nicht neben mir stehen müßte, weil er die Prügel fürchtete, die ich beziehen würde. Seine Gewißheit über das Bevorstehende trug nicht unbedingt zu meiner Beruhigung bei. Sie fesselten uns mit Handschellen aneinander, aber trotz aller leisen Drohungen aus dem Munde der Soldaten, die in gewaltiger Zahl für unsere Verlegung eingesetzt waren, verlief unser Hubschrauberflug ohne Zwischenfälle.

Wir waren froh, nach Long Kesh überführt zu werden, so abstoßend das Lager auch wirken mochte. Ich freute mich besonders, meinen Pa wiederzusehen. Mein Bruder Paddy,

Kevin Hannaway und viele andere grüßten uns aus den anderen Cages (Lagerbezirken).

Nachdem wir abgefertigt und in unsere neue Bleibe eingewiesen waren, kamen wir uns vor wie junge Bullen, die man nach langem Eingepferchtsein im Stall auf die Weide läßt. Wir waren Gefangene unter einem neuen Gesetz und kamen in einen neuen Cage, in dem alles glänzte und neu war. Wir konnten den Himmel sehen, was uns auf der *Maidstone* unter Deck versagt geblieben war. Unser dortiger Sieg und die neue Umgebung luden uns mit Energie auf. Wir waren vorwiegend recht junge Männer, einige waren zuvor monatelang untergetaucht. Hier in Long Kesh wurden wir nun unsere überschüssige Energie los. Beunruhigt über unser ausgelassenes Verhalten, verlegte die Lagerverwaltung auf Vorschlag des Lagerrates der Internierten meinen Onkel Liam Hannaway in unseren Cage. Er sollte versuchen, uns zur Ruhe zu bringen. Er hielt republikanische Schulungskurse ab. Das machte er sehr gut und ganz locker. Die Lagerverwaltung war nach wie vor unruhig wegen unseres Übermuts und riß uns auseinander, verteilte uns über das ganze Lager. Es waren ein paar vergnügliche Wochen, eine Mischung aus Jugendstrafanstalt à la Brendan Behans *Borstal Boy* und Internat. Wir heckten ständig Streiche aus, sorgten für Trubel und Fez, spielten verrückt. Wenn ein Internierter irgend etwas vorzubringen hatte, mußte er nach der Vorschrift draußen vor den Lagerleiter treten. Wir beschlossen, einen Antrag in Unterhosen, auf dem Boden sitzend zu stellen. Jeden zweiten Tag marschierten Soldaten vor unserem Cage auf, um uns zur Ruhe zu bringen. Wir fochten Wasserschlachten aus, und – Gott stehe den älteren Männern im Cage bei – einige Burschen fabrizierten nicht bloß Wasserbomben aus Plastiktüten, sondern füllten ganze Mülltonnen! Die Schlacht zog sich manchmal über drei Tage hin. Wer Besuch bekam, putzte sich heraus und zog seine besten Klamotten an. Am Tor des Cages wurde er abgefangen und mit Wasser bombardiert.

Ich griff erstmals in eine interne Diskussion im Lager ein,

als ich mit anderen einen Ausbruchsversuch befürwortete. Aber vermutlich kam es zu keiner ernsthaften Debatte, weil wir so viel rumalberten. Im Gefängnis von Belfast führte Billy McKee einen Hungerstreik, um seine Anerkennung als politischer Häftling durchzusetzen, und wir sprachen uns vehement für eine solidarische Aktion aus. Doch die Führung in unserem Cage und die älteren Internierten waren dagegen, obwohl wir nicht einmal für einen ernsthaften Hungerstreik, sondern lediglich für eine propagandistische Geste plädierten. Heute kann ich ihr Widerstreben verstehen. Schließlich änderten sie aber ihre Meinung und sprachen sich für einen konsequenten Streik aus, wie sie ihn zuerst verworfen hatten. Einer der Hungerstreikenden war Liam Hannaway, er hielt lange durch und trug gesundheitliche Schäden davon. Ich beendete meinen Hungerstreik am vierzehnten Tag. Meine nachhaltigste Erinnerung daran ist, daß ich nach dem Abbruch eine Schüssel Porridge aß, wobei sich tief im Magen eine Menge Luft ansammelte, es war wie ein fester Kloß, der langsam in meinem Körper aufstieg und schließlich zu meiner größten Erleichterung entwich, mit einem so lauten Rülpsen, daß im Umkreis von drei Metern alle die Augen aufrissen. Ich habe beobachtet, wie dies auch anderen widerfuhr, als sie den Hungerstreik beendeten. Ihr Atem stank faulig.

Ich hatte meinen Hungerstreik gerade seit einem Tag beendet, als ich außerhalb des Cages den Ruf hörte: »Entlassung! Adams, Entlassung!« Es wurden ständig Leute entlassen. Mein Pa und unser Paddy waren zuvor schon beide am gleichen Tag entlassen worden. Meine Ma hatte im Murph, am oberen Ende der Whiterock Road ein Haus aufgetan, nachdem sie eine Zeitlang eines in Lenadoon besetzt hatte. Mein Pa kehrte also nicht in Divismore Park Nummer 11 zurück, sondern zog in Whiterock Road 183 ein.

Das Entlassungsfieber ging um, aber bisweilen wurde man auch mit einer Falschmeldung veralbert. »Du wirst am Tor verlangt«, hieß es ständig, gefolgt von irgendeinem Namen. Mich berührte das aber überhaupt nicht, weil ich keinen Grund hatte, mit meiner Entlassung rechnen zu können. Als sie also meine Entlassung bekanntgaben, dachte ich, jemand wollte mich auf den Arm nehmen. Liam Hannaway kam und sagte mir, ich könne gehen, und als ich am Tor anlangte, bestätigte mir der Lagerleiter, daß ich entlassen würde.

»Sind Sie sicher?« fragte ich verdutzt.

»Ja«, antwortete er, »Sie werden entlassen.«

Ich konnte immer noch nicht fassen, daß es wahr sein sollte. Ich glaubte an einen Trick: Vielleicht wollten sie mich erschießen, wenn ich vom Gefängnis wegfuhr, oder mich in ein Verhörzentrum bringen. Ich wollte nicht gehen und mich nicht von meinen Genossen trennen. Liam Hannaway aber sagte mir ernst, ich solle mich gefälligst zusammenreißen. Skeptisch und widerstrebend verließ ich Long Kesh.

Dolours und Marion Price, zwei junge Republikanerinnen, die am Bürgerrechtsmarsch von Burntollet teilgenommen hatten, warteten auf mich. Sie fuhren mich nach Andersonstown, wo ich Francie McGuigan traf und den Grund für meine Freilassung erfuhr: Es sollten Gespräche mit den Briten stattfinden, und ich sollte daran teilnehmen. Seamus Twomey sagte mir, Paddy Devlin von der SDLP würde mich zu einem Treffen in Derry fahren, er habe einen Passierschein, mit dem wir durch alle Kontrollpunkte der britischen Armee kämen.

Ich wurde über die neuesten Ereignisse informiert: Im März hatte es eine dreitägige Feuerpause der IRA gegeben. Sie hatte nichts bewirkt, aber Anfang Juni hatten Seán MacStiofáin und Dáithí Ó Conaill von der Dubliner Führung, Seamus Twomey und Martin McGuinness aus Derry auf einer Pressekonferenz vorgeschlagen, Whitelaw solle sich mit ihnen in Derry treffen, um Gespräche über einen Waffenstillstand zu führen. Die britische Regierung hatte den Vorschlag sofort vom Tisch gewischt, John Hume aber Kontakte zum Nordirlandministerium hergestellt. Unsere Seite hatte darauf bestanden, daß den republikanischen Gefangenen der politische Status zuerkannt werden und ich freigelassen werden müsse, um an den Gesprächen teilzunehmen.

Unterdes hatte Colette gehört, jemand habe mich aus Long Kesh wegfahren sehen. Fünf oder sechs Stunden später konnten wir uns im Haus meiner Eltern in der Whiterock Road treffen. Es war toll, sie und meine Eltern zu sehen, doch wir hatten kaum einen Augenblick für uns, bevor ich nach Derry weiterfahren mußte.

Am 20. Juni trafen Dáithí Ó Conaill und ich in einem großen Landhaus außerhalb der Stadt mit zwei hohen Beamten der Regierung, Philip Woodfield und Frank Steele, zusammen. Dáithí war ein großer, dünner, knochiger Mann mit leicht schütterem dunklen Haar. Er sprach mit dem weichen Akzent von Cork, was seiner äußerst gewinnenden Redeweise zusätzlich zugute kam.

Ich hatte ihn das allererste Mal bei einer Gedenkfeier für Feargal O'Hanlon reden hören: Er fesselte die große Menschenmenge in Monaghan mit seiner bildhaften Schilderung der IRA-Operation, bei der O'Hanlon zusammen mit Seán South, einem weiteren IRA-Helden der fünfziger Jahre, getötet worden war. Dáithí war Lehrer, verheiratet, ein stattlicher, freundlicher und beredter Mann. Er war politisch aufgeschlossener als viele seiner Altersgenossen. Wir lernten uns nie auf privater Ebene kennen, trafen immer nur bei politischen Anlässen zusammen. Er war einigemal heimlich nach Belfast gekommen, so daß jeder eine ungefähre Vorstellung vom Standpunkt des anderen hatte, als wir uns vor dem Treffen mit den britischen Beamten in Derry zusammensetzten.

Bei dem Treffen selber, das offen und geschäftsmäßig verlief, überreichte der – mittlerweile verstorbene – Paddy McGrory, ein angesehener Rechtsanwalt und sehr guter Freund, ein Beglaubigungsschreiben und stellte die Gesprächsteilnehmer vor. Kurz zuvor hatte sich einiges ereignet, was bei diesem Treffen bestätigt wurde. Die Gefangenen im Belfaster Gefängnis, deren Situation die Republikaner draußen sehr beschäftigte, sollten den politischen Status erhalten oder, wie die Briten es nannten, einen »Sonderstatus«. Der politische Status wurde nicht nur wegen des Hungerstreiks gewährt, sondern in dem Bemühen, ein geeignetes Klima für Gespräche zwischen Republikanern und der britischen Regierung zu schaffen.

Ich spielte bei den Gesprächen ein bescheidene Rolle, aber Dáithí und ich handelten Bedingungen aus, die – wie sich herausstellen sollte – sowohl für die britische Regierung wie für die IRA-Führung akzeptabel waren. Wir schlugen vor, ein Treffen zwischen einer republikanischen und einer britischen Delegation abzuhalten, sobald die IRA eine Anzahl von Tagen ihre Operationen ausgesetzt hatte. Wir kamen überein, daß sowohl die britische Regierung wie auch die IRA eine Erklärung abgeben sollten, und erörterten, wie die britischen Streitkräfte reagieren würden. Mir lag vor allem daran, rasch ein politisches Treffen herbeizuführen, und ich hatte den Eindruck, daß manch andere Diskussionspunkte vom Wesentlichen ablenkten. Wir sprachen uns für einen Gesprächsbeginn sieben Tage nach der Verkündung eines Waffenstillstands aus; die Briten wollten vierzehn Tage, wir einigten uns auf zehn. Natürlich war dies nur ein Vorschlag für eine Übereinkunft, weiter konnte keine der beiden Seiten gehen. Unsere Ergebnisse mußten einerseits der britischen Regierung, andererseits der IRA vorgelegt werden.

Nach dem Treffen kehrten wir ins Zentrum von Derry zurück, und ich erklärte Dáithí Ó Conaill, der das Verhandlungspaket der IRA unterbreiten sollte, daß es nicht im Interesse der republikanischen Bewegung sein würde, sich auf einen lang andauernden Waffenstillstand festzulegen, wenn nicht eine politische Übereinkunft mit der britischen Regierung zustande käme. Die Briten würden versuchen, zweitrangige Fragen, wie die Freilassung von Internierten, auf die Tagesordnung zu setzen. Er sagte mir zu, daß er meine Überlegungen weitergeben werde. Bevor ich mich auf den Nachhauseweg nach Belfast machte, telefonierte ich noch mit Seán MacStiofáin. Dann fuhr ich nach Belfast und zu Colette zurück.

Für einen irischen Republikaner hatte Seán MacStiofáin eine interessante, beinahe unglaubliche Vorgeschichte. Er war in London als Sohn eines englischen Vaters und einer irischen Mutter geboren worden, war verheiratet, hatte kleine Kinder und war ein eifriger Verfechter der irischen Sprache. Er hatte in der Royal Air Force seinen Militärdienst geleistet. Im Jahre 1952 war er während einer IRA-Operation festgenommen worden, bei der aus dem Stützpunkt des Officer Training Corps, der Felsted-Schule in der Nähe von London, Waffen entwendet wurden. Er hatte dafür sechs Jahre im Gefängnis Wormwood Scrubbs gesessen und war anschließend nach Irland gegangen. Er sprach mit einem ausgeprägt englischen Akzent und hatte ein leicht unnahbares Wesen. Obwohl er den jüngeren Aktivisten wohlgesonnen war, spürte ich, daß es ihm schwerfiel, ein Verhältnis zu uns aufzubauen, besonders zu uns Belfastern. Wir begegneten uns nur sehr selten. Er und ich kamen gut miteinander aus, ich spürte aber eine gewisse Spannung zwischen ihm, Ruairí und Dáithí. Eine kollektive Führung war ihrerseits ebensowenig erkennbar wie eine Einsicht in deren Notwendigkeit.

Am 22. Juni verkündete die IRA den Waffenstillstand, er sollte um Mitternacht am 26. Juni in Kraft treten, die Gespräche sollten am 7. Juli in London beginnen.

In der Zwischenzeit arbeitete ich mit anderen Aktivisten von Sinn Féin daran, für unsere politische Präsenz in Belfast zu sorgen. Ich nahm an einer recht großen Sinn-Féin-Versammlung in Whiterock teil. Da wir nun nicht länger gezwungen waren, aus dem Untergrund zu operieren, wollten wir schnellstmöglich ein Büro einrichten und ganz offen politisch arbeiten. Unterdessen nahm ich an einer Reihe von internen Beratungen über die anstehenden Gespräche in London teil. Auf einer Sitzung stand ein von dem Rechtsanwalt und ehemaligen IRA-Führer, Ex-Außenminister und letzthin Generalsekretär der Internationalen Juristenkommission, Seán MacBride, erbetener Vorschlag zur Diskussion. Bei einem Treffen mit Martin McGuinness, Ivor Bell und anderen sprach ich mich mit Nachdruck gegen die vorgeschlagene Verfahrensweise aus, da MacBride in den bevorstehenden Gesprächen offenbar eine Fortführung der Vertragsverhandlungen von 1920 sah und uns ein sehr formalistisches Vorgehen für unsere Gespräche mit der britischen Regierung nahelegte.

Als dann der Waffenstillstand in Kraft trat, verstärkten die Loyalisten ihre Mordkampagne und setzten die Hetzreden von Craig und Paisley in Mordtaten um. Die beiden hatten gedroht, daß die Unionisten das Gesetz in die eigene Hand nehmen würden, um »Rache zu üben« und »gegen die republikanische Bevölkerung vorzugehen«. Am 1. Juli schuf die Ulster Defence Association (UDA) Sperrzonen, und mehrere tausend UDA-Mitglieder marschierten in Woodvale auf. Die britische Armee schritt nicht nur nicht gegen diese bewaffneten und uniformierten Formationen ein, sie machte sogar mit ihnen gemeinsame Sache. Am 3. Juli zogen im unteren Teil von Springfield gemeinsame Patrouillen der britischen Armee und der UDA auf. Zur gleichen Zeit überfiel die UDA nationalistische Wohnbezirke. Im UDA-Bulletin vom Februar hatte ein UDA-Anhänger geschrieben:

»Ich habe ein Stadium erreicht, in dem ich keinerlei Mitleid mehr mit irgendeinem Nationalisten habe, ob Mann, Frau oder Kind. Nach Jahren der Zerstörung, des Mordens und der Einschüchterung habe ich mich schweren Herzens zu der Entscheidung durchgerungen: Sie oder wir ... Warum haben [loyalistische Paramilitärs] nicht längst begonnen, auf die einzige Weise zurückzuschlagen, die diese nationalistischen Bastarde verstehen? Nämlich, unbarmherzig und unterschiedslos zu töten ... Wenn ich einen Flammenwerfer hätte, würde ich diese schleimigen Exkremente rösten, die als menschliche Wesen gelten.«

Die UDA hatte die Meinung ihres Lesers bekräftigt. Ihre Mordkampagne, bei der viele Opfer furchtbar gefoltert und verstümmelt wurden, erreichte während des IRA-Waffenstillstands ihren Höhepunkt.

Es war vereinbart, daß IRA-Volunteers während des Waffenstillstands Waffen tragen dürften, ihre Viertel aber nicht verlassen würden und die britische Armee diese Viertel nicht betreten würde. Einige der örtlichen Einheiten bekamen Landrover, auf die seitlich »IRA« aufgepinselt war, und fuhren in Westbelfast Patrouille. Eine gefährliche Situation entstand jedoch, als die britische Armee das Abkommen brach. Sie drang in die »Stierkampfarena« bei Divismore Park in Ballymurphy ein und weigerte sich, der Aufforderung von Jim Bryson nachzukommen, sich aus dem Viertel zurückzuziehen.

»Dort wird es eine Schlacht geben!« wurde mir mitgeteilt. Jim hatte auf das Vorgehen der Briten reagiert, indem er alle Waffen verteilte, deren er habhaft werden konnte, es war eine sehr angespannte Situation entstanden. Ich erreichte Paddy McGrory und bat ihn, als bewährter Vermittler bei den Waffenstillstandsgesprächen die Situation klären zu helfen. Nach mehreren Vermittlungsversuchen zogen sich die Briten schließlich aus der »Stierkampfarena« zurück. Dieses offene Areal vor den Läden war von den britischen Soldaten so getauft worden. Als ihnen einmal während der Straßenkämpfe hart zugesetzt wurde, erklärte ein hochrangiger britischer Offizier in einem Fernsehinterview: »Wir saßen in der Falle, wie Stiere in einer Stierkampfarena.«

Für mich war es eine relativ ruhige Zeit. Ich war entlassen und mußte mich nicht mehr verstecken. Einer der Gründe, weshalb ich in die republikanische Delegation entsandt wurde, war, daß ich nicht auf der Liste der Gesuchten stand. Die Briten wollten sich im Anfangsstadium der Gespräche nicht mit einem zur Fahndung ausgeschriebenen Republikaner treffen. Ich hielt mich weiterhin bedeckt, aber es kehrte fast so etwas wie Normalität ein, obwohl britische Soldaten vor dem Haus meiner Eltern einen vorüberfahrenden Mann erschossen. Wir hörten mitten in der Nacht Schüsse, als die Soldaten vom Weg neben unserem Haus auf ihn feuerten.

Für die Gespräche in London kleidete ich mich bewußt nachlässig. Ich hätte mich ohnehin nicht herausputzen können, aber mein Pullover hatte ein Loch, und ich war mir dessen bewußt. In meiner jugendlichen Arroganz und Ignoranz dachte ich, daß dies angemessen sei.

Als wir nach Derry kamen, erfuhren wir, daß die IRA am Abend zuvor mehrere britische Soldaten festgesetzt hatte. Entgegen späteren Spekulationen hatte dies nichts mit unserem Treffen zu tun. Die Soldaten waren keine Geiseln, sondern hatten das große Glück, daß ihr Streifzug in das Freie Derry sich zu einem solch heiklen Zeitpunkt ereignet hatte. Sie wurden bis kurz vor unserer Rückkehr festgehalten.

Wir wurden mit einem Bus abgeholt und von britischen Beamten und Polizisten in Zivil begleitet, zumindest einer war bewaffnet. Seán MacStiofáin und ein weiteres Mitglied unserer Gruppe waren ebenfalls bewaffnet. Auf dem Weg wurde der Bus von einer Rinderherde aufgehalten, und ich fand es recht komisch, daß die wohlersonnenen Pläne hoher Staatsagenten an einer Viehherde und einem Bauern scheitern konnten, der sich von niemandem zur Eile drängen ließ. Dann wurde die Reise per Hubschrauber fortgesetzt. Ich mußte bei dieser Flugreise natürlich an den ganz anders gearteten Flug denken, mit dem ich ein paar Monate zuvor vom Gefängnisschiff in das Internierungslager überführt worden war. Dieser Hubschrauberflug war wunderbar, er führte an einem Sonnentag über sattgrüne Landstriche und den Glenshane Pass. Bei unserer Ankunft in Aldergrove, dem zivilen und militärischen Flughafen Belfasts, versuchten uns die Zivilpolizisten schnell zu einem wartenden Militärflugzeug zu bringen, da wir nicht gesehen werden sollten. Wir ließen uns aber nicht hetzen.

Wir landeten auf dem Militärflughafen Benson in Oxfordshire. Von dort ging die Fahrt in zwei Limousinen weiter. In Henley-on-Thames hielten wir an: Seamus Twomey wollte zur Toilette gehen. Ich bat ihn, mir Zigaretten mitzubringen. Wir vertraten uns derweilen ein wenig die Füße. Seamus schien eine Ewigkeit wegzubleiben, was unter unseren Aufpassern für Verwirrung sorgte. Sie telefonierten nervös und sprachen in ihre Funkgeräte. Schließlich kam Seamus zurückgeschlendert. Er verstand die ganze Aufregung überhaupt nicht, war ganz ruhig und lobte die schöne Gegend.

Wir fuhren vor Cheyne Walk 96 in Chelsea, dem Wohnsitz von Paul Channon, vor und betraten ein recht großes Haus. Ich ging ins Badezimmer, das ziemlich unordentlich war. In der Badewanne lagen Bettlaken, und ich fragte mich, ob man den Eigentümer vielleicht sehr kurzfristig von dem Treffen in Kenntnis gesetzt hatte. Whitelaw traf mit Verspätung ein. Die anderen wollten das Gespräch offenbar schon ohne ihn beginnen, worauf wir uns aber nicht einließen. Als er den Raum betrat, fiel mir auf, daß er rot und aufgeregt war; seine Hand war ganz schweißig.

Die beiden Delegationen konnten gegensätzlicher kaum sein. William Whitelaw, »Ihrer Majestät Minister für Nordirland«, war ein schottischer Grundbesitzer; Paul Channon, ein millionenschwerer Guinnesserbe, war »Minister of State im Nordirlandministerium«. Die beiden wurden begleitet von den Beamten David Steele und Philip Woodfield. Zu unserer Delegation gehörten Seán MacStiofáin, der Republikaner, der einst bei der Royal Air Force gedient hatte; Dáithí Ó Conaill, Lehrer; Seamus Twomey, Assistent eines Buchmachers; Martin McGuinness, Metzgergehilfe; Ivor Bell, Stukkateur, und ich. Rechtsanwalt Myles Shevlin führte Protokoll.

Es wurden ganz förmlich Dokumente ausgetauscht und die Positionen vorgetragen. Whitelaw eröffnete das Gespräch mit den Worten: »Ich hoffe, daß durch dieses Treffen das gegenseitige Vertrauen bekräftigt wird. Mir ist bewußt, daß die Geschichte unserer beiden Länder den Iren Grund zu Mißtrauen gibt. Ich hoffe, daß Sie in mir einen britischen Minister vorfinden, dem Sie vertrauen können. Sehen Sie in mir einen Mann, der keine Versprechungen macht, die er nicht einhalten wird.«

Während des Treffens legte Seán MacStiofáin, unterstützt von Dáithí Ó Conaill und den anderen, die republikanische Position dar. Seán las eine vorbereitete Erklärung vor, in der unsere Forderungen nach irischer Selbstbestimmung umrissen waren: eine öffentliche Erklärung der britischen Regierung, in der das Recht des gesamten irischen Volkes anerkannt wird, gemeinsam über die Zukunft Irlands zu entscheiden; eine Absichtserklärung, die britischen Truppen zum 1. Januar 1975 von irischem Boden abzuziehen; in der Zwischenzeit der sofortige Abzug britischer Truppen aus den Spannungsgebieten; eine Generalamnestie für alle politischen Gefangenen in beiden Ländern, für Internierte und Untersuchungshäftlinge sowie für die Personen auf der Fahndungsliste. Als Interimsforderungen brachten wir vor: Freilassung der Internierten, Außerkraftsetzung des Special Powers Act, Aufhebung des Verbots von Sinn Féin, Abschaffung des Treueides auf die Krone und Einführung eines Verhältniswahlrechts für alle Wahlen im Norden.

Es war unvermeidlich, daß es im Laufe unserer Diskussion zu gewissen Spannungen kam. Zweimal wurde es ein bißchen laut. Das eine Mal wollte Seamus Twomey in der für ihn charakteristischen Weise einem Argument Nachdruck verleihen: Er schrie und schlug auf den Tisch. Das zweite Mal war, als Whitelaw absurderweise behauptete, daß britische Truppen nie auf unbewaffnete Zivilisten schießen würden. Martin McGuinness wies ihn eindringlich auf die Todesschüsse des Blutsonntags hin. Martin war etwa ein Jahr jünger als ich und in seiner Stadt schon zu jener Zeit wohlbekannt und hochgeschätzt. Ich kannte ihn zwar nicht sehr gut, war aber von seiner Direktheit beeindruckt. Wie ich mußte er noch eine Menge lernen, was er auch offen eingestand. Er entstammte einer großen Familie der Bogside, war hochgewachsen und hatte lockiges helles Haar. Ich war ihm in Derry neben Seamus Twomey hinter den Barrikaden begegnet. Free Derry war praktisch ein befreites Gebiet. Die Ereignisse des Blutsonntags hatten die meisten Menschen in Irland tief getroffen, auf die Bewohner Derrys aber hatten sie geradezu traumatisch gewirkt, stärker, als man es bei einer solchen Barbarei normalerweise erwarten durfte.

Soweit ich mich erinnere, stammten einige der besten Redebeiträge bei diesem Treffen von Myles Shevlin. Ich spielte während der Beratungen selbst kaum eine Rolle, als es aber um die Verabredung einer zweiten Zusammenkunft ging, bat ich um eine Unterbrechung. Wir begaben uns in einen anderen Raum und diskutierten die Punkte unter uns.

»Jesus, wir haben es geschafft!« sagte Seán MacStiofáin.

Ich dachte das genaue Gegenteil. Ich plädierte dafür, daß wir darauf bestehen sollten, das nächste Treffen in kürzestem Abstand stattfinden zu lassen. Nach der Pause konnten wir uns auf einen Zeitplan einigen. Die Briten erklärten, sie würden beratschlagen und eine Woche später zum nächsten Treffen bereit sein. Wir kamen überein, daß die IRA und die britische Armee sich unterdessen frei auf den Straßen bewegen dürften. Die IRA konnte auch Waffen tragen, durfte sie aber nur in den republikanischen Vierteln offen zeigen.

Whitelaw betonte die Notwendigkeit der Vertraulichkeit, da sonst »nichts mehr läuft«.

Verärgert über seine Arroganz, antwortete ich schnell: »Das heißt also, es läuft nichts mehr.«

Ein britischer Beamter begleitete uns auf dem Rückflug. Er sprach vor allem mit Dáithí Ó Conaill, kaum mit den übrigen. Er fragte, wie wir unser Verhältnis zu den Unionisten gestalten wollten. Hinsichtlich der militärischen Operationen in Nordirland meinte er: »Die Verluste können wir verkraften. Wir verlieren vermutlich genauso viele Soldaten bei Unfällen in Deutschland.« Das entsprach natürlich keineswegs der Wahrheit, machte aber wohl das Verhältnis der Briten zu ihren eigenen Soldaten deutlich.

Ich hatte den Eindruck, daß das Treffen der britischen Regierung zur Sondierung diente. Sie hielten es für notwendig, weil sie erst seit kurzem im Norden die Direktherrschaft ausübten. Sie hatten keinerlei Anstalten gemacht, den republikanischen Forderungen nachzugeben, und ich bezog im Hinblick auf unsere Forderungen eine recht unnachgiebige Position. Ich war mir der historischen Bedeutung der Verhandlungen bewußt. Wir waren die direkten Nachfahren der Republikaner von 1920, als zum letztenmal derartige Diskussionen stattgefunden hatten. Damals waren die Republikaner allerdings Repräsentanten einer revolutionären Regierung, die massive Unterstützung genoß. Seitdem hatte sich viel verändert.

Zwei Tage nach den Diskussionen in London brach der Waffenstillstand zusammen. Die UDA griff nationalistische Viertel an, und die RUC unterstützte sie bei diesen Einschüchterungsversuchen, während die britischen Soldaten zusahen und mit den loyalistischen Paramilitärs plauderten. Katholische Familien, die aus ihren in gemischten und protestantischen Vierteln gelegenen Häusern vertrieben wurden, strömten in die nationalistischen Enklaven oder flüchteten über die Grenze in den Süden. In dem Gebiet um die Springfield Road besetzte die UDA eine Straße, in der die meisten Anwohner Katholiken waren. Die Briten führten mit den Loyalisten der UDA darüber Gespräche und zogen sich dann zurück.

Einige nationalistische Familien, die von loyalistischen Banden, vor allem von der UDA, aus ihren Häusern gejagt worden waren, fanden in Lenadoon Unterschlupf, einer Wohnsiedlung mit überwiegend nationalistischer Bevölkerung, an deren Rändern auch Loyalisten wohnten. Die Loyalisten gaben sich nicht damit zufrieden, die Katholiken aus ihren Häusern vertrieben zu haben, sondern hinderten sie daran, neue Wohnungen zu beziehen. Als am 9. Juli Republikaner auf den Plan traten, um den Familien zum Einzug zu verhelfen, kam es zur Konfrontation. Die UDA wollte verhindern, daß Möbel aus einem Möbelwagen vor einem der leerstehenden Häuser entladen wurden, und britische Soldaten unterstützten sie dabei. Ein britischer Saracen-Panzer rammte den Möbelwagen, und es kam zu einer Straßenschlacht, bei der die Briten CS-Gas und Gummigeschosse auf die Nationalisten abfeuerten. Dáithí Ó Conaill bekam Whitelaw ans Telefon. Der versprach zurückzurufen, doch sein Rückruf blieb aus.

Der Grund für den Bruch des Waffenstillstands ist in den

loyalistischen Mordtaten und Einschüchterungsmanövern und besonders im Zusammenspiel von britischer Armee und UDA zu suchen, das in Lenadoon seinen Höhepunkt fand. Der Waffenstillstand war an dem Punkt zu Ende, als Seamus Twomey, der Mann vor Ort, feststellen mußte, daß die Briten ihn brachen. Er weigerte sich, diese Situation hinzunehmen.

Als sich das Ende abzeichnete, schienen die Briten dessen zufrieden. Sie hatten die republikanische Position ausgekundschaftet und waren wohl zu dem Schluß gekommen, daß sie sich mit uns nicht einigen konnten. Dann hatten sie die jetzige Situation herbeigeführt oder sie sich vielleicht einfach entwickeln lassen, weil sie froh waren, den Waffenstillstand enden zu sehen. Sie kamen nicht mehr auf die politischen Punkte unserer Gespräche zurück, bei denen es um Selbstbestimmung und einen britischen Rückzug gegangen war, worauf sie sich vermutlich nicht einlassen wollten. Sie ließen lieber den Waffenstillstand scheitern, als daß sie den Republikanern einen moralischen Sieg zugestanden.

Ich war gerade auf einer Hochzeitsfeier, als ich von den Kämpfen in Lenadoon erfuhr. Ein paar Stunden später hörte ich, daß der Waffenstillstand beendet war. Die Nachricht kam für mich mehr oder weniger aus heiterem Himmel, traf mich völlig unvorbereitet. Ich verließ das Haus und tauchte wieder ab.

Der Waffenstillstand war vorüber. Binnen einer Stunde nach der offiziellen Mitteilung durch die IRA belegten britische Scharfschützen Ballymurphy mit Feuer. Sie hätten kaum deutlicher zum Ausdruck bringen können, daß sie lieber Krieg führten.

Von einem Beobachtungsposten auf dem Hof von Corry's Holzlager, von wo aus die gesamte Wohnsiedlung Springhill zu übersehen war, schoß ein Scharfschütze auf zwei Autos. Als die Insassen ausstiegen, gab er vierzehn weitere Schüsse ab, traf den neunzehnjährigen Martin Dudley in den Hinterkopf und verwundete ihn schwer. Zwei Siebzehnjährige kamen herbeigerannt, um dem auf der Straße liegenden

Verletzten zu helfen. Ein zweiter Scharfschütze eröffnete das Feuer und traf Brian Pettigrew in den Arm. Während die beiden jungen Männer kehrtmachten und auf das Haus der Pettigrews zurannten, aus dem sie gerade gekommen waren, schoß der Scharfschütze weiter und traf Brian Pettigrew mehrmals in den Rücken. Dann wurde John Dougal, der älteste von acht Geschwistern, ebenfalls von Schüssen getroffen und stürzte nieder. Brian Pettigrew blutete heftig, schaffte es aber, sich ins Haus zu schleppen. John Dougal lag im Nachbargarten, aber die Briten stellten das Feuer zwei Stunden lang nicht ein, so daß niemand ihm zu Hilfe eilen konnte. Als er schließlich ins Haus getragen wurde, war er tot.

Margaret Gargan war dreizehn, sie hatte noch eine Zwillingsschwester. Sie half im Gemeindezentrum aus, wo ihr Vater für das Bingospiel verantwortlich war. Sie trug nicht gerne Kleider, sondern lieber Hosen. Und sie trug Jeans, als sie an diesem Tag von einem dritten Scharfschützen der britischen Armee erschossen wurde.

Paddy Butler, achtunddreißig, städtischer Arbeiter und Vater von sechs Kindern, war Zeuge der ersten Schießerei geworden und losgerannt, um einen Priester zu holen. Er kehrte mit Pater Noel Fitzpatrick und David McCafferty zurück. Als sie hörten, daß ein junges Mädchen erschossen worden war, verließen Pater Fitzpatrick und Paddy Butler ihre Deckung hinter einem Haus. Der erste Scharfschütze eröffnete das Feuer und schoß beide Männer tot. David McCafferty, ein Mitglied der Jugendorganisation der Officials, gerade fünfzehn Jahre alt geworden, bewies großen Mut und versuchte, die Leichen der beiden Männer wegzuschleifen. Doch als er sich über Pater Fitzpatrick beugte, wurde er von mehr als sieben Schüssen getroffen und starb.

Die britischen Scharfschützen schossen stundenlang auf alles, was sich bewegte. Ein Krankenwagen traf ein, um Brian Pettigrew ins Hospital zu bringen, konnte aber die Straße nicht befahren, so daß Brians Vater und andere Männer im Haus ein Loch in die Schlafzimmerwand schlugen und den Jungen auf einer provisorischen Bahre in das Nachbarhaus hievten. Von dort konnte man ihn über einen Zugang in den Krankenwagen tragen.

Die IRA, darunter auch Volunteers aus Ballymurphy, war an der heftigen Schießerei in Lenadoon stark beteiligt. So konnten die Kämpfer aus Ballymurphy also nicht sofort auf die Ereignisse in ihrem eigenen Viertel reagieren. Sie kehrten aber schließlich zurück und eröffneten schweres Feuer auf die mit Sandsäcken gesicherte britische Stellung. Am nächsten Tag brachte der *Belfast Telegraph* die Verlautbarungen des Pressebüros der britischen Armee. Die Hauptüberschrift lautete: »Großer IRA-Angriff auf Armeeposten in Belfast«. Weiter hieß es, »fünf bewaffnete Terroristen« seien von Kugeln getroffen worden. Die britische Presse übernahm natürlich diese Meldung.

Die IRA schlug in den folgenden sechs Tagen im gesamten Norden zurück, tötete acht Soldaten und einen RUC-Polizisten und verletzte viele andere. Bombenanschläge richteten in mehreren großen und kleinen Städten Verwüstung an. Gleichzeitig brachten Loyalisten einzelne Katholiken um, folterten viele über einen längeren Zeitraum und verstümmelten sie. Es war eine Operation, die eine ganze Bevölkerungsgruppe in Angst und Schrecken versetzen sollte. Während der ganzen Zeit führte die britische Armee Strafrazzien in den nationalistischen Vierteln durch. Bis zum 16. Juli überquerten 5000 Flüchtlinge die Grenze zum Süden.

Die IRA antwortete auf all das, unter anderem mit einer Serie von Bombenanschlägen. Whitelaw verbot den Verkehr in der Belfaster Innenstadt, die von der britischen Armee als »bombensicher« erklärt wurde. Diese Behauptung widerlegte die IRA am Freitag, dem 21. Juli 1972. Zwischen 14.15 Uhr und 15.30 Uhr explodierten in Belfast einundzwanzig Bomben. Die britische Armee behauptete, in zwei Fällen sei keine Warnung eingegangen, und Whitelaw erklärte, die IRA sei bereit, unschuldige Zivilisten »ohne Vorwarnung zu töten«. Die Berichte der Medien über das von ihnen »Blutfreitag« genannte Geschehen waren von solchen Behauptungen dominiert. Die Public Protection Agency bestätigte später jedoch, daß für alle einundzwanzig Bomben der IRA detaillierte Warnungen eingegangen waren. Am Busbahnhof in der Oxford Street und in der Cavehill Road aber waren die britischen Truppen entweder nicht in der Lage gewesen, auf die Warnungen zu reagieren, oder sie hatten absichtlich nicht reagiert. Im ersten Fall hatten sie dreißig, im zweiten Fall dreiundsiebzig Minuten vor der Detonation Bombenalarm erhalten.

An jenem Abend soll Whitelaw gegenüber seinem Verteidigungsminister Peter Carrington bemerkt haben: »Gut, jetzt sind wir am Ball. Wir können in die Sperrzonen vordringen.« Die Briten nutzten die propagandistische Möglichkeit, produzierten und verteilten im Handumdrehen 250 000 Flugblätter über den »Blutfreitag«: *Der Terror und die Tränen.* Der von ihnen angestellte Vergleich zwischen dem Blutsonntag in Derry und den Bomben in Belfast vom 21. Juli hinkte. In Derry hatten Fallschirmjäger geplant und vorsätzlich vierzehn unbewaffnete Zivilisten erschossen. In Belfast hatte die IRA ökonomischen Schaden anrichten und Opfer unter der Zivilbevölkerung vermeiden wollen und für jede der einundzwanzig Bomben eine mindestens dreißigminütige Vorwarnung gegeben. Umstritten bleibt, ob die IRA-Operationen den Briten zu sehr zusetzten, so daß sie nicht mehr Herr der Lage waren, oder ob sie im Fall der beiden Bomben absichtlich alle Schutzvorkehrungen unterließen. Klar ist allerdings, daß die IRA einen Fehler beging, als sie so viele Bomben legte. Es kamen Zivilpersonen ums Leben, die auf jeden Fall nicht hätten ums Leben kommen dürfen. Die IRA hatte dafür die Verantwortung zu tragen und ihr tiefes Bedauern auszusprechen. Insgesamt wurden sieben Zivilisten und zwei britische Soldaten getötet und zahlreiche Menschen verletzt.

Die Ereignisse und die Tragweite der IRA-Operationen boten der britischen Armee den Vorwand, die Operation Motorman durchzuführen. Am 27. Juli trafen mehr als 4000 britische Soldaten mit schwerem Gerät ein. Vier Tage später drangen 21000 Soldaten mit Centurion-Panzern, Hubschraubern und Hunderten von gepanzerten Fahrzeugen in die Sperrzonen von Belfast und Derry vor. Sie hatten ihre Operation angekündigt und wollten Opfer vermeiden. Die IRA wiederum vermied eine direkte Konfrontation. Ich lag in meinem Quartier in der Falls Road und las *Mein Ödipuskomplex* von Frank O'Connor, als ich den Lärm schwerer Militärfahrzeuge vernahm, die in das Viertel einrollten. Die Frau des Hauses, die von der Frühmesse in St. Paul's kam, lieferte einen Bericht über die massive britische Militärpräsenz. Später ging ich auf die Straße, um selber einen Eindruck zu gewinnen.

Ich stellte fest, daß die Briten offenbar versuchten, ihre Präsenz im Kern der republikanischen Viertel zu verstärken und Stützpunkte an Stellen zu errichten, an denen zuvor keine existiert hatten. So machten sie sich beispielsweise daran, in Andersonstown eine neue befestigte Anlage zu bauen, und okkupierten noch eine Anzahl weiterer Gebäude. In allen Fällen plazierten sie sich in die unmittelbare Nachbarschaft von Zivilisten, ob in Schulen, Krankenhäusern oder mitten in Wohngebieten.

Es gelang mit der Operation Motorman nicht, die IRA zu zerschlagen. Diese gewann im Gegenteil zahlreiche neue Kämpfer und wurde zugleich zur Änderung ihrer Taktik gezwungen. Die veränderte Situation war in Derry spürbarer als in Belfast, weil hier die britischen Soldaten bereits zuvor in vielen Vierteln patrouilliert waren, besonders auf Hauptverbindungsstraßen wie der Falls Road, und mit ihren Razzien auch schon andere Viertel heimgesucht hatten. In Derry hingegen hatten sie die Barrikaden nicht angetastet. Und nun leisteten die Menschen in Derry richtigerweise keinen Widerstand, als britische Truppen einrückten und die Barrikaden beseitigten.

Motorman markierte den Beginn einer neuen Stufe im aggressiven Vorgehen der Briten. Zwischen 1969 und 1971 hatten sie versucht, mit der Situation fertig zu werden. 1972 hatten sie durch die Whitelaw-Gespräche versucht, Klarheit über die republikanische Position zu erlangen, und waren zu dem Schluß gekommen, daß die Gespräche zu nichts führen würden. Zu diesem Zeitpunkt war ihr Nachrichtendienst so weit organisiert, um ihnen eine Generaloffensive anzuraten. Nach Motorman intensivierte die britische Armee die Razzien und Hausdurchsuchungen und startete eine größere Offensive gegen die nationalistischen Viertel, besetzte Parks, Schulen, Gemeindezentren und andere Gebäude und errichtete befestigte Stützpunkte, von denen aus sie die militärische Okkupation realisieren konnte. Ballymurphy wurde von den Paras einem gewaltsamen Feldzug unterworfen: Sie operierten in Streiftrupps von fünfzehn bis zwanzig Mann, welche die Gärten und Wege hinter den Häusern durchkämmten, während auf den Straßen Saracens mit Brownings, Ferrets und Saladins auffuhren – Panzer mit aufmontierten 76-mm-Kanonen und Maschinengewehren. Im McRory Park errichteten sie das Fort Pegasus, einen massiven, mit Wellblech umzäunten Militärstützpunkt, und sie besetzten Casement Park, das wichtigste Spielfeld für Gaelic Football in ganz Westbelfast und der Grafschaft Antrim. Im Stadtteil Andersonstown wurden nach der Operation Motorman allein neun solcher Anlagen errichtet. Das gesamte mit befestigten Stützpunkten überzogene Westbelfast war nun militärisch besetzt.

Durch das Treiben der Loyalisten waren in Ballymurphy und anderen nationalistischen Vierteln ebenfalls Opfer zu beklagen. Unter den Toten waren Packy McKee und Jimmy Gillen, Nachbarjungen, die ich von Kindesbeinen an kannte. Sie kamen im September durch eine von Loyalisten gezündete Bombe in »Conlon's Bar« an der Ecke Francis Street in Smithfield ums Leben. Sie waren am frühen Abend in »Kelly's Bar« am oberen Ende der Whiterock Road gewesen, als die Paras eine ihrer regelmäßigen Razzien durchführten. Die Paras wollten den Laden aufmischen und die Jungs in Ruhe einen trinken. So hatten sich die beiden mit ein paar anderen auf den Weg in die Stadt gemacht. Die Bombe bei

»Conlon's« explodierte gegen einundzwanzig Uhr. Als Jungs aus dem Murph erschienen, stellten sie fest, daß Packy McKee nirgendwo zu sehen war. Jimmy Gillen kehrte in die stark verwüstete Bar zurück und entdeckte den noch lebenden, halb unter Schutt begrabenen Packy. Jimmy versuchte ihn herauszuziehen. Dabei stürzte eine Mauer ein. Als die beiden schließlich geborgen wurden, war Packy so schwer verletzt, daß er noch in der selben Nacht starb. Jimmy siechte noch achtzehn Tage dahin. Es waren traurige Zeiten für Divismore Park und für die Gillens und die McKees. Jimmy hatte im Juni einen loyalistischen Mordanschlag überlebt: Als er vor »Kelly's Bar« stand, war auf ihn geschossen worden, er wurde verwundet.

Eines der wichtigsten Elemente der britischen Offensive war der Einsatz von »Counter-Gangs«, wie etwa der Military Reconnaissance Force (MRF). Die Briten bedienten sich der MRF so, wie es in dem Militärhandbuch *Low Intensity Operations (Im Vorfeld des Krieges/Abwehr von Subversion und Aufruhr)* von Brigadegeneral Frank Kitson ausgeführt ist. Am 22. Juni, kurz vor dem Waffenstillstand, war in der Glen Road aus einem vorbeifahrenden Auto heraus mit einer Maschinenpistole auf vier Menschen geschossen worden. Es sah wie ein sektiererischer Mordanschlag aus, aber die RUC nahm die Verfolgung auf und stellte sowohl den Fahrer wie den Beifahrer. Sie waren mit einer Thompson bewaffnet, einer Maschinenpistole, die mit Vorliebe von der IRA verwendet wird, jedoch nicht zum Waffenarsenal der Armee gehört. Bei den Schützen handelte es sich um Captain James McGregor von den Fallschirmjägern und einen Sergeant Clive Williams, beide der MRF zugehörig. Sie war der 39. Infanteriebrigade unterstellt, und deren Befehlshaber war noch kurze Zeit davor Brigadegeneral Frank Kitson. Mittlerweile unterstand die Brigade aber dem direkten Kommando des Oberkommandierenden der britischen Armee in Nordirland, General Sir Harry Tuzo.

Die MRF baute ein ausgefeiltes geheimes Netzwerk zur Nachrichtensammlung auf, operierte aus Wohnungen,

Büros und Geschäften heraus und setzte sowohl Männer wie Frauen ein. Zu den fingierten Läden und Einrichtungen, die von der MRF gegründet wurden, gehörten auch die Gemini Health Studios, ein Massagesalon in der Antrim Road, die Four Square Laundry, eine Wäscherei in Twinbrook, sowie ein Eiscafé. In der Four Square Laundry wurde nicht nur zur Tarnung Wäsche gewaschen, sondern diese auch nach Spuren von Sprengstoff, Schwarzpulver oder Gewehröl untersucht. Und selbst die Hemdengrößen wurden mit denen bekannter Bewohner von Häusern verglichen, um so mögliche Verstecke aufspüren zu können. Der Fahrer plauderte mit den Frauen im Viertel und beobachtete in den von ihm belieferten Häusern das Kommen und Gehen von Männern. Unterdessen observierten und fotografierten andere Agenten aus ihrem Versteck unter dem Dach des großen Lieferwagens die Leute auf den Straßen.

Am 2. Oktober 1972 schlug die IRA in Twinbrook zu und tötete den Fahrer des Lieferwagens und zwei Agenten in jenem Versteck. Im Massagesalon in der Antrim Road wurden zwei weitere MRF-Agenten getötet. Es war ein verheerender Schlag, vergleichbar den Aktionen, die Michael Collins im November 1920 gegen den britischen Geheimdienst durchgeführt hatte. Nur ließ nun die Wachsamkeit der IRA nach. Nachdem sie die Operationen der MRF fast total lahmgelegt hatte, geriet das Problem fast in Vergessenheit, während die britischen Geheimdienste sich natürlich neu strukturierten.

Die MRF führte nicht nur eigene Operationen durch, sondern hatte auch eine Reihe von Agenten rekrutiert, die aus dem Umfeld oder den Reihen der IRA kamen. Auch Loyalisten wurden verstärkt angeworben, und die loyalistische Mordkampagne erreichte just in jener Zeit einen Höhepunkt. Auch wurden Operationen durchgeführt, um die IRA zu diskreditieren oder Angst in den nationalistischen Wohngebieten zu schüren. So wurde eine gemischt loyalistisch-republikanische »Counter-Gang« geschaffen. Einige ihrer Mitglieder wurden später festgenommen und gestanden im Belfaster Gefängnis gegenüber der IRA, daß sie der MRF angehört hatten. Einer von ihnen berichtete von dem Plan, Republikaner im Gefängnis zu vergiften, was in den republikanischen Reihen eine tiefe Erschütterung hervorgerufen hätte.

Die britischen Geheimdienste hatten auch jenseits der Grenze ihre Agenten. Ebenfalls im Oktober raubten die Gebrüder Littlejohn in der Dubliner Grafton Street eine Bank aus. Sie waren britische Agenten, mit der Aufgabe betraut, Repression gegen die Republikaner zu provozieren, ihre Führungspersönlichkeiten auszuschalten und Aktionen durchzuführen, um die republikanische Bewegung zu diskreditieren. Die Beteiligung britischer Geheimdienste wurde auch bei zwei Bombenanschlägen vermutet, die am 1. Dezember in Dublin verübt wurden. Dabei kamen zwei Menschen ums Leben, 127 weitere wurden verletzt. Der Zeitpunkt für diese Bombenanschläge war so gewählt worden, daß er mit der Abstimmung im Parlament zu Dublin über drakonische neue Gesetze zusammenfiel, mit denen die Republikaner unterdrückt werden sollten. In der nach den Explosionen ausbrechenden Hysterie wurde die IRA verantwortlich gemacht, und die Opposition gegen die Verabschiedung der neuen Gesetze brach zusammen.

Brigadegeneral Kitson beschränkte sich nicht auf eine militärische Strategie im Vakuum. Er erkannte, daß die Justiz bei der Bekämpfung der Opposition eine wichtige Rolle spielen kann.

Laut Kitson soll das Gesetz im Arsenal der Regierung nur eine weitere Waffe sein. Es dient dann nur dazu, die Beseitigung unerwünschter Personen zu verschleiern. Damit dies effizient geschehen kann, müssen die juristischen Aktivitäten so diskret wie möglich in die Kriegsanstrengungen eingebunden werden (*Im Vorfeld des Krieges/Abwehr von Subversion und Aufruhr*).

In Übereinstimmung mit dieser Politik billigte das britische Parlament in Westminster im Dezember 1972 den Diplock-Bericht, in dem eine Kombination von außergerichtlichen Maßnahmen (»executive detention«) und Gerichtsverfahren ohne Geschworene empfohlen wurde. Der entscheidende Punkt der Empfehlungen war, daß nunmehr alle Geständnisse vor dem Richter ohne Geschworene zugelassen werden sollten, wodurch der Standard von »Fairneß« aufgegeben wurde, wollte man Geständnisse doch auch dann zulassen, wenn sie vor Gericht widerrufen wurden, weil ihnen »Folter, inhumane oder erniedrigende Behandlung« zugrunde lag. Freilassung gegen Kaution sollte ausgeschlossen und in Fällen unerlaubten Waffenbesitzes die Beweislast auf den Angeklagten abgewälzt werden. Damit waren einige Ecksteine des britischen Gerichtssystems beseitigt, der Staat hatte nun einigermaßen leichtes Spiel, für Verurteilungen zu sorgen.

Der republikanische Kampf durchlief bestimmte Phasen. 1969–1970 hatte es einen aus tiefen Wurzeln erwachsenden Volksaufstand gegeben, der in ganz Irland seine Wirkungen hinterließ. Es hatte einen Miet- und Steuerstreik gegeben und Ansätze eines bewaffneten Kampfes, die sehr populär waren. Darauf folgte der loyalistische Gegenangriff auf die Katholiken und in gewissem Maße auch gegen die Briten. Ende 1972 hatte sich der Volksaufstand erheblich abgeschwächt. Drei Jahre sind eine lange Zeit, um einen Volksaufstand fortzuführen, besonders angesichts der Tatsache, daß die Führung uneinheitlich, ja gespalten war. Nackte Repression und Zwangsmaßnahmen von seiten der Briten und dazu die Fehler der Republikaner hatten zur Folge, daß der Kampf nun eher defensiven Charakter trug.

Auf politischer Ebene war im Oktober 1971 die Northern Resistance Movement (NRM) gegründet worden, zu deren wesentlichen Initiatoren Michael und Orla Farrell von People's Democracy gehörten. Ich habe bei mehreren NRM-Treffen gesprochen, bei denen PD sehr richtig argumentierte, daß es auf eine umfassendere Massenmobilisierung ankäme. Mir fiel auf, daß wir allein über das Potential zur Massenmobilisierung verfügten, PD hingegen über die

Theorie. Ich sprach mich dafür aus, daß die Republikaner die NRM unterstützen und sich an deren Aktivitäten beteiligen sollten. Der Vorschlag wurde akzeptiert. Zwar hatten wir beachtliche Demonstrationen gegen die Internierung auf die Beine gestellt, aber unsere große Schwäche bestand darin, daß wir keine politische Alternative zur SDLP boten. Wir strebten auch keinerlei Verständigung mit ihr an.

Sinn Féin war illegal, mußte im Untergrund arbeiten. Es war in dieser schwierigen Zeit kaum möglich, an offene politische Aktivitäten auch nur zu denken. Unser strategischer Ansatz war ein Überbleibsel der Politik, die zum Sturz des Stormont-Regimes geführt hatte. Die Gruppe um Goulding hatte eine politische Strategie entwickelt mit dem Ziel, Stormont zu demokratisieren, was aber aufgrund der Geschwindigkeit und Intensität der Ereignisse an der Basis gescheitert war. Maire Drumm war zu jener Zeit in Belfast die führende Persönlichkeit bei Sinn Féin. Sie war der Auffassung, daß sich die Republikaner von jeglicher Wahlstrategie fernhalten sollten.

Im Frühjahr 1973 traf ich sie bei einem meiner zu jener Zeit seltenen Ausflüge nach Dublin. Sie kam aus einer Sitzung und wollte mit Seamus Twomey reden, mit dem ich zusammen war. Sie war sichtbar aufgebracht, weil auf der Sitzung eine Beteiligung an den bevorstehenden Stormont-Wahlen aufs Tapet gebracht worden war. Im März hatte die britische Regierung in einem Weißbuch eine nordirische »*power-sharing*«-Versammlung für Stormont und einen Gesamtirischen Rat vorgeschlagen.

Nach Ansicht von Maire Drumm, die von den meisten Republikanern in Belfast geteilt wurde, war es uns gelungen, Stormont zu beseitigen. Wir müßten nur weiter diese Kraft aufbringen, um uns auch der Briten entledigen zu können. Die Anerkennung der Rechtmäßigkeit eines neuen Stormont-Parlaments durch die Beteiligung an den Wahlen, sei es auch auf der Basis des Abstentionismus, wäre ein entschiedener Schritt zurück. Seamus las das Gesetz über den Umgang mit gewalttätigen Demonstranten vor, und danach beschloß Sinn Féin einen Boykott. Von heutiger Warte aus gesehen war dies kurzsichtig. Doch wir waren damals, ganz abgesehen von den Wahlen, politisch schlecht gerüstet. Wir hatten kein Instrumentarium entwickelt, durch das sich unsere Massenbasis äußern konnte. Die Führung hatte vor allem darin versagt, daß sie keine integrierte Strategie erarbeitete.

Ich hatte nur eine begrenzte Vorstellung von meiner eigenen Rolle und glaubte nicht, daß Wahlen irgend etwas mit mir zu tun hätten. Ich gehörte zur mittleren Führungsebene und konzentrierte mich vorrangig auf Ballymurphy und Westbelfast. Ich teilte die in der Bewegung allgemein verbreitete Auffassung, daß es anderen zukäme, über das Lokalgeschehen hinauszudenken.

Die loyalistische Rechte in Gestalt von Vanguard und der DUP kündigte an, die Kräfte zusammenzuschließen für die auf den 28. Juni angesetzten Wahlen zur Versammlung. Ihr Ziel war, ein *power-sharing* mit den Katholiken und einen Gesamtirischen Rat zu verhindern. Während der Wahlvorbereitung wurde zwar das Verbot der Republikanischen Clubs aufgehoben, Sinn Féin aber blieb weiter verboten und startete in Opposition zu den Versammlungswahlen eine Propagandakampagne für ihr Programm, *Éire Nua* (Neues Irland). Da es den Republikanern an einer politischen Strategie mangelte, sahen die meisten Nationalisten ihre politische Vertretung in der SDLP, während die Republikaner die Armee stellten.

Der prinzipielle antiunionistische politische Erfolg des Jahres 1973 basierte nicht auf einer Initiative von Sinn Féin, sondern auf dem Hungerstreik von Michael Farrell und Tony Canavan von PD, die wegen der Organisierung eines Protestmarsches inhaftiert worden waren. Aus den damit verbundenen Demonstrationen war das Political Hostages Release Committee (Komitee für die Freilassung politischer Geiseln) hervorgegangen. Ihr Hungerstreik begann im Juli und endete nach vierunddreißig Tagen. Die Briten waren gezwungen, Zugeständnisse zu machen, und ließen Farrell und Canavan im Rahmen einer Amnestie frei.

Ich hatte seit Juni 1972 im Untergrund gelebt. Für eine kurze Zeit hatten Colette und ich das Glück, in einer Wohnung im Universitätsviertel außerhalb von Westbelfast leben zu können. Es war schwierig für mich, ständig hin und her zu fahren, und es wäre sehr gefährlich gewesen, wenn die Loyalisten oder britischen Geheimdienste Wind bekommen hätten, wo ich mich, nach Verlassen des relativ sicheren heimischen Reviers, gerade aufhielt. Andererseits lebten wir beide in dieser Wohnung in häuslicher Normalität und verhielten uns wie andere Paare auch, gingen am Morgen zur »Arbeit« und kamen am Abend wieder nach Hause. Mittlerweile war Colette erneut schwanger. Wir waren sehr vorsichtig und behutsam, damit ihre Schwangerschaft nicht gefährdet wurde. Am 19. Juli aber fand meine Zeit im Untergrund ein abruptes Ende.

Die zwei Wochen um den 12. Juli, dem traditionellen Tag der Orangisten, verliefen in den nationalistischen Vierteln stets sehr ruhig, bis auf die aus den Orangistenaufmärschen selbst erwachsenden Unruhen. Die meisten katholischen Einwohner Belfasts, die es sich leisten konnten, die Stadt zu verlassen, fuhren nach Donegal, in die Täler Antrims oder nach Omeath in der Grafschaft Louth. Dadurch war es in den meisten katholischen Vierteln bemerkenswert ruhig. Und in derart ruhigen Zeiten konnte man sich als Untergetauchter immer nur unter Schwierigkeiten bewegen.

Als ich ein Haus in der Falls Road aufsuchte, sagte mir mein sechster Sinn, daß etwas nicht stimmte. Brendan Hughes traf kurz nach mir ein und sagte, er habe vor dem Haus einen verdächtigen Wagen bemerkt. Auch Tom Cahill war besorgt, als er hereinkam. Brendan schlich sich hinten aus dem Haus, um mit Leuten aus dem Viertel zu reden. Als er ins Haus zurückkam, sahen wir, wie sich zwei Republikaner aus Beechmount dem Wagen näherten und kurz mit den beiden Insassen sprachen. Dann beobachteten wir, wie der Wagen davonfuhr und die beiden Jungs noch einen Moment auf dem Gehsteig standen und sich dann ebenfalls entfernten. Wir wußten natürlich nicht, daß die beiden vom Beifahrer mit einer Maschinenpistole bedroht worden waren, als sie sich dem Wagen genähert hatten. Unsere beiden Genossen, die keine Ahnung hatten, in welchem Haus wir uns aufhielten, suchten eine halbe Stunde verzweifelt nach uns. Die Insassen des Wagens waren vom britischen Militärgeheimdienst, der das ganze Gebiet unter Beobachtung hatte. Als die beiden sich dem Wagen näherten, war den Insassen klargeworden, daß das Spiel aus war, und sie wollten das Haus durchsuchen. Wir erfuhren all das natürlich erst später.

Die Haussuchung erschien uns als eine Routineangelegenheit. Eine britische Patrouille kam die Straße entlang, machte vor dem Haus halt, und einer der Soldaten klopfte an die Tür. Das war nicht ungewöhnlich. In der Vergangenheit hatten britische Patrouillen schon häufiger an die Tür von Häusern geklopft, in denen ich mich gerade aufhielt. Und manchmal hatte ich sogar mit ihnen gesprochen. Es war üblich, solche zufälligen Besuche zu ignorieren oder denjenigen zur Tür zu schicken, der von den Anwesenden am wenigsten bekannt war. Tom Cahill ging also an die Haustür, während Brendan Hughes und ich durch die Hintertür verschwanden. Als Brendan aber auf die Mauer kletterte, stellte er fest, daß es hinter dem Haus überall von britischen Soldaten wimmelte. Als wir uns umdrehten, standen wir einem schwerbewaffneten Soldaten gegenüber. Er nahm uns beide fest, und seine Landsleute schwärmten um das Haus herum.

Ich zündete meine Pfeife an. Brendan schaute mich an. Er war monatelang im Visier von britischen Militärs in Uniform und Zivil gewesen, und mehr als einmal hatten sie auf ihn geschossen. Auf der Suche nach ihm hatten sie mehrere Häuser auf den Kopf gestellt, und er war ihnen mehrfach knapp entwischt. Nun wurde er beinahe philosophisch. Er war klein und dunkelhäutig, was ihm den Spitznamen »der Dunkle« eingetragen hatte. Er hatte einige Zeit unter größter Anspannung gelebt. Er war verheiratet und hatte zwei Kinder. Ich war mit ihm befreundet und schätzte ihn sehr als gutmütigen, großzügigen Genossen. Gereizt, aber äußerst freundlich, sah Brendan amüsiert zu, wie die britischen Soldaten sich in das Haus drängten.

»War's das?« fragte er, als man uns mit großer Hast in die Kaserne in der Springfield Road brachte, nicht weit vom Ort der Festnahme entfernt.

Als sich Leute aus dem Viertel zu einem Protest versammelten, verließ zur Irreführung ein Konvoi die Kaserne, und in einer Pressemitteilung hieß es, wir seien nach Castlereagh verlegt worden. Wir wurden jedoch erst in den frühen Morgenstunden des folgenden Tages verlegt. In der Zwischenzeit war Owen »Daddy« Coogan zu uns gestoßen, ein Freund von uns, den sie an einer anderen Stelle gefaßt hatten. Wir wurden heftig geschlagen. Nur Tom Cahill blieb wegen der schweren Verletzungen, die er Anfang 1970 bei einem Feuerüberfall davongetragen hatte, diesmal die grobe Behandlung erspart, die wir übrigen erfuhren. Man hatte uns natürlich getrennt, doch da in regelmäßigen Abständen die Zellentür aufging, konnte ich die Rufe und Schreie der anderen hören. Ähnliche Töne drangen sicher auch aus meiner Zelle.

All die Leute, die auf mich einprügelten, waren in Zivil. An einem Punkt hielten sich gleich drei in meiner Zelle auf. Nach der ersten nervösen Aufregung und meiner anfänglichen Furcht vor der Wucht des Angriffs wurden die Schläge zur verbissenen Routine. Ich mußte mich in Abtastposition aufstellen, die Handflächen an der Wand, den Körper im spitzen Winkel, die Beine weit auseinander. Sie wollten mich dazu zwingen, die Wand nur mit den Fingerspitzen zu berühren, doch ich wehrte mich dagegen. Die Prügler standen hinter mir und konzentrierten sich hauptsächlich auf die Nierengegend und auf Körperstellen neben meinem Magen, und ab und zu traten sie mir aufs schmerzhafteste zwischen die Beine. Sie schlugen mich eine Weile, und ich stürzte zu Boden. Sie gossen Eimer voll Wasser über mich, um mich wiederzubeleben, stellten mich wieder an die Wand und schlugen mich, bis ich wieder niederstürzte. Als ich ohnmächtig wurde, zogen sie mich aus. Einmal unternahm ich einen halbherzigen Versuch, mich zu wehren, was meine Folterer zur Raserei trieb. Sie fragten mich die ganze Zeit aus nach meinen Mitstreitern, meiner Familie und meinen Nachbarn. Anfänglich antwortete ich höflich: »Tut mir leid, ich kann Ihre Frage nicht beantworten«, später sprach ich kein Wort mehr.

Einmal holte mich ein britischer Armeearzt aus der Bewußtlosigkeit. Er untersuchte mich eingehend und schien wegen eines Nierenschadens besorgt zu sein. Ich war offenbar eine ganze Weile ohnmächtig gewesen. Schließlich teilte er meinen Peinigern nach der gründlichen Untersuchung mit, daß mir nichts fehle. Sie warteten, bis er die Zelle verlassen hatte, und zerrten mich auf die Beine. Ich wurde erneut geprügelt.

Stunden später hörte die Prügel ebenso plötzlich auf, wie damit begonnen worden war. Mein Hauptpeiniger goß einen letzten Eimer Wasser über mir aus und zwang mich in einer Ecke der Zelle in die Hockstellung.

»Nun, Gerry, was hast du zu Mr. Whitelaw gesagt? Daß nichts mehr läuft?« Er grinste mich an, stülpte mir den Plastikeimer über den Kopf und ging. Ich weiß nicht, wie lange ich in dieser Position dahockte. Zwei Soldaten in Uniform bewachten mich. Einer von ihnen drückte seine Zigarette auf meinem Handgelenk aus. Mit dem Eimer über dem Kopf konnte ich sein Gesicht nicht sehen, sondern nur seine tarnfarbene Hose und die schweren Stiefel. Da meine Arme und Hände auf den Knien ruhten, konnte ich meine eigenen Handgelenke sehen. Ich blieb eisern und verzog keine Miene. Sein Kumpan tadelte ihn, und als sie die Zelle verlassen hatten, hörte ich sie vor der Tür streiten.

Kurze Zeit darauf traten erneut die Verhörspezialisten auf den Plan. Ihre Stimmung hatte sich total gewandelt, sie waren nun sehr freundlich. Sie teilten mir mit, daß meine Kleidung getrocknet würde. Sie boten mir Tee an, doch ich lehnte ihn ab. Einer kämmte mir das nasse Haar. Sie gingen wieder und kehrten schließlich mit meinen Klamotten zurück, die knittrig und leicht warm, teilweise noch feucht waren. Dann wurde ich zusammen mit meinen beiden Mitstreitern hinter die Kaserne gebracht, wo das ganze Regiment auf uns zu warten schien. Der Dunkle, Owen und ich traten ins Freie, wir konnten uns kaum auf den Beinen halten, waren am ganzen Körper lädiert, überall schwarz und blau. Sie ließen uns in einer Reihe vor der Wand Aufstellung nehmen und fotografierten uns zusammen mit den Soldaten, die uns gefaßt hatten. Eine kurze Zeit lang posierten britische Soldaten einzeln und in Gruppen neben uns hinter der Kaserne. So erhielten wir bestätigt, was bislang nur ein Gerücht gewesen war: Unsere Namen standen auf einer »A«-Liste, also auf einer Liste von Republikanern, die auf Anhieb erschossen werden sollten. Der erfolgreiche Zug oder Soldat würde mit einer Prämie belohnt werden. Wir waren nur gefangengenommen, nicht erschossen worden, aber auch in unserem Falle gab es für die Ergreifer einen Bonus. Die verschiedenen Regimenter schlossen wie in einem Wettbüro die Wetten ab, wer uns schnappen würde. Den Frotzeleien der Soldaten ließ sich entnehmen, daß die Glücklichen eine ansehnliche Prämie eingesteckt hatten; daher wurden Erinnerungsfotos geschossen.

Irgendwo in einem Regimentsmuseum oder auf irgend jemandes Kleiderschrank stehen Fotos von mir, dem Dunklen, Daddy Coogan und Tom Cahill. Ich bin mir sicher, daß wir keinen berauschenden Anblick bieten.

Sie fesselten Brendan die Hände und Füße, und zu seinem Ärger warf ihn sich ein britischer Soldat über die Schulter und verfrachtete ihn kurzerhand in einen Saracen. Ich wurde mit Handschellen an der Deckplatte des Fahrzeuges festgekettet. Neben mir saß ein Polizist in Zivil, eine schwere Automatikpistole in der Hand. Sie waren alle sehr nervös. Er drückte mir die Pistole an den Schädel und drohte, ich wäre als erster dran, wenn der Konvoi angegriffen würde.

In Castlereagh hatten wir eine relativ ruhige Zeit. Wir wurden nicht geschlagen und kaum verhört. Uns wurden keine konkreten Taten zur Last gelegt, wir bekamen lediglich die Haftbefehle ausgestellt. Auf dem Weg vom Verhörzentrum zum Hubschrauber, mit dem wir ins Lager Long Kesh gebracht werden sollten, kamen wir an Sportplätzen vorbei. Dort wurden wir erneut von einem britischen Soldaten fotografiert und mit einer Videokamera gefilmt. Mittlerweile fühlten wir uns total gerädert, ausgelaugt und fertig. Als wir schwerfällig und unter Schmerzen in den Hubschrauber kletterten, erschien uns Long Kesh als ein gar nicht so schlimmer Ort. Schließlich hatten wir dort jede Menge Freunde.

9

Die Rückkehr in das Internierungslager war in vielerlei Hinsicht eine Erleichterung. Ich hatte dreizehn Monate lang unbeschadet im Untergrund gelebt, hauptsächlich in einem kleinen Gebiet von Belfast. Bei allem, was ich tat, ließ ich größte Disziplin und Sorgfalt walten. Ich ging nie aus. Die meiste Zeit hielt ich mich in einem Zimmer auf. Ich hielt natürlich Verbindung zu anderen Leuten und war jeden Tag ein paar Stunden unterwegs, verließ aber kaum je Belfast. Erst in Long Kesh wurde mir deutlich, wie aufreibend dieser Lebensstil gewesen war: die ständige Furcht vor dem Klopfen an der Tür, das Warten, die Angst, erkannt oder erschossen zu werden.

Als Brendan, ich, Owen und Tom Cahill im Kesh ankamen, wurden wir von den anderen Internierten mit offenen Armen empfangen. Selbst die Wärter schienen erfreut zu sein, uns wiederzusehen. Als einer meine blutigen Handgelenke sah, nahm er sein Taschenmesser und schaffte es mit einiger Mühe, die Plastikhandschellen an meinen Händen durchzuschneiden. Der Soldat, der sie mir angelegt hatte, hatte das so gründlich gemacht, daß das Plastik mir ins Fleisch schnitt.

Der Gefängnisarzt untersuchte uns. Eine Zeitlang stritt sich wohl die Gefängnisverwaltung mit der RUC, ob wir überhaupt in das Gefängnis aufgenommen werden sollten. Die Gefängnisverwaltung wollte zuerst bestätigt haben, daß unsere Beulen und Prellungen aus der Zeit vor unserer Einlieferung in das Lager herrührten. Die RUC wiederum wollte nicht die Verantwortung für unseren Zustand übernehmen. Ich weiß nicht, wie sie das Problem schließlich gelöst haben, jedenfalls verzeichneten die Ärzte in Long

Kesh detailliert unsere Wunden, bevor wir in den Cage 6 verfrachtet wurden.

Dort wurden wir von allen freudig begrüßt. Wir aber gingen gebückt, humpelten, jeder Schritt tat weh, wir waren steif von der Prügel, voller Blessuren, aber wir befanden uns unter Freunden. Auf meinem Weg zum Cage 6 sah ich hinter dem Zaun gegenüber Kevin Hannaway. Er winkte mir aufgeregt zu und begrüßte mich.

»Alles in Ordnung mit dir?«

»Ich kann nicht klagen«, log ich und scherzte mit den anderen.

Es freute mich zwar, Kevin wiederzusehen, als ich aber in jener Nacht in meiner Koje lag, dachte ich darüber nach, daß Kevin das ganze letzte Jahr lang immer nur das getan hatte, was er am Morgen tat, als er mich begrüßte: Er war in einem Cage hin und her gelaufen.

Long Kesh war erweitert worden, seit ich das Lager ein Jahr zuvor so widerwillig verlassen hatte. Es gab nun über zwanzig Cages mit jeweils vier oder fünf Baracken, Nissenhütten, in denen entweder Internierte oder verurteilte Gefangene untergebracht waren. Die Cages für die Strafgefangenen befanden sich getrennt von denen der Internierten am oberen und unteren Ende des Lagers. Jeder Cage war ringsum mit Stacheldraht umzäunt, dazwischen standen Wachtürme. Jeweils zweieinhalb oder dreieinhalb Baracken dienten als Aufenthalts- und Schlafraum, pro Baracke waren dreißig Mann untergebracht. Eine Baracke war die Kantine. Es gab einen Waschraum und eine »Arbeits«-Baracke, und die noch übrige Barackenhälfte diente der »Erholung«. Die meisten der Nissenhütten des Lagers waren undicht und zugig. Sie bestanden aus Wellblech und verfügten über keine anständige Heizmöglichkeit, so daß es im Winter bitterkalt war. Wir sahen seltsam aus, besonders im Winter, wenn wir in Mäntel und Decken gehüllt umherliefen, große, schwere Stiefel trugen und statt Handschuhe Socken über die Hände streiften. Die Waschräume waren in ziemlich miserablem Zustand und völlig unzureichend für so viele Benutzer. Die medizinischen Einrichtungen waren archaisch, der Krankenbau bestand aus ein paar abseits eines Cages stehenden Hütten.

In Long Kesh waren Männer jeden Alters, vom Teenager bis zum Rentner, und unterschiedlichster Herkunft untergebracht. Manche kamen aus der Stadt, andere vom Land. Doch alle wurden in eine Hütte gepfercht. Zurückziehen konnte man sich nicht. Einige von uns waren republikanische Aktivisten, andere hatten vielleicht einfach nur einen britischen Soldaten schief angesehen und wieder andere sich zum falschen Zeitpunkt am falschen Ort befunden. Für die Jüngeren von uns waren die Bedingungen erträglich, einfach nur, weil wir über jugendlichen Elan verfügten, für einige Ältere jedoch waren die Verhältnisse zermürbend hart, und sie fühlten sich furchtbar einsam.

In Cage 22 befanden sich Internierte, die bereits seit August 1971 in Long Kesh waren, einige waren schon in den vierziger und fünfziger Jahren interniert gewesen. Es gab Leute wie Jimmy Drumm, der viele Jahre seines Lebens im Lager war, ohne daß er je vor Gericht gestanden hätte, oder wie Liam Mulholland, ein fast erblindeter Rentner, der bereits 1919 zum erstenmal im Gefängnis gesessen hatte. Viele der Älteren hatten sich in den fünfziger Jahren kennengelernt, einige kannten sich bereits seit dreißig oder vierzig Jahren. Mein Bruder Liam saß bei den Strafgefangenen am oberen Ende des Lagers. Paddy befand sich in Cage 6, wir beide kamen in einer Barackenhälfte wieder zusammen.

Für die Gefangenen, die nicht wußten, ob ihre Internierung zwanzig Tage, zwanzig Monate oder zwanzig Jahre dauern würde, war dies äußerst verstörend. Wenn man verurteilt war, wußte man wenigstens, wie lange man absitzen mußte, und konnte sich darauf einstellen, bei Internierung wußte man es nie. Besonders schwer war es für diejenigen – und das waren viele –, die sich niemals hatten etwas zuschulden kommen lassen, was eine Inhaftierung überhaupt gerechtfertigt hätte.

Es wurden häufig Razzien durchgeführt, gewöhnlich in

den frühen Morgenstunden, wenn ein Colonel Blimp plötzlich mit einer Möchtegernkommandotruppe aufkreuzte und uns befahl: »Die Hände auf die Decken, und nach oben gucken. Und sobald ich es befehle, zieht ihr euch an, nehmt Messer, Gabel und Löffel, und marsch ab in die Kantine.« Ich habe nie verstanden, warum wir Messer, Gabel und Löffel mitnehmen sollten, bekamen wir doch schließlich während einer Razzia nie etwas zu essen. Statt dessen prügelten sie manchmal auf uns ein, ließen uns mit gespreizten Beinen am Zaun Aufstellung nehmen und verwüsteten stets unsere Baracke.

Einmal wurden wir nach einer solchen Razzia aus der Kantine zurückgeführt, wie gewöhnlich zwischen zwei Reihen britischer Soldaten hindurch. Manchmal prügelten sie uns mit ihren Schlagstöcken, beschimpften uns oder hetzten die Hunde auf uns. Diesmal aber beschränkten sie sich auf die üblichen Beleidigungen. Gerade als ich bei unserer Baracke um die Ecke bog, sah ich Shane, meinen Hund. Er befand sich knapp fünfzig Meter von mir entfernt in der Nähe des Tores zu unserem Cage und wurde von einem untersetzten Hundeführer der Armee begleitet. Ich rief nach Shane, aber er rührte sich nicht. Dann pfiff ich. Er reagierte sofort, spitzte die Ohren, reckte den Kopf, war im Begriff loszurennen. Er schoß in meine Richtung, und ich dachte, er könne sich von seinem Führer losreißen, als er ungestüm nach vorne stürzte, an der fest gespannten Leine zog und zerrte und mich anbellte. Dann schubste mich ein Brite um die Ecke in unsere Baracke. Ich hörte Shane immer noch jaulen. Danach habe ich ihn nie wiedergesehen.

Cage 6 befand sich in der Mitte des Lagers, und in diesem Teil von Long Kesh waren die meisten der kürzlich erst internierten Männer untergebracht. Alles in allem ein lebendiger, rebellischer Haufen junger Männer. Wir zogen oft die Aufmerksamkeit der Lagerverwaltung auf uns, besonders als wir eine Reihe von Ausbrüchen organisierten, von denen einige allerdings nicht gelangen. Wir hatten das Gefühl, durch unsere Festnahme die Leute draußen im

Stich gelassen zu haben, so daß wir uns sofort an die Planung von Ausbrüchen machten. Wir gingen außerdem davon aus, daß wir nicht vor Ende der Internierung freigelassen würden. Da lag es nahe, alles zu versuchen, um aus dem Lager zu türmen.

Binnen sechsunddreißig Stunden nach unserer Einlieferung bekamen wir von ein paar Gefangenen eines anderen Cages einen von ihnen ausgearbeiteten Plan nach Cage 6 übermittelt. Danach sollte ein Gefangener, unter einem Müllauto hängend, den Ausbruch wagen. Paul Marlowe, ein ehemaliger Fallschirmjäger, stellte ein Gurtwerk her, ähnlich dem von Fallschirmspringern. Um sich daran zu gewöhnen, hängte sich Brendan Hughes sofort in das Gurtwerk, obwohl seine Prellungen sich noch nicht einmal gelb gefärbt hatten. Der Ausbruch fand schließlich aber doch nicht statt, weil er als zu gefährlich eingeschätzt wurde. Die Insassen des Cages, die den Plan ausgeheckt hatten, waren jedoch der Meinung, sie könnten jemanden, unter dem Müllwagen hängend, nach draußen bringen, so daß das Gurtwerk an sie weitergegeben wurde. Einem Burschen aus diesem Cage, Mark Graham, gelang es, sich mit dem Gurtwerk unter den Wagen zu hängen. Als der aber über die Sicherheitsrampe fuhr, trug Mark eine schwere Rückenverletzung davon. Er war gelähmt und wurde später freigelassen.

Ich war kaum einen Monat in Long Kesh, als bekannt wurde, daß auf Jim Bryson und Patrick Mulvenna in Ballymurphy geschossen worden war. Patrick Mulvenna war auf der Stelle oder kurz nach der Schußverletzung gestorben. Er war mit meiner Schwester Frances verheiratet gewesen, die ihr erstes Kind erwartete. Der Schatten einer republikanischen Fehde legte sich erneut kurz über unsere Familie, da Paddy Mulvenna und Jim Bryson kurz vor den tödlichen Schüssen von den »Officials« mit dem Tode bedroht worden waren. In den Wirren jener Zeit machten viele Leute die »Officials« für ihren Tod verantwortlich, sie waren aber von Soldaten der britischen Armee erschossen worden. Patricks Vater, der zu jener Zeit eine Haftstrafe im Kesh absaß, versuchte vergeblich, Freigang zu bekommen, um an der Beerdigung seines Sohnes teilzunehmen.

Jim Bryson erlag seinen Verletzungen drei Wochen später. Er war ein äußerst mutiger Bursche, dem mehrfach die Flucht geglückt war. Als ihn einmal die Briten in den Lower Falls geschnappt hatten, war es ihm gelungen, sich seinen Weg freizukämpfen und hinten aus dem Saracen rauszuspringen. Auch war ihm einmal die Flucht aus dem Belfaster Gefängnis gelungen. Besonders bemerkenswert aber war sein Entkommen von der *Maidstone*. Ich hatte Emerson, wie er stets genannt wurde, und seinen Kampfgenossen, Tommy »Toddler« Toland, am Tag nach der Flucht von der *Maidstone* getroffen. Danach war er in den Süden verschwunden. Jenseits der Grenze war er völlig ruhelos gewesen, und als er nach Belfast zurückkehrte, hatte ich ein ernstes Wort mit ihm gesprochen und ihm empfohlen, sich versteckt zu halten, da er bestens bekannt war. Die Zeiten, da er durch Ballymurphy spazieren konnte, wie er wollte, waren vorbei. Kurz bevor Brendan Hughes, Tom Cahill und ich festgenommen wurden, war er erneut nach Dublin verschwunden. Doch eine der ersten Nachrichten, die ich bekam, als ich ins Kesh eingeliefert wurde, stammte von ihm und lautete: »Ich bin zurück.« Offensichtlich lag der Grund in unserer Festnahme, und in den folgenden Wochen bekamen wir regelmäßig Berichte, daß er sich in Ballymurphy aufhielt.

Tommy Toland befand sich bei uns im Lager, und ich war mit ihm zusammen, als wir erfuhren, daß Jimmy niedergeschossen worden war. Jim war eine Zeitlang selbst in Cage 6 gewesen, und in den Wochen bis zu seinem Tod im Royal Victoria Hospital hing eine dunkle Wolke über dem Internierungslager. Natürlich waren wir, wenn wir vom Tod von Freunden und Verwandten erfuhren, traurig, zugleich aber auch furchtbar frustriert, gerade zu dieser Zeit eingesperrt zu sein. Ein Jahr nach Jim Brysons Tod erfuhr ich, daß mein Cousin Ciaran Murphy, der jüngste Sohn meiner Tante Kathleen in Ardoyne, von Loyalisten verschleppt und seine

Leiche in einem Steinbruch an der Hightown Road im Norden Belfasts gefunden worden war.

Trotz des gescheiterten Ausbruchs, bei dem sich Mark Graham schwere Rückenverletzungen zuzog, gab es weitere Ausbruchsversuche, und nach kurzer Zeit war Brendan Hughes draußen. Die Observation des Müllwagens hatte ergeben, daß mit dem Müll auch ganze Matratzen abtransportiert wurden. Einer der Strafgefangenen, der den Laster belud, lieferte detaillierte Berichte, wonach es in ihm zwar keine Müllpresse gab, die Wärter aber im Müll herumstocherten. Ein Gefangener aus einem anderen Cage machte ähnliche Beobachtungen, und Cage 6 beschloß, den Ausbruch über einen anderen Cage abzuwickeln, da dem unseren stets große Aufmerksamkeit zuteil wurde und man ihn häufig kontrollierte. Brendan würde sich in ein anderes Lager schleichen. Zur weiteren Täuschung wurde er mit einem auffälligen, grellbunten Anorak und einem rotbraunen Lederhut mit einer großen, schlabbrigen Krempe ausgestattet. In den Wochen vor dem geplanten Ausbruch besuchte Brendan ein paarmal den anderen Cage und ging dabei immer einige Schritte vor den Wärtern, ohne ein Wort mit ihnen zu wechseln. Am vereinbarten Tag ging er wieder zu Besuch in den anderen Cage, kehrte aber nicht zurück. Seinen Anorak und seinen Hut aber trug ein anderer Gefangener von ähnlicher Statur. Im Cage wurde Brendan in ein Bettlaken gewickelt, und eine Matratze um ihn geschnürt, dann zur Abholung aus dem Lager geworfen. Der Müllwagen fuhr vor, und die Matratze wurde hineingekippt.

Brendan hatte eine Orange mit, an der er saugte, um besser atmen zu können. Die Matratze allerdings war mit Sägemehl gefüllt, und er wäre fast erstickt. Zu Brendans Schreck stocherten die Wärter sorgfältiger im Müll herum, als irgend jemand hatte voraussehen können. Am Sägemehl halb erstickt, spürte er in seiner Matratze, wie sich die Eisenspitze immer wieder durch den Inhalt des Müllautos bohrte. Nach der dritten Rampe fuhr der Wagen schließlich durch das Tor, und Brendan war draußen.

Auf der Müllkippe angekommen, kletterte er aus dem Wagen und fuhr dann per Anhalter in die Grafschaft Louth, wo er einen Pub mit dem Namen »The Jolly Ploughboy« aufsuchte. An jenem Abend hielten sich dort auch Frauen aus den Falls auf, die einen Busausflug unternommen hatten. Als sie Brendan erkannten, feierten sie ausgelassen seinen Ausbruch. In Cage 6 hatte derweil ein Ersatzmann aus einem anderen Cage dafür gesorgt, daß beim Zählappell alles in Ordnung ging. Er kehrte am folgenden Tag in seinen Cage zurück. Dort hatte man sich bei der Zählung am Vorabend einer Puppe bedient. Es war ein gelungener Ausbruch, und Cage 6 war besonders zufrieden, die Aufmerksamkeit nicht auf sich gelenkt zu haben.

Kurz nach seinem Ausbruch setzte Brendan Hughes eine Anzeige in die *Irish News* und machte sich über Davey Long lustig, den für die Sicherheit verantwortlichen Oberschließer. Wir hatten unsere Freude daran, ihm, wann immer wir konnten, eins auszuwischen. Ein anderes Mal, als ein Fluchttunnel aufgegeben werden mußte, wurde für Davey eine Nachricht hinterlassen: »Du bist zehnmal zu spät gekommen.«

Kurz nach Brendan Hughes Flucht wurde Ivor Bell festgenommen. Wir beschlossen, einen Versuch zu machen, ihm quasi auf der Stelle die Flucht zu ermöglichen. Ein Internierter hatte Freigang beantragt, um zu heiraten. Laut Plan sollte »Ding-Dong« an seine Stelle treten. Ivor befand sich bei uns in Cage 6 und der andere Bursche ein ganzes Stück entfernt in Cage 5, getrennt durch Stacheldraht und Tore. Am verabredeten Tag gelang es Ivor jedoch, in Cage 5 zu gelangen, und ein anderer Gefangener wurde in Cage 6 geschmuggelt, damit dort keiner fehlte. Der bedauernswerte Bursche, der Freigang beantragt hatte, wurde versteckt.

Einige Zeit später kam Davey Long zur Baracke, um sich nach dem Verbleib von Ivor Bell zu erkundigen, den er eine Zeitlang nicht gesehen hatte. Ein Internierter rief in die Baracke: »Ivor, du wirst verlangt, wo steckst du?« Und ein anderer antwortete, er werde in zehn Minuten draußen sein.

Davey Long war äußerst erleichtert. Es war ein gutes Gefühl, besonders, als später Ivors Ausbruch bekannt wurde.

Viele Gefangene trugen sich mit der Absicht zu türmen und analysierten systematisch die Fluchtmöglichkeiten. Die ließen sich in drei Kategorien einteilen: über oder durch den Zaun; unter dem Zaun oder durch das Tor. Die dritte Kategorie sollte sich als die aussichtsreichste erweisen: Flucht durch Täuschung, Ablenkung oder Verkleidung.

Zwar wurden Fluchttunnel gegraben, die Cages am Rande des Geländes von Long Kesh waren dafür aber besser geeignet. Da das einen großen Zeitaufwand erforderte, die Erde unauffällig beseitigt werden mußte und das Graben selber schwierig war, wurden viele Tunnel entdeckt. Manchmal jedoch zahlte sich Hartnäckigkeit aus. Die Lagerverwaltung begegnete den Anstrengungen durch verstärkte Razzien und Überwachungsmaßnahmen. Gefangene, deren Fluchtversuch scheiterte, wurden mißhandelt. Wurden Gefangene während eines Ausbruchs gestellt, waren Schläge und verschärfter Arrest die Folge, denen sich eine Verurteilung durch ein Diplock-Gericht anschloß. Hugh Coney wurde im November 1974 bei einem Ausbruchsversuch von der britischen Armee erschossen.

Die erfolgreiche Flucht über oder durch den Zaun wurde durch den Nebel begünstigt, der im Winter häufig über Long Kesh lag. Nicht jeder dieser Ausbrüche war geplant. Wenn man zur rechten Zeit am rechten Ort war, konnte es klappen. Von Vorteil war natürlich, wenn man über Drahtscheren oder anderes Werkzeug verfügte.

Eine Gruppe aus Cage 6, bestehend aus Marshall Mooney, Tommy Toland, Marty O'Raw und mir, alles Leute aus dem Murph, besorgte sich die notwendigen Werkzeuge, einschließlich Tarnkleidung, Bolzenschneidern und Metallsägen. Wir verfolgten den Wetterbericht und verbrachten Monate damit, stundenlang dazusitzen und darauf zu warten, daß Nebel fiel. Er blieb aus. Nach einiger Zeit wurde uns diese Warterei langweilig, und wir spielten zum Zeitvertreib Flucht aus der Baracke und schlichen im Lager herum.

Marshall Mooney stellte sich dabei besonders geschickt an, aber trotz seiner Erfindungsgabe war es offensichtlich, daß wir hier so bald nicht herauskommen würden.

Nebel oder nicht, wir beschlossen, unser Glück am Weihnachtsabend 1973 während der Mitternachtsmesse zu versuchen. Längst hatten wir die Schwachstellen am Zaun ausgekundschaftet und unsere Methode perfektioniert, dorthin zu gelangen. Schließlich, am Weihnachtsabend, als die anderen Internierten eingeschlossen wurden, lagen wir vier außerhalb von Cage 6, zwischen dem Lagerabschnitt der Internierten und dem der Strafgefangenen, und beobachteten, wie im Kesh langsam nächtliche Ruhe einkehrte. Es war zweiundzwanzig Uhr. Eine sehr helle Nacht, und wir von kilometerlangen NATO-Draht-Rollen und Wachtürmen umgeben, von denen das ganze Gelände zu übersehen war. Wir kamen nur langsam voran, krochen Zentimeter um Zentimeter weiter. Um Mitternacht bildete sich ein leichter Nebel. Die Sicherheitsvorkehrungen wurden sofort verstärkt. Wir hörten, wie um uns herum Befehle gerufen und zusätzliche Wachposten auf den Streifen beordert wurden, der nur wenige Schritte rechts von uns verlief. Auch in Cage 6 zu unserer Linken wurde eine Patrouille geschickt. Leider war der Nebel nicht so dicht, daß er uns geschützt hätte. Wegen der zusätzlichen Patrouillen konnten wir uns nicht rühren. Wir beschlossen zu warten, bis die Sicherheitsvorkehrungen aufgehoben würden.

»Was ist denn das dort drüben?« hörte ich einen Wärter fragen.

»Nur ein alter Fußball«, antwortete sein Kollege.

Mir war klar, daß sie Marshall Mooneys Kopf erspäht hatten. Sie drehten weiter ihre Runden, so daß wir uns nach wie vor nicht rühren konnten.

Nach einer Weile kehrten sie zurück, und einer von ihnen war nun überzeugt, daß es sich bei dem runden Ding doch nicht um einen Fußball handelte. Jetzt wurde es ernst.

»Hohoho, euch allen frohe Weihnachten!« rief Marshall Mooney, als er plötzlich hinter dem NATO-Draht auftauchte. Dann ging er am äußeren Zaun entlang und versuchte, die Aufmerksamkeit der Wärter von Tommy Toland, Marty O'Rawe und mir abzulenken.

Das Licht der Suchscheinwerfer durchschnitt die Dunkelheit und den leichten Nebel, Sirenen ertönten. Es gab ein fürchterliches Spektakel im Lager, Wärter und Soldaten liefen brüllend umher, und die Wachhunde knurrten und bellten.

Die Wärter schrien Marshall an, er solle auf unsere Seite des NATO-Drahtes zurückkehren. Als er aber seine Drahtschere hervorholte und anfing, sich den Weg nach draußen zu bahnen, befahlen sie ihm, damit aufzuhören. Er versuchte weiter, die Aufmerksamkeit von uns abzulenken, und ging weiter am Zaun entlang, aber das Licht war zu hell und wir zu sehr auf dem Präsentierteller, so daß ich beschloß, es mit einem anderen Trick zu probieren, in der Hoffnung, daß die anderen den Wärtern entkommen könnten.

Ich stand auf und entfernte mich von den anderen. Marshall begriff sofort, was ich vorhatte, und rief »Hallo!«, als wäre er ausnehmend überrascht, mich zu sehen. Wir fielen uns in die Arme und begrüßten uns, als hätten wir uns eine Ewigkeit nicht gesehen, und ignorierten die Wärter, die Hunde und das Chaos um uns herum. Das Gebell und das Geschrei steigerten sich. Das Täuschungsmanöver gelang nicht, und die Wärter drohten, die Hunde auf uns zu hetzen, wenn wir nicht den Weg nähmen, den wir gekommen waren.

Die Wärter und Soldaten waren ziemlich in Rage, als sie uns in den Strafblock trieben, wobei Marshall und ich schwere Prügel bezogen. Ich trug eine Brille, die ich festgebunden hatte. Ein Oberaufseher versuchte mir die Brille vom Gesicht zu ziehen, und als ihm dies nicht auf Anhieb gelang, riß er sie mir runter und fügte mir eine tiefe und häßliche Fleischwunde zu.

Unterdessen war Tommy Toland auf die List verfallen, Marty O'Rawe mit britischem Akzent anzuschreien und unter ständigen Beleidigungen in die Strafzelle zu führen. Das sorgte unter den Briten für Verwirrung, und so blieb Marty und Tommy die Prügel erspart.

Im Strafblock wurden wir nackt ausgezogen und in Einzelzellen gesteckt, während draußen im Korridor die Hunde von der Leine gelassen wurden. Wir fürchteten, daß im nächsten Augenblick Soldaten und Wärter über uns herfallen würden, und hielten uns bei Laune, indem wir uns Witze zuriefen.

Besonders Marshall und Toddler bescherten den Briten eine harte Zeit.

»Hi, Brit, ich heiße Tommy Toland«, rief Marshall, »und ich werde dir eins über die Rübe geben.«

»Welchen Dienstgrad hast du?« fragte Toddler den Soldaten.

»Korporal«, kam die Antwort.

»Korporal? Korporal! Mein Kumpel ist General. Er heißt Marshall Mooney und wird sich dich mal vorknöpfen.«

Trotz oder vielleicht wegen ihrer Provokationen verlief die Nacht ohne einen Zwischenfall, obwohl irgendwann ein paar britische Armeeoffiziere auftauchten, um uns in Augenschein zu nehmen.

Am nächsten Tag, dem ersten Weihnachtsfeiertag, kam im Rahmen der Routinekontrolle, ob wir noch am Leben waren, ein Arzt zu mir in die Zelle.

»Können Sie mir eine Salbe für das Gesicht geben?« fragte ich ihn.

»Stimmt etwas mit Ihrem Gesicht nicht?« antwortete er und starrte direkt auf meine häßliche, sich vom Nasenflügel bis zur Wange erstreckende Wunde.

»Frohe Weihnachten!« sagte ich, und er verließ die Zelle.

Am nächsten Tag, dem zweiten Weihnachtsfeiertag, bekam ich Besuch von Colette und Gearóid. Es war ein lustiges und glänzendes Weihnachtsfest.

Im Juli 1974 trug ich bei einem weiteren Ausbruchsversuch zwei Schichten Kleidung übereinander, dazu Perücke und falschen Bart. So ging ich in das Besuchsareal. Meinem Freund Harry war draußen ein Typ aufgefallen, der mir absolut ähnlich sah. Dieser Mann sollte Ivor besuchen, und sobald er in die Besuchskabine kam, sollten wir die Kleidung tauschen. Er sollte meinen falschen Bart und meine Perücke anlegen und dann im Affenzahn ins Lager rennen, während ich hinausspazieren würde. Zu der verabredeten Zeit ging ich in die Besuchskabine, und als die Wärter nicht hinsahen, schlüpfte ich in Ding-Dongs Besuchsbox, in der er und sein Besucher warteten. Zu meinem Erstaunen war mein Double um einiges kleiner als ich. Ich verfluchte Big Harry. Ivor und ich sahen uns an. Dann folgte ich aber einer plötzlichen Eingebung und beschloß, unseren Plan in die Tat umzusetzen. Ich nahm meine Perücke und den Bart ab, entledigte mich meiner oberen Hüllen und war nun gekleidet wie der Besucher. Er zog die von mir ausgezogenen Kleidungsstücke über. Ich verließ die Besuchskabine, ohne Verdacht zu erregen, und näherte mich dem Ausgang. Doch ein Wärter stellte mich.

In dem anschließenden Prozeß, bei dem ich wegen Fluchtversuchs angeklagt war, sagte der Wärter als Zeuge aus. »Ich wußte, daß da etwas nicht stimmte. Als dieser Mann hereingekommen war, hatte ich auf ihn herabgeschaut. Als er hinauswollte, mußte ich zu ihm aufblicken.«

Die Lagerverwaltung war aufgebracht wegen der Rebellen in Cage 6, stellte Wachhäuschen um uns herum auf und verstärkte die Patrouillen. Es war verständlich, daß immer weniger Leute mit uns zusammen in demselben Cage sein wollten. Unser Cage wurde ständig durchsucht, und wir wurden gezwungen, uns in Durchsuchungsposition hinzustellen, mußten mit gespreizten Beinen und ausgestreckten Armen am Zaun lehnen und wurden dann in die Baracke zurückgestoßen. Oft wiederholte sich die ganze Prozedur nur eine Stunde später. Es war ein ziemlicher Zermürbungskrieg, aber eine gute Art, die Zeit rumzubringen, besser, als tagein, tagaus dazuhocken, zu warten und sich zu fragen, ob man wohl jemals wieder rauskäme.

Manchmal schlichen sich die Briten zu einer Razzia herein, manchmal überfielen sie uns und brüllten wie die Wahnsinnigen, schlugen gegen die Fußenden unserer Betten und versuchten, uns zu terrorisieren und einzuschüchtern. Wir waren durchaus in der Lage, ebenso zu toben, und hin und wieder kam es zu regelrechten Kämpfen zwischen uns und den Durchsuchungstrupps, oder aber wir versuchten, größtmöglichen Abstand zu ihnen zu halten.

Das ging schließlich so weit, daß wir nur noch passiven Widerstand leisteten, da einige der älteren Männer und ein paar andere, die körperlichen Auseinandersetzungen nicht gewachsen waren, unter ziemlichen Druck gerieten. Ich war heilfroh.

Einige meiner Mitinternierten und -gefangenen waren wahre Originale. Es gab Leute, die von Natur aus humorvoll waren, wie Dominic O'Neill, der einmal auf einen neuen Wärter zuging und ihm eine Zehnpfundnote in die Hand drückte – wir durften natürlich über kein Geld verfügen – und ihn bat, zu gehen und ihm eine *Irish News* und ein Brötchen zu kaufen. Der junge Wärter kehrte eine Stunde später zurück und erklärte, er habe den Laden nicht finden können! Solche Mätzchen hielten uns bei Laune und stärkten unsere Moral.

Ein Mann aus South Armagh wurde just zu dem Zeitpunkt interniert, als seine Kuh kalben sollte. Er erkundigte sich ständig beim Fürsorger nach dem Befinden seiner Kuh. Wenn er an unserem Lager vorüberkam, rief einer der Jungs aus Belfast ihm die Frage zu: »Was macht deine Kuh?« Unser Landmann nahm die Frage vollkommen ernst und berichtete, welche Fortschritte seine Kuh machte.

Einer der älteren Internierten war mein Freund aus Leitrim, John Joe McGirl, der festgenommen wurde, als er in Belfast eintraf, um zum Jahrestag des Osteraufstandes eine Rede zu halten. Die RUC glaubte, es handele sich um Seamus Twomey. Als ein alter Kampfveteran hatte er schon in Arbour Hill in Dublin gesessen und war im Curragh interniert gewesen, wo er und mein Onkel Dominic heftige Prügel bezogen. Er kam in unseren Cage, in dem sich fast nur wilde, junge Burschen befanden, die nicht einmal halb so alt waren wie er. Trotzdem war er den Jüngeren gegenüber sehr tolerant und aufgeschlossen, was ihm sehr zugute kam.

Unser Paddy war mit mir in einer Baracke. Die Beziehung unserer Familie zu dem Lager ist so eng, daß seit seiner Einrichtung stets einer von uns dort saß. Mein Vater, mein Onkel Liam Hannaway und ein paar meiner Cousins gehörten zu den ersten, die im August 1971 interniert und zunächst ins Belfaster Gefängnis gebracht und einen Monat später ins Kesh verlegt worden waren. Liam war eine Zeitlang Officer in Command (OC; Gefangenensprecher) des Lagers und genoß hohen Respekt. Mein Bruder Dominic war damals erst sechs Jahre alt, hat aber seitdem ebenso einige Jahre im Kesh gesessen wie Seán und Liam. Die Frauen unserer Familie, Colette, meine Mutter und andere Ehefrauen, Mütter, Schwestern, Schwägerinnen, Freundinnen und Tanten haben fast zwanzig Jahre lang Besuche im Gefängnis gemacht.

Unser Paddy und ein paar andere zogen wegen Harvey aus unserer Baracke aus, dem Barackengeist: angeblich ein britischer Pilot, der während des Zweiten Weltkrieges bei einem Flugzeugabsturz ums Leben gekommen war, als Long Kesh ein Fliegerhorst war.

Harvey – oder etwas anderes – suchte uns jede Nacht heim. In Wirklichkeit war das Phänomen eine Mischung aus Schabernack, Autosuggestion und ich weiß nicht was; die meisten von uns konnten deswegen nicht einschlafen. Ich hoffe zumindest, daß es so war. Aber wer weiß?

Die Gefangenen verfügten in den Cages über ihre eigene Kommandostruktur. Im Verlauf der vorausgegangenen drei Jahre hatte sich diese Struktur gefestigt, und ich hatte daher nur selten etwas mit den Wärtern zu tun. Die meiste Zeit war die Atmosphäre ziemlich entspannt, außer wenn es aus bestimmten Gründen zu Konflikten kam. Aber im großen und ganzen taten die Wärter ihren Dienst, und die Internierten kümmerten sich um ihre Angelegenheiten.

Die Bigotterie zeigte sich bei den kleinen Dingen. Zu Weihnachten bekamen wir Hunderte von Weihnachtskarten. Die Wärter kritzelten »Scheißpapst« und ähnliches auf die religiösen Karten, besonders auf die mit einem Bild der Jungfrau Maria. Einige der britischen Wärter waren von der ganzen Internierungssituation ziemlich überfordert. Als mir eines Tages einer einen Befehl erteilte, erklärte ich ihm, er solle sich dünnemachen: »Wir sind politische Häftlinge, merk dir das.« Wir stritten uns eine Minute oder so, bis ein anderer Wärter sich einmischte und unser Wortwechsel ein Ende fand. Ein paar Wochen später kam dieser Wärter zu mir und sagte: »Ich gehe zurück. Ich habe nicht gewußt, was mich erwartet. Du hast recht, ihr seid politische Häftlinge.« Er quittierte seinen Dienst und kehrte nach England zurück.

Kurz nach meiner Einlieferung in Long Kesh kamen ein paar Jungs zu mir und teilten mir mit, ein Aufseher wolle am Tor mit mir sprechen. Sie vermuteten, daß Colette einen kleinen Jungen zur Welt gebracht hatte. Ich ging nicht zum Tor, weil es nicht notwendig war. Ich wußte ja, worum es ging. Ich war entzückt bei dem Gedanken, Vater eines Sohnes zu sein, der Gearóid heißen würde, und daß Colette alles gut überstanden hatte. Colette war in der Klinik, so daß beim nächsten Besuchstermin meine Mutter kam, die mich wohl ziemlich geistesabwesend vorfand. Ich hatte nur den einen Wunsch, daß Colette mich schleunigst mit unserem Baby besuchte. Ich wollte alle Neuigkeiten über die beiden erfahren. Als Colette mich unmittelbar nach ihrer Entlassung aus der Klinik besuchte, fühlte ich mich um einen Meter größer, zumal ich zum erstenmal Gearóid im Arm gehalten hatte.

Was die Angehörigen betrifft, so wurde ein grausames Katz- und-Maus-Spiel betrieben. Hatte ein Mann vier oder fünf Kinder und war seine Frau krank, so machte er sich natürlich furchtbare Sorgen. Eine Zeitlang war bei Besuchen jeglicher Körperkontakt untersagt, und die Leute saßen sich lediglich am Tisch gegenüber. Wir protestierten dagegen ebenso häufig wie gegen die Durchsuchung unserer Angehörigen, und aufgrund des Drucks der Internierten wurden die Bedingungen gelockert, und die Wärter zogen sich aus dem eigentlichen Besuchsbereich zurück. Colette brachte bei ihren wöchentlichen Besuchen immer Gearóid mit, schon gleich nach seiner Geburt. In gewisser Weise war es für die Gefangenen, die kleine Kinder hatten, einfacher. Wer Kinder im Teenageralter hatte, durchlebte eine viel schwierigere Zeit, und die Kinder selber natürlich auch. In vielen Familien war der Brotverdiener interniert, was für die Angehörigen vielerlei Folgen hatte. Gleichzeitig jedoch machte die Erfahrung, mit Internierten verheiratet zu sein, die Frauen freier, wie hart dieser Prozeß auch war. Sie waren plötzlich auf sich selbst gestellt und entdeckten, wie stark sie waren. Ich wußte schon immer, daß es in Irland eine matriarchalische Tradition gibt, die unter bestimmten Bedingungen und Einflüssen zum Tragen kommt. Frauen mußten sich um das Familieneinkommen kümmern, die Kinder unter traumatischen Umständen großziehen und der oft rauhen Wirklichkeit, Übergriffen und Razzien der britischen Armee, gewachsen sein. Sie übernahmen Kampagnen zur Verbesserung der Haftbedingungen der Gefangenen und führten weiterreichende Widerstandsaktionen der Gemeinschaft an.

Besonders während des Streiks des Ulster Workers' Council vom Mai 1974 ähnelte das Leben in Long Kesh dem in einem Stalag. Im Oktober 1973 war eine Power-Sharing-Exekutive für den Norden gebildet worden. Ex-Premierminister Brian Faulkner, der die Internierung eingeführt hatte, stand dieser Exekutive vor, und Gerry Fitt von der SDLP war sein Stellvertreter. Im Dezember hatten sich London, Dublin und Belfast mit dem Sunningdale-Abkommen auf die Bildung eines Gesamtirischen Rates geeinigt. Die Briten verkauften der SDLP das Abkommen als Meilenstein auf dem Weg zu einem vereinten Irland sowie als Möglichkeit, bis zu einem gewissen Grad die RUC kontrollieren zu können. Die Unionisten sollten in dem Abkommen eine Anerkennung des konstitutionellen Status Nordirlands durch die Dubliner Regierung sehen, die zudem größere Anstrengungen im Kampf gegen die IRA unternehmen werde. Der Gesamtirische Rat blieb vollkommen handlungsunfähig.

Die Mehrheit der unionistischen Politiker, die entschieden gegen eine katholische Machtbeteiligung und den Gesamtirischen Rat waren, koalierten mit loyalistischen paramilitärischen Organisationen, um die Power-Sharing-Exekutive zu Fall zu bringen. Im Mai rief der Ulster Workers' Council einen »konstitutionellen Streik« gegen das Sunningdale-Abkommen aus. Von der UDA errichtete und von der britischen Armee und der RUC geduldete Straßensperren hinderten viele Menschen, ihren Arbeitsplatz zu erreichen. Arbeiter, die in die Fabrik gingen oder aus der Fabrik kamen, wurden angegriffen. Am 16. Mai warnte der frühere Innenminister William Craig: »Es wird weitere Aktionen gegen die Irische Republik geben.« Am Tag darauf explodierten in Dublin und Monaghan zur Hauptverkehrszeit drei Autobomben, Vorwarnungen hatte es nicht gegeben. Dreiunddreißig Menschen starben bei den Anschlägen. Im Norden demonstrierte der UWC die ökonomische Macht des Loyalismus, indem er sowohl die Strom- wie auch die Benzinversorung fast vollständig sperrte, während die UDA die Straßen kontrollierte. Vier Tage später beschloß die britische Regierung, Truppen einzusetzen, um den Streik zu beenden. Die Armee weigerte sich jedoch. Am 28. Mai trat die Exekutive zurück. Das Sunningdale-Abkommen war gescheitert.

Während des UWC-»Streiks« spürten die Nationalisten die Macht des Loyalismus sehr direkt, da es weder Strom, Benzin, Lebensmittel noch andere lebenswichtige Güter gab. Sie hatten auch beobachten können, wie in den Straßen außerhalb der nationalistischen Viertel britische Soldaten und Polizisten der RUC mit den knüppelschwingenden Paramilitärs Schwätzchen abhielten. Es herrschte große Angst, begründet durch frühere Erfahrungen, daß die Loyalisten als nächstes nationalistische Wohngebiete angreifen würden. Auch in Long Kesh war uns die Gefahr eines Angriffes bewußt, und aufgrund des gefährlichen Klimas empfingen wir keine Besuche mehr und verweigerten die Annahme von Lebensmittelpaketen, so daß wir auf die Gefängniskost angewiesen waren, die wir über Feuerstellen im Freien aufwärmten. Das Brennholz lieferten unsere Baracken.

Die Hauptpunkte im Konflikt mit der Lagerverwaltung betrafen die Besuche und das Essen. Die Lagerkost wurde in Containern per Laster angeliefert und am Tor des jeweiligen Cages auf einen Rollwagen verladen. Kriegsgefangene schoben den Wagen durch das Gelände, und in der Kantinenbaracke kamen die Container auf eine Kochplatte. Der Inhalt dieser Container war im allgemeinen ekelhaft. Wenn das Essen besonders abscheulich war, rührten wir es nicht an. Die Internierten durften Lebensmittelpakete von draußen empfangen, die Strafgefangenen hingegen nur sehr beschränkt, so daß sie auf die Lagerkost angewiesen waren. Einige dieser kulinarischen Köstlichkeiten konnten jedoch einer anderen Verwendung zugeführt werden. So erwiesen sich etwa die steinharten Kuchen als gute Wurfgeschosse, um bei Gelegenheit die britische Armee bei Razzien in Schach zu halten.

Anfang September 1974, nach vielen erfolglosen Eingaben, um besseres Essen zu bekommen, entsorgten wir aus Protest gegen die schlechte Verpflegung die Lagerkost über den Zaun. Die Lagerverwaltung verbot daraufhin den Empfang von Essenspaketen von draußen, und wir mußten mit einem halben Liter Milch und drei Scheiben Brot pro Tag auskommen. Weil es selten saubere Laken gab, hängten wir aus Protest auch unser Bettzeug an den Zaun. Die OCs hatten dem Lagerdirektor eine Liste mit allen Punkten überreicht, die wir beanstandeten. Dazu zählten Essen, Wäsche, die Haftbedingungen allgemein, die fehlenden Bildungsmöglichkeiten und die Behandlung von Untersuchungshäftlingen. Als die Lagerverwaltung auf keinen einzigen Beschwerdepunkt antwortete, begannen wir mit Protestaktionen.

In der zweiten Oktoberwoche verschärften sich die Spannungen, und es gab Gerüchte, wonach ein größeres Aufgebot an britischen Truppen um den Besuchsbereich zusammengezogen worden war. Bei einer früheren Gelegenheit waren Soldaten während einer Razzia besonders brutal gegen Gefangene vorgegangen. Unser OC hatte daraufhin erklärt, daß wir im Wiederholungsfall das Lager niederbrennen würden. Nun diskutierten wir, ob sich das Niederbrennen des Lagers mit einem Massenausbruch verbinden lasse. Während wir in unserem Cage noch darüber beratschlagten, brannte es im Sektor der Strafgefangenen schon, in Cage 13.

Wir rannten hinaus und sahen am oberen Ende des Lagers eine schwarze Rauchfahne zum Himmel aufsteigen.

»Alles anzünden!« rief der OC der Internierten durch den Zaun dem OC unseres Cages zu.

Wir steckten das Lager in Brand. Ich gehörte zu den drei Internierten, die beauftragt waren, nachzusehen, daß sich niemand mehr in unserem brennenden Cage befände, wenn wir uns drüben in Cage 4 versammeln würden. Sämtliche Baracken brannten lichterloh, und mitten in dem ganzen Durcheinander, in Flammen und Rauch, hörte ich Kris Kristoffersen »Bobby McGee« singen. Der Gesang wurde immer langsamer und verzerrter, je mehr sich das Feuer dem Plattenspieler und der LP näherte, die mir unsere Freundin Kathleen geschickt hatte.

Es war später Abend, und es wurde rasch dunkel. Doch die Wärter richteten umgehend ihre Suchscheinwerfer auf uns und feuerten Gummigeschosse und CR-Gas ab. Dieses Gas hatte eine ganz andere Qualität als CS-Gas. Es drückte auf Luftröhre und Lunge, und ich dachte, so müsse es sein, wenn man ertrinkt. Wir irrten ziellos umher, bis sich schließlich ein paar hundert von uns, denen es nicht gelungen war, sich den Männern im Strafgefangenenlager anzuschließen, formierten. Ordnung kehrte in unsere Reihen ein. Die Wärter griffen kaum ein, feuerten allerdings Gummigeschosse auf die Trupps, die außerhalb der Cages Brände legen sollten. Zwei Stunden lang pumpten sie ununterbrochen CR-Gas ins Lager.

Wir sahen zu, wie das Lager niederbrannte. Die Flammen loderten in den Nachthimmel. Ein brennender Wachturm stürzte ein und verursachte einen Funkenregen. Explosionen dröhnten über das ganze Gelände. Wir identifizierten das Geräusch als explodierende Gasbehälter. Gummigeschosse und Gasgranaten wurden auf uns abgefeuert, während über unseren Köpfen ständig Hubschrauber mit Suchscheinwerfern kreisten. Sie warfen Gasbomben ab. Ich rannte im Feuer und im Rauch der Ruinen umher, und es passierten merkwürdige Dinge. Ein Internierter kam mir in eine Decke gehüllt entgegen, unter der Decke verbarg er eine Blechdose mit Würstchen, er griff hinein und gab mir eins ab. Dann traf ich meinen Genossen Dickie Glenholmes und sagte ihm, daß ich gerne was zu rauchen hätte. Er verschwand, kam ein paar Minuten später zurück und reichte mir eine Hamlet-Zigarre. Als mir mein alter Freund John Joe McGirl begegnete, fragte ich ihn, ob alles okay sei. »Wenn's dir gutgeht, geht's mir auch gut«, antwortete er. Ein Gummigeschoß hatte ihm den Kiefer zerschmettert.

Bei Einbruch der Dämmerung drängten wir uns in der Mitte des völlig verwüsteten Cages 4 aneinander, unsere Gesichter grau von Ruß, Asche und Schmutz, und betrachteten die aschgrau schwelenden Trümmer, den grauen Stacheldraht und den grau bewölkten Himmel.

Dann kamen die britischen Soldaten. Sie schrien und brüllten. Wir blickten sie völlig ruhig an. Bald waren auch sie still, standen außerhalb unseres Cages und starrten uns an. Als ein Offizier mit einem Megaphon befahl, wir sollten aufstehen, blieben wir einfach ruhig sitzen. Schließlich trat unser OC vor. Er bat um die Versorgung der Verwundeten. Derweil sollten die anderen Männer von unserem eigenen Stab zur Identifizierung zu den Wärtern geführt werden. Als wir aus der Mitte des Lagers abmarschierten, besetzten britische Soldaten den Platz und befahlen mir und einem zweiten Internierten vorzutreten. Die Spannung wuchs, und einige der stärksten und kräftigsten Internierten scharten sich schützend um uns. Doch kam es zu einem Kompromiß, und ein Wärter wurde herbeigeholt. Die Situation entspannte sich wieder, als klar wurde, daß die Briten nur sichergehen wollten, daß keiner geflohen war.

Die Atmosphäre lud sich wieder auf, als man uns zur Leibesvisitation an den Zaun befahl. Wieder rührte sich keiner, bis einer aus unserem Stab vortrat und uns anwies, zum Zaun zu gehen. Dort wurden wir durchsucht, unsere Identität überprüft. Dann gingen wir wieder in unsere Cages zurück.

Am oberen Ende des Lagers der Strafgefangenen krachten immer noch Gummigeschosse und Gasgranaten. Nach einer Weile verebbte der Lärm. Später wurden die Internierten, denen es gelungen war, zu den Verurteilten durchzukommen, in langen Zweierreihen, auf beiden Seiten von schwerbewaffneten britischen Soldaten eskortiert, zurückgebracht. Sie waren blutbeschmiert, aber ungebrochen, und grinsten breit.

Sie hatten eine heftige Schlacht am Fußballplatz des Strafgefangenensektors ausgetragen. Unsere Jungs hatten sich einen Briten geschnappt und waren von einem Hubschrauber gezielt mit Gasgranaten beschossen worden. Es gab viele Verwundete und einige Schwerverwundete, jede Menge Hundebisse, von Gummigeschossen herrührende Wunden, böse Prellungen und Brüche. Als die Briten sie schließlich mit Gewalt kleingekriegt hatten, mußten die Jungs bis zu fünf Stunden am Zaun stehen. Der Kampf war vorüber, und wir sanken nieder, wo wir gerade standen, und schliefen ein.

Wochenlang lebten wir im Freien. Es war eine Zeit von bemerkenswerter Einigkeit unter allen Gefangenen. Dann erstand Long Kesh langsam wieder aus der Asche. Nach dem Lagerbrand wurden wir wieder in Cage 6 untergebracht.

Nach dem Feuer wurde viel über Freilassungen und das mögliche Ende der Internierung gesprochen. Doch dann wurden ein paar von uns aus der noch glühenden Asche des Lagers zum Gericht von Hillsborough gebracht, nicht einmal anständige Kleidung bekamen wir. Ich nähte gerade an Jeans, als ich abgeholt wurde. Ich steckte noch die Nadel in den Jeansstoff und machte mich auf den Weg. In der Zelle von Hillsborough nähte ich weiter, und angesichts des Zustandes, in dem sich meine Klamotten befanden, wollte ich auch im Gericht damit fortfahren, aber uns allen wurden Handschellen angelegt. Einige von uns Republikanern lasen in Büchern oder Zeitungen, um ihrer Mißachtung des Gerichtes Ausdruck zu verleihen. Ich ging meiner Schneiderarbeit nach und gab gegenüber dem Richter eine Art Erklärung ab. Ich bat den Wärter, mir die Handschellen abzunehmen, und als er sich weigerte, erklärte ich dem Richter, daß es sich um eine schwerwiegende Beschneidung unserer Rechte handele, und dergleichen mehr. Er sagte: »Das ist eine Frage der Sicherheit.« Zehn Minuten später erklärte ich, ich wolle meine Jacke ausziehen. Er erwiderte: »Natürlich dürfen Sie Ihre Jacke ablegen.« Sie nahmen mir die Handschellen ab. Ich zog meine Jacke aus und weigerte mich, mir erneut die Handschellen anlegen zu lassen. Sie waren ziemlich hilflos, als ich weiter an meinen Jeans nähte. Der Richter ignorierte mich, aber das war egal. Es war einer diescr kleinen, albernen Siege, die halfen, die Kampfmoral aufrechtzuerhalten.

Einige von uns, die an Ausbrüchen beteiligt und geschnappt worden waren, darunter Ivor Bell, Tommy Toland, ich und eine Handvoll anderer Internierter, wurden beim Betreten des Gerichtssaals von einem Fernsehteam für eine Nachrichtensendung gefilmt. Als die Sendung ausgestrahlt wurde, erklärte Robert Kee, Ivor Bell und ich hätten in London an der Diskussion mit Whitelaw teilgenommen, und meinte weiter, es sei natürlich ausgeschlossen, daß wir an weiteren Gesprächen teilnähmen. Das kam mir seltsam vor, mir war nicht bewußt, daß ich der Öffentlichkeit bekannt war. Im Gegenteil, ich glaubte, anonym zu sein, schätzte diese Anonymität und war verwundert, als mein Name in den Zeitungen auftauchte, da ich meiner Meinung nach nichts tat, was diese Aufmerksamkeit gerechtfertigt hätte.

Jahre zuvor hatte die UDA eine Pressekonferenz abgehalten, um bekanntzugeben, daß sie Zugang zu geheimdienstlichen Akten der Briten und der RUC besaß. Zwei oder drei vermummte Männer saßen hinter einem mit Fotos bedeckten Tisch. Zu meiner Überraschung befand sich mein Konterfei unter den Fotos all der anderen Pechvögel. Ich hatte die ernsthafte Bedrohung immer ein wenig von mir gewiesen, so als ginge es gar nicht um mich. Als ich im Untergrund lebte, hatte ich einmal einen Laden betreten, um Zigaretten zu kaufen, und zwischen all den anderen Zeitungen mein Bild auf der Titelseite des *Daily Mirror* erblickt. Ich war beschämt. Was für eine Rolle ich in diesem Kampf auch spielte, sie war keine öffentliche. Die kam anderen zu. Der Bericht des *Daily Mirror* war Unfug. Zum erstenmal kam ich mit dieser Art von Boulevardjournalismus in Berührung, der sich um Lichtjahre von Bud Bossences ehrbarem Gewerbe entfernt hatte. Diese Art von Presse schreibt über Leute, die sie noch nicht einmal versucht hat zu interviewen, und über Themen, die sie nicht recherchiert hat. Als ich von Robert Kees Bericht hörte, war ich überrascht und bekümmert, daß ich in irgendeiner Weise nachrichtenwürdig sein sollte.

Ich wurde zu achtzehn Monaten verurteilt (später sollte ich für einen anderen Ausbruch weitere drei Jahre bekommen) und in Cage 11 eingewiesen. Im Lager der Strafgefangenen war alles anders. Dort waren viele Leute, die wir nicht kannten und die eine lange Haftstrafe absitzen mußten. Es ging sehr ruhig, zahm, fast klösterlich zu, ganz im Gegensatz zu den Internierungsbaracken. Kurz nach meiner Verlegung wurden die letzten Internierten freigelassen.

Gefangenschaft, besonders Langzeithaft, wirkt auf jeden unterschiedlich. Sie kann dich verrückt machen, dir das Mark aus dem Kopf saugen. Die Struktur von Long Kesh schuf ganz eigene Probleme. Denn dieses Lager funktionierte als Gemeinschaftseinrichtung. Das hatte große Vorteile, was Solidarität und Gesellschaft angeht, man konnte sich aber nie zurückziehen. Wie alle anderen war ich nur selten für mich. Und wenn man alleine umherspazierte, provozierte das Gerede und Spott. In Gesprächen darüber äußerten einige Gefangene, sie würden lieber während ihrer Untersuchungshaft im Belfaster Gefängnis in einer Zelle sitzen.

»Da kannst du dich wenigstens einschließen lassen, wenn du deine Ruhe haben willst.«

Das Belfaster Gefängnis an der Crumlin Road, da waren sich alle einig, war ein Loch. Cleeky Clarke hatte einmal gesagt: »Das Crum ist so übel, das es einem richtig den Knast vermiesen kann.«

Die Gefangenschaft brachte besonders für Familien große Probleme mit sich. Die Trennung war für alle Beteiligten schwer, und die Aussicht auf eine lange Haftzeit entmutigend. Beziehungen gingen in die Brüche, tiefer Gram und Kummer waren die Folge. Wenn draußen Familienangehörige oder Freunde starben, hatte der Häftling drinnen keine Gelegenheit zu trauern.

Aus all diesen Gründen war das Gefängnis zu meiden wie die Pest. Ich kann es niemandem empfehlen, wenn ich auch Glück hatte und nur eine relativ kurze Zeit gesessen habe. Ich wußte, wie schwierig es für meine Frau und meinen Sohn war. Für Langzeitgefangene und ihre Familien war es noch schwieriger, und ich bin immer wieder tief beeindruckt vom Stehvermögen der Angehörigen und erstaunt, wie aktiv sie sich weiterhin im Kampf engagieren.

Ich war froh, daß ich in Cage 11 erneut mit Brendan Hughes, der wieder festgenommen worden war, mit Marshall Mooney und Toddler zusammenkam. Uns wurden Betten in der mittleren Baracke zugewiesen. Ich lag in der Nähe des Dunklen, und später, nachdem Zellen gebaut wurden, teilten wir uns eine. In den ersten paar Wochen versuchten wir, mit unserer neuen Situation zurechtzukommen, freuten uns über die Gelegenheit, uns am Zaun mit alten Freunden aus dem Murph und anderen Orten zu treffen. Unter ihnen waren Tony und Alex, die selbst auf meiner Hochzeitsreise kaum von meiner Seite gewichen waren.

Bald wurde jedoch klar, daß es in Cage 11 Spannungen gab. Soweit ich sehen konnte, gab es hierfür keinen rechten Grund. Beide Seiten argumentierten überzeugend, und es schien ein Problem der Kommunikation innerhalb des Cages beziehungsweise von deren Mangel zu sein, vielleicht auch Ausdruck der allgemeinen Stimmung im Gesamtlager, in dem der Gefangenenstab das Leben organisierte. Ich war noch nicht lange im Lager, als ich Verantwortlicher werden sollte. Ich lehnte zunächst ab. Als Strafgefangener bestimmte ich meinen eigenen Zeitplan, las, schrieb und studierte, und ich wollte nicht für unser ganzes Lager verantwortlich sein. Ich wurde aber von zwei Fraktionen bedrängt und übernahm widerstrebend die Verantwortung, unter der Bedingung, daß ein repräsentativer und vereinigter Lagerstab gebildet würde.

Zu den Gefangenen in Cage 11 gehörte zu jener Zeit auch Bobby Sands. Bobby war in der *Gaeltacht*-Baracke untergebracht, eine eigens von den Kriegsgefangenen geschaffene Baracke für Gefangene, die Irisch sprachen oder es lernen wollten. Proinsias MacAirt hatte diese Schule Jahre zuvor gegründet. Bobby erhielt seinen Irischunterricht von Cyril McCurtain, der aus der weit entfernten Grafschaft Limerick ins *Lazy K* gekommen war, wie man das Kesh auch nannte.

Bobby war ein in sich ruhender junger Mann, dabei war er gerade zwanzig geworden. Dazu ein begeisterter Sportler, ein guter Gaelic-Football- und Fußballspieler. Er hatte eine lange Mähne, was aber in der damaligen Zeit nichts Ungewöhnliches war. Auch ich hatte lange Haare, wie viele andere. Bobby war nicht sehr groß, aber drahtig und kräftig gebaut. Seine Familie war 1972 von Loyalisten aus ihrem Haus in Rathcoole im Norden Belfasts vertrieben worden, was zur Folge hatte, daß Bobby, ein gelernter Karosseriebauer, seinen Job verlor. Die Familie Sands zog nach Twinbrook, wo sich Bobby im Alter von achtzehn Jahren der IRA anschloß. Einen Monat später war er wegen des Besitzes einer Waffe, die in einem Haus gefunden wurde, angeklagt und zu drei Jahren Haft in Long Kesh verurteilt worden.

Ich lernte ihn besser kennen, als wir im Lager mit politischen Schulungen und anderen gemeinschaftlichen Aktivitäten begannen, an denen er sich mit großem Interesse beteiligte. Da wir jedoch nicht in derselben Baracke untergebracht waren, kamen wir nicht bei geselligen Ereignissen zusammen. Nachdem die Schließer weg waren, wurde nämlich gewöhnlich schwarzgebrannter Alkohol getrunken. Ich habe das Zeug nie angerührt, die Poteen-Brennerei aber wurde in Long Kesh zu einer hohen Kunst verfeinert. Manche Mitgefangenen boten nach dem Genuß von Poteen einen erstaunlichen Anblick. Nachdem manche über die Stränge schlugen, hatte der Lagerstab angeordnet, daß Poteen nur zu besonderen Anlässen, wie etwa am St. Patrick's Day oder zu Weihnachten, gebrannt werden sollte.

Bobby, der sich schwer mit der Gitarre zu schaffen machte, beteiligte sich einmal an einem unvergeßlichen Weihnachtskonzert für die Gefangenen unseres Cages. Wir bauten am Ende der großen Baracke aus Tischen eine Bühne, über der improvisierte Vorhänge drapiert wurden. Es sah einer Theaterbühne erstaunlich ähnlich. Wir stellten Stühle für die Zuschauer auf und richteten eine Bar ein, an der eine Gruppe von Genossen Bier, Cider und Poteen ausschenkte. Die Getränke waren eigens für diesen Abend gebraut oder gebrannt worden. Bobby Sands und Martin McAllister betraten die Bühne und spielten einige wunderschöne Lieder, wodurch auch die traditionelle Musik bei unserem Konzert nicht zu kurz kam. Für den Höhepunkt des Abends, an den wir uns später oft erinnerten, sorgten ein paar Gefangene, die – kostümiert und eine Perücke auf dem Kopf – Freddy Mercurys *A Night At the Opera* zum besten gaben. Igor, unser Mann für alles, zauberte hierfür eigens aus zerquetschten Tischtennisbällen eine Art Trockeneis, das er im richtigen Augenblick, bei »Galileo Galileo«, einsetzte. Die Bühne sollte in theatralischen Nebel gehüllt sein. Igor bekam das Visuelle gut hin, hatte sich aber keine Gedanken darüber gemacht, daß sein Produkt giftig sein könnte. Und genausowenig über den Geruch. Er war entsetzlich, würgte allen Anwesenden in der Kehle und ließ das Konzert, durchaus angemessen, als Farce enden.

Um diese Zeit kamen auch Brendan (Bik) McFarlane aus Ardoyne, wie Bobby ein begeisterter Musiker, und Skeet Hamilton, der ein äußerst angenehmer Zeitgenosse war, zu uns in Cage 11. Etwa zur selben Zeit wurden der aus Whiterock stammende Gerry Kelly und Hugh Feeney von England nach Irland verlegt, und ebenso Dolours und Marion Price, die in einem englischen Gefängnis 205 Tage lang zwangsernährt worden waren. Jeder neue Häftling brachte auf seine Weise etwas Farbe in unser Gefangenenleben, und unser Cage galt schon bald als etwas Besonderes. Sicherlich können das die Gefangenen der anderen Cages zu Recht bestreiten.

Nach der 1969 erfolgten Spaltung der republikanischen Bewegung hatte die Goulding-Fraktion zunächst die bewaffneten Aktionen fortgeführt. Sie erreichten zwar nicht die Intensität der IRA-Kampagne, als aber 1972 die Goulding-Fraktion die Einstellung der bewaffneten Aktionen bekanntgab, kam es in ihren Reihen zu erheblichen Spannungen. Zwei Jahre später gründeten Seamus Costello und andere die Irish Republican Socialist Party (IRSP) und später auch eine bewaffnete Gruppe. Sie vertraten eine ähnliche ablehnende Position gegenüber den Auffassungen der Goulding/MacGiolla-Fraktion, wie sie der Spaltung von 1969 zugrunde gelegen hatten. Costello war eine extrem kompetente und starke Führungspersönlichkeit. Aus den zwischen ihm und seinen früheren Genossen öffentlich ausgetragenen Auseinandersetzungen wurde bald eine heftige Fehde. Im Oktober 1977 wurde Seamus Costello erschossen, wodurch die IRSP ihr einziges Mitglied von nationaler Geltung und Handlungsfähigkeit verlor. Liam McMillen blieb der Goulding-Führung gegenüber loyal, aber im April 1975 wurde auch er erschossen. Er hatte gerade erst geheiratet und in einer Eisenwarenhandlung in der Falls Road Nägel gekauft, als die Kugeln ihn trafen. Trotz aller Bitterkeit, die die Spaltung von 1969 bewirkt hatte, war ich sehr betroffen über die Nachricht von seinem Tod, waren die Umstände doch besonders schmerzlich. Billy McMillen und ich waren trotz unserer Meinungsverschiedenheiten im guten auseinandergegangen. Nach 1969 hatte ich ihn, bis auf ein, zwei Begegnungen, nicht mehr gesehen. Ich weiß nicht, wo er heute stünde, wenn er noch am Leben wäre, nach all den Richtungsänderungen, Spaltungen und Schismen, die sich innerhalb der Fraktion ereigneten, der er nach der Spaltung von 1969 angehörte. Sein Tod stimmte mich jedenfalls sehr traurig.

Es herrscht immer eine starke Solidarität zwischen republikanischen Gefangenen in Irland und denen in ausländischen Gefängnissen, besonders in England. Wir in Long Kesh fühlten uns stark betroffen vom Hungerstreik Frank Staggs. Im Juni 1974 hatte Michael Gaughan, ein republikanischer Gefangener aus Ballina, Grafschaft Mayo, im Hungerstreik sein Leben gelassen. Er wurde zuletzt in einem Gefängnis in England zwangsernährt. Wir wollten nicht, daß Frank Stagg das gleiche Schicksal widerfuhr. Wir schrieben zahlreiche Briefe und schufen Unterstützung für ihn. Als sich sein Zustand verschlechterte, richteten die Gefangenen aus unserem Lager einen Fonds ein, damit wir in der *Irish News* Anzeigen schalten konnten. Um das notwendige Geld zusammenzubekommen, verzichteten wir auf Pakete und Handwerksmaterial. Als Frank im Februar 1976 starb, wurde Long Kesh von großem Zorn erfaßt.

Im allgemeinen ging es in dieser Zeit jedoch relativ ruhig zu. Ich stellte im Lager ein recht gut strukturiertes Lese- und Fortbildungsprogramm auf die Beine. Ich selbst las sehr viel, widmete mich meinem Schreiben und lernte Irisch. Ich wollte darüber hinaus die kollektive politische Diskussion und Schulung vorantreiben, und wir nahmen uns *Éire Nua* (Neues Irland) vor, das Programm von Sinn Féin. Zunächst machten wir uns mit dessen Inhalt vertraut, unterzogen es dann einer eingehenden Kritik und benannten die unserer Meinung nach vorhandenen Schwachpunkte. Wir entwickelten die Idee, parallel zu den staatlichen Einrichtungen Räte in unseren Vierteln zu bilden, und berieten, welche Rolle Aktivisten hierbei spielen könnten. Da wir dem Volk zu mehr Macht verhelfen wollten, widmeten wir uns dem Problem der Kommunikation mit unserer Basis von Unterstützern, der Rolle von Zeitungen, Bulletins, Kooperativen, Mietervereinigungen und Frauenorganisationen. Eines dieser Projekte hatte später eine Anklage wegen Hochverrats gegen den Belfaster Sinn-Féin-Aktivisten Tom Hartley zur Folge. Wir hatten aus Long Kesh Vorschläge zur Schaffung von Volksräten an Sinn Féin geschickt. Als die Briten 1976 auf der Suche nach Vergehen waren, deren sie Republikaner bezichtigen konnten, fiel ihnen ein Vorschlag in die Hände, der an Tom geschickt worden war. Sie beschlossen, daß die Befürwortung von Volksräten Hochverrat sei.

In Cage 11 waren alle möglichen Leute untergebracht, darunter einige Unschuldige, die keiner politischen Organisation angehörten, und andere, die ebenfalls unschuldig, aber politisch aktiv waren. Einige wollten einfach ihre Zeit absitzen und betätigten sich vorwiegend handwerklich. Doch viele von ihnen beteiligten sich gelegentlich an der Debatte über ein sie interessierendes Thema. Dann gab es einen Kern von Leuten, die in der Politik aufgingen, versessen darauf waren, etwas zu bewegen. Sie wurden die Katalysatoren eines intensiven Dialogs sowie eines Diskussions- und Schulungsprozesses. Es gelang uns, viele Leute für eine Reihe von Projekten zu mobilisieren, bei denen wir neue Methoden der Problemlösung erkundeten. Das war besonders für die Gefangenen wichtig, die kurz vor ihrer Entlassung standen und am Kampf interessiert waren. Sie wollten wissen, wie der Kampf draußen geführt werden sollte, welche Notwendigkeiten und Anforderungen sich stellten, besonders im Hinblick auf das eigene Engagement. Als im April 1976 Bobby Sands' Entlassung bevorstand, suchte er mehr und mehr das Gespräch mit mir. Wir unterhielten uns sehr viel über den Kampf und die Dinge draußen, während wir zusammen mit einigen seiner engen Freunde im Lager unsere Runden drehten oder uns zu Einzelgesprächen in der

Studierbude trafen, einer Art Bauhütte, die getrennt von den Baracken stand und in der man relativ ungestört war. Bobby gehörte ganz offensichtlich zu den Gefangenen, die sich dem Kampf wieder anschließen wollten, aber selbst in seinem Fall war ich sehr zurückhaltend in der Beantwortung einiger Fragen über die Situation draußen. Was Bobby oder ein anderer Gefangener nach der Entlassung tun würde, war allein ihre Sache. Welche Rolle sie spielen würden, falls sie sich dem Kampf wieder anschlössen, war ebenfalls ihr Problem, wenn darüber auch von der Führung draußen entschieden werden mußte.

Mitte des Jahres 1975 bat mich Danny Morrison, der Herausgeber der in Belfast erscheinenden Wochenzeitung von Sinn Féin, *Republican News*, ihm ein paar Beiträge zu liefern. Als ich damit anfing, unterzog ich die Dinge draußen einer eingehenden Untersuchung und schrieb sehr kritisch. Gleichzeitig war mir jedoch bewußt, daß ich inhaftiert war und nicht von allen Vorgängen draußen Kenntnis haben konnte. Ich war zudem von dem Prinzip überzeugt, daß eine Führung der Unterstützung bedurfte, besonders durch Gefangene und andere Genossen in einflußreichen Positionen. Aus diesem Grund hielt ich mich in den Gesprächen mit Mitgefangenen so zurück. Dies galt sogar für Bobby Sands und andere, die wie er dachten und die ich für sehr zuverlässig hielt. Mit alten Freunden wie dem Dunklen sprach ich offener, aber erst als ich anfing zu schreiben, äußerte ich langsam auch offen meine Kritik. Aber selbst damals war ich mit meiner Kritik sehr vorsichtig. Oft war sie so hintergründig angelegt, daß sie gar nicht als solche bemerkt wurde.

In meinem ersten Artikel unter dem Pseudonym »Brownie«, der am 16. August 1975 erschien, schlug ich einen lockeren Ton an, widmete mich aber auch den sektiererischen Morden.

»Taigues und Orangisten, Prods und Micks. Es geht um mehr als nur um Schmähnamen. Das wißt ihr besser als ich. Und nur die Briten profitieren davon. ›Kloppt ihr euch nur‹, sagt ein schlauer Sasanach. ›Während ihr euch die Schädel einschlagt, lege ich fest, was Sache ist; wenn alte Rechnungen offenbleiben, mache ich meinen Schnitt. Kloppt ihr euch nur, ich und die paar Privilegierten werden die Sache schon schaukeln.‹«

Im allgemeinen vermied ich es, aktuelle Ereignisse zu behandeln. Das lag zum Teil an den praktischen Schwierigkeiten, mit denen ich beim Schreiben von Artikeln zu kämpfen hatte, die zudem auch noch aus dem Lager geschmuggelt werden mußten. Vor allem aber wollte ich mich vorrangig den grundsätzlichen Fragen der Natur und Bedeutung unserer politischen Anschauungen und Praxis widmen.

Zunächst schrieb ich in meiner Artikelserie darüber, welche Bedeutung die irische Sprache im Prozeß des Freiheitskampfes besaß. Dann begann ich die Fragen des, wie ich es nannte, »aktiven Abstentionismus« und »aktiven Republikanismus« zu erörtern. Ich plädierte dafür, daß wir als Republikaner Elemente einer alternativen Regierungsstruktur schaffen sollten – als Alternative zur sektiererischen britischen Kolonialherrschaft. Dabei griff ich auf meine Erfahrungen in den späten sechziger Jahren zurück.

»Ich erinnere mich an jene jungen Leute, die Versammlungen der Wohnungsbehörde sprengten, ich erinnere mich an obdachlose Familien, die Häuser besetzten, an Leute, die Straßenschilder malten und Geländer ausbesserten, alten Menschen bei der Renovierung ihrer Häuser halfen ... Ich erinnere mich daran, wie sie (sehr zum Verdruß der Führung) noch aggressivere Dinge taten, nämlich mit den wenigen ihnen nur widerwillig überlassenen Waffen Gebiete verteidigten, die der loyalistischen und staatlich institutionalisierten sektiererischen Gewalt unterworfen waren.« (*Republican News*, 11. Oktober 1975)

In meinem Artikel »Die nationale Alternative« betonte ich die Notwendigkeit, alternative Strukturen zu schaffen, Straßenkomitees zu bilden, den Busverkehr durch Volkstaxis und die RUC durch eine Volksmiliz zu ersetzen (*Republican News*, 3. April 1976). Über den »aktiven Republikanismus« schrieb ich: »Wir kämpfen für diejenigen, die nur schwer ein Auskommen finden, ob Kleinbauern, die von Großbauern von ihrem Land vertrieben werden, oder Fabrikarbeiter, die von ihrer Gewerkschaftsführung im Stich gelassen wurden. Sie sind unser Kampf, und bei ihnen muß er seine Basis haben.«

Ich dachte zurück an die Lektürestunden und Schulungen, die wir in Cage 11 abhielten, schrieb über Lalor, Mellowes und andere republikanische Autoren und zitierte ausführlich aus ihren Schriften. Ich forderte, daß in den Kampf alle zweiunddreißig Grafschaften einbezogen sein müßten. Als aber Danny »the Dosser« Lennon, ein Freund, der gerade erst aus Cage 11 entlassen worden war, und die Kinder der Familie Maguire bei einem Zwischenfall ums Leben kamen, der zur Formierung der »Peace People« führte, schien mir eine Zeitungskolumne zu kurz für das, was ich ausdrücken wollte. Ich verfaßte einen längeren Artikel, der als sechzehnseitige Broschüre mit dem Titel *Peace in Ireland* erschien. Wieder bezog ich mich auf das Viertel, in dem ich zu Hause war.

»Ballymurphy wollte immer Frieden. Gewalt herrschte dort schon, lange bevor die IRA aktiv wurde. Die IRA ist in der Tat ein Symptom dieser Gewalt und nicht deren Ursache.«

Ich beschränkte mich in meinen »Brownie«-Artikeln nicht nur auf die Erörterung politischer Fragen. Ich nutzte sie auch, um ein, wie ich hoffte, unterhaltsames Bild des Lebens in Long Kesh zu zeichnen. Diese Artikel habe ich dann später zu dem Buch *Cage Eleven* [dt. *Cage Eleven – Erinnerungen an Long Kesh*, Cadolzburg 1995] umgestaltet.

Während ich in Cage 11 war, gab es eine Reihe von Ausbruchsversuchen, die aber alle scheiterten. Seit dem Brand waren die Sicherheitsmaßnahmen erheblich verschärft worden. Es kam auch zu einigen Zusammenstößen mit den Wärtern und zu einer Reihe potentiell gefährlicher Auseinandersetzungen, die wir aber glücklicherweise unter Kontrolle bekamen, bevor sie eskalierten. Die Wut rührte weitgehend daher, daß Berichte über die Mißhandlung von Gefangenen in den neu erbauten H-Blocks die Runde machten. Ab 1976 wurde den Gefangenen kein politischer Status oder »Sonderstatus« mehr gewährt, die wegen ihrer Taten nach dem 1. März jenes Jahres verurteilt worden waren. Während wir in den Lagern also noch den politischen Status hatten, wurde er nun anderen Republikanern verweigert. Als diese Politik der Kriminalisierung durchgesetzt wurde, nahmen die Proteste von Gefangenen zu, es krachte zwischen uns und der Lagerleitung.

Die britische Regierung hatte im Rahmen ihrer Kampagne der Aufstandsbekämpfung schon eine Zeitlang versucht, eine Politik der Kriminalisierung des republikanischen Kampfes zu betreiben. In Long Kesh hatte ich den Eindruck gewonnen, daß der lang andauernde Waffenstillstand, den die IRA im Dezember 1974 ausgerufen hatte, und die Konfusion, die aufkam, als die Briten gleichzeitig diese neue Strategie verfolgten, alles in allem den Briten und nicht dem antiimperialistischen Kampf nutzten.

Nicht daß ich gegen den Waffenstillstand gewesen wäre – das war ohnehin eine Entscheidung der IRA-Führung –, aber jedem mußte klarwerden, wohin sich der Kampf entwickeln würde. Mir wurde immer deutlicher, daß das Hauptproblem die Beschränkung auf den bewaffneten Kampf war. Wurde der bewaffnete Kampf eingestellt, hörte jeglicher Kampf auf.

Ich bat um den Besuch eines Mitglieds der Führungsgruppe. Maire Drumm und ihr Ehemann Jimmy kamen, und ich trug ihnen meine Sorgen vor. Später verfaßte ich ein langes Papier und ließ es nach draußen zur republikanischen Führung schmuggeln.

Aus all diesen Gründen war 1976 ein schwieriges Jahr. Einige Gefangene wollten von mir eine Bewertung der draußen stattfindenden Entwicklung. Ich vertrat die Linie der Führung, übermittelte ihr aber vertraulich und diskret unsere Bedenken.

Als ich Ende 1976 einen meiner Artikel fertigstellte, gab

es im Fernsehen eine Sofortmeldung. Ich lag in meiner Nische auf dem Bett und schrieb, konnte das Fernsehgerät nicht sehen, hörte aber, wie andere Gefangene für Ruhe sorgten, als das Programm unterbrochen wurde. Sekunden später folgte die Nachricht, daß Maire Drumm im Mater Hospital erschossen worden war. Ich war zutiefst schockiert. Maire, schon Großmutter, war wegen eines Augenleidens behandelt worden. Sie im besonderen war zur Zielscheibe der britischen Propaganda geworden, sehr zu Unrecht. Sie wurde das Opfer loyalistischer Mörder, doch jegliches Sektierertum war ihr absolut fremd. Ihr Tod, die Umstände ihres Todes und die makabren Berichte, die in manchen Medien darüber zu finden waren, erregten den Zorn der Republikaner.

In der *Republican News* vom 19. Februar 1977 faßte ich zusammen, was ich mit meinen »Brownie«-Artikeln beabsichtigt hatte:

»Wir haben versucht, Vorschläge zu machen, wie man sich gegenüber einem Sektierertum verhalten soll, was aktiver Republikanismus ist, was man tun kann, um auf die unerträglichen Haftbedingungen der Gefangenen in England aufmerksam zu machen, und wie man der Strategie der britischen Regierung und des Freistaates begegnen kann. Wir haben auch dargelegt, wie der jüngste Waffenstillstand und die unter dem Etikett ›Frieden‹ betriebene Kampagne einzuschätzen sind.«

Ich dachte mittlerweile bereits an meine eigene Entlassung und fand, daß ich eine Bilanz meiner Erfahrung im Lager Long Kesh ziehen konnte. In der *Republican News* sagte ich meinem Zuhause der letzten Jahre Lebewohl:

»Der Knast ist ein Ort, an dem du beobachtet und beaufsichtigt, bespitzelt, von Vorschriften gegängelt, eingeschlossen, in einen Käfig gesperrt, reglementiert, ermahnt, kontrolliert, bewertet, registriert, mit Handschellen gefesselt, an allem gehindert, nackt ausgezogen, erpreßt, unter Druck gesetzt, ausgeraubt, geschlagen, beschossen, zensiert, herumkommandiert und fotografiert wirst, und all das von Kreaturen, die dazu weder das Recht noch den Verstand, noch die moralischen Qualitäten besitzen.

Doch das Schlimmste dabei ist: Draußen ist es nicht besser. Nur ein wenig anders. Ein bißchen subtiler, nicht ganz so kraß.«

Im Frühjahr 1977 wurde ich entlassen. Ich drückte den Dunklen an mich, umarmte die übrigen Freunde und verließ mit meiner kümmerlichen, in einer braunen Papiertüte verstauten Habe Long Kesh – in die Arme Colettes und unseres viereinhalb Jahre alten Sohnes.

10

Als ich aus dem Gefängnistor von Long Kesh trat, wartete Colette bereits am Parkplatz auf mich, an der Hand einen ganz aufgeregten kleinen Jungen, unseren Sohn Gearóid. Ich war ganz gerührt, da wir zum erstenmal außerhalb des Besuchsraumes zusammensein konnten. Ich wollte mich nun mehr meiner Familie widmen, obwohl ich genau wußte, daß ich mich dem Kampf wieder anschließen würde.

Wir fuhren nach Westbelfast, um im Haus meiner Eltern in der Whiterock Road mit all meinen Brüdern und Schwestern Wiedersehen zu feiern. Als Geschenke brachte ich Kreuze und Harfen mit, die mir die Jungs aus Long Kesh gegeben hatten. Anschließend besuchten wir Colettes Eltern. Ich wollte danach gleich zu einem Haus in Ughtyneill in der Grafschaft Meath aufbrechen, wo ich mit Colette schon einmal ein paar Tage verbracht hatte. Der Eigentümer und unsere dortige Kontaktperson hatten Colette bereits vor meiner Entlassung eingeladen. Wir freuten uns sehr, an diesen idyllischen Ort zurückkehren zu können. Doch sollte uns einmal mehr die Politik einen Strich durch die Rechnung machen. Ein alter Freund hatte sich ebenfalls bei meinen Eltern eingefunden. Er richtete mir aus, ich solle nach Dublin fahren und mit Seamus Twomey, der abgetaucht war, die politische Situation diskutieren.

Statt also an jenem Abend in die Grafschaft Meath zu reisen, brachen wir nach Dublin auf. Dort wohnten wir bei zwei Frauen, Mutter und Tochter, die gute Freundinnen unserer Familie werden sollten. Am nächsten Morgen verließ ich Colette und Gearóid und machte mich zu Fuß auf den Weg durch Dublin, um Seamus zu treffen. Ich brachte fast den ganzen Tag mit ihm zu, und es wurde dunkel, bevor ich zurückkehrte. Am nächsten Tag ging ich mit Gearóid Kleidung für unseren Landaufenthalt einkaufen. Wir ließen Colette bei unseren neuen Freundinnen zurück. Unser ausgiebiger Einkaufsbummel führte uns in die Kaufhäuser Clery und Arnott sowie weitere Geschäfte in der Innenstadt. Ich war ein ziemlicher Laie auf diesem Gebiet, so daß Gummistiefel, Jacke und alles übrige farblich überhaupt nicht zueinander paßten.

Wir verbrachten eine herrliche Zeit in Meath, machten Spaziergänge über Land. In unserem Haus fanden wir wunderbare Lebensmittelvorräte vor. Wir drei genossen es, ganz unter uns zu sein. Das Haus stand einzeln an einer Kreuzung, und der Garten dahinter grenzte an einen Fluß. Auf der gegenüberliegenden Straßenseite befand sich ein Laden. In den zwei Wochen wanderte ich jeden Tag mit Gearóid über die Felder, und er gewöhnte sich problemlos daran, daß ich wieder da war. Es bedurfte nicht einmal einer Übergangszeit, und das war wesentlich Colette zu verdanken. Als wir nach Belfast zurückkehrten, war es, als sei die Familie nie getrennt gewesen.

Ich konnte mich nicht regelmäßig zu Hause aufhalten. Colette hatte bereits geklärt, daß wir in dem Haus in der Harrogate Street wohnen konnten. Wahrscheinlich hoffte sie, daß ich abends wieder zurückkäme, wenn ich das Haus am Morgen verließ, und daß sich unser Zusammenleben – was immer auch mein politisches Engagement erforderte –, relativ normal gestalten würde. Ich wußte aber, daß man als Aktivist im Untergrund leben muß, und tauchte umgehend wieder ab. Das verursachte uns dreien natürlich große Schwierigkeiten, aber Colette war politisch sehr engagiert und einsichtig. Ich war jeden Tag mit ihr und Gearóid zusammen, übernachtete aber selten zu Hause. Ich bemühte mich, den Zeitpunkt meiner Besuche zu variieren und große Vorsicht walten zu lassen.

Vor dem Waffenstillstand von 1974–1975 hatten sich die Aktivitäten der Republikaner ausschließlich auf militärische Operationen beschränkt. Mit deren Einstellung erlosch der gesamte Kampf. Zusammen mit ein paar Mitstreitern ging ich daran, die Situation neu zu analysieren. Wir versuchten, einen Prozeß der Neustrukturierung der Organisation in Gang zu setzen. Ich war schon ein paarmal in die *Ard Chomhairle* (Nationale Parteiführung) von Sinn Féin gewählt worden, konnte das Amt aber nicht bekleiden. Nach meiner Haftentlassung war dies nun möglich.

Zur Zeit meiner Entlassung im Frühjahr 1977 herrschte in der Öffentlichkeit eine stark antirepublikanische Stimmung. Das hing zum Teil mit dem Entstehen der »Peace People« zusammen. Danny Lennon, ein IRA-Volunteer, war am Steuer seines Wagens von britischen Soldaten in einer Straße erschossen worden. Auf dem Gehsteig befanden sich zu dieser Zeit viele Menschen. Die Soldaten hatten das Feuer auch dann nicht eingestellt, als der Wagen außer Kontrolle geriet und am Straßenrand die Familie Maguire erfaßte. Mrs. Maguire war schwer verletzt worden und drei ihrer Kinder, das älteste acht Jahre, das jüngste gerade erst sechs Wochen alt, waren ums Leben gekommen. Ob sie von den britischen Soldaten erschossen wurden oder an den Folgen des Autounfalls starben, konnte nie geklärt werden, da der Autopsiebericht zurückgehalten wurde.

Die Tragödie der toten Kinder sowie des Todes von Danny Lennon wurde von der Presse zynisch ausgeschlachtet. In fetten Schlagzeilen wurde verkündet, ein Auto der IRA habe drei Kinder totgefahren. Den »Peace People«, die sich nach dieser Tragödie zusammenfanden, wurde international riesige Beachtung zuteil. Zu ihren Demonstrationen kamen ein paar Monate lang zahlreiche Menschen. In den nationalistischen Vierteln basierte die Sympathie für die »Peace People« auf der Anteilnahme mit der Familie Maguire, aber auch mit der Familie Lennon. Sie verpuffte schon bald. Nur vier Tage nach dem Tod der Maguire-Kinder wurde in South Armagh ein zwölfjähriges Mädchen von britischen Soldaten erschossen. Die »Peace People« äußerten keinerlei Kritik. Zwei Monate später wurde in Westbelfast ein vierzehnjähriger Junge von britischen Soldaten getötet. Abermals schwiegen die »Peace People«. Als sie versuchten zu definieren, wie ein Frieden aussehen und wie er erreicht werden könnte, zerstritt sich ihre Führung. Am Ende war nicht nur die Glaubwürdigkeit der »Peace People« in Frage gestellt, sondern auch die ihrer Anhänger.

Dennoch kam den »Peace People« eine gewisse Bedeutung zu, da ihre Kampagne mit einer relativ erfolgreichen neuen Strategie der britischen Regierung zusammenfiel. Vom Sturz des Stormont-Regimes bis Ende 1975 hatten die Briten im wesentlichen eine Strategie der Kriegsführung mit dem Ziel politischer Unterdrückung verfolgt. Die britische Armee spielte dabei die führende Rolle. Ab 1975 lief die neue britische Strategie darauf hinaus, den politischen Charakter des Kampfes zu leugnen und gleichzeitig die repressiven Maßnahmen zu verfeinern. Der RUC, die schon immer mehr eine Armee als eine Polizeitruppe gewesen war, kam nun verstärktes Gewicht zu. Ihr Nachrichtendienst wurde ausgebaut, neue Informanten und Spitzel angeworben, die Überwachungstechniken perfektioniert, Verdächtige zu Verhörzwecken festgesetzt. Um ihre Strategie der »Ulsterisierung«, »Normalisierung« und »Kriminalisierung« durchzusetzen, nutzte die britische Regierung den lang anhaltenden bilateralen Waffenstillstand von 1974–1975. Die Republikaner trugen törichterweise ihren Teil dazu bei, da sie mit ihrer selbstzerstörerischen Fehde viele ihrer Unterstützer vergraulten.

Im Oktober 1975 hatte sich die IRA auf eine Auseinandersetzung mit den »Officials« eingelassen, die ein solches Ausmaß annahm, daß dadurch just die Bewohner der Viertel in Angst versetzt wurden, die sie eigentlich verteidigen sollten. Nachdem dabei versehentlich ein sechsjähriges Mädchen getötet worden war, zogen etwa hundert Frauen in einem mutigen Protestmarsch durch Short Strand und forderten ein Ende des gewaltsam ausgetragenen Streits. Er ging jedoch weiter, bis im November der Vorsitzende der Taxifahrervereinigung des Falls-Gebietes von den »Officials« umgebracht wurde. Die Taxifahrer verlangten nachdrücklich ein Ende der Fehde, und sie hatten Erfolg. Diese Episode hat dem republikanischen Kampf beträchtlich geschadet.

Ich stand den Vorgängen sehr kritisch gegenüber. Es war nicht das erstemal, daß solche Zwistigkeiten ausgetragen wurden. Sie ergaben sich schon allein daraus, daß es unter den Republikanern rivalisierende bewaffnete Gruppen gab. Im republikanischen Westbelfast erklärte jede der beiden Gruppen, sie sei die IRA, und trieb Propaganda gegen die andere. Die Streitigkeiten setzten sich bis in unsere Familie fort: Meine Schwester Margaret und ihr Verlobter Mickey McCorry gehörten zu den »Officials«. In Belfast konnten die Gegensätze, die zur Spaltung von 1969 geführt hatten, nicht ausgeräumt werden, sondern verfestigten sich sogar. Wenn die Gemüter sich erregten, waren alle, die zu einer der beiden streitenden Parteien gehörten, in Gefahr, aber auch viele Menschen, die dem Streit ganz fernstanden. So wurde mein Vater einmal während einer solchen Fehde zusammengeschlagen. Die Erfahrung des Zwists von 1971 und 1975 hatte mir deutlich gemacht, daß, wie immer man die Streitpunkte auch bewertete, der Verlierer immer nur die republikanische Sache sein konnte. Auf keinen Fall durfte eine Gruppe wegen ideologischer Differenzen die andere vernichten wollen. Dies zu versuchen war nicht nur taktisch und moralisch, sondern in jeder Hinsicht falsch.

Kurz nach meiner Entlassung aus Long Kesh kam es 1977 zu einer erneuten Fehde. Die Loyalisten legten in der Beechmount Avenue eine Bombe (es kann auch das Werk der britischen Geheimdienste gewesen sein, die Loyalisten übernahmen allerdings die Verantwortung). Die Bombe ging während des Ostermarsches der Officials hoch. Die IRA wurde dafür verantwortlich gemacht. Colette, ich und Gearóid verbrachten damals im Haus unserer Freundin Kathleen viel Zeit miteinander. Ihr Ehemann Eamonn, der mich einst mit seinem Mülltonnenspektakel so nervös gemacht hatte, war im Juli 1973 bei einem Verkehrsunfall auf tragische Weise ums Leben gekommen. Kathleen hatte einen Freund von uns geheiratet, und wir waren enge Freunde geblieben. Colette und ich waren nach der Osterparade mit ihnen zusammen, als wir von der Explosion und dem sich anschließenden Handgemenge zwischen den Teilnehmern der beiden getrennten Märsche hörten. Ich hielt dies für schieren Wahnsinn, und Kathleen und ich machten uns sofort auf den Weg, um jemanden zu finden, der vermittelnd eingreifen und die Situation befrieden könnte. Es war sehr leicht festzustellen, daß die Bombe nicht von Republikanern gelegt worden war; doch inzwischen hieß es, auch Schüsse seien gefallen. Ich versuchte einen Priester zu finden, der mit den »Officials« reden konnte. Zwei weigerten sich, in Pater Alex Reid fand ich aber schließlich doch noch einen Geistlichen, der schon häufiger als Vermittler gewirkt hatte und nun versuchen wollte, die Parteien zu beschwichtigen. Er organisierte ein Treffen, bei dem ich einem Mitglied der Officials erklärte, daß ich von meiner Organisation nicht autorisiert sei und nur als Person sprechen könne. Er erwiderte, er wolle versuchen, ein Ende der Kämpfe auf seiner Seite herbeizuführen. Doch selbst als wir mit unseren jeweiligen Genossen sprachen, wurde noch immer geschossen. Schließlich sagten mir die IRA-Kämpfer Waffenruhe zu, obwohl sie wegen des Geschehens spürbar gekränkt und erzürnt waren.

Ich nahm auch an dem sehr angespannten zweiten Treffen zwischen Führungspersönlichkeiten beider Seiten teil. Es war mir gelungen, einen zweiten Priester einzuschalten, so daß nun Pater Alex Reid und Pater Des Wilson als Vermittler und Bürgen der Friedensvereinbarung anwesend waren. Als das Treffen begann, erhielten wir die Nachricht, ein Mann aus New Barnsley, der die Officials unterstützte, sei erschossen worden. Wir befanden uns, gelinde gesagt, in einer äußerst heiklen Situation. Gegen Ende des Treffens kam dann die Nachricht, daß mein enger Freund Tommy Toland, mit dem Colette und ich noch ein paar Tage zuvor zusammengewesen waren, in Ballymurphy erschossen worden war. Insgesamt waren vier Menschen getötet und achtzehn verletzt worden.

In dieser wahnsinnig angespannten Atmosphäre meinte Pater Alex: »Ich denke, wir sollten zum Heiligen Geist beten.«

»Ich denke«, erwiderte einer der Anwesenden, »es bedarf weit mehr als des Heiligen Geistes, um aus diesem Schlamassel herauszukommen.«

Durch das entschlossene Handeln verschiedener Leute wurde am Ende nicht nur diese Fehde beigelegt, sondern von den beiden Priestern auch ein Schlichtungs- und Vermittlungsverfahren für die Zukunft vorgeschlagen, von dem wir uns viel versprachen. Glücklicherweise hörten die Fehden schließlich ganz auf. Sie waren ein bedauernswertes Produkt jener Zeit und ein Symptom politischer Unreife.

Die Zwistigkeiten trugen wesentlich dazu bei, daß sich die nationalistische Bevölkerung der IRA, der sie lange Zeit die notwendige Unterstützung gewährt hatte, entfremdete. Sie nützten auch der britischen Propagandakampagne, die IRA-Mitglieder als »gewöhnliche Kriminelle« darzustellen, ja, sie gossen Öl ins Feuer.

Pater Alex Reid und Pater Des Wilson halfen nicht nur, die bewaffneten Fehden beizulegen, sondern spielten auch bei verschiedenen Versuchen zur Lösung des Gesamtkonflikts eine führende Rolle. Nur ganz wenige Geistliche nahmen eine solche Aufgabe auf sich. Eines der großen Versäumnisse unserer Zeit war es, daß sich keine der Kirchen als fähig oder bereitwillig erwies, eine konsequente Strategie für Gerechtigkeit und Frieden zu entwickeln. Pater Des Wilson, ein radikaler Gemeindepfarrer, und Pater Reid, ein Pfarrer von der Erlöserkirche, der in Clonard wirkte, kritisierten das Fehlen einer wirklichen Strategie der Kirchenoberen und des breiteren politischen Establishments. In den Jahren 1976 und 1977 bestand angesichts des Scheiterns des Sunningdale-Abkommens und der Aufkündigung des IRA-Waffenstillstandes ihr Hauptziel darin, einen Dialog zwischen den Republikanern und den anderen Konfliktparteien in Gang zu bringen. Sie widmeten den Gesprächen mit den verschiedenen Gruppen sehr viel Zeit und Energie und stellten fest, daß die IRA, im Gegensatz zu unseren politischen Gegnern, einen Dialog befürwortete, aus dem niemand ausgeschlossen werden sollte. Dies war immer die republikanische Position gewesen, solange ich mich erinnern kann.

Die beiden Priester hatten zudem dank der Vermittlung eines prominenten katholischen Geschäftsmanns auch mit zwei führenden Loyalisten Kontakt aufgenommen. Die beiden Loyalisten – einer war John McKeague, Herausgeber der *Loyalist News* sowie Gründer und ehemaliger Vorsitzender der Shankill Defence Association – liebäugelten mit dem Gedanken von der Unabhängigkeit der Sechs Grafschaften. McKeague hatte in den späten sechziger Jahren mit Ian Paisley und danach mit der loyalistischen paramilitärischen Gruppe Red Hand Commando zusammengearbeitet und wegen bewaffneten Raubüberfalls im Gefängnis gesessen. Viele Leute kannten ihn als Herausgeber des *Loyalist Song Book*, das zahlreiche Lieder enthielt, deren Texte einen fanatischen sektiererischen Haß verströmten. Nach einiger Zeit konnten die beiden Priester ihre wohl schwerlich zu bekehrenden Gesprächspartner davon überzeugen, unter Obhut der Kirchen in einen Dialog einzutreten, zumindest in indirekter Form. Mit der Zusage eines Geistlichen der Church of Ireland aus Ostbelfast, an den Gesprächen teilzunehmen, verbreiterte sich die kirchliche Basis. Ruairí Ó Bradaigh und Dáithí Ó Conaill hatten ebenso wie Billy McKee und Proinsias MacAirt zugesagt, dieses Bemühen zu unterstützen.

So fuhren John McKeague und sein Kollege im Frühjahr 1977 trotz aller persönlichen und politischen Risiken nach Dundalk. Dort kamen sie mit Mitgliedern der republikanischen Führung bei einem ausgedehnten Mittagessen in freundlicher Atmosphäre überein, Sean MacBride und Desmond Boal um weitere Vermittlung zu bitten. Sean MacBride war ein angesehener Dubliner Rechtsanwalt und Friedensnobelpreisträger, der in den zwanziger und dreißiger Jahren eine führende Rolle bei den Republikanern gespielt hatte. Später war er irischer Außenminister (1948–1951), Generalsekretär der Internationalen Juristenkommission (1963–1970) und Beauftragter der Vereinten Nationen in Namibia gewesen. Desmond Boal war ebenfalls Rechtsanwalt und von 1960–1972 Stormont-Abgeordneter für den Belfaster Wahlbezirk Shankill. Er war der erste Vorsitzende der Democratic Unionist Party (DUP) und ein enger Mitstreiter von Ian Paisley gewesen. Mit Paisley hatte er sich 1974 überworfen.

Auf Vorschlag von Ruairí Ó Bradaigh wurde beschlossen, die beiden zu bitten, sich öffentlich für einen Dialog einzusetzen. Sie trafen sich zu Ostern, etwa zu der Zeit, als in Belfast die Kämpfe bei den Republikanern anfingen. Sean MacBride erklärte sich bereit, eine Erklärung zu entwerfen, in der Hoffnung, diese gemeinsam mit Desmond Boal den Republikanern und den Loyalisten zur Diskussion unterbreiten zu können. Die Loyalisten wollten sich auf die Erklärung aber nicht einlassen, bevor die IRA nicht einen Monat lang sämtliche Operationen einstellte. Mittlerweile war klargeworden, daß die Loyalisten für die Bombe in Beechmount verantwortlich waren, und vor diesem Hintergrund scheiterte die Initiative. Ich besuchte Sean MacBride mehrmals in seinem Wohnsitz, Roebuck House, um mit ihm zu beratschlagen, wie weitere Fortschritte zu erzielen wären. Unsere Zusammenkünfte fanden in seinem prachtvollen Salon statt, in dem Erinnerungsstücke an Maud Gonne und Major John MacBride und andere Helden der irischen Revolution prangten. Die Familie MacBride wurzelte tief in dieser Tradition.

Sean MacBride und Desmond Boal trafen sich in jener Zeit mehrere Male. Zuerst in Paris, dann in der Grafschaft Down und schließlich in Dublin, am Abend des überwältigenden Wahlsieges von Fianna Fáil im Juni 1977. Meistens aber kamen sie in Roebuck House zusammen. Dort führten auch Sean und ich mit Desmond Boal einen sehr offenen und konstruktiven Meinungsaustausch. Trotz größten Bemühens kamen wir jedoch kaum voran. Etwas später traf ich mich dann in Südbelfast mit John McKeague. Pater Des Wilson, der diese Diskussion moderieren sollte, fuhr mich in seinem klapprigen alten Kleinwagen zum Treffpunkt. Während der Wagen langsam durch die Loyalistenhochburg Sandy Row knatterte, war ich ziemlich nervös, doch Pater Des Wilson bemerkte das zum Glück nicht und plauderte die ganze Fahrt gutgelaunt. Bei der Fahrt durch diese für mich unbekannten Gefilde kam es erfreulicherweise zu keinen Zwischenfällen.

Mein Treffen mit John McKeague war informell und verlief freundlich. Viele Loyalisten waren zu diesem Zeitpunkt vom britischen wie vom unionistischen Establishment enttäuscht. Sie hatten das Gefühl, von Ian Paisley und anderen Politikern benutzt zu werden. Ihr Nachdenken über die Möglichkeit der Unabhängigkeit der Sechs Grafschaften war in mehrerer Hinsicht ein Anzeichen für die bedingte Natur ihrer Loyalität zur englischen Krone. John McKeague und ich haben uns noch mehrere Male getroffen. Diese Gespräche führten zwar zu keinen konkreten Ergebnissen, ich glaube aber, daß sie sehr nützlich waren. Über die Jahre haben ich und andere Sinn-Féin-Vertreter viele Diskussionen mit zahlreichen Personen geführt, darunter auch Partnern, bei denen dies kaum zu erwarten war. Wenn auch in den meisten Fällen keine greifbaren Ergebnisse erzielt wurden, trug der Meinungsaustausch doch dazu bei, Barrieren zu überwinden. Ein Dialog ist immer nützlich, eine ehrliche Diskussion hat noch niemanden unter die Erde gebracht.

Die britische Regierung verfolgte unterdessen eifrig ihre eigene Strategie. Im März 1976 hatte sie den politischen Status für Gefangene abgeschafft, denen Vergehen im Zusammenhang mit dem Krieg vorgeworfen wurden. Der politische Status war 1972 am Vorabend des Waffenstillstandes durch den Hungerstreik von Billy McGee erkämpft worden. Nun betrieben die Briten mit Hochdruck eine Kampagne der psychologischen Kriegsführung oder sogenannter »Psyops«. In Pressemitteilungen, Reden und Verlautbarungen der britischen Nordirlandadministration wurden die republikanischen Führer fortwährend als »Paten« bezeichnet. Während den Republikanern Korruption und Gangstertum angedichtet und entsprechende Geschichten geschickt in die Medien lanciert wurden, lief die Strategie nun auf das »Primat der RUC« hinaus.

Ich wurde in Andersonstown von der RUC festgenommen und eine kurze Zeit in Castlereagh gefangengehalten. Ich hatte zu dieser Zeit ja schon einige Erfahrung mit Verhören. Die RUC nahm mir meine gesamte Kleidung ab, statt dessen sollte ich lächerlich übergroße Arbeitskleidung und weiße Latschen tragen. Ich lehnte diese Kleidung ab. Ich forderte meine eigene oder entsprechende andere Kleidung. Sie kamen meiner Forderung nicht nach. Ich verlangte, meinen Anwalt sprechen zu dürfen. Wieder sagten sie nein. Als sie mich aus der Zelle in den Verhörraum führten, ging ich nackt. Ich wurde rasch wieder in meine Zelle zurückgebracht. Auf Veranlassung von Colette kam mein Arzt zu mir, ich hüllte mich in eine Decke. Wenige Stunden nach seinem Besuch bekam ich meine Kleidung zurück. Und ein paar Minuten später wurde ich freigelassen.

Die britische Regierung, die nun mehr auf Diplock-Gerichte als auf Internierung setzte, um Republikaner aus dem Verkehr zu ziehen, nahm 1977 die Verhörzentren in Castlereagh und in der Gough-Kaserne in Betrieb. Durch die systematische Anwendung von Foltertechniken wurden die zu einer Verurteilung vor Gericht erforderlichen Aussagen erpreßt. Obwohl viele Fälle von Folter und Mißhandlung bestens belegt waren, wurden weiterhin Menschen in großer Zahl einer brutalen Behandlung unterworfen und eingesperrt. Als der RUC-Chef, Kenneth Newman, im Juni 1977 mit Beweisen über die umfassende Mißhandlung von Verdächtigen konfrontiert wurde, behauptete er, daß republikanische Gefangene sich absichtlich selbst Verletzungen beibrächten, um die Polizei zu diskreditieren. Im Juni 1978 sprach Amnesty International in einem Bericht ihre Besorgnis aus: »Es haben derart häufig Mißhandlungen von des Terrorismus verdächtigten Personen durch die RUC stattgefunden, daß die Bildung einer Untersuchungskommission gerechtfertigt ist.« Die britische Independent Broadcasting Authority verbot eine Sendung über den Amnesty-Bericht. Im März 1979 strahlte ITN allerdings ein Interview mit Dr. Robert Irwin aus, der drei Jahre als Arzt in Castlereagh tätig gewesen war und in dieser Zeit viele Untersuchungshäftlinge wegen geplatzter Trommelfelle oder Knochenbrüchen behandelt hatte. Er wußte von mindestens 150 Menschen zu berichten, die während ihrer Haft Verletzungen durch die RUC erlitten hatten. Eine Woche später legte die Regierung den Bennett-Bericht vor, der die Untersuchungsergebnisse von Amnesty weitgehend bestätigte, allerdings in sehr zurückhaltender Formulierung. Nun meldeten sich weitere Ärzte und bestätigten, daß sie ebenfalls viele Gefangene behandelt hätten, die während des Verhörs geschlagen worden waren. Die Briten waren mit ihren Aufstandsbekämpfungsmaßnahmen in die Offensive gegangen: Sie hatten der RUC freie Hand gegeben.

Die von der britischen Verwaltung angewandten Methoden hatten so großen Erfolg, daß 86 Prozent aller Angeklagten, die zwischen Januar und April 1979 vor einem Diplock-Gericht standen, Geständnisse abgelegt hatten; 56 Prozent der Urteile beruhten ausschließlich auf Geständnissen und weitere 30 Prozent vorrangig auf Geständnissen.

Die Briten versuchten mit ihrer Strategie, den republikanischen Widerstand weiter zu isolieren, indem sie sogar eine »Architektur zur Aufstandsbekämpfung« (*counter-insurgency architecture*) entwickelten. Die RUC und die britische Armee wurden eng in die Stadtplanung, besonders in die Planung und Sanierung nationalistischer Viertel einbezogen, mit dem Ziel, die Nationalisten in Gettos mit einer begrenzten Zahl von Zugängen zu verbannen. Man machte ausgiebig Gebrauch von der Befugnis, Verdächtige festzunehmen und in Gewahrsam zu halten, um Einschüchterung zu bewirken und Informationen zu erpressen. Im Zeitraum von zehn Monaten wurden 3868 Personen gemäß dem Emergency Provisions Act (Gesetz über Notstandsmaßnahmen) und dem Prevention of Terrorism Act (Gesetz zur Verhütung von Terrorismus) festgenommen und mehr als vier Stunden festgehalten. Nur gegen 11 Prozent der Festgenommenen wurde Anklage erhoben. Neue Sondereinheiten der RUC wurden durch Spezialisten des Eliteregiments der britischen Armee, Special Air Service (SAS), in Techniken ausgebildet, die es ihnen ermöglichen sollten, gegen die Republikaner eine »*shoot-to-kill*«-Politik zu verfolgen, also gezielte Todesschüsse abzugeben.

Durch den Waffenstillstand, seine Folgen und die Fehden waren wir auf einem Tiefpunkt angelangt, und es war bitter notwendig, über eine politische Orientierung nachzudenken, die all unseren Aktivitäten zugrunde liegen und uns eine strategische Perspektive geben würde. Mittlerweile war ich in Sinn Féin verantwortlich für die Presse, also *An Phoblacht* und *Republican News*. Kurze Zeit darauf brachten wir erstmals unsere theoretische Zeitschrift *Saoirse* und das internationale Informationsmagazin *Iris* heraus.

Es war wohl ungewöhnlich, daß wir zwei Zeitungen produzierten, von denen jede ihren eigenen Schwerpunkt und Stil hatte. Die eine erschien nördlich, die andere südlich der Grenze. Meinem Belfaster Mitstreiter Danny Morrison und ein paar anderen Genossen war es gelungen, aus dem relativ konservativen Bulletin *Republican News* eine lebendige Wochenzeitung zu machen. Danny verfaßte im Rahmen unserer umfassenden Debatte in Sinn Féin ein Diskussionspapier über die Zeitung und ihre Funktion, das in der Organisation zirkulierte. Wir beschlossen unter anderem, beide Zeitungen zusammenzulegen. Gleichzeitig versuchten wir, eine straffere Organisation und ein geschlosseneres politisches Konzept durchzusetzen, und sprachen uns für ein gesamtirisches Vorgehen aus.

Eine Reihe von Dubliner Republikanern, die aus dem Gefängnis entlassen worden waren, spielten eine wichtige Rolle in der Kommunalpolitik und waren besonders in der von besorgten Dubliner Bürgern initiierten Antidrogenkampagne aktiv. Es hat immer einzelne Republikaner gegeben – John Joe McGirl ist ein herausragendes Beispiel –, die sich in ihren Wohngebieten eine Basis schufen und sich vor Ort sozialer, wirtschaftlicher und politischer Probleme annahmen. Nun leisteten einige Republikaner in der Hauptstadt eine konsequente Arbeit. Einer dieser Aktivisten stellte sich zur Wahl und erzielte einen beträchtlichen Stimmenanteil.

Auf der Ebene der *Ard Chomhairle* entwickelten Leute wie Ruairí Ó Bradaigh, Dáithí Ó Conaill und ich ein politisches Konzept. Ruairí und Dáithí fühlten sich sehr eng verbunden; beide waren in den fünfziger Jahren zusammen aktiv gewesen. Ruairí war zum Parlamentsabgeordneten gewählt worden, hatte aber seinen Sitz nicht eingenommen (Abstentionismus). 1958 waren sie zusammen aus dem Gefangenenlager Curragh getürmt. Als Präsident von Sinn Féin hatte Ruairí einen besonders schweren Stand, da der republikanische Kampf seinerzeit gänzlich von der IRA dominiert wurde. Der Abstentionismus und die fehlende Wahlstrategie (eine solche gab es nur für Kommunalwahlen im Süden) forderten ihren Tribut. Sinn Féin war aber vor allem ein Opfer der Aversion gegen die Politik, welche den Republikanismus zu jener Zeit prägte. Die Katastrophe von 1969 wurde in erster Linie der Politik und den Politikern angelastet.

Ruairí war in seiner politischen Einschätzung der sozialen und wirtschaftlichen Angelegenheiten recht liberal. Den Propagandaschwerpunkt bildeten die politischen Auswirkungen der britischen Herrschaft, und das Hauptaugenmerk galt verständlicherweise dem Norden. In diesem Kontext stand Sinn Féin im Schatten der IRA. An eher konventioneller politischer Arbeit fand man wenig Gefallen. Das politische Programm von Sinn Féin war wesentlich auf die Verteidigung der nationalistischen Bevölkerung im Norden ausgerichtet. Es gab zwar einige innovative Ideen hinsichtlich sozialer, wirtschaftlicher und kultureller Fragen und gute Vorschläge für eine alternative gesamtirische Regierungsstruktur. Diese wurden aber nur in beschränktem

Umfang in Publikationen propagiert. Natürlich erlaubte die republikanische Ideologie keine Beteiligung am Parlament der Teilung in Dublin. Sehen wir von der theoretischen Basis, auf der diese Position beruhte, einmal ab: Praktisch überließ Sinn Féin dieses Feld den anderen Parteien. Ich selbst kam zu jener Zeit nicht einmal auf den Gedanken, Antworten auf all die Fragen finden zu wollen, die aus der Situation entstanden. Die Ereignisse im Norden dominierten ja ohnehin die Politik auf der gesamten Insel. Unser Versäumnis aber, die Unterstützung für Sinn Féin politisch zu konsolidieren oder einen dauerhafteren Weg zu einem zahlenmäßigen Ausdruck dieser Unterstützung jenseits von Demonstrationen zu finden, bot dem politischen Establishment im Süden entscheidenden Manövrierraum. Die sich überschlagenden Ereignisse bereiteten der Dubliner Regierung Kopfzerbrechen, so daß sie zunehmend zu Zensur, Revisionismus und Zwangsmaßnahmen Zuflucht nahm.

In Sinn Féin spielten zunehmend jüngere Mitglieder aus dem Norden, zu denen auch ich gehörte, eine Rolle bei dem Versuch, eine veränderte politische Strategie zu entwickeln. Wir formulierten unsere Kritik und stellten unsere Ideen zur Diskussion, in der Hoffnung, daß die Führung sie aufnehmen würde. Wir hinterfragten ihren Umgang mit dem Waffenstillstand und waren irritiert, keine Aufzeichnungen über die Treffen mit den Briten oder andere Unterlagen vorzufinden. Es gab wenig Reibungen, wenn wir Probleme gründlich erörterten, weder was die Probleme selber noch was die personellen Fragen betraf. Politisch jedoch stießen wir mit der von uns verfolgten Richtung auf Widerstand, besonders als wir uns für die Entwicklung einer Wahlstrategie aussprachen. Ruairí Ó Bradaigh war logischerweise besorgt, daß wir den Abstentionismus, einen in der Satzung der Partei verankerten wichtigen Grundsatz, aufgeben müßten, wenn wir uns auf Wahlen einließen. Ich begriff das damals – im Gegensatz zu ihm – nicht. Er widersetzte sich den Wahlüberlegungen. Obwohl die Führung unsere Kritik und Vorschläge nicht immer annahm, war sie froh, daß einige von uns jüngeren Aktivisten aus dem Gefängnis entlassen waren und sich ernsthaft den Fragen der politischen Ausrichtung der Bewegung widmeten.

Was die republikanische Strategie betraf, so wollten wir ein Zeichen setzen, wozu sich 1977 mit der Rede für Bodenstown eine Gelegenheit bot. Danny Morrison und ich arbeiteten gemeinsam an dieser Rede, Jimmy Drumm sollte sie halten. Das war von Bedeutung, da er seit langem in der republikanischen Bewegung aktiv war. Mit der Rede sollte eine Neueinschätzung der Situation versucht, die republikanische Haltung zu einigen Fragen geklärt und eine neue Richtung für die republikanische Strategie aufgezeigt werden.

»Die Isolierung der sozialistischen Republikaner aufgrund der Fixierung auf den bewaffneten Kampf ist gefährlich und hat zu der reformistischen Vorstellung geführt, daß es um ›Ulster‹ geht, wobei auf eine Mobilisierung der Arbeiterklasse in den Sechsundzwanzig Grafschaften verzichtet wird ... Die britische Regierung zieht sich *nicht* aus den Sechs Grafschaften zurück, und die erhebliche Abwanderung von Unternehmen und die Schließungen von Fabriken in den Jahren 1975 und 1976 waren der weltweiten Rezession zuzuschreiben, auch wenn sie zu jener Zeit fälschlich als Symptom für einen Rückzug gedeutet wurden ... Die britische Regierung versucht in der Tat, die Sechs Grafschaften zu stabilisieren, und pumpt große Geldmengen in das Gebiet ... um die Loyalisten in Sicherheit zu wiegen und ihre Unterstützung für einen langen Feldzug gegen die IRA zu garantieren ... Wir sind der Auffassung, daß ein erfolgreicher Befreiungskrieg nicht ausschließlich auf dem Rücken der Unterdrückten in den Sechs Grafschaften ausgetragen werden, noch sich nur gegen die physische Präsenz der britischen Armee richten darf. Mit Haß auf die britische Armee und Auflehnung allein kann der Krieg nicht erfolgreich geführt werden.«

Wir wollten der Führung nicht unser Mißtrauen bekunden; im Gegenteil, wir wollten einen Konsens erzielen, um dann eine Reorganisierung und einen Schritt nach vorn zu versuchen, und nicht Personen abhalftern oder eine neue Führung berufen. Wir hatten noch keine umfassende oder strategische Perspektive entwickelt, aber unser ganzer Kampf war an einem Wendepunkt angelangt, einem Moment der Neubestimmung. Wir waren davon überzeugt, daß der Kampf auf eine neue Grundlage gestellt und weitergeführt werden müsse. Wir wollten zu den – wie wir sie verstanden – radikalen republikanischen Wurzeln zurückkehren und eine breitere Basis für den Kampf schaffen. Auch die IRA mußte ihren Kampf geschlossen und auf solche Weise führen, daß er zu einem im Volke verankerten Kampf auf gesamtirischer Basis werden konnte.

Anfang 1978 hatte ich den Eindruck, daß es mit der Reorganisierung gut voranging, und stellte zufrieden fest, daß die Briten davon offenbar recht wenig mitbekamen. Dann aber ereignete sich eine Katastrophe. Am 17. Februar wurden zwölf Menschen getötet und dreiundzwanzig verletzt, als von der IRA gelegte Brandbomben explodierten und eine Feuersbrunst das in der Nähe von Comber, sechzehn Kilometer außerhalb von Belfast gelegene La-Mon-Hotel zerstörte. Zwei Monate zuvor hatte die IRA bei einer Brandbombenserie gegen kommerzielle Ziele in zwanzig Städten ausreichende Vorwarnungen abgegeben. In diesem Fall aber waren zwischen Warnung und Zündung nur neun Minuten geblieben, die – wie es in einer IRA-Erklärung später hieß – »sich angesichts der verheerenden Konsequenzen als viel zu kurze Zeitspanne erwiesen haben. Wir akzeptieren aber eine Verurteilung und Kritik nur von zwei Seiten: von den Verwandten und Freunden derjenigen, die unbeabsichtigt getötet wurden, und von unseren Anhängern, die uns zu Recht streng kritisierten«.

Von der Nachricht tief bestürzt, hielt ich mich mit Colette und Gearóid lange in der Harrogate Street auf, statt mich, wie beabsichtigt, in ein anderes Haus zu begeben. Ich hatte die Nächte zuvor nicht daheim verbracht und war an jenem verhängnisvollen Abend gerade im Begriff, unser Haus zu verlassen, als ich die Meldung hörte. Ich wußte nicht, daß die IRA für diesen Anschlag verantwortlich war, ahnte es allerdings. Ich war schockiert über die vielen Toten und blieb verzweifelt auf, um die Spätnachrichten zu hören. Ich war angesichts dieses Blutbades völlig niedergeschlagen und wegen der Toten und Verletzten tief betroffen. Ich sah, daß zwei Jahre Arbeit zunichte gemacht waren. Als die letzten Nachrichten kamen, war es zu spät, das Haus noch zu verlassen.

Am nächsten Morgen durchsuchten britische Soldaten und RUC das Haus, und ich wurde nach Castlereagh gebracht. Später erfuhr ich, daß noch ungefähr zwanzig weitere Republikaner festgenommen worden waren. Anfangs hatten die Strafverfolgungsbehörden offenbar nicht vorgehabt, Anklage gegen mich zu erheben, doch nach ein paar Tagen Verhör sagte einer der Polizisten zu mir: »Wir werden wohl Anklage gegen dich erheben lassen, weil soviel Aufhebens um deine Festnahme gemacht wurde.«

Es war nicht das erstemal, daß ich Verhören unterzogen wurde, dieses Mal allerdings sollten sie sieben Tage dauern. Es war natürlich nicht die reine Freude, in Castlereagh zu sein, aber ich hatte mittlerweile genug Erfahrung, um zu wissen, daß ich im Gegensatz zu meinem ersten Verhör in der Palace-Kaserne keine mentale Stütze brauchte, um es durchzustehen. Ich saß einfach nur da und schwieg. Es war längst eine Angelegenheit politischer Überzeugung, des Glaubens an unsere und des Widerstandes gegen ihre Sache.

Einer der Polizisten, die mich verhörten, bezeichnete sich als wiedergeborenen Christen. Er ließ sich mir gegenüber lang und breit über die Notwendigkeit aus, Vertrauen in Gott zu haben. Ein anderer gebärdete sich weniger christlich. Er brüllte und tobte unaufhörlich. Eines Tages, während er mich mit Fragen bombardierte, zog er plötzlich einen Stapel Fotografien hervor und hielt sie mir vors Gesicht. Es waren Fotos von verbrannten Leichen, schrecklich verkohlten menschlichen Überresten.

»Das haben deine Freunde angerichtet, du Bastard!« brüllte er.

Es war das einzige Mal während meines Verhörs, daß La Mon erwähnt wurde. Ein andermal wollten sie mich hereinlegen und zwingen, ein Geständnis zu unterschreiben, indem sie behaupteten, gegen Colette sei wegen irgendeiner Sache Anklage erhoben worden. Ich wurde während dieses Verhörs nicht mißhandelt, im Gegensatz zu früheren Verhören. Da hatte man mich geschlagen, hatte versucht, mir angst zu machen und mich einzuschüchtern, mich ihrem Zwang zu unterwerfen und zu bestechen. Sie hatten kraft ihres Rechtes, Festgenommene bis zu sieben Tagen in Gewahrsam zu halten, das Verhör zu einer psychologischen Operation verfeinert, bei der eine Beziehung zwischen dem Befrager und dem Befragten aufgebaut wird. Nach langen Perioden, vielleicht Tagen der Isolation ohne Verhör, freute man sich, eine menschliche Stimme zu hören. Und man war froh, den Befrager zu sehen, wenn auch nur, damit die Zeit verging. Die ganze Zeit über empfand man die Versuchung, den Instinkt zu reden, egal worüber: über Fußball, Bücher, Filme. Es kam natürlich darauf an, den Mund zu halten. Was immer du auch sagst, sag nichts.

Am fünften oder sechsten Tag wurde die Verhörmethode geändert. Es erschienen zwei neue Polizisten, bewaffnet mit einem Stapel beschriebener Blätter. Der ranghöhere erklärte, er werde mir eine Reihe von Fragen stellen und sich meine Antworten notieren. Am Ende sollte ich seine Notizen mit meinen Initialen abzeichnen. Er las mir dann vom Blatt eine Liste vorbereiteter Fragen vor. Aus diesen konnte ich schließen, daß Anklage gegen mich erhoben würde, wußte aber nicht, weswegen. Dies wurde auch nicht klarer, als er weiter seine Fragen herunterbetete. Die Fragen galten sämtlich Sinn-Féin-Aktivitäten. Ich reagierte auf jede einzelne mit dem Satz: »Ich beantworte keine Frage, bevor ich nicht mit meinem Rechtsanwalt gesprochen habe.« Oder mit ähnlichen Worten. Als er fertig war, wurde ich in meine Zelle zurückgeführt.

Am 25. Februar wurde ich beschuldigt, seit meiner Entlassung im März 1977 Mitglied der IRA gewesen zu sein. Es gab nicht den geringsten Beweis gegen mich. Sie versuchten aber, während meiner Untersuchungshaft Beweise gegen mich zu sammeln. Nachdem an jenem Abend in der Townhall Street die Anklage gegen mich erhoben worden war, hatte ich kurz Besuch von Colette. Es war herzbewegend. Sie brachte mir Sandwiches, und als ich diese später in einer verdreckten kleinen Zelle neben einem laut brummenden Heißwasserboiler aß – der Lärm hörte die ganze Nacht nicht auf –, tat es mir leid, daß ich ihr soviel Kummer bereitete. Am nächsten Tag wurde ich dem Haftrichter vorgeführt und dann ins Gefängnis von Belfast gebracht.

Nachdem der »Sonderstatus« oder politische Status mit Wirksamkeit vom 1. März 1976 abgeschafft worden war, weigerte sich Kieran Nugent, der erste Häftling, der auf Grund der neuen Kriminalisierungspolitik verurteilt wurde, am 14. September 1976, Gefängniskleidung anzuziehen. Er trat damit als erster in den sogenannten »Deckenstreik«. »Wenn sie wollen, daß ich die Sträflingsuniform trage«, hatte er gesagt, »müssen sie sie mir auf den Rücken nageln.«

Die republikanische Haltung kommt sehr gut in einem Lied von Francie Brolly zum Ausdruck:

Ich trage keine Sträflingskluft,
Werd immer widersprechen
Damit es in England niemals heißt
Irlands Kampf, das wär nicht mehr
Als achthundert Jahre Verbrechen.

Als ich in das Gefängnis in der Crumlin Road gebracht wurde, fürchtete ich, daß man mich zu den Loyalisten sperren könnte, aber der Wärter sagte nur: »Du kommst also zu den Provos.« Trotz der Abschaffung des politischen Status und trotz des Bildes, das in der Öffentlichkeit vermittelt wurde, existierte die republikanische Kommandostruktur im Gefängnis nach wie vor, mit einer gewählten Führung, die gegenüber der Gefängnisleitung die Interessen der Häftlinge vertrat.

Ich war ziemlich niedergeschlagen, daß ich erneut im Knast saß, weil ich so fahrlässig war, mich im eigenen Haus schnappen zu lassen. Mir war völlig bewußt, daß der Bombenanschlag auf das La-Mon-Hotel eine große Tragödie war. Es stimmte mich nicht eben glücklicher, in einer Zelle mit zwei jungen Mitgefangenen zu sitzen, die bis in die Nacht Popmusik im Radio hörten. Häufig standen sie wie viele andere Gefangene am Fenster und tauschten mit den Loyalisten die übelsten Schimpfwörter aus.

Das Belfaster Gefängnis war ein Tollhaus. Ich befand mich zum erstenmal in Untersuchungshaft, die für alle Häftlinge eine große Ungewißheit bedeutete. Noch war man nicht verurteilt und hatte immerhin noch eine Chance, freizukommen. War dies nicht der Fall, kam man unter Umständen mit einem relativ milden Urteil davon. Allerdings war die Möglichkeit größer, daß man nicht freigelassen, sondern zu einer langen Haftstrafe verurteilt wurde. Viele Untersuchungsgefangene wurden so zu großen Experten in Rechtsdingen, falls es denn so etwas wie Recht im Norden Irlands gibt.

Das Crum war ein altes Gefängnis, überbelegt und ungeeignet, in irgendeiner positiven Weise auf seine Insassen einzuwirken. Es gab ständig Proteste gegen die Haftbedingungen. Im Rahmen einer langen Kampagne für die getrennte Unterbringung von Loyalisten und Republikanern waren beide Gruppen übereingekommen, an unterschiedlichen Tagen Hofgang zu machen. Da nur eine Stunde Hofgang erlaubt war – und auch die manchmal gestrichen wurde –, waren wir fast rund um die Uhr in unseren Zellen eingeschlossen, außer während der kurzen Zeit des Hofgangs und anderer kurzer Gänge in den Gefängnisflügel, bei denen wir das Nachtgeschirr leerten, uns wuschen und Essen faßten.

Ich las gierig alles, was ich in die Finger kriegen konnte, manchmal drei Bücher am Tag. Man konnte nichts anderes tun. Oft wurde uns der Gang zur Toilette verwehrt. Das war immer der Fall, wenn die Schließer sich abends aus dem Gefängnisflügel in ihren Bereich zurückzogen. Wer es bis dahin nicht geschafft hatte, seinen Darm zu entleeren, benutzte den Nachttopf und machte seinen Zellengenossen die Nacht zur Hölle. Die meisten zogen es vor, ihre Notdurft in eine Plastiktüte zu verrichten, die dann aus dem Zellenfenster auf den Hof geschleudert wurde. An manchen Morgen war der ganze Hof mit solchen »Wundertüten« übersät.

Außer den gelegentlichen Zusammenstößen mit den Loyalisten ereignete sich während meines Gefängnisaufenthaltes eigentlich nicht viel. Die Wärter waren ziemlich aggressiv, einige uns ausgesprochen feindselig gesinnt. Wir schmuggelten für Ostern eine Trikolore für unsere Osterparade herein. Danach zerrissen wir die Flagge in die drei Stoffbahnen und versteckten sie. Als wir an jenem Tag vom Hofgang zurückkamen, wurden wir besonders gründlich und aggressiv durchsucht. Ich beschwerte mich bei einem Wärter, der mich hart angepackt hatte. Daraufhin wurde ich dem stellvertretenden Gefängnisdirektor vorgeführt. Dabei erlebte ich zum erstenmal das Gefängnissystem in all seiner Kleinkariertheit. Die mich flankierenden Wärter befolgten die von einem höheren Offizier im Feldwebelton gebrüllten Befehle, und unser Trio, mit mir in der Mitte und dem Offizier hinter uns, sollte in das Büro des Direktors marschieren, vor seinem Schreibtisch kehrtmachen und Haltung annehmen. Ich sollte meine Nummer nennen und strammstehen. Ich durfte nur sprechen, wenn ich angesprochen wurde. Dann sollten ich und meine Bewacher wieder hinausmarschieren. Ich ignorierte jedoch die Befehle der Wärter, und während sie brüllten, marschierten und die Hacken zusammenrissen, wurde mir wegen »unwahrer Behauptungen« gegenüber einem Offizier der Strafnachlaß gestrichen.

Das einzige, was ich am Crum mochte, war das Essen, das sehr viel besser war als im Kesh, besonders die Vanillesoße und der Haferbrei. Gerüchten, wonach die ganz verbiesterten Wärter in unser Essen spuckten, mochte ich keinen Glauben schenken.

Die Besuchsbedingungen waren primitiv. Wir durften

zwar häufiger Besuch bekommen als im Kesh, aber das Gefängnis konnte die Zahl der Besucher nicht bewältigen. Die Bedingungen waren archaisch. Colette besuchte mich getreulich. Gearóid ging nun zur Schule – in meine alte Schule, Saint Finian's – und war nicht bei jedem Besuch, aber mindestens einmal die Woche dabei. Die Häftlinge bekamen natürlich auch von ihren Anwälten Besuch, manchmal jedoch monatelang überhaupt nicht, doch wenn der Prozeßtag näher rückte, unter Umständen jeden Tag.

Wir wurden durch einen Tunnel, der unter der Crumlin Road verlief und den Knast mit dem Gerichtsgebäude verband, zum Prozeß geführt. Jim Bryson hatte aus diesem Tunnel einen seiner Ausbrüche unternommen. Als ich das erstemal hindurchgeführt wurde, mußte ich an ihn denken. Ich dachte ebenfalls über einen Ausbruch nach, aber nicht so konzentriert wie während meiner vorherigen Knastaufenthalte. Außerdem wurde ich nach kurzer Zeit schon vom Crum in die H-Blocks verlegt, den neuen Gefängniskomplex, der neben dem Lager Long Kesh errichtet worden war.

Paddy John McGrory war ziemlich zuversichtlich, daß die Anklage gegen mich fallengelassen würde, gab sich aber als erfahrener Rechtsanwalt keinen Spekulationen hin. Wir wußten beide, daß erst jetzt an meinem Verfahren gebastelt wurde, obwohl längst Anklage gegen mich erhoben war. P. J. sagte mir, für diesen Fall sei der Kronanwalt in London höchstpersönlich zuständig. Er versuchte herauszufinden, welche Beweismittel sie heranziehen würden, und dafür zu sorgen, daß ich nicht lange in Untersuchungshaft sitzen mußte. Es war durchaus nicht ungewöhnlich, daß Republikaner zwei Jahre in U-Haft auf ihren Prozeß warten mußten und dann die Anklage in letzter Minute fallengelassen wurde: Internierung in Form von Untersuchungshaft. P. J. beantragte mehrfach, mich gegen Kaution auf freien Fuß zu setzen. Da die Anklagebehörde eine Freilassung gegen Kaution ablehnte, mußte sie zumindest begründen, weshalb ich weiter in Haft bleiben mußte. Bei dem ersten Antrag sprach sich die Anklage mit der Begründung gegen meine Freilassung aus, daß ich Mitglied der IRA sei. P. J. stellte seinen Antrag mit seinem üblichen Geschick. Als ihm aber nicht stattgegeben wurde, bat ich den Richter, doch zu erwägen, ob es nicht ein Widerspruch in sich sei, mir die Freilassung gegen Kaution mit einer Behauptung zu verweigern, die auch den Kern der Anklage gegen mich bildete, während die Staatsanwaltschaft nicht genügend Beweise für diese Behauptung besaß, um den Prozeß gegen mich zu eröffnen. Die Ablehnung des Kautionsantrages hatte mich nicht sonderlich erschüttert, meinen Einwurf nahm der Richter ähnlich gelassen hin. Er forderte die Anklagebehörde auf, das Verfahren zu beschleunigen. Kurz darauf wurde mir der Termin für die Vorverhandlung mitgeteilt, und man verlegte mich in den H-Block-Trakt für Untersuchungshäftlinge, wo ich der weiteren Entwicklung entgegensah.

Haftbedingungen, wie sie dort existierten, hatte ich zuvor noch nicht gekannt. In den H-Blocks wurden die Gefangenen in Kleingruppen zusammengefaßt und in besonderen Kontrolleinheiten untergebracht. Der Querbalken des H bildete den Bereich der Wärter. Hiervon gingen die vier Kontrolleinheiten ab, zwei pro Längsbalken. Ich war ziemlich besorgt, nicht nur wegen der strengen Haftbedingungen, die darauf abzielten, die Gefangenen psychisch zu brechen, sondern auch wegen der sich ausweitenden Streikaktionen. Zwar sollte ich nicht in einen der Trakte verlegt werden, wo die Gefangenen sich im »Decken«-Protest befanden, doch zugleich lief auch ein »Waschstreik«. Ich hätte mir eigentlich keine Sorgen machen müssen, denn ich bekam eine Einzelzelle zugewiesen, was ich nach der Überfüllung des Crum recht angenehm fand.

Die Moral der Gefangenen beeindruckte mich sehr. In den anderen Knästen hatten wir aufgrund unserer Zahl und eigenen Kommandostruktur nie direkt mit den Wärtern zu tun gehabt. In den Cages konnte man lange Zeit inhaftiert sein und keine oder fast keine Berührung mit der Lagerverwaltung haben. In unseren Einzelzellen in den H-Blocks war das anders. Wollte man sich einer Durchsuchung widersetzen, mußte man den Wärtern allein gegenübertreten. Die Wärter konnten aber das Gefängnis nicht ohne die Gefangenen in Gang halten, und die Gefangenen leisteten trotzigen Widerstand. Ich hörte amüsiert und voller Bewunderung zu, wie sie besonders berüchtigte Wärter verhöhnten. Die meisten Inhaftierten in meinem Trakt waren jünger als ich und sehr selbstbewußt.

Abends wurden in den meisten Trakten Lieder gesungen oder Geschichten erzählt, mal wurde ein Quiz veranstaltet, dann wieder einfach nur herumgeflachst. Ich lag auf dem Bett und lauschte den Sängern, die um unseren Applaus wetteiferten. Unter uns befanden sich hervorragende Sänger, Elvis- und Mick-Jagger-Imitatoren, Bobby Vees und Johnny Cashes. Und es wurden natürlich auch irische Rebellenlieder gesungen.

Unvergessen ist der Abend, an dem wir den Jahrestag der Internierung begingen. Das Treiben in unserem Trakt zog sich bis in die frühen Morgenstunden hin. Gegen vier Uhr, um die Zeit, da einst die Internierungsrazzien begonnen hatten, wurde der ganze Knast durch den Rabatz aus den republikanischen Zellen geweckt. Unsere Jungs hämmerten gegen die Rohre und ahmten damit das Dröhnen der Mülltonnendeckel nach. Die Wärter kamen in Kampfmontur in die Trakte geeilt. Sie verstärkten den Lärm noch, indem sie gegen ihre Schilde und gegen die Zellentüren schlugen und uns anbrüllten, daß wir aufhören sollten. Nachdem es ein paar Minuten hoch hergegangen war und wir uns gegenseitig beschimpft hatten, kehrte plötzlich einen Moment lang Ruhe ein. Niemand wußte, was nun passieren würde. Ich hörte, wie die Wärter vor meiner Zelle auf und ab liefen.

»Der nächste Wichser, der einen Mucks von sich gibt, bekommt verschärften Arrest«, drohte eine englische Stimme.

»Ein Lied, bitte!« rief jemand.

»Halts Maul, du Fenierarschloch!«

»Wir wollen das verdammte ›One Road‹ hören!«

Ich hörte die Wärter zu der Zelle stapfen, aus der die Stimme ertönt war. Plötzlich ging das Licht an.

Es ertönte der Befehl: »Alle Gefangenen neben den Betten Aufstellung nehmen!« Die Wärter begannen mit der Zählung der Gefangenen. Ich saß neben meinem Bett und konnte die Spannung förmlich spüren, während ich nach draußen horchte und mich fragte, ob nun gleich die Hölle losbrechen würde. Jemand guckte durch den Spion meiner Zellentür und verschwand wieder.

Nach einer Weile verließen die Wärter den Trakt. Sie stapften langsamer als zuvor, bis ihre Schritte in der Ferne verhallten.

Ich glaubte ein kollektives Aufatmen hören zu können, eine unheimliche Stille kehrte in unseren Trakt ein.

Plötzlich stimmte ein Gefangener in einer Zelle nicht weit von mir ein Lied an.

»Wir gehn den einen Weg, teilen unsre Last,
Wir gehn den einen Weg, Gott weiß wohin …«

Ein Gefangener in einer etwas weiter entfernten Zelle stimmte ein.

»Wir gehn den einen Weg, vielleicht ist's der falsche Weg …«

Dann ein weiterer Gefangener, und noch einer.

»Aber wen kümmert's, da wir jetzt zusammen sind …«

Und schon sangen wir alle.

»Aus dem Norden, aus dem Süden, Genossen all,
Aus Dublin, Belfast, Cork und Donegal.
Wir gehen unsren Weg ohn' Unterschied
Und singen ein Soldatenlied.«

Mittlerweile sangen alle aus voller Kehle, und als der Refrain endete, gab der erste Sänger seine eigene Strophe zum besten.

»Die Nacht ist am tiefsten, bevor es Tag wird,
Nach langem Zwist kämpft Irland unbeirrt.
Bald ist es geschafft, sind wir Iren vereint,
Unser Land als geeinte Nation aufscheint.«

Und dann sangen wir alle erneut den Refrain. Als das Lied beendet war, hatten wir Lust auf mehr und setzten unser Konzert fort, bis das erste Morgenlicht in unsere Zellen drang.

Ich war ein »*special security prisoner*«, d. h., für mich galten spezielle Sicherheitsmaßnahmen. So wurde ich im Knast immer allein irgendwo hingeführt, normalerweise in den Besuchsraum. Das war ein Vorteil. Colette und ich hatten so nicht nur einen ganzen Besuchsraum für uns – derselbe, aus dem ich zu türmen versucht hatte –, sondern ich kriegte auch einige der Gefangenen zu sehen, die sich weigerten, die Sträflingskluft zu tragen, und die sonst niemand zu Gesicht bekam. Sie wirkten auf mich wie Gestalten aus Solschenizyns Gulag, wie sie in viel zu großen Stiefeln ohne Schnürsenkel dahergeschlurft kamen und für den Besuch in schlechtsitzenden Jacken und Hosen steckten. Die meisten Hosen waren hinten aufgerissen. Alle »Deckenmänner« hatten lange, ungewaschene Haare und verwilderte Bärte. Sie waren guter Dinge, ein paar von ihnen kannte ich.

Dazu gehörte ein Trupp aus Cage 11, darunter Bobby Sands, der im November 1976 erneut festgenommen worden war, und Leute wie Pat McGeown, Gerry Kelly sowie Larry Marley, den sie ebenfalls bei einem Ausbruchsversuch geschnappt hatten. Auch Brendan Hughes war dabei, ebenso wie Cleeky Clarke und sein Bruder Seamus, Gerard Burns und Teddy Crane. Sie hatten sich eingemischt, als Joe Barnes bei der Rückkehr aus dem Besuchsraum von Wärtern angegriffen worden war. Sie erhielten für ihre Aufsässigkeit zusätzliche Haftstrafen und wurden in die H-Blocks verlegt.

Diese Gruppe bildete den harten Kern der älteren, knasterfahrenen Häftlinge. Die zuerst in die Blocks verlegten Gefangenen verfügten kaum über Hafterfahrung, mit diesen Gefangenen zog aber eine gewisse Stabilität ein. Während meines kurzen Aufenthalts in den Blocks verbrachte ich regelmäßig einen Abend in der Woche mit einigen Genossen aus den Deckenblocks. Ich konnte sie mit Zigaretten und

»Polo«-Pfefferminzbonbons versorgen, heißbegehrten Luxusartikeln. Außerdem verfaßte ich detaillierte Berichte über ihre Haftbedingungen und schmuggelte sie nach draußen.

Der »Waschstreik« hatte begonnen, als den Gefangenen in allen Blocks die Spül- und Putzgeräte entzogen wurden. Später, nach meiner Entlassung, eskalierte der Streik: Auch das Entleeren der Kübel und der Gang zur Latrine waren nun verboten. Nun bestand nur noch die Möglichkeit, sich nicht zu waschen und die Zellen nicht zu reinigen. Meine Zelle, in die ich gerade erst verlegt worden war, befand sich in einem einigermaßen sauberen Zustand.

Als ein paar Monate später mein Prozeß eröffnet und ich in das Crum zurückverlegt wurde, ließen mich die Bilder der »Deckenmänner« nicht mehr los. Bald mußte ich mich ihnen vielleicht anschließen. Falls ich aber rauskam – P. J. wartete immer noch auf die Beweismittel gegen mich –, wollte ich etwas gegen die elenden Haftbedingungen dieser Gefangenen tun.

Im Belfaster Gefängnis warteten Tom Hartley und andere Genossen von Sinn Féin schon auf mich. Tom saß in U-Haft, er war des Hochverrats beschuldigt. Um Sinn Féin zu zerschlagen, hatten die Briten unsere Büros durchwühlt, die Redaktionsräume der *Republican News* verwüstet und die Druckerei durchsucht, in der unsere Zeitung gedruckt wurde. Der Druckereibesitzer, der rein geschäftliche Beziehungen zur Zeitung unterhielt, wurde festgenommen und mit anderen, darunter einem französischen Journalisten, der Mitgliedschaft in der IRA angeklagt. Der Franzose war vermutlich der erste Ausländer, dem die Mitgliedschaft in der IRA vorgeworfen wurde. Sie alle hatten ein besonderes Interesse an meinem Fall, weil er zu einem Präzedenzfall werden konnte.

Der Prozeß gegen mich war ein Fiasko – für den Anwalt der Krone. Zum »Beweis« gegen mich wurde aus meinen »Brownie«-Artikeln zitiert. Plakate aus dem Sinn-Féin-Zentrum zog man ebenso als Beweismittel heran wie die Tatsache, daß ich in Cage 11 gesessen hatte. Auch eine Rede, die ich beim letzten Sinn-Féin-Parteitag gehalten hatte, sollte gegen mich verwendet werden. Jeremy Paxman, ein bekannter BBC-Reporter, mußte vor Gericht bezeugen, daß ich diese Rede tatsächlich gehalten und darin die Wörter »Kriegszone« und »Truppenunterkunft« benutzt hatte. Die Anklage wurde fallengelassen. P. J. hatte in seinem Plädoyer ausgeführt, daß ich zu Unrecht vor Gericht stünde, er überzeugte das Gericht und schuf damit einen wichtigen Präzedenzfall. Mein Pa, Colette und ich gingen anschließend die Crumlin Road hinunter, verfolgt von einem Pulk von Journalisten. An jenem Morgen hatte ich im Waschraum des Flügels C mit Tom Hartley spontan »The Creggan White Hare« (»Der weiße Hase von Creggan«) gesungen. Im Gegensatz zu dem Hasen war ich wieder auf freiem Fuß und fragte mich, was die Zukunft bringen würde.

Nach sieben Monaten Untersuchungshaft war ich froh, mich wieder dem Kampf widmen zu können, und glücklich, meine Familie wiederzusehen. Doch wie schon zuvor, sah ich sie weniger, als es mir lieb gewesen wäre. Mich beschäftigten vor allem zwei Probleme: das Leiden der Gefangenen und die Notwendigkeit, den Kampf auf der politischen Ebene voranzubringen. Im November 1978 wurde ich zu einem der zwei Vizepräsidenten von Sinn Féin gewählt.

Im Jahr davor hatte der britische Nordirlandminister Roy Mason erklärt, die Normalisierung sei in vollem Gange. Er »rolle die IRA auf wie eine Zahnpastatube«. Doch im August jenes Jahres mußte er 32 336 Soldaten, RUC-Polizisten und Mitglieder des Ulster Defence Regiments aufbieten, damit Königin Elizabeth II. die loyalistischen Hochburgen Coleraine und Hillsborough besuchen konnte. 800 Nationalisten wurden vorbeugend festgenommen. Auf je fünfzehn Katholiken kam ein Soldat oder Polizist.

Mason hatte die RUC personell verstärkt und die Polizisten außer mit Revolvern und Sterling-Maschinenpistolen auch noch mit M1-Karabinern ausgerüstet. Auch die RUC-Reserve und das UDR hatte er aufgestockt und weitere Einsätze des SAS angekündigt. Im November 1977 war Generalmajor Timothy »Bull« Creasey zum Oberkommandierenden der britischen Streitkräfte in Nordirland ernannt worden. Creasey war zuvor Kommandeur der britischen Truppen in Oman gewesen, die dem feudalen Sultan als militärische Stütze dienten. Creasey pflegte eine enge Zusammenarbeit mit dem Eliteregiment SAS, das nun sehr aktiv wurde. Das militärische Vorgehen der britischen Armee und der RUC galt sowohl Sinn Féin wie auch der IRA.

Ende 1978 machte die Minderheitsregierung der Labour Party unter James Callaghan mit den Unionisten einen Deal, um an der Macht zu bleiben: Sie erhöhte die Zahl der Unterhausabgeordneten aus Nordirland um fünf. Mit diesem opportunistischen Schachzug gewann die Labour Party aber nur wenig Zeit, denn genau vier Monate später verlor die Partei die Wahlen. Im Mai 1979 bildete Margaret Thatcher die neue konservative Regierung.

Die IRA hatte sich neu formiert und bereitete den Briten erneut Kopfzerbrechen. Sinn Féin mußte sich mächtig anstrengen, um mithalten zu können. Der britische Brigadekommandeur Glover verfaßte einen aufschlußreichen Bericht, in dem Masons Behauptungen widerlegt wurden. Glover führte aus, daß jener Teil der britischen Strategie, der auf eine militärische Unterdrückung des Widerstands abzielte, nicht durchführbar sei. Im Mai 1979 erklärte der neuernannte Nordirlandminister Humphrey Atkins in seiner Antrittsrede vor dem Unterhaus: »In den ersten Monaten dieses Jahres war eine merkliche Zunahme des Terrorismus (sic) zu verzeichnen. Das zeigt, daß wir es mit einem sehr professionellen Gegner zu tun haben.«

Es war gelungen, dem republikanischen Kampf wieder eine Massenbasis zu schaffen. Im August 1979 erschien ein IRA-Trupp bei der Belfaster Demonstration anläßlich des Jahrestages des Beginns der Internierung und wurde von den 10 000 Teilnehmern mit begeistertem Applaus empfangen. Am 27. August kamen bei einem Anschlag der IRA achtzehn Soldaten, überwiegend Fallschirmjäger, ums Leben.

Das Verhältnis zu den britischen Truppen hatte sich geändert, seitdem diese zehn Jahre zuvor erstmals in den Straßen von Belfast und Derry aufmarschiert waren. Mittlerweile standen die meisten Nationalisten der britischen Armee und dem britischen Establishment äußerst feindselig gegenüber. Viele Menschen, die 1969 lediglich dafür demonstriert hatten, ein Leben in relativer Freiheit und Gleichheit führen zu können, hatten in den folgenden Jahren eine so starke politische und militärische Unterdrückung erfahren, daß sie viele der IRA-Operationen mit grimmiger Genugtuung aufnahmen. Der Grund hierfür ist vielleicht in jenen ersten Tagen zu suchen, als die britische Armee entsandt worden war, aber tatenlos zugesehen hatte, wie die Loyalisten die Bombay Street niederbrannten. Besiegelt wurde die Feindschaft durch die Erschießung von Danny O'Hagan, den Überfall auf die Falls, den Blutsonntag, durch Internierung, brutale Hausdurchsuchungen, Folter in Castlereagh, die Todesschüsse in Ballymurphy und Springhill, die Errichtung von Militäranlagen auf Schul- und Spielplatzgelände und durch die Tausenden von Gewaltaktionen britischer Soldaten, denen die kleinen Leute in den nationalistischen Vierteln ausgesetzt waren.

Der Unterschied zwischen britischer und nationalirischer Wahrnehmung hätte größer kaum sein können. Für viele britische Bürger war der Krieg in Irland hirnloser Terrorismus. Andere bemerkten nur, daß die »verdammten Iren« sich prügelten wie schon immer. Medienzensur und Vorurteile begünstigten solche Auffassungen. Viele schätzten die Auseinandersetzungen gar als Religionskrieg ein. Und viele dachten überhaupt nicht darüber nach, was ihre Truppen und ihre Regierung überhaupt in unserem Land zu suchen hatten. Das genau war jedoch die Frage, die die Nationalisten sich als erstes stellten. Die Republikaner besaßen ein historisches und politisches Bewußtsein. Wir wollten die Zurückeroberung Irlands durch das irische Volk. Uns war bewußt, daß der kleine Mann in Britannien nicht unser Feind war. Mit der britischen Herrschaft in Irland aber konnten wir uns nicht einverstanden erklären. Unserer Ansicht nach war darin die Ursache des Krieges und der Spaltung der Gesellschaft in Irland zu suchen. Wir wollten ein Ende der britischen Herrschaft.

1980 versuchten die Briten, durch verstärkte nachrichtendienstliche Aktivitäten den Kampf gegen die IRA voranzutreiben. Der Geheimdienstchef Maurice Oldfield wurde zum Koordinator dieser Aktivitäten berufen. Dreihundert Millionen Pfund wurden investiert, um eine flächendeckende Videoüberwachung der nationalistischen Stadtteile zu installieren. Alle Videokameras waren mit Computern und von dort mit den Beobachtungsposten und Fahrzeugen der RUC vernetzt. Spezialeinheiten der RUC wurden zu Todesschwadronen ausgebildet. Und dies zu einer Zeit, da Loyalisten mit nachrichtendienstlicher Unterstützung der RUC oder der britischen Armee politische Aktivisten ermordeten, wie etwa John Turnley von der Irish Independence Party (IIP), Miriam Daly, Noel Little und Ronnie Bunting von der IRSP. Bernadette (Devlin) McAliskey wurde bei einem Mordanschlag schwer verletzt.

Auf politischer Ebene nutzte ich das Schlüsselereignis des republikanischen Jahres 1979 und verwies anläßlich der Gedächtnisfeier in Bodenstown auf die Notwendigkeit, eine politische Alternative zu schaffen.

»Die 1916 ausgerufene Republik ... kann nicht mit militärischen Mitteln allein wiederbegründet werden. Hindernisse und Widerstände können zwar militärisch beseitigt und Errungenschaften militärisch abgesichert werden, für die Wiederbegründung der Republik bedarf es aber mehr als einer militärischen Alternative zum Establishment ... Unsere Bewegung braucht eine konstruktive und ernsthafte Selbstkritik. Wir müssen uns auch stärker mit den Menschen verbünden, die wirtschaftlicher und sozialer Unterdrückung unterliegen. ... Unsere größte Schwäche besteht bis heute darin, daß wir keine revolutionäre Politik entwickeln und keine starke politische Alternative zur sogenannten konstitutionellen Politik schaffen konnten.«

Auf das Thema der politischen Entwicklung kam ich im April 1980 in einem Artikel mit der Überschrift »Szenario für eine sozialistische Republik« zurück:

»Es ist möglich und unter den gegenwärtigen Bedingungen wahrscheinlich, daß die IRA schließlich einen Abzug der Briten bewirken wird. Es ist jedoch auf Grund des gegenwärtigen Vertrauens der IRA auf ihre militärische ›Stärke‹ und des tatsächlichen Fehlens einer vergleichbaren politischen Bewegung sehr wahrscheinlich, daß die Briten unter Bedingungen und Umständen abziehen, unter denen ihre langfristigen Interessen und die imperialistischen Interessen im allgemeinen am besten gewahrt sind.

Ein britischer Abzug kann sehr viel schneller und unter besseren Bedingungen erreicht werden, wenn er nicht von der militärischen Bedrohung durch die IRA bewirkt, sondern der Widerstand gegen britische Herrschaft auch auf die Schaffung einer alternativen politischen Bewegung gelenkt wird.«

Zu meiner Überraschung löste dieser Artikel innerhalb der Sinn-Féin-Führung eine Kontroverse aus.

Im Rückblick bestand die größte Schwäche von Sinn Féin im Norden darin, daß es nicht gelungen war, ein Bündnis mit der SDLP oder eine parteipolitische Wahlalternative zu schaffen. Die Gründung der Irish Independence Party (IIP) im Oktober 1977 durch Frank McManus und Fergus McAteer hatte gezeigt, daß Sinn Féin nicht nur der SDLP politischen Boden überließ, sondern auch einer neuen Partei, die links von der SDLP angesiedelt war. Durch die spätere Wahlkampagne von Bernadette MacAliskey und die von People's Democracy und der Irish Republican Socialist Party erzielten Erfolge bei Kommunalwahlen verloren wir weiter an Boden. Jeder Versuch von uns, eine Wahlalternative zu bilden, wäre natürlich mit den Problemen konfrontiert gewesen, die sich aus der Frage des Abstentionismus ergaben. Es war eine entscheidende Schwäche von uns, keine der beiden politischen Möglichkeiten ergriffen zu haben. Im Süden war die Situation noch schlimmer.

Sinn Féin war eine Protestbewegung. Die Partei war zwar nicht mehr verboten, aber auf Grund unserer Erfahrung mit Illegalität und Konspiration taten wir uns gedanklich und organisatorisch schwer, mit Gruppen und Personen außerhalb unserer Bewegung zu kooperieren oder zu gemeinsamer Aktion zusammenzufinden. Der bewaffnete Kampf spielte eine so dominierende Rolle, daß er beinahe als die einzige Kampfform überhaupt angesehen wurde. Ich plädierte dafür, das konspirative Vorgehen zu überwinden und durch eine offene und öffentliche politische Praxis zu ersetzen.

In der SDLP, die sich im November 1978 schließlich für einen britischen Abzug aussprach, kam es zu Veränderungen. 1979 zog sich Gerry Fitt, der einzige SDLP-Unterhausabgeordnete, nicht nur aus der Parteiführung, sondern aus der Partei selber zurück. Gerry Fitt hatte sich gegen die Kampagne für die Gefangenen in den H-Blocks und im Frauengefängnis von Armagh gestellt. Von da an war er in seinem Wahlkreis immer häufiger kritischen Fragen und Widerspruch ausgesetzt. Die Opponenten stießen sich nicht unbedingt an seiner Kritik an der IRA, wohl aber an seiner Haltung zu den Gefangenen. Sinn Féin hatte sich immer mit ganzer Kraft gegen die SDLP gestellt. Wenn aber ein SDLP-Mitglied etwas Vernünftiges sagte, begrüßte ich das. An jenem Tag hatte ich geahnt, daß Gerry Fitt den Parteivorsitz niederlegen würde. Als ich aber rasch eine Erklärung dazu abgab, sagte er, meine Einmischung sei der Beweis dafür, daß die SDLP immer nationalistischer werde. John Hume wurde Fitts Nachfolger als Parteivorsitzender der SDLP und bei den Europawahlen des gleichen Jahres ins Europaparlament gewählt.

Wir hatten beschlossen, die Wahlen zu boykottieren. Als Bernadette MacAliskey im Juni 1979 die Gefangenenfrage in den Mittelpunkt ihres Wahlkampfes rückte, unterstützten wir sie nicht. Sie konnte dennoch eine beträchtliche Stimmenzahl auf sich vereinen. Wir befanden uns noch immer in einem Lernprozeß, agierten nicht geschlossen und trafen unsere Entscheidungen ad hoc. 1980 sprach sich Jim Gibney auf unserem Parteitag für die Beteiligung an Kommunalwahlen in den Sechs Grafschaften aus. Sein Vorschlag wurde allerdings abgelehnt. Bei den folgenden Kommunalwahlen im Mai 1981 gewannen an der H-Block/Armagh-Kampagne beteiligte Kandidaten an die dreißig Sitze. Diese hätten eigentlich Sinn-Féin-Sitze sein sollen.

In den Sechs Grafschaften hatte Sinn Féin das politische Feld der SDLP, der IIP, der IRSP und Unabhängigen wie etwa Bernadette und People's Democracy überlassen. Im Süden konnte uns die »Official« Sinn Féin den Rang ablaufen. 1977 hatte sich die Partei in »Sinn Féin the Workers' Party« umbenannt (und 1982 strich sie Sinn Féin ganz aus dem Namen). Sie konnte im Süden kontinuierlich Wählerstimmen auf sich vereinigen, obwohl ihre politische Position nunmehr von einer unionistischen kaum mehr zu unterscheiden war.

Im Juni 1977 war in Dublin die Fianna-Fáil-Partei unter Jack Lynch mit einer Mehrheit von zwanzig Sitzen als Sieger aus den Wahlen hervorgegangen und hatte die Koalitionsregierung aus Fine Gael und Labour abgelöst, die bei der Kollaboration mit den britischen Streitkräften und mit Polizeistaatsmethoden gegen die Republikaner neue Maßstäbe gesetzt hatte. Zu denjenigen, die sich bei der Durchsetzung dieser antinationalistischen Politik besonders hervorgetan hatten, gehörte Conor Cruise O'Brien. Er war ein eifriger Verfechter der Zensur und konnte als Erfolg verbuchen, daß eine Atmosphäre entstanden war, die einem McCarthy alle Ehre gemacht hätte. Erschwerend kamen noch die Aktivitäten einer Spezialeinheit der irischen Polizei hinzu, die nicht umsonst den Spitznamen »Heavy Gang« bekam. Seit 1976 war kein Sinn-Féin-Sprecher mehr von Radio Telefís Eireann (RTE), der staatlichen Rundfunk- und Fernsehanstalt, interviewt worden. Nationalistische Auffassungen wurden zunehmend ignoriert. Der Zensur unterlagen auch Lieder, Theaterstücke und Gedichte, die traditionell Ausdruck der reichen irischen Kultur waren.

Conor Cruise O'Briens feindselige Haltung gegenüber den Forderungen von Nationalisten aus dem Norden hing damit zusammen, daß er die koloniale Natur der britischen Präsenz in Irland leugnete. Wir als irische Republikaner sahen uns jedoch als Teil der internationalen Bewegung, die für die Selbstbestimmung der Völker und gegen den Kolonialismus kämpfte. Die irisch-nationalistische Bewegung hatte bei der internationalen Entfaltung des Kampfes zur Beseitigung des Kolonialismus eine führende Rolle gespielt. Der Republikanismus war in seiner Geschichte stets von progressiven Bewegungen in anderen Ländern stark beeinflußt worden, schon seit sich die United Irishmen für den Amerikanischen Unabhängigkeitskrieg und die Französische Revolution begeistert hatten. Und die antikolonialen Bewegungen Indiens und Afrikas ihrerseits waren stark von der revolutionären irischen Tradition beeinflußt.

Der Internationalismus war ein wichtiges Element des modernen Republikanismus geblieben, sowohl bei der Entwicklung politischer Ideen wie auch der Taktik des Guerillakrieges. Der Einfluß war wechselseitig. Die Republikaner lernten aus den Kämpfen in anderen Ländern, während die meisten Guerilla- und Unabhängigkeitsbewegungen die IRA studierten und in ihr ein wichtiges Vorbild für die Führung eines Volkskrieges sahen.

Irische Republikaner hatten eine natürliche, instinktive und weitreichende Affinität zur unterdrückten schwarzen Mehrheit in Südafrika und zum African National Congress (ANC). Eine freie Föderation freier Völker war unser Ziel, es war das einzige Internationalismuskonzept, für das zu kämpfen es sich lohnte.

Während meiner Untersuchungshaft hatte mich das Leiden unserer Gefangenen in Armagh und in den H-Blocks sehr stark bewegt. Ich war von der Standfestigkeit beeindruckt, mit der sie unter schwierigsten Bedingungen ihren eigenen Kampf führten. Ihr Protest dauerte seit 1976 an und war seitdem eskaliert. Ich war sehr besorgt, weil die Briten keinerlei Zugeständnisse machen wollten. Unsere eigenen Aktivitäten zur Unterstützung der Gefangenen waren ziemlich unzulänglich. Im April 1976 hatten Angehörige der Gefangenen ihr eigenes Solidaritätskomitee (Relatives' Action Committees – RAC) gegründet, aber trotz ihrer unermüdlichen Arbeit bekamen sie von uns nicht die politische Unterstützung, die das Schicksal der Gefangenen erfordert hätte.

Bevor ich in Untersuchungshaft kam, war ich Opfer unserer eigenen schlechten Öffentlichkeitsarbeit geworden und hatte geglaubt, daß die Gefangenen ihren sogenannten »Schmutzprotest« begonnen hatten, um den Deckenprotest zu eskalieren. Doch in Wirklichkeit waren die Gefangenen in den Waschstreik gezwungen worden, da sie die sanitären Einrichtungen nicht mehr benutzen durften. Für mich war dies ein wichtiger Punkt. Es war sehr wohl ein Unterschied, ob ein solch abstoßender Protest freiwillig durchgeführt wurde oder aufgezwungen war. Die Gefängniswärter hatten die »Deckenmänner« ständig schikaniert und sie auf dem Weg zu oder von den Latrinen angegriffen und in den Zellen ihre Kübel umgestoßen, so daß sich der Inhalt über die Matratzen ergoß. Daher waren die Gefangenen gezwungen, ihren Deckenprotest zu einem Waschstreik auszuweiten. Sie wuschen und rasierten sich nicht mehr und weigerten sich, ihre Toilettenkübel auszuleeren. Die Bedingungen waren nach kürzester Zeit entsetzlich. Im Frauengefängnis von Armagh verfolgte man einen ähnlichen Kurs, um die Kriminalisierungspolitik durchzusetzen.

Im August 1978 besuchte Kardinal Tomás Ó Fiaich die H-Blocks und gab daran anschließend die folgende Schilderung: »Man kann nicht einmal Tiere unter solchen Bedingungen einsperren, geschweige denn Menschen. Aus eigener Anschauung kann ich die Situation der Gefangenen am ehesten mit der der Hunderten von Obdachlosen vergleichen, die in der Kanalisation der Slums von Kalkutta leben. Der Gestank und Dreck in einigen Zellen war unerträglich. Essenreste verrotten auf dem Boden, die Wände sind mit Exkrementen beschmiert.

Die Verantwortlichen weigern sich zuzugeben, daß diese Gefangenen sich von den normalen Gefangenen unterscheiden, worauf die ganzen Umstände ihrer Gerichtsverfahren und schon ihre familiäre Herkunft verweisen. Sie wurden von Sondergerichten ohne Geschworene verurteilt. Die überwiegende Mehrheit wurde auf Grund vermeintlich freiwilliger Geständnisse verurteilt, die unter Bedingungen zustande kamen, gegen die im jüngsten Bericht von Amnesty International ein schwerwiegender Verdacht erhoben wurde. Einige sind sehr jung und stammen aus Familien, die noch nie mit dem Gesetz in Konflikt gekommen sind, aber in Gebieten leben, die bei der Vergabe von Wohnungen und Arbeitsplätzen diskriminiert wurden. Wie läßt sich der sprunghafte Anstieg der Zahl der Gefängnisinsassen in Nordirland von 500 auf 3000 erklären, wenn es nicht einen neuen Typus von Gefangenen gibt? Das Problem dieser Gefangenen stellt ein großes Hindernis auf dem Weg zum Frieden in unserer Gemeinschaft dar. Solange es nicht gelöst ist, wird es immer wieder den Unmut der Gefangenen provozieren, unter ihren Verwandten und Freunden für Frustration sorgen und zu Erbitterung zwischen den Gefangenen und dem Gefängnispersonal führen. So wird nur die Saat für zukünftige Konflikte gesät.«

Als ich entlassen wurde, hatte ich eine klare Vorstellung von dem Problem Gefängnis. Ich war sofort zu Ruairí Ó Bradaigh gegangen und hatte ihn noch vor unserem Parteitag von 1978 über meine Erkenntnisse informiert. Daraufhin änderte der Präsident von Sinn Féin das Manuskript seiner Rede und berücksichtigte die aktuelle Situation der Gefangenen. Wir bildeten ein kleines Komitee, das sich der Gefängnisproteste annehmen sollte. Wir bauten auch die für die Kriegsgefangenen zuständige Abteilung neu auf, die von nun an für ein besseres Verständnis und dann auch für ein aktiveres Vorgehen in der Gefangenenfrage sorgte. 1979 hielten wir in Dublin eigens eine Konferenz zur Situation der Kriegsgefangenen ab, bei der zahlreiche Aktivisten die Probleme diskutierten.

Jim Gibney war eine Zeitlang der Verbindungsmann zwischen Sinn Féin und dem Relatives' Action Committee gewesen. Dieser Kontakt sollte intensiviert werden. Ich besuchte einige RAC-Treffen, bei denen wir überlegten, eine Massenaktion zu organisieren, in die auch Menschen außerhalb von Sinn Féin einbezogen werden sollten. Danach begingen wir einen schweren Fehler. In Coalisland fand eine Konferenz statt, bei der einer unserer Sprecher darauf bestand, daß jeder, der sich an der Kampagne für die Gefangenen beteilige, die Legitimität des bewaffneten Kampfes anerkennen müsse. Möglicherweise handelte es sich um eine instinktive Reaktion auf die britische Kriminalisierungspolitik, und sie entsprach ganz unserer Tradition. Doch als ich davon hörte, wußte ich auf der Stelle, wie falsch diese Forderung war.

Wir arbeiteten an unseren Vorstellungen zu einem breiten Komplex von Fragen und versuchten, auf politischer Ebene Fortschritte zu erzielen. Wir hatten uns positiv zum Problem der Wahlbeteiligung geäußert und die Bedeutung der Gefangenenfrage betont. Wir konnten uns zwar vage Vorstellungen von unseren eigenen zukünftigen Initiativen machen, waren aber nicht klug genug, die Chance, die uns die Konferenz in Coalisland bot, zu nutzen. Diese Konferenz war von anderen Leuten, darunter Republikanern von der Basis, auf die Beine gestellt worden, um die Bildung einer breiten antiunionistischen Front zu diskutieren. Im Oktober 1979 waren wir jedoch soweit. Das Relatives' Action Committee hatte eine Konferenz im »Green Briar Hotel« in Andersonstown organisiert, an der neben Sinn Féin auch die Irish Republican Socialist Party, People's Democracy, die Trade Union Campaign Aganist Repression (TUCAR) und Women Against Imperialism (WAI) teilnahmen. Diese Organisationen gründeten das H-Block/Armagh-Komitee. Sogar Vertreter der »Peace People« waren da.

Wir hatten uns mit den Gefangenen auf fünf Forderungen verständigt. Sie drückten das Wesentliche aus, was wir wollten, ohne in den üblichen Jargon zu verfallen. Wir wollten den Briten einen gewissen Handlungsspielraum gewähren und zugleich einer breiteren Masse gegenüber einleuchtende und gemäßigte Forderungen vorbringen – über den Kreis unserer Anhänger hinaus, die ohnehin die politischen Gefangenen unterstützten und sich gegen die Haftbedingungen wandten.

Der Kampf dauerte nun schon zehn Jahre, und zahllose Republikaner saßen im Gefängnis. Die Gefangenen waren zu einem zentralen Schwerpunkt des republikanischen Kampfes geworden. Doch es zählte nicht allein die politische Dimension – wir alle hatten selbst Freunde oder Familienangehörige, die einsaßen. Mehr als die Hälfte der von den Diplock-Gerichten Verurteilten waren unter einundzwanzig. Die Aktivisten unter ihnen hatten einen spezifischen politischen Kampf aufgenommen, um ihre Straßen gegen Angriffe durch Loyalisten, ob mit oder ohne Uniform, und durch die britische Armee zu verteidigen. Viele hatten erst nur Barrikaden gebaut und Steine auf Saracen-Panzer geworfen, sich dann aber der IRA angeschlossen, um das politische Ziel des britischen Abzugs zu erreichen. Die Behauptung seitens der Briten, die republikanischen Häftlinge seien keine politischen Gefangenen, entbehrte jeder Logik. Sie war allerdings eine starke Waffe politischer Rhetorik, deren sich sämtliche Streitkräfte und das Justizwesen des Staates bedienten. Das Ziel war die Unterdrückung des republikanischen Kampfes und gleichzeitig die Verzerrung der internationalen Bewertung des britisch-irischen Konfliktes. Es war unvermeidlich, daß die Republikaner dieser britischen Strategie frontal begegneten, um die Politik der »Kriminalisierung« zum Scheitern zu bringen und auf dem politischen Charakter unseres Kampfes zu beharren.

11

Die Hungerstreiks, die mit dem Tod von Bobby Sands und neun weiteren Republikanern endeten, wurden zu einer Zeit geführt, in der ich meine politische Priorität darin sah, die politischen Inhalte und Fähigkeiten von Sinn Féin geplant zu entwickeln. Hierzu konnte auch eine neue Wahlstrategie gehören. Ich sprach mich zunächst gegen die von den Gefangenen erwogene Option eines Hungerstreiks aus, weil ich davon überzeugt war, daß dadurch die Aufmerksamkeit und Energie von den Aufgaben der politischen Entwicklung abgelenkt würde. Ein Hungerstreik würde die Kräfte der republikanischen Bewegung zweifellos bis zum äußersten beanspruchen; und es bestand sehr wohl die Möglichkeit, daß wir dabei eine entscheidende, zutiefst demoralisierende Niederlage erlitten.

Es zeigte sich, daß die Hungerstreiks widersprüchliche Folgen hatten.

Die Aufmerksamkeit *wurde* von den geplanten Anstrengungen abgelenkt, eine Wahlstrategie zu entwerfen. Dennoch erzielten wir, eher zufällig als geplant, eine Reihe aufsehenerregender Wahlsiege. Die Hungerstreiks beanspruchten uns körperlich, emotional und geistig bis zum äußersten. Dennoch gewannen wir ungeheure neue Energie, Entschlossenheit und Orientierung aus dieser außergewöhnlichen Periode, in der unsere zehn Genossen langsam und qualvoll ihr Leben opferten.

Ich bin durch viele Einflüsse und zahlreiche intensive Erfahrungen geprägt worden. Es gab Ereignisse, die für mich als Individuum einen Wendepunkt markierten, und Zeiten, die nicht nur für mich einen Wendepunkt darstellten, sondern für ein ganzes Volk. Wenn dereinst mit dem Vorteil zeitlichen Abstands die Geschichte jener Periode Irlands geschrieben wird, in der ich gelebt habe, werden aus dem Gebirge der vom irischen Volk erlittenen traumatischen Erfahrungen die republikanischen Hungerstreiks von 1980–1981 herausragen wie der Mount Everest.

Ich kannte Bobby Sands sehr gut aus unserer gemeinsamen Zeit in Cage 11. Er war im April 1976 aus Long Kesh entlassen worden. Er war verheiratet und hatte einen Sohn, wurde aber wieder in der IRA aktiv. Er engagierte sich auch in Sinn Féin, half, eine Ortsgruppe zu gründen, und verfaßte als Aktivist seines Viertels Artikel und gab die Stadtteilzeitung *Liberty* heraus, und er spielte und sang bei Konzerten. Er war erneut festgenommen worden, als bei einer Kontrolle des Autos, in dem er mit drei anderen fuhr, eine Waffe gefunden wurde. Er war sechs Tage lang in Castlereagh bearbeitet worden, hatte aber kein Geständnis unterschrieben. Wegen des gemeinschaftlichen Besitzes eines einzigen Revolvers wurde er mit den drei anderen zu vierzehn Jahren Haft verurteilt.

Nach seiner Verurteilung schloß er sich dem »Deckenprotest« in den H-Blocks an, das heißt, er weigerte sich, die Sträflingsuniform zu tragen. Diese Kampfform war nicht neu. Mein Vater hatte sich eine Zeitlang im »Deckenprotest« befunden, als er inhaftiert war. Aber kein Häftlingsprotest hatte je so lange gedauert, und nie hatten sich so viele Inhaftierte beteiligt, darunter die Frauen im Gefängnis von Armagh. Die meisten Häftlinge waren hartnäckige, unbeugsame, entschlossene junge Kämpfer, die noch nie im Gefängnis waren und sich weigerten, mit der Verwaltung der Blocks zu kooperieren. Es gab allerdings auch ein paar alte Hasen wie Bobby, die das System schon einmal durchlaufen hatten und wußten, wie sie sich verhalten mußten. Der Protest dauerte mittlerweile seit fünf Jahren an.

Die Erbitterung zwischen den Gefangenen und den Wärtern hatte sich, verglichen mit der Zeit, als ich interniert war, extrem gesteigert. Die Wärter führten ein Regime, das die Häftlinge als Kriminelle wertete, und schreckten auch vor

Gewalt und der entwürdigenden Prozedur der Zwangswaschung nicht zurück. Außerhalb der Gefängnismauern kam es zu Attentaten der IRA auf Gefängniswärter.

Bobby trat den Wärtern mit unerbittlicher Ablehnung entgegen. Seine tiefe Feindseligkeit ihnen gegenüber kam später in seinen Schriften zum Ausdruck.

Er hatte zwar vorher schon ein paar Liedtexte verfaßt, begann aber erst ernsthaft zu schreiben, als er PRO (Verantwortlicher für Öffentlichkeitsarbeit der Häftlinge) wurde. Der Herausgeber der *Republican News*, Danny Morrison, hatte ihn zum Schreiben ermutigt. Bobbys Gedichte, die er unter den schwierigsten Bedingungen und ohne Zugang zu Nachschlagewerken auf kleine Papierschnipsel schrieb, sind das Werk eines sehr kreativen Menschen. Er war zweifellos sehr begabt. Er schrieb auch Artikel, die wertvolle Beiträge zur politischen Debatte lieferten.

»Es muß betont werden, daß ein bewaffnetes Volk auf keinen Fall eine sichere Garantie für die Befreiung ist. Unsere Waffen mögen unsere Feinde töten, wenn ihr Einsatz aber nicht auf der Politik eines revolutionären Volkes basiert, werden sie sich schließlich gegen uns selbst richten. Gewehre gewinnen keine Kriege. Gewehre und Bomben mögen einen Menschen töten, einen Weg weisen können sie ihm nicht ... noch werden sie je einen unbeugsamen Menschen zwingen, sich zu beugen.«

Seine Mitgefangenen hörten ihm gerne zu, wenn er nach und nach seine eigene Version des Inhalts von *Trinity* wiedergab, eines Romans von Leon Uris. Er schrie durch die Zellentür, so daß alle auf dem Gang ihn hören konnten. Bobby beteiligte sich auch führend daran, das Irische als Verkehrssprache in den Blocks durchzusetzen, und war einer der besten Lehrer der irischen Sprache in Long Kesh.

Die Krise in den Gefängnissen, die sich seit 1976 allmählich entwickelt hatte, spitzte sich Anfang 1980 zu. Männliche Wärter verwüsteten die Zellen der republikanischen Gefangenen im Frauengefängnis von Armagh und schlugen auf einige der Frauen ein. Die Frauen reagierten mit einem

»Waschstreik«. Im März verkündete die britische Regierung, daß Häftlingen, die vor dem 1. März 1976 verurteilt worden waren, von nun an ebenfalls der politische Status verweigert würde. Sinn Féin hatte versprochen, die Anstrengungen draußen zu verstärken, doch sosehr sich das H-Block/Armagh-Komitee auch mühte, es gab keinerlei Anzeichen für irgendwelches Einlenken seitens der britischen Regierung. Die Gefangenen hatten das Gefühl, daß durch unsere Protestkampagne ebenso wenig erreicht wurde wie durch die Serie von IRA-Attentaten auf Gefängniswärter.

Am 27. Oktober traten sieben Insassen der H-Blocks, darunter Brendan Hughes, in den Hungerstreik. Bobby Sands übernahm die Funktion des Officer in Command (OC), des Sprechers der Gefangenen. Ich hatte von da an bis zum Ende des Streiks zu Weihnachten täglich Kontakt zu Bobby. Während dieser äußerst traumatischen Zeit lernten wir uns genauestens kennen. Ende November schlossen sich drei Frauen im Gefängnis von Armagh dem Hungerstreik der Gefangenen in den H-Blocks an. Im Dezember erhöhte sich deren Zahl auf siebenunddreißig. Der Gesundheitszustand von Sean McKenna, einem der ersten sieben Hungerstreikenden, verschlechterte sich rapide. Er drohte ins Koma zu fallen und das Augenlicht zu verlieren. Als der Hungerstreik begann, suchte die britische Regierung den Kontakt zu den Republikanern, trotz ihrer öffentlichen Posen, wonach sie mit »Terroristen« nicht redete. Es wurde ein Kommunikationskanal reaktiviert, der schon während des langen bilateralen Waffenstillstandes von 1974–1975 genutzt worden war. Über diese Kontakte ins Außenministerium wurde eine Kompromißlösung vorgeschlagen. Den Gefangenen sollte ein Dokument unterbreitet werden, in dem die Details einer Regelung niedergelegt waren, sofern sie den Hungerstreik beendeten. Sean McKenna war zu krank, um sich an den Beratungen zu beteiligen, bei denen die übrigen die alternativen Möglichkeiten diskutierten. Am 18. Dezember, dem dreiundfünfzigsten Tag des Hungerstreiks, beendeten die Gefangenen ihre Aktion. Am selben Tag noch übergaben die Briten den Häftlingen ein Dokument, verbreiteten aber weltweit über die Medien, die Gefangenen hätten kapituliert, ohne die Kompromißlösung zu erwähnen.

Nach diesem konfusen Ende des ersten Hungerstreiks hatte ich ein drolliges Erlebnis. Ich wußte von der Erklärung der Briten, daß die Gefangenen kapituliert hätten, und kam ziemlich deprimiert nach Hause. Dort fand ich einen Zettel von Colette, sie sei mit einer Freundin ausgegangen, um zu feiern. Sie hatten den falschen Eindruck gewonnen, daß der Streik mit Erfolg abgeschlossen worden war. Die Republikaner in Belfast und darüber hinaus waren erleichtert und in Hochstimmung. Später kehrten die beiden Frauen schwer angetrunken zurück, und ich mußte sie ins Bett verfrachten. Ich kannte die Wahrheit, war nüchtern und fühlte mich elend. Sie hingegen waren glücklich in ihrer Unkenntnis.

Zu Weihnachten besuchten Colette, Gearóid und ich wie immer meine Ma und Colettes Mutter. Wir waren erleichtert, daß Brendan und seine Freunde den Hungerstreik beendet hatten, doch es war eine gewisse Verzweiflung spürbar. Colette besuchte den Dunklen in den Blocks. Die Streitfragen, deretwegen der Hungerstreik begonnen hatte, waren immer noch ungelöst.

Bobby Sands mußte als OC im Kesh zwischen Weihnachten 1980 und März 1981 Schlimmes über sich ergehen lassen, als er versuchte, die Neuregelung durchzusetzen, mit dem Haftregime zurechtzukommen und die Briten zur Einhaltung ihres eigenen Dokuments zu veranlassen. Dabei stand er unter großem Druck, da wir in Sinn Féin draußen gegen einen zweiten Hungerstreik waren, den er und andere schon vor März beginnen wollten. Zwanzig Gefangene beendeten probehalber den Deckenprotest, ihre Angehörigen brachten Kleidungsstücke nach Long Kesh, doch die Gefängnisverwaltung weigerte sich, sie den Gefangenen auszuhändigen. Nach den Festlegungen in ihrem eigenen Dokument hätte die britische Regierung die Forderungen der Gefangenen Schritt für Schritt erfüllen können, statt dessen blockierte sie jegliche Veränderung in den Gefängnissen.

Die Gefangenen waren nun entschlossen, erneut in den Hungerstreik zu treten. Ihnen war bewußt, daß sie dabei ihr Leben verlieren konnten, doch sie glaubten, daß ihr Sterben, als ein öffentliches Ereignis, für die Sache, der sie sich verschrieben hatten, politisch produktiv sein könnte. Ein zweiter Hungerstreik verliefe anders als der erste. Er wäre ein Kampf mit der britischen Regierung, der über die Frage der Haftbedingungen hinausgehen und enorme Auswirkungen auf den gesamten Kampf der republikanischen Bewegung haben würde. Wir von Sinn Féin sprachen uns sehr, sehr entschieden dagegen aus, nicht nur wegen der auf die Hungerstreikenden zukommenden Probleme, sondern auch wegen der für unseren Kampf zu erwartenden Schwierigkeiten, sollte er zu einer zweiten Niederlage führen.

Ein Hungerstreik unterschied sich von allen anderen Kampfformen. Die IRA-Kämpfer traten nicht in Aktion, um den Tod zu suchen, auch wenn sie ihr Leben riskierten. Die Hungerstreikenden jedoch lösten einen Prozeß aus, der, falls notwendig, zu ihrem Tod führen sollte. Ich hatte 1972 über kurze Zeit eigene Erfahrungen mit einem Hungerstreik sammeln können und wußte, wie schwer es war. Ich wußte auch, daß andere entschlossener waren als ich. Die Republikaner Michael Gaughan und Frank Stagg waren 1974 beziehungsweise 1976 im Laufe eines Hungerstreiks in englischen Gefängnissen gestorben. Dolours und Marion Price, die der Zwangsernährung unterworfen wurden, hatten ihren Hungerstreik über 205 Tage durchgehalten. Da ich das persönliche Format und den Charakter der Menschen kannte, die nun in den Hungerstreik treten wollten, hegte ich keinen Zweifel an ihrer Entschlossenheit. Gleichzeitig konnte es keine Garantie geben, daß sie den Hungerstreik konsequent bis zum Ende führen würden, daß sie den eigenen Zweifeln, der Besorgnis von Freunden und Angehörigen und dazu dem Druck der Gefängnisverwaltung und der britischen Regierung widerstehen könnten.

Wenn wir von Sinn Féin den Hungerstreik ablehnten,

dann aus zwei Gründen: zum einen den Hungerstreik als Taktik an sich; zum anderen, weil zwischen den Häftlingen untereinander sowie zwischen den Häftlingen und den Republikanern draußen enge persönliche Beziehungen bestanden. Uns war allen bewußt, daß wir mit einem zweiten Hungerstreik eine Zerreißprobe bestehen müßten. Zudem stellte sich noch die Frage der Beziehung zwischen den Gefangenen und der Gesamtheit der Nationalisten. Aufgrund des »Fließbandsystems«, das die Inhaftierten vom Verhörzentrum Castlereagh automatisch vor die Diplock-Gerichte brachte, saßen so viele Republikaner ein, daß kein nationalistisches Viertel von Inhaftierungen verschont blieb. In einem Stadtteil wie Ballymurphy gab es viele Straßen, wo gleich aus mehreren Häusern Söhne und Töchter in Haft waren. Wir Republikaner draußen teilten also die angstvolle Sorge nicht nur mit unseren hungerstreikenden Genossen, sondern mit nahezu der gesamten nationalistischen Bevölkerung der Sechs Grafschaften.

Wir waren jedoch vor allem darum gegen den zweiten Hungerstreik, weil wir nicht glaubten, daß die britische Regierung dadurch zu Zugeständnissen zu bewegen wäre. Außerdem begannen wir gerade damit, der politischen Unterentwicklung unseres Kampfes abzuhelfen, und arbeiteten besonders an einer Wahlstrategie. Uns war sehr wohl bewußt, daß der vorgeschlagene Hungerstreik unsere ganze Aufmerksamkeit beanspruchen würde. Ich sprach mich direkt und persönlich gegen einen Hungerstreik aus.

»Bobby«, schrieb ich, »wir sind aus taktischen, strategischen und moralischen Gründen und aus Rücksicht auf Eure Gesundheit gegen einen Hungerstreik.«

Bevor unsere per Kassiber geführte Diskussion beendet war, wußte ich, daß Bobby Sands dem Tod entgegensah. Er war siebenundzwanzig, doch schon ein Kampfveteran, der bereits zweimal inhaftiert gewesen war und wußte, was er tat. Im Unterhaus erklärte Nordirlandminister Humphrey Atkins, man werde den Hungerstreikenden keinen Status als politische Gefangene einräumen. Hinter den Kulissen wurde der Kontakt zwischen uns und dem Beamten im Außenministerium wiederhergestellt.

Ich stand nun dem Hungerstreikkomitee von Sinn Féin vor, und zusammen mit Martin McGuinness hielt ich den Kontakt zur britischen Regierung. Zugleich stand ich hauptsächlich durch »*comms*«, auf Zigarettenpapier geschriebene Mitteilungen, die in die Blocks hinein- und herausgeschmuggelt wurden, im ständigen Kontakt mit den Hungerstreikenden. Während dieser außergewöhnlichen Zeit entwickelten sich sehr intensive, unvergleichliche Beziehungen. Die Hungerstreikenden, die starben, waren zwischen dreiundzwanzig und dreißig Jahre alt; ich war ein paar Jahre älter als sie, und mir war schmerzlich bewußt, daß diese jungen Männer eigentlich das Leben noch vor sich hatten und es doch zu opfern bereit waren.

Neben Bobby kannte ich Bik McFarlane am besten. Er hatte sich am ersten Hungerstreik beteiligt und war OC geworden, als Bobby in den Hungerstreik getreten war. Er kam aus Ardoyne und kannte meine Tante Kathleen und meine Cousinen und Cousins, die ebenfalls dort wohnten. Ich hatte ihn in Cage 11 kennengelernt und ihn gebeten, für uns die Öffentlichkeitsarbeit zu machen. Er war ein ausgeglichener Charakter, bemerkenswert offen, auch was seine Gefühle anging, er hatte an einem Priesterseminar studiert, war ein guter Musiker und hatte einige Lieder von Bobby arrangiert. Während des qualvollen Hungerstreiks habe ich hauptsächlich mit Bik kommuniziert und oft an einem Tag mehrere *comms* von ihm erhalten.

Bobby Sands trat am 1. März 1981 in den Hungerstreik, am fünften Jahrestag der Aberkennung des politischen Status. Am selben Tag bewegte sich ein großer Demonstrationszug die Falls Road hinab, um die fünf Forderungen der Gefangenen zu unterstützen:

1. Das Recht, jederzeit die eigene Kleidung tragen zu dürfen.
2. Keine Form von Zwangsarbeit.

3. Das Recht der unbehinderten Zusammenkunft mit allen Gefangenen zu jeder Tageszeit.
4. Das Recht, Freizeit- und Bildungsprogramme selbst zu organisieren.
5. Die Wiedergewährung von Strafnachlaß.

An der Demonstration nahm eine gewaltige Menschenmenge aus Ballymurphy teil. Auf einem der Transparente stand: »Divismore Park unterstützt die Fünf Forderungen«.

Am 15. März folgte Francis Hughes dem Beispiel von Bobby Sands. Ray McCreesh und Patsy O'Hara traten eine Woche später in den Hungerstreik. Sie stellten sich mit der einzigen Waffe gegen die imperiale Macht, die ihnen geblieben war – mit ihrem Leben.

Dann setzte eine völlig unerwartete, nicht vorhersagbare Entwicklung ein, die der Kampagne der Häftlinge einen neuen Schub gab. Der unabhängige Unterhausabgeordnete für den Wahlkreis Fermanagh/South Armagh, Frank Maguire, starb plötzlich, Nachwahlen wurden fällig.

Wir hatten seit längerer Zeit über eine mögliche Wahlkampfstrategie diskutiert, verfügten aber – gleichsam per definition – über keinerlei Wahlerfahrung. Wir erwogen, einen Gefangenen als Kandidaten aufzustellen, und diskutierten darüber. Aber erst als Bernadette Devlin McAliskey ihre Kandidatur für den Wahlkreis ankündigte, brachte Jim Gibney die Möglichkeit ins Spiel, Bobby Sands als Kandidaten aufzustellen. Bernadette wußte, daß über die Kandidatur eines Gefangenen nachgedacht wurde, und erklärte, sie würde auf ihre Kandidatur verzichten, wenn sich ein H-Block-Kandidat fände. Bobby hatte nur eine Chance, gewählt zu werden, wenn er gegen keinen anderen nationalistischen Kandidaten antreten mußte. Die demographische Verteilung ließ befürchten, daß die nationalistischen Stimmen sich spalten und dadurch fast sicher einem unionistischen Kandidaten zum Wahlsieg verhelfen würden. Noel Maguire, Franks Bruder, war nominiert worden, und man ging davon aus, daß er die Wahl gewinnen würde; die SDLP stellte jedoch ebenfalls einen Kandidaten auf. Jim Gibney und ich fuhren nach Lisnaskea, um mit der Familie Maguire zu reden. Die Maguires erklärten, sie würden die Kandidatur eines Gefangenen unterstützen. Unsere lokale Sinn-Féin-Organisation in Fermanagh und South Tyrone mußte davon überzeugt werden, daß ein Gefangener die Wahl gewinnen konnte. Ruairí O Bradaigh, Dáithí Ó Conaill, ich und ein paar andere kümmerten uns sofort darum. Als wir ein paar Tage später Bobby Sands nominierten, zog auch die SDLP ihren Kandidaten zurück, um ein Stimmensplitting zu vermeiden. Doch bis fünfzehn Minuten vor Ende der Nominierungsfrist hatte Noel Maguire seine Kandidatur immer noch nicht zurückgezogen. Ich saß mit ein paar Genossen in einem Wagen vor dem Wahlbüro, bereit, Bobbys Kandidatur zurückzuziehen, falls er gegen Noel Maguire antreten müßte, der ebenfalls ein würdiger Kandidat war. Eine Niederlage von Bobby konnten wir uns nicht leisten. Es stand zuviel auf dem Spiel. Zehn Minuten vor dem Endtermin zog Noel Maguire jedoch seine Kandidatur zurück. Die Wahlkampfkampagne für einen Gefangenen im Hungerstreik begann.

Bernadette und die Maguires unterstützten die Kampagne für die Wahl von Bobby Sands großmütig und tatkräftig. Wir Sinn-Féin-Aktivisten hatten keine Ahnung, wie man einen Wahlkampf führt, mußten es aber in halsbrecherischer Geschwindigkeit lernen oder eine Demütigung hinnehmen. Joe Keohane, ein Republikaner aus Kerry, der in Sportlerkreisen sehr bekannt war, stand uns dabei mit Rat und Tat zur Seite. Owen Carron aus Fermanagh wurde Bobbys Wahlkampfmanager.

Aus dieser Kampagne lernten wir viel. Wir brachten unsere Genossen in Fermanagh und Tyrone auf Trab, und sie engagierten sich eifrig. Ich war zu jener Zeit kaum zu Hause, verbrachte die meiste Zeit in diesem Wahlkreis. Ich traf viele großartige Menschen und genoß mitten in all den Aktivitäten die Schönheit der beiden Grafschaften. Wir lernten, was ein Wahlleiter und was eine Wahlaufsicht zu tun hat, wie ein

Wahlkampf zu führen ist. Das spornte uns an. Manchmal kamen wir in ein kleines Städtchen, in dem die Katholiken wie gewöhnlich an den Rand gedrängt waren und die Loyalisten in der Haupt- und Geschäftsstraße residierten. Dann ließen wir die Trikolore wehen und die Musik dröhnen. Die auf dem Hügel wohnenden Nationalisten strömten zu uns, als seien wir die zur Entlastung einrückende Kavallerie.

Am Vorabend der Wahl übernachtete ich in Enniskillen. Am nächsten Tag überquerte ich die Grenze, um Ruairí Ó Bradaigh in Clones Bericht zu erstatten. Ruairí war die Einreise in den Norden untersagt. Ich war überzeugt, daß wir gewinnen würden. Als ich anschließend wegfuhr, um mich mit Colette zu treffen, hörte ich im Autoradio die Nachrichten: Bobby Sands hatte die Wahl gewonnen. Ich war völlig aus dem Häuschen.

Bobby Sands hatte die Spitzenposition inne, mit 30 492 Stimmen. Die britische Regierung und die Opposition hatten immer wieder – mit eifrigem Echo in den Medien – behauptet, daß die Republikaner, und zumal die Hungerstreikenden, keine Unterstützung genössen und niemanden repräsentierten, daß sie kriminelle »Paten« seien und mit Einschüchterung operierten, daß sie isolierte Fanatiker seien. Diese Behauptungen hatten sich nun als Lügen erwiesen. Die britische Propaganda war widerlegt, und der Wahlsieg fand auch internationalen Widerhall. Ich zog mit einer gewissen Schadenfreude den Vergleich zwischen meiner ersten Wahlkampferfahrung, als ich 1964 für Liam McMillen Flugblätter gefaltet hatte und wir die Wahlkaution eingebüßt hatten, und der ungeheuren Wirkung von Bobbys Wahlsieg.

Einige unserer Mitglieder und Anhänger meinten, die britische Regierung könne gezwungen werden, weitgehende Zugeständnisse zu machen, damit der Hungerstreik beendet würde. Ich teilte diesen Optimismus nicht. Jahrelang hatte man von uns gefordert, wir sollten uns Wahlen stellen, nun hatten wir das getan und massive Unterstützung durch die Bevölkerung erfahren. Dennoch zeigte die britische Regierung, wie wir von Anfang an befürchtet hatten, keinerlei Bereitschaft, Konzessionen zu machen. Von der irischen Regierung bekamen wir immer häufiger Mitteilung, daß die britische Regierung im Begriff sei, die Fünf Forderungen zu erfüllen. Doch sobald wir um eine schriftliche Bestätigung baten, galten die mündlichen Zusicherungen nicht mehr. Dublin setzte große Hoffnungen auf das Internationale Rote Kreuz, die Intervention blieb aber ohne wirkliche Substanz. Margaret Thatcher wich nicht von ihrer starren Haltung ab, und trotz der Beteuerungen ihrer Bevollmächtigten unternahm die Dubliner Regierung nichts, um sie davon abzubringen.

Eine bemerkenswerte Eigenheit des Hungerstreiks war – neben dem Mut und der Standfestigkeit der Teilnehmer –, wie sich dabei Beziehungen zwischen den Leuten draußen und den Gefangenen in den Blocks entwickelten – außergewöhnliche und einmalige Beziehungen, die dem enormen Druck standhielten. Wir waren räumlich voneinander getrennt und hatten nur äußerst spärlichen Kontakt miteinander. Während des ganzen Jahres der Hungerstreiks habe ich mit keinem einzigen am Streik Beteiligten gesprochen, außer bei einem Treffen im Gefängnishospital. Auf die Gefangenen wurde Druck ausgeübt, und auf die Hungerstreikenden ein besonders starker. Auch auf uns wurde Druck ausgeübt: Er richtete sich gegen den Zusammenhalt, der sich im Laufe des Hungerstreiks entwickelt hatte, gegen unsere Kommunikationsstränge – dies durch die Taktik der britischen Unterhändler – und schließlich auch gegen die Angehörigen der Hungerstreikenden.

Wir sorgten dafür, daß die Angehörigen unserer Gefangenen einen festen Rückhalt fanden und unterstützt wurden. Jimmy Drumm besuchte die Familien, und wir taten unser Bestes, damit sie stets über alles informiert waren. Wir versuchten, ihnen das praktische Leben zu erleichtern, fuhren sie ins Kesh und wieder zurück oder begleiteten sie zu Treffen. Wir hatten sehr gute Verbindung zu den Familien und ließen ihnen jede in unserer Macht stehende Hilfe zuteil werden. Letztendlich aber mußte jeder einzelne Gefangene sich mit seiner Familie über die Konsequenzen des Hungerstreiks auseinandersetzen; das kam nicht uns zu.

Bobby Sands starb nach sechsundsechzig Tagen Hungerstreik am Dienstag, den 5. Mai, nachts um ein Uhr siebzehn im Beisein seiner Eltern, seiner Schwester Marcella und seines Bruders Seán.

Ich hielt mich in der Oakman Street in Beechmount auf, als ich das Klappern der Mülltonnendeckel hörte, das seinen Tod verkündete. Ich verließ das Haus durch die Hintertür, durchquerte den kleinen Hof und lief den Weg hinter dem Haus entlang. Der Weg war verlassen. Überall dröhnte der Trommelschlag der Mülltonnendeckel. Nachdem ich unbeobachtet in eine Straße gebogen war, sah ich überall Menschen, zumeist Frauen, die mit ihren Mülltonnendeckeln auf den Boden trommelten, weinten, voller Wut und Zorn.

In der Harrogate Street beteiligte sich Colette am Protest der Nachbarn. Sie fragte mich, ob es mir gutginge. Ich antwortete ja und begab mich zum Sinn-Féin-Zentrum in der Falls Road. Dort waren Patrouillen aus Soldaten und RUC in großer Zahl aufmarschiert, sie wurden von jungen Leuten angegriffen. Vor unserem Büro ging es zu wie in einem Tollhaus. Drinnen übernahm ich mit Danny Morrison und anderen die Aufgabe, der Welt mitzuteilen, daß unser Freund tot war.

Jim Gibney war der letzte von uns, der Bobby kurz gesehen hatte. Doch hatten alle gewußt, daß er sehr geschwächt war und sterben würde, wenn die Briten nicht nachgaben. Als Jim aus dem Gefängnis zurückkam, berichtete er, daß Bobby sehr, sehr schwach sei. Er hatte aber Jim erkannt und war sich bewußt gewesen, was vor sich ging.

Um zwei Uhr fünfzehn schrieb Bik einen Kassiber an mich: »*Comrade mór* (Lieber Genosse), ich habe gerade die Nachricht bekommen, ich bin erschüttert, kann es einfach nicht glauben. Es ist ein schreckliches Gefühl. Ich weiß nicht einmal, was ich schreiben soll. Genosse, es tut mir leid, aber ich kann nichts weiter sagen. Möge Gott in seiner unendlichen Gnade seiner Seele ewige Ruhe gewähren. Jesus Christus schütze und behüte uns alle.

Gott segne Dich.

xoxo Bik xoxo«

Der Tod von Bobby Sands versetzte nicht nur seine Familie und seine Freunde in tiefste Trauer, sondern eine ganze Gemeinschaft, die seinen Kampf als den ihren empfunden hatte. Die Totenwache wurde in Bobbys Elternhaus gehalten. Unser Paddy, der Bobby gar nicht gekannt hatte, küßte ihn und weinte. Danny Morrison erlitt einen schweren Zusammenbruch; Jim Gibney brach zusammen ... alle waren zutiefst erschüttert. Während der Totenmesse, die in der nur wenige hundert Meter von Bobbys Elternhaus entfernten St.-Luke-Kirche abgehalten wurde, sprach der Priester von Bobbys »Krankheit«. Ich war sehr verärgert, daß er nicht die Wahrheit aussprach.

Von Bobbys Beerdigung ist mir vor allem der Klageton des Dudelsacks in Erinnerung geblieben. Der Dudelsackspieler hatte die Melodie des Liedes »I'll wear no convict's Uniform« (»Ich werde keine Sträflingsuniform tragen«) gespielt.

Mich berührte auch der Tod eines Mannes und seines Sohnes, die in Nordbelfast Milch ausgeliefert hatten. Sie kamen am Morgen des Tages, an dem Bobby Sands starb, ums Leben. Eine Menschenmeute hatte versucht, das Milchauto mit Gewalt in Beschlag zu nehmen, der Mann aber war weitergefahren. Jemand hatte einen Ziegelstein geworfen, und das Fahrzeug war gegen ein Hindernis gerast. Der Milchmann und sein Sohn kamen dabei ums Leben. Mir war auch bewußt, daß während der Zeit des Hungerstreiks noch weitere Zivilisten getötet worden waren.

Der Trauerzug begann um vierzehn Uhr und führte von der St.-Luke-Kirche in Twinbrook zum sechs Kilometer entfernten Milltown-Friedhof. Hunderttausend Menschen standen im Regen an der Wegstrecke, gaben dem Sarg schweigend das Geleit. In Andersonstown kam der Trauerzug vorübergehend zum Stillstand. Der Sarg wurde auf einen

Schargen gehoben. IRA Volunteers feuerten drei Ehrensalven über dem Sarg ab, präsentierten, legten eine Schweigeminute ein und tauchten dann in der Menschenmenge unter. Als der Sarg am Tor zum Milltown-Friedhof eintraf, sprachen die Trauernden spontan ein Gebet. Eine Ehrengarde begleitete den Sarg zum Grab. Es wurde »Last Post« gespielt, und Owen Carron hielt die Trauerrede.

Bobbys Vater, sein Bruder und sein acht Jahre alter Sohn Gerard warfen eine Schaufel Erde auf den Sarg. Gerard benötigte Hilfe, weil die Schaufel zu schwer für ihn war. Die Ehrengarde überreichte Bobbys Mutter die zusammengefaltete Trikolore, seine Handschuhe und sein Barett.

Der Hungerstreiktod von Bobby Sands schlug international höhere Wellen als jedes andere Ereignis in Irland, das ich miterlebte. Für mich war dieses traurige Ereignis allerdings mehr von meinen Gefühlen gegenüber Genossen und Freunden geprägt.

In den USA fanden Demonstrationen statt, so etwa in New York, Boston, Chikago und San Franzisko. Im Bundesstaat Rhode Island wurde ein Trauertag angeordnet. Das Parlament des Bundesstaates New York beschloß eine Beileidsresolution und verurteilte die britische Regierung. In einer Resolution des Parlaments von New Jersey wurden Bobbys »Mut und Entschlossenheit« hervorgehoben. Die in der Longshoremen's Union gewerkschaftlich organisierten Hafenarbeiter löschten am Tag der Beerdigung keine britischen Schiffe. Ted Kennedy und andere Senatoren sandten der britischen Premierministerin einen Brief aus Protest über ihre »unflexible Haltung, die unweigerlich zu weiteren sinnlosen Gewalttaten und Todesopfern führen muß«. In den *New York Daily News* hieß es: »Er war eine Ausnahmeerscheinung, ein junger Mann, der sich dem Land, in dem er lebte, so sehr verbunden fühlte, daß er bereit war, dafür sein Leben zu opfern.« Die *New York Times* führte aus: »Trotz ihrer Nachbarschaft und einer gemeinsamen Sprache haben die Briten die Stärke des irischen Nationalismus fortwährend falsch beurteilt.«

Aus Polen übermittelte Lech Wałesa im Namen von Solidarnosć sein Beileid. Das portugiesische Parlament legte eine Schweigeminute ein. In Frankreich gab es Proteste, Tausende demonstrierten hinter einem riesigen Porträt von Bobby Sands. In Le Mans wurde eine Straße nach Bobby Sands benannt. *Le Monde* schrieb: »Sein Andenken und die Erkenntnis, welche Bedeutung seinem Opfergang zukommt, sind geladen mit einer Emotion, mit der sich die Welt schon mehrfach in diesem Jahrhundert leidenschaftlich gegen Britannien erregte.« Auch in der Schweiz, in Westdeutschland, Belgien, Holland, Norwegen, Griechenland und Italien gab es Proteste. Der Präsident des italienischen Senats kondolierte der Familie Sands. 5000 Studenten demonstrierten in Mailand und verbrannten den Union Jack.

Es gab Demonstrationen in Australien und in Norwegen; in Oslo bewarfen Demonstranten die zu Besuch weilende englische Königin mit einem Ballon voll Tomatensoße. In Neu-Delhi legte das indische Parlament eine Schweigeminute ein. Die *Hindustan Times* stellte fest, Thatcher habe »ein Mitglied des Unterhauses, faktisch einen Kollegen, verhungern lassen. So etwas ist in einem zivilisierten Land noch nie vorgekommen.«

In Irland ordnete die Dubliner Regierung keinen Trauertag an, aber viele Menschen blieben der Arbeit fern, eine Reihe von Geschäften waren geschlossen, und es fanden Schweigemärsche statt. Die *Irish Press* schrieb: »Belfast schränkte seine Möglichkeiten ein, als er noch ein Junge war, Bewaffnete vertrieben ihn aus seinem Haus und verjagten ihn von seinem Arbeitsplatz ... Im Gefängnis ließ ihm Britannien nur zwei Optionen: als Krimineller zu leben oder für ein Ideal zu sterben. Die Wahl, die er traf, wird noch lange in der Erinnerung leben.«

Von jener Periode selbst habe ich – und viele andere aktiv beteiligte Republikaner – heute nur noch eine verschwommene Vorstellung. Viele macht die Erinnerung daran noch heute sehr betroffen. Ich kann noch immer nicht ohne Tränen an den Tod von Bobby Sands und die Todesumstände denken. Es war eine Zeit überwältigenden Mitgefühls und der weitreichenden Identifikation mit Bobby Sands, den anderen Hungerstreikenden und ihren Familien. Es gibt eine ganze Reihe von Liedern über die Hungerstreiks. In einem der Lieder werden nacheinander die Toten genannt. Wo immer es gesungen wird, gibt es für jeden einzelnen spontanen Applaus.

Francie Hughes starb am 12. Mai nach neunundfünfzig Tagen Hungerstreik. Francie war auf einem kleinen Gehöft in Tamlaghtduff bei Bellaghy in der ländlichen Grafschaft Derry groß geworden. Schon zu Lebzeiten war er ein legendärer IRA-Kämpfer, sein Foto hing in allen Polizeistationen des Nordens. Wie meine Brüder in Divismore Park hatte er 1971 als Fünfzehnjähriger miterlebt, wie einer seiner älteren Brüder, mit dem er das Zimmer teilte, im Morgengrauen aus dem Bett geholt und interniert worden war. Francie und ein paar seiner Freunde hatten vor Jahren mit Colette, Gearóid und mir einmal ein paar schöne Abende in Donegal verbracht. Wir machten Ferien, und er saß dort fest.

Am 19. Mai zündete die IRA in South Armagh eine Landmine und tötete fünf britische Soldaten.

Patsy O'Hara und Ray McCreesh starben beide am 21. Mai nach einundsechzig Tagen Hungerstreik. Raymond McCreesh hatte ich nicht gekannt. Ich kannte Patsy O'Haras Bruder Sean »Scatter« O'Hara, Patsy selbst nicht. Ich lernte die Angehörigen der beiden kennen. Durch ihre Freundschaft fühlte ich mich sehr geehrt und kam mir selber klein vor. Auch bei Raymond McCreeshs Beerdigung war ein Dudelsack zu hören. Ich habe die Musik nach so langer Zeit immer noch im Ohr. Ein alter Dudelsackpfeifer aus South Armagh spielte »*Ur Chill an Chreagáin*«.

Am 23. Mai fanden in den Sechs Grafschaften Kommunalwahlen statt. Sinn Féin nahm daran nicht teil, es kandidierten aber je zwei Mitglieder der Irish Republican Socialist Party und von People's Democracy. Sie stellten die Unterstützung der Gefangenen in den Mittelpunkt ihres

Wahlkampfes und wurden in den Belfaster Stadtrat gewählt. Damit wurde Gerry Fitt kurzerhand von seinem Sitz für Westbelfast verdrängt, den er dreiundzwanzig Jahre lang innegehabt hatte. Fitt hatte öffentlich an Thatcher appelliert, die Fünf Forderungen nicht zu erfüllen. Er war zum Lieblingsiren der Konservativen Partei avanciert, mit seinem politischen Leben in Irland aber war es vorbei. 1983 belohnte ihn Margaret Thatcher, er wurde er zum Lord ernannt und erhielt einen Sitz im britischen Oberhaus.

Die Dubliner Regierung legte den 11. Juni 1981 als Termin für die Parlamentswahlen fest. Das Nationale H-Block/Armagh-Komitee stellte neun republikanische Häftlinge, darunter vier Hungerstreikende, als Kandidaten auf. Die Medien taten die Kampagne der Gefangenen als belanglos ab und ignorierten sie. Doch obwohl wir in unserem Wahlkampf, der in eine Zeit großer wirtschaftlicher Schwierigkeiten für viele Wähler fiel, nichts versprechen konnten, sondern lediglich um die Unterstützung der Fünf Forderungen in den Sechs Grafschaften baten, und obwohl das Nationale H-Block/Armagh-Komitee in den Wahlkreisen nicht über Wahlhelfer verfügte, wurden zwei Gefangene, Paddy Agnew und Kieran Doherty, gewählt. Ein dritter, Joe McDonnell, verfehlte einen weiteren Sitz um nur dreihundert Stimmen. Insgesamt konnten die neun H-Block-Kandidaten eine sehr ansehnliche Stimmenzahl auf sich vereinigen. Es war ein triumphaler Beweis der Unterstützung für die Gefangenen in der Bevölkerung.

Die neue Dubliner Regierung ignorierte die Botschaft des Wahlausganges und weigerte sich, geeignete Schritte zu unternehmen, um zur Beendigung des Hungerstreiks beizutragen. Zwar wurde die starre Haltung der britischen Regierung kritisiert, aber nichts unternommen, um Margaret Thatcher zum Nachgeben zu bewegen.

Ende Juni wurde im Unterhaus die »Lex Sands« verabschiedet. Verurteilte Straftäter sollten fortan nicht mehr für das Parlament in Westminster kandidieren dürfen. Jahrelang hatte die britische Regierung gefordert, Republikaner sollten sich Wahlen stellen. Nachdem wir genau das getan und spektakuläre Erfolge erzielt hatten, weigerte sie sich, den Abgeordneten und die von ihm vertretene Wählerschaft anzuerkennen. Sie änderte kurzerhand die Vorschriften, damit sich die Wahl eines solchen Kandidaten nicht wiederholen konnte.

Wir nominierten daraufhin Owen Carron, den ehemaligen Wahlkampfleiter von Bobby Sands, als Kandidaten für die erneute Nachwahl in Fermanagh/South Armagh. Und wieder gingen unsere Wahlhelfer entschlossen ans Werk.

Mittlerweile war unter den verbliebenen Hungerstreikenden Joe McDonnell am bedrohlichsten geschwächt. Er war mit seinen dreißig Jahren der älteste, kam aus dem Belfaster Viertel Lenadoon und war zusammen mit Bobby Sands festgenommen worden. Ich kannte ihn aus der Zeit unserer gemeinsamen Internierung. Joe war ein sehr unbekümmerter Bursche, den man sich kaum im Hungerstreik vorstellen konnte. Ich erinnere mich nicht, jemals mit ihm eine politische Diskussion geführt zu haben, seinen Sinn für Humor habe ich allerdings nicht vergessen. An dem Tag, als er in den Hungerstreik trat, schickte er mir aus der Gefängniszelle eine König-Edward-Zigarre.

Die Bevollmächtigten der britischen Regierung, mit denen unser Komitee in Kontakt stand, warteten stets, bis ein Gefangener durch den Hungerstreik äußerst geschwächt war, bevor sie in Verhandlungen eintraten. Und sie verhandelten immer nur dann mit uns, wenn wir uns nicht mit unseren Genossen im Gefängnis verständigen konnten. Ihre andauernden Versuche, uns zu separieren, unsere Schwächen herauszufinden und uns zu spalten, waren unübersehbar. Unsererseits war die Verhandlungsführung notwendigerweise schwerfällig. Da wir im Namen der Gefangenen handelten, mußten wir ständig mit ihnen Rücksprache halten. Die Briten nutzten dies aus und setzten die Verhandlungstermine abends um zehn oder elf Uhr an. Sie wußten, daß wir aller Wahrscheinlichkeit nach müde waren, und wenn wir in den Diskussionen zu einer gewissen Entscheidung kamen, mußten wir bis zu den normalen Besuchszeiten warten, um die Gefangenen davon zu informieren und ihre Meinung zu hören. Ich gewöhnte mir daher an, am Tage ein Schläfchen zu halten, um relativ frisch zu sein für die nächtlichen Verhandlungen.

Die Hungerstreikkampagne zehrte alle Kräfte auf, und das nicht nur bei den vorrangig Verantwortlichen wie mir und einigen anderen. Das republikanische Irland schloß sich auf breiter Basis den Protesten an. Meine Mutter nahm gemeinsam mit anderen Frauen aus dem oberen Springfield jeden Tag an Demonstrationen teil. Colette und ihre Freundinnen engagierten sich in ähnlicher Weise. Alle gingen auf die Straße. Wenn ich meinen Vater in dieser Zeit überhaupt sah, dann bei Beerdigungen und Demonstrationen. Wir sorgten auch dafür, daß das Sinn-Féin-Büro rund um die Uhr besetzt war. Es blieb wenig Zeit, nach Hause zu gehen.

Eines frühen Morgens telefonierte ich zusammen mit einem weiteren Mitglied unseres Komitees vom Wohnzimmer eines Hauses in Andersonstown aus mit den britischen Behörden, als das Gespräch plötzlich unterbrochen wurde. Das fanden wir recht merkwürdig. Als wir später dann die Morgennachrichten anschalteten, erfuhren wir, daß Joe McDonnell tot war. Sie hatten das Gespräch offenbar abgebrochen, als sie es erfuhren. Sie hatten sich bei der Wahl des Zeitpunktes für die Verhandlungen mit uns verschätzt: Joe war früher gestorben, als sie erwartet hatten.

Joe McDonnell starb am 8. Juli nach einundsechzig Tagen Hungerstreik.

Zu seiner Beerdigung am 10. Juli kam ich zu spät, weil ich zunächst an der Beerdigung von John Dempsey teilgenommen hatte, einem sechzehnjährigen Mitglied der *Fianna Éireann*, der republikanischen Jugendorganisation. John war von britischen Soldaten erschossen worden.

Es war ein warmer Sommermorgen, und ich folgte dem langsamen, traurig stimmenden Leichenzug zur Kapelle. Nach der Messe ging uns eine Dudelsackspielerin auf dem erneuten Weg zum Milltown-Friedhof voran. Johns drei Schwestern Angela, Diana und Martina und sein Bruder Stephen, zwischen neun und achtzehn Jahre alt, begleiteten die sterblichen Überreste ihres toten Bruders. Grüngekleidete Jungen flankierten in Fianna-Uniform den mit der Trikolore bedeckten Sarg.

Turf Lodge war ein Armenviertel, eines der neueren Belfaster Gettos, ein in Billigbauweise errichtetes Wohngebiet am Fuße des Black Mountain. Als Kinder hatten wir in dem oberhalb des Murph gelegenen Viertel immer gespielt; dort hatte ich vor vielen Jahren zum erstenmal eine Wiesenralle gehört. Nur eine größere Straße, die Monagh Road, führte in dieses Viertel. Am oberen Ende erhob sich ein mächtiges neues Kasernengebäude der britischen Armee. Am unteren Ende hatte sich bis in jüngste Zeit das kleinere Fort Monagh befunden, ebenfalls eine Stätte der Repression. John Dempsey hatte in einem der grauen Häuser der Monagh Road gewohnt.

Wir stiegen von der Höhe Turf Lodges zum Friedhof hinunter. Auf unserem Weg kamen wir an der Stelle vorbei, an der John ermordet worden war, und passierten die Kaserne. Am Friedhof angekommen, schritten wir durch das offene Tor zu dem den Republikanern vorbehaltenen Teil des Friedhofes. Wir standen vor zwei offenen Gräbern. Das andere war für Joe McDonnell vorgesehen.

John war Ostern von der Schule abgegangen. Er hatte für *Gort na Móna* Hurling und Gaelic Football und für Corpus Christi Fußball gespielt. Wie sein Vater und seine vielen Onkels war er ein Trimm-dich-Enthusiast, machte Bodybuilding.

Bei der Totenwache hatte er ausgesehen wie zwölf. Sein Leichnam lag in einem offenen Sarg, der von einer Ehrengarde flankiert war. Als ich so alt war wie er, ging ich noch in die St.-Mary-Schule.

Ich war durch viele Beerdigungen und zu viele plötzliche Todesfälle abgehärtet, dennoch stand ich wie angewurzelt da, unfähig, die Logik zu begreifen, die göttliche Fügung, den Irrsinn oder was immer den Zeigefinger eines britischen Soldaten gekrümmt und für einen weiteren Toten gesorgt hatte.

»Er ist noch so jung«, riefen Trauergäste aus, die ihm den letzten Respekt erwiesen. »Jesus Maria, er ist doch noch ein Kind.«

Er war im Oktober 1980 den *Na Fianna Éireann* beigetreten und wurde wie viele Jugendliche aus Turf Lodge regelmäßig von britischen Soldaten in die Mangel genommen. Diese Jugendlichen hatten sich nun neben altgedienten Republikanern und Freunden der Familie an Johns offenem Grab versammelt. Ein Priester sprach Gebete. Ein gerade erst entlassener »Deckenmann« betete den Rosenkranz in irischer Sprache. Dáithí Ó Buidh hielt die Grabrede auf irisch und englisch, und bevor wir uns nach Lenadoon zur Trauerfeier für Joe McDonnell begaben, wurden Kränze niedergelegt.

John Dempseys Beerdigung war zwar kleiner und in vielerlei Hinsicht eine traurigere Zeremonie als Joes, machte aber deutlich, daß zum erstenmal in der jüngeren Geschichte Irlands der Kampf die Kluft zwischen den Generationen übersprungen hatte. Als Joe McDonnell 1972 zum erstenmal interniert wurde, war Dempsey gerade sieben Jahre alt. Doch sollten beide im Dienst einer gemeinsamen Sache und im Kampf gegen denselben Feind sterben und auf dem republikanischen Teil des Friedhofs nur wenige Stunden nacheinander beerdigt werden.

Jimmy Dempsey sagte von seinem Sohn: »John ist zur Elite vorgestoßen. Er starb für die Freiheit seines Landes.«

Mit diesen Worten zollte ein untröstlicher Vater seinem ältesten Sohn den höchsten Tribut. Die Trauernden konnten nur Zeugen des Leids dieser Familie sein und verließen langsam den Friedhof. Sie bemerkten fast unbewußt, daß Johns Freunde und Altersgenossen, von einem Ernst geprägt, der ihrem Alter nicht zukam, entschlossen mit uns in einer Reihe schritten.

Eine alte Frau, die nach Hause schlurfte, berichtete allen

Vorbeikommenden vom Tod eines weiteren Jugendlichen. Der fünfzehnjährige Daniel Barrett aus Ardoyne war am Morgen von britischen Soldaten erschossen worden.

Schockiert von der Nachricht, sprachen wir älteren Trauergäste auf dem Weg nach Lenadoon leise miteinander. Die jungen Leute blieben von der Nachricht ungerührt – nach außen hin jedenfalls: Sie waren mit derartigen Ereignissen groß geworden und wußten, daß sie von den Briten nichts anderes zu erwarten hatten –, sie schritten zielbewußt weiter …

Später dann wurde der Trauerzug für Joe McDonnells Beerdigung von der RUC und und der britischen Armee in der Andersonstown Road angegriffen. Sie versuchten, die zur Ehrensalve abgestellten IRA-Volunteers festzunehmen. In Sekunden war aus dem stillen, schwermütigen und würdevollen Abschied von einem im Hungerstreik gestorbenen Gefangenen ein furchterregendes Handgemenge geworden. Zunächst hörten wir das kurze, harte Krachen von Gewehrsalven, danach das dumpfe Aufschlagen von Plastikgeschossen. Dann herrschte das absolute Chaos.

Martin McGuinness und ich bahnten uns einen Weg von der Spitze des Trauerzuges in das Zentrum des Geschehens. Wir kämpften uns durch einen Strom von Männern, Frauen und Kindern, die uns entgegengestürzt kamen. Überall flogen Plastikgeschosse durch die Luft. In St. Agnes Drive neben der Kapelle kamen sie wie Vögel aus den Schlitzen der RUC- und Armeefahrzeuge geschossen, die etwas weiter die Straße hinauf geparkt waren. Es war ein Höllenspektakel. Leute schrien, es knallte und krachte. Hubschrauberlärm.

Jemand berichtete mir, daß unser Paddy angeschossen worden sei. Jemand anderes sagte, er befände sich in einem hinter den Landrovern stehenden Saracen-Panzer. Eine Gruppe von Leuten stürmte darauf zu. Der Saracen rollte rückwärts los. Ein älterer Mann lag hinter dem Panzer auf der verlassenen Straße und blockierte ihm den Weg. Der Motor des Saracens brüllte auf Hochtouren. Der ältere

Mann rührte sich nicht. Es war mein Onkel Paddy. Der Saracen fuhr nun vorwärts, direkt auf die ihm entgegenströmende Menschenmenge zu. Unmittelbar vor ihm preschten wir auseinander. Wütend donnerten ein paar Leute gegen die Seitenwände des Saracens.

Martin und ich machten wieder kehrt. Wir versuchten die Menge zu beruhigen. Die RUC kam mit ihren Fahrzeugen langsam auf uns zu und versuchte, die Trauernden die Straße hinaufzutreiben. Es wurde weiter mit Plastikgeschossen in die dichtgedrängte Menge geschossen. Wir formierten den Trauerzug neu, trotzten den auf uns zu fahrenden Landrovern und den Plastikgeschossen, lenkten die Leute straßabwärts in Richtung Milltown-Friedhof. Ein paar Minuten später raste ein ziviler Krankenwagen mit heulenden Sirenen auf uns zu. Wir machten Platz, um ihn durchzulassen.

Kurz danach kam jemand zu mir und berichtete, daß sich mein Bruder Paddy in diesem Krankenwagen und nicht im Saracen befunden habe. Er sei in den Rücken geschossen und schwer verletzt worden. Ich wollte seine Frau Anne Marie, Colette und meine Eltern informieren und suchte den Trauerzug nach ihnen ab. Jemand organisierte ein Auto, um sie ins Royal Hospital zu fahren.

Wir übrigen setzten unseren Weg zum Friedhof fort und beerdigten Joe McDonnell. John Joe McGirl hielt die Trauerrede; Eamonn McCrory leitete die Begräbniszeremonie. Eine Woche später besuchte ich unseren Paddy im Musgrave-Park-Militärhospital. Er unterlag scharfer Bewachung. Er war durch Schüsse schwer verletzt worden. Mir fiel ein, daß ich ihn das letztemal in einem Krankenhaus besucht hatte, nachdem wir alle gegen Tuberkulose geimpft worden waren und ich mit meinem Pa den ganzen Weg vom Murph bis nach Crawfordsburn gelaufen war. Paddy erzählte mir, daß er während des Getümmels mit dem Saracen-Panzer in einem Garten gelegen hatte und immer wieder ohnmächtig geworden war. Die Briten hatten ihn getreten und geschlagen. Er hatte unseren Onkel Paddy gesehen. Der Brite, der auf ihn geschossen hatte, brüllte ihn an: »Krepier, du Bastard!« Und als Paddy schon nur noch rote und schwarze Flecken vor sich sah, sprach er immer wieder laut vor sich hin: »Nein, ich werde nicht sterben. Ich werde nicht sterben ...«

Martin Hurson starb am 13. Juli, nach sechsundvierzig Tagen Hungerstreik. Ich hatte ihn nicht gekannt. Er stammte aus einer Bauernfamilie in der Grafschaft Tyrone. Er hatte in Galbally für den örtlichen GAA Club Football gespielt. Ich war einen Monat zuvor im Süden am Wahlkampf für ihn beteiligt gewesen. Bei den Parlamentswahlen hatten ihm über 4500 Leute des Wahlkreises Longford/Westmeath ihre Erststimme gegeben.

Mir wurde berichtet, daß Mitglieder des britischen Kabinetts jeden Tag zusammenkamen, um den Hungerstreik zu diskutieren; nur während der Vertragsverhandlungen von 1921 habe Irland eine solche Aufmerksamkeit erfahren. Zur gleichen Zeit standen wir mit Beamten der britischen Regierung in Verbindung – mit der Zustimmung von Margaret Thatcher. Die Kommunikation verlief über eine dritte Partei, hauptsächlich über Telefon. Ich habe während dieser Zeit nie eine rechte Vorstellung von Thatchers Charakter bekommen, obwohl sie natürlich zum Haßobjekt für die Nationalisten und Republikaner wurde. Ich kann mir aber denken, warum ein Treffen zwischen Kardinal Ó Fiaich und ihr in Geschrei endete. Er war als ein selbstbewußter Ire mit einem ausgeprägten Geschichts- und Nationalbewußtsein zu ihr gegangen, woran es meiner Ansicht nach den anderen Repräsentanten mangelte, die sich mit britischen Ministern trafen. Als sie anfing, ihn belehren zu wollen, hatte er sich dies mit scharfen Worten verbeten.

Margaret Thatcher präsentierte sich der Öffentlichkeit als die »Eiserne Lady«, die »nicht nachgeben« werde; doch war ihr ein situationsgebundenes Zweckdenken durchaus nicht fremd. Während des Hungerstreiks nahmen britische Regierungsvertreter vor dem in Kanada stattfindenden Gipfeltreffen der G 7 Kontakt zu uns auf. Margaret Thatcher sollte bei diesem Treffen am 21. Juli eine Rede halten. Ihre Bevollmächtigten teilten uns mit: »Die Premierministerin würde während der Konferenz gerne bekanntgeben, daß der Hungerstreik beendet wurde.« Sie machten uns deutlich, über welche Unterstützung wir verfügten und über welche nicht, und sagten dann: »Die Premierministerin beabsichtigt, die folgende Rede zu halten.« Wir bekamen den Entwurf der Rede, die Thatcher in Toronto halten wollte; und unsere Verhandlungspartner wären zweifellos bereit gewesen, den Text zu verändern, wenn es zu dieser Zeit möglich gewesen wäre, zu irgendeiner Lösung zu kommen.

Die internationale Kampagne zur Unterstützung der Fünf Forderungen war außer in den USA und in Britannien und seitens einiger Solidaritätsgruppen weitgehend spontaner Natur. Sinn Féin war einfach eine zu kleine Organisation und verfügte über kein entwickeltes Konzept, wie sie auf dem internationalen Parkett agieren sollte. Die Dubliner Regierung weigerte sich, ihre konsularischen und diplomatischen Vertretungen tätig werden zu lassen. Statt den Briten eine irische Position zu unterbreiten, kam Charlie Haughey mit einer irischen Version der britischen Position zu uns. Als Mr. Haughey versuchte, die Europäische Menschenrechtskommission einzuschalten, kritisierte ihn Bobby Sands mit scharfen Worten: »Da Mr. Haughey über die Möglichkeiten verfügt, die Krise in den H-Blocks und in Armagh zu beenden, sich aber beharrlich weigert, sie zu nutzen, sehe ich den Appell an meine Familie als zynische und kaltblütige Manipulation von Menschen an, die natürlich für einen solchen Druck empfänglich sind. Die Einmischung der Menschenrechtskommission war ein Ablenkungsmanöver und hat nur den britischen Versuchen gedient, das Problem zu verwässern.«

Im Juli rief Pater Faul eine Gruppe von Angehörigen der Gefangenen zusammen. Bei dem Treffen in Toomebridge war auch Bernadette McAliskey anwesend. Auf Wunsch von Pater Faul stieß ich am Abend dazu, und es entwickelte sich eine sehr schwierige Diskussion. Pater Faul hatte einige Angehörige schon fast davon überzeugt, daß ich ein Ende des Hungerstreiks anordnen könne. Er wußte natürlich, daß das nicht der Wahrheit entsprach. Es wäre verheerend gewesen, wenn ich den Hungerstreikenden in den Rücken gefallen wäre. Ich erklärte dies den Angehörigen, und sie akzeptierten meine Haltung. Am nächsten Tag dachte ich über unser Gespräch nach und nahm Kontakt zu Kardinal Ó Fiaich auf. Ich wollte mit ihm einen Besuch in Long Kesh vereinbaren, um mit den Hungerstreikenden zu sprechen.

Am Mittwoch, dem 29. Juli, fuhr ich in Begleitung von Owen Carron, der sich bei den Neuwahlen um Bobbys Sitz bewarb, und Seamus Ruddy von der IRSP nach Long Kesh. Es dauerte eine Stunde, um durch die verschiedenen Sicherheitskontrollen vom Haupttor bis zum Gefängnishospital zu gelangen, während die über unseren Besuch sichtlich verärgerten Wärter unsere Begleiter und unseren Fahrer befragten.

Ich hegte gemischte Gefühle, das Gefängnis aufzusuchen, in dem ich selbst ein widerwilliger Bewohner gewesen war. Ich kannte Kieran Doherty und Pat McGeown, zwei der Hungerstreikenden, und natürlich Bik. Mit den meisten anderen hatte ich schon schriftlich verkehrt. Außer einem leichten *déjà-vu*-Gefühl schockierte mich das Gefängnis mit seinen Langzeitgefangenen, den Wärtern und bewaffneten britischen Soldaten nicht, obwohl Long Kesh in seiner grauen Feindseligkeit ein abschreckender und einschüchternder Ort war. Meine Besorgnis galt vielmehr der körperlichen Verfassung der Hungerstreikenden. Ich fürchtete, daß unser Besuch falsche Hoffnungen wecken könnte.

Als wir ankamen, waren Brendan (Bik) McFarlane, Tom McElwee, Laurence McKeown, Matt Devlin, Pat McGeown, Paddy Quinn und Mickey Devine in der Kantine des Gefängnishospitals versammelt. In der Mitte des Raumes hatte man zwei Tische zusammengerückt, um die alle saßen, Paddy Quinn in seinem Rollstuhl. Brendan, Pat McGeown und Matt waren aus ihren Zellen in das Gefängnishospital geführt worden, während die anderen, die Sträflingspyjamas und -morgenmäntel trugen, aus ihren Zellen im Hospital hierhergebracht worden waren. Kevin Lynch und Kieran Doherty waren so krank und geschwächt, daß sie nicht teilnehmen konnten. Bik sagte, er wolle dafür sorgen, daß wir sie später sehen könnten.

Sie sahen alle sehr schlecht aus. Ihre gefängnisbleiche Haut spannte sich über junge totenkopfähnliche Gesichter, die Beine und Arme waren unbeschreiblich dünn, die Augen hatten diesen durchdringenden Blick, den ich schon in der Vergangenheit bei Mithäftlingen bemerkt hatte. Bobby Sands hatte ihn beschrieben als »dieses schreckliche Starren glasiger Augen, der stechende Blick, verräterische Zeichen harter Folter«. Jemand anderes hatte einmal geschrieben, unsere Augen seien die Fenster zu unserer Seele. Die Augen der Deckenmänner, der Hungerstreikenden, waren die unverschlossenen, unverhüllten, vorhanglosen Fenster, an denen sich die von ihnen erlittenen Grausamkeiten ablesen ließen.

Doch all meine Ängste und Befürchtungen wichen von mir, als sie uns über den Tisch zulächelten. Big Tom (McElwee) bot mir aus einem Krug Quellwasser an.

»*Ar mhaith leat deoch uisce?*« (Möchtest du einen Schluck Wasser?)

»*Ba mhaith.*« (Ja, bitte.)

»*Lean ar aghaidh, tá a lán uisce san áit seo.*« (Bedien dich, es gibt genug Wasser hier.)

Auf dem Tisch standen mehrere kleine, weiße Krüge mit Quellwasser und zwei oder drei blaue Plastikbecher mit normalem Leitungswasser. Die Jungs saßen nachdenklich wie Weinprüfer da, als ich einen kleinen Schluck Quellwasser trank.

»*Cad a shíleann tú faoi sin?*« (Was hältst du davon?)

Ich nahm einen größeren Schluck. »Halt dich zurück«, mahnte Big Tom. »Das Zeug kostet die britische Regierung viel Geld.«

Bei dem auf Toms Spöttelei folgenden Gelächter schaute ein Wärter durch das große Guckloch am Ende der Kantine. Der Wärter wurde von den Jungs mit Scherzen in Irisch und Englisch bedacht. Ansonsten ignorierten die Gefangenen die Wärter und redeten mit ihnen nur, wenn es notwendig war, und dann sehr höflich.

Wir wurden wieder allein gelassen und diskutierten den Hungerstreik, die Kampagne draußen, die Haltung der britischen Regierung und die persönlichen Einschätzungen der Hungerstreikenden.

Wir schilderten ihnen die Situation. Die Jungs waren mit allen Entwicklungen vertraut, aber wir bestanden darauf, kurz und knapp alles darzulegen, was sich in den letzten Wochen ereignet hatte. Sie saßen ruhig da, rauchten oder nippten am Wasser und hörten uns aufmerksam zu.

Hin und wieder benutzte Paddy Quinn, der neben mir saß, den Spucknapf, den er auf dem Schoß hielt. Paddy hatte einen wüsten Bart und sah am schlechtesten aus.

Während ich redete oder Owen Carron, Seamus Ruddy und Bik zuhörte, mußte ich immer wieder unter den Tisch auf die dünnen Beine der Hungerstreikenden sehen. Wir rauchten abwechselnd und achteten mangels Streichhölzern darauf, daß immer eine Zigarette glimmte, damit wir die Wärter nicht um Feuer bitten mußten.

Auf unsere langen Ausführungen folgte eine Diskussion, an der sich alle beteiligten. Die Haltung der Jungs war glasklar. Für ein Übereinkommen gab es keine Basis. Die britische Regierung weigerte sich nach wie vor, irgendwelche substantiellen Zugeständnisse bezüglich Arbeit, freier Zusammenkunft oder der Trennung von den loyalistischen Häftlingen zu machen. Ja, sie wüßten schon, daß sie den Hungerstreik jederzeit einstellen könnten. Sie wüßten, daß die Bewegung eine Beendigung des Hungerstreiks durchaus rechtfertigen konnte. Gäbe es eine Alternative zum Hungerstreik, hätten sie ihn nicht begonnen. Fünf Jahre Protest seien zuviel gewesen. Wenn die Briten Vernunft und gesunden Menschenverstand bewiesen, könnten alle Gefängnisproteste zu einem dauerhaften Ende kommen.

Nein, sie waren nicht durch eine persönliche Loyalität gegenüber Bobby, Raymond, Francie, Patsy, Martin oder Joe motiviert. Sie wußten, was auf dem Spiel stand. Sie wollten nicht sterben, sie verlangten aber, daß die Ursachen des Hungerstreiks beseitigt würden, bevor sie ihn beendeten. Nein, es war nicht die gegenseitige Loyalität, die sie antrieb. Was die anderen auch tun würden, jeder stand zu den Fünf Forderungen und zum Hungerstreik. Sie waren keinerlei Druck ausgesetzt.

Ich wußte all das selber und rechtfertigte mich zunächst, als ich den Jungs sagte, daß ich mich verpflichtet fühlte, den Erwartungen der Geistlichen und all derjenigen gerecht zu werden, die Druck auf ihre Angehörigen ausübten. Ich entwarf ein Szenario in den düstersten Farben: zwischen zehn und zwanzig Gefangene tot, das nationalistische Irland demoralisiert und dennoch kein Nachgeben der britischen Regierung.

»Ihr werdet vermutlich alle sterben«, sagte ich. »Jeder, der in diesem Raum zurückbleibt, wenn wir gehen, wird sterben.«

»*Sin é*«, sagte einer. (Sei's drum.) »Sie werden uns nicht brechen. Wenn wir die Fünf Forderungen nicht durchsetzen, werden es die anderen Jungs und die Frauen tun.«

»Wir sind im Recht«, erklärte ein anderer. »Die britische Regierung ist im Unrecht, und wenn sie glauben, daß sie uns brechen können, irren sie sich doppelt. *Lean ar aghaidh.*« (Es geht weiter.)

Mein Vorgehen kam mir mittlerweile selber ziemlich absurd vor, aber ich bestand dennoch darauf, sie alle eingehend zu befragen, noch einmal die republikanische Haltung zum Hungerstreik darzulegen und zu erklären, daß wir durchaus das Gefängnis verlassen und draußen erklären könnten, daß er beendet wurde oder daß einzelne von ihnen ihn beendet hätten. Doch die Jungs blieben standhaft, einzeln und als Kollektiv.

In der Zwischenzeit hatte ich zwei Krüge von Tom McElwees Quellwasser geleert, Lorny McKeown und Matt Devlin neckten mich deshalb.

»Wir lassen dich nicht mehr rein«, sagte Tom, als er losging, um die Krüge nachfüllen zu lassen.

»Wie geht es Danny Morrison?« fragte einer. »Wir haben gehört, daß er krank sein soll.«

»Er drückt sich«, antwortete ich.

»Und dein Bruder? Wie geht's ihm?«

Unsere Versammlung löste sich langsam in ein lockeres Beisammensein auf. Tom McElwee probierte meine Brille auf. Ein anderer war ernsthaft besorgt, daß Bik seinen Tee verpaßt hatte. Wir wurden mit Fragen über den Kampf draußen überschwemmt, über ihre Angehörigen, über Mitgefangene, über die Frauen in Armagh und die Jungs im Crum.

Paddy Quinn teilte uns mit, daß er plötzlich nichts mehr sehen könne. Ich sprach allein mit ihm.

»*Ná bac. Lean ar aghaidh.*« (Mach dir keine Sorgen. Es geht weiter.)

Bik erreichte es, daß wir Kieran Doherty besuchen konnten. Ich versprach den Jungs, daß ich Doc nichts von ihrer Haltung sagen würde.

»Die kennt er sowieso«, sagte einer.

»Wir haben ihn gestern abend gesehen.«

»Ich weiß«, sagte ich.

Doc stützte sich auf einen Ellbogen. Er hatte die Sehkraft verloren, ließ aber dennoch die Augen kreisen, als er uns eintreten hörte.

»*Mise atá ann*«, sagte Brendan McFarlane. (Ich bin's.)

»*Ahh Bik, cad é mar atá tú?*« (He, Bik, wie geht's dir?)

»*Nílim romh dhona, agus tú féin?*« (Mir geht's gar nicht schlecht, und dir?)

»*Tá mé go hiontach; tá daoine eile anseo? Cé …?*« (Mir geht es prima. Sind noch andere Leute hier? Wer …?)

»*Tá Gerry Adams, Owen Carron agus Seamus Ruddy anseo. Teastaíonn uatha caint leat.*« (Gerry Adams, Owen Carron und Seamus Ruddy sind hier. Sie möchten mit dir sprechen.)

»*Gerry A', fáilte.*« (Gerry A.', willkommen.) Er begrüßte uns alle. Seine Augen folgten der Richtung unserer Stimmen. Wir drängten uns um das Bett. Die Zelle war viel zu klein für vier Besucher. Ich saß auf der Bettkante. Doc, den ich jahrelang nicht gesehen hatte, wirkte trotz seiner Magerkeit stark. Seine Augen waren mit stillem Trotz prüfend auf mein Gesicht gerichtet.

Ich sprach ruhig und langsam mit ihm, überwältigt von der Würde und Entschlossenheit dieses Mannes und von unserer gewaltigen Mission.

Er beantwortete geduldig all meine Fragen.

»Du weißt selber, was auf dem Spiel steht«, sagte er. »Ich habe vielleicht noch eine Woche. Wie hält sich Kevin [Lynch]?«

»Ihr werdet beide bald tot sein. Ich kann jetzt rausgehen, Doc, und bekanntgeben, daß es vorbei ist.«

Er schwieg, dachte einen Augenblick nach und sagte dann: »Unsere Fünf Forderungen sind nicht erfüllt. Nur wenn sie erfüllt sind, höre ich auf. Wir haben zuviel und zu lange gelitten, zu viele gute Männer sind tot. Die Thatcher kann uns nicht brechen. *Lean ar aghaidh.* Ich bin kein Krimineller.«

Ich fragte weiter. Doc antwortete.

»Sie haben unsere Leute lange genug gebrochen. Die Freistaatler, die Kirche, die SDLP. Wir werden uns nicht brechen lassen. Wir werden unsere Fünf Forderungen durchsetzen. Wenn ich tot bin ..., nun, dann werden es die anderen schaffen. Ich will nicht sterben, aber das hängt von den Briten ab. Sie glauben, daß sie uns brechen können. Aber sie können es nicht.« Er grinste selbstbewußt. »*Tiocfaidh ár lá.*« (Unser Tag wird kommen.)

»Wie geht es euch allen? Ich freue mich, daß ihr gekommen seid. Ich kann nur verschwommene Schatten sehen. Ich bin froh, unter Freunden zu sein. *Cá bhfuil Bik?* (Wo ist Bik?) Bik, bleib stark. Wie geht's den Jungs?«

Wir unterhielten uns ein paar Minuten in aller Ruhe. Owen wurde wegen der Wahlen aufgezogen. Wir standen auf, um zu gehen. Ich sagte Doc, er solle den Wärtern sagen, daß sie uns anrufen sollten, wenn er irgend etwas wolle.

Wir gaben uns die Hand. Ein fester, starker Händedruck, wie er unter alten Internierten üblich war.

»Danke für euren Besuch. Es hat mich gefreut, daß wir ein bißchen plaudern konnten. Grüßt alle, all die Jungs von mir und ...« Er ließ meine Hand nicht los.

»Mach dir keine Sorgen, wir werden unsere Fünf Forderungen durchsetzen. Wir kriegen die Thatcher klein. *Lean ar aghaidh.*«

Als wir aus Docs Zelle kamen, führte uns der Wärter zu Kierans Vater, Alfie, und seinem Bruder Michael, die gerade gekommen waren, um Kierans Mutter abzulösen.

Wir sprachen ungefähr fünf Minuten miteinander. Ich empfand eine starke Solidarität mit der Familie Doherty, die – wie alle anderen Angehörigen auch – gebrochenen Herzens zusehen mußte, wie Kieran starb. Sie verstanden ihren Sohn jedoch, akzeptierten seine Wünsche und unterstützten die Fünf Forderungen, für deren Durchsetzung er die Nahrungsaufnahme verweigerte.

Alfie sah man an, daß er schon lange mit den Tränen kämpfte. Als ich in der ruhigen Zelle der H-Blocks mit ihm sprach, empfand ich einen unbändigen Haß auf die Ungerechtigkeit, die diese elende Situation hervorgebracht hatte. Alfie sorgte sich um uns, sprach kurz mit Bik McFarlane und setzte sich dann zu Kieran.

Wir wollten ein paar Worte mit Kevin Lynchs Angehörigen wechseln. Die Gefängnispfarrer waren bei Kevin, und die Wärter hatten Bik mitgeteilt, daß Kevin nicht gestört werden solle. Wir verbrachten ein paar Minuten mit Kevins Vater und seinem älteren Bruder. Kevin war fest entschlossen, seinen Hungerstreik fortzusetzen, bis die Fünf Forderungen erfüllt waren.

Kevins Vater war tiefverzweifelt über den drohenden Tod seines Sohnes, und er berichtete uns von seiner Wut über die Unnachgiebigkeit der britischen Regierung. »Einen Sohn großziehen und ihn dann so sterben sehen ...«

Wir gingen, ohne mit Kevin sprechen zu können. Ich blieb kurz an der offenen Zellentür stehen: Ein Priester kniete neben der Pritsche, auf der Kevin ausgestreckt lag. Der Wärter schloß die Tür.

Als wir in die Kantine zurückkehrten, fehlte Paddy Quinn. Er war mittlerweile auf seine Zelle beschränkt. Die Jungs fragten uns, wie es Kevin und Doc gehe. Irgend jemand hatte im Radio gehört, daß draußen die Presse warte. Einer der Jungs schlug vor, die Hungerstreikenden sollten eine Erklärung verfassen und alle unterzeichnen.

»Schickt sie morgen selber raus, sonst denken sie, wir hätten sie euch abverlangt«, riet ich.

»So weit sind sie doch wohl noch nicht?« sagte einer der Jungs angewidert. »Denken die denn, daß wir nicht schreiben können?«

Ich schrieb rasch einen Bericht über unseren Besuch und las ihn den Jungs vor. Sie schlugen vor, zwei Absätze einzufügen und die katholischen Kirchenoberen, die SDLP und die Dubliner Regierung aufzufordern, öffentlich Druck auf die britische Regierung auszuüben.

»Und sag ihnen, sie sollen unsere Familien in Ruhe lassen.«

»Sprich all unseren Unterstützern und allen Angehörigen der Gefangenen Dank aus.«

Sie diktierten mir zwei Absätze zu diesen Punkten, und als sie mit der Endfassung zufrieden waren, sprachen wir die uns verbleibenden Minuten noch miteinander. Matt Devlin und Owen Carron; Seamus, Paddy und Mickey Devine; ich und Brendan McFarlane. Dann wechselte ich noch ein paar Worte mit Pat McGeown, Tom und Lorny.

»Habt ihr noch Fragen, bevor wir gehen? Vielleicht seht ihr uns nie wieder.« Ich schaute in die Runde der dünnen, halbverhungerten, unbeugsamen jungen Männer.

»Haben wir noch schweres Gerät?« fragte einer von ihnen.

»Setzt bloß die Fünf Forderungen durch«, sagte ein anderer.

»*Beidh an bua againn. Brisfimíd Maggie Thatcher.*« (Wir werden siegen. Wir kriegen Maggie Thatcher klein.)

Wir schüttelten uns alle die Hand. »Paßt auf euch auf, und teilt unseren Angehörigen mit, daß wir gut drauf sind.«

»*Beannacht Dé ort, agus bí cúramach«, sagte Bik.* (Gott segne dich, und sei vorsichtig.)

»*Tiocfaidh ár lá*«, (Unser Tag wird kommen) riefen sie, als wir gingen.

Wir verließen Long Kesh durch dieselben Tore, durch die wir gekommen waren, vorbei an Wachtürmen, britischen Soldaten, RUC-Polizisten und Gefängniswärtern.

Vor dem letzten Tor war bereits die Presse versammelt. Die riesigen Doppeltore knallten hinter uns zu. Ich habe Kevin Lynch und Kieran Doherty, Tom McElwee und Mickey Devine nicht lebend wiedergesehen.

Kevin Lynch starb am 1. August, nach einundsiebzig Tagen Hungerstreik. Er war Mitglied der Irish National Liberation Army (INLA), des militärischen Flügels der Irish Republican Socialist Party (IRSP). Ich habe ihn nie kennengelernt, wurde aber mit seinen Eltern bekannt. Die INLA verfügte aufgrund ihrer Illegalität und ihrer geringen Stärke nicht über ein entwickeltes Netz von Unterstützern. Im Fall von Kevin Lynch war ein Sprecher der INLA einfach zu dessen Familie gegangen und hatte ihr mitgeteilt: »Kevin tritt in den Hungerstreik.« Kevins Angehörige protestierten heftig, zumal er selbst ihnen nichts davon gesagt hatte. Schließlich suchten sie jedoch den Kontakt zu uns von Sinn Féin, und wir hielten sie auf dem laufenden. Kevins Familie kam aus Dungiven in der Grafschaft Derry; ihr Sohn befand sich im Hungerstreik und war dem Tode nah, das war furchtbar schwer für sie. Später wurde aus der Verzweiflung ein großer Stolz auf den Sohn.

Kieran Doherty, der im Wahlkreis Cavan/Monaghan zum Abgeordneten für das Dubliner Parlament gewählt worden war, starb am 2. August nach dreiundsiebzig Tagen Hungerstreik.

Tom McElwee starb am 8. August nach fünfundsechzig Tagen im Hungerstreik.

Mickey Devine starb am 20. August nach sechsundsechzig Tagen Hungerstreik.

Am gleichen Tag wurde Owen Carron im Wahlkreis

Fermanagh/South Tyrone zum Unterhausabgeordneten gewählt. Er erhielt 800 Stimmen mehr, als Bobby Sands bekommen hatte.

Am 3. Oktober, über einen Monat später, beendeten die sechs Gefangenen, die sich noch im Hungerstreik befanden, ihren Protest. In der Zwischenzeit hatten einige Gefangene die individuelle Entscheidung getroffen, ihren Hungerstreik zu beenden. Zehn Männer hatten ihr Leben geopfert. In Demonstrationen, bei Beerdigungen und Wahlen hatten sie massive Unterstützung durch das Volk erfahren.

Die Hungerstreiks endeten, als katholische Geistliche zusammen mit Angehörigen von Hungerstreikenden den Gefangenen rieten, den Streik zu beenden, indem sie medizinische Hilfe in Anspruch nahmen. Auch ohne diese Intervention war es unvermeidlich, daß einige Hungerstreikende angesichts des drohenden Todes ihre Aktion beenden und einige Angehörige ihre Söhne oder Ehemänner drängen würden, den Hungerstreik abzubrechen. Die Gefangenen hatten meiner Meinung nach außergewöhnlich lange versucht, ihre Angehörigen von einem solchen Vorhaben abzubringen. Einige hatten sogar die rechtliche Möglichkeit prüfen lassen, durch eine Art Testament oder Letzten Willen anderen untersagen zu können, für sie über ein Ende des Hungerstreiks zu entscheiden. Als ihn aber einige abbrachen und sich abzeichnete, daß dies der Anfang vom Ende war, bedauerte ich ihre Entscheidung nicht im geringsten. Mein Bedauern galt den Toten, mein Zorn der britischen Regierung, die angesichts des Äußersten an selbstloser Hingabe für eine Sache leicht einen ehrenvollen Kompromiß hätte herbeiführen können.

Am 6. Oktober, meinem dreiunddreißigsten Geburtstag, erklärte die britische Regierung, daß es allen Gefangenen erlaubt würde, ihre eigene Kleidung zu tragen. Sie begann damit, die Haftbedingungen auf der Grundlage der Fünf Forderungen zu ändern. Die Gefangenen hatten darauf bestanden, als Gefangene in einem nationalen Befreiungskampf zu gelten, und das war weltweit anerkannt worden.

Britannien stand am Pranger als unnachgiebige Macht, die an den letzten Überbleibseln kolonialer Kontrolle klebte. Noch nie zuvor hatte der irische Republikanismus ein so hohes politisches und moralisches Ansehen genossen.

Durch den Tod der Hungerstreikenden und die Kampagne für die Häftlinge in den H-Blocks und in Armagh entwickelte sich ein allmählicher und anfangs ungewisser Prozeß, in dem die republikanische Idee an Einfluß gewann. Doch er wurde stärker, als Bäche zu Flüssen anschwollen und diese sich mit einer Flut breiten Widerstands vereinigten. Viele Republikaner, die sich nach ihrer Haftzeit von der Bewegung abgewandt hatten, kehrten wegen des Hungerstreikes mit all ihrer Erfahrung und politischen Reife wieder zu ihr zurück. In den nationalistischen Wohnbezirken gewann das Gefühl die Oberhand, daß nach dem Hungerstreik eine bloße Zuschauerrolle nicht mehr möglich war. Die Atmosphäre ähnelte der Periode des Aufstandes zwischen August 69 und dem Fall von Stormont. Den bewaffneten Kampf, der in den siebziger Jahren zeitweise nahezu die einzige Kampfform gewesen war, brauchte nur eine kleine Zahl von Republikanern zu führen. Während des Hungerstreiks indes waren viele Menschen aktiv geworden, sei es auch nur bei bescheidenen, aber durchaus wichtigen Aktivitäten wie Plakate kleben, Briefe schreiben, Teilnahme an allen möglichen Protestformen oder das Engagement im Wahlkampf nördlich und südlich der Grenze. Alle konnten ihren Teil beitragen.

Die Identifikation mit der IRA nahm immens zu. Zwar wurden während des Hungerstreiks die Operationen reduziert, doch bei den Begräbnissen der Opfer applaudierten Zehntausende von Trauernden, wenn die Ehrengarde der IRA erschien. Es kam zu einigen merkwürdigen Ereignissen: Nach dem Hungerstreik führten IRA-Volunteers in den Straßen von Westbelfast bewaffnete Aktionen durch, mußten sich jedoch zurückziehen, weil Leute sie umringten, ihnen Beifall spendeten und auf die Schulter klopften.

1976 hatte die britische Regierung versucht, die republikanischen Gefangenen zu kriminalisieren. Sie hatten diesen Versuch durch den »Deckenprotest« und den Waschstreik und schließlich durch die Hungerstreiks zunichte gemacht. 1981 kriminalisierten die republikanischen Gefangenen die britische Regierung.

In den Monaten nach dem Hungerstreik versuchten wir alle, uns von der emotionalen Belastung und Beanspruchung jener Periode zu erholen. Wir trauerten. Es war eine Zeit des Nachdenkens, in der wir zugleich unsere Öffentlichkeits- und Propagandaarbeit verstärkten, die Sinn-Féin-Politik und die Stimmung an der Basis einer kritischen Prüfung unterzogen. Wir lernten die Lektionen der Massenmobilisierung und -aktionen, der Wahlbeteiligung und der Schaffung einer breiten Front.

An jenem Weihnachtsfest besuchten Colette und ich wie immer mit Gearóid unsere Eltern. Am zweiten Weihnachtsfeiertag schneite es. Ich machte einen Spaziergang durch das Murph und sinnierte über das zu Ende gehende Jahr. Während ich durch die mir vertrauten Straßen schlenderte, dachte ich an die Kinder in diesen Häusern, an ihre Aufregung wegen des Schnees und wegen der neuen Fahrräder oder Kinderwagen und der anderen Geschenke, die der Weihnachtsmann ihnen gebracht hatte. Ich erinnerte mich meiner eigenen Kindheit und der glücklichen Zeit, die ich hier verbracht hatte. Alle Orte, an denen ich vorbeispazierte, waren mit kindlichen Eskapaden oder Jugendstreichen verbunden. Es hatte schließlich auch vor 1969 ein Leben gegeben. Ich kam allerdings auch an Häusern vorüber, in denen Freunde gewohnt hatten, die nun tot waren. Ich hielt an den Stellen inne, wo sie erschossen worden waren.

Es war eine lange Zeit und ein langer Weg von der Divis Street des Jahres 1964, der Sicherheit der Abercorn Street North davor und dem unschuldigen Spaß meiner Kindheit in Divismore Park. Diese Tage gehörten der Vergangenheit an. Selbst Divismore Park 11 existierte nicht mehr. Die Billigbauten waren den Fahrzeugen der britischen Armee nicht gewachsen gewesen. Nummer 11 war ein paar Jahre zuvor von der Wohnungsbehörde abgerissen worden.

Viele meiner Freunde aus Kindertagen waren tot. Zu viele. Alle Teile unseres Volkes hatten so viel Leid ertragen müssen. Wir wollten Gleichheit und Gerechtigkeit. Wir wollten Freiheit. Wir forderten Frieden. Für alle Bewohner unserer Insel.

Eine dünne Marzipanschicht Schnee lag auf dem Black und dem Divis Moutain. In der Whiterock Road hingen an den Telegrafenmasten und Laternenpfählen noch immer die schwarzen Fahnen für die Hungerstreikenden. Der Spruch an der Friedhofsmauer jedoch ließ mit Hoffnung in die Zukunft blicken. Nichts würde mehr wie früher sein. Das Graffito brachte die neue Stimmung zum Ausdruck: *Tiocfaidh ár lá.* Unser Tag wird kommen.

Epilog

Der unvergleichliche Opfergang der Hungerstreikenden hat sich dem Bewußtsein der irischen Nationalisten tiefer eingegraben, als es das Establishment in Britannien und Irland erwartet hatte. Unmittelbar nach dem Ende der Krise in den H-Blocks und im Frauengefängnis von Armagh eskalierte der Krieg sowohl im Norden als auch in Britannien. In dem langen Kampf zwischen dem britischen Staat und der irischen Bewegung für die Unabhängigkeit erwiesen sich die Hungerstreiks als ein Wendepunkt. Ich glaube, daß diese Streiks und ihre Nachwirkungen den Anfang vom Ende der britischen Herrschaft in Irland markierten.

Für das nationalistische Irland war es eine tiefgreifende kollektive Erfahrung, als die Hungerstreikenden wegen der Unnachgiebigkeit der britischen Regierung sowie der mangelnden Reaktion von seiten Dublins in den Tod gingen. Nach dem Tod der republikanischen politischen Häftlinge reagierten die Nationalisten äußerst ablehnend auf die Versuche der britischen wie auch der irischen Regierung, die IRA als Ursache allen Übels darzustellen. Angesichts der nach wie vor von den Nationalisten in den besetzten nordöstlichen Grafschaften erlittenen Ungerechtigkeiten klang die rituelle Verdammung der IRA hohl.

Vor diesem Hintergrund und mit der Erfahrung, daß Gefangene bei Wahlen im Norden wie im Süden erfolgreich waren und wir beträchtlichen Zulauf von einer neuen Generation von Aktivisten verzeichnen konnten, beschloß Sinn Féin eine Wahlstrategie. Bei unserer ersten Wahlbeteiligung im Norden erhielten wir über zehn Prozent der abgegebenen Stimmen, und fünf unserer Kandidaten wurden – unter Wahrung des Prinzips des Abstentionismus – in eine von dem damaligen Nordirlandminister James Prior ins Leben gerufene Versammlung gewählt. In Westbelfast, wo ich kandidierte, errangen wir eine überwältigende Stimmenmehrheit. Die britische Propaganda, daß der republikanische Kampf nichts anderes sei als eine kriminelle Verschwörung, die nicht die Bevölkerung repräsentiere, wurde als Lüge entlarvt.

Mit den Streitkräften einer imperialen Macht konfrontiert, war unser Kampf lange Zeit fast ausschließlich militärisch ausgerichtet gewesen, hatte keine politische Alternative aufgebaut. Nach den Hungerstreiks aber erlangte der Republikanismus ein größeres politisches und moralisches Gewicht als je zuvor in meinem Leben.

Ich hatte mich Sinn Féin zu einer Zeit angeschlossen, als die Partei nach der gescheiterten Grenzkampagne der IRA in den fünfziger Jahren schwach und desorganisiert war. Durch die Spaltung der republikanischen Bewegung im Jahre 1970 verlor sie viele der mehr politisch orientierten Aktivisten. Bei der Parteiführung führte das zu einer verengten Sichtweise. Diejenigen, die nach der Spaltung die »Officials« gründeten, entfernten sich rasch vom Republikanismus. Die Bürgerrechtskampagne wurde nach dem Ausbruch des Krieges zwischen der britischen Armee und der IRA fortgeführt, aber unter dem Druck des Krieges wurde die politische Mobilisierung schwächer. Die politische Agitation, an der ich mich in den späten sechziger Jahren beteiligt hatte, wurde von der dringenden Notwendigkeit verdrängt, angesichts der Pogrome die Verteidigung zu organisieren.

Während der Hungerstreiks lebte die Massenbewegung wieder auf, und Sinn Féin engagierte sich politisch viel intensiver und zu einer weitergespannten Thematik in den Wohnvierteln. Unser Wahlmandat wurde bekräftigt, als wir 1983 über dreizehn Prozent der Stimmen im Norden bekamen und ich zum Unterhausabgeordneten für Westbelfast gewählt wurde. Zusammen mit den Bewohnern der einzelnen Gebiete des Wahlkreises starteten wir Kampagnen mit genau bestimmten Schwerpunkten, um die schlimmsten Auswirkungen der Diskriminierung zu beseitigen, der die Bewohner Westbelfasts seit Generationen ausgesetzt waren. Ich freute mich besonders über die Erfolge in der Kampagne zum Wohnungsproblem, die schließlich im kompletten Abriß der Wohnblocks in Turf Lodge und der Slums von Moyard, Divis, Springhill und den Unity Flats kulminierte. Da wir von Anfang an gegen den Bau der Divis Flats gewesen waren, erfreute uns deren Abriß besonders. Während der Thatcher-Ära, in der die Gewerkschaftsbewegung entscheidend geschwächt, öffentlichen Einrichtungen der Garaus gemacht und der Wohlfahrtsstaat demontiert wurde, waren diese Kampagnen in meinen Augen die einzigen bedeutsamen Erfolge der Arbeiterklasse. Ähnliche – soziale, wirtschaftliche und kulturelle Fragen betreffende – Kampagnen wurden verstärkt oder initiiert. Viele tatkräftige junge Aktivisten nahmen sich der neuen Aufgaben an, die aus unserer Wahlbeteiligung und der politischen Basisarbeit in den Wohnvierteln erwuchsen.

1982 hatte ich versucht, eine Diskussion sowie eine öffentliche Debatte darüber in Gang zu bringen, wie ein Frieden durch Dialog und eine demokratische Lösung zu erreichen sei. Nachdem ich 1983 zum Präsidenten von Sinn Féin gewählt worden war, führte ich diese Bemühungen fort. Ich machte deutlich, daß unsere Partei bereit sei, mit der Dubliner Regierung und der SDLP in die Diskussion zu treten. Im Jahr darauf wurde ich zusammen mit ein paar Freunden bei einem Mordanschlag von Loyalisten verletzt. Später erfuhren wir, daß die Bande, die uns im Stadtzentrum von Belfast niedergeschossen hatte, mit dem Wissen des britischen Militärgeheimdienstes operierte. Im gleichen Jahr kam bei einem Bombenanschlag der IRA in Brighton beinahe die für die Toten des Hungerstreiks verantwortliche Margaret Thatcher samt ihrem Kabinett ums Leben.

Unsere Wahlerfolge ließen sowohl in London wie in Dublin die Alarmglocken läuten. Das Establishment machte sich ernste Sorgen, daß die SDLP als die einzige Partei, die

Nationalisten im Norden repräsentierte, abgelöst werden könnte. Um der wachsenden Bedeutung von Sinn Féin zu begegnen, unterzeichneten die Dubliner und die Londoner Regierung 1985 in Hillsborough das Anglo-Irische Abkommen, dem sich die Unionisten auf breiter Front entschieden widersetzten.

1986 erklärte ich, daß das militärische Patt zwischen der britischen Armee und den republikanischen Kämpfern nur durch eine politische Lösung überwunden werden könne, eine militärische Lösung war ausgeschlossen. Sinn Féin hatte sich mittlerweile eine solide politische Plattform erarbeitet und verfolgte eine Friedensstrategie. Dieser Strategie räumten wir bald die absolute politische Priorität ein und führten Gespräche mit einem breiten Spektrum von Gruppen und Einzelpersönlichkeiten, unter anderem mit Vertretern der protestantischen Kirchen sowie von Friedens- und Versöhnungsgruppen und politischen Organisationen.

Die Entwicklung der Sinn-Féin-Strategie nach den Hungerstreiks hat den politischen Klimawechsel als Katalysator in starkem Maße gefördert. Wir Republikaner haben immer nach Alternativen zum Krieg gesucht. Die mit Waffen Kämpfenden sahen ihre Kampfform nie als die einzige an. Bei verschiedenen Gelegenheiten versuchte die IRA, Wege zu einer friedlichen Lösung zu erkunden. Im bewaffneten Kampf sahen seine Protagonisten das letzte Mittel, weil sie den Eindruck hatten, daß jeder Alternativweg verbaut war. Die Briten hatten den Konflikt militarisiert, doch er blieb im Kern ein politischer Konflikt und erforderte eine politische Lösung.

Bei meinen Kontakten mit religiösen, politischen und anderen Gruppen und Persönlichkeiten habe ich die republikanische Auffassung vertreten, daß es einer demokratischen Konfliktlösung bedarf, wenn es Frieden geben soll. Unserer Meinung nach bedeutet eine solche Lösung das Ende der britischen Herrschaft. Sprecher von Sinn Féin wiesen jedoch sowohl in nichtöffentlichen Diskussionen wie in öffentlichen Reden immer wieder auf das Ziel hin, eine gemeinsame Basis zu finden, auf der Unionisten und Nationalisten übereinkommen könnten, ihre Unterschiede zu wahren und dennoch einigermaßen einträchtig zusammenzuleben. Ich unterstrich besonders das alte republikanische Ziel, »alle Menschen Irlands zu vereinen, die Erinnerung an die Zwietracht der Vergangenheit auszuräumen und statt von Protestanten, Katholiken und Dissenters nur noch von Bürgerinnen und Bürgern Irlands zu sprechen ...«.

Der Kommunikationsstrang zwischen den Republikanern und den Briten, der 1980–1981 während der Hungerstreiks existiert hatte, wurde 1990 von der britischen Regierung reaktiviert. Es folgte ein sich über drei Jahre erstreckender Dialog. Anfang 1993 schlugen die Briten vor, Delegationen der britischen Regierung und von Sinn Féin sollten zu intensiven Verhandlungen zusammenkommen. Sie könnten die IRA davon überzeugen, daß der bewaffnete Kampf nicht länger notwendig sei. Die Sinn-Féin-Führung übermittelte der IRA die Bitte der britischen Regierung, ihre Operationen vorübergehend einzustellen, um Diskussionen zu ermöglichen. Im Mai 1993 kam die IRA dieser Bitte nach und stimmte einer zweiwöchigen Waffenruhe zu. An diesem Punkt machte die britische Regierung jedoch einen Rückzieher, was – zumindest teilweise – der Schwierigkeit der Konservativen Partei geschuldet war, deretwegen Mr. Major seinerzeit von der Unterstützung der Unionisten im Unterhaus abhängig war.

Der wichtigste und produktivste Kontakt entwickelte sich in den achtziger und neunziger Jahren zwischen mir und dem Parteivorsitzenden der SDLP, John Hume. Im April 1993 veröffentlichten John Hume und ich die erste einer Reihe von Erklärungen über die Ergebnisse unseres mehr als fünf Jahre lang geführten Dialogs. Wir waren uns einig über den Prozeß, durch den unserer Meinung nach die Bedingungen für einen dauerhaften Frieden geschaffen werden könnten. Ob diesem Prozeß Erfolg beschieden wäre, würde von der britischen und der irischen Regierung sowie von der IRA abhängen. Die IRA- Führung erklärte daraufhin: »Wenn der politische Wille existiert oder geschaffen werden kann, könnte dies die Grundlage für den Frieden sein.« Die Dubliner Regierung erklärte ihre Unterstützung. Die britische Regierung jedoch verweigerte eine positive Antwort.

Nach Gesprächen mit der irischen Regierung unter Albert Reynolds einigten wir uns auf einige politische Grundprinzipien. Die Basis bildete ein Vorschlag, wie wir alle miteinander von dem Konflikt loskommen und auf eine Verhandlungslösung hinarbeiten könnten. Diese Irische Friedensinitiative, allgemein bekannt unter der Bezeichnung »Hume-Adams-Vorschläge«, basierte auf einem Prozeß und einer Dynamik, die darauf zielten, eine Übereinkunft mit der britischen Regierung auszuhandeln und die Zustimmung der Unionisten zu erlangen, um die Grundlagen für einen dauerhaften Frieden in Irland zu schaffen.

Die britische Regierung nahm den Vorschlag kühl auf. Unsere Initiative hatte aber bereits eine breite, öffentliche Debatte in Irland und Britannien ausgelöst, in der sich viele Menschen für eine politische Konfliktlösung aussprachen. Die im Dezember 1993 von der britischen und der irischen Regierung unterzeichnete Downing-Street-Erklärung war im wesentlichen eine Antwort auf das Dokument, das John Hume und ich ein paar Monate zuvor vorgelegt hatten. Die Downing-Street-Erklärung war ein bedeutsamer Schritt der beiden Regierungen. Es fehlte ihr allerdings am demokratischen Potential und an der Dynamik, auf die John Hume, ich und die irische Regierung uns verpflichtet hatten. Dessenungeachtet versuchte Sinn Féin konstruktiv auf diese Erklärung zu reagieren.

Doch nach der Downing-Street-Erklärung folgte eine frustrierende Zeit, in der die britische Regierung den Friedensprozeß blockierte, vor allem indem sie sich weigerte, die von Sinn Féin gestellten Fragen zu beantworten und unser demokratisches Mandat anzuerkennen. Schließlich nahmen der britische Premierminister und andere Regierungssprecher aber doch zu einigen Aspekten der Erklärung Stellung, und im Mai 1994 erhielt Sinn Féin die Antwort der britischen Regierung auf eine Liste von Fragen.

Zu jener Zeit waren John Hume, ich und der irische Taoiseach Albert Reynolds mit unserem Projekt etwas weitergekommen. Wir hatten einen Konsens erzielt, wie ein dauerhafter Frieden geschaffen werden könnte, und uns der aktiven Unterstützung einflußreicher Persönlichkeiten des irischen Amerika versichert. Die so entstandene Dynamik und die eingegangenen Verpflichtungen schufen die Bedingungen, unter denen die IRA am 31. August 1994 ihre historische Erklärung abgab, »die militärischen Operationen vollständig einzustellen«. Nach fünfundzwanzig Jahren des ungebrochenen und unbeugsamen Widerstandes machte die IRA-Führung ihre Absicht deutlich, das Bemühen um eine Friedenslösung durch Verhandlungen zu stärken.

Für viele Republikaner, mich eingeschlossen, waren die Tage nach der IRA-Erklärung sehr emotionsgeladen. Als ich zu einer großen Menschenmenge sprach, die sich vor dem Connolly House in der Belfaster Andersonstown Road versammelt hatte, erinnerte mich mein Bruder Paddy daran, daß sich an diesem Tag auch der Tod von Patrick Mulvenna jährte. In der Menge sah ich Patricks Eltern. In jener Woche kamen die Familien toter IRA-Volunteers spontan auf dem republikanischen Teil des Milltown-Friedhofes zusammen. Colette traf Mrs. Farrell, die Mutter von Mairead Farrell. Die IRA-Kämpferin Mairead war mit zwei Genossen in Gibraltar von Elitesoldaten des SAS hingerichtet worden. Mrs. Farrell, eine zierliche Frau voller Würde, eröffnete Colette unter Tränen: »Wie schade, daß meine Mairead das nicht erleben kann.«

In ganz Irland war ein Gefühl von Hoffnung zu spüren. Die Einstellung der militärischen Operationen durch die IRA war eine historisch beispiellose Initiative einer ungeschlagenen Armee. Die IRA-Erklärung wurde in der ganzen Welt begrüßt und selbst vom britischen Premierminister als »die beste Friedenschance seit fünfundsiebzig Jahren« gewürdigt. Die Erwartung, daß die britische Regierung die sich ihr bietende Gelegenheit nutzen würde, war weit verbreitet.

Doch die britische Regierung und folglich auch das unionistische Lager reagierte auf die Waffenruhe der IRA sehr negativ. In totalem Widerspruch zu seiner Haltung vor der IRA-Erklärung errichtete Mr. Major auf dem Weg zum Frieden ein Hindernis nach dem anderen. Dieses Vorgehen zielte darauf, den Schwung des Friedensprozesses zu bremsen, ihn zu untergraben und die breit und demokratisch konzipierte Tagesordnung so einzuengen, daß sie den britischen Regierungsinteressen entsprach.

Während die Verhandlungen ruhten, verfolgte die britische Regierung auch an anderen Fronten eine negative Strategie. Im Sommer 1995 wurde der britische Fallschirmjäger Lee Clegg aus dem Gefängnis entlassen. Er hatte wegen der Ermordung eines siebzehnjährigen Mädchens aus Westbelfast lediglich zwei Jahre verbüßt. Bei seiner Rückkehr in die britische Armee wurde er sogar befördert. Die Zahl der im Norden Irlands stationierten britischen Truppen blieb gegenüber 1994 unverändert, die repressive Gesetzgebung wurde erneuert, und die RUC bahnte einer Reihe von provokativen Orangistenaufmärschen gewaltsam den Weg durch die katholischen Wohnbezirke. Die Haftbedingungen für irische politische Gefangene in Britannien verschlechterten sich erheblich.

Unter diesen Umständen wurde allen an der Irischen Friedensinitiative Beteiligten die äußerste Entschlossenheit abverlangt, um in der Frage der Allparteiengespräche Fortschritte zu erzielen. Selbst bei einem nur minimalen Entgegenkommen der britischen Regierung war es noch möglich, eine gewisse Zuversicht in die Friedensstrategie zu legen und zugleich alternative Schritte zu unternehmen. Dieser Aufgabe widmeten sich John Hume und ich.

Die Voraussetzung hierfür war, daß Dublin nachdrücklich die Ziele dieses Prozesses verfolgte. Der zunehmende Einfluß des irischen Amerika durchkreuzte bis zu einem bestimmten Grad ebenfalls die britischen Pläne. Doch mit dem Rücktritt der von Albert Reynolds geführten Dubliner Regierung und der Bildung einer neuen Regierungskoalition unter John Bruton kam es zu einer bedeutsamen Verschiebung der politischen Kräfteverhältnisse. Der Friedensprozeß geriet wegen der Verschleppungsmanöver der britischen Regierung sowie der Unionisten zunehmend ins Stocken.

Bevor die IRA die Einstellung der militärischen Operationen verkündete, hatte die britische Regierung davon gesprochen, daß Friedensverhandlungen nach einer dreimonatigen Waffenruhe von seiten der IRA beginnen könnten. Über ein Jahr später, im November 1995, existierte aber nicht einmal ein Terminvorschlag für Verhandlungen. London blockierte weitere Fortschritte mit einer neuen Vorbedingung – der Forderung nach Ablieferung oder »Dekommissionierung« der IRA-Waffen. Als der Friedensprozeß zu scheitern drohte und zugleich der historische England- und Irlandbesuch von US-Präsident Bill Clinton – der im Friedensprozeß die ganze Zeit eine unparteiische und positive Rolle gespielt hatte – unmittelbar bevorstand, unterzeichneten Mr. Major und Mr. Bruton nach intensiven diplomatischen Verhandlungen eine Übereinkunft über ein zweigleisiges Vorgehen. Auf der einen Ebene sollten sich die beiden Regierungen auf eine Tagesordnung und das Verfahren der Allparteiengespräche einigen, auf der zweiten eine internationale Kommission unter dem Vorsitz von US-Senator George Mitchell die Möglichkeiten zur Lösung des Waffenproblems untersuchen.

Obwohl Sinn Féin erhebliche Vorbehalte gegen die Festlegung der britischen Regierung auf das zweigleisige Vorgehen hatte, engagierten wir uns intensiv auf beiden Ebenen. Wir unterbreiteten der Mitchell-Kommission sowohl mündlich wie auch schriftlich unsere an der Sinn-Féin-Politik der Demilitarisierung orientierten Vorstellungen und unsere Vorschläge für Allparteiengespräche. Die unionistischen Parteien weigerten sich, auf dieses zweigleisige Verfahren einzugehen. Mr. Paisley ignorierte beide Ebenen, und die

Ulster Unionist Party (UUP) wollte sich nur mit der Frage der Waffenabgabe befassen.

Am 16. Januar 1996 wurde der Mitchell-Bericht veröffentlicht. Ich begrüßte ihn mit den Worten: »Von dieser Basis aus können wir vorankommen, so daß alle Angelegenheiten zur Befriedigung aller Seiten als Teil des Prozesses geregelt werden ... Mit anderen Worten, der Mitchell-Bericht verweist auf einen möglichen Weg zu Allparteiengesprächen.«

Aber binnen weniger Stunden nach seiner Veröffentlichung verwarf John Major den Mitchell-Bericht einseitig. Er hielt an der Vorbedingung der Dekommissionierung fest, gegen die sich Mitchell ausgesprochen hatte, und stellte eine neue Vorbedingung – Wahlen. Solche Wahlen hatten die Unionisten vorgeschlagen. Ein Datum für den Beginn der für Ende Februar versprochenen Allparteiengespräche wurde nicht genannt.

Als ich und andere Republikaner die Warnung aussprachen, daß das Vorgehen der britischen Regierung den Friedensprozeß an den Rand des Scheiterns bringe, wurden wir von unseren politischen Gegnern heftig kritisiert. Doch achtzehn Monate nach der Verkündung der Waffenruhe mußten die Hoffnungen auf Friedensverhandlungen langsam begraben werden, war ein Scheitern unvermeidlich.

Als ich aus den Medien Gerüchte über eine Mitteilung der IRA erfuhr, in der sie das Ende der Waffenruhe ankündige, rief ich sofort John Hume an. Ich sprach auch mit dem Büro des Taoiseachs der Republik Irland. Ich telefonierte mit dem Weißen Haus. Ich wußte, daß sich Außenminister Dick Spring in Washington aufhielt. Mittlerweile war von einer Bombenwarnung in London die Rede. Um Außenminister Spring vor der sich entwickelnden Situation zu warnen, rief ich den irischen Botschafter in den USA an. Als sich die Nachrichten überschlugen und Bilder von Canary Wharf gezeigt wurden, als von Verletzten und später von den beiden Todesopfern gesprochen wurde, wandelte sich meine Traurigkeit bei dem Gedanken an die Toten, Verletzten und ihre Angehörigen in tiefes Mitgefühl. Die IRA trug für den Bombenanschlag in London und seine Folgen eindeutig die Verantwortung. Für das Scheitern des Friedensprozesses muß allerdings John Major verantwortlich gemacht werden. Eine noch nie dagewesene Friedenschance wurde vertan, weil sich die britische Regierung und die Unionistenführer weigerten, in einen ehrlichen Dialog und in Grundsatzverhandlungen einzutreten. Mr. Major erfüllte die Verpflichtungen nicht, auf die er sich mit Sinn Féin, John Hume und der irischen Regierung verständigt hatte. Eineinhalb Jahre lang wurde kein Krieg geführt, aber weder London noch die Unionistenführer fühlten sich verpflichtet, von ihren eigenen kleinlichen Interessen abzurücken.

Auch als sich die Situation wieder beruhigte, kehrte das Establishment in Dublin und London wieder zu seinem alten Versuch zurück, Sinn Féin zu isolieren, um Druck auf die IRA auszuüben. Ich erklärte warnend, daß es sich um ein törichtes Unterfangen handele. Das mögliche Scheitern des Friedensprozesses in Südafrika und im Nahen Osten hatte die Führungspersönlichkeiten dort angespornt, ihre Bemühungen zu verdoppeln und den Dialog zu intensivieren, und nicht, ihn abzubrechen.

Als in der Folge des Bombenanschlags von London die heftigen Reaktionen über Sinn Féin hereinbrachen, verkündete Mr. Major einen Termin für Gespräche, aber selbst diesmal waren daran Vorbedingungen geknüpft. Am 10. Juni sollten Allparteiengespräche beginnen, davor aber noch, am 30. Mai, Wahlen stattfinden, in aller Wirrnis, die weitere Wirrnis zeugen mußte. Major erklärte, für jene Parteien, die ein Verhandlungsmandat bekämen, seien die Wahlen ein »klarer, direkter und automatischer« Weg in Allparteienverhandlungen. Außer für Sinn Féin.

Sinn Féin und die SDLP wandten sich mit Nachdruck gegen die Wahlen und gegen einen weiteren unionistischen Vorschlag, ein Forum zu schaffen, eine Versammlung all jener, die ein Mandat bekämen. Unsere Einwände wurden ignoriert.

Bei den Wahlen konnten wir in allen achtzehn Wahlkreisen der Sechs Grafschaften unseren Stimmenanteil erhöhen. Wir erhielten 15,5 Prozent aller abgegebenen Stimmen, das heißt 42 Prozent der Stimmen der nationalistischen Bevölkerung. In keinem Wahlkreis war der Stimmenanteil von Sinn Féin so hoch wie in Westbelfast. In Belfast, meiner Heimatstadt und der zweitgrößten Stadt Irlands, wurde Sinn Féin die stärkste Partei. Zum erstenmal überhaupt erhielten die Nationalisten dort mehr Stimmen als die Unionisten.

Am 10. Juni eröffneten die beiden Regierungen in Stormont die nun Vielparteiengespräche genannten Gespräche. Die siebzehn gewählten Friedensunterhändler von Sinn Féin wurden davon ausgeschlossen.

Knapp eine Woche später, am 15. Juni, explodierte in Manchester eine große Bombe. Es schien fast so, als ginge alles wieder von vorne los.

Aber nein!

Wir lassen uns von der Aufgabe, auf dieser Insel Frieden zu schaffen, nicht abbringen. Wir müssen uns der geschichtlichen Herausforderung stellen. In jedem Winkel unseres Landes und in der über die ganze Welt verstreuten irischen Diaspora haben Menschen ihre Sehnsucht nach einer dauerhaften Friedenslösung und einer neuen Demokratie zum Ausdruck gebracht. Ein Übereinkommen, auf das sich alle Bevölkerungsteile einigen und verpflichten können, mag eine kaum zu bewältigende Aufgabe sein. Aber alle politisch Verantwortlichen auf diesen Inseln müssen sich ihr stellen. Wenn eine Friedenslösung Realität werden soll, müssen wir alle all unseren Mut und all unsere Phantasie aufbieten.

Es wird nicht leicht werden. Der vor uns liegende Weg ist schwierig, gefährlich und riskant für uns alle. Ich bin aber davon überzeugt, daß wir ihn beschreiten können, wenn wir alle zusammenarbeiten. Ich bin mir sicher, daß wir in Irland zu einer Friedenslösung kommen werden. Sie wird aus einem von den beiden Regierungen angeführten allumfassenden Verhandlungsprozeß erwachsen, an dem Sinn Féin neben den anderen Parteien beteiligt ist. Ich bin davon überzeugt, daß auch die britische Bevölkerung dieses Ziel unterstützt. Auch sie will einen dauerhaften Frieden.

Diesen werden wir geschaffen haben, wenn die Friedensstrategien und -prozesse in einen Neuanfang für die Nationalisten wie die Unionisten münden und ein Abkommen zwischen dem britischen Volk und dem Volk der Insel Irland zustande gekommen ist, das auf der Achtung der gegenseitigen Unabhängigkeit gründet.

Ich bin davon überzeugt, daß wir die Hindernisse überwinden können, wenn wir hartnäckig bleiben und wenn wir tief graben.

Nobelpreisträger Seamus Heaney hat es sehr schön formuliert: »Einmal in einem Leben kann die lang ersehnte Flut der Gerechtigkeit steigen, kann Geschichte sich auf Hoffnung reimen.«

Laßt uns die Neinsager und Neider ignorieren.

Laßt uns die Skeptiker und Zyniker beschämen.

Laßt uns sorgen, daß Geschichte sich auf Hoffnung reimt.

Gerry Adams
Belfast, 16. Juni 1996

Zeittafel

1170 Erster Einfall der Angelsachsen unter Strongbow in Irland
1250 Normannen vollenden die Eroberung Irlands
1541 Heinrich VIII. von England ernennt sich zum Herrscher über Irland.
1579 Niederschlagung des ersten irischen Volksaufstands
1598 Irische Rebellion, 1603 niedergeschlagen
1608 Besiedlung der nordöstlichen Grafschaften durch Engländer und Schotten
1641 Irischer Volksaufstand
1649 Cromwell schlägt irische Rebellion nieder.
Weitere Besiedlung durch Engländer und Schotten
1689 Der katholische König Jakob II. wird zur Umkehr vor Derry gezwungen.
1690 Am 12. Juli unterliegt Jakob II. in der Schlacht am Boyne dem protestantischen König Wilhelm III. von Oranien.
1700 Den irischen Katholiken werden nach neuem Strafrecht das Recht auf Landbesitz sowie weitere gesetzlich verankerte Rechte entzogen.
1798 Ein Volksaufstand der vereinigten Iren unter Wolfe Tone wird niedergeschlagen.
1800 Durch den Unity Act wird das Vereinigte Königreich von England und Irland geschaffen.
1803 Aufstand unter Robert Emmet wird niedergeschlagen.
1823 Daniel O'Connor startet eine Aktion zur Emanzipation der Katholiken.
1845–48 Hungersnot: Innerhalb von zehn Jahren verringert sich die irische Bevölkerung um drei Millionen durch Hungertod bzw. Emigration.
1848 Aufstand ›Young Ireland‹ niedergeschlagen
1858 Gründung der Irish Republican Brotherhood (Fenier) in Dublin

1867 Aufstand der Fenier niedergeschlagen

1885 Anhänger des Home Rule (autonome Regierung für Irland) gewinnen bei den Unterhauswahlen die Mehrzahl der irischen Wahlkreise.

1886 Gesetzesvorschlag für ein Home Rule im Unterhaus abgelehnt

1893 Ein weiterer Gesetzesvorschlag für ein Home Rule wird durch das Veto des Oberhauses blockiert.

1905 Gründung von Sinn Féin

1912 Gründung der Ulster Volunteer Force als Widerstand gegen Home-Rule-Bestrebungen

1914 ›Meuterei von Curragh‹: Britische Offiziere weigern sich, Gegner des Home Rule zu bekämpfen.

1916 Osteraufstand in Dublin. Er wird niedergeschlagen, die Anführer werden hingerichtet.

1918 Sinn Féin gewinnt die Mehrzahl der irischen Sitze im britischen Unterhaus.

1919 Das erste irische Parlament, *Dáil Éireann,* konstituiert sich auf Initiative von Sinn Féin.
Die IRA beginnt ihre bewaffnete Kampagne für eine unabhängige Republik Irland.

1920 Die britische Regierung führt mittels des Government of Ireland Act die Teilung Irlands durch.

1921 Sinn Féin gewinnt bei Wahlen im Süden 124 der 128 Sitze zum Dáil.
Im Juli Waffenstillstand im Süden

1922 Dáil Éireann bestätigt den Vertrag zum Dominionstatus der sechsundzwanzig Grafschaften im Süden als Freistaat Irland innerhalb des Commonwealth.
Die britischen Truppen ziehen aus dem Freistaat ab.
Beginn des Bürgerkriegs.

1923 Waffenstillstand im Bürgerkrieg
Wahl des Free State Dáil und Bildung einer Regierung des Freistaats

1926 Eamon De Valera gründet Fianna Fail. Zum Bruch kam es, da De Valera das von Sinn Féin und der IRA vertretene Prinzip des Abstentionismus (Nichtteilnahme am britischen Parlament) aufgab.

1932 De Valera wird Taoiseach (Premierminister) des Freistaats.

1939 Die IRA beginnt eine Bombenkampagne auf dem britischen Festland.

1949 Der Freistaat erklärt sich zur Republik Irland außerhalb des Commonwealth.

In Westminster wird der Government of Ireland Act verabschiedet, der die Selbstbestimmung des irischen Volkes in allen zweiunddreißig Grafschaften ausschließt.

1951 Public Order Act (Gesetz über die öffentliche Ordnung) für den Norden verabschiedet

1954 Einführung des Flags and Emblems Act für den Norden: Wer das Zeigen des Union Jack verhindern will, begeht eine Straftat. Die RUC ist ermächtigt, alle anderen Flaggen (z. B. die irische Trikolore) einzuholen.

1955 Rücktritt Churchills als britischer Premierminister, Anthony Eden gewinnt die Wahlen. In Nordirland erlangen die Republikaner zwei Sitze.

1956 Die IRA beginnt ihre ›Grenzkampagne‹.

1957 Vier Sinn-Féin-Kandidaten werden in den Dáil der Republik Irland gewählt.

Die Regierung De Valera führt die Internierung ein.

1959 De Valera wird Präsident, Seán Lemass wird Taoiseach der Republik.

1963 Terence O'Neill wird Premierminister im Norden (Stormont-Regierung).

1964 Die ›Kampagne für soziale Gerechtigkeit‹ wird gegründet.

Harold Wilson von der Labour Party wird nach dreizehn Jahren konservativer Regierung britischer Premierminister.

1965 Treffen von Lemass und O'Neill in Belfast und Dublin

1966 Angehörige der UVF töten mehrere katholische Zivilisten. Jack Lynch wird im Süden Nachfolger von Lemass als Taoiseach.

1967 Gründung von NICRA (Northern Ireland Civil Rights Association)

Verbot republikanischer Klubs

1968 Ein Bürgerrechtsmarsch in Derry wird von der RUC angegriffen.

1969 Bürgerrechtsmärsche, Bombenangriffe von Loyalisten im Norden

O'Neill tritt zurück und wird von Anthony Chichester-Clark abgelöst; Loyalisten und RUC stürmen das Bogside-Viertel in Derry; britische Soldaten beginnen durch die Straßen zu patrouillieren; Loyalisten und RUC stürmen die Falls Road in Belfast; katholische Häuser werden niedergebrannt; Flüchtlinge strömen über die Grenze.
Im Dezember spaltet sich die IRA in ›Officials‹ und ›Provisionals‹.

1970 Spaltung von Sinn Féin. Waffenkrise in Dublin.
Loyalisten greifen Ballymacarret an; die Provisional IRA tritt in Aktion. Ausgangssperre in der Falls Road. Die SDLP (Social Democratic and Labour Party) wird gegründet.

1971 Der erste britische Soldat wird getötet.
Chichester-Clarke tritt zurück; sein Nachfolger wird Brian Faulkner.
Intensivierung der IRA-Aktionen; die Internierung wird eingeführt.

1972 Blutsonntag in Derry. Die Stormont-Regierung wird abgeschafft und das Gebiet direkt durch London verwaltet. Republikaner zu Gesprächen in London. Operation ›Motorman‹.

1973 Wahlen zur Northern Ireland Assembly
Einführung der Diplock-Gerichte ohne Geschworene
Im Dezember Sunningdale-Abkommen geschlossen

1974 Die Northern Ireland Executive tritt an und wird sofort wieder abgelöst. Bomben in Dublin und Monaghan sowie in Birmingham.
Im Mai reagiert der loyalistische Ulster Workers' Council auf nationalistische Bestrebungen mit einem Generalstreik.

1975 Die IRA verkündet einen Waffenstillstand. Bewaffnete Fehden zwischen Republikanern. Die IRA setzt ihre Bombenkampagne fort.

1976 Abschaffung des politischen Status für Gefangene. Die Bewegung der Peace People wird gegründet.
Beginn des ›Deckenprotests‹ unter Gefangenen.

1977 Das Gefängnis Castlereagh wird eröffnet.
In Dublin bildet Fianna Fail unter Jack Lynch erneut die Regierung.

1978 Brandbomben im Hotel La Mon, Grafschaft Down.
Kardinal Ó Fiaich besucht die H-Blocks.
1979 Achtzehn britische Soldaten getötet.
Graf Mountbatten Prinz von Battenberg und drei weitere Menschen werden bei einem Bombenanschlag der IRA auf Mountbattens Jacht getötet.
Papstbesuch in Irland. Charles Haughey löst Lynch als Taoiseach ab.
1980 Erster Hungerstreik der Gefangenen in den H-Blocks
1981 Beginn des zweiten Hungerstreiks. Einer der Streikenden, Bobby Sands, gewinnt die Nachwahlen für das Unterhaus in Westbelfast. Tod von Bobby Sands und neun weiteren Hungerstreikenden. Garret Fitzgerald wird Taoiseach. Zwei weitere Gefangene aus den H-Blocks und Armagh gewinnen bei Wahlen in den Sechsundzwanzig Grafschaften. Abbruch des Hungerstreiks. Marsch der loyalistischen ›Third Force‹ in Enniskillen.
1982 Wahlen zur Northern Ireland Assembly. Gerry Adams ist unter den gewählten Kandidaten von Sinn Féin. Im November übernimmt in Dublin eine Koalition aus Fine Gael und Labour unter Fitzgerald die Regierung.
1983 Wahl von Gerry Adams zum Unterhausabgeordneten für Westbelfast (nimmt den Sitz nicht wahr) und zum Präsidenten von Sinn Féin
1984 Die IRA verübt einen Bombenanschlag auf das britische Kabinett beim Parteitag der Konservativen in Brighton.
1985 John Hume von der SDLP verhandelt mit der IRA.
Bei Kommunalwahlen in Nordirland gewinnt Sinn Féin 59 Sitze. Im November unterzeichnen Thatcher und Fitzgerald in Hillsborough das Anglo-Irische Abkommen.
1986 Auflösung der Northern Ireland Assembly
Ausschreitungen der Orangisten in Portadown
Der Parteitag von Sinn Féin beschließt, bei Wahlen zum Dáil den Abstentionismus aufzugeben.
1987 Charles Haughey wird Taoiseach.
Sinn Féin verkündet ein ›Scenario for Peace‹. Acht IRA-Mitglieder in Loughgall getötet.
Erneuter Sieg von Gerry Adams bei Wahlen zum britischen Unterhaus
IRA-Bombe in Enniskillen

1988	Gespräche zwischen Hume und Adams
	Die SAS erschießt in Gibraltar drei unbewaffnete IRA-Mitglieder.
1990	Mary Robinson wird Präsidentin der Republik Irland.
	Margaret Thatcher tritt zurück; John Major wird zum Führer der britischen Konservativen und zum Premierminister gewählt.
1991	Stormont-Gespräche unter Ausschluß von Sinn Féin beginnen im Juni und enden im Juli.
1992	Charles Haughey tritt als Taoiseach zurück. Albert Reynolds wird Führer der Fianna Fail.
	Sinn Féin verkündet ihr Programm ›Towards a Lasting Peace‹.
	Gerry Adams verliert bei den Unterhauswahlen seinen Sitz in Westminster.
	Wiederaufnahme der Stormont-Gespräche
1993	Hume und Adams treffen sich erneut und veröffentlichen mehrere Erklärungen zum Frieden in Nordirland.
	Eine IRA-Bombe explodiert in Bishopsgate in London und verursacht einen Schaden in Höhe von 350 Mill. Pfund Sterling.
	Die IRA begrüßt die Hume-Adams-Initiative.
	Eine IRA-Bombe explodiert in einem Imbißrestaurant auf der Shankill Road in Belfast.
	Die britische Regierung versucht ihre Kontakte zu Sinn Féin zu dementieren. Die ›Downing-Street-Declaration‹ wird veröffentlicht.
1994	Am 31. August verkündet die IRA einen vollständigen Waffenstillstand. Im Oktober erfolgt eine Erklärung der Loyalisten im gleichen Sinne.
	Die britische Regierung eröffnet Gespräche mit Sinn Féin.
1995	Die Regierungen in London und Dublin verabschieden das ›Framework Document‹.
1996	Am 9. Februar beendet die IRA mit einem Bombenanschlag in den Londoner Docklands (zwei Todesopfer) den Waffenstillstand.
	Das Datum für Allparteiengespräche wird festgelegt.
	Am 10. Juni beginnen in Stormont die Allparteiengespräche unter Ausschluß von Sinn Féin.

Erläuterungen

zu Personen, Organisationen, Schlüsselbegriffen, irischen Termini

Abstentionismus Ablehnung der Regierungsgewalt des britischen Parlaments über Nordirland und entsprechende Weigerung, Wahlen anzuerkennen. Später modifiziert zu der Nichteinnahme von Sitzen, die bei Wahlen errungen werden.

Anglo-Irisches Abkommen Im November 1985 von Margaret Thatcher und Taoiseach Fitzgerald in Hillsborough Castle, Grafschaft Down, unterzeichnet. Geht noch über das *Sunningdale-Abkommen* von 1973 hinaus, indem es der irischen Regierung das Recht einräumt, die Interessen der katholischen Minderheit im Norden wahrzunehmen. Für den Fall einer entsprechenden Mehrheit im Norden wird die Vereinigung beider Teile Irlands in Aussicht gestellt.

Apprentice Boys (engl. – Lehrlinge) Eine protestantische und loyalistische Vereinigung ähnlich dem *Oranierorden*. Die Organisation beruft sich auf elf Lehrlinge, die 1688 während der Belagerung der Stadt Derry die Stadttore vor den Truppen des katholischen Königs Jakob II. geschlossen hielten. Apprentice Boys aus dem gesamten Norden marschieren am 12. August in Derry. Die Mitgliedschaft bei den Apprentice Boys deckt sich meist mit der im Oranierorden. Siehe auch Text Seite 128.

Àrd Chomhairle (ir.) Nationale Parteiführung

Àrd Fheis (ir.) Jahreskongreß, Parteitag

Baile Atha Cliath (ir.) Dublin

B-Specials Paramilitärische Hilfstruppe, von den Briten 1920 gegründet. Sie rekrutiert sich fast ausschließlich aus Protestanten der *UVF* und des *Oranierordens*. Die Specials bestehen aus einer Abteilung von Berufssoldaten, der A-Division, und zwei Abteilungen von Freiwilligen, den B- und C-Divisionen. Die A- und C-Specials wurden 1925 aufgelöst. Die B-Specials blieben bis 1970 bestehen.

Céilí (ir.) Tanzveranstaltung, Ball

Clann (ir.) Familie

Craic (ir.) Spaß, gute Laune oder Stimmung

CSJ Campaign for Social Justice in Northern Ireland Gruppierung innerhalb der katholischen Mittelschichten, 1964 gegründet, um Informationen über religiöse Diskriminierung und soziale Ungerechtigkeiten zu sammeln und zu veröffentlichen

CND Campaign for Nuclear Disarmament Britische Friedensbewegung gegen atomare Bewaffnung und Aufrüstung

Cumann (ir.) Ortsverein einer politischen Partei

Cumann na mBan Frauenorganisation von Sinn Féin

Dáil Éireann (ir.) Irisches Parlament. Das Dáil wurde 1919 von Sinn-Féin-Mitgliedern gegründet, die als Abgeordnete nach Westminster gewählt worden waren. Statt nach London zu gehen, bildeten sie ein eigenes Parlament in Irland. Nach der Teilung Irlands 1921 wurde auch das Parlament in Dublin *Dáil Éireann* genannt. Die Mitglieder des Dáil heißen *Teachta Dála (TD)*. Das Oberhaus heißt Seanad Éireann.

Diplock-Gerichte Nach dem Bericht von Lord Diplock im Dezember 1972 eingeführte Gerichte ohne Geschworene. Sollten verhindern, daß Zeugen eingeschüchtert und dadurch die Verfahren behindert werden.

DUP Democratic Unionist Party Loyalistische Partei, 1971 von Ian Paisley gegründet

Emergency Provisions Act Siehe *Special Powers Act.*

Fenier/Fenians (ir.) Allgemein gebräuchliche Bezeichnung für Republikaner, siehe *Irish Republican Brotherhood.*

Fianna Fáil (FF) (ir.) ›Soldaten des Schicksals‹. Politische Partei, 1926 von *Eamon de Valera* gegründet, als er sich von Sinn Féin abspaltete, um in das Free State *Dáil* eintreten zu können. 1932 bildete Fianna Fáil ihre erste Regierung im Freistaat und blieb, abgesehen von zwei kurzen Unterbrechungen zwischen 1948–51 und 1954–57, bis 1973 an der Macht. Fianna Fáil ist weiterhin die größte Partei in der Republik Irland und stärkste Fraktion im *Dáil.*

Fianna Éireann Republikanische Jugendorganisation

Fine Gael (FG) (ir.) ›Stamm der Gaelen‹. Zweitgrößte politische Partei der Republik. 1933 gegründet, stark probritisch und antirepublikanisch ausgerichtet. Fine Gael war Partner in mehreren Koalitionsregierungen.

firkin (engl.) Viertelfaß mit 39,75 Liter Volumen

Flags and Emblems Act Britisches Gesetz über die Flaggen und

Zeichen, 1954 erlassen: erklärt die Behinderung beim Zeigen des ›Union Jack‹ zur Straftat und ermächtigt die *RUC* dazu , andere Flaggen (z.B. die irische Trikolore) einzuholen.

Fórsa Cosanta Áitiúl (FCA) (ir.) Regionale Armee der Irischen Republik

Gárdái (ir.) Irische Polizei

Gaelic League 1893 gegründet, um irische Sprache, Musik und Sportarten zu fördern. Die Gaelic League wurde zu einem zentralen Bestandteil der nationalistischen Bewegung.

Gerrymandering Manipulation der Wahlkreise zugunsten der Unionisten

Government of Ireland Act/Treaty 1920 vom britischen Parlament in Westminster verabschiedetes Gesetz zur Teilung Irlands in sechs nördliche und sechsundzwanzig südliche Grafschaften

Hume, John (geb. 1937) Nordirischer Politiker. Zunächst in der Civil Rights Bewegung aktiv, später Mitglied des *Stormont*-Parlaments für den Wahlkreis Derry, Foyle (1969–73). 1970 gründet Hume die *SDLP.* Seit 1979 ist Hume Mitglied des Europaparlaments, seit 1983 Mitglied des britischen Unterhauses in Westminster.

INLA Irish National Liberation Army Militärischer Flügel der *IRSP*

IRA Irish Republican Army Die IRA spielte eine wesentliche Rolle im irischen Bürgerkrieg, der 1922 mit der Teilung des Landes endete. Auch nach dem Bürgerkrieg setzte die IRA ihren Kampf gegen Großbritannien fort. 1969/70 spaltete sich die IRA in einen ›offiziellen‹ und einen ›provisorischen‹ Flügel. Die ›Officials‹ verzichteten auf den militärischen Kampf und den radikalen Republikanismus, so daß sich die Bezeichnung IRA heute meistens auf die ›Provisionals‹ bezieht.

Ireland Act Von Westminster 1949 verabschiedetes Gesetz, das die Selbstbestimmung des irischen Volkes in ganz Irland ausschließt und den Loyalisten ein Vetorecht einräumt.

Irish Republican Brotherhood (IRB) 1858 gegründeter Geheimbund von Revolutionären, der eine Irische Republik gründen wollte. Die Mitglieder wurden zunächst als *Fenier* bekannt. Der Geheimbund organisierte 1867 einen Aufstand und eine Serie von Bombenanschlägen in England und war maßgeblich an dem Aufstand von 1922 beteiligt, verlor danach aber an Einfluß.

IRSP Irish Republican Socialist Party Siehe Seite 340.

Loyalismus Bezieht sich auf die Loyalität zur britischen Krone, also auf das Verbleiben Nordirlands im Vereinigten Königreich.

Mick Spitzname für Ire

MRF Military Reconnaissance Force Siehe Text Seite 261.

Nationalismus Der irische Nationalismus manifestiert sich in der Forderung nach einer irischen Wiedervereinigung als Rahmen für eine irische Selbstbestimmung.

Nationalist Party Nach der Teilung Irlands die Partei der konservativen Befürworter eines vereinten Irlands. Wurde in ihren Zielen von der Bürgerrechtsbewegung 1968/69 überholt und danach durch die *Social Democratic and Labour Party (SDLP)* ersetzt.

NICRA Northern Ireland Civil Rights Association Bürgerrechtsorganisation, 1967 gegründet. Siehe auch Text Seite 110.

Northern Ireland Special Powers Act Siehe Text Seite 72.

Oranierorden Orange Order, auch Orangisten, 1795 während des katholisch-protestantischen Konflikts in der Frage des Grundbesitzes mit dem Ziel gegründet, die protestantische Vormachtstellung und die enge Verbindung zu England aufrechtzuerhalten. Die Mitglieder dürfen weder katholisch sein noch katholische Angehörige haben. Die Orangisten spielten eine entscheidende Rolle bei der Ablehnung des Home Rule. Nach der Teilung Irlands ging die Unionist Party aus dem Oranierorden hervor. Die *B-Specials* waren fast ausschließlich Orangisten. Viele prominente Unionisten (*s. Unionismus*) sind Mitglieder des Oranierordens. Der 12. Juli ist der traditionelle Feiertag der Orangisten, an dem der Schlacht am Boyne gedacht wird. Siehe Zeittafel 1690.

OUP Official Unionist Party (bis 1974 Ulster Unionist Party) Bildet zusammen mit Paisleys *DUP* und der von Brian Faulkner geführten Vanguard die Dachorganisation der Unionisten, den United Ulster Unionist Council.

Paisley, Ian (geb. 6.4.1926) Sohn eines baptistischen Predigers. Gründete 1951 die Free Presbyterian Church. Aus Opposition gegen den Katholizismus und die Bürgerrechtsbewegung gründete er ferner das Ulster Constitution Defence Committee, die *Ulster Protestant Volunteers (UPV)*, die Protestant Unionist Party (PUP) und die *Democratic Unionist Party (DUP)*. Seit 1970 ist Paisley Mitglied des britischen Parlaments für den Wahlkreis North Antrim und seit 1979 Mitglied des Europaparlaments.

PD People's Democracy Linksorientierte Studentenorganisation,

1968 in Belfast gegründet, war aber auch im Süden aktiv. PD ist marxistisch orientiert und steht dem militärischen Kampf der *Provisional IRA* nahe.

Poitín (ir.) Schwarzgebrannter Alkohol, Kartoffelschnaps

Prevention of Terrorism Act Siehe Text Seite 73.

Public Order Act (Gesetz über die öffentliche Ordnung) Britisches Gesetz, für den Norden erlassen: Alle Aufmärsche, außer traditionellen (orangistischen), müssen achtundvierzig Stunden vorher angemeldet werden. Siehe auch Text Seite 73.

Republikanismus Der irische Republikanismus geht in seiner Zielsetzung über den Nationalismus hinaus. Seine Prinzipien sind Trennung von Großbritannien; Trennung von Staat und Kirche; Ablehnung einer Politik, die sich an konfessionellen Trennungslinien orientiert; Wiedervereinigung Irlands sowie eine radikale Sozialpolitik. Siehe auch Text Seite 95ff.

RIC Royal Irish Constabulary Britische Polizeitruppe in ganz Irland vor der Unabhängigkeit bzw. Teilung Irlands

RUC Royal Ulster Constabulary Königliche Polizei von Nordirland, besteht meist aus Unionisten und Protestanten

Sassenach (ir.) Engländer

St. Patrick's Day Irischer Nationalfeiertag, 17. März

Sean-nós (ir.) Nach altem Brauch, traditionell

sektiererisch Hier gebraucht im Sinne von: an konfessionellen Trennungslinien orientiert

Slogádh (ir.) Versammlung, Beisammensein

snug (engl.) Separater Raum einer Gastwirtschaft, Hinterzimmer

SDLP Social Democratic and Labour Party Zur Gründung der Partei siehe Text Seite 182.

Special Powers Act 1922 vom Irischen Freistaat auf Druck Londons erlassenes Ermächtigungsgesetz. Der *Special Powers Act* wurde 1973 durch den *Emergency Provisions Act* ersetzt, der die demokratischen Grundrechte noch weiter einschränkte. Siehe auch Text Seite 72.

Stormont Burg in der Nähe von Belfast, Sitz des autonomen nordirischen Parlaments bis zu seiner Auflösung 1972 und der Einführung des ›Direct Rule‹ durch London. Gebraucht als Bezeichnung für die Regierung von Nordirland.

Sunningdale-Abkommen Unterzeichnet zum Abschluß der ersten dreiseitigen Konferenz zwischen England, Irland und Nordirland im Dezember1973. Beschloß die Bildung eines Council of

Irleand, bestehend aus einem Ministerrat und einer beratenden Versammlung, in dem Repräsentanten Nordirlands und der Republik Irland vertreten sind. Der Republik wurde ein Mitspracherecht in nordirischen Angelegenheiten eingeräumt. Aus Furcht vor einer Majorisierung durch die katholische Bevölkerungsgruppe in einem vereinten Irland leisteten die Unionisten heftigen Widerstand gegen das Abkommen und gründeten u. a. eine Dachorganisation ihrer paramilitärischen Organisationen, den Ulster Army Council. Siehe auch Text Seite 290.

Taig Abwertende Bezeichnung für Katholiken

Taoiseach (ir.) Premierminister

TD Teachta Dála Siehe *Dáil Eireann* .

Tone, (Theobald) Wolfe (1763–1798) Protestantischer Rechtsanwalt, Begründer der republikanischen Bewegung, Anhänger der amerikanischen und französischen Revolution. 1791 gründete Tone die ›Society of United Irishmen‹, um ›Protestant, Katholik und Dissenter‹ im Sinne eines unabhängigen Irland zu vereinigen. Ab 1792 Vorsitzender des Catholic Committee, reiste Tone 1795 nach Nordamerika und 1796 nach Frankreich, um das Direktorium und später Napoleon zu einer Intervention in Irland zu bewegen. Von einem britischen Militärgericht zum Tode verurteilt, beging Tone Selbstmord, bevor das Urteil vollstreckt werden konnte. Siehe Text Seite 95.

UDA Ulster Defence Association Größte paramilitärische Organisation der Loyalisten

UDR Ulster Defence Regiment Territorialarmee, die zu zwei Dritteln aus Freiwilligen besteht. Die Mitglieder der Truppe sind hauptsächlich Protestanten, die ursprünglich aus den aufgelösten *B-Specials* rekrutiert wurden.

Unionismus Die Unionisten vertreten die Ansicht, daß Nordirland Teil des Vereinigten Königreiches bleiben soll. Die Anhänger des Unionismus sind meist Protestanten. Als die Unruhen 1969 begannen, spaltete sich das unionistische Lager in mehrere Parteien. Siehe *DUP.*

UPA Ulster Protestant Action 1959 von Ian Paisley gegründete militante Organisation der Loyalisten. Ihr Ziel war es unter anderem, Arbeitsplätze für Protestanten zu sichern. Heute nicht mehr existent.

UPV Ulster Protestant Volunteers Paramilitärische Organisation der Loyalisten. 1966 gegründet. Siehe auch Text Seite 81.

UWC Ulster Workers' Council Unionistische Arbeiterorganisation. Siehe Text Seite 289.

UVF Ulster Volunteer Force 1913 als Privatarmee gegründet, um gegen das Home Rule zu kämpfen. Viele Mitglieder dienten im Ersten Weltkrieg als separate Einheit bei der britischen Armee. Der Name UVF wurde 1966 von einer loyalistischen paramilitärischen Gruppe wieder aufgegriffen. Die UVF entwickelte sich zu einer großen paramilitärischen Organisation. Siehe auch Text Seite 81 und Seite 121.

De Valera, Eamon (Dev) (1882–1975) Kommandeur der Irish Volunteers während des Aufstands von 1916, deshalb zum Tode verurteilt, später aber begnadigt. 1917 wurde er Präsident von *Sinn Féin* und 1919 Präsident des *Dáil*. Er war Gegner des *Government of Ireland Act* und politischer Anführer der Vertragsgegner im Bürgerkrieg von 1922–23. De Valera gründete 1926 die Partei *Fianna Fáil* . Er war in den Jahren 1932–48, 1951–54, 1957–59 *Taoiseach* und 1959–73 Präsident der Republik Irland.

Fotonachweis

Die Fotos im Bildteil entstammen, mit Ausnahme der nachfolgend aufgeführten, dem Archiv des Autors.

Seite 5 (Auf den Straßen von Belfast), 6 (Pressekonferenz 13.8.1971), 7 (IRA-Volunteers): © Michael O'Sullivan;
Seite 12 oben (Beerdigung von Bobby Sands): © Pacemaker Press International Ltd., Belfast;
ab Seite 13 bis Schluß: © Derek Speirs/Report, Dublin.

Die Deutsche Bibliothek – CIP-Einheitsaufnahme

Adams, Gerry
Bevor es Tag wird : Autobiographie / Gerry Adams.
Aus dem Engl. von Jürgen Schneider. –
Berlin : Verl. Volk und Welt, 1996
ISBN 3-353-01059-9

Lektorat: Joachim Meinert und Reimar Volker
Schutzumschlag: Lothar Reher
Gesetzt aus der Times, Linotype
Satz: deutsch-türkischer fotosatz, Berlin
Druck und Bindearbeiten: Wiener Verlag
Printed in Austria
ISBN 3-353-01059-9

Ardoyne
Crumlin Road
Shankill Road
Springfield Road
Gros
Whiterock Rd
Falls Road
Donegall Road
Falls Road
Glen Road
Andersonstown
M1
Lisbu